小説湾岸戦争

男達の叙事詩

伊吹正彦

目次

オイルマン達のアラビア半島横断退避ルート（1,750km）

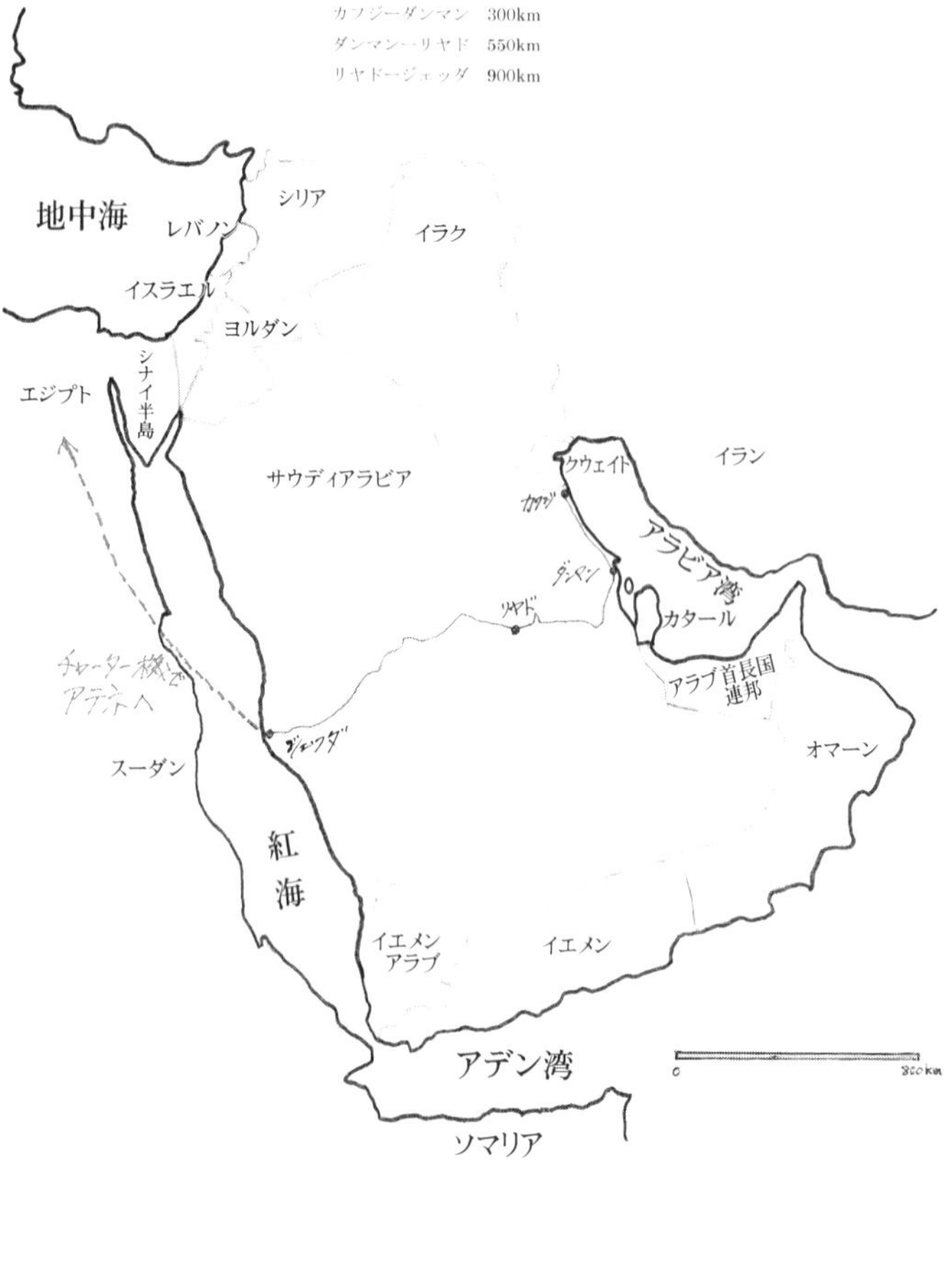

第1章　騒擾の序曲

九十年八月二日未明、音在隆介は突然のけたたましい電話のベルで深い眠りから叩き起こされた。

眠い目をこすりながら受話器を取り上げると、いつものように音在は英語で応答した。三直交代制で二十四時間勤務に就いているアラブ人部下からの、深夜や未明の迷惑を顧みない緊急電話は、仕事の立場上日常茶飯事になってしまっている。

「ハロー、オトザイ　スピーキング……。」

「音在ちゃん。俺だ俺だ、広谷だ。これ、緊急連絡網なんだよ。何だかよく解らないんだけれどな、クウェイトで大変なことが起きたらしい。今日明日の休みは、クウェイト方面に出掛けないように全員に通告しなきゃならんのだ。」

家族を日本に残してアラブの地で働くオイルビジネスマンたちが起居する単身赴任者寮の寮長を勤める広谷は、次の同僚への連絡を急いでいた。理由を確かめようとする音在の質問には答えず、広谷は殆ど一方的に電話を切った。

「俺も何か全然知らないんだよ。他の連中へも電話しなきゃならんので、じゃあな。」

明け方の五時に叩き起こされて、まだ殆ど夢の中にいる音在は、受話器を置くと再び眠りを貪った。ただ、眠りに落ちる前の一瞬、海道啓次の顔が脳裏をよぎった。

アラビア湾有数の釣り師と自他ともに許し、野戦料理ではあるが寿司まで握って仲間を喜ばせる音在の部屋は単身赴任者のオアシスであり、通称『音在亭』と呼ばれていた。城戸興一駐在代表専務の秘書を勤める若い海道は、出産を控えた妻を日本に残して赴任しており、単身赴任の先輩たちの仲間入りをして、音在亭の常連のひとりとなっていた。有能な仕事振りそのままに、いつも海道は音在亭の運営にかいがいしく貢献していた。

その海道は、年に一度許されている四十五日間の長期休暇を取って日本に一時帰国する若手同僚を見送るために、昨夜クウェイト空港までドライブしていた。

折角の機会なので、仲間を送り届けたあとは、都市機能を十分に備えたクウェイト市のヒルトンホテルに泊まって命の洗濯をしてくる予定になっていた。

　クウェイトに向かう前に、海道はいつものように音在に気を遣った。

「何か、クウェイトでお入用なものがありますか？」

「そうだなあ、米の在庫が若干不足気味だから、カリフォルニア米を仕入れてきて貰おうか。また皆に寿司でも握ってご馳走したいからな。」

「それくらいお安いご用です。二十キロくらい買ってきましょう。」

　国境の田舎町カフジでは、スーパーマーケットと称する倉庫のような食料品店の店頭には、砂埃を被った粉臭いエジプト米しか置かれていなかった。

　中東随一の商業都市であるクウェイトまで行けば、カリフォルニアの日本人たちが生産したジャポニカ米もたまに輸入されていて、時たま食料品店の店先に並んでいる。周囲に対して常に気配りを忘れない海道ならではの、配慮に溢れた質問であったのだ。

『ま、あいつのことだから大丈夫だろう……。』

　音在は再び暫しの眠りについた。


　サウディアラビア勤務の朝は早い。夏場は摂氏五十度に達する酷暑の日中をなるべく避けて早朝から働き、昼休みに二時間の昼食と昼寝（シエスタ）という十分な休養をとるからである。従って、あらゆる事務所の就業時刻は朝の七時となっている。

　アラブ世界の週末はイスラームの宗教上の慣習から、木曜日と金曜日となっており、アラブ人の男性全員は金曜日の朝は最寄りのモスクに集まり、敬虔な礼拝を行う。

　休日の木曜日であるにもかかわらず、七時前に音在は事務所へ出勤した。

　音在隆介、四十三歳。サウディアラビア、クウェイト両国から石油開発の権利を取得して、両国国境の延長線上の海上で石油開発を行う日本アラブ石油開発の従業員である。連続カフジ駐在約三十年という驚異的な勤務実績を持つ敦賀剛が部長を務める『海務・原油出荷統括部』の原油出荷を担当するシッピング部門の責任者であり、サウディ人、クウェイト人、パレスチナ人等から構成される二十二名の部下を束ねていた。音在自身は二度目のカフジ勤務中であり、現地勤務は通算七年を越えていた。

　大型タンカーが入港して、二百万バーレル程度の船積みがあると、出荷オペレーションは丸二昼夜継続して行われることになる。部下は三交代制で就業しているので、出荷作業進行上の複雑な判断や原油積込み中のタンカーとの調整が必要とされる場合には、深夜といえども容赦なく緊急電話が音在を襲う。

木金の週末といえども、タンカーが来航していれば、当然船積み業務は行われるし、それがなくてもローカル・サプライ（地元社会への燃料供給業務）というカフジにある造水公社への重油供給やサウディ内務省の管轄下にある沿岸警備隊（コーストガード）の艦艇へのディーゼル油の燃料補給がある。

現業担当のオペレーターたちとともに、多忙な管理者である統括課長の音在と課長代理のクレイシーは隔週で交代して週末出勤しなくてはならない就業規則になっていた。

その木曜日は、たまたま音在の出勤当番に当たっていた。前日の夜間勤務に当たっていた職長のファイサルは音在の出勤を見て、帰宅の準備を始めた。

「おい、ファイサル。何か聞いているか？クウェイトで何かが起きたという電話連絡があったんだけれど……。」

「ミスター・オトザイ。何のことですか……？　私は知りませんよ。」

ファイサルは訝しげに答え、徹夜の疲れを見せながら家路を急いだ。

大変だとだけ知らされて中身が解らないという、不安で隔靴掻痒な状況を打開するために、音在は鉱業所の司令塔である駐在専務室の真田部長を電話で探した。真田泰浩は現場勤務が通算十五年に及び、石油省の高官にも信の厚いカフジの石油基地のキーマンとして、日本人のみならずアラブ人従業員からも敬愛を集めていた。近い将来必ず役員に登用され会社を背負って立つであろうと全従業員から期待されており、泰浩という名前をもじった「タイコーさん」の愛称で呼ばれ衆望を集めていた。休日出勤が日常のものである現業部門の長でもないのに、得体の知れない危機感から、真田もデスクにいた。

「タイコーさん、いったい何ですか、これは？」

「おう、音在くんかあ。まだ俺も全貌がつかめていないんだよう。朝早くからさ、本社の鹿屋総務部長から緊急電話が入ったんだ。信じ難いことに、ＢＢＣ放送によればイラク軍がクウェイトに侵攻したっていうんだよなあ。クウェイトの藤堂所長にも確認を入れたんだが、まだ状況が掴めない。たった今、念のために村田に現地人スタッフを連れて国境事務所が閉鎖でもされていないかを偵察に行かせたばかりなんだ。しかし、誤報の可能性もあるし、下手に騒いで従業員に過剰反応を起こさせてもいかんので、とりあえず皆には緊急連絡網を通じて、週末のクウェイト行きだけは止めさせたんだよ。アラブ人の信頼筋にも情報収集を頼んでいるんだけれど、音在くんも何か情報が入ったら知らせてくれよ。ただ、あんまり騒いで、カフジの住人にパニックを起こさせないように、先ず俺だけに知らせてくれよなあ。」

鉱業所マネージメントの参謀長の重責を担う真田らしい語り口であった。独特の落語口調とは裏腹に、冷静にパニックを未然に押さえようと配慮していた。しかし、明らかにただ事ではない鹿屋総務部長の切迫した電話の様子から、真田はかつて体験した数次に及ぶ中東戦争やイラン・イラク紛争より大きなマグニチュードの何ものかの到来を予感していた。なにしろ、これまでの戦争や紛争は中東地域で発生したとはいっても、カフジからは距離的に遥か遠く離れたところの出来事であったのだ。クウェイト市の中心から百五十キロ。クウェイトとの国境から十八キロしか離れていないカフジのことだから、今回発生したらしい何事かは、すぐ隣で起きた大事件になる訳であった。

音在から掛かってきた電話は、真田が鉱業所の緊急対策会議に入る直前のものであった。鉱業所の最高責任者である城戸専務は三週間前から恒例の年次休暇をとり、日本へ帰国中であった。

宗教、言語、社会習慣の違いに加えて、過酷な自然環境を考慮に入れて、サウディアラビアに進出したアメリカを始めとする先進国企業は、年に一度の一か月半の長期休暇を制度化しており、日本アラブ石油開発も同様の就業規則になっていた。従って、たまたまの最高責任者の不在は、誰にも否めないものであった。大事件の勃発は半信半疑ながらも現実のものであろうと予感されたが、僻地の原油生産基地では、少ない情報のもとで群盲が象をなでるがごとくに、あれこれ推量するしかなかった。

緊急会議のメンバーは真田部長を事務局長として、

田尾鉱業所長、ムハマッド副所長、ナイーフ副所長、山田副所長、奈良調整室長、敦賀海務・原油出荷統括部長たちであった。余程の危機が確認されるまでは石油操業は継続しなければならないのは当然である一方、従業員の帯同婦女子は早目の退去を心掛けなければならないであろう。議論は百出したが、結局、クウェイト事務所長の藤堂と本社からの情報、同時にサウディアラビア石油省からの情報の収集に努め全貌を掌握すること、そして帰国中の城戸専務が本社で対応方針を協議して下すであろう指示を待つしかないという結論しか出なかった。

もちろん音在は、自分自身でも可能な限りの情報収集に当たった。

しかし、音在の努力に待つまでもなく、時の経過とともに事態の全容は明らかになっていった。

音在はアラブ人情報を得るために、大至急課長代理のクレイシーを呼び出した。

週末には、アラブ人たちも僻地の原油基地からサウディ東部地区の中心都市であるダンマンやアルコバールの親戚を訪ねて家族サービスする場合が多いのだが、幸いこの週末はクレイシー一家はカフジに止まっていた。

音在の非常呼集の意味を、すでにクレイシーは十分過ぎるほど承知していた。

音在から呼び出される少し前に、クウェイト在住の親戚から、緊急事態発生を告げる悲鳴に近い電話を受けていたのである。親戚の電話はイラク軍のクウェイト侵攻をはっきりと知らせていた。

「助けてくれ！　爆発音がだんだん近づいてくる。俺たちはどうしたら良いんだ。イラクが攻めてきたらしい。これ本当なんだ。何でこんなことになるんだ。タイミングを見て脱出することになると思うけど、逃げる時はお前を頼りにして逃げて行くから助けてくれ！」

危機的状況から直ちに退避するのが最善策なのか、戦闘の小休止を待って動いた方が安全なのか解らずに躊躇している電話だったとのこと。

恐怖で足がすくんで動けないというのが正確なところかも知れないと、音在は類推した。その従兄は、退避先をカフジのクレイシー宅にする同意を得たことで逃避計画に第一歩を進めて、やっと精神の落ち着きを確保したに違いない。

　ＢＢＣの報道が事実であることは確認できた。これは会社も従業員も経験したことのない未曾有の重大危機だ。イラク軍が起こした軍事行動は、どの程度の規模なのか。限定された政治的意図に基づく局地戦なのか、全面戦争なのだろうか。犠牲者がどれぐらい発生したのか。クウェイト市民は、軍隊は今、どう対応しているのか……。クウェイト在住の日本人の同僚や友人の顔、クウェイトに昨夜出掛けたままの海道。そして、クウェイトから毎日車で通勤しているアラブ人の部下たち数人の顔が次々に浮かんできた。

　次に思いが及んだのは、大規模兵力の動員による全面戦争であった場合、このカフジの原油生産基地にまで侵攻が及ぶのではないかという恐怖であった。

　カフジはクウェイトの中心から百五十キロ、サウディ・クウェイト両国の国境からは僅か十八キロしか離れていない。起伏もまったくない砂漠地帯のこと、十八キロの距離などはまさに指呼の間であり、戦車軍団でも進撃してくればひとたまりもない。最悪の事態に到れば、カフジの住民と鉱業所従業員の生命はどうやって守ったらよいのか。

　地理的環境からくる危険性の高さもさることながら、サウディもクウェイトも国家歳入の大部分を石油に依存する産油国である。石油基地は、またとない戦略的攻撃目標ではないか。

　音在とクレイシーは、深刻に事態の進展の可能性と対応を議論した。しかし、お互いの発想は、所詮自らのそれまでの体験や知識の範囲を出るものではなく、それから半年以上に及ぶ恐怖とそれを乗り越えるための従業員たちの生死を賭けたドラマの展開まで見通すことはできなかった。

　音在のデスクを挟んでのふたりの対話は、突如破られた。

「電話を使わせろ!!」

　音在の個室事務所のドアを蹴り破るようにして、ワンピースのようなアラブの民族服であるディスターシャを身にまとった見知らぬ長身の男が飛び込んできた。

　原油出荷部門の責任者である音在の事務所は、鉱業所本館から離れたカフジ港と呼ぶ小さな入り江に面した高台の上にあった。仕事柄、海との関係が深いので、スタッフたちがいつでも来航タンカーと往き来できるような立地に、事務所が設けられていた。もちろん緊急調整が発生すれば、音在自身がタンカーにオンボード（乗船）することも時々ある。幅三十メートル程の狭い入り江には、タグボート、作業工作船、連絡用の高速艇等々、タンカー・オペレーションに必要な各種船舶が中小十四隻係留されている。音在は、これらを見下ろすシッピング部ビルの入口の個室にデスクを構えていた。部下のスタッフたちは、奥の大部屋で執務するレイアウトになっている。

責任者が奥に鎮座する日本式事務所レイアウトと逆になっているのには、社会慣習の違いからくる理由があった。日本人から見ると時間にルーズなアラブ人スタッフに、就業時間を厳守させるための心理的プレッシャーを与えるためには、管理職が入り口で彼らの就業をチェックする仕組みを作らねばならないからだ。必然的に、毎朝音在は事務所で一番早く出勤しなければならなかった。

このオフィスレイアウトの結果、突然の乱入者が真っ先に飛び込んでくるのは、音在のデスクになるのである。

「誰だ、貴様！　先ず自分の名を名乗れ！　いきなり飛び込んで来たお前に、電話を使わせろと怒鳴られるいわれはない！」

状況確認が進み、気が立ってきたところへ現れた無礼な乱入者を、音在は一喝した。語気に押されて、目を真っ赤に血走らせた男は、自己紹介せざるを得なかった。

「I am a Kuwaiti lieutenant!（自分はクウェイト海軍中尉だ）」

音在はのけぞるほど驚いた。なんでクウェイト海軍の中堅指揮官が今こんなところにいるのか。しかも、私服を着て。

「電話を使ってよし！　ゼロ発信だ。」

音在は、デスクの電話を指し示し、使用を許可した。中尉は、興奮して震える指でダイアルを回した。二回の不通の末、三回目の連絡先と通話ができたようだ。激昂の極にある口調で、早口のアラビア語の怒鳴り声が音在の目の前を行き交った。買い物や挨拶程度の初歩的日常会話しかできない音在には、何を言っているのか全く理解ができなかったが、恐ろしいほどの事態の緊迫感は十分に伝わってきた。中尉は五分間ほどの会話を終えると、礼も言わずに慌ただしく事務所を飛び出して行った。音在は、中尉が何を喋っていたのか、何処へ連絡していたのかについてクレイシーに通訳を求めた。

「フンッ！」

クレイシーは蔑むように鼻を鳴らしてから、音在に説明したのだが、その内容は呆れ果てるものだった。音在の目の前にいた中尉は、何処かの小部隊を指揮する立場にいたようだ。その日の未明、イラク軍の侵攻の急報を受けてから、だんだんイラク軍の攻撃が迫ってくると、恐怖に耐え切れず任務を放棄した。累が及ばないように軍服を脱ぎ捨て民族服に着替えて民間人になりすますと、自分の釣り舟用の高速モーターボートに飛び乗って南に逃げ、サウディ領海に入って一番手近にあるカフジ港へ逃げ込んだ。安全圏に身を置いてから、初めて置き去りにした部下に電話で状況報告を求めていたらしい。いったい、どの面を下げて、部下と対話できたのであろうか。何らかのアリバイ作りか、自己を正当化するための電話であったのだろうか。それとも、動転の極にある人間として、哀れなごく自然体の行動であったと見るべきなのだろうか。

いずれにしても、音在には大事件の全貌が読めるような気がした。例外的とはいえ、目前で確認した中堅指揮官の行動から推察して、つい一年前まで延々七年半の長期に及ぶイラン・イラク紛争を闘ってきた百戦練磨のイラク軍の侵攻にあっては、クウェイトはひとたまりもなく攻め落とされたはずである。事実、一日を経ずしてクウェイト全土はイラク軍の蹂躙するところとなったことが判明するまで、さほど時間は要しなかった。カフジから十八キロしか離れていない国境線まで、すでにイラク軍が占領支配する地域と化していたのである。イラク軍がさらに南下して来ないという保証はどこにもないと思われた。

音在が昼休みの休息のために寮の自室に戻った頃を見計らって、東京の留守宅から妻の美知子が国際電話を掛けてきた。時差は六時間だから、日本では夜の七時過ぎである。テレビ各局が報道する夕方のニュース番組を見て、心配して居ても立ってもいられないでいる様子が、会話を始める前から音在には読み切れていた。各メディアは十分に情報を集めたに違いない時刻である。

「あなた、大変よ！　イラク軍がクウェイトに攻め込んだと、全テレビ局で放送しているわ。大丈夫なの、カフジは。」

「そんなことだろうと思ったよ。ハハハ……。心配するなよ。」

音在は、推察通りの妻と子供たちのパニックを鎮めるために、笑い声を交えた明るい声で応対に努めた。

「でも、どうなのカフジは？」

「マスコミはオーバーに伝えるからなあ。割り引いて聞きなさい。イラク軍が攻め込んだかどうか、今全員で情報収集しているところだ。少なくとも、カフジは極めて平静だ。あまり心配されては、むしろこっちの方が心配だ。いつでも俺は最善の選択をするから、心配してくれるなよ。」

「そんな暢気なことを言っていても良いの？　今夜のテレビニュースだと、かなり信憑性が高そうよ。直ぐにでも退避した方が良さそうに思うんだけれど。」

まだ子供たちが幼かった頃の一回目の赴任時には、音在は家族帯同でカフジ勤務しており、美知子も四年近い現地経験を積んでいた。

音在は、アラブ人たちに柔道を教えたり、一緒に釣りを楽しんだりして、国籍に分け隔てせず交流する、現地では珍しいタイプの日本人であった。そうした主人の影響で、美知子は普通の主婦たちよりも現地事情にはかなり精通していた。従って、心配を掛けまいとして音在が敢えて明るく楽観的な話をしても、なかなかその手には乗らなかった。

「もちろん、情報が沢山あるに越したことはないから、目ぼしいニュースがあったら、また電話してくれ。だけど、本当に心配するなよ。」

「あ、ちょっと待って。子供たちがお父さんと話をしたいって。」

中学校二年生の浩一郎と小学校六年生の由紀子が、交互に電話に出て、母親と同じく退避を促した。音在は、だんだん演技を続けるのが辛くなってきた。

「お父さん、早く逃げなきゃ駄目じゃないの！」

「大丈夫だよ。お父さんが柔道強いのを知っているだろう。心配なんか要らないよ。それよりお前たち、チャンと勉強しているのか。お父さんはそっちの方が心配だなあ。」

「お父さん、頑張ってね。」

電話を切った音在は、少なくとも浩一郎は十分に励ませたと思った。

浩一郎との会話の中で、わざと柔道の話に触れたのには理由があった。

一回目の現地勤務のつれずれに、アラブ人たちに頼まれて、音在は仕事の合間にボランティアでの柔道指導に励んでいた。その結果、四年間にアラブ人の弟子たちはその数二百名に及んだ。指導を始めて半年後には弟子の数も飛躍的に増加し、道場は二十八畳から四十畳に拡張され、週三日の稽古を行うまでになり、道場は盛況を示していた。

音在は浩一郎が五歳になった時から、道場のペットとして毎回の稽古に連れて行った。幸いなことに植民地経験がない島国である日本のこと、概して日本人は語学が下手で、外地での人的交流が苦手である。そういう自らへの反省の意味も含めて、息子には将来その種のアレルギーを感じさせないように、幼い頃から父親の生き様を見せることによるすりこみ効果を狙っての試みであった。

髭面の大男たちを次々投げ飛ばし、稽古の終わりには一列に座らせた弟子たちに英語で訓話する父親は、子供の目には頼もしいものに映ったに違いない。

サウディアラビアのような柔道文化の無風地帯で柔道指導のボランティアを四年も続けた実績は、講道館国際部の歴史でも初めてのことであったし、経済交流の実態や社会文化の隔たりから見ても、将来的にもまず有り得ないことであろう。音在の帰任時には、最優秀の弟子であったハムードには初段を、茶帯である二級にはハムダン、オスマン両名の昇段昇級を認可する旨、講道館国際部から許しを得た。音在は最も熱心に付き従ってきてくれた弟子たちへの感謝を、講道館の免状をもって現すことができた。また、柔道四段であった音在自身は、処女地での継続的な柔道普及指導への貢献を評価されて、五段へと昇段していた。

『お父さんなら、何があっても大丈夫だ。』

父親の逞しさを知っている浩一郎は、自分自身を納得させることができた。

第2章　混乱のクウェイト

日本アラブ石油開発のクウェイト事務所長藤堂憲彦

は、本社の鹿屋総務部長やカフジ鉱業所の真田部長から掛かってくる電話への応対に、早朝から困惑していた。

「へえー！　それって本当ですかあ？」

最初に掛かってきた総務部長からの電話に対しては、思わず暢気に答えてしまった。その日は、クウェイト日本人会の親しい仲間たちと、クウェイト南部のアハマディにある砂漠ゴルフ場でコンペをする約束になっていた。

鹿屋の求めに応じて、事務所長邸の窓を開けて遠く北方まで視線をのばしてみたのだが、格別に危機を想起させるような情景も飛び込んでこなかった。

鹿屋には、見たままを伝えた。

「特に、変わったことがあったとも思えませんがネエ、煙でも立ち登っている訳でもなし。そういえば、クウェイト市の中心地方面にヘリコプターが三機ばかり飛んでいるのが霞んで見えますけど、まあ、そのくらいですかね。」

市の中心から五キロばかり南に位置する高級住宅街ルメイシア地区からの観察は、朝六時頃には正直なところその程度のものであった。

鹿屋はさらに畳み掛けた。

「ちょっとテレビをつけてみたらどうだ？　そうそうラジオも試してみてくれ。」

促された藤堂はテレビをつけた。

「アッ！　本当だ。テレビが映りませんね。確かに何か変だなあ。」

「クウェイト事務所のメンバーは藤堂くんのところに集めておいた方が良いのではないか。いざ、事態が急を告げるようなら、全員で国境を越えてカフジへ逃げ込むことも検討しておいた方が良いぞ。」

「急にそう言われましても、ちょっと今すぐピンと来ませんので……。

もう少し状況を確認してから判断したいと思います。何か更に情報があればご連絡下さい。こちらからも、何かあればお電話します。」

数日前から、藤堂邸には客が多かった。サウディアラビアの首都にあるリヤド事務所の増井次長が出張してきており、三日前から宿泊していた。所長邸は日本からの有力政治家や経済界の大物客でも接待できるような迎賓館的機能を有するとともに、出張者の宿泊も可能にしている多目的施設でもある。

アラビア湾岸諸国随一の都市機能を有し、アメリカやヨーロッパ系の一流ホテルも進出しているクウェイトではあったが、度量が大きく万人に愛される藤堂の人柄に魅せられて、望んで藤堂邸に泊めて貰う出張者の方が多かった。

会社の旅費規程から言えば、市内のヒルトンでもシェラトンでもメリディアンでもお好みの一流ホテルを選べるのだが、増井も藤堂邸を選んでいた。

クウェイト事務所次長の浜尾は増井の出張を大歓迎しており、この三日間は市内の自分のマンションには戻らず、ずっと藤堂邸で増井と一緒に過ごしていた。

これには訳があった。ふたりとも、エジプトの首都カイロにある世界最古の大学であるアズハール大学に学んだ数少ない日本人の卒業生なのである。

特に増井はイスラーム法学であるシャーリア法を深く学び、シャーリア法の判事補の資格まで取得していた。ふたりのアラビア語能力は我が国でも屈指の存在であり、外務省の語学専門官も一目置いていた。

「おい、総務部長が血相変えた感じで電話してきてなあ。BBCの報道によれば、イラク軍がクウェイトに攻め込んだって言うんだよ。アラビストの君たちとしては、どうなんだ。昨日までに、何かそんな予兆を感じてたか？」

「へえ、本当ですか。イラン・イラク紛争が終わったら、直ぐにクウェイトがイラクへの戦費の貸与部分を返せって言ったものですから、かなり両国関係が険悪化してはいますけど。まさか戦闘行為へ進むとは、ちょっと信じ難いですね。」

「まったくだよなあ。夕べ、事務所を出たのは八時頃だったけれど、市内は平穏で、何も変化は見られなかったよなあ。」

「確かにクウェイトは、ここのところＯＰＥＣの生産割当てを超える原油増産をしていますから、それが原因で原油価格も下り気味です。紛争後の経済復興を目指すイラクにとっては、不愉快千万に映っているとは思いますよ。」

「しかし、それぐらいで軍事行動に移るかなあ。」

クウェイト勤務は三回目であり、通算十四年の現地勤務に就き、ふたりの子供もクウェイトの病院で取り上げた程のベテラン中のベテランである藤堂も、我が国有数のアラビストの両名も、クウェイト市の北方と中心部で進行しつつある事態の展開は読み切れなかった。

「そうそう、増井くん。君、今日の飛行機でリヤドに帰るんだったよなあ。

何もないとは思うけど、少しは早目に出発しておいた方が良いかもな。浜尾くん、送ってやれよ。築館所長には宜しく伝えておいてくれ。たまには、クウェイトに来て貰ってくれ。」

三日間の出張を終えて、増井は午前十一時発のガルフ航空で帰途につく予定であった。藤堂の勧め通りに、ふたりは早目にクウェイト空港に向かうことにした。


空港は藤堂邸から北西へ車で三十分くらいの距離にあった。

「ほら見ろ、なんにもないじゃないか。」

ふたりは走り始めてから、早過ぎた出発を悔やみ始めた。車の前方の風景はいつもの通りであり、変化は全く感じられなかった。国際空港とはいいながらクウェイト空港には、欧米の大空港のように立派なティ・ラウンジのような待合室はないのである。早過ぎる空港到着は、時間潰しに困るのだ。


ところが、空港へあと五分と迫ったあたりで状況は急変し、やけに軍服が目立つようになったのである。ハイウェイが封鎖されており、ふたりの車は停車させられ、兵士に取り囲まれた。

アラビア語に不自由しない浜尾は窓を開けて尋ねた。

「いったい、何をやってるの。友達が午前中にリヤドに帰るんだよ。通してくれ。」

「空港はすでに我々が封鎖した。従ってクウェイトから飛び立つ飛行機はもうない。お前たちは通過させないから、家に帰れ！　我々はイラク軍だ！」

冷水を浴びたような衝撃が走った。軍服姿は演習中のクウェイト兵だと、今の今まで思い込んでいたのだが、相手はイラク軍だと名乗っている。両名のようなアラブ通でも、日本人の目からはイラク兵もクウェイト兵も骨相的には区別できない。なぜなら、両国国境は、かつての植民地時代の宗主国だったイギリスが自らの都合で引いたものであって、人種的には同一の民族なのである。

背筋に冷たいものが走るのを感じながら、浜尾は慎重に車を運転した。

急発進でもして、殺気立ったイラク兵を刺激して、背後から機関銃の掃射でもかけられてはたまったものではない。まだイラク兵の視野にいると感じられる間は、平静を装ってゆるゆると車を走らせた。危険地帯を脱したと思われるあたりで、浜尾は最速に切り替えて脱兎の如く藤堂邸へと急いだ。


浜尾と増井が出発した後、藤堂は念のためクウェイト事務所の部下たちへ、情報収集のための電話をしてみた。事務所にはクウェイト人を中心に、パレスチナ人たちも含めて五十名のスタッフが働いており、彼らはクウェイト市内の全域に散らばって居住している。

「イラクかあ。来るとすれば、当然、北からだよなあ。」

藤堂は、市内北方に住む経理担当のモハッマドに電話をかけてみた。

残念ながら、通話中とみえて電話がつながらなかった。少なくとも、在宅であることは解った。次のスタッフに電話を試みようとした瞬間、電話のベルが鳴った。

「ハロー、トウドウ　スピーキング……」

受話器を上げた藤堂に対して、ヒステリックに一方的に話し続けるのは、市内の中心部に住む総務部マネージャーのカンダリーだった。

「大変です！　ミスター・トウドウ！　イラク軍とおぼしき軍隊が、クウェイトに攻め込んできました。今、うちの直ぐそばまで来て王宮を攻撃しています。戦車がどんどん砲撃しています。私はどうしたら良いんでしょう、家族が十五人もいるのに……。」

藤堂は、バットで頭を殴られたような衝撃に耐えながら、パニックに陥っているカンダリーをなだめた。近くまで軍隊が迫っているのに、退避のために街路に飛び出したりしては、殺気立ったイラク兵の攻撃を誘発して、かえって危険なはずだ。裕福な部族出身であるカンダリーの大理石造りの豪邸なら、簡単に砲弾が貫通することはないはずだ。瞬時に頭の中で状況を読み取ると、藤堂は指示を与えた。

「いいか、カンダリー。落ち着け、落ち着くんだ！　お前がおろおろしていてどうするんだ。家族は皆、お前を頼りにしている。まずお前が落ち着いて、家族を安心させろ。逃げたくても、戦闘中は絶対に外へ出るな。かえって危険だ。お前の家なら、攻撃されても簡単に潰されることはないから絶対に中にいろ。何か状況が変わったら電話してくれ。こちらからも連絡する。」

電話を切ると同時に、またベルが鳴った。

「あ、やっと通じた！　藤堂さん、大変よ！　イラク軍の戦車隊が、クウェイト・タワーを攻撃しているわ！」

クウェイト事務所の技術担当部長である橘の夫人であった。

クウェイト市の中心からやや南に下った海岸に、クウェイト国繁栄のシンボル、百五十メートルの高さを誇るクウェイト・タワーがそびえ立っている。群青色のアラビア湾と高く広がる蒼穹を背景に白く美しくそびえ立つタワーは、クウェイトのみならずアラビア湾全域でも有数の名所であった。

侵攻するイラク軍にとって、クウェイトのシンボルへの攻撃は、軍事戦略から言っても極めて象徴的かつ有効な軍事行動であったに違いない。

橘夫妻は、クウェイト・タワーに程近い、市内有数の高級住宅地サルミヤにあるマンション最上階に居を構えていた。たまたまではあるが、イラク軍の行動を観察できる絶好の位置にいた。

男勝りで、いつも行動が軽率過ぎるほど軽快な夫人の性格を熟知している藤堂は、こんな急場にあってもジョークを忘れずに、夫人の軽挙盲動に釘をさした。

「何かそうらしいねえ。今日はゴルフに行こうと思ってたのに、イラク軍の馬鹿どもが。冗談じゃねーよなあ。ところで、奥さん。あなた、直ぐにテレビのレポーターみたいに現場に飛び込む癖があるんだから。駄目だよ、今日は。

事務所としてどう対応するか、もう少し情報を集めて状況判断した上で、直ぐに連絡するから。それまでは、うちの中にいてくださいね。旦那にもそうお伝え下さい。ひょっとすると皆さんには、俺のところで合宿して貰うことになるかもしれないねえ。」

夫人との会話中に、イラク軍に追い払われた浜尾と増井が、血相を変えて帰ってきた。ふたりからことの顚末を確認する間も、部下からの電話が相次いだ。

アラブ人従業員の信頼と尊敬を集める藤堂ならではのことだ。部下たちは窮状と恐怖を訴え、採るべき対応策について、藤堂の判断と下知を仰いだ。

このころになると、不安を感じた経理担当の若手所員竹村夫妻が、指示を受けるまでもなく藤堂邸へ移ってきた。危機対策の中心が藤堂邸になるはずであり、手が足りなくなるのは目にみえていた。夫婦はもう当分家には帰れないと考え、大型スーツケース三個と車のトランクに当座の必需品を山のように詰め込んでいた。クウェイト市全域に分散して居住する部下たちからの哀訴の連絡が相次ぎ、藤堂には居ながらにして事件の全容が理解できてきた。

十分予想されるイラク軍による通信網の切断の前に、状況報告と取るべき対応につき、本社とカフジ鉱業所に連絡を入れなければならない。

藤堂は、総務部長の鹿屋とカフジの真田部長に急いで状況報告した。両者からも、各々の立場で確認した情報を藤堂に伝えるとともに、通信ラインが切断された場合のクウェイトにおける危機対応の判断の全権を藤堂に委ねる旨の要請があった。

藤堂は、自分自身の目で状況を把握したかった。

本社やカフジからの連絡だけでなく、クウェイト事務所の部下たち、さらには不安におののく日本人会のメンバーからひっきりなしにかかって来るであろう電話の対応を増井と竹村に任せると、藤堂は浜尾を連れてクウェイト市の中心に向かった。パスポートを胸に入れ、イラク兵の誰何に備えた。相手を刺激して発砲されないように、藤堂は愛車のリンカーンを余裕有り気にゆっくりと走らせた。

クウェイトの都市構造は、概ね海岸沿いに王族の宮殿、中央省庁オフィス、高級ショッピングセンター、欧米系ホテル、各国大使館、富裕層の住宅街が並んでいる。内陸に入るに従って庶民階層の居住区が広がっており、これらの各ブロックの間をリングロードと呼ばれる片道三車線のハイウェイが環流している。

散発的に砲撃音や大きな爆発音が耳に入ってきた。機関銃の乾いた音もあちこちから響いてきて、局地的な戦闘はまだ続いていることを示していた。

状況確認のために、海岸沿いの王宮や石油省オフィスに近づこうとするのだが、これらの戦略的価値の高い重要地域には例外なくイラク兵が散開しており、銃を向けて威嚇するので近ずくことすらできなかった。

僅かにハイウェイ越しに王宮が攻撃破壊され燃えているのが遠望された。転々と横たわっているのは、最後まで抵抗したか逃げ遅れたクウェイト兵の死体だろう。

あちこちから立ち上る黒煙を見て、藤堂の胸は痛んだ。つい昨夜までの、クウェイト市の賑わいは何処へ行ってしまったのだろうか。明るい笑い声とともに楽しそうにショッピングストリートを往き来していたクウェイト市民の団欒や幸せは、明け方の内に雲散霧消してしまったのだ。

要所に立哨する歩兵小隊の配備ぶりから、このイラク軍の行動は発作的なものではなく、十分に練られた上での作戦であることが窺えた。世界はなぜ、事前に察知して未然の防止外交が展開できなかったのだろうか。

イラク軍の密集地域を避けて車を走らせながら観察を続ける藤堂ではあったが、走っている普通乗用車は全くなく、あちこちでイラク兵の検問を受け、通行禁止を言い渡された。

「俺たちは、日本のビジネスマンだ。事務所がアルヒラーリ通りのクウェイト航空ビルにある。こういう事態になったからには、責任者としては事務所の無事を確認する義務があるんだ。」

浜尾の流暢なアラビア語が有効に働いた。概して、中東諸国一帯では兵卒クラスには英語は殆ど通じない。通訳が勤まるほどの英語の使い手である藤堂でも、彼らとの意思疎通は不自由なのである。銃口を突きつけられながらも、パスポートを示しながら迫る藤堂の真剣さと、戦争当事国ではない国籍や浜尾の流暢な通訳が相俟って、藤堂は首尾よく事務所のあるビルに到達することができた。

アラビア湾にほど近いメインストリートに面した瀟洒な九階建てのビルは、七階以上のフロアは焼け焦げていた。この様子では、よく利用している最上階の展望レストランも壊滅状態だろう。状況から判断すると略奪がすでに行われた後かも知れなかった。

日本アラブ石油開発のクウェイト事務所は四階と五階にあり、幸い火の手は及んでいなかった。しかし、ドアは爆破されており、多数の銃跡が壁のそこら中に残されていた。引出しという引出しは、引き抜かれ中身を床にぶちまけられていた。金目のものは持ち去られているに違いなかった。

所長室も同じ惨状を呈していた。しかし、藤堂はある幸運に気がついた。部屋に備え付けられた大型の金庫にも銃弾の跡がくっきりと残ってはいたが、頑丈さに根負けしたのか、略奪する時間が十分になかったものか、金庫が空けられた形跡がなかった。幸い、外側のダメージにもかかわらず、主人が戻るまで耐えていたかのように、藤堂のダイアル操作で金庫は開けることができた。二人は中にあった日本円とドル、クウェイト通貨のディナールの全額を部屋に転がっていたバッグの中に移し変えた。これから始まるであろう多難な試練に備える意味では、またとない有難い収穫であった。

藤堂が、次にしなければならないと考えたのは、会社の先輩塩沢の消息確認であった。塩沢は藤堂の五期先輩にあたり、入社した頃は業務オリエンテーションから退社後の飲み会に至るまで随分面倒をみてもらっていた。

塩沢は定年を前にして日本アラブ石油開発の子会社で、原油出荷に伴なわれる周辺業務を扱う現地法人の責任者としてクウェイトに単身赴任していた。宿舎にしていたのは、クウェイト事務所からさほど遠くないプラザホテルであった。

着任後、間もない塩沢は、まだ自動車を買い求めていなかったはずで、こうした緊急時には、退避しようにも足の確保もままならないはずであった。

慎重なスピードでホテルに向かう間、一度イラク軍の一個小隊の軍服たちがたむろする一郭を通った。兵士たちは戦闘に疲れた後の小休止中であったものか、幸いにして誰何されずに済んで藤堂は胸を撫でおろした。バッグに詰めた邦貨換算で三千万円相当の緊急資金を運んでいる最中なので、藤堂も浜尾もイラク兵の目が気に掛かって仕方なかった。

ホテルの玄関とフロントはイラク軍に破壊されていて、小火災の跡も歴然としたあわれな惨状を呈していた。もちろん、スタッフは逃げ去ってひとりもおらず、果たして塩沢がまだ部屋に止まっているのか否か解らなかった。停電のためエレベーターが使えないので、藤堂は階段を登って七階の塩沢の部屋を訪ねた。

「塩沢さーん！　藤堂です！　おられますかー？　お迎えにあがりました！」

「おおお、来てくれたのか！」

塩沢はドアを蹴り破るように飛び出してきて、藤堂に抱きついた。

市の中心地区に位置するホテルの七階の窓からは遠望がきいていた。爆発音で目覚めた塩沢には、イラク軍の展開する有様が見えていた。窓の下にイラク兵が散開したかと思うと、ホテルのフロントには手榴弾が投込まれ、軽機関銃が撃ち込まれ小火災が発生した。ホテルの従業員は即座に逃散してしまい、電話オペレータなしでは藤堂に救出を求めようにも連絡ができなくなった。いつ、イラク兵が略奪に来るかもしれないが、逃げようにも足がない。篭城しようにも、単身のホテル住まいで食品のストックもない。あるのは部屋に備え付けられた小型冷蔵庫の中の僅かな飲料水だけである。酷暑の八月、電源が落ちて冷房は停止して、室内の気温は四十度を軽く越えていた。心細さと絶望のどん底にいた塩沢にとって、藤堂の呼び声はまさに地獄に仏と感じられた。

金庫の中身と救出した塩沢とともに、藤堂邸へ戻ってみると、日本人従業員とその家族が全員集まっていた。日本人全員の安全を図るとともに、これから始まるであろう困難に対処する上で、一緒に行動した方が合理的なのは間違いない。部下たちと家族の顔を見て、召集の連絡をする手間が省けた感じがした。得体の知れない底深い危機に瀕して、皆の思いは一緒であったのだ。

幸い、藤堂邸は迎賓館と出張者宿泊施設を兼ね合わせた豪華さを誇り、収容能力上は何も問題なかった。その夜から、館の住人は、藤堂夫妻に夏季休暇でクウェイト訪問中の高校一年生の長男龍雄、中学一年生の長女亜佐美。次長の浜尾。技術担当部長の橘夫妻。経理担当の竹村夫妻。救出された塩沢。出張中に事件に遭遇してしまったリヤド事務所次長の増井。そして、休暇に出る同僚を見送るためにクウェイトまで来ていたカフジ鉱業所の海道と深川の十三名となった。

藤堂と浜尾が市内の偵察に出ている間、悲鳴にも似た電話が殺到していた。クウェイト人の部下たちからだけではなく、クウェイト日本人会の知人からも引っ切り無しの相談や頼みごとの電話が掛かってきたのだった。

「日本アラブ石油開発の方々はどうするのですか?」

「逃げるのなら一緒に連れて行って下さい。」

女性からの電話には、藤堂の妻の恵子がパニックを解きほぐすように、優しく受け応えてあげていた。

この時クウェイトには、大使館を始め、石油関係、商社、金融、建設、メーカーの各産業分野の駐在員がおり、帯同家族を含めると四百八十名の日本人が在住していた。夏期休暇シーズンに入っていたお陰で、一時帰国や旅行に出ている者が多く、日本人同胞が二百七十名に減っていたのは不幸中の幸いであったと言えよう。クウェイト日本人会は、世界各地にある日本人会と同様に、慣例に従って大黒大使が会長を務めていた。しかし、社会環境や生活習慣が日本とは大きく異なるアラブ地域において、一番頼りにされていたのは、現地に三十年以上の長きに渡り根を張って事業を続けている日本アラブ石油開発であった。日本アラブ石油開発の歴代のクウェイト駐在員は、アラブという日本にとってなじみの薄い国に後からやってくる日本人たちには常に優しく接していた。自らの経験や知識を伝授して、自らが体験したカルチャーショックに後輩たちが陥らないで済むように配慮していた。普段でもそれだけ頼りにされていたのであるから、未曾有の危機的状況においてはなおさらのことであった。皆、揺らぎのないおおらかな藤堂の言動に接したがった。

帰邸した藤堂は全員を集めミーティングを始めた。今、実際に見てきたこと、想定される今後の展開、今直ぐ何をしなければならないのか。

部下にてきぱきと指示を与える父親の姿を、頼もしそうに龍雄と亜佐美はミーティングの輪の外から見守っていた。

退避の方法は、今暫く情報を集めて慎重に検討するとして、藤堂部隊が直ちに行うべきことは、明日中に五十名のアラブ人スタッフを藤堂邸に招集して、回収してきた資金を緊急対策用に分配することと決めた。時を失すれば、電話ラインは分断され、連絡がつかなくなる恐れがあった。イラク兵がさらに拡充され最終配備につけば、行き来の自由は奪われてしまう可能性も大きかった。

イラク軍に集会の疑念をもたせないために、全スタッフを国籍区分にも配慮しながら五組に分けて、タイムラグをおいて分散して集めることにした。

その方が事務作業の効率化にも繋がるだろう。早速、浜尾と竹村が手分けして、スタッフ全員に時間を指定した召集電話をかけた。海道と深川は、ワープロを駆使して借用証書の作成にかかった。それが終わると、配布する非常資金の束を作成した。米ドルとクウェイト・ディナールからなる原資を、事務所スタッフの五十名に増井、塩沢、海道、深川の来訪組四名を加えた人数で割り算した均等金額の山を五十四個作るのである。役職別に傾斜をつけては如何かと、実務家の竹村が意見具申したが、藤堂は容れなかった。

「こんな緊急時に、人の命の値段に高い安いなんかありゃしねーよ。国籍や役職とは関係なしに、五十四で割り算してくれ。」

部下たちに深夜に及ぶ作業をさせながら、藤堂は本社に電話を入れた。

日本とクウェイトの時差は六時間である。クウェイトの午前二時は日本の午前八時に当たる。本社の始業は午前九時であるが、緊急時だから総務部長の鹿屋は早出出勤しているに違いないと踏んだのである。案の定、鹿屋は席にいた。

「おはようございます。鹿屋さんさすがに早いですなあ。」

「何言ってんだ、藤堂。当たり前じゃないか。俺、夕べは帰ってないんだぞ。会議テーブルの上に新聞紙を敷いて寝たんだ。総務部員で泊り込んだのがあとふたりいる。皆で応援しているんだ。東京で収集した情報はすべて君のところに送るから、頑張ってくれよなあ。」

「ありがとうございます。事務所には昼過ぎに行ってきましたが、壊滅状態でした。今後、電話もファックスも必ずこちら（所長邸）の方に送って下さい。いつまで通信ラインが確保できるか心配な面はありますが……」

総務部長の鹿屋は、実は藤堂の前任者であった。八か月前までクウェイト事務所長でいた立場からすると、藤堂との個人的親交をさておいても、とても他人事とは思えず、東京にいる身で何がしてやれるのかを心から苦慮していた。

藤堂は、侵攻直後の様子を報告し、自分なりの予測を付け加えた。緊急対策として事務所の全在庫資金を従業員に貸し付けること、退避の手段方法とタイミングについては、もう一両日の状況判断により決定したい旨付け加えた。最後に、緊急時につき、この電話を文書報告に代える無礼を詫びた。

鹿屋に何の異存もあろうはずがなかった。藤堂の危機対応はひたすら立派だった。

非常招集されたクウェイト人やパレスチナ人の部下たちは、迅速にも湾岸危機勃発の翌日に藤堂が示してくれた配慮に対して、殆ど全員が涙をこぼして感謝した。進出外国企業の責任者で、ここまでの思い遣りを示す者はまずいない。欧米企業の場合、仕事も生活も全ての面で自己責任が原則であり、危機に際して自分の生命を守るのも自らの責任において執り行わなければならない。竹村の指示に従って、スタッフたちは邦貨換算約六十万円の危機対策資金を受け取って、借用証にサインした。竹村は、この金額が藤堂所長の受取額と同額であることを付け加えるのを忘れなかった。これが、部下たちの心に一層の感謝の念を増幅させたのは言うまでもなかった。

各国籍毎に、悩みの在りようは様々であった。

クウェイト人スタッフは、恐怖に耐え続けてクウェイトに止まるべきか、知人を頼って近隣諸国へ逃げるべきか、更に欧米に飛ぶべきかを悩んでいた。

しかし、逃げてしまった場合は、イラク人に住処を乗っ取られて戻って来れなくなるのではないか。第一、逃げようにも、どうやって逃げればよいのか。

安全が保証された退避ルートなど何処にもないのである。

パレスチナ人スタッフの悩みも深刻であった。第二次世界大戦の後、イスラエルが建国されて追われるように祖国を失い、湾岸アラブ諸国全域に仕事と棲家を求めて散って行った彼らは、クウェイトにおいても基本的立場は外人であり、危機が迫れば逃げればよい。ところが、国を追われた彼らには実際には退避するべき場所は殆どない。しかも、もっと彼らが恐れるのは、一旦逃げたらやっと求めた仕事を失うし、仕事とリンクした居住ビザの再発給もおぼつかない。つまり、もうクウェイトでは働くことも住むこともできなくなるのである。

これらの悩みを抱えつつも、家族と自らの生命を守るために、藤堂の励ましに心から感謝しながら、部下たちは思い思いに安全を求めて散って行った。

第3章　対応方針を巡る本社の困惑

カフジの最高責任者である城戸駐在代表専務は、激務の間を縫ってようやく取得した長期休暇を東京で楽しんでいた。要職を巡る多忙さゆえに、年に一回四十五日間のリフレッシュ休暇を許されていても、その半分も権利行使できない状態が、ここ数年続いていた。

元気だった母親も八十五歳を越えて、さすがに外出することは少なくなり、城戸としてもなるべくそばにいてやりたい心境にとらわれていた。城戸の現地勤務はこれで三回目であった。通算のアラブ在勤はもうすぐ二十年を数えるところまで来ていた。できることなら、そろそろ事務部門を統括する役員として本社へ帰任したいものだと、内心では考えていた。

城戸の自宅へ総務担当常務から急報が入ったのは、その日の十時前だった。

「城戸さん、お休み中のところ申し訳ありません。実は先ほどのBBCの報道によれば、イラク軍がクウェイトに攻め込んだというんです。これから、ことの真偽を確かめたいと思いますが、取りあえずお耳に入れておきます。」

「エエッ！　きみ、それ本当かね？　僕が休暇に出て来る三週間前には、そんな兆候は全然感じられなかったよ。よく調べてくれ。何かあったら、いつでも出社する準備をしておくから。」

城戸は狐につままれたような気持ちになった。数多くいるアラブ人部下の中には、一族がイラク出身のサウディ人もいれば、クウェイト出身のサウディ人もいる。クウェイト国籍を持つ従業員も鉱業所全体の約一割を占めており、部下たちだけのことを考えても、情報源は周辺のアラブ産油地帯のほぼ全域を網羅している。加えて、サウディ、クウェイト両国石油省の高官たちとは日常的に意見交換する立場にいたので、城戸は現地の情勢分析に関しては第一人者としての自負を持っていた。急な情報に接しても、多分誤報に違いないというのが、城戸の正直な第一印象であった。時差が六時間あるので現地はまだ未明であり、スタッフを叩き起こすのは憚られた。それでも、念のために腹心の真田部長だけには一報を入れておくことにした。もちろん真田はまだ深い眠りの中にいたが、電話のベルの音で目覚めさせられた。

「ああ、タイコーさん？　城戸ですが。寝ているところを、早朝から申し訳ないねえ。たった今しがた、本社から電話があってねえ。イラク軍がクウェイトに侵攻したというニュースをBBCラジオが流したという情報が入ったそうなんだよ。ちょっと信じ難いニュースではあるんだが、タイコーさんにだけは一応お伝えしておきます。」

「エエッ？　本当ですか。そのような動きがあるなんて、聞いたことはありませんよ。昨夜なんか、大町がクウェイト空港から休暇に発つというので、海道と深川がクウェイトまで見送りを兼ねてドライブに出掛けた筈ですがねえ。ついでに、ふたりともヒルトンだったかメリディアンだったか一流ホテルに泊まって命の洗濯をしてくると言っていましたよ。」

「うん。だからさ、誤報の可能性もあることを含めて、念のためにタイコーさんには情報をお伝えしておきます。本社でもさらに情報収集に努めているから、何か解ったらまた電話を入れます。総務部の鹿屋くんあたりから、直接そちらに電話が入ることもあるかも知れないね。」

「それじゃあ、城戸さん。こうしましょうか？　何にもないとは思いますが、万が一のために一応緊急連絡網を通じて、今日の従業員のクウェイト行きは止めさせましょう。なにしろ木曜日ですから、早朝からクウェイトに買出しや食事に行くつもりの連中もいっぱいいると思いますよ。」

「そうだねえ。それじゃ、そういうことで連絡を徹底しておいてくれますか。念のためだものね。ただし、パニックを誘発しないように注意して下さい。」

城戸の指示を確認すると、真田は鉱業所長の田尾を起こして城戸の電話内容を伝えるとともに、緊急連絡網の幹事役たちにその日のクウェイト行きの禁止を通達した。鉱業所には、約百三十人の日本人従業員とその帯同家族が駐在していた。日本人たちは、危機管理上の必要から緊急連絡網を規則化していた。そう度々危機が発生するものではないので、普段の連絡は慶弔情報や人事異動が主な対象だった。しかし、八年半前にイラン・イラク紛争が勃発した際などは、連絡網は迅速かつ有効な情報伝達手段として働いていた。

真田から指示を受けた緊急連絡網の幹事役たちは、まだ全員がベッドの中にいたが、眠い目をこすりながら訳の解らないままに、自分が担当するネットワークの同僚たちへの電話を急いだ。

真田への電話を終えると、城戸自身もテレビ各局にチャンネルを合わせたのだが、どの局とも緊急事態の発生を告げるテロップは流していなかった。

それでも、城戸はテレビを付け放しにしておいた。

「やはり、誤報だろうなあ……。」

しかし、昼前のＮＨＫの臨時ニュースを見て、城戸は驚いた。

ＮＨＫだけでなく、全民放テレビが一斉にイラク軍のクウェイト侵攻を報じ始めたのだ。日本時間八月二日午前十一時十一分にクウェイト外交筋がロイター通信に対して、未明にイラク軍がクウェイト国境を越えて侵攻したと明らかにしたものだった。イラク軍は、ソ連製Ｔ六二重戦車三百五十輌を先頭に陸軍兵力数万人をトラックに分乗させて侵攻し、武装ヘリコプター数十機をもって上空を制圧したというのが第一報であった。

驚くべきことに、突然のイラク軍の軍事行動は事実であり、寝耳に水の大事件であった。未曾有の危機の発生に際して、現場を留守にしていたことへの後悔が頭を掠めた。直ちに自分は現場に飛んで帰らなければならないと思った。しかし、真田や敦賀を始めとする信頼する腹心たち数人の顔が脳裏をよぎって、城戸は本社で対応方針を固め次第、至急現場へ戻ろうと考えを改めた。

その直後から、本社には報道各社からの問合せや取材申し込みが殺到した。中にはアポもとらずに、ビデオカメラを抱えて駆け付けるテレビ局もいて、総務部員は対応に追われた。同時に現地赴任者の留守宅や親族からの事実確認の電話が相次いで、人事部の全員がいちどきに集中した問合せへの対応のために受話器に取り付きっぱなしの有様だった。

本社からの召集連絡を待つまでもなく、城戸は妻の暎子に告げた。

「おい、大変だ。信じ難いことに情報は本当だった。今から僕は本社に行ってくる。役員車の差し回しなんか待っていられないからタクシーを拾って行くよ。本社から電話があったら、もう本社に向かったと伝えてくれ。」

城戸が出掛けたのと同時に、緊急役員会の招集の連絡電話があった。

在京の全役員は、その日の午後一番で本社役員会議室に集合した。

最初に決議したのは、社長室、人事部、総務部の主だった管理職で構成される緊急対策本部の設置であった。本部長には副社長の長岡敬三が就任して、その指揮の下に総務部が情報収集、分析及び現場連絡、社長室が日本人・アラブ人全役員との連絡徹底、人事部が留守宅への対応という業務分担がなされた。

大会議室を転用して緊急対策本部の事務局室とし、指名を受けた各部社員が交代で事務局室に詰めてその任務に当たることとした。

サウディ、クウェイト、ニューヨーク、ロンドンなど世界各地に事業所を構える事情から、時差の存在を勘案して事務局は二十四時間運営とした。夜勤には本社全部室から当番を順番に指名して、二名のスタッフが泊り込むことになった。

緊急対策本部が負った任務の中で、一番重要なのが情報収集であった。役員、社員を問わず、ありとあらゆる情報源に接触して、イラク軍の配備状況や戦力に関する情報を収集することで、戦況の進展を見定めようとした。この局面で一番有効に働いたのが、本部長に任命された長岡副社長の人脈の幅広さであった。長岡は通産省の事務次官を勤め上げた後、日本アラブ石油開発に招聘されていた。通産省の課長時代に通産大臣秘書官となり、さらに通産大臣から首相へと栄進した越後角造総理に請われる形で、引続いて首相首席秘書官を経験しており、長岡の情報ネットワークは政官財各界に広く深く及んでいた。通産、外務両省及びその管轄下にあるジェトロ、在リヤド日本大使館、そして有力商社始め在外事務所を持つあらゆる企業からの情報提供の約束は、直ぐに取り付けられた。果敢な取材で総務部を攻め立てる報道陣ではあったが、各メディアのトップには長岡の信奉者が多かった。各メディアは取材を迫り続ける脅威ともなったが、同時に貴重な情報提供者でもあったのだ。

また、社長の尾張雄行は、通産省から防衛庁装備局長へ出向していた経験を持っており、イラク情勢を巡る軍事情報の収集という面では防衛庁情報も貴重なものとなった。

これらの協力者による客観情報も重要であったが、日本アラブ石油開発にとって一番知りたい情報は、石油開発権益供与国であるサウディアラビア、クウェイト両国が遭遇した国家的危機における対処方針であった。商社や金融といった業種とは異なり、両国政府との取り決めによって現地に石油開発基地を構える会社の立場としては、その行動は常に両国政府とともにあることが求められる筈であった。

しかし、会社にとってもっと大切なことは、従業員の生命の安全確保であった。

クウェイトには、藤堂所長を始めとする十三名が滞在していた。戦乱に巻き込まれてしまった彼らの退避ルートの確保は焦眉の急の大問題であった。更に、もし戦闘がクウェイト国内に止まらず、サウディアラビアにまで波及する予兆でもあるならば、国境から僅か十八キロしか離れていないカフジの鉱業所は即座に操業を停止して日本人従業員百三十名始め二千名近い多国籍からなる従業員を退避させなければならない。決断の時期と行動を起こすタイミングを掴み損なうと、大惨事になりかねなかった。

一日をもたずに陥落したクウェイト政府は即日機能不全に陥り、藤堂がクウェイト政府に対して方針を質せるはずもなかった。リヤド事務所の築館は本社の意を体して、サウディ石油省に接触しようとするのだが、事件発生がアラブ地域の休日である木曜日未明であったので、要人との面会すら許されなかった。省が機能していなかったというよりも、石油省自体が政府方針を確認するために、王国最高の権力中枢である内務省へお伺いを立てていたと見るべきだったのであろう。

事件勃発三日目に当たる土曜日が、アラブの一週間の始業日である。

築館は、待ちかねたように石油省に旧知のアハマディ次官を訪ねた。アハマディは四名いる石油省次官の中でも特に日本アラブ石油開発の事業活動を直接管掌する立場にいて、普段から諸々の業務報告と意見交換のため頻繁に訪問する相手であった。しかし、既に登庁しているのは間違いないはずの次官が、築館の訪問を受け入れる兆しは全くなかった。築館の目に映った週明けの石油省の慌しさは、サウディアラビア政府自身が陥っている混乱振りを現していた。

築館の来訪に全く時間を割くつもりはなかったが、怜悧な洞察力を備えたアハマディ次官は、秘書官に築館への伝言を指示することを忘れていなかった。

次官との直接の面談を求めて食い下がる築館に、秘書官のイブラヒムは主からの伝言を伝えた。

「秘書官。非常に重要な用件について次官のご意向を確認したいので、少しの時間で構わないから直接お会いできないだろうか?」

「ミスター・ツキダテ。当面、次官は忙しくて面会は許されない。それより、本日間違いなくミスター・ツキダテが訪問される筈だからと、次官から伝言を承っておりますので、お伝えしておきます。」

「秘書官。どういうことですか？」

「政府命令としての伝言です。如何なる事態になろうとも、鉱業所の日本人だけで単独退避行動に移ることは絶対に認めないとのことです。」

進出外国企業にとって、サウディ政府の命令は絶対である。築館は愕然として事務所まで戻ると、直ちに政府方針を本社に報告した。

暴君サダム・フセインの脅威からサウディアラビアを守護できるのは、世界の警察を自認するアメリカしか存在していなかった。事実、その頃ワシントンでは駐米大使のバンダル王子が、米軍のサウディ派遣を巡る交渉を繰り返していた。同時にサウディ国内では、イスラームの聖地メッカを擁する王国に外国の軍隊を受け入れることは、宗教上の禁忌を犯し、イスラームの風紀を紊乱すると強硬に反対する宗教指導者への説得努力が続けられていた。

鋭いアハマディ次官は、米軍の招致がもたらす国家安全保障上の貸借の結果、西側最大の石油消費国でもあるアメリカは、湾岸危機の影響による石油価格の暴騰を抑止するための大増産を要求してくることを読み切っていた。

秘書官による退避禁止の政府厳命の伝言によって、大増産の先頭に立たなければならない日本アラブ石油開発には退避の道が閉ざされてしまったのだ。

築館からの緊急報告を受けて、本社役員たちは土曜の休日を返上して対策会議を行った。国境の直ぐ南に位置する鉱業所が戦闘の危機に巻き込まれる直前には、当然全従業員は退避しなければならない。しかし、築館の折衝努力の皮肉な結論として確認してしまったサウディアラビアの対応方針は、明らかに従業員の生命の安全確保とは相反するものであった。

『退避を許さず』という厳命は、従来の慣例に倣って、追って石油大臣から社長宛てに文書の形で正式に届けられると考えられた。政府命令に従わない場合の、石油開発権益の没収は当然の措置であり、それが他に経営基盤を持たない会社の存続に決定的なダメージをもたらすことは明らかだった。

従って、会社は政府の意向をギリギリの線まで遵守しながらも、戦闘の危機が迫る最後の最後には従業員の退避を許可してもらうべく政府折衝を展開することを余儀なくされた。

しかし、退避せずという会社方針、換言すれば何故逃げられないかについては、鉱業所従業員の猛反発は必至であった。単身赴任者の留守宅からの怨嗟の声が、怒涛のように押し寄せるのも不可避なはずであった。しかも、湾岸情勢を見守る全メディアからは、従業員の生命安全の軽視というバッシングを蒙ることは当然の成り行きであると考えられた。

役員会では、会社の立地条件を踏まえた対応方針を固めて、全従業員と世間にアナウンスすることが決められた。サウディアラビア政府からの命令を尊重するぎりぎりの苦渋の選択であるにせよ、国籍を問わずに全従業員を鉱業所に最後まで踏み止まらせて、危険の中においても石油操業を継続するからには、確固たる経営哲学に立脚した対応方針が必要になる。

まず第一に、日本アラブ石油開発は日本の会社であることはもちろんであるが、サウディアラビアとクウェイトから石油開発権益の供与と資本参加も受けている国際企業であるという立場にある。原油価格高騰の未然防止というサウディ政府方針が明確に示されているのならば、これの実現のために会社は最大限に協力しなければばならない。

第二に、鉱業所の存在と機能は、カフジ・コミュニティの一部である。鉱業所は、カフジの街に水や電力の供給という地域貢献を果たしている。鉱業所内部では百三十名の日本人がリーダーとなって、十八カ国から集まった二千名近い従業員とともに働いている。ローカル・コミュニティに深く関与するリーダーたる日本人だけが逃げることは、現地事情が許さない。

第三に、資源小国日本への石油資源確保という国家的使命を負った会社が、政情不安定が恒常的である中東地域に進出するということは、元来ある程度のリスクは覚悟の上であるはずである。

こうした理由付けにおいて、従業員の残留による鉱業所の操業継続を決定する一方、会社は平行して操業継続が許される限界は何処までかについて情報精査するのは当然であった。

日本アラブ石油開発は、時を移さず経団連のエネルギー記者会を通じて方針説明を行うべくアクションを起こした。しかし、予想されたことではあるが、各メディアからの従業員の生命安全軽視との批判は轟々と巻き起こったし、不安を煽られた留守家族からの非難や問合せが絶えることはなかった。プレスリリースに満足できない記者たちからは、時間の経過とともに怒声にも似た取材攻勢が殺到した。

　現地の同僚たちの身を案じて事務所に泊まり込みを続ける総務部長の鹿屋は、三日目に当たる土曜日の夜も、部室の隅に備え付けられている会議テーブルの上に新聞紙を敷いて睡眠を取っていた。二日目までは、部長の泊まり込みに付き合う総務部員もいたのだが、三日目ともなれば週末であることもあって、部下たちは自宅へ帰っていた。殆ど明かりを消した広い総務部の部屋にふたりの人影が入って来るのが見えた。疲労困憊していた鹿屋は、元気付けられて喜んだ。現地の同僚を心配して、社員が自発的に泊まり込みの応援に駆け付けてくれたものだとばかり思ったのだ。

「おお、ご苦労さん。俺は、ここだここだ。ところで、誰だい？」

「はあ、テレビ・ジャパンの者ですが。何か事態に進展がなかったか取材させて頂きたいと思いまして……。」

　鹿屋は一瞬、内心で激怒した。

『何だって言うんだ、いったい！　ジャーナリスト面しやがって！　人の不幸を飯のタネにするとは何事だ！』

　自社ビルを持たない日本アラブ石油開発は、丸の内仲通りのビジネスセンタービルにテナントとして本社を構えていた。注意していないと、警備員に一言もともらしい挨拶をしさえすれば、清掃作業用の通用口からの出入りが可能なのだ。鹿屋は深夜の無断侵入を怒鳴り上げて取材拒否の意思表示しようと思ったが、グッと怒りを飲み込んだ。現場の同僚の安否を心配する総務部長が、会議テーブルの上で新聞紙を毛布代わりにして泊り込んでいること自体が格好の取材対象ではないか。ぼけた演技で取材の鉾先をかわす必要があった。鹿屋は疲れ果てた頭を切り替えて、老獪に話し掛けた。もちろん、自分が総務部長であるとは名乗らなかった。

「あんたたちも、お仕事とはいえ大変ねえ。土曜日だっていうのにさ。しかも、こんな時間だっていうのに。」

「はあ、現地とは六時間の時差があるって聞いているもんですから……。」

「誰かが交代で夜勤しようって話になっているもんで、たまたま今夜は僕が貧乏くじを引いちゃったんだけどさあ。ご覧の通りニュースは何にもないよ。

あんたたちも、早く帰って寝なさい。そうそう、仕事熱心なのは解るけど、取材はちゃんと総務部長を通してやって下さいね。夜の事務所に勝手にマスコミを入れたと解ったら、僕も部長から怒られちゃうんだ。ここの総務部長、おっかないんだぜえ。」

「そうですか。特に動きがないんでしたら、今夜はこれで失礼します。」

「ああ、お休みなさい。あんたたちも大変ね。」

ふたりのテレビ・クルーが出て行くと、鹿屋は大急ぎで本社事務所の通用口の鍵を施錠した。

第4章　沸騰するカフジの人心

時間の経過とともに状況把握が進み、僅か一日の内にカフジの住民の人心は時々刻々と増幅して行く恐怖に沸騰していった。

鉱業所の一郭にある日本人食堂では、夕食も忘れた人垣が対応を協議するというよりは、大声を発することで恐怖を発散しているのに近い状況が現出されていた。

「逃げなきゃ駄目だ。こんなところに止まるのは馬鹿だよ。馬鹿！」

断定的な言葉を吐き捨てながらも、自ら行動を起こす度胸のない者。死の恐怖を嗅ぎつけて、精神の平静を失い始める者。従業員たちは会社の対応方針に疑念を持ち始めた。

「会社は我々をどうするつもりなんだ。安全圏にいる本社の連中に、この事態の深刻さが解ってたまるか。本社の意思決定なんか待っていて良いのか。」

これらの不満と不安を一身に引き受けて、なだめ落ち着かせるために奮闘するのが、使命感に溢れた真田部長の役目であった。

「まあまあ、そんなに目をつりあげるなよう。イラク軍がサウディ領まで攻め込んで来るって決まった訳でもなしさ。悲観的な情報ばっかりでもないんだからさあ。」

大学の落語研究会時代に身につけた間を置く独特の話術で、ヒステリックにわめく同僚たちを落ち着かせるべく話して聞かせた。

「だからさあ、本社でも情報をもとに対応方針を纏めている最中なんだよう。城戸専務が直ぐにカフジに戻ってこられることになっているんだ。それまで、あんまり騒がずに待っていようじゃあないかあ。」


同僚たちの前では、普段以上にくだけて見せて、安心を誘う演技をしていた真田も、東京の城戸専務に国際電話を掛ける時は、別人のように真剣であった。

「専務、カフジの人心は揺れに揺れ動いています。すでにパニックに陥った者も出てきました。ただ、山田副所長や敦賀部長みたいな中心になる人たちはどっしりとしていて、頼もしい限りです。このまま簡単に人垣が崩れるとは思いませんが、いずれにしても、早く方針をはっきり示さないと、従業員の不安は増大する一方ですので……」

サウディ政府から撤退許可を得るための折衝は、まったく先が読めなかった。当面は操業継続の命令に従わざるを得ないにせよ、どこまで我慢すれば安全地帯へ退避できるのだろうか。政府の腹を読みかねている本社経営陣の逡巡を背景に、城戸専務も真田への回答に苦慮をしていた。迫り来る戦争の危険を前に、真っ先に打たねばならぬのは、婦女子の撤退であろう。しかし、下手にそれをすれば、会社が未曽有の危機を認めたことを悟って、気の弱い従業員が職場を放棄するかも知れない。だが、婦女子を危険に巻き込むことだけは絶対に避けなければならなかった。もう決断の時なのだ。

「真田くん、カフジの日本人婦女子は即刻全員帰国だ。ダハラーン空港までは、ジュニア（下級）従業員用の通勤バスを使って、団体で移動させること。直近の休暇取得予定者三名に予定を繰り上げさせて、婦女子を日本まで無事に送り届けるように指示してくれ。ただし、これがパニックの引き金にならぬよう、くれぐれも注意して事を運んでくれ。」

鉱業所の日本人従業員約百三十名の内、約七割は、子供の教育や老親の世話といった家庭の事情で、単身赴任を余儀なくされていた。一方、子供が幼い比較的若い世代と子供のいない夫婦は、鉱業所に隣接したファミリー・クオーター（社宅地区）に、多産系のアラブ人家族と社宅を並べて住まいしていた。事件の発生が夏休み時期であったので、休暇帰国中の従業員も多かった。従って、その時点でのカフジ滞在中の日本人従業員家族は二十七軒であり、婦女子の数は約四十名であった。

イスラム暦の週末にあたる金曜日、しかも現地時間の夜に婦女子の退避命令という重大任務を受けて、真田の獅子奮迅の働きが始まった。絶対に従業員にパニックを誘発させないためには、小人数のスタッフが粛々と事を運ばなければならない。しかし、込み入った現地事情がそれを阻害しかねなかった。

サウディアラビアでは、石油操業のような最重要基幹産業に従事する外国人は、万が一の逃散を防ぐために、労働法の規定によってパスポートを召し上げられている。休暇で国外に出る場合は、事由を明確にして召し上げられているパスポートを取り戻し、入出国ビサのスタンプを取り付けて、平行して準備した航空券の入手を待って、やっと出国可能となる。航空券の入手にしても、東京のようにどこにでも便利な旅行代理店がある訳ではない。カフジの町には倉庫に毛の生えた程度の建物で営業するトラベル・エージェントと称する店が二軒あるだけであり、処理能力に限界があった。従って、これだけの団体の航空券の手配だけは、退避ルートの中継基地となる東部地区最大の都市にあるダンマン事務所の安藤所長に依頼するしかなかった。

下級従業員の通勤用である自社のバスの手配ひとつとっても、日本にいるようには簡単にいかない。現場仕事に対しては、直属の上司が書面で仕事の指示をする業務規則になっているので、バス運行担当部門のアラブ人部長に話を通さねばならないのである。

真田は、緊急プロジェクトである退避婦女子のカフジ出発の目標を翌々日の朝一番においた。現地勤務通算十五年の顔の広さとアラブ人との間に培った信頼関係にものを言わせて、難事業を進めた真田ではあったが、当局に預かられているパスポートの返還を受けて、入出国ビザのスタンプを取り付けるには、木金の週末を終えて土曜日に石油省事務所が開かないことには、会社としては何もできないからである。夜を徹した努力も含めて、真田はこれらの事前調整をやってのけてみせた。驚異的な調整能力は真田ならではのものであり、これを真似できる者は他にはいなかった。

準備手続きの困難さに劣らず、婦女子退避の説得も大変なものであった。

真田始めリーダーたちのパニック防止のための暢気な演技に半ばだまされて、退避のための準備をしていた家族は意外に少なかったのである。

退避前夜、急な退避指示を受けて、二十七軒の日本人家庭はパニックに陥った。

「やっぱり、そんなに事態は悪かったんですか！」

「逃げるならあなたと一緒よ！　あなたを置いてなんか行けない。私はカフジに残ります。」

「退避するにしても、せめてもう一日、準備の時間を下さい。何でそんなに急なこと命令するのよ。さっきまで、大丈夫、大丈夫と言ってたくせに。」

「いいから、会社の言うことを聞きなさい！」

退避指示の連絡役を担当させられた労務部の長崎は、怒鳴りつけた。自分自身が迫り来る恐怖の渦中にいた長崎には、抵抗を示す妻たちに大声で言うことをきかせる役割は、かえってうってつけであったかも知れなかった。若い夫たちは、会社の対応を批判しヒステリックに叫ぶ女房たちを宥め、子供たちの荷物の準備を重い気持ちで手伝って、涙をこぼす者もいた。

「音在さん、おはようございます。」

日曜日の朝、部下の藤井武が放心したような表情をして、音在のデスクにやって来た。藤井は、二十二名いる音在の部下の中で唯一の日本人スタッフであった。船積み書類と諸統計作成のためにシッピング部に設置したコンピューターのシステム設計と運営管理を担当していた。

「おう、おはよう。どうしたい、なんか元気がないじゃないか。」

「今、女房を見送ってきました。いったい、会社は何考えているんですか。」

「え？　藤井くん。何のことを言ってるんだ。」

「あれ？　音在さん。ご存じなかったんですか。もう、カフジには看護師の田平さん以外には、日本人婦女子は誰もいないんですよ。」

「エエッ！　それ本当かい？」

音在は意外なことを初めて聞かされた。昨日の昼食時に、真田部長とは食堂で話をしたにもかかわらず、真田は何もそのような素振りを見せていなかった。鉱業所のオイル・オペレーション従事者の中隊長を自負する音在にとっては、不愉快千万なことだった。そんな重大事を、事前に自分に知らせないとは何事だという訳である。と同時に、従業員にパニックを誘発させないように隠密裏にことを運んだ真田の深慮遠謀も理解できた。

しかし、退避の事実は直ぐに全員に伝わるのだから、その時のショックを考えれば、過度な秘密主義は余りうまいやり方とは言えない。自分なら、ソフトランディングを図るべく、もっとうまい方法を選んでみせるのにと考えた。

それにしても、準備に奔走したのは週末を含めた二日間だけであったはずだ。よくこの難しいプロジェクトをやってのけたものだ。現地事情を知悉している音在は、真田の奮闘に思いを致した。

「音在さん。本当は知っていたんでしょう、本当は。いったい、会社はこの現状をどう認識しているんですか。うかうかしていたら、取り返しのつかないことになりますよ。」

「まあなあ。」

「僕なんか、ある程度年喰っているからそうでもなかったんですけど、若い連中なんか可哀そうなものでしたよ。全員おいおい泣いていましてね。岩田なんか、バスの窓の下から奥さんの手を握って放せないんですよ。ふたりとも泣きっぱなしでね。バスが出せないぞと怒鳴られて、やっと手を放したんですよ。」

意気消沈しているのかと思えば、藤井は鋭く切り込んできた。

「おいおい、信じてくれよ。俺だってたった今、藤井くんから話を聞くまで、婦女子の退避の話はひとつも知らされていなかったよ。まあ、俺は単身寮の住人だからな。それより、藤井くん、身軽になれよ。いや、もうなってしまった訳だが。これで、自分の命の心配だけしていたら良い訳だ。こう言っては何だけど、夕べ寝ながら考えたのは、今回は家族を日本に残して再赴任して良かったなということだ。最悪の場合でも、死ぬのは俺だけで済むものな。まあ、生活面で不自由になるのは気の毒だが、藤井くんも音在亭の常連メンバーに入れてやるから、今夜から毎晩おいで。元気を出せよ、なあ。」

音在には藤井の心境が良く解った。日本から一万キロという距離以上に、精神的にアラブの地は日本から遠いものがある。言語、宗教、社会習慣、自然環境各々に違いが大き過ぎる。いわば自由圏から来たマイノリティに当たる日本人には、アラブの地は制約だらけに感じられる。その分だけ、家族帯同者は日本にいるよりも家族と過ごす時間は長いし、密接に助け合う。

そのパートナーを全く前触れもなく、まるで強制されるように帰らされたのだから、その心境たるや思いやるべしであった。

音在には、自らの古い記憶が蘇ってきた。かつて家族を帯同した一回目のカフジ勤務の時、ある日妻から生理の不順を伝えられた。三番目の子供かと思った。一瞬、大喜びしそうになって、次の瞬間、ドッと気持ちが沈みこんだ。六歳の長男と四歳の長女は可愛いい盛りであった。出産のために愛する妻と子供たちを日本に返さねばならないと考えたからである。家族が一緒に過ごすことを前提に、現地での生活と仕事の意識を構築している身には、その前提が崩れることは精神的に耐え難いことなのである。数日後、妻から単なる不順であったことを伝えられるまで、音在の気持ちは滅入ったままであった。

音在は、意気消沈した藤井を前にして、にわかに単身勤務を強いられた若手従業員たちを自室で励ましてやらなければならないと思った。


退避する婦女子を乗せたバスは、サウディ東部地区の国際空港ダハラーンを目指した。バスの中は安全地帯へ退避する喜びとはおよそかけ離れて、まるで親族の野辺の送りに向かうかのように涙が絶えることはなかった。

しかし、カフジから三百キロ近く南下する頃、窓外に十数輌の戦車が北上するのを見て、初めて危険地帯からの退避を実感する一同であった。

気丈な母親たちは、泣き止まない子供たちを励ました。

「取り合えず、私たちだけが帰国するのよ。お父さんも直ぐ後から帰ってくるからね。日本の家で待ってましょうね。」

たまたま数日後に長期休暇を控えていたので、急遽日程を早めて日本まで退避婦女子を引率する役目を仰せつかったのは、原油生産部の宮本他二名であった。彼らも、ダンマン地区での戦車小隊の移動の様子を見て、危機が現実のものであることを痛感して縮み上がる思いがした。婦女子の引率の責任を考えるよりも、良い時期に休暇の申請をしていた身の幸運を思うのが正直なところだった。

ダンマン事務所長の安藤が必死で走り回った結果、国外退避に走る乗客が殺到し始めていたにもかかわらず、三十九名の婦女子と三名の引率従業員はシンガポール航空のフライトで、その日の内に機上の人となることができた。

十六時間のフライトの後、降り立った成田空港ロビーには、大勢のテレビクルーが待ち構えていた。引率リーダーの宮本はたちまち取り囲まれて、否応なしにインタビューの受け答えをしなければならなかった。

「あなたが引率者なんですね！　どうなんですか、現地事情は？」

「印象を一言述べて下さい。」「子供さんたち、大丈夫でしたか？」

「カフジからダンマンまで南下して来たら、戦車がたくさん北を向けて移動しているのが見えまして……」

テレビのニュース画面に映し出された宮本の表情は硬く、目が点になっていた。

もちろん、宮本の動揺は殺到するレポーターとカメラマンの数によるものではなかった。

尾張社長のデスクと自宅には、会社の対応の遅さを叱責する電話が絶えることがなかった。広報窓口にも、ありとあらゆるメディアから批判に満ちた取材申し込みが絶えなかった。

「この危機に際して、何故日本アラブ石油開発は退避しないのか!?　いったい、社員の人命をどう考えているんだ！」

第5章　相反する社内

退避婦女子が日本に辿りついた頃、カフジで働く日本人のところには、留守家族や友人たちから湾岸情勢に関する報道振りを知らせる電話がひっきりなしに掛かってきて、退避を促す哀訴にも似た会話に従業員は悩まされた。

「あなた、直ぐに逃げて下さい。会社の言うことなんか頼りにならないわよ。あなたが死んでしまったら、私たちはどうすれば良いの？」

また、東京からの情報は直ちに従業員間で取り交わされるので、そのサウンド効果が日を追うにつれて従業員のストレスを昂じさせて、精神的に極限状態に近づいている者が大多数を占めていた。

音在が昼休みを終えてオフィスに向かおうとした時、丁度廊下の反対側のドアも開いた。本社から出張中の森高が顔を現し、音在を見つけるとすがるようにして訴えた。

「音在くん、帰してくれよ。僕、君たち赴任者と違って、出張者なんだよう。だから帰してくれよう。命が危ないじゃあないか。帰してくれよう。」

音在は、唖然として、年長者の顔をみつめた。その時、鉱業所には三人の出張者がいた。資材業務システムをコンピュータにのせるために、本社の担当者とソフト開発会社のコントラクターのチームが三か月の予定で出張中であった。遠隔地のカフジのことであるから、簡単に本社と現場の間を行ったり来たりできない立地条件にあり、三か月単位の出張はさほど珍しいことではない。たまたま、プロジェクト・リーダーの森高は、単身者寮の向かいの部屋に滞在していた。命の価値に、赴任も出張もあるものか。五期も年長のこの男には、ノーブリス・オブリージュという意識はないのか。その言動から察して、真田部長を始め危機対応の意思決定に関与できる力量を持つメンバーには、次々と哀訴を繰り返しているに違いない。同僚のことなど構わない、自分さえこの苦境から逃げられれば良いというところまで、気の弱い森高の心理は追い詰められていた。

婦女子を退避させた翌日の正午、鉱業所長の田尾は日本人食堂に全日本人従業員を集めた。日本人だけが集会を開いているという事実は、アラブ人の間にあらぬ疑念を生じさせる恐れがあるので、日本人たちが昼食をとりに集まる時刻を選んでの集会であった。十二時からの昼飯を早々と済ませ、十五分後の説明会に遅刻するものは誰ひとりとしていなかった。日本人従業員は、会社側の退避決定の通知を期待して集合した。田尾は全員の出席を確認すると立ち上がり、マイクを握って話し始めた。当事者として前面に出るのを好まず、斜めに構えて人を皮肉る趣味の悪い癖があり、顕揚性豊かな城戸専務とは対照的な田尾には、立場上とはいいながら辛い役目であった。穴に潜って、策をこらしているのが性格的に似合っている田尾には、もうほんの少しでもストレスがかかれば暴発しかねない従業員たちの前に立つのは明らかに重荷のように見えた。

「エー、皆さんには、これから日本に帰ってもらいます。状況を検討した結果、一旦、安全地帯に退避した方が良いと判断しました。これから、退避の準備に入りたいと思います。」

皆の顔に安堵の表情が走った。誰がどう考えても、これ以外の選択肢は考えられないはずだ。音在は内心安堵する思いがしたが、田尾の説明は漠然とし過ぎていて、甘いと感じた。

「所長、質問！　退避しなければならないというのは、妥当な判断だと思います。ただし、我々だけが逃げれば良いというものではなく、粛々と事を運ばなければいけません。例えば、明日夕刻、ジャパン石油が配船した高槻丸がカフジ入港する旨の連絡を受けています。また、来航予定のタンカーがもう一船、すでにアラビア湾に入っておりアブダビ沖を航行中です。至急、連絡を入れて、両船を追い返しますが、それでよろしいですね。」

日本人の退避に伴って必要とされる対応事項は山ほどあるはずである。

音在は自分の任務の立場上、一番緊急と思われる行動に走ろうとして、所長の覚悟の程を確認した。

「ウウッ、そ、それは……、それは……。お、おい、戸川君。」

田尾は直ぐ横に座っていた所長付の戸川調整役に、質問から逃げるようにマイクを渡してしまった。

「エッ、エッ、……タ、タ、タンカーもひとつの退避手段でありまして……」

それはまるで喜劇のひとこまであった。戸川は方針決定に関与する権限など持たない立場であり、ただそばに座っていただけであった。全く予期しないところへマイクを渡されてしまった戸川は、音痴で全く歌えない男が、上司からカラオケマイクを無理やり渡されて一曲強要されて動転する様に似ていた。

『俺はそんなことは聞いていない！　関係先にアクションをとるが、良いなと確認しているんだ！』

ひたすらカフジから逃げることだけを念じている従業員からは、音在は何を余計な発言をするかとの反感をかった。

説明会が大混乱し始めたのとほぼ時を同じくして、食堂に付属した会計係用の小部屋の電話が鳴った。受話器を取った真田が、緊張した面持ちで田尾を呼んだ。ガラス戸の向こうの声は聞えなかったが、従業員にとって好ましい会話ではない雰囲気がひしひしと伝わってきた。

田尾は席に戻ると、再びマイクを手に取って説明を再開した。

「エー、皆さん。ただいまサウディ石油省から電話がありまして、鉱業所からの退避は許可しないとの通告でした。従って、われわれはここに止まらなければならないことになりました。」

いわば、一旦緩めておいた後で、逆に締め付けるような百八十度異なる説明に、どっと沸き起こる従業員の不満と不信の声を背中にして、田尾は同席を避けるようにそそくさと席を立った。

「まあまあ、みんな！　もう数日で城戸専務が帰ってこられるのだから、落ち着いてもう少し待とうじゃないか。冷静になろうじゃないかあ！」

健気にも、怒涛のような従業員の不満を一身に支えるのは真田部長であった。


カフジが平和であった頃でも、人垣の暖かさや賑やかさを求めて男たちの集まる音在亭は、連夜一層の盛況を見せていた。田尾による説明のあった夜は、憤懣やるかたない仲間たちが集まりひときわ騒がしかった。

その夜から、愛妻を日本に帰された藤井もレギュラーメンバーに加わっていた。

「いったい何なんだ、あの主体性のなさは！　あれでも所長か！」

「会社をどこまで信用していて良いんだ！　会社方針拝聴の姿勢ではなく、従業員の意見をはっきり主張するべきではないだろうか。」

厳しいアラブ勤務に就いている日本人従業員は、日本人会を構成していた。勤務年数や僻地手当ての条件が極端に振れた場合の是正のために、会社に対して定期的人事異動の実施と現地での苦労に報いる給与倍率確保を意見具申していた。ただし、組合活動は、サウディの労働法で厳然と禁止されており、外人といえども即物的な極刑罰を課す国状ゆえに、日本人会の活動が先鋭化することはなかった。しかし、この極限状態においては、強い自己主張があっても然るべきであると従業員たちは判断した。

「おい、みんな。今日の説明会は、出来レースだよ。何で、サウディ石油省の高官が、我々が食堂に集合しているのを知っているんだ。日本人だけの集会は秘密でやっているっていうのに！　だいいち、あの時間は当然昼寝しているはずの石油省の連中が、デスクで働いている訳がないじゃないか。現場からの退避が許されない事情があって、我々は帰れないんだ。」

「おそらくサウディからの政府命令だよ。少なくとも鉱業所経営陣は従業員の生命を守るために、一旦は退避指示を出そうとしたという事実作りが大切だったんじゃないか。社員と留守家族に対する経営陣の保身だよ。弁慶でもあるまいに、われわれは所長とタイコーさんにつまらない勧進帳を見せられたって訳だ。ひとりだけ説明会に出ていない奴がいたけど、電話はそいつが鳴らしてたんだよ。今日の説明会は、もちろん本社の意向を踏まえてのことさ。」

「そこまで会社を疑いたくない気がするけどね……。まあ、他ならぬタイコーさんの言うことだ。もう数日で城戸専務がカフジに帰ってくるはずだから、本社での調整を踏まえた今後の方針を聞いてみようじゃないか。」

　音在は、その夜の会合を締め括くった。アラブ人の部下に先んじて出勤しなければならない現業部門の長である音在の部屋は、どれだけ盛況を迎えていたとしても、閉店は十二時か、せいぜい午前一時と決めていた。その夜の議論の結論を宣言すると音在はベッドに入った。

　現地政府と会社との間の取り決めのひとつである組織の現地人化により、開設三十年を超えたカフジの石油基地では、部長、課長といった管理職ポジションの大部分はサウディアラビア人に委譲されていた。駐在勤務する百三十名の日本人の大部分は現地人の管理者の傍らで後見人的なスペシャリストか調整役として働いていた。音在は謹厳実直を絵に描いたような敦賀部長のもとで、原油出荷の責任者として勤務していたが、敦賀も音在もカフジでは数少なくなったアラブ人を統率するライン管理者であった。この原油出荷のラインの現地人化がその他の全部門に比して遅れていたのは、敦賀の約三十年に及ぶ連続カフジ勤務という驚異的な継続性がもたらした生き字引としての存在感と、自らに課した寸分のミスも許さない業務遂行上の責任感に起因していた。ラインの現地人化を迫る石油省であったが、海を苦手とする民族性もさることながら、敦賀の存在は余人を以って替え難いと一目も二目も置かれていたのである。

事実、敦賀の精神的強靭さと仕事の完璧さ、そして部下への思い遣りの深さはは、常人の域を越えていた。これは、敦賀が生まれた生活環境が与えた大きな影響と、過ごしてきた人生の軌跡が育んだ人間性に起因しているものだった。敦賀は福井県の片田舎にある曹洞宗の禅寺に生まれた。母親は助産師をしており、貧富を問わず夜中でも往診に駆けつけるような博愛に満ちた女性であった。

村民から相手にされない韓国人の出稼ぎ労働者たちにも分け隔てなく仁術を施して、『サンバサン、サンバサン』と感謝され、尊敬されていた。

敦賀は海軍兵学校最後の期の入校生であった。長崎県の針尾島に設けられた分校が入校後四ヵ月半で終戦による廃校となり、無蓋の貨物列車に揺られて帰郷せざるを得なかったが、ネイビーの卵としてのプライドは深く敦賀の心に刻み込まれた。戦後、敦賀は海上保安庁に勤務しながら、大学夜間部に学んだ苦労人でもあった。日本アラブ石油開発が石油開発権益を取得した後、創業者の横手一郎は独特の政治力を駆使して官財各方面に働きかけて、石油基地運営に必要な各種専門分野を満たすべき人材を掻き集めた。海上保安庁からは海務部門を担当させるべき人材三名を獲得したのだが、敦賀はその中で最年少のスタッフとしてカフジ基地開設に参加した。

敦賀は海務・原油出荷統括部長の任に当ってから、既に十五年目を迎えていた。その間、配下の激職であるシッピング統括課長は異動が激しく、音在は五人目の担当者であった。三直交代で部下が働いているシッピングの責任者は、深夜といえども呼び出しが掛かるのはごく普通のことだった。加えて、毎日のルーチンワークである労務に始まる諸業務管理は鉱業所有数の厳しい仕事であり、誰も長持ちせず限界を訴えた。敦賀自身、担当する現業業務の責任の大きさは部下の任務を上回るものであったのだが、自分自身の不満は一切口にせず、部下のローテーションを本社人事部に掛け合って、これを実現してやっていた。会社は敦賀の強靭さに都合良く甘えて、部下を庇う敦賀自身には交代者を出さず、その瘴癘の地での現場勤務は着任以来三十年に及んでいた。そうした敦賀に、ラインの内外を問わずカフジの従業員たちは絶大なる信頼を寄せていた。平時においてすら厳しい環境的制約がもたらすストレスが原因で、カフジでは数年にひとりは事故や病気によって日本人従業員の物故者を出していた。常に宗教警察が徘徊して、イスラーム教以外の一切の宗教活動を即物的厳罰によって禁止しているサウディでは、これを気にしながら日本人だけの極秘の葬式しか出せなかった。いつも死者のために読経するのは僧籍も有している敦賀の役目であった。

危機勃発四日目の八月五日は日曜日に当たり、カフジと違って、日本では休日である。シッピングの責任者である音在には、この緊急事態にあって、原油出荷業務は如何にあらねばならないかが見えてきた。シッピング業務は、会社の営業活動の締め括りに当たっていた。フリー・オン・ボード（ＦＯＢ）の販売契約に基づく、ジャマール、ナーカ両原油の顧客への出荷引渡しがシッピング部の司る機能である。未曾有の危機に当たっての危機対応マニュアルは存在していなかったので、緊急措置ルールを至急取り纏め、全ての原油出荷作業はこれに則って行われなければならない。

国境から十八キロしか離れていないカフジの沖合十六マイルに、日本アラブ石油開発はシーバース（石油出荷用の着桟ブイ）を備えていた。クウェイト侵攻の暴挙に対する国連の制裁措置として、イラクは即日石油輸出のエンバーゴ（輸出禁止）措置を受けていた。一日当り三百万バーレルの輸出を行い、全国家歳入の七割以上を石油の輸出に頼る産油国であるイラクにとっては、それは覚悟の上とはいいながら大変な経済的痛手であった。その経済制裁が行われているというのに、イラク占領地域と化したサウディ・クウェイト国境の目の前に二十万から三十万トン級のＵＬＣＣ（超大型タンカー）が次々にカフジに来航して船積み作業を繰り返していく。これほど、これ見よがしの刺激的な光景があるだろうか。雲一つない晴天が続く夏場のアラビア湾。海上十六マイルというのはほんの指呼の間であって、タンカーの来航から船積み、出航の各作業の進行は、国境周辺に布陣したイラク軍からは手に取るように観察できていた。

緊急措置の要諦は、イラク軍に要らぬ刺激を与えて攻撃を誘発しないためにも、来航タンカーのカフジ滞在時間を極小化することであった。このために、石油販売実務に当たる本社営業部から、石油精製会社や商社といった顧客筋と船会社などの関係先に緊急ルールを至急通達しなければならない。

緊急措置の第一は、「First Come, First Served」である。つまり、来港規則に係わる全ての約束事に優先して、早く来たタンカーから速やかに船積み作業を開始して、終わり次第急いで出航させるべきである。世界中のどこの積み出し港に於いても、来航予定時間に係わる国際商習慣がある。ETA（Estimated Time of Arrival）と呼ばれる来航予定時間の六時間以内に来港すれば、他の船が前港の予定をキャンセルするなどの事情で先に来港して待機していたとしても、ETAを守った船の船積み作業の方が優先されることになっている。タンカー銀座のアラビア湾のことであるから、カフジ港でも二船、三船が差し込む状況は時々発生している。タンカーを速やかに危険地帯から退避させることは、船側にとっても鉱業所側にとってもお互いの安全を図るための肝要なルールであるはずであった。

次に必要なのは、Independent Inspector（独立検尺人）の割愛である。

石油の取引は、その船積み数量の確定が大きな問題になる。二十万から三十万トン級のタンカーでフル・カーゴ（満載積み）の取引となると、二百万バーレルくらいの船積み数量となり、船積み作業は丸二昼夜を要する。金額的には原油価格を一バーレル十八ドル、為替レートを一ドル百二十円として、邦貨換算して一船当り四十三億円の取引となる。従って、船積み数量の決定は非常に重要な仕事となる。陸上側では、使用した原油タンクの船積み作業前後の検尺をもとに数量を計算する。タンカー側でも船腹の各タンクの検尺から数量を割り出す。この両数値がピタリと一致することは統計的に言っても絶対的に有り得ないのである。相違が大きい場合は、再検尺となるのだが、鏡のようなアラビア湾といえどもタンカーは海面のうねりに乗って常に揺れ動いており、数回の検尺による各タンクの積載数量がまた、どれひとつをとっても違った数量になる。最終的には陸上タンクの数量を優先して、シッピング・ドキュメント（船積み書類）を作成するのだが、数量確定に不満がある場合、船長はプロテスト・ノート（抗議書）を残すことができる。これらの書類には第三者として立会った独立検尺人のサインが付され、法的に有効とする商慣習となっている。

陸側と船側の差異が大きすぎる場合は、カーゴ・サイズの大小、顧客との力関係、原油売買契約期間の長短等を勘案して営業的ネゴにより解決する。

この独立検尺人業務に従事するために、イギリスからはハドソン・グレイ社、アメリカからはダーク・ウッド社、シーボルト社といった、石油産業分野では一流の権威的存在が、世界最大の原油出荷基地ラス・タヌラ港に事務所を構えていた。原油売買契約書上で指定されたタンカーが来航する都度、ラス・タヌラから三百キロ北に位置するカフジまで、各社が出張する仕組みとなっている。田舎町のカフジでは、宿舎の手当てを始め陸とタンカーの行き来等、平時でも彼らの受け入れは甚だ煩雑な事務を必要としていた。

タンカーの滞在時間を極小化するためには、船積み数量の確定は有無を言わせず陸側つまり出荷側の計算一本で済ませるべきである。もし、船側の揚げ地での計算数量との間で大きな差異が生じたとすれば、それこそ営業的に解決すれば良いのである。何回計算しても、永遠に一致することのない陸側船側両者の計算だ。計算過程を権威付けるための独立検尺人の存在などは、商慣習のあだ花のようなものである。危機的緊急時にある積み地でのビジネスには何の意味もない。

更に、平時の船積みにおいてすら、馬鹿々々しいほど作業を手間取らせるのは出荷サンプルの添付である。商社に原油販売する場合、商社は外国石油精製会社に転売するために、出荷サンプル缶の添付を要求してくる。サンプル取扱い実務に携わらない営業部は軽く請け負うのだが、アラブ人の部下を駆使して昼夜作業を管理する立場からすれば、サンプル缶の仕様や発送方法等の細かい指定をしてくるこの付帯業務は煩雑なだけであり、時間のロス以外の何物でもない。タンカーにいくらでも商品としての原油を積み込んであるのであるから、音在に言わせれば、揚げ地で船腹からいくらでも好きなだけ客に配るサンプルを取ればよいのである。

対応は急を要した。日本時間では、日曜日の午後二時。音在は本社営業課長の野上勝夫の自宅へ電話を入れた。電話には、野上の妻が出た。

「シッピングの音在です。休日に申し訳ありませんが、緊急の打ち合わせでお電話致しました。ご主人はおいででしょうか。」

「あいすみません。主人は、ちょっと買い物で外出致しております。一時間ほどで帰宅すると言って出掛けましたが。」

「そうですか。それでは、お帰りになりましたら、緊急の打合せ用件がありますので、音在までお電話頂くようにお伝えください。」

音在は、纏めた緊急時の原油出荷に関する対応策を手にして、一時間後にかかって来るはずの野上からの電話を待っていた。

しかし、もう帰宅したであろう野上からはさっぱり音沙汰はなかった。

相変わらず誠意のかけらもないと、音在はイライラし始めた。アラブ人スタッフたちはボスの音在の苛立ちを本能的に察知して、業務報告をするために音在の部屋へ入ろうとしても直ぐに大部屋にとって返した。こういう時には、音在は部下の話などに耳を貸してくれないし、下手をすると雷を落とされることが経験的によく解っているからだ。

三時間ほどして、やっと電話が鳴った。

「もしもし、音在さんですか。碓井でございます。野上課長にお電話を頂きましたそうで。本日は、課長は重要顧客のゴルフの接待に行っておられまして、お帰りが遅くなられますので、私が代わりに用件を伺いたいと思いますが。」

やっと待ちに待った電話をしてきたのは、課長代理にもなっていない平社員の碓井だった。緊急事態に対するお見舞いの挨拶もなく、慇懃無礼な用件の確認だ。音在の堪忍袋の緒が切れた。

「おい！　俺は野上に電話をしたんだ。野上が今日ゴルフなんかに行ってないのは、女房に確認して知っているんだ。お前みたいな下っ端が俺に電話してきていいのか。俺は、緊急事態におけるシッピング業務の在り方の重要な話をしようとしているんだ。何で、野上から俺に電話して来ないんだ。俺の話を聞くのがお前みたいな下っ端でいいのか。エエッ！　おい！　俺は大事な話をしようとしているんだぜ。本当にお前でいいのか！」

「エエエ……良くございません……」

音在の怒気を感じて、碓井は消え入るような声で答えて、電話を切った。

緊急対応のための営業部との対話は成立しなかったが、音在は放っておいた。こちらには何の瑕疵もない。死ぬ心配の無い日本で、安泰の中で誠意を忘れた対応をしているのは営業部を牛耳る野上である。更にこちらからアクションを取る筋合いではない。

翌朝、音在が出勤して一番に部下のファリドから前日のデイリーレポートの生産と出荷数量の報告を受けていると、デスクの電話が鳴った。

「音在さん？　ヒャヒャヒャ。足利です。ヒャヒャヒャ。色々大変だろうと心配してます。ヒャヒャヒャ。」

課長代理の足利からの電話であった。日本時間の月曜日の午後二時。当然、課長の野上は足利の横で電話のやりとりを聞いているはずだ。相変わらず音在の前面に出るのを避けている野上が、昨日の碓井に命じた接触に失敗したと思って、足利に電話させていた。足利は、音在の前回のカフジ勤務に時期を同じくして鉱業所に在勤しており、音在との関係は悪くはなかった。

音在には、野上の発想が見え透いた。

「昨日、野上課長のお宅に何かお電話を頂いたとのことですので、ご連絡させて頂いた次第ですが。ヒャヒャヒャ。」

「おい、足利。俺は野上からの返事を待っているんだ。何で、電話して来るのがお前なんだ。シッピングと営業の責任者同士で極めて重要な話をしようとしているんだ。話を受けるのがお前程度でいいのか、エッ！　昨日は坊やなんかに電話させやがって。野上が昨日在宅だったことは女房に聞いて知っているんだ！」

「い、いいえ。昨日は確かに課長はゴルフに……」

音在の怒号に、耳障りな「ヒャヒャヒャ」というお愛想笑いが消し飛んだ。

一万キロ離れた通信ラインの反対側で音在の相手をしている足利の表情が、恐怖で凍りついたのが感じられた。

「お前ら、いいよなー。そんなゴマスリの太平楽をコイていればすむんだからなー。仕事が終われば、一杯飲めるし、家に帰れば家族と過ごせるし、カアチャンだって抱けるし。命の心配のない安全圏にいれば、そりゃあいいだろうよ。野上がどれだけ偉くなったつもりか知らないが、相変わらずそんな不誠実をぬかしているなら、こちらにも考えがある。いいか！　お前が代理で話を聞くというなら、俺の言葉を正確に野上に伝えろ！」

「は、はい！」

「俺が、この次に休暇か帰任で、本社に顔を出した時、事務所の中で全員が見ている前で、俺は野上をブン殴る！　いいか。俺は、野上をブン殴る！」

「ハ、ハイ！」

「いいな、正確に俺の言葉を野上に伝えるんだぞ!!　正確にな。」

足利が震えるのを言葉尻で確認すると、音在は電話を切った。


野上が音在との電話の応答を避けるには理由があった。音在と野上はいわば仇敵関係にあったのである。

音在は六年半日産製作所に在籍した後、日本アラブ石油開発に転職していた。

日産製作所コンピュータ事業部で超大型コンピュータの営業を担当する、本社最年少の主任であった。音在が取り纏めた代表的受注例である日本動産火災保険の全国ネットの自動車保険オンラインシステムが、株主向けの営業報告書に当年度の大型受注の事例として一行目に報告されるほど仕事には恵まれていた。

しかし、上司の社内保身に起因して発生した納期遅れの契約違反という顧客へ掛けた多大な迷惑を機に、音在は転職を決意した。超一流企業の本社最年少の主任の座を捨てて、石油開発業に転じたのだった。本来が海外志向の強い性格であったことと、安定志向とはおよそかけ離れて、仕事への挑戦の中に充実を求める音在ならではの選択であった。

その年、日本アラブ石油開発は、カフジ従業員の勤務ローテーションの限界に直面し、三十歳から三十五歳までの世代の大量中途採用の実施に踏み切った。

サウディで石油開発に従事するプロジェクト会社の人事計画にはいびつなものがあり、中途採用を募集した世代の定期採用を行っていなかった。

各種技術職、事務職合計十八名が採用されたが、音在もそのひとりであった。

音在は、募集年齢層よりも一歳若い二十九歳であったが、応募の可否を打診をしてみると人事部は音在を大歓迎した。前の会社で最年少の主任であった音在は、ここでも採用同期生の中で最年少の存在となった。音在は、営業部企画課に配属された。入社前の人事部のオリエンテーションでは、人事部の若手担当者から嬉しい話を聞かされた。

「音在さんは、運の良い人です。音在さんには二通りの同期生がいます。今回一緒に採用になったのは十八名ですが、まずこの同期生たち。それから、当社は昭和四十年から四十四年まで新卒採用を中止していましたが、昭和四十五年から採用を再開しました。昭和四十五年卒の音在さんが、もし最初から当社に入社していれば同期生になった連中が五人いますから、これは見做し同期とでも言いましょうか。みんな、音在さんなら大歓迎すると思いますよ。」

ところが、配属されてみると話は全く逆であった。四年間の採用ブランクを埋めるための意識の序列はすでに組織の中にでき上がっており、中途採用者たちが配属された各部のスタッフの中途採用者への認識は概して非常にドライなものであった。

『ああ、これでやっと現場に行かせる頭数がそろったわい。』

そして、その分だけ自分たちが現場に行かされる可能性が減少したことを、内心喜んでいる者が多かった。我が国有数の親アラブ集団と世間では認識されているはずの日本アラブ石油開発ではあったが、内実は皮肉なことに苛酷な現地事情を知悉している分だけ、アラブ嫌いの社員ばかり揃っていた。社員の現地に対する平均的認識は瘴癘《しょうれい》の地であり、頭の良い連中は巧みに現地勤務を回避していた。現場で悲惨な個人経験を体験した社員は、二度と現場勤務をしたくないと考えており、二度目の現場赴任の内示前に退職する者も少なくなかった。

我が国最大の石油資源開発会社のイメージに反するのだが、日本人社員が僅か四百五十名しかいない会社が、十八名もの三十代前半の中途採用を実施した本当の理由はそこにあった。現地勤務が長期に及んだ結果、日本に帰りたいと会社に強弁する従業員のために、交代者をみつける一番手っ取り早い方策が大量の中途採用であった訳である。事実、アラブに関する情報も予備知識も殆ど持ち合わせず、赴任辞令にも素直に従う中途採用者は現場の先任者と順次交代して、現場勤務ローテーションを実現していった。

中途採用者たちの出身企業は、日本アラブ石油開発に比べると相対的に知名度が低い企業ばかりであった。その中で、日産製作所という世界有数の電気メーカーから転じた音在は、注目される面があった。四年間の新卒採用のブランクを埋めて、営業部の中堅としての意識のもとに仕事していた野上にしてみれば、不愉快千万な存在として写った。かくして、人事部の気楽なオリエンテーションとは全く裏腹に、待っていたのは音在に対する野上の執拗な嫌がらせであった。着任の挨拶などには一切無視を決め込み、業務上の音在の質問や提言は一言で拒否された。

「ア、やんない方が良い。無理々々。」

あまりの無礼さに、音在の内心は怒りに震えた。しかし、転職前の仕事における自信も業務知識も人脈も、悔しいかな新たな職場では全く過去のものとなってしまっていた。オイル・ビジネスにおいては無駄に年を喰った新人に過ぎない立場では反論もままならず、野上の嫌がらせに対しては殆どなすがままにならざるを得なかった。

音在が営業部時代に感じていた唯一の救いは、懐が深く常にいたわりを忘れない森永企画課長の下に配属されたことであった。森永は、創業初期の七年間のクウェイト駐在員時代に、医療の不十分な環境の中で、乳児であった長男を亡くす悲運な体験を持っていた。森永は生来の優しい性格に加えて、現地での苦労体験から周囲への気配りを怠らなかった。山ほど持っていた自負に反して、新職場では即戦力になれぬ現実に懊悩する音在を、出来こそ悪いが熱心な可愛い部下として認識していた。音在にでも対応できる仕事を選んで、積極的にこれをやらせることで指導を心掛けていた。そして、お互いの恒常的な残業の後は、深夜の一杯を通じて音在の慰労を忘れなかった。酒豪の音在は喜んで午前様に付き合い、森永を自宅まで送り届けて夜更けの帰宅を続けていた。

最大の危機における原油出荷手順に関する音在の提言に対し、野上が無視にも等しい対応をしていたのにはある事情があった。

日本アラブ石油開発の営業ラインは、槙本常務、山路部長、野上課長で構成されていた。ところが、営業部の部下たち始め社内の殆どが、『野上常務、槙本部長、山路課長』と揶揄するほど、野上が築き上げてしまった権力には絶大なものがあった。野上にしてみれば、音在の緊急連絡と称する電話など、馬鹿々々しくて構っておれないという夜郎自大な自惚れがあったのだ。

横手一郎という希代の事業家が、サウディアラビアとクウェイトから石油開発権益を取得して起業した日本アラブ石油開発。横手一郎はまた、偉大な政商でもあった。資源小国日本の石油開発業界振興のために、石油資源公団が設立される十五年も前に、逸早く横手はアラブの地で石油開発に着手した。

事業支援のために岸田内閣の閣議了承を得て、これを裏付けとして当時の全財界の援助と応援を求めた。銀行団の協調融資を受けるためには、日本経済団体連合の石山泰山会長の個人保証まで取り付けた。そして、山之内創一という我が国石油開発技術陣の至宝を前線に送り込み、試掘第一号井での出油という奇跡のような成功により日本アラブ石油開発の経営は定まった。

横手が偉大な政商であった影響は、社風にもある種の伝統を残した。それは、巧みな活動資金の捻出操作である。音在が中途入社した頃から、この実務を担当していたのが主任格の野上であった。野上は絶対に余人をこの仕事に近づけず、権益化することで、社内での自己の立場を構築するのに余念がなかった。資金操作に関与する一部の生え抜き役員も業務の機密性を重んじて、野上が関東軍化し社内で夜郎自大に振舞うのを許してきた。確固たる地盤を築いたと考えた野上は、人事に発言するまでに増長していった。その専横振りは、良識派役員はもちろんのこと、社内の殆どの人間から重大な問題視されていたが、異常なほど執拗な野上の性格を知っている事なかれ主義者の役員たちは敢えて注意もせず放置した。我が国の石油開発業界の雄としての存在を誇ってきた日本アラブ石油開発ではあったが、経営陣の中には本社での仕事においてのみ巧みに自分の存在意義を作り上げ、現地勤務の回避に成功した者が少なくなかった。共通利益を享受できる都合の良い人脈を構成し、閥務に励む連中がいるのが残念な現実であった。当然、野上もその一派に組していた。

音在は、こうした現場勤務を巧みに回避する役員たちとその取り巻きの茶坊主たちの存在や野上の我が儘放題には、もっとも批判的な男のひとりであった。

音在のデスクの電話が鳴った。

「ハロー、オトザイ　スピーキング　イン　シッピング。」

電話して来たのは、世界最大の産油会社サウディ・アラムコがあるラス・タヌラの港に出張所を構えている独立検尺人の英国法人ハドソン・グレイ社のピーター・ジャクソンだった。カフジからは三百キロ南にあるこの町から、近隣の石油出荷港でシップメント（原油出荷）立会いの要請があるたびに出張してきて、その出荷数量確定の任務を果たす仕組みとなっている。

ピーターは毎月二、三回の頻度でカフジに出張しているので、音在とは顔見知りの間柄であった。深夜に船積みが終了するような楽でない状況下でも真面目な仕事をする男で、音在は好意を持っていた。

「ミスター・オトザイ、そちらは大変でしょう。国境から三百キロも離れたこのラス・タヌラでも、イラク軍が攻めて来ると言って、みんな大騒ぎですよ。アラムコの連中もいつ退避したら良いのか必死で検討していますよ。」

音在は、ピーターの電話をお見舞い行為と誤解して喜んだ。

『ジョン・ブルも良い所があるじゃないか。やはり海と関係のある仕事をする男は、友情の深さが違う』

ところが、これは人の良い音在の単なる勘違いに過ぎなかった。

「ピーター、有難う。お前は良い奴だ。カフジの従業員も大騒ぎで大変だよ。アラムコの従業員でもそうか。マ、当然だろうなあ。」

「ミスター・オトザイはまだ逃げないのですか？」

「今のところ、まだ我が社は退避の方針は打ち出していないんだ。総合的に状況を判断したら、退避帰国するなりサウディ国内の安全圏まで一時退避するなり方針を出すことにはなるだろうが、まだ決定には到っていない。俺も、然るべき時までは、当然任務を遂行するつもりだ。ああ、ピーター、電話して貰って丁度良かった。この次の君の出番は、来週の月曜日、八月十日だ。伊藤紅商事配船のエルベ丸が来航予定になっている。ジャマール原油が五十万バーレル、ナーカ原油三十万バーレルの相積みだ。」

「ミスター・オトザイ。冗談じゃありませんよ。僕は今日の午後のフライトが取れたので、イギリスへ帰ります。お断りしておきますが、もう、ラス・タヌラに独立検尺人は一社もいません。アメリカの連中は昨日中に逃げてしまったんですよ。連絡はありませんでしたか。余計なお世話かも知れませんが、日本人は判断が遅いのじゃありませんか。ミスター・オトザイも、こんな危険なところから早く逃げなくては駄目ですよ。それじゃ、グッド・ラック。」

音在は唖然とした。ラス・タヌラに事務所を構えている米系の独立検尺人のダーク・ウッド社、シーボルト社の両社は、もう退避した後だと言う。いったい、さっきのピーターの電話は何であったのだろう。

お見舞いの電話でないことは解った。音在への友情から、早急な退避の推奨をしたかったのだろうか。それとも、自分の退避に対する正当性を本社に陳述するために、周辺情報としてカフジの状況を確認したかったのか。

外交機能の貧弱な日本と違って、アメリカやイギリスの情報収集能力は広く深く迅速である。ピーターは情報の全容を音在に伝えることをはばかったが、最大限の好意として、自分は退避するというメッセージにイギリスが得ている情報を託したのかも知れなかった。


音在が営業部に示したかった危機的環境における緊急対応三項目の内のひとつは、営業部の協力とは全く関係なく、極めて他動的な形で解決した。これでアラビア湾の奥には、独立検尺人は一社も存在しなくなったのだ。音在が危険地帯での船積み作業の時間短縮をはかり、いたずらにイラク軍を刺激せぬようにするために、彼らの立会いを排除しようという方針は彼らの自主的な退避判断のお陰で余計な心配となったのだ。

残り二項目の、絶対先着順の優先船積みとサンプリングの廃止は、営業部が現地事情を解らずに何を要求してきても、音在の状況判断で部下とタンカーの船長に指示を出せば、それで済むと覚悟を決めた。

安全圏にいて太平楽を決め込んでいる営業部は、何ら頼むに足らなかった。

第6章　一条の燭光

「海道と深川が帰ってきたぞー！」

沈滞し切ったカフジの石油基地に、これ以上喜ばしいことは望めないほどの明るい情報が駆けめぐった。

鉱業所本館の前には、クウェイトの藤堂から両名を出発させる旨の電話を受けて、真田部長を始めとする数名が待機していた。状況が危険や困難に満ちていると判断されたなら、いつでも引き返す条件で藤堂邸を出発したふたりが、必ずカフジまで到達するとの確信は得られなかったので、真田は両名の出発を鉱業所の仲間たちには秘密にしていた。待ちに待ったふたりの車が到着すると、真田は海道と深川を抱き締めて声を上げて男泣きした。

「あああ、良かった！　本当に良かったなあ！　お前ら、心配させやがって。」

後は、声にならなかった。

海道と深川は恐怖に遭遇した表情もなく、意外に冷静であった。何で皆がこんなに感激するのかと、海道たちは最初は戸惑っていた感もあった。しかし、それだけ上司や仲間たちに心配を掛けていたのかがだんだん理解できて、ふたりに素直な恐縮の気持ちが湧いてきた。

本館から離れたシッピング事務所にいる音在もめでたい急報を受けて、すぐに海道のデスクに電話を入れた。

「おい、海道。皆、本当に心配してたんだぜ。良かった良かった。今夜、早速俺の部屋でお祝いだ。レギュラーメンバー全員でお祝いするから、深川も一緒に連れて来いよ。ここ数日、みんなショボリしているから、今夜は久し振りに寿司でも握るか。」

「音在さん、ご心配をお掛けしてしまったようで、申し訳ありません。到って元気なことをご報告しておきます。それから、こんなことになったもんですから、クウェイトでカリフォルニア米を仕入れてくることができなかったもので……」

「余計なことを心配するなよ。俺はお前たちが無事に帰って来てくれて本当に嬉しいよ。」

休暇に出る同僚を送ってクウェイトまでドライブするついでに、握り寿司用の米を仕入れてくるという、出発前夜の約束を律儀に気にしている海道は本当にかわいい奴だと音在は思った。ふたりの無事のクウェイト脱出は、突然のイラク軍のクウェイト侵攻によって、気の弱い従業員にはすでにノイローゼに陥るような恐怖と衝撃ばかりの五日間で、初めて接する明るいニュースであった。


八月二日以来、コーストガードは遊びの目的で海に出ることを禁止していた。

もっとも、そんな禁令がなくてもこのご時世に海で遊ぼうとする者がいるはずもなかったのだが。残念ながらそんな訳で、海道の歓迎祝賀会には、音在亭の定番であるである鯛の姿造りは準備できなかったが、漁師音在の部屋の大型冷凍庫にはアラビア湾の海の幸が山ほど備蓄されていた。

座が盛り上がり切った頃合を狙って、音在は春先に大量に突いて貯め込んでいたモンゴウイカの寿司を目の前で握って見せて、仲間たちを喜ばせた。

喜んで集まった常連客は、海道と深川の冒険に満ちた体験談を聞きたがった。

侵攻当日の夕方から始まった藤堂邸の合宿生活は、度量と配慮が背広を着ているような藤堂の人柄のお陰で、緊迫した状況にもかかわらず非常に楽しいものであった。

藤堂は、侵攻当日の昼頃に現状確認のために事務所に行って以来、出勤しようにも事務所に出る意味がなくなってしまったので、暇をつぶすために四十九歳の手習いでワープロの練習を始めた。本社からは何か情報が得られ次第、電話とファックスが入ってくる。その度に、藤堂はワープロの練習を中断して電話の応対や状況判断に務めたが、藤堂が退避を決断することに繋がる材料は得られなかった。

むしろ、藤堂を悩ませたのはクウェイト在住の日本人たちからの相次ぐ悲鳴にも似た相談事であった。大黒クウェイト駐在大使が休暇帰国中であり、城崎一等書記官が臨時大使を務めるという、普段にも増して甚だ頼りない状態にあった日本大使館からも度々意見を求められた。大使館から何か有益な情報を得るというよりは、いつものことではあるが何かをしてあげることの方が圧倒的に多かった。そんな状況下、一番有益であったのは、現地人の部下たちからの情報であった。元来が、クウェイト人の部下たちの敬愛を集めていた藤堂であったが、この緊急時に地位や国籍に関係なく均等に危機対策資金を配った暖かい配慮に、部下たちの尊敬の念はいやが上にも高まった。アラブ人の部下からの、泣きつくような電話も相変わらず多かったのだが、藤堂の身を案じての質の高い正確なイラク軍の動向に関する情報も次々に伝えられた。

そのひとつが、イラク軍がサウディアラビア方面への退路を開放しているという情報であった。藤堂は、それが『孫子の兵法』であることに直ぐに気が付いた。古今東西を問わぬ戦いの定法である。攻略に当たっては、三方から攻めても必ず一方は開けておくものである。先ず非戦闘員が退避するし、戦闘員も気の弱い奴から順番に逃げて行く。戦わずして占領できるかも知れないし、戦闘が避けられない場合でも相手の戦力は減少しており、最小の被害で目的を達成することができる。

イラク軍のクウェイト侵攻は、一日を経ずして既に勝敗は決していた。

一方の退路を開いているというイラク軍の目的は、恐怖に怯えきったクウェイト国民を大移動させたあとに、イラク国民の一部を強制移動させて、空屋を乗っ取り定住化させることであるに違いなかった。つまり、クウェイトのイラク化を促進することだ。

PLO（パレスチナ解放機構）のアラファト議長がサダム・フセイン支持を明言したのは、イスラエルの建国以来流浪の民と化したパレスチナ人への領土的な密約があったからに違いなく、このクウェイト国民の大量逃避のシナリオとは何か結びついているのではないかと推測された。

大きな国際政治上の駆け引きとは一歩離れて考えても、生命の安全を求めて退避する人の流れが存在することは事実である。この大きな流れに乗れば、砂漠の地理など全然解らない日本人でも安全にサウディアラビアまで到達できるのではないか。しかも、信頼関係にあるクウェイト人の部下たちが退避行を先導すると呼び掛けてくれるのだから、成功する確率は非常に高いと判断された。国境を越えさえすれば、十八キロ先には百三十名の仲間たちが駐在しているカフジがある。

しかし、ここで藤堂の思い遣りの深い性格が判断を躊躇させた。

たまたま夏期休暇の時期に当たっていたお陰で、クウェイトの日本人は半減していたとはいうものの、帯同婦女子を含めて二百七十人の同胞が駐在していた。

皆、日本人会で日頃談笑している仲間たちである。祖国を離れること一万キロの中東の地で苦楽を分かち合って働く友人たちだ。しかも、藤堂は日本人会の先達者として、大使よりも余程頼りにされていた。自分たちは安全を確保できたとしても、クウェイト日本人会の知人たちはどう思うであろう。毎日、十人以上もの相談電話を受けるが、皆、藤堂の揺るぎの無いジョークを忘れぬ受け答えに励まされ安心して電話を切る。逃げるなら一緒に連れて行って欲しいと頼み込む知り合いはすでに三十人を越えていた。クウェイトに着任して日が浅く恐怖に怯えている同胞の中には、藤堂の脱出を知ったら見捨てられたかと発狂する者さえ出て来るかも知れない。

さりとて、クウェイト在住の全日本人を取り纏めて、キャラバンを組んで南に向かうのは、先ず意思統一が難しい。藤堂と日本人会のメンバー全員とのお付き合いの度合いには自ずから濃淡があった。まだ辛うじて電話は通じているものの、行動は著しく危険な制約があり、クウェイト市のほぼ全域に分散居住している日本人全体に調整して回るのは至難の業である。アラブ経験が一様でない寄せ集め部隊を率いて行動するのは、リスクが大き過ぎて逆に大惨事を招くかもしれない。アラブの土地柄への知悉とクウェイト在住の仲間たちへの深い思い遣りが、藤堂自身のカフジに向けての退避行動を断念させた。

しかし、クウェイト事務所員とその夫人たちは藤堂と行動をともにするのは当然であるが、たまたま出張中にこの事件に遭遇したリヤド事務所の増井と、休暇に出る仲間を見送るためにクウェイトに来ていただけの海道と深川の三人は居住ビザを持たない旅人に過ぎなかった。退避の在り方は、柔軟に考えても良いはずだ。

「おい、日本人会全体のことまで考えると、今我々だけで軽々に行動する訳にはいかないんだが、マネージャーのカンダリーの情報は非常に信憑性が高いと思う。増井くんと海道と深川は逃げる現地人の流れに乗って、砂漠を突っ切ってサウディに向かってみるか。一言だけ俺の立場から要望を言わせて貰えれば、増井くんだけは当面俺に付き合ってくれると有難いんだがなあ。こんな状況だから、増井くんの語学力は何物にも代え難いんだよ。」

「いいですよ。もちろん僕は残りますよ。君たちはカフジに帰りなさい。」

増井は、難しい状況の中における自分の立場を良く承知していて、どこまでも藤堂を補佐して行こうと考えた。しかし、若いふたりには行けるものなら早く安全圏に脱出して欲しかった。

「じゃあ悪いけれど、増井くんは俺と行動を共にしてくれ。海道と深川の出発は早い方が良いぞ。砂漠の中で陽が落ちたら危険だ。そうそう、ガソリンは満タンにしているだろうな。ん?」

「大丈夫ですよ。砂漠勤務の常識で、ガソリンは常に満タンです。」

「じゃあ、直ぐに出発してくれ。ただし、絶対に無理はするな。イラク軍を刺激しないように、ユルユル走れよ。もし、危険だと判断したら、いつでも引き返して来い。それから、途中でイラク兵に誰何されることもあるだろうから、ミネラルウォーターを沢山持って行け。この八月のクソ暑さでは、奴らも喉が渇いているはずだ。命乞いじゃないけれど、ムードが悪くなるようなら、水を差し出して勘弁してもらえ。カフジの真田部長には、ふたりが出発したことを俺から電話しておく。それじゃ、グッドラックだ。」

適切な指示を済ませると、藤堂はふたりの出発を促した。

「お世話になりました。皆さんも頑張って下さい。それから僕たちまでにも緊急対策資金を分配して頂きましたけれど、これはお返ししておきます。」

海道と深川は分配されていた事務所資金を藤堂に返してから、それぞれの車に分乗し、偵察を怠らないようにしながらカフジへの道を急いだ。

クウェイトの道路事情は、市の中心を囲むように五条のリングロードと呼ばれる環状ハイウェイが骨格を構成していた。藤堂邸は第二リングロードの延長線上にあったので、第二リングロードに出てから海岸を目差し、後は海岸沿いに走るクウェイト・ダンマン街道を行けば良かった。

問題は、イラク軍がどの地区に駐屯し、どの区間の通行を阻害しているかにあった。ところが、イラク軍を刺激せぬようにユックリ走行するふたりは、意外なほどスムーズに両国の国境に近づくことができたのだ。やはり、一方の囲みを緩めて、可能な限り多くのクウェイト人を追放しようという、領土的意図によるイラク側のシナリオが存在した模様であった。道中の要所に駐屯するイラク軍兵士に停車を命じられ、五回の誰何を受けたのも事実であった。しかし、これは真剣に何かを検問しているというよりは、飲み水をせびるためと理解できた。藤堂の読みは的中していた。ふたりは検問のつど、持参したウォーターボトルをばら撒きながら安全にイラク兵の間を通過して行った。

国境の間には幅三キロの緩衝地帯があり、サウディ、クウェイト両国とも、その両側にパスポート検査と通関のための事務所群が位置していた。クウェイト側の国境事務所は真っ黒に焼け焦げており、数日前に攻撃されたことを物語っていた。国境事務所が遠望できるようになった辺りから、現地人の車の轍が街道を外れて砂漠の中に刻まれていた。つまり、両国の国境事務所が存在するエリアを迂回して十キロほど内陸の砂漠地帯を通るのが、安全を確保しながらサウディへ向かう最短距離であるらしい。

海道も深川もナビゲーターのように先行する数台の現地人の車を見失わないように砂漠へ入って行った。砂漠の中を暫く走って、サウディ領に入ったと実感したら、海岸線と思しい方向に向かってさらに走れば、懐かしの鉱業所のシンボルであるフレアスタックの長い炎と煙が見えて来た。予想していたよりは遥かに楽な四時間のドライブではあったが、ふたりは鉱業所のゲートをくぐるとさすがにホッと安堵した。

音在亭の歓迎の宴に感謝した海道はひとつの珍談を披露して、心配してくれていた先輩たちを爆笑させた。

「ひとつだけ、儲けちゃった話がありますよ。」

イラク軍の侵攻前夜十時半のフライトでクウェイト空港を発った同僚は、九時頃までクウェイト随一の繁華街サルミヤの最高級宝石貴金属店で、妻や親戚へのお土産の買い物に余念がなかった。買いも買ったり、一年分の僻地手当を張り込んだつもりで邦貨換算百万円相当の貴金属をカードで買ったのだ。

海道もつられて、次の休暇に備えるために、妻へのプレゼントに十万円相当の金のネックレスセットを買った。

クウェイトからの脱出行の際に町の様子をつぶさに観察して来た海道には、その水準の店という店が翌朝の攻撃と略奪の対象になっているのを確認した。

その結果、カードの買い物客に対して後日請求が行われ銀行口座からの引き落としがあることはまず有り得ないだろうとの確信を得ていた。

「イラクの馬鹿どもが、何か我々のためになることをしてくれたとすれば、そんなことぐらいですかね。」

大いに怪しからぬ話ではあったが、健在なジョークの中に海道と深川の無事を確認した音在たちは腹を抱えて大笑いした。

海道と深川の無事の帰還は、湾岸危機勃発以来何も楽しいことのないカフジの住民に一条の燭光をもたらした。

第7章　本社の混乱―留守家族への対応

カフジへ夫や息子を送り出している留守家族からの電話攻勢は、連日昼夜を問わぬ大変なものとなっていた。人事部長の対応に満足できなければ、人事担当役員、果ては社長へと電話が追いかけた。事務所で用が足りなければ、社長の自宅までも家族の電話攻勢は容赦がなかった。

新聞やテレビで湾岸情勢を巡る報道がなされるたびに、会社の見解と対応方針が質された。質問の要点は、なぜ社員を退避させないのか、生命の安全が保証できるのかに尽きていた。主人を帰せ、息子を帰せという、留守宅としては当然の要求である。興奮した父親の怒号や馬鹿者呼ばわりもあれば、心配の極に達した妻の怨嗟に満ちた涙声もあって、受け答える人事担当者はやり切れない思いをしながら、その対応にはできる限りの神経を配った。

イラク軍の侵攻直後に強制退避させた帯同家族を慰労するために、帰国三日後に説明会の召集がかけられた。帰省先の所在は、必ずしも東京ばかりではなかった。成田空港から直接地方の実家に帰っていた夫人たちも上京を余儀なくされた。音在の部下である藤井の妻利恵子も、強制退避させられたひとりであった。主人だけを危険に満ちたカフジに残して帰国せざるを得なかった会社への不満と、一面識もない経営者たちとの面談に不安を覚えた利恵子は、古い仲間でもある音在の妻美知子に電話をした。音在一家と藤井夫妻は、夫同士がかつての本社勤務時代の同僚であったし、同じ社宅で起居して家族ぐるみの親交があった。音在の一回目のカフジ勤務の際は、怠惰なサウディのビザ当局者のお陰で家族を呼び寄せるのに七か月半も要した。結婚前には幼稚園の先生をしていた優しい利恵子は、落ち込んでいた音在の妻と子供たちをよく励ましてくれた。一緒に遊んでくれる利恵子の思い遣りに、音在のふたりの子供たちもよくなついていた。

「奥さん、しばらくご無沙汰しました。利恵子です。突然の会社の命令で、藤井をひとり残して帰ってきました。本当に急で、何も荷物の準備もできなくて……。

ひどいんですよ。帰国の途中だって、不安で不安で……。」

「そうなんですってねえ。その時の様子は主人が電話してきました。藤井さんがガッカリされないように、毎晩、主人の部屋に来て頂いているそうよ。ふたり仲良く頑張っていることでしょう。奥さんも元気出してね。」

「まっすぐに青森の実家に帰っていたんですけど、きのう会社から電話がありまして。いま、東京まで戻ってきたところなんです。明日、会社から何か説明会があるそうです。今回、急に帰らされた人たちを集めるそうなんですけど。私、会社の偉い人たちのことは全然知らなくて心細いんです。音在さんも一緒に来て頂けませんか……。お願い。」

相談を受けた美知子にとっても、日頃お付き合いのない会社の経営陣に会うのは苦痛であった。しかし、かつて自分と子供たちの窮状を暖かく励ましてくれた利恵子からの格別の頼みごとであった。自分自身も夫の身を案じる立場でもあり、会社の方針を直接確認できる好機であるかもしれなかったので、美知子は出席の可否を問うために会社に電話を入れた。

電話に出たのは、人事課長の三沢であった。かつて、音在の一回目の現地勤務に一年遅れて、三沢は鉱業所の労務部に赴任してきた。家族を呼び寄せるための家族ビザの取得に軽く半年はかかる現地事情のこと、長いカフジ・チョンガーの時期に、三沢はしばしば音在の社宅に出入りしていた。

新鮮な魚介類を入手するのが困難なサウディアラビアではあったが、釣りも潜りも達者な音在の家庭では、常にアラビア湾の海の幸が溢れていて、招待客に喜ばれていた。料理好きな美知子も、日本料理のための少ない材料に精一杯の工夫をこらしてご馳走を大皿に並べて、ゲストに家庭料理を堪能して貰っていた。音在が、獲りたての魚で寿司を握ると、茶目っ気たっぷりの三沢はいつも音在をからかいながら謝意を表していたものだ。

「音在さん。あえて名前をつけるとすれば『手垢寿司』ってところですかね。」

「この野郎！　沢チャンには、もう食わせないぞ。」

「奥さん。カフジは大変厳しい状況になっていますが、音在さん、大奮闘で頑張っておられるようですよ。明日の会合は、今回カフジから急遽退避された家族の方々に対してだけの説明会という主旨になっています。

ですけど、藤井夫人の依頼もあるそうですし、折角お電話して頂きましたので、奥さんも出席して頂いて結構です。」

美知子は、藤井夫人のお付の立場で特別に出席がかなった。

説明会の会場となった役員会議室の雰囲気は、まるでお通夜のようであった。帰国させられたばかりの妻たちは、残してきた夫への心配と心労から、全員ハンカチをいじくり回しながら下を向き、司会の人事部長からの社長以下関係役員の紹介もうわの空で聞いていた。妻たちが聞きたかったのは、夫をいつ帰国させるのかの一言だけであったのだが、そんな話は最後まで出てこなかった。

冒頭に、社長の尾張から急な帰国への見舞いの挨拶があった。威厳を崩さない喋り方が、精神的に傷を負ってしまった妻たちの反感をかった。妻のひとりが泣き始めると、たちまち全員に涙が伝染した。こうなると、男は弱い。経営者の威厳もなにもあったものではなくなり、司会者もお手上げ状態であった。

次に説明に立ったのは副社長の長岡であった。元来が思い遣り深く、人情の機微を熟知している長岡は、この日の朝から心の準備が他の役員とは違っていた。

秘書課長と人事課長を呼びつけ、出席者名簿をもとに夫人たちのプロフィールとその夫の担当業務を説明させていたのだ。そして、夫人たちの胸には名札をつけさせることを忘れずに指示した。長岡は、さめざめと泣く夫人たちに、じゅんじゅんと説いて聞かせた。動乱の発生が恒常的な中近東での資源開発には、残念ながら歴史的に言ってもリスクを伴なうことが不可避なものであること。会社は情報収集に鋭意努力を払って状況判断に努めていること。本当の危機が迫れば、もちろん退避に移るが、当面は石油操業を継続する方針であること。直ちに夫を返して貰えないとの結論は、妻たち全員に強い不満を残したが、長岡の誠意溢れる話し掛けは妻たちの心に訴えかけた。

引続いて行われた質疑応答では、演技ではない十分な予習のお陰で、長岡は妻たちの胸の名札を殆ど見なくても名指しで呼び掛けて、出席者を感激させた。

司会者の人事部長から妻たちには質問や発言を促されたが、数日前のショックから覚めやらぬ妻たちは泣いてばかりいるので、お付きで参加したはずの美知子が発言することになった。美知子は自らの現地生活体験に基づいて、役員たちに話をした。カフジの日本人にとっては、平時においてすら大変な異文化の地での仕事と生活。支え合うことで、耐えて頑張る日本人従業員とその家族。今回のように、お互いの支えが無理やり生木を裂くように引き離されたことで、妻たちと夫たちが直面せざるを得なかった精神状態。

拙い口調の中にも、美知子は切々と訴えた。

役員たちからは一言の反論も出なかった。美知子は、夫のためには出過ぎた真似をしてしまったかも知れないという自責の念を抱くのと同時に、喋るだけ喋って胸のつかえが降りたような充足感も同時に感じることができた。利恵子は、自分の言いたいことを全て代弁して貰えて、旧友の美知子を引っ張り出したことが正しかったと思った。

カフジ時間の朝六時は、音在が起床する時間である。

美知子は、六時間の時差を考慮して、日本時間の正午に夫に電話を入れた。

「おはよう、あなた。良く寝られた?」

「うん。毎晩のことだけど、グッスリさ。それで、どうした。朝早くから。」

「ちょっと、ニュースがあったので、知らせておかなければいけないと思って電話しました。」

美知子は、退避家族への説明会が開かれて、藤井夫人からの切望を受けて飛び入り出席したことをかいつまんで報告した。

「でしゃばり過ぎて、あなたの立場に迷惑が掛かることにはならないよね。」

「何だ、そんなことか。気にすることなんか何もないぞ。」

「それにしても、尾張社長って横柄な人ね。妻たちの気持ちが全然理解できてないって出席者全員が怒ってたのよ。それに比べて長岡副社長ってなんて人間ができておられるんでしょう。皆、感激していたわ。でも結局、あなたたちをいつ帰すかについては一言も説明がなかったの。それから、三沢さんには親切にして頂きました。今、人事課長をされているのね。」

「うーん。難しい状況だからなあ。何にも喋れないのに、何か言わないと説明会にならないし、社長も難しかったんじゃないのか。じゃあ、これから朝飯を食べて、事務所に行ってくる。朝飯は、昨夜の残りの煮魚と牛乳たっぷりのコーンフレークだ。ちゃんと元気にやっているから、俺のことは余り心配するなよ。そうそう、子供たちは元気にしてるかい。」

「今、学校に行っているわ。」

美知子は、夫の低い落ち着いた声の受け答えの中に、無事を確認して安心した。

音在は、妻が社長始め役員たちの前で、演説もどきの発言をしてきたと聞いて驚いた。夫の立場に迷惑を掛けたどころの話ではなく、あの妻が本当にそんなことができたのかとびっくりした。女はいざとなれば強くなるものだ。我が妻ながらあっぱれなものだと思った。留守宅に心配させないように配慮して、元気に電話の受け答えに努める音在ではあったが、日本人、アラブ人を含めて、カフジの従業員の雰囲気は人心崩壊寸前に感じられるほど険悪なものとなっていた。


湾岸危機が勃発した八月は、鉱業所に併設された日本人小学校も夏休みの時期に当たっており、家族帯同の赴任者は長期休暇を取って日本に帰ったり、ヨーロッパその他の観光地に出かけている者が多かった。単身赴任者も、日本に残した子供の夏休みに合わせて日本に帰っているものも多かった。


これらの従業員は八月二日以来、カフジに戻って良いものかどうかを当然のように迷っていた。しかし、操業継続を決定した本社からの指示に従って予定の休暇が終了し次第、不承々々カフジに戻らされた。家族帯同組の悲劇は、婦女子を強制退去させた後だから、家族を日本に残して帰らざるを得ないことだった。家族の日本での住まいの確保の心配や子供たちの学校転校手続きの煩雑さもさることながら、一番大変なのは頭の切り替えだった。瘴癘の地における勤務のこと。家族との団欒を最大の励ましと考えている者にとっては、二人三脚の二本の足を奪われたようなものだ。休暇を終えて現地に戻らざるを得なかった家族帯同組は、一様に意気消沈していた。

音在の兄貴分であり、カフジライフにおけるかけがえないパートナーである小倉聡一もそのひとりだった。小倉はカフジに戻ると直ぐに音在の部屋を訪れた。

「音在イ、聞いてくれよ！　ひとりで帰ってくるはめになっちまった。俺がこの事件が勃発して以来、初めて休暇を終えてカフジに戻る社員だったのさ。それで俺が本社から頼まれて、何を運んできたと思う。精神安定剤ばかり、十キロだぜ。馬にくれてやるほどの薬を飲ませて、それで働けってか！」

小倉の怒りは収まらなかった。

「大変でしたねえ。そんなに大量の薬を、あの厳しい税関の連中がよく通してくれましたね。」

「人事部が会社名で品質証明書を準備していたしな。カフジへ帰るんだ、カフジがどうなっているのか知っているのか。カフジでこの薬が必要なんだって怒鳴ったら税関が通してくれたよ。」

「それで、ご家族はどちらに住まわれることにしました？」

「どうもこうもないさ。東京でそんな急にマンションが手当てできる訳でなし、女房と子供は秋田の実家に戻したよ。子供も転校して友達を新しく作らなきゃならないし、教科書だって変るんだろうし、もう無茶苦茶だ。」

音在は、兄貴分の悲嘆に心から同情した。小倉は仲間たちへの面倒見の良さが見せている包容力とは裏腹に、家族と一緒に過ごさなければやっていけない典型的なタイプであった。音在と小倉がほとんど時期を同じくして一緒に過ごした一回目のカフジ勤務の時は、中学の学齢を迎えた長女をロンドン教立学園に進学させ、ひとりで寄宿舎に住まわせた。夫婦でいつも一緒に過ごすことを一番大切にしたかったからだ。音在には真似のできない決心だった。音在は単身赴任の苦労や危険は、自分だけで被りたい方だ。家族全員は、安全圏に置いておいた方が精神的に楽だと考えるタイプであった。だから、子供が小学校の高学年になっていた二回目のカフジ勤務は単身を選んだのだ。

小倉夫妻は二回目のカフジ勤務を、また音在と過ごすことを心から喜んでくれた。音在が着任する半年前に再赴任していた小倉は、音在の趣味やライフパターンを熟知しており、最寄りの帰任者から、音在のカフジの単身生活に必要と思われる各種生活用品を集めてくれていた。お陰で音在のカフジ再赴任は、単身を余儀なくされたとはいうものの生活の滑り出しは順調で、着任して間もなく音在亭を開店することができたのだった。

おそらく小倉邸は、カフジの社宅の中で一番お客さんの数が多い家であった。

アラブ人とは職場以外では付き合いたくない日本人の中にあって、アラブ人の来客も絶えないカフジの社宅唯一の家でもあった。小倉の人間好きとプロ顔負けの料理の腕前によるものであったが、それ以上に面倒見が良くて包容力のある美しい妻の内助の功によるところが大きかった。四歳年上の小倉は、音在をあたかも弟のように可愛がって、毎週二回は音在を夕食に誘ってくれていた。音在は、あたかも居候のように小倉夫妻に世話になった。音在亭の来客日に小倉の招待が重なると、音在亭の客まで引き連れて世話になる有様だった。

音在亭も、単身寮の中では異色の存在だった。臭いむさ苦しい男ばかりの部屋であったにもかかわらず、社宅から小倉夫妻を時々夕食に招待したり、藤井夫妻も遊びに来てくれる部屋だった。

湾岸危機勃発までは、音在は小倉夫妻にひたすら世話になる間柄であったが、小倉への恩返しのタイミングが来たと、音在は内心考えた。これからは小倉が音在亭の常連として毎晩出入りしてくれれば良かった。

「小倉さん。事態が落ち着くまで、これからは俺の部屋を溜まり場にして下さいよ。その内、何とかなりますよ。」

「そうですよ。そうしましょうよ、小倉さん。」

音在亭常連客たちの励ましに、小倉も少しはストレスが薄らいで行くのを感じることができた。

第8章　城戸専務の鉱業所帰任

サウディアラビアの夏は、遅くとも四月中頃には始まる。四月初めには摂氏四十度を越え始めるのだが、五月に入ると気温はさらに急上昇して、世界でもっとも気温の高い地域のひとつになる。そして、七月と八月には酷暑のピークを迎える。

鉱業所は、タンカー・オペレーションに必要な気象予測をするために、簡易測候所を備えていた。この測候所の計測最高気温は摂氏四十八・七度である。一応屋根がついていて風も通る百葉箱の中での測定であるから、直射日光は当たっていない。従って、アスファルト道路の上などは、軽く五十度は越えている。夏場のアスファルト道路の上には、一日中ユラユラと朦気が立ち上がり、蜃気楼の一種である逃げ水現象が見られる。

ここまで暑いと、意外に発汗を感じないものだ。皮膚の上に滲み出てきた汗は、直ぐに蒸発していくからである。外気より低い人間の体温は、この蒸発が気化熱を奪っていくことで保護されている。感じるよりもはるかに多量の汗をかいている証拠に、夕方に顔の周りを撫でてみると、もみあげの周辺にザラザラと塩の結晶が手の平に触るのが解るのだ。

気温の上昇と同時に、時々北方の砂漠の上を吹き抜けて砂塵を巻き上げて熱風が吹いてくる。いわゆる砂嵐である。現地人は、これをシャマールと呼ぶ。アラビア語を直訳すれば北方という意味だが、砂嵐がこの時期必ず北からやってくることからこの呼称が定着している。ひどい時には視界が三メーターに落ちる。明るいには明るいのだが、なにしろ前が見えない。ホワイト・アウトという気象現象だ。パウダーサンドが容赦なく目や鼻や口を襲うから、人々は家や事務所の中で静かにしているしかなくなるし。用事で外出しなければならないときには、アラブ人が頭を覆っているゴットランと呼ぶ民族衣装の薄い布で顔を覆って、マスクの代わりにお世話にならなければならない。車は昼間でもライトとフォッグランプを両方点灯して、ノソノソと走るしかない。

砂嵐は仕事も生活も阻害する歓迎すべからざる気象ではあるが、自然現象を観察する目を持つことができれば、結構興味深いものである。微妙な風向の違いや飛来距離が然らしめる結果として、砂を巻き上げた砂漠の砂質や土質の個性によって、ある日のシャマールは真っ白けの砂嵐であったり、赤見がかった黄砂の砂嵐であったりする。

夜にシャマールが始まるような時には、コンクリート製の社宅の中にいても直ぐに解る。日本にいて、夜に雪が降り始めると辺りがシーンと静かになって、直ぐにそれと気がつくのと同様な現象である。周囲の雑音が遮断されて異常なくらい無音の世界に入ってしまう。それを確認しようとして、ドアを開ければ、パウダーサンドが浮遊する別世界だ。雪の夜と大きく異なるのは、ムッとした熱い気温とあたり一面に漂う粉臭い匂いである。

鉱業所の最高責任者である城戸専務がカフジへ戻ってきたのは、そんなカフジが一番暑い時期に当たっていた。

崩壊寸前にも思える鉱業所従業員の人心を一身に支えなだめる真田部長が、最後に口にする台詞は決まっていた。

「まあまあ、軽挙盲動はやめておこうじゃあないか。城戸専務がもう直ぐ帰ってこられるから、それを待とうじゃないかあ。」

城戸専務がカフジに帰って来たのは、事件発生後十日目であった。

カフジに戻る前日、明治生まれの気丈な母は城戸に背負わされた責任の重大さを理解して、息子を厳しく励ました。

「興一さん。自分は死ぬつもりで、事態を取りまとめなさい。」

現在は本社総務部長の要職にある腹心の鹿屋も、母と同じ趣旨の激励をした。

「城戸さん、俺はいつでもお手伝いに駆け付けます。ただし、城戸さんは死ぬ気でことに当たらなければ、従業員を束ねられませんよ。」

アラブ人従業員に秘密裡に、日本人だけの集会が夕食後の日本人食堂で開催された。集会を悟られないためにに、食堂にはカーテンが張り巡らされていた。

夕食は自炊している音在も、定刻には食堂に入った。本来は、単身赴任者用の食堂であるから、収容能力は最大九十名しかなかった。にわか単身者にさせられた社宅組も加わったものだから、全員を収容するために補助椅子も持ち込まれ、食堂は爆発寸前のような異常な圧力のエネルギーがこもっていた。

それは集団が発する本来の熱気以外に、底知れない恐怖にすでに精神的に耐えられる限界を超えてしまった従業員も多数混じっていることを示していた。

サウディ東部地区の玄関口ダハラーン国際空港へ到着した城戸は、安藤事務所長の出迎えを受けて、先ずダンマン事務所へ向かった。地区日本人会の会長を務める伊藤紅商事の前田所長と打合せをするためであった。ダンマン在住の日本企業十五社四十名は、既に殆ど退避帰国した後であった。城戸はまだ現地に止まっていた前田に、万が一カフジが攻撃にさらされる緊急事態に到った場合の協力を要請したのである。つまり、近い将来ありうべき退避行動の下準備であった。要請は、退避従業員の宿舎の確保から、仮設事務所スペースの提供に及んだ。ともに厳しい勤務地で働き、しかも未曾有の危機の渦中にいる同じ日本人ビジネスマンとして、前田が協力を惜しまぬことは本社の許可を得るまでもない話であった。

商社や金融といった業種は、いわば人と信用と契約で事業を構成しており、非常事態に接した場合には、事業形態が身軽にできている分だけ退避が簡単であった。日本アラブ石油開発のように石油の開発権益と鉱業所という一種の不動産を保有して、地元の社会構造に深く組み込まれている企業とは、立地条件が異なるのである。前田所長から、留守事務所を通信施設ごと借用することに快諾を得たことは、一朝有事の際には、どれだけ助かるか解らないくらいのものだった。城戸は安藤所長に対して、ダンマンの責任者として普段にも増した情報活動に励むことと、非常事態の発生に備えてカフジ従業員の退避宿舎確保のための現地折衝を厳命した。


日本から十六時間のフライトの後、ダンマンで二時間の会議を終えてカフジ入りした城戸はシャワーを浴びる暇もなく、全日本人従業員が待ち構える食堂に向かった。如何にして全従業員の恐怖を取り除いて円滑な操業継続に協調して貰うよう説得するか、城戸は六時間の時差がもたらす疲労も感じないほど緊張していた。

城戸が発した帰所第一声は、全従業員の早急な退避要望とはかけ離れたものであった。

「しばらくお待たせしましたが、十分な情勢分析と今後の対応方針を固めて参りました。会社は、我々が今すぐ退避しなければならない危険な事態にあるとは認識していません。従って、我々は退避せず、当面現状通りの操業を継続することに決定しました。」

食堂全体が「ウォー!!」という驚きと失望からくる怒号に包まれた。

気の強い従業員は、早速城戸に噛み付くように質問した。

「会社は何を根拠に、危険な事態ではないと断言できるのか。目の前の国境まで、イラク軍の戦車軍団が迫っているのに。十八キロといえば、弾の届く距離なんだ。絶対にカフジまで戦争が及ばないなんて、いったい誰が保証できるんだ!」

引続いて、恐怖に耐えかねて、すでにノイローゼ状態を呈している従業員が、ありったけの勇気を振り絞って消え入るような声で質問した。

「あのう、会社は僕たちの生命の安全を保証して頂けるのでしょうか……」

誰しも、こんなところで死んでたまるか、女房子供を泣かせてたまるかと思う心は同じであり、従業員たちの発言は質問というより詰問に近かった。

音在自身の本音は、もちろん退避派であった。ビジネスマンとして働きに来ている従業員に死傷者を出してはならない。死の可能性を伴なう現場での就労は、会社が従業員に求めて良い範囲を越えている。ただし、水、電気や燃料油の供給などを通じてカフジの社会に深く組み込まれている会社の存在故に、一挙に全面撤退などはあり得ないと思っていた。しかし、従業員の任務の重要度には軽重があり、不要不急要員を切り離して退避させることは可能であると思っていた。もっと端的に言うならば、直属の部下の藤井は逃がしてやりたかった。藤井はシッピング部の事務処理システムのサポート役であり、日常のルーチン・ワークは持っていなかった。

城戸の厳然とした方針宣言に接して、横に座った藤井に対して音在は言った。

「おい、藤井くん。残念だが、覚悟を決めてくれ。一緒にやるしかなさそうだ。」

従業員たちからの城戸に対する詰問は終わりそうになかった。

従業員たちの論理と会社の方針は水と油であるから、どれだけ時間を掛けても噛み合うはずがなかった。日本からこの説明会場へ直接駆けつけ、しかもダンマンで一件用事を済ませている城戸は明らかに疲労困憊していた。時間を掛ける無駄を感じた城戸は、一方的に話を締めくくった。

「最後まで残るのは、この私と田尾鉱業所長だ。どうしても逃げたいと言う者は、会社を辞めて日本に帰ってくれ!!」

再び、日本人食堂には「ウォー!!」という怒号がこだました。

音在は、城戸が全従業員残留と操業継続を言い張り、寸分も妥協の余地を示さない、否、示せない理由を自分なりに理解していた。全従業員が憤懣やる方ない思いで散会していく中、音在は城戸にすれ違いざまに一声慰労の言葉を掛けた。

「城戸さん、お疲れが出ませんように。」

「ン？　いや、どうも。」

予期せぬ一言に、城戸は戸惑ったように答えた。

城戸専務の会社側説明の後、例外なく全従業員は日頃の溜まり場に集まり、グループの中心人物を囲んで小集会を開いた。もちろん、音在亭もそのひとつであった。

「なんだい、あの城戸さんの態度は。話し合いも何もあったもんじゃない。最後まで俺と付き合ってくれと理解を求めるのならまだしも、一方的宣告であって、話し合いになってないじゃないか！」

「俺はいやだね。こんな従業員の生命も保証できない会社なら、こっちから辞めてやる！」

「まあまあ、それはまずいんじゃないか。一度、日本人会としての意見をまとめて、交渉のテーブルにつこうじゃないか。よく話せば、城戸さんだって解ってくれるはずだ。」

一方的な城戸発言への従業員の大反発は本社にも伝えられ、本社も事態の深刻さを憂慮した。日本人会からは、城戸に対して再度の話し合いの要求が出された。不穏な空気は、鉱業所の操業継続のためのチームワークに最悪の影響を与えつつあるとの真田部長の建言もあって、城戸は二日後に日本人従業員を再度召集した。決定的な状況悪化を恐れた本社経営陣は、従業員の処遇についても最大限の誠意を示すように城戸に依頼した。

緊張の長旅から二日経って、疲労が回復した城戸の心にも余裕が戻っていた。

「いやあ、おとといの説明会の様子を東京の女房に電話したら、叱られちゃってねえ。」

二回目の説明会の冒頭を、城戸はジョークから切り出した。

「考えてみれば、皆さんの中で一番若い澤村君なんか、私の長男と同い年なんだよね。息子が生意気を言ってきかない時に使う口調が、ついつい出ちゃったものだから……。不愉快な思いをさせてしまったのなら皆さんに謝りなさいって言われちゃったよ。」

一昨日とはうって変わったソフトな語り口ではあったが、当面撤退せずという方針について、城戸は全く譲歩の姿勢を見せなかった。カフジを取り巻く状況に僅かでも変化があったわけではなし、日が経つにつれ恐怖とストレスが増すばかりの従業員たちは激昂した。質問を求めて次々に手が挙がった。

「まあ、最後まで私の説明を聞きなさい！　もちろん会社もこの環境が平常状態だとは考えていない。皆さんのご苦労に報いる意味で、当面の間鉱業所給与はダブル・ペイメントにします。」

つまり、恐怖の代償として、給与支給額は二倍にするとの通知であった。さらに城戸は付け加えた。

「万が一、危険に到り最悪の結果として死者が出た場合は、会社は補償金として一億五千万円を遺族に支払うことに決定しました。」

しかし、この説明は諸刃の剣であった。従業員の中のごく僅かな腹の据わった連中には、会社も無理をしたもんだという印象を与えた。

『ほほう、それも悪くはないな。しかし、日本人従業員の半分が死んだら、百億円だぞ。資本金二百五十億円の会社が、本当に支払い能力があるのか？　保険金にだって、戦争免責がついてるんじゃないのか。』

折角の説明も、従業員の平均的意識に対しては逆効果にしか働かなかった。

『そら見ろ！　さし当っての危険はないと言ってる会社だって、本当は事態がそこまで最悪だと認めているんじゃないか！』

『金の問題なんか誰も言っていない。我々が要求しているのは、生命の安全確保だけだ。』

『死んだらいくら払うなんて口にするのは、不謹慎も甚だしい！　会社はいったい何を考えているんだ！』

女房を強制退避させられて孤独になり、すでに精神の均衡を崩している若手社員が弱々しく手を挙げた。

「あのー、城戸さん。そ、その一億五千万円というのは、税込み額でしょうか。手取りでしょうか……」

会場全体に失笑が沸いた。これはもはや会社の方針を巡る交渉ではなく、喜劇のワンシーンであった。だれた雰囲気を破るように、急先鋒の若手従業員が至極当然の質問を突きつけた。

「カフジがまだ安全である。退避する必要はないとする会社の判断の根拠を示してもらいたい！」

城戸も再び険悪化した会場のムードに触発されて、何で俺の言うことが理解できないのかと徐々に気色ばんで来た。

「三日後に長岡副社長が全権特使の使命を帯びて、出張して来られることになっている。従業員の生命の安全確保について石油省と話し合うためだ。それに先立って、我々を激励するためにカフジを訪問されることになっている。長岡さんは、当社の情報収集の中枢だ。情勢分析の責任者でもある。その長岡さんから、会社が方針決定するに到った根拠と背景について説明をして頂くことになっている。」

出口の見えない平行線の対立状態を、音在はまずいと思った。目の前に展開される議論とは別の観点から論陣を張って、説明会を収拾しなければならない。

「城戸さん。ひとつお願いがあります。毎年十一月に開催されているカフジ取締役会は、今年も必ずカフジで開催して頂きたい。まかりまちがっても、危険だからなどと言って、代替地で開催することなく、全役員をカフジに集合させてもらいたい。それが、会社の言うカフジは安全だという証明です。」

会場全体が大爆笑に包まれた。苦虫を噛みつぶししていた城戸までが大笑いして回答した。

「いや、もちろんそうしますよ。べつに、カフジ取締役会までの間に、東京から役員が来ないっていう訳じゃなし。そりゃ必要に応じて、然るべきタイミングで然るべき役員が出張してくることでしょうよ。」

「私は言いたいのはですね、全社員等しく同じ土俵でこの難局に対処しなければならないということなんです。現在運良く本社にいる人間が、のほほんとして身の幸運をエンジョイして、現場の応援をしないのでは困るということを指摘したいのです。」

「いや、解った。解りました。」

音在の発言は、膠着した会場の雰囲気を何となく決着させた。従業員の強硬な意見に妥協できずにいる城戸には救いのきっかけとして働いたし、会社への不信と不満を払拭できないでいる従業員にとっては、危険に満ちた現場への全役員集合要求という一矢を報いて、その溜飲を下げる効果があった。

音在の発言には、理由があった。湾岸危機勃発以来のシッピング部を支援するべき本社営業部の姿勢には、リーダーの野上課長の劣悪な人間性を割り引いて考えても、甚だ不誠実なものがあった。現場で繰り広げられる悲惨なドラマの展開には、どうやって関わらずに済まそうかという態度がありありと感じられた。従って、営業部の連中は、必要最低限の業務連絡だけで済ませたがっており、以前とは違って、業務連絡に伴われる電話の補足説明は避けて、ファックスだけしか届かなかった。

本社全体を見渡しても、本当に頼りになる社員は極めて少なかった。もちろん、社員の殆どはカフジの仲間たちのことをそれなりに心配しているのだが、いわば小市民的に自分に累が及ばない範囲で係わり合っていたいと考える者が大半であると見た。間違っても、現場のリリーフに駆けつける要員にはなりたくないに違いない。さらに腹立たしいのは、絶対に現場には行かぬことを決め込み、自分に都合の良い範囲だけの危機対策と称する仕事で自分の立場を確保して、『大変だ、大変だ』と自己を発揚してエンジョイする輩も存在することを音在は知っていた。

ノーブリス・オブリージュを有する男達は、音在の審査眼からすると残念ながら少なかったが、それだけにそうした同僚、先輩の存在は有難かった。

日本アラブ石油開発は、年に五回取締役会を開催することをサウディ、クウェイト両国との間で取り決めていた。ほぼ二か月おきに東京とロンドンで二回づつ開催され、そして毎年十一月は石油操業現場のカフジで開かれるのが年間の定例スケジュールとなっていた。

全役員が揃う取締役会を恒例のスケジュール通りにカフジで開催することは、安全を主張する経営陣に対し、いわば踏絵を要求する効果があると音在は判断したのであった。

『安全だと言っている証拠に、自分自身もカフジに来てみろ！』

第9章　二人の特使の英雄的行動

本社役員会は、湾岸危機勃発以来ほぼ毎日開かれて、採るべき対応策を模索していた。しかし、サウディアラビア政府の退避を認めずという厳命と、従業員の生命の安全を確保したいという要望は全く相容れないものであった。従って、連日の会議は各情報協力先から得たイラク軍の動向と、これに対するアメリカや国連の出方、及びサウディ政府の対処等々を含めた湾岸関連諸情報の連絡会に終わることが殆どであった。

経営陣に求められるべき行動は明白であった。サウディ政府の命令に従って、許容限度のギリギリのところまでは操業を維持するとして、いくら何でも戦争勃発直前には従業員は退避させなければならない。そのためにはふたつの難命題を解決しなければならなかった。政府命令である操業継続のためには、崩壊の恐れすらあるカフジの人垣を最後まで引き止めておくべく従業員対策を行うこと。もうひとつは、言うまでもなく最後の最後には現場を退避することをサウディ政府に了承して貰うことであった。これを会社側判断のもとに実行するのか、もしくはサウディ政府の指示において実施されるのかについては、更なる各論交渉の難しい展開があるはずであった。

ふたつの難命題を解決するためには、本社の然るべき責任者が特使として現地に赴かなければならないのは当然であった。従業員対策については、カフジに帰った城戸専務が抵抗を一身に引き受けながらも、会社方針を伝えていた。これに対して、全日本人従業員は操業継続の大前提として、安全保証の根拠を示せと頑として譲る気配もなかった。

八月中旬に行われた役員会では、特使派遣が討議された。当然のことながら、全権特使の急派の重要性には何の異論もなく、全員一致の結論に到った。

問題は、議長を務める尾張社長が、カフジの従業員対策と現地政府折衝の大任に誰を派遣するかにテーマを移した時であった。

情ないことに、任務の難しさに恐れをなして手を挙げる役員がひとりもいなかったのだ。社長の尾張は、六年前に通産省から石油資源公団を経て日本アラブ石油開発に専務として役員入りしていた。副社長の長岡は、通産省の事務次官を退官後、日本産業銀行の顧問を経て役員入りしていたが、社歴から言えば僅か一年半を過ごしたに過ぎない。当然のことながら、この最難の両命題に対処するべきなのは、現地政府高官にも多くの知己を持ち十分な交渉能力を有しているはずであり、豊かな人望の裏付けのもとに現場の従業員から慕われているはずである生え抜きのプロパー役員の誰かであるべきであった。

「それでは、誰が行ってくれるか。」

尾張の発言に、プロパー役員たちは急に全員下を向いてメモをとり始めた。

『何たる無責任！』

これには、尾張も長岡も呆れ果ててしまった。

この情なさには、日本アラブ石油開発の独特の会社風土から来る理由があった。社会的慣習や自然環境が大きく隔たるアラブの地は、一万キロの距離以上に日本人には精神的隔たりが大きい。日本アラブ石油開発とはいえども、現場に行きたくて仕方がないという奇特な社員はひとりもいない。入社したからには納税や兵役と同じで、一度や二度は現場での苦労と言う神輿を担ぐのが社員としての義務だと思って現地勤務に就くのが、平均的な社員の心情である。

ところが、どこの組織にもあることだが、社員の中には旨く立ち回って現地赴任を経験せずに済ませたいと思う者も出て来る。意識的か無意識であるかはともかく、本社での自己の存在意義を巧みに構築して、またそういう者同士が手を組むことによって、現地に行かずに会社生活をまっとうするか、赴任が避けられないものであったとしても、最短年数で済ませるのであった。問題は、その種の社員が自分の卑怯さに恥じ入って大人しく会社生活を過ごせば良いのだが、実態はそうは回っていないことである。このグループは、実務よりは閥務に励む傾向が強いので、多くの善良な社員が現場で長年苦労を積んでいる間に、本社の重要ポストを占め、ついには役員の多くの席を占めていた。

会社が遭遇した未曾有の危機に当たって、現地政府に赴いて事態打開のための折衝の大任を進んで引き受ける責任感に溢れる役員がいなかったのは、そうした事情からである。危機対応は自分の役員としての管掌に属していないとの言い訳をもって、殆どの役員は内心、自己の正当化をしていた。残念ながら、そうした役員にとっては幸いなことに、その時点において役員の業務管掌規定には危機管理の項目が記載されていないのは事実であった。有職故実には詳しくとも現場がらみの実務能力は持ち合わせず、現地政府に顔も覚えられていない役員たちであるが、自分に都合の良い言い訳作りには長けていた。彼等が、まかり間違って現場行きの重責を引き受けていたとしても、サウディ石油省の大臣始め要人たちが面会を許可する筈もなかったし、カフジの従業員への説明に臨んでも、沸騰する人心の怒りにさらに火をつける結果にしかならなかったのは間違いない。

長岡副社長は、内心呆れ果てながら、責任感の強い自己の信条に恥じることなく、手を挙げた。

「それでは私が現地に赴きましょう。そのためには、周防監査役にひとつお願いがあります。カフジの従業員対策については、先日現場に戻られた城戸専務が体を張って従業員の説得に当たっておられます。さらに、私が誠意をもって状況説明に当たれば、日本人従業員の方々は必ず理解して下さると思います。

問題は、石油省の方です。先ず私はカフジに向かい、城戸専務とともに従業員の説得に当たります。周防監査役はリヤドに先行して石油省への根回しに当たるとともに、バーゼル石油大臣との面談のアポイントメントを取り付けて下さい。」

長岡は使命感のあるがままに、現場従業員の人心の収攬とサウディ政府折衝という非常に困難な両任務を一身に引き受けてしまった。

周防は、長岡の発言を了とした。この危機対応に当たっての妥当な人選だと内心考えた。他の役員たちとは違って、周防が手を挙げなかったのには理由がある。監査役の周防は、監査権は有していても経営執行権を持っていないのだ。周防は、学生時代をカイロ留学で過ごし、世界最古の大学であるエジプトのアズハール大学を卒業していた。おそらく我が国で一番アラビア語に習熟しているとの内外の評価を得ていた。若い頃はカフジの労務部に勤務して、その語学力とシャーリア法と呼ばれるイスラーム世界の法律知識を駆使して、雇用契約や裁判関係で活躍していた経歴を持つ。本社では総務部勤務が長く、総務部長を経て監査役に就任していた。本来であれば、総務担当役員から副社長まで勤めるべき人材であったが、相手が上位者であっても常に妥協を許さず正論をぶつける性格が、茶坊主好きの人事権者に煙たがられたというところであろうか。しかし、周防の是々非々を貫くけじめのはっきりした姿勢は、中堅社員の圧倒的な支持を得ていた。周防の監査役就任は、かえって支持者たちから歓迎されていた。

「ゴマスリばかりの取締役ではなくて良かった。本来の監査役は何でも物が言える筈だ。周防さんにぴったりのポジションじゃないか。」

取締役会開催の事務局である総務部に席をおいた周防は、本社帰任後もサウディ、クウェイト両国政府から三名ずつ選任されている取締役とも親交があった。

石油開発協定に定められた両国三名の役員は、全員が両国の石油省の次官クラスであった。これらの要人は、この最難の折衝事を持ち込む窓口となってくれると期待できた。周防は、謹んでこの大任を引き受けた。そして、もしこの責任を果たせなければ、辞表を提出しようと心の中で決心した。

長岡は、さらに付け加えた。

「人事部長は、至急留守家族説明会を開催して下さい。皆さん、夫や息子が死に直面していると心配しておられます。会社経営陣の意気込みを説明して、その心配を解いてあげなければいけません。」

留守家族激励の提案は、長岡の誠実さから出た提案であったが、同時に聡明な長岡は複眼でものを見ていた。説明会の後に、出席者は一斉にカフジの夫たちや息子たちに説明内容を電話で伝えるに違いない。会社の誠意は、自ずから現場に伝わるであろう。家族からの電話は、長岡のサウディアラビア出張の露払いになる。また、安否の問い合わせや会社批判の電話が殺到して人事部や役員が忙殺される状況が、誠意を伝えることで少しは緩和されるだろう。

長岡は、最後に陪席する総務部長の鹿屋にも指示を与えた。

「湾岸危機が勃発して以来、昼夜を問わず連日のようにマスコミの攻勢が続いています。受身の立場で個別に対応するのではなくて、ここで会社の方から先手を取って、方針説明の記者発表を行いましょう。至急、エネルギー記者会に申し入れして下さい。テレビからも要望があれば、私が登場しても結構です。」

長岡が現地に出張する前日に、二度目の家族説明会が会社に隣接した東京商業会館大ホールで開催される運びとなった。前回は、カフジからの退避家族だけのこじんまりとした会合であったが、今回は全留守家族が対象となったので、出席者は百五十名に膨れ上がった。会社側の説明そのものは、前回の退避家族に対して行われたものと殆ど変らなかったので、二度目の出席者は失望した。大多数の家族は、初めて聞く会社方針が、中近東での資源開発にリスクは不可避であるとか当面は退避を考えていないとか、夫や息子の生命の安全保証に直接触れない話ばかりなので、あからさまに不満を口にした。しかし、長岡が最後に述べた言葉に怒りの表情が解けて、全員が感謝の拍手で長岡の挨拶に応えた。

「私は、皆様のご主人や息子さんを励ますために、明日カフジに行って参ります。」

同じ日に長岡は、日本経済団体会館五階にあるエネルギー記者会を訪れた。

我が国を代表するメディア十三社の正会員で構成される名門記者会には、常設デスクを持たない登録会員十二社も加わって、開設以来初めてと言っても過言でない熱気を帯びた大記者発表となった。湾岸危機という歴史的大事件に大なり小なり当事者として巻き込まれた日本企業は七十五社に及ぶが、難事に巻き込まれた社員数からいえば日本アラブ石油開発は他の企業と人数が二桁違っており、それだけ我が国全体が会社の去就に注目していた。必然的に記者たちの質問は、社員の生命の安全確保を巡る会社方針を舌鋒鋭く突くものであった。

長岡は、サウディ政府との微妙な関係に配慮をしながら、誠意をもって方針を説明し記者たちの理解を求めるのに努めた。それでも、厳しい質問は尽きる気配を見せなかったが、ここでも長岡の最後の一言が、エネルギー記者会の猛者たちの質問を終わらせた。

「私が特使として、明日現地に赴きます。現地の従業員を激励するとともに、サウディアラビア政府と折衝して参ります。」

三十名を超える記者たちは質問をやめ、下を向いて一斉にペンを走らせた。

さらに長岡は、NHKの単独インタビューにも応じ、NHKは夜七時と九時のニュースでこれを報道した。エネルギー記者会での記者発表に基づき、全主要新聞は第一面のトップ記事として長岡の談話と会社方針を掲載した。

明朝、重大任務を抱えて現地に赴く長岡の双肩に気負いは見られなかった。

いつものようにエレベータまで見送りながら、事情を熟知している女性秘書は前途の多難さを思いやり、複雑な思いで敬愛して止まない副社長の背中をみつめていた。難事に当たっても自然体を崩さない長岡の姿勢は、自身の哲学に起因するものであった。岡山県備前市出身の長岡は、温暖な瀬戸内の風土を象徴する『微風和暖』を座右の銘としていた。如何なる場合においても、誠意と熟慮と果断な対応が関係者の理解を得て、事態の解決の道を拓く。しかも、考えつく限りの最善の方策は尽くしてあった。

「それじゃ、一週間ばかり出張しますが、留守中のことはよろしくお願いします。」

エレベータのドアが閉じる前に、女性秘書の心配を労うように、長岡はニッコリ笑って一声掛けた。

音在が、うつらな意識の中でぼちぼち目覚めようとしている頃、国際電話のベルが鳴った。ここのところ、ほぼ定例化した日本時間正午、カフジ時間朝六時の妻からの電話であった。

「あなた、会社で留守宅説明会があったのよ。長岡さん、私のことを覚えて下さったみたいなの。今回は、出席者がものすごく多かったのに、説明会の後で、音在さん、音在さんって呼び掛けてくださったの。奥さん、お元気ですか、ご主人を励ましてきますよって声を掛けてくださったのよ。」

「へー、そうか。それは良かったなあ。」

音在は、心配する留守家族を励ます長岡の暖かい配慮に胸が熱くなった。

実は、音在は長岡とはまだ面識がなかった。音在が、二度目のカフジ勤務に出発した三ヵ月後に、長岡は日本アラブ石油開発に顧問として迎えられたからだ。本社でのふたりの関係は丁度すれ違いであり、今まで何の業務上の接点もなく、遠い雲の上の存在であった。それだけに、心配で夜も寝られないでいるであろう妻への、長岡の励ましの言葉は心に沁みた。妻が元気づけば、当然子供たちにも元気が伝わるはずだ。

長岡の到着は、カフジの全日本人から大歓迎で迎えられた。危機勃発以来、初めてカフジの地を踏んだ本社役員である。

『こんな死ぬかもしれない危険なところに、本当に良く来てくれた。』

最高の敬意と感激を以って、従業員が長岡を受入れたのは当然の成り行きであった。しかも、出発前には留守家族を励まして来てくれたことは、家族からの国際電話で全員が承知していた。

長岡の出張には、長岡専任通訳の西宮参与と秘書課長代理の筑後が随行していた。正午前に鉱業所に入った長岡は、そのまま日本人食堂に案内された。

随行の西宮と筑後は、長岡を座らせる場所の選択に細心の注意を払った。

恐怖に耐えかねてすでに精神の平衡を失っている者や普段からうるさ型として敬遠されている者の隣に座らせては、いきなり会社の対応方針への批判の先制攻撃を喰らうかもしれなかった。到着後一時間もたたずに、副社長が吊るし上げにあってはたまったものではない。側近の能吏としては、当然の心配といえよう。

本社側から見て、この危機に際してもドッシリと落ち着いているメンバーのひとりと目されている音在の正面と左隣の席が幸いに空いていた。

　西宮は躊躇することなく、長岡をそこに案内した。

　音在は、長岡が自分の正面に座ったことに驚いた。同時に千載一遇のチャンスが到来したとも思った。夜に予定されている長岡の説明会では、自分の所信を涛々と述べてやろうと考えていたが、直接面談できる絶好の機会ではないか。

「皆さん、ご苦労様です。長岡でございます。」

　社歴がまだ一年半でしかない長岡は、着座する前に、そつなく周囲に会釈をした。西宮も、周囲の雰囲気を和らげるために気を遣った。

「ア、副社長。こちらは、シッピングの責任者の音在くんです。」

「そうですか。大変な中、ご苦労様でございます。」

　長岡が食事を始めるのを確認すると、音在は、ぼちぼち話し始めた。

「副社長、こんな危険なところに、遥々本社からようこそお越し頂きました。

　我々は副社長のご出張を心から歓迎致します。」

「あ、それはどうも。」

　昼食中の全員が雑談を止め、耳を澄ませてふたりの会話を聞いていた。

「ご出発前には、留守宅を励まして頂いたそうで、我々は本当に嬉しく感じております。全員が、女房からの国際電話で聞かされています。」

「ああ、そうでしたか。」

　音在の左隣に座った西宮は、自分の場所の選択が正しかったとニコニコしていたが、次の瞬間顔がこわばりかけた。

「実は、今夜の説明会で持論を述べさせて頂こうと考えておりましたが、丁度正面にお座りになりましたので、現地でしか確認できない情況もありますので、若干私論をお話させて頂きます。」

　長岡は、いつしか食べるのを止めて、音在の眼を正面から見据えていた。

「国境からカフジまでの十八キロという距離は、鉱業所従業員に与える心理的な恐怖感以上に、大きな地理的問題を抱えております。クウェイト侵攻によって、イラクは国連からエンバーゴ措置（石油輸出の輸出禁止）を受けました。歳入の大部分を石油に頼る国が、糧道を断たれた訳です。クウェイトがＯＰＥＣの生産枠を破って増産したので原油価格が引き下げられ、イラン・イラク紛争の後の経済復興を目指すイラクに大きな経済的打撃を与えたことが、イラクが起した暴挙の背景のひとつであることは明らかです。ところが今、十八キロ向うまでがイラクの占領地となっています。弧状になっているこの辺りの海岸地形からすれば、カフジ沖合の搬出施設で行われている我々の原油出荷の様子は、彼らからも我々とほぼ等しい距離で目に入っているわけです。石油を輸出したくてもエンバーゴを喰らっている連中の鼻先で、我々は次々に原油を出荷しております。こんな刺激的な光景はないと思われませんか。」

左隣から、西宮は意味のない言葉で横槍を入れようとした。

「音在くん、マアマア……」

音在の右隣に座っていた資材部の加山も意見を述べ始めようとした。

「会社はですね……」

「ちょっと待て！　話の途中だ。」

音在は、両隣を制して話を続けた。

「我々は泣き言を副社長に聞いて貰おうとは思っておりません。我々はやるべきことはちゃんとやっております。私が言いたいのは、この後リヤドの石油省へ行かれて、従業員の退避行動の自主判断権について折衝されるはずですが、現場はそういう情況にあるだけに、どうぞ頑張ってきて頂きたい。私は、ただそれを申し上げたいだけです。」

食事を忘れて音在の目を注視しながら聞き入っていた長岡は、言質を与え過ぎないよう発言に注意しつつも、感に堪えないといった風情で一言だけ口にした。

「ご意見ですなあ……」

「失礼致しました。」

音在は、自説の開陳を謙虚に聞いてくれた長岡の誠意に満ちた態度に満足した。

その夜に開かれた会社を代表する長岡の説明会は、厳しい雰囲気の中にも長岡の人柄に対する歓迎ムードに溢れていた。このような生命の危険に満ちた現場まで、副社長が来てくれたという一種の仲間意識の表れである。

しかも、プロパー役員が卑怯にも逃げ回り、社長も来ないというのに、社歴僅か一年半の長岡が最難の任務に体を張ったわけである。従業員は長岡の責任感と男気を敬愛した。

説明の中身は、概ね城戸専務がすでに伝えた内容を越えるものはなく、その意味では一日もこんなところに居たくないと心理的に追い込まれている従業員には聞きたくもないものではあった。しかし、この数日間、城戸が伝えていた会社の安全認識と称するものが、何の根拠もなかったのに較べて、長岡はひとつの説明根拠を持参していた。長岡は、従業員たちに一枚の航空写真のようなものを示した。

「カフジを巡る情況は、まだそれほど最悪の危機的段階ではないと会社が判断する根拠についてご説明致します。アメリカは、安全保障上の必要から全世界を人工衛星から監視しています。この手の内が公表されることは、本来はあり得ません。しかし、今回の危機に際し、防衛庁や外務省の格別のご協力によって、ご覧頂いているアメリカ軍の衛星写真を極秘裡に入手することができました。」

「ほほう……」

従業員たちの視線は、長岡の示したA3版ほどの一枚の写真に食い入るように集中した。

「これは、サウディアラビア国境まで侵攻してきたイラク軍の戦車軍団の写真です。写真の左側がカフジの方向ですが、ご覧のように各戦車とも左側に土嚢とおぼしき遮蔽物を積んでおります。防衛庁の専門家の分析によれば、これは防衛型の陣形でありまして、敵が進軍して来るのを阻む隊形であるとのことです。つまり、イラク軍にはサウディまでも侵攻する意図はなく、クウェイトを占領したことで今回の軍事上の目的は達成したと考えていることが観察できます。イラク軍は現在の情勢を維持できればよいのであって、逆に攻め込まれることのないよう防衛型の陣形を張っているのです。」

従業員たちは、にわかに説得される心情にはなかったものの、湾岸危機が勃発して以来、初めて聞かされる安心材料に、気持ちの和みを覚えた。

「これが、幸い現状においてはまだ差し迫った危機ではないという会社判断の根拠であります。とは言いながら、カフジで働かれる皆様のご苦労ご心労には大変なものがあると推察致しますが、困難に耐えて頑張って頂くよう、宜しくご健闘をお願いする次第であります。私は、皆様にお会いした後、バーゼル石油大臣をお訪ねするために、明日の午後ジェッダに向かいます。

ジェッダには、周防監査役に情報収集と大臣との面談の調整のために先行して頂いております。大臣にお会いして、本当の危機が迫る最後の最後には皆さんに退避して頂けるように交渉して参ります。」

日本人食堂に詰め掛けた日本人従業員全員は、長岡副社長の見せてくれた誠意への感謝とさらなる健闘を祈って割れんばかりの拍手で応えた。

精力的な長岡は、翌日の午前中も無駄にはしなかった。

鉱業所の全従業員に握手をして回ったのだ。日本人の最高責任者がカフジを訪問したニュースについては、固唾を飲んで湾岸危機の推移を見守る鉱業所従業員は、国籍を問わず全員承知していた。

浮き足立っているのは、日本人だけではない。既に殆どのサウディアラビア人従業員は、家族を遠く離れた親戚や妻の実家に疎開させていたし、家族や親戚が惨禍に巻き込まれたクウェイト人従業員は精神状態が平静ではなかった。

鉱業所で働く従業員の全国籍は十八ヶ国を数えたが、日本人を含めた外国人は外国人としてのそれぞれの深い悩みを抱えていた。

長岡の発想は、極めてグローバルであり経営者的であった。日本人だけでなく、全国籍の従業員を激励しなければならない。これを怠ると人垣が崩れる。

鉱業所は極めて平面的にレイアウトされていた。理由はふたつある。基地建設時代に拙劣な建築技術しかない現地事情ゆえに、重層建築が建てられなかったのである。さらに、現業部門が多いので各部とも資材管理スペースを確保するためには、事務所を分散させなければならないからである。鉱業所は約三キロ四方に広がってレイアウトされていた。それでも、長岡は散らばっている全事務所を次々に訪れて、国籍や上級職下級職の隔てもなく、居合わせた従業員全員と握手して回った。千八百名の従業員の中には、たまたま離席していた者も少なからずいたにせよ、長岡が握手によって直接励ますことができた従業員は千名を下ることはなかった。

『長岡副社長の陣頭指揮』の情報を受けて、音在は張り切った。

シッピング部の士気の高いところをお見せしようと、朝一番で部下たち全員に命令した。

「皆、今日の十時頃は全員事務所の中にいろ。席を外すことは許さん。」

「ミスター・オトザイ。どうしてですか。」

「本社で一番責任感のある役員が皆を励ますために、わざわざこの危険なカフジまで来て下さった。全員に握手して回られるそうだから、全員起立してお迎えしろ。そして、握手する時は全員、自己紹介することだ。皆、解ったな。」


シッピング事務所に到着した長岡に対して、部下たちは気合の入った握手をした。音在は、長岡が部下たちの歓迎ぶりを理解してくれるように願った。

千回以上の握手をこなした後、さらに重大な任務に挑戦するために長岡は直ちにアラビア半島の反対側に位置するジェッダに向かった。

長岡を送り出して、ほっとしている音在のデスクに電話が入った。


城戸専務の秘書の海道からだった。

「師範、周防監査役がサウディ入りしておられるのはご存知ですよね。」

「ああ、当然だよ。」

「実は、先ほど周防さんから長岡副社長宛の業務連絡がありまして、まず私が電話を受けたんです。そうしたら、周防さんの仰るには『師範は元気か。今、ジェッダまで来ていると伝えておいてくれ』だそうです。」

「ほう、そうか。嬉しい電話だな。今日またジェッダまで電話することはあるかい。」

「ジェッダの連絡先は確認してありますから、いつでも連絡できますよ。」

「それじゃ、俺からの連絡も伝言しておいてくれるか。」

「はい、直ぐにお伝えします。」

「じゃあ頼む。『ひとつ。鉱業所従業員の生命の安全確保は、周防特使の双肩に掛かっている。ご健闘を祈る。ふたつ。大任完了のあかつきには、必ずカフジ経由で帰られたし。音在亭でアラビア湾の美味を食べてから帰国されたし。』これで頼む。」


周防監査役は海道の仲人であり、公私両面において尊敬の対象であった。

また、音在にとっての周防は、本社総務部時代の敬愛してやまない上司であった。音在が、一回目のカフジ勤務を終えて本社に帰任した際、音在の現地での熱心な働きぶりの良き理解者として、本社総務部での働き場を提供してくれた恩人のひとりである。音在のアラブにおける柔道指導を高く評価して、音在のニックネームを『師範』として部内に定着させて、音在を可愛がってくれた。

仕事熱心な音在が退社時間になっても仕事を終わろうとしないと、窓際に悠然と構える周防からよく声がかかったものだった。

「おい、師範。ちょっと勉強させて貰いたいことがある。少々付き合って欲しいんだが。」

「はあ。私もこの連中に勉強させて頂きたいことがありますので、彼らもご一緒させて頂きます。おい、皆、一分間でデスクを片付けろ。」

そして、音在は部下まで連れて周防にご馳走になり、痛飲させて貰ったものであった。音在に二回目の現地勤務の話が持ち上がった時、手放すのを嫌がり最後まで音在を庇ったのも周防であった。しかし、最後は周防らしく、全体の決定に従い、音在は現地に赴いたのであった。

音在が回想に耽っていると、再びデスクの電話が鳴った。

「師範。周防さんに連絡がつきました。先ほどのメッセージをお伝えしたところ、周防さんからもお返事がありましたのでお伝えしておきます。『返事一。ま・か・せ・と・け。返事二。それが楽しみだから、わざわざサウディアラビアくんだりまで来たんだ。』だそうです。それから、周防さんのカフジ入りは多分明後日になるそうです。」

「そうかい。それじゃ明後日の夜は俺の部屋で大歓迎会を開こうじゃないか。もちろん海道も来いよ。音在亭の常連も全部呼ぶから料理が大変だ。料理の下ごしらえが色々あるから手伝ってくれ。」

「はい、喜んでお手伝いさせて頂きます。」

周防の出張は大変な困難を伴うものであった。カフジの日本人従業員への説明は所詮日本人同士の対話であり、主張対立する中にも以心伝心の余地があった。相手が、サウディ石油省だとそうは行かない。石油省にしてみれば、日本アラブ石油開発は政府命令に従っていさえすれば良いのである。端的に言うならば、特使など派遣して来ても会う必要は感じないし、会うつもりもなかった。

一日をもたずして蹂躙されてしまったクウェイト。その暴挙に対して石油の輸出禁止という国際的処罰を課せられたイラク。危機勃発の直後、両国の石油生産量合計、日産五百万バーレルの原油が突然この世から消えた。これは、OPECの生産量二千四百万バーレルの二十パーセント弱に相当した。

かって例をみない記録的な原油価格の高騰は必至の情況であった。世界最大の産油国であり、石油政策の穏健派であるサウディアラビアは、当然のことながら原油価格高騰を防止する方向に動くはずであった。さらに言えば、国境線までイラクに迫られて窮地に立つサウディを救ってくれる唯一の存在であるアメリカは世界最大の石油消費国でもあり、記録的な原油価格の急騰は絶対に避けなければならないと強く主張していた。かくして、五百万バーレルの欠落を補うために、サウディはOPECの先頭に立って大増産に乗り出した。

日本アラブ石油開発などは、大増産の枠組みの中では量的にはマイナーな存在であった。本当の大増産の担い手は、日本アラブ石油開発の二十倍もの生産能力を誇る世界最大の産油会社サウディ・アラムコであった。ところが、国境から三百キロも離れているにも拘わらず、サウディ・アラムコの人心も揺れに揺れていた。湾岸危機に続く湾岸戦争が終戦した後に、サウディ・アラムコは二千人もの中途採用の従業員募集をしたくらいであるから、パレスチナ人を始めとする従業員の逃散が相次いでいたのだ。

かくして、カフジの日本アラブ石油開発には、その生産能力に対するもの以上の重大な任務が課せられていたのである。つまり、このような危機的状況にあるにもかかわらず、国境の隣でまだ操業している会社があるぞというスケープ・ゴートとしての役割である。カフジの従業員の意識とは全く別の次元において、大増産の担い手であるサウディ・アラムコの従業員の恐怖の鎮静材料として、カフジの従業員たちは戦略的使命を負わせられていたのだった。

サウディ政府にとっては大増産の実現が最重要課題であり、カフジで働く従業員の生命の安全などは念頭になかったに等しい。世界最後の祭政一致した絶対王政の国には、民主主義的発想は希薄である。

政府折衝への周到な事前準備の必要を感じた周防は、出張するに当たり国際電話で多くの知己に対して可能な限りの根回しに努めた。電話のやりとりを通じて、歓迎されざる客の立場を再認識した周防は老獪に論法を変えた。

「私の古き良き友人であるあなたたちが、歴史上未だかって経験もしたことがない大変な困難に直面しておられる。これを見舞い励ますために貴国を訪問するのは、友人として当然のことではないか。」

会ってしまえば、縷々お見舞いを述べた後で、こちら側の焦眉の急の問題について言及すれば良い。従業員の命を案ずる経営者の責任と愛情については、話さえすれば相手も解ってくれないはずがない。

この論法をもって、周防は石油大臣側近の石油省高官の間を調整して回った。

高官たちは、できれば会いたくもない周防の出張ではあったが、古い友人として、敬虔なモスレムとしてコーランの一節を引用しながら人の道を説く交渉術に徐々に説得されていった。

周防の誠意を尽くしたこの調整努力によって、本人も会いたくないし、側近の高官たちとしても会わせたくなかったバーゼル石油大臣と長岡の会談が実現するところまでようやく漕ぎ着けることができた。問題は、バーゼル石油大臣は訪米を控えていたことであった。スケジュールを詳細に把握した周防は、カフジで人心掌握に努めていた長岡に電話連絡を入れた。

鉱業所の全従業員と握手して回った長岡は、準備されていた車で三百五十キロ南のダハラーン空港まで走り、ダンマン事務所の安藤所長が手配していた最寄りの飛行便で空路ジェッダを目指して、アラビア半島を横断した。

ジェッダ空港には、周防が待機していた。周防の準備していた車は、フルスピードで南に向かった。ジェッダ国際空港とは別に、南の砂漠の中に王族や政府閣僚だけが使用することが許されている秘密空港が存在するのである。石油大臣がまさに特別機のタラップに歩み寄ろうとしたところへ、長岡が乗った車が滑り込んだ。長岡特使の出張の用件は、周防から側近の高官を通じて十分過ぎるほどバーゼル石油大臣の耳に達していた。飛行機の離陸にいくばくの時間もなかった。長岡はバーゼル石油大臣の目をジッとみつめ、手を固く握り続けるだけで心は通じ対話が成立した。

大任を果たした思いの周防は、前々日長岡が辿った道を逆に向かってカフジへ入った。自分たちの生命に関わる周防特使の重要任務を知っているカフジの従業員たちは、周防を普段以上の敬意をもって迎え入れた。

その夜、単身寮の音在の部屋は賑やかだった。日本間換算でいうと十畳一間ほどのスペースに家具類も並んでいるので六畳分しか居住空間はないのだが、常連メンバー十名が周防を歓迎して集まり、その重要任務をねぎらった。

「周防さん、すみませんね。イラク軍の侵攻以来、仕事以外で沖に出ることを厳禁されてまして。いつもなら、目の下一尺くらいはある鯛の姿造りを前菜に出すところなんですが、最近はこんなものしか準備できませんで。」

音在は謙遜してみせたけれど、その夜の歓迎会は海道の手伝いもあって、むさ苦しい単身寮で準備可能なありとあらゆる歓迎の粋をつぎ込んだものであった。

「いやあ、師範。さすがだねえ。」

周防も大任を終えてほっとした気分も手伝って上機嫌であった。

「それにしても、この部屋はいったい……」

周防は、音在の部屋のインテリアを見渡した。一方の壁には、『日本アラブ石油開発』と胸に社名を大きく刺繍した柔道着と英文字で音在の名前を刺繍した黒帯がぶら下り、正面にはヨシキリ鮫の一メートル近い尻尾の干物と二本接ぎの三メーターの手銛が飾られている。箪笥の上には、凶器のような鮫の顎の標本やバラクーダの頭蓋骨の骨格標本がズラリと並んで、音在の漁労の凄まじさを物語っていた。沿岸警備隊からの釣り禁止令が出てはいたものの、大型冷凍庫を自室に備えた音在は、湾岸危機勃発以前にアラビア湾の美味を獲り貯めており、個人としては膨大な量の魚の備蓄を有していた。小鯵の酢漬け、キスの刺身、鯛の兜煮、うしお汁、モンゴウイカの握り寿司と次々に出される音在の心尽くしの手料理を、音在亭の常連たちと一緒に周防はきれいに平らげていった。四十三歳の単身赴任者の素人料理ではあったが、材料確保の苦労と料理に込められた真心には、調味の未熟さを補って余りあるものがあった。音在の趣味に溢れた博物館のような自室は、心を許しあった仲間たちの逞しい熱気に溢れていた。

「今のカフジは意気消沈し切っているように感じたんだが、師範の部屋だけは別みたいだねえ。」

周防は、特使としての多難な任務をねぎらおうとするかつての部下と、その仲間たちの思い遣りに心からの謝辞を述べた。この半月間、引続いている重苦しい日々の思いを、一瞬だけでも払拭するような男たちのエール交換の一夜であった。

第10章　本社と現場の意識の乖離

「ミスター・オトザイ。デイリーレポートの作成を終わりました。二時間ばかり外出してきたいのですが、よろしいでしょうか。」

真面目なイスカンダールが、前日の原油生産量と出荷数量を取り纏めたレポートを音在に提出しながら、離席の許可を求めた。イスカンダールは部下の中でも最も敬虔なモスレムであり、いつも影日向のない誠実な仕事振りをみせていた。音在がもっとも信頼を寄せている部下のひとりであった。

「どうした。イスカンダール、何かあったのか。」

「三日ほど前からクウェイトの人たちが、自動車で砂漠を通り抜けてサウディ領に逃げて来ています。日を追って、その数は増加の一途を辿っています。

イスラム教にはザカット（慈悲の施し）という教えがありますが、私はこの避難民を放っておけません。できれば毎朝、避難民のためにミネラル・ウォーターとホブズ（アラビアの無発酵パン）を配りに国境まで行ってあげたいと思っているのですが。」

「鉱業所の日本人スタッフもふたり、昨日クウェイトから逃げて来たばかりだが、避難民はそんなに増えているのか。」

「はい、大変な数になっています。今朝、出勤前に見て来ましたが、車の列が地平線まで続いている感じです。」

アラブ流の大げさな表現だ。しかし、いかにもイスカンダールらしい誠意溢れる発想に感心した音在は、善意の施しに一口乗ることにした。

「イスカンダール。それには俺も賛成だ。俺は、モスレムではないが、困った人を助けるのなら手伝おう。先ず、レポートのチェックを済ませるから、ちょっと待ってくれ。」

イスカンダールは上司が示してくれた好意に満ちた賛同を喜んだ。

音在が車の助手席に同乗すると、なるほどミネラル・ウォーターとホブズが大量に後部座席に積み込んであった。音在も自らの善意を表明するために、会社が経営する共同マーケットに立ち寄らせて物資を買い増しした。

国境が近づくにつれて音在は驚愕した。なるほど、地平線まで続くとイスカンダールが表現したのは、あながち誇張ではないのが自分自身の目で確認できた。スカーフで髪の毛と耳たぶを隠した母親が、大勢の子供たちを乗せて目を血走らせながら疾走して来た。この情景は、普段ならサウディアラビアでは絶対に有り得なかった。女性が車を運転することは厳しく禁じられているからだ。しかし、いくら何でもこの非常事態では、これを取り締まるはずの宗教警察も手が出せまい。寡婦であろうか、主人の外国出張中に事件に遭遇したのであろうか。音在はパニックに陥っている母親に同情を禁じえなかった。財産の殆どをクウェイトに残して、命からがら逃げる道中はさぞかし心細く恐ろしかったであろう。もし、砂漠の中で車が故障したとしても、誰も助けてはくれなかっただろう。それは即ちドライアップ（乾燥死）を意味する。

道端に車を止めて、放心したように休息をとっている大家族も多かった。イラク軍の呪縛から逃れて、安全圏に到達した安堵感を満喫しているのだろう。

水とパンを配り始めたイスカンダールと音在に感謝の言葉と握手を求めてくるのは、比較的心に余裕を残している避難民であった。ふたりの善意を受け取っても、目がうつろで握手も返せないのは、余程心に傷を負った連中であろう。

国境から五キロ手前辺りに、砂漠の退避ルートを通ってきた避難民が海岸と平行するダンマン・クウェイト街道に合流して、自然の流れの内に新たな道路が形成されていた。

さすがに、サウディ政府も避難民救済のために大型のテントを三張設置して、医療サービスと水やパンの配給を行っていた。もともとが日本人のように列を作って待つという民族的風習を持たない砂漠の遊牧民の性格だから、大型テントの周囲は異様な混乱を起こしていた。軍隊が援助テントの運営に当たっているのだが、殺到する避難民に鞭を振るって怒鳴りつけている様は、あれで慈悲を施しているのかと、音在の目には珍妙な光景に映った。

街道への合流地点で、避難民の車がカーブを切り減速することがわかった。効率を上げるために、ふたりは街道への曲がり角に立ち、通過する車窓に水とパンを配ることにした。準備した援助物資を配り終わるのに小一時間を要したが、その間に音在の目の前を通過した車は軽く三百台を数えていた。イラク軍のクウェイト市民追い出し作戦は着々と功を奏していると観察された。

イスカンダールは、その後も三日間、音在にザカットのための離席の許可を求めに来た。その様子から見ると、音在自身が参加した時点で退避はそのピークにあり、その状態は四、五日間続いたものと思われる。イラク軍の目的をある程度達したと判断したものか、イラク軍の締め付けが厳しくなって、その後は陸路でクウェイトから脱出する車はなくなった。

イスカンダールのお陰でささやかな善意の施しに参加した音在が自席に戻ってみると、待ち構えていたようにデスクの電話が鳴った。本社営業部の一年生社員の藤本からの業務連絡であった。

「あのー、音在さん、営業部の藤本でございます。お願いが一件ありますので、お電話させて頂きました。この度の事件で、クウェイトがクウェイトでなくなりましたので、船積み書類の中の原産地証明書記載の文言を、クウェイトから『Iraq occupied Kuwait（イラク占領下クウェイト）』に改めて頂きたいんでございます。本日以降はその文言に改めて頂くとして、八月二日に遡って発行済の原産地証明書も再発行して頂きたいんでございます。」

全社的には蛇蝎のように嫌われてはいたが、強権をもって営業部を牛耳る野上課長と、社内唯一の野上への対抗勢力である音在との不仲な間柄は営業部員の間で周知されていた。藤本は腫れ物に触る思いで、上司の命令によって音在に電話をして来たのだ。原産地証明書は、通関手続き上必要な重要書類であった。ジャマール、ナーカ両原油出荷に係わる一連の船積み書類は、全て音在の署名をもって完成する。その結果、原油仕向け地すべての関係先、即ち世界各国の税関事務所や商社、石油精製会社の原油担当部門には音在のサインした書類がファイルされていた。

なるほど、イラクの暴挙の波及効果はこのようなところにも及んでいた訳だ。

正確にクウェイトの置かれた状況を表現するなら、そういうことかも知れない。しかし、クウェイトが占領状態であったとしても、国連がイラクの領有を認めたわけではないのが国際的な認識である筈だ。

原産地証明書は、音在のサインの後で、サウディ、クウェイト両石油省の検証サインを得るルールになっているが、八月二日以降クウェイト石油省の担当官はいなくなってしまった。従って、クウェイト側のサイン欄はブランクのまま発行していた。文言改訂以前の問題を内包しつつ、原産地証明書が作成されている状態だったのだ。

音在は、これが野上のフェイントであることに気がついた。

十日以上も前に、音在が呼びかけた緊急時の原油出荷対策に関して、野上はまだ応じていなかった。その無礼さに対する怒りは、代理の電話してきたスタッフに伝えてあった。その怒りがまだ継続しているか否かの確認のために、こともあろうに一年生社員を使って観測気球を上げているに違いなかった。

「あのなあ、お前。電話代がもったいないから結論だけ伝えておく。現在の原産地証明書はこのままで十分な法的効力を有する。従って、俺は、や・ら・な・い。どうしても営業部が文言を改めたいのなら。やり方を教えてやる。修正希望個所の上に『X』の字を必要数だけタイプして、余白の欄に好きな文言を打ち込めば良し。ただし、営業部が自分でやれ。これがシッピング部の公式回答だ。野上にはそう伝えろ。以上！」

震える一年生社員に一方的に伝えると、音在は電話を切った。

腹に据えかねた音在は、顛末の報告のために敦賀統括部長の部屋を訪れた。

「敦賀さん、営業部が原産地証明書のクウェイト国名の記載を改めて欲しいと的外れなことを言ってきましたよ。そんな枝葉のことを気にするのはナンセンスも甚だしいんですけどね。営業部として今一番大切なことは、彼らの営業行為の締め括りであるシッピング業務を、この危機の中で如何にしてバックアップするかに尽きるはずなんですが、これが野上のやり方なんですよね。」

シッピング・ドキュメントの文言改訂の依頼が、実は音在の怒りが続いているか否かを確認するための観測気球であるとの読みを聞かされて、敦賀は答えた。

「ああ、そういうことだったんですか。実はついさっき、山路営業部長から私に電話があってね。なぜ文言の変更みたいなことを私に言ってくるのかと不思議に思っていたんだ。だけど、そんなものかと思って、深く考えずに引き受けてしまったんだ。音在さん、悪いけど営業部の依頼通りにしてあげてくれませんか。」

「いや、そんな姑息な要求への対応。私は嫌ですね。」

「そうか。それじゃ私がやる。」

直属の部下の拒否に会って、ムッとして敦賀が答えた。

まさか、敬愛してやまない敦賀部長に直接作業させる訳にはいかない。上司の指示に音在が従わなかったとして、敦賀に恥をかかせる訳にはいかなかった。

「敦賀さん、解りましたよ。直ぐ、作業させます。」

指示や作業は簡単であったとしても、現地事情に起因する心理的意味合いは単純ではない。音在は課長代理のクレイシーを呼ぶと、深い配慮を示しながら原産地証明書の文言の改訂を指示した。クレイシーの妻はクウェイト人なのである。事件発生以来、その親族からは窮状を訴えて泣くような電話が一日何回も来ていた。その親戚は大きな退避民の流れに乗って、つい先日クレイシー家に辿り付いていた。クレイシー家は大家族の居候を抱え込んだばかりであった。音在は、この文言改訂が通関手続きの国際的なレギュレーション上必要な作業であり、決してクウェイトの国際的立場を損なうものではないと納得させた上で作業に掛からせた。

営業部の不誠実は、音在にとって甚だ釈然としなかった。

出荷業務の緊急対策の呼びかけに応じなかった過失は、時の経過と共にぬぐってしまう意図がありありと読めたので、音在は一矢を報いる腹を決めた。

音在は、鉱業所に在勤しているふたりの放送局的存在の後輩を、別々にデスクに呼びつけた。

稲垣は契約部に勤務しているそこそこ優秀な法務担当者であった。ただ、法律屋という任務には似つかわしくない滑稽な性格を有していることを、音在は知悉していた。興奮したりストレスが昂じると、喋りまくらなければ気がすまない男なのである。また、深夜に及ぶ麻雀に勝った時などは、鉱業所は月末精算が共通ルールであるにもかかわらず、翌朝一番には必ず集金に来るという愛すべき性格も持ち合わせていた。

「おい稲垣くん。俺は、営業部の態度が許せないので、皆に宣言する。この次に出張か休暇で本社に顔を出した時に、社員全員が見ている前で、俺は野上をブン殴ることにした。奴らには、とっくに宣戦布告済だ。この俺をここまで怒らせた野上一派が、この非常事態に行った不誠実とはこういう次第だ……。」

音在は、この緊急時にとるべき出荷業務の危機対策を説明し、カフジからの緊急発信に誠意ある返答もせず今日に到っている営業部の夜郎自大ぶりについて、かいつまんで説明した。

「音在さんの怒りは当然ですよ！」

もともとが野上の独断専行は目に余ると批判的であった上に、死ぬことも有り得る環境下でともに頑張っている仲間意識から、稲垣も平和な本社で都合の良い仕事だけ選んでいる野上の態度は許せなかった。即座に稲垣は音在の怒りを共有した。

次に、企画部の駒場をデスクに呼んだ。駒場は、稲垣とは違う性格であったが、ストレスの発散の仕方は同様であるのを音在はよく理解していた。

「おい駒場くん、その後元気か。たまには意見交換しようじゃないか。俺のデスクにお茶でも飲みにこいよ。」

同じ説明の繰り返しであったのだが、駒場の反応もまた完全に同様であった。

「冗談じゃありませんよね。命の心配のない東京に居るからそんな横着ができるんです。会社には野上さんの嫌がらせやイジメに会って恨んでいる社員が山ほどいるので、皆大喜びしますよ。是非、ブン殴ってやって下さい。」

音在は、腹の中でニンマリした。これで今日中に音在の怒りはカフジの全日本人が知るところとなるし、多分数日中には一万キロ離れた本社の全員に噂が広まるはずであった。


湾岸危機発生直後から、本社には危機管理センターとして、二十四時間運営の緊急対策本部が設置されていた。あらゆる情報収集ホットラインの窓口であるとともに、カフジの鉱業所を始め、クウェイトの藤堂邸、リヤドとダンマンの両事務所、ロンドンとニューヨークの欧米事務所への情報発信の任に当たっていた。これに対して、カフジでも対策本部への連絡役として毎夜二名の従業員が駐在専務室に詰め、順番で徹夜の当直に当たった。音在には、当番がなかなか回ってこなかった。音在の仕事は普段でも深夜呼び出しがかかるので、優遇措置として免除されているのかと考えていたが、ある日当番表を見て驚いた。部長の敦賀が、かなりの頻度で夜勤していたのだ。出番が回って来なかったのは、敦賀が部下への慮りから徹夜仕事を引き受けてしまっているからに違いなかった。ところが、現業部門の統括部長である敦賀自身もしばしば深夜呼び出しを受けている大変な立場ではないか。

「今夜は、僕が当直を引き受けますから、敦賀さんはお休み下さい。幸いなことに、来航タンカーは三日間ほどありませんから。」

「あ、そうですか。それじゃご苦労さまですが、今夜はよろしく頼みますよ。」

その夜の当番は音在と所長室の川村であった。川村はその組み合わせを喜んだ。精神的にダメージを受けている従業員とペアを組んで徹夜するのでは、愚痴ばかり聞かされてお通夜のようにやりきれない。この状況下では、ノイローゼとは伝染病のようなものであった。殆ど全ての従業員に当てはまることだが、心の中にはノイローゼ予備軍の資質が潜んでいた。気合を入れて頑張っていても、ちょっとした衝撃で精神の均衡を崩す可能性があることを、全員が本能的に知覚していた。その点から言うと、当直の相棒の音在は、ドッシリと構えている従業員のひとりと目されていた。川村には、話を聞いて貰える頼もしい相手と感じられた。

「音在さん、噂は聞きましたよ。営業部の不誠実を正されるそうですね。」

『そら来た。』

音在は、思った。ふたりの放送局を活用した効果は早くも現れた。

「ああ、当然だ。俺たちが命を張って真面目に任務を遂行しているのに、狡猾に立ち回って一度も現場勤務をしたことのない奴が都合の良い仕事だけやっているのに黙っていられるか。営業部員が全員見ている前で、俺はやるぜ。」

音在より年下であるにも拘わらず、川村はすでに僻地勤務は二回目であった。どちらかと言えば便利に使われ易いタイプで、損な役回りを担当させられてきた川村は、音在の憤りに素直に同調した。

ファックス機がジーという音を立てて起動し始めた。

「おや、何か状況の変化でもあったかな。」

ふたりは、ファックス用紙が完全にアウトプットされるのを待たずに、一行ずつプリントされてくる文字を読み始めた。冒頭に『トップ・コンフィデンシャル』（厳秘）と印刷された城戸専務宛のレポートは、湾岸危機発生から今日までの会社とサウディ石油省との折衝録を纏めた報告書であった。

要は、従業員の生命の安全確保について必死の要請をしたにも拘わらず、石油省はサウディアラビアが直面した危機への対応に会社は全力を挙げて協力するべしと命令していた。つまり、従業員の退避は認めないということである。もし会社が政府命令に従わずに退避すれば、石油の開発権益は没収するとある。報告書には、石油大臣から尾張社長に宛てた命令書簡も添付されていた。何が何でも、最後の最後まで石油操業は継続しなければならないということだ。

「ははは、これは俺が読んではいけない報告書だったなあ。見なかったことにしておこう。」

言葉とは裏腹に、音在はこの報告書をしっかり熟読した。

具体的な文章で政府命令を確認したのは初めてであったが、音在はサウディ政府が何を考えているかを当初から完全に読んでいた。

かつて、砂漠の狂犬と異名をとるリビヤのカダフィ大佐が軍事クーデターで政権を奪取した時に、大佐が真っ先に打った手が外国人現地勤務者の出国禁止令であった。この地中海に面した北アフリカのアラブ圏の国も、殆ど全土が砂漠に覆われており、国家収入の大半を石油に依存していた。国家の経済的立地基盤は、中東産油国と極めて類似している。リビヤは、国内の石油開発権益をアメリカのインデペンデント系石油開発の大手であるテキシデント社に委ねており、日産百五十万バーレルの原油を生産させていた。当然のことながら技術系事務系を問わず、会社の枢要なポストはアメリカ人が占めていた。革命が伴う生命の危険を察知して、アメリカ人は国外の安全圏へ退避したがった。

これを許してしまえば、リビヤの石油生産は瞬時にして支障をきたしてしまう。リビヤの脆弱な経済はたちまち行き詰まってしまうのだ。狂犬と異名をとる軍人でも、それくらいの計算は働いた。かくして、テキシデント社の従業員たちは革命勃発後一年半、新政権の統治が定着するまでの間、リビヤ国内に拘束されてしまったのだ。タフなオイルマンが多いアメリカ人であったとしても、拘束期間には親の危篤の急報に接して涙した者もいたことであろう。

この故事を知っていた音在は、湾岸危機に際してサウディ政府も同様の手段をとると予想した。日本アラブ石油開発の場合、政府との取り決めに従って現地人訓練を実施してスタッフの質を向上させて、移譲可能なポストは順次現地人化を進めてはいた。しかし、石油開発技術部門を始めとする本当のキー・ポジションは、まだまだ現地人に委ねるには程遠かった。現地人化が進んでいる部門においても、日本人がスペシャリストとして後見しており、日本人が急に居なくなることで、操業の安定的継続が立ちゆかないことは明白であった。クウェイトとイラクの石油供給の欠落を補って国際市場の混乱を防ごうとするサウディの石油政策から判断して、サウディ政府が操業中止を認めるはずがなかった。従業員たちに及ぼす生命の危険は、サウディ政府の知ったことではなかった。政府の関心は操業の継続だけあった。

城戸専務が自分自身の本音を隠して、『退避せず』とひたすら強弁してみせる理由は、ここにあるに違いないと音在は推察していた。その夜の当直勤務に就いて、初めてその証拠を確認できた訳である。

現地事情を知悉し切っている音在は、さらにその先まで読んでいた。

残念ながら、日本人の退避は現実問題としてあり得ないことであった。まず、開発権益の没収は、カフジでの操業以外の経営基盤を持たない会社にとっては、即事業消滅に繋がる。仮に、会社が従業員の安全確保のために退避優先の判断したとしても、実際には日本人の集団退避は実行不可能だ。敢然と退避行動を起こそうとすれば、軍隊の実力行使でこれを阻止する最悪のシナリオが現れる。こうなると、日本人従業員の自治権は喪失する。どのような危機的状況にあったとしても、自治権さえ維持していれば、従業員の権利として休暇の取得はこれまで通り許されるし、現地勤務者の交代ローテーションも組めるのだ。つまり、ノイローゼに罹りそうな者は休暇に出して精神を休めることができる。重度のノイローゼ患者を本社帰任の形で現場から外すことも、会社のルーチンワークとして行える。欠員の穴埋めは、後任者がいくら嫌がっていようが、本人の責任感や情に訴えたり、場合によっては脅かしてでも連れてくれれば良い。

　政府に首根っこを捉まれて抵抗もできない会社の立場に腹だたしさを感じながらも、音在は城戸専務のやり方しか会社に選択の余地はないと理解していた。


　東京と現地の緊急対策本部は、二時間おきの定時連絡を行っていた。伝達するに値する情報があってもなくても、どちらかが電話を入れる規則にしていた。

　刻限になったので、音在はダイアルして東京を呼び出した。カフジ時間は夜の十時、東京時間は明け方の四時である。眠そうな声で電話に出たのは総務部の渉外課長の竹井だった。総務部時代の同僚であった竹井は、音在を気安くニックネームで呼んだ。

「師範、おはよう。いやあ、眠い眠い。今のところ、何にも情況に進展なし。一応平穏無事ってところかなあ。」

「ご苦労さん。だけど、君がナイトシフトに入っているのか。もっと若い衆が本社にはいっぱい居るじゃないか。ご苦労さんなことだ。」

「いや、師範。そんな考えは甘いよ。いまどき、課長が気の毒だから、私が夜勤しましょうなんて言ってくれる若い奴がいるもんか。それより、師範。怒っているんだってねえ。噂は本社まで伝わっていて大変だよ。」

「ああ、怒髪天を突くとはこのことだ。誰が何と言っても、近い内に俺は野上をブン殴るからな。構わん構わん、対策本部の定時連絡で音在本人がそう言ってたと、日報に記載して全役員のところに回しておけ。カフジの従業員たちが、死ぬかも知れない危険の中で働いているのに協力もせず、安楽な本社にいて都合の良い仕事だけしている連中は許さん！」

「まあまあ、師範。あんまり突出するなよ。じゃあ、この次の朝六時の電話は、こちらから掛けるようにします。もう一度、お休み……。」

　ふたりの放送局氏の働きは抜群であった。両名を焚きつけたのは昨日のことであったのに、一万キロ離れた本社にはもう噂が伝わっていた。それを確認できたのが、徹夜仕事の成果であった。

第11章　クウェイト駐在員の苦悩

クウェイトとの電話通信の道が断たれたのは、イラク軍の侵攻後十二日目のことであった。

占領後の司令部を市内中心のシェラトンホテルに設置するとか、クウェイト市民を追い詰め脱出させてイラク人を移住させるとか、イラク軍の戦略には並々ならない周到さが伺える。侵攻直後に通信ラインを断たなかったのは、電信電話を制御する基地機能がどこにあるかを知らなかったからではなかったはずだと考えられる。クウェイト市民から近隣諸国の知人始め世界中に恐怖の実態を通信させて、イラク軍の優勢を知らしめるとともに、国外の知人たちからは「逃げろ逃げろ」との勧告を入れさせて、恐怖を増幅させるエコー効果を狙う戦略的意図があったに違いない。

しかし、イラク軍側にもひとつだけミスがあったと思われる。まだこの頃は自動車に設置した携帯電話は、それほど普及していなかったのだが、イラク軍はこの回路まで切断するのは暫く忘れていたようだ。通信手段の喪失に焦った鉱業所従業員は、如何にして藤堂たちと連絡すれば良いかを必至に模索したのだが、意外や意外、所長用の社用車に備え付けていた携帯電話からの通話が可能であったのだ。

イラク軍の突然の暴挙に対して、駐クウェイト日本大使館の危機管理能力は、残念ながら極めて拙劣なものであった。過激な情況の変化は、日常の大使館業務とはかけ離れ過ぎていたのだ。

侵攻当日の未明、イラク軍が勝手にヘッドクォーターを設置すると予定していたシェラトンホテルには、運悪くひとりの日本人が宿泊していた。

大阪で小さな繊維商社を経営している山本猛雄は、夜明け前から聞こえ始めた爆発音に目を覚まされた。しかも、時々刻々と爆発音や戦車でも走っているような重騒音が近づいて来た。クウェイトにひとりの知己もいない山本には、助けを求めたり情況を確認するべく電話する相手がなかった。ホテルのフロントには何回も館内電話をしたのだが、話し中で通じはしない。廊下に出てみると、異変に気が付いたアラブ人や外国人の宿泊客たちが右往左往していた。

一介の出張者に過ぎない山本は、慌てふためくアラブ人たちとは全くコミュニケーションできなかった。初めて訪れた地理不案内なクウェイトでの出来事に山本はすっかり動転して、その恐怖からパニックに陥った。出張前に日本大使館の電話番号を控えていたことを思い出した山本は、助けを求めてアドバイスを請おうとした。何度目かのコールでやっと通話に成功したものの、出てきた書記官は軽挙盲動を諌めるお見舞いの言葉を繰り返すばかりで、それではどうすれば良いのかをさっぱり教えてくれなかった。大使館も、何が起きたかを必死で確認しようとしている最中で、邦人保護までは全く念頭になかったのだ。いや、我が身の安全をどうして確保するかを必死で考えていたというのが、正確なところであったかも知れない。

電話後暫くして、とうとうイラク軍がホテルに乗り込んできた。逃げるあてのなかった宿泊客全員は、銃で脅されながらホテル横の広い空地に連行され地べたに座るよう強要された。生きた心地がしなかった山本は、邦人の窮地を救うために、一刻も早く日本大使館員が駆けつけてくれるようひたすらに祈った。

フランス大使館員が急を聞きつけて自国民救助のために現場に到着したのは、山本たちが座らされてから一時間後であった。首の後ろに両手を組まされて、首と両腕が痺れ切った頃だった。フランス大使館員は居住者ではないツーリストたちに対するこの扱いは、国際公法に照らして不当なものであるとイラク兵に強烈に主張して、一緒に座らされていたフランス人旅行者三人を救出していった。フランス大使館員が立派だったのは、イラク兵士が威嚇を続ける前であるにも拘わらず、座らされている全員に紙切れを渡して氏名、国籍、パスポート番号を記入させて持ち帰ったことであった。フランス大使館員が帰館後直ちに各国大使館に被拘束者がいたことを通知したのは当然であったが、残念なことに日本大使館員は自分たちの気持ちを確かに保つことに専念していて、山本の救出にまでは考えが回らなかった。

イラク軍の予めのシナリオ通り、大型バス三台の徴用が終わり、広場に座らされていた残りの宿泊客はバグダッドに移送されることとなった。

走り始めて間もなく、大型バスの車列の前に暗緑色のプレートを装着した大使館車が突っ込み、急停車してバスのコンボイを停止させた。外交特権のもとに、大使館車の車内はその国の領土である。勇気に溢れた車の持ち主はイタリア大使館員であった。ふたりの外交官は停車させたバスの中に乗り込むと、四人のイタリア人を助け出してしまった。

「この四人のイタリア人は旅行者であって、レジデント（居住者）ではない！」

イタリア大使館員の自国民を護ろうとする責任感と必死さが、イラク兵の武装よりも迫力の上で勝っていた。

日本大使館による救出を切望した山本ではあったが、大使館から得たものは電話で助けを求めた際の丁寧なお見舞いの言葉だけであった。山本は、フランスとイタリア両大使館員の体を張ってまでも自国民を保護しようとする責任感と逞しさを、羨しい思いで見ていた。

強制連行による不本意なバスの旅の終着は、やはりバグダッドであった。

シェラトンホテルの宿泊者は、バグダッドの刑務所で一週間も拘束された後、さらにヨルダンの首都アンマンまで送還された上で解放され、帰国の途につくことができた。ビジネスマンや旅行者たちにとっては、まさに悪夢のような一週間になってしまったのだが、まだこの時点ではサダム・フセイン大統領は外国人の人質作戦に踏み切る決断をしていなかった。戦争に巻き込まれて、恐怖の拘束を呪う彼らではあったが、それでもこれがまだ不幸中の幸いであったことに気付くのは、三週間の先になる。その時点では山本たちが我が身の幸運を認識できるはずもなかった。

駐クウェイト日本大使館は地下に広い多目的ホールを備えていた。

普段は、日本人会のいろいろな催し物会場として使用され、日本人同士あるいは日本人とクウェイト人との交流の場として重宝がられていた。

しかし、ホール設置の真の目的は、通産省から外務省に出向していた先々代駐クウェイト大使愛田三郎の深い危機管理意識によるものであった。予算が大き過ぎるとの反対を押し切って、いざという場合に備えてクウェイト在住日本人を収容するための施設を作っておいたのだ。

イラク軍の攻撃に直接晒された日本人は幸いにしてひとりもいなかった。

とは言っても、棲んでいるマンションが被弾したとか、高層マンションの自室からイラク軍がクウェイト兵を攻撃している光景を目撃したりして、パニックに陥った日本人居住者も多かった。日頃から頼りにしていた日本アラブ石油開発の藤堂所長や日本大使館には、情況確認や身の処し方について相談の電話が殺到したのは当然のなりゆきであった。

駐クウェイト日本大使の大黒滋夫は事件が発生した時、折り悪しく休暇で任地を離れていたので、規則により城崎広夫一等書記官が臨時代理大使を務めていた。城崎は慌しく情報収集するとともに、在留邦人の保護についての本省の訓令を求めていた。しかし、外務省自身も慌てふためくばかりで、これが最善策だという適切な指示を与えることはできなかった。戦闘時には住居の外に出るべきではないとか、NHKの海外放送を通じて伝える現地情勢を必ず聞いて現状認識に努めよとか、原則論しかアドバイスできなかった。そして、本省は大使館の地下の多目的ホールを在留邦人の退避場所に指定した。城崎からの連絡に従って、不安におののく日本人たちは侵攻翌々日から三々五々と大使館に集まり始めた。

藤堂を中心とした日本アラブ石油開発グループは、藤堂邸ですでに独自の危機管理体制の中で集団生活に入っており、ことさら日本大使館の地下ホールに合流する必要も感じないでいた。しかし、再三の城崎の要請もあり、藤堂たちは自分たちが合流することが、日本人会全体のメリットにもなると判断した。

八月十五日に、藤堂一行も一番最後の退避者として地下ホールの住人となった。大使館へ詰め掛けたのは、在クウェイト日本人合計二百七十名であった。丁度、夏期休暇のタイミングに当たっており、在留邦人がその人数を半分以下に減らしていたのは幸運であった。

ここでは、カフジの自動車電話が極めて有効に働くことになった。

通信ラインが切断されてしまって、在留邦人には日本で心配している親族への通信手段がなくなっていた。そこで、藤堂は合宿している日本人全員から簡潔なメッセージを取り集め、カフジの真田部長に伝言電話を入れたのだ。

これを受けた真田は本社の危機対策本部にファックスを転電し、各留守宅へ本人の無事と近況を連絡した。また、留守宅からのメッセージは、大使館で難に耐える日本人たちに逆ルートで伝えられた。

イラク軍が八月二十日に自動車電話の存在に気づいて、これを切断するまでの間、カフジの自動車電話はクウェイトとカフジの間の意思疎通を図る唯一のライフラインとして六日間機能した。

ラインが断たれた日、真田部長が藤堂たちの身を案じて暗澹たる思いに囚われた。しかし、周囲の雰囲気を意識して、真田らしく明るく振る舞った。

「まあ、藤堂くんのことだから大丈夫だよ。連絡できなくても、逞しくやるに決まってらあ。」

三百名近い大所帯が共同生活を維持するのは、容易なことではなかった。

食料を始めとした物資調達、料理、衛生管理、清掃等々集団生活に必要なあらゆる仕事を、皆で分担しなければならなかった。幸いヒルトンホテルには、クウェイト唯一の日本料理屋『弁慶』があり、米や冷凍食品の在庫が豊富にあったので、これが思いがけない食糧備蓄として貢献した。この食料はそっくり大使館へ搬入されたので、合宿生活が長期化することがあっても、こと食料に関しては当面心配がなかった。先の見えない不安な共同生活にあっては、分担作業の忙しさは適度の時間潰しとなった。クウェイト在住の同胞たちは、お互いを励ましあいながら、不安から解放される日の到来を待っていた。

クウェイトの占領を終えたイラクは、国際的には通用するはずもない手前勝手も甚だしい自己の正当化を行っていた。もともと、イラクとクウェイトはひとつの国であった。イギリスの植民地政策が勝手に国境を策定して、国はふたつに別れることとなった。今、その歴史的誤謬はジハード（聖戦）の結果、正すことができた。ひとつになった国に、ふたつの大使館は要らない。各国の大使館機能はバグダッドに集約する。従って、クウェイトにある全大使館の存続は認めないとした。大使館の廃止に伴い、大使館に集結している外国人たちもバグダッドに移ってもらう。ただし、イラク政府は外国人たちをゲストとして迎える準備があるというものだった。

世界の近代史に、これほど欺瞞と独善に満ちたアナウンスがあったであろうか。

当然、各国の大使館は、当初自国民のバグダッド移送には同意しなかった。

何回かのやりとりを経て、イラク軍は示威行動に移った。戦車隊を各国大使館の正面に据えて、砲口を大使館の正門に向けたのだ。廃止された大使館には、国際公法に保証された外交特権は失われ、命令に従わない場合の攻撃は可能だという意思表示であった。ことここに至って、各国はイラク政府の命令に従わざるを得なくなった。日本大使館も外務省本省からの指示に従って、大使館に収容した在留邦人を四陣に分けてイラク航空に分乗させ、バグダッドに移動させる道を選ばざるを得なかった。イラク航空の乗客は戦時捕虜ではなく、あくまでも政府の勧めに従ったゲストなのだからとして、馬鹿にし切ったことに大人ひとり千ドル、子供五百ドルの航空料金も徴収された。

胡散臭い移動命令の先に何が待っているのか不安が尽きなかったので、城崎代理大使とともにグループ分けの人選を行った藤堂たちは、アラビア語に不自由のないクウェイト事務所次長の浜尾を第一陣のリーダーとして指名した。

一行の旅の安全を確保すること、到着先での受入れ態勢の確認とイラク側との必要折衝、受入れ先に待機しているであろう在バグダッド日本大使との引継ぎ事項等々、浜尾の帯びた任務は重大であった。

バグダッドへ移動した一行を待っていたのは、イラク軍の監視つきのバスであった。バスは、日本人が予め予約していたホテルには向かわず、モンスール・メリアという見も知らぬホテルに到着した。軍隊の監視の下、行動の自由はなく、行き先がおかしいという抗弁は全く聞き入れられなかった。

イラク政府の言う『ゲスト』との表現とは全く別物の、囚人移送と呼ぶに相応しい扱いであった。事態を察知した駐バグダッド大使の倉橋邦展がモンスール・メリア・ホテルへ駆け付け、第一陣の日本人たちは大使の顔を見て、やっとひと安心することができた。ホテルには、ビュッフェスタイルの夕食が準備されていた。日本人たちは、制約だらけの移動行程から解放されて、つかの間の自由な夕食を楽しむことができた。違うホテルへ運ばれたのは何かの間違いであり、このまま解放されるのではないかとの安堵と期待感が、日本人たちの間に漂い始めた。

倉橋大使自身もこの時点まで、イラク政府の意図を全く知らされていなかった。

『ゲスト』に指定された日本人たちが、四陣に別れてクウェイトからバグダッドに移動してくるというだけのイラク側の説明と、クウェイトの城崎代理大使と外務省本省からの出迎えの指示を受けて動いていただけであった。先行きに不安を感じている日本人たちの意を汲んで、大使としての責任から倉橋はイラク側の責任者のラシッド大佐に、日本人たちがいつ自由行動を取れるようになるのかを確認しようとした。

その瞬間、恐怖に倉橋の顔色が変わった。イラク政府には日本人たちに自由行動を取らせるつもりはなく、モンスール・メリア・ホテルは全員の集合場所に過ぎなかった。全員の到着を待って政府が指定するイラク全土に点在する保養地に『ゲスト』として滞在してもらうという回答であった。これでは完全に人質ではないか。

夕食の終了を待って、倉橋大使始め大使館員はホテルの外に追い出された。

浜尾は倉橋との別れ際に、第二陣以降の日本人たちを絶対にバグダッドに送り込まないように固く申し入れた。

「我々は人質にされたんですよ！　解放されるどころか、人間の盾として空港や軍事基地や発電所に張り付かされるんですよ！　来てしまった我々はもう仕方ないとして、後から来る予定になっている三グループは即刻ストップさせて下さい！　絶対ですよ、いいですね！」

これ以降、日本大使館員はホテルの中に入るのは禁じられ、周囲の離れた場所から同胞の動向を見守っているしか成す術がなくなった。イラク軍の歩哨に阻まれてホテルに近づくこともままならぬ状況になったのだ。

大使館員がホテルの日本人たちに通信するわずかな手段は、差し入れる漫画本の余白に激励文を書き込むくらいしかなくなったし、ホテル側からは、イラク兵の目を盗んでベッドシーツに口紅で書いた返信を窓越しに示すことしか残されていなかった。ホテルを見守る倉橋を、危険を省みず取材に駆けつけている日本のテレビクルーが取り囲んだ。

「どうなんですか、大使。日本人たちはいつ解放されるんですか？」

「皆さん、お元気なんですか？」「第四陣までが到着するんですよね。この後の日本人のスケジュールはどうなるのか教えて下さい。」

矢継ぎ早に質問を畳み掛けられて、倉橋大使は外務省と大使館の対応能力の限界を象徴するかのように、気弱に視線を外してつぶやくように言った。

「本省がどう考えますかねえ……」


この卑劣な人質作戦は、国連安全保障理事会決議に従って構成された多国籍軍が、当然行うと予測されるイラク攻撃の矛先をかわすための対抗策だった。外国人を戦略拠点に張り付かせることで、人間の盾を抑止力として使おうとしたものであった。アラビア語が堪能な浜尾には、責任者のラシッド大佐との交渉以外にも兵隊たちの私語までが全て耳に入ってきた。イラク軍の腹黒い罠に見事に嵌められてしまった、無力な自分たちが置かれた悲惨な立場を認めない訳にはいかなかった。


翌日、予定通り第四陣までがホテルに到着した。再び仲間たちの顔を見た浜尾は思わず怒鳴った。

「何で来てしまったんだ！　大使館から俺の伝言を聞かなかったのか！　俺たちは人質にされたんだぞ！」

「エッ！　本当かそれは！　我々は城崎代理大使から何も聞かされてはいないぞ！」

到着したばかりの日本人たちが、たちまち恐怖の坩堝に陥ってしまったのは当然の成り行きであった。

無為無策な外務省は、流れを止めるのは得策ではないと判断した。アメリカ人やイギリス人ですら続々とバグダッドに移送されていた。イラク側の外交上の不誠実を指摘して流れに竿を差して、さらに収拾のつかない事態を招くよりは、唾棄したいような現実であったとしても取り敢えずはこの流れに従っていれば、もっと下流で事態の収束を図られるかもしれないとの考え方であった。


しんがりの第四陣は、藤堂がリーダーとして日本人を率いてバグダッド入りした。心から頼りにしているリーダーの顔を見て、それまで気を張り詰めてきた浜尾はガックリとして力が抜ける思いがした。

浜尾の報告を受けても、藤堂は驚きの表情を現さなかった。自分自身、妻も同伴しているし、タイミングの悪いことに夏休みに入っていた長男と長女をクウェイトに呼び寄せていたばかりにバグダッドまで連れてきてしまった。

それにも拘わらず、藤堂は浜尾をねぎらうことを忘れなかった。

「そうかあ、参ったなあ。浜尾くんには苦労をさせてしまったなあ。ま、ジタバタしても仕方がない。今夜はユックリ寝て、今後の対策は明日良く考えようじゃないか。」

親父がこの調子だから、長女の亜佐美は、混乱の極にある周囲とは別のことを考えていた。日本人第四陣の一行の中には、クウェイトでのクルー・チェンジのために待機していて事件に遭遇することになってしまった、不運な新日本航空のスチワーデスたち九名が加わっていた。彼女たちは、クウェイトでの共同生活の中でも中学一年生の亜佐美をよく可愛がってくれた。バグダッドへ向かう飛行機の中でも、身についた任務意識から周囲に気を遣う凛々しい姿を見て、自分も大きくなったらスチワーデスになりたいと憧れを抱く亜佐美であった。

翌日良く考えようという藤堂の意思とは全く関係なく、全員の集結を確認したイラク側は具体的な命令を下した。

イラク側からは行き先を伝えられることなく、日本人たちを四十グループに組分けせよとの命令だけが下された。浜尾と増井がイラク兵から断片的に得た情報を総合すると、軍事施設、空港、農業用ダム、発電所、精油所等の重要施設に諸外国人との混成で人質を張り付ける意向であるらしいことが解った。

藤堂たち日本人会のリーダーは、浜尾と増井の通訳を介してイラク側に扱いの不当性を訴えた。

「これでは、イラク政府の言う『guest（客人）』ではなく、我々は『hostage（人質）』ではないか。ゲストであるというなら、政府命令に従ってクウェイトからバグダッドまで来た我々を拘束するのは不当である。一刻も早く、我々を解放して欲しい。」

イラク軍は一切聞く耳を持たなかった。

「日本人のためを思って、組分けの人選をそちらにやらせようとしているのだ。もし、聞き入れるつもりがないのなら、人選はこちらでやることになるが、それでも良いのか。夫婦も親子もバラバラになるが、それでも良いなら、そちらで作業をしなくても良い。明日、各グループは順次目的地へ出発する。」

これは、明らかに脅迫であった。有無を言わせぬやり方に対して、日本人たちは夫婦や親子の最低限の絆を守らなければならなかった。各グループがどこの危険な場所に張り付けられるのかについての結果は恨みっこなしとして、藤堂たちリーダーは家族や夫婦は絶対離れないように組み合わせ、さらに人間関係の良し悪しを加味して指定された人数の四十組を構成した。

人質として出発させられる前夜、日本アラブ石油開発の面々は誰言うともなく藤堂一家の部屋に集合した。重苦しい雰囲気を振り払うように、藤堂は全員を励ますのに努めた。

「まあな。皆さん、元気にやろうじゃないか。こうなっては運を天に任せるしかないよ。イラク政府の連中だって人間だ。卑怯なことをやってはいるが、とことん卑劣な人道に反する扱いはしないだろう。いつまでもこの状態が続くはずがない。今、自分たちにできることは、遠からぬ解放の日まで、各自の健康を維持しておくことだよ。皆さん、頑張ってくれよ。」

いかなる状況においても部下たちに暖かい思い遣りを忘れない優しさに、経理部マネージャーの竹村の妻は嗚咽が止まらなかった。


人質として軍事拠点へ移送されるのが明確になった日本人たちは、事態の急変を日本大使館員に伝えたかった。しかし、ホテルへの立ち入りが許されず、遠巻きにたむろするだけの彼らには、ベッドシーツの通信文を読んで貰えたかどうかは疑わしかった。イラク兵は日本人の人質が命令に反する動きをせぬように、のべつ廊下を行き来していた。建物の外もパトロールしており、窓の内側でシーツをかざすのは時間的にも限られていたからだ。

事実、日本人人質たちが目的施設へ再移送されたにも拘わらず、状況を全く察知できない大使館員はホテルの監視を続けていた。日本人がひとりもいなくなったのを大使館が確認したのは、残念ながら数日後のことであった。

日本人の同胞をイラクに送り出した城崎臨時大使は、その後も数日間大使館に留まった。集団生活の後半、相次ぐ日本人合宿者の昼夜を問わぬ哀訴や相談に悩まされ、自分自身の精神の安定を確保するために、夜にはわざわざ日本大使館を離れてホリデーイン・ホテルに泊まっていた城崎であった。イラク軍の恫喝下であっても、外交官車の走行は可能であったからだ。そして、日本人居住者がひとりもいなくなりガランとした大使館に漂うものは、本省と大使館の無力さへの慙愧の念からくる空虚感だけであった。

イラク政府から退去の強要を受けていたものの、同胞全員がバグダッドまで到着後、人質として各地に拉致されてしまったものを、外交官だけが同じコースでバグダッドまで行ってから安全の地に退避することには、いくら何でも良心の咎めがあった。また、イラク政府の退去要求に唯々諾々と従った形だけは避けたいという、外交官として最低限度の意地と見栄も働いたので、数日間は機密文書の焼却や通信設備の破壊作業に費やした。

順風満帆できた外交官としての経歴に重大な汚点を残したことも、城崎の懸念であった。唯一の事例だけが、城崎の心の救いであった。湾岸危機勃発直後、日本大使館の近所に住む米国大使館員一家が、城崎を頼って日本大使館に逃げ込んできた。イラク政府にとって第一級の敵性国家である米国人のこと、位置的に離れた米国大使館までのドライブの安全は保証されないはずであった。勿論、城崎は知人でもある一等書記官一家に一室を与え、それなりに状況が鎮静化するまでの間、秘密裏に日本大使館に匿って彼らの身の安全を確保した。

湾岸戦争終結後、外交官一家の身柄保護に対して米国政府が城崎を顕彰するのではないかという淡い期待がなされたのだが、外交に厳しい規範とノブリス・オブリージュを課する米国政府からは一枚の感謝状が手渡されただけで、城崎が期待した免罪符の交付までなされることはなかった。

第12章　留守宅のパニック再び

バグダッドにおける日本人を含めた全外国人の非道な扱いについては、連日世界中のあらゆるメディアが重大な懸念をもって報道し、中東の独裁者サダム・フセインの暴虐を批判した。

人質となった日本人の留守宅の心配は、まさに筆舌に尽くせない程のものであった。家族や友人は人質本人が勤務する企業に押しかけて、会社の対応能力の無さを問い詰めた。更に外務省に抗議したり、あるいは知合いの政治家を動かして何とか救出する術を講じようと必死に模索した。

カフジにとどまっている従業員たちも、同僚の身を案じて我がことのように悩みが尽きなかった。カフジ従業員の留守家族たちの間でも、人質の動静には他人事とは思えない同情が昂まった。それと同時に、カフジから逃れられない伴侶や息子へのさらなる心配は、留守宅の人々の心理を極限まで追い詰めた。

湾岸危機勃発以来、カフジの日本人従業員たちは国際電話を通じて、留守宅に無事を報告するのが殆ど日課のようになっていた。

音在が自室にいるのが確実な時刻を狙って、妻が電話を掛けてきた。

「あなた、藤堂さんたちが大変なことになっているわ。バグダッドに移送されたまま、人質にされてしまわれたんですって。私がお邪魔しても、何のお役にも立たないんだけれど、上用賀の藤堂さんのお宅に伺ってきたの。テレビ局や新聞社の記者たちがたくさん詰め掛けて大変だったわよ。門前で、藤堂さんたちの無事をお祈りしてきました。門のところに黄色いリボンが飾ってあったわ。無事にお帰りになるようにというお祈りなんですって。」

「そうか、よく行ってきてくれた。バグダッドの件についてては、本社からの日報で知っているよ。イラクの馬鹿どもが、まったく、とんでもないことをやりやがって。」

「本当に大丈夫なの。あんな人道に反することを平気でする大統領のことだから、いつカフジを攻撃するか解らないわよ。十八キロ先まで、イラク軍が迫って来ているんでしょ。」

「だから、心配するなって。サウディアラビアまで戦争相手にしたら大変だ。イラク軍にそこまでの戦力がないことは、暴君のサダムだって解っているさ。」

「本当にそうなら良いんだけれど。」

音在は頭の中とは違うことを言って、妻をなだめるのに必死であった。

「そうそう、寺沢さんがお見舞いの電話を下さったのよ。音在さんが帰国したくても、本人の意思に反して帰れないのだったら、自分が会社に掛け合って帰れるように交渉しましょうかですって。堀部先生が、音在は首を締められても絶対自分から参ったをしない男だから、この状況下では貧乏くじを引くことになりはしないかと心配して下さっているそうよ。柔道の稽古と戦争は違うから、逃げるべき時は逃げろと伝えてやってくれと寺沢さんに依頼があったそうよ。」

音在は、恩師の思い遣りを伝え聞いて胸が熱くなった。堀部正一師範は音在が尊敬してやまない大学柔道部時代の恩師であった。左程体力に恵まれていない音在の、根性一本で精進してレギュラー選手の座を決して手放さない柔道振りの良き理解者であった。寺沢利雄は、一年下の代のキャプテンであった。お世辞にも強いとは言えない国立大学の柔道部ではあったが、寺沢の存在だけは輝いていた。高校柔道の有望選手をスカウトする強豪私立大学に伍して出場する大会においても、寺沢だけはオリンピック強化選手クラスの相手とも対等に渡り合っていた。団体戦において、音在が前半で取りこぼしても、大将の寺沢は必ず一本取り返してくれた。学業の方も優秀な学生であったにも拘わらず、柔道の実力を見込んだ企業から就職の誘いがあったのは、母校では寺沢くらいのものだった。本人になり代わって会社と掛け合おうかという申し出は、まさに音在の前半の失点を大将の寺沢が取り返そうとする大学時代の柔道の試合を髣髴させた。遠く離れた祖国でも、自分のことをそれだけ心配してくれている恩師や後輩がいてくれるのは、音在にとってこれ以上ないほどの励ましであった。

事務所では、音在は深刻な問題に直面していた。シッピング（原油出荷）をつかさどる音在の配下には、ドキュメンテーション・コントローラーという、タンカーとの諸調整と原油出荷の作業管理と船積書類作成を担当する職長級のポジションがあった。三直交代のこの仕事は、鉱業所の中でも楽でない仕事の最右翼という定評があった。この職に就いていた六名は全員パレスチナ人であった。

第二次世界大戦直後のイスラエル建国の結果、祖国を追われた彼らは、主に中東諸国に職と住処を求めて散って行った不幸な歴史を背負っていた。その分だけアラブでは珍しい旺盛なハングリー精神の持ち主であり、夜間の当直も厭わず仕事振りも優秀であった。いわば、音在の業務上の手足となってくれていたのだ。六名の内の二名はクウェイトに居住していて、カフジまで車で通勤していたために、湾岸危機が勃発し国境が閉鎖されて以来、音信不通の生死不明となっていた。

世界の嫌われ者となったサダム・フセインは、少しでも国際的孤立状態から抜け出るために、パレスチナ人たちのリーダーであるパレスチナ解放機構（PLO）のアラファト議長に対して、居住地の安堵を条件としてちらつかせることによってその支持を取り付けた。その結果として、音在の配下に残った四名を含めた鉱業所のパレスチナ人たちは、イラクを除く全アラブ世界を敵にまわす側に立ってしまったのだ。カフジの町でもパレスチナ人に対する激しい嫌がらせや苛めが始まった。

もちろん、事務所でそのようなことが起こるのは、音在が絶対に許さなかった。しかし、町に買い物にでも出ようものなら、たちまち苛めの対象になるらしい。たちまち彼らの表情に恒常的な怯えが観察されるようになってしまった。

そのせいで、時の経過とともに、気の弱い者から順番に音在に退職を申し出るようになった。普段でも大変な仕事なのに、この危機的状態で彼らの逃散を認めるのは、シッピングの責任者として業務上考えられないほどの窮地に立たされることになる。

音在は、部下からの一回目の申し出には、必ず怒鳴りつけて拒否することにした。可愛い部下たちに翻意を促したいことはもちろんであったが、最後は彼らの人生の問題であり、辞職を求める彼らの決意の固さを確認するためだ。

「この大変な時期に、俺と仕事を置いて辞めるなんてことは絶対に許さん！　俺が許可しない限り、退職金なんか出ないんだからな！　どうしても辞めたいというなら、退職金もなしに勝手に辞めろ！」

数日前に、城戸専務が日本人従業員たちに言い放った台詞の借用であった。

しかし、音在には状況が良く読めていた。本来は優しく部下を愛する音在は、彼らがもっと怯えながらも再度の哀訴に来た時には、これを認めた。しかも、退職金が即座に出るように労務部に掛け合って、一刻でも早く彼らがカフジから立ち去れるように取り計らった。

音在にとっては、仕事の環境は最悪となった。当然のことながら通常の勤務時間帯は管理職としてデスクで勤務しなければならない。それに加えて、タンカーが入港して原油出荷の終了が深夜に掛かる場合は、音在自身がナイトシフトに入って徹夜をしなければならなくなった。

『冗談じゃないぞ！　こんな仕事やってられるか！』

音在は欠員補充が急務であることを、敦賀部長や労務部に訴えた。

パレスチナ人の逃散は鉱業所全体の現象であった。直ぐに埋まるはずもない欠員の穴埋めのためには、本社営業部長の山路にも電話をして、営業部の若手社員を順繰りに長期出張させるよう協力を要請した。営業活動の締めくくりが原油出荷を取り仕切るシッピングであるのだから、営業部から応援要員を出して当たり前だと音在は判断した。

「山路さん、シッピング業務の実質的な担い手だったパレスチナ人ですが、アラファト議長がサダムと手を組んだお陰で苛めの対象となって、カフジに居られなくなって集団で辞めました。大ピンチです。営業部から応援要員を送ってくれなければ、出荷業務の安定的継続を保証できませんよ。若手社員から順番に二か月ずつ出張させて下さい。まず、藤本から送り込んで下さい。」

「い、いや君。急にそんなことを言われても……。だいいち、気の弱い藤本をそんな危険な所に送り込んだら、会社を辞めちゃうよ。」

営業部長の返事に、音在は激昂した。

「あんたの言う『そんな危険な所』で、俺たちは働いているんだ！　会社を辞めたいと言うなら、辞めさせろ！　もし、営業部が応援要員を送り込んでこないと言うなら、原油出荷が止まっても責任持ってられるか！　いいか、営業部の若い者から順番に送り込んでこい！」

「そ、そんなことを急に言われても……」

対話にはならなかったが、事態の緊急性は十分に伝わったはずであった。音在は、同じ会社の社員でありながら、死の危険性を背負った現場と安全圏にいる本社とのどうしようもない意識の乖離を苦々しく思った。同時に音在は、この要求は絶対に通してやると心に誓った。


サダム・フセインが、さらに世紀の愚挙を犯した。人質として拘束した外国人たちをゲストであると言い張りたいイラク側は、七カ国人で構成される人質グループを大統領官邸に招じ入れ、大統領と歓談している光景を演出して、テレビを通じて世界に配信したのであった。

世にこれほどの醜悪な光景があったであろうか。

「皆さんは、イラク政府がお招きしているゲストである。どうかイラクでの滞在をお楽しみ頂きたい。」

行動の自由を奪い、生殺与奪の権を握った上での勝手極まりないせりふであった。居並ぶ外国人は固い作り笑いを強要され、台本通りに喋らされた。世界中の涙を誘ったのは、指名されてサダムのソファーの横に立ち、肩を抱かれたイギリス人の七歳の坊やであった。顔も体もカチカチに硬直したまま、サダムが子供を可愛がるシーンの役者を演じさせられていた。坊やは恐怖に固まっていたが、気丈にも泣き出さずに耐えていた。テロリスト上がりの中東の暴君、アラブの独裁者であるサダム・フセインは、世界に向けたこのプロパガンダがイラク政府への身の毛もよだつほどの生理的嫌悪感と言う完全に真反対の効果に働いていることに気がつかなかった。

アラビア湾岸を巡る緊張の昂まりは、直ちに日本にいる留守家族の精神的苦痛を増大させた。音在が、仕事を終えて自室に戻るとすぐに電話のベルが鳴った。その日の電話は、中学二年になっていた長男の浩一郎からだった。

「お父さん……。お父さん! 日本に帰ってきて……。」

言葉の合間を埋めるものは、ヒック、ヒックという嗚咽であった。音在は、胃袋が雑巾でも絞るように揉みくちゃになるのを感じた。しかし、どうにもならない現実に、ここで弱気を見せても何の解決にもならないことが解っていた。

「どうした、浩一郎。男の子が泣いたりなんかして。心配しなくても、お父さんは元気だよ。余計な心配をしなさんな。それより、男にはなあ、しなければいけない時に、しなければいけないことがあるんだ。浩一郎は、今しなければいけないことは何だ。」

ヒック、ヒックという嗚咽の後に、浩一郎は答えた。

「……べんきょう。」

「そうだ! 浩一郎。浩一郎が、今しなければいけないことは勉強だろう。お父さんが、今しなければいけないことは仕事なんだ。だから、お父さんは今、仕事をしていて帰れない。だけど心配するなよ。お父さんは元気で頑張っているんだ。休暇には日本に帰るから、浩一郎も毎日勉強に頑張って、休暇を待っていなさい。そうそう、お母さんにも代わってくれるか。」

「お父さん、頑張ってね。」

どうにか、浩一郎を励ますことはできたようであった。しかし、次に電話に出たのは妻ではなくて、娘の由紀子であった。

「おお、ユッコちゃんか。お父さんは元気だよ。お母さんに代わってくれるかい。」

「ウウン、お母さん電話に出たくないって言ってるよ。」

音在は愕然とした。いつも、音在を励ます出来事や言葉を選んで電話を掛けてくる美知子が電話に出ることを拒否している。娘の言葉を聞いたとたんに、音在はその意味が解った。家族帯同で過ごした前回のカフジ勤務時代に、美知子はカフジがどんなところかを知悉していた。

湾岸危機以降、美知子は音在を励ますためにたびたび電話をかけてくるし、音在は無事を知らせるために明るく答えていた。しかし、美知子は、夫が明るく答える内容の大半が家族を安心させるための嘘であることを知っていた。

初めての対話の拒否は、美知子がそういう次元の会話に耐えられなくなったことを意味していた。家族をそこまで心配させ追い詰めてしまったのかと、音在はいたたまれない思いがした。しかし、音在にできることは、相変わらずとぼけた話を続ける以外には何もなかった。間違っても、真剣な口ぶりで話をすれば、事態は深刻化する一方であることが音在には解っていた。

「ユッコちゃん。十一月には短いけれど休暇で日本に帰るからね。お土産は何にしようかなあ。お母さんが疲れているみたいだから、肩叩きぐらいしてあげなければ駄目だよ。」

「うん。お父さん、早く帰ってきてね。」

九月三日。イラク政府は人質として拘束していた外国人の婦女子だけを解放すると発表した。『人質』を『ゲスト』と言い張るために演出したサダム・フセインと外国人の客人たちが交歓するシーンのテレビ放映が、国際的な怒りを改めて喚起したからだ。

国連は、武力行使の可能性を前面に出すのを控えて、ひたすら人道的見地に立ってイラクの国連大使を問い詰めたのだ。この国際的な反応の大きさに、頑迷なサダムは国際世論に譲歩したというよりは、人質というう交渉カードの切り方を間違えたと見るべきだろう。カードを小出しにすることで、クウェイトの領有を正当化して、国連と国際世論に追認させることは可能と判断したのだった。

『慈悲を示して解放するなら、先ず女性と子供が妥当だろう。』

女性と子供の解放の命令は、国内四十箇所の人質張り付け先に伝達されたのだが、どの軍事拠点でも、待っていたのは困惑と涙のドラマだった。

本当に解放されるのならば喜ばしいことだが、この欺瞞と謀略に満ちたイラク政府を信用しても構わないのか。婦女子だけ別の軍事拠点に移動させるだけではないのか。イラクにとって、より意義の大きな人質として転用するだけではないのか。さらには、解放が事実だとしても、どうして夫だけを開戦時には標的になるはずの危険に満ちた場所に残していけようか。死ぬ時は一緒でいたい。人種国籍を問わず、夫婦連れや家族連れの人質たちの悩みはまさに断腸の思いであった。

藤堂一家は、クウェイトとの国境に程近いバスラの石油化学コンビナートに拘束されていた。バグダッドのモンスール・メリア・ホテルから、手入れの悪い大型バスで陸路移送されて来たのだった。豪胆な藤堂は太陽の位置から判断して、どうもクウェイト方向へ逆戻りしているように観察していた。

「いったい、何だって言うんだ！　金まで払わされて乗せられた飛行機は人質便で、今度はわざわざ悪路をクウェイトの近くまで移送しやがって。これなら、最初からバスでクウェイトからバスラまで来れば良いものを。まるで、漫画みたいな話じゃないか。」

逞しい父親を中心にして、藤堂一家はコンビナートの制御室に隣接したコンクリート剥き出しの粗末な空間に閉じ込められても、一向にへこたれていなかった。

婦女子のみ解放するとの命令が、イラク軍兵士から伝えられた時も、妻の恵子と長男の龍雄と長女の亜佐美は、当然のように藤堂と一緒に残留する道を選びたかった。しかし、イラク側では婦女子を解放する方が国際世論との駆け引きにおいてメリットがあると判断した上での命令であったので、人質側に採否の選択肢はなかったのだ。藤堂自身にも不安がなかった訳ではなかったのだが、性善説に立つ藤堂は渋る家族に流れに乗ることを勧めた。

「いくら何でも、イラク政府がこれ以上悪辣なことはしないよ。家族がバラバラになるのは寂しいんだが、一足先に日本に帰ると思って出発しなさい。その方が俺も安心だよ。」

別れ際に、むずかる妻子を藤堂は優しく元気づけた。

「おい、龍雄。お前、男だろう。これからは、お前がリーダーだ。チャンと母さんと亜佐美が無事に帰国できるように、お前がリードしなければいけないんだぞ。」

家族の出発を見送ってひとりになった時、藤堂はさすがに一行の無事を神に祈らずにおれなかった。豪胆な男の目にも、自然に涙が光った。

音在は、タンカーの来航スケジュールの合間を見て、緊急対策本部との連絡夜勤の当番を買って出た。自分から申し出ないと、部下思いの敦賀部長が自ら当直してしまうからであった。その夜も、本社側の泊まり込みは竹井課長であった。

「師範。大変なことになっているのを知ってる?」

「どうした。何かイラク軍に動きでもありそうか?」

「いや、そうじゃなくって。人質になっていた婦女子が解放されることになったことは、昨日の対策本部の日報で知ってるよね。」

「ああ、読んだよ。良いことじゃないか。もっとも、もともと人質なんていう時代錯誤の発想が異常なんだけどなあ。ベン・ハーの時代じゃあるまいに。本当にイラクの奴らは卑劣だ。」

「その解放なんだけれど、婦女子一行がバグダッド空港で出国手続きをしようとした時にね、藤堂さんの長男の龍雄くんが大きすぎて子供とは認め難いとされて、足止めを食っているんだそうだ。」

音在は、天を仰いだ。

「まさか!」

藤堂は、身長が一メートル九十もある偉丈夫である。高校時代はバスケットボール部のエースを努めていたほどの上背だ。当然のことながら、十六歳の長男龍雄も背が高く、高校一年生なのに父親に負けぬ上背があり、パスポートを見ても今回の解放対象の上限である十六歳には見えなかったのに違いない。

「師範。今、バグダッドの日本大使館も空港に駆け付けて交渉している最中なんだよ。」

「交渉に進展があり次第、こちらにも連絡してくれよ。定時連絡の時じゃなくて、即刻電話してくれよ。」

音在は、心配でうたた寝もできなかった。

幸い、東京の朝六時、カフジ側の夜十二時に竹井から報告電話があった。

「師範。良かったよ。今、飛行機はバグダッド空港を発って、ヨルダンのアンマンに向かったよ。」

「まさか、藤堂ファミリーだけが置き去りを喰らったんじゃないだろうな。」

「大丈夫だった。予定されていた全員が搭乗できたそうだ。今、バグダッドの日本大使館から連絡があったよ。」

「よかったなあ、本当に。安心したよ。」

音在の眼には、母親の恵子が必死になって抗弁したであろう光景が浮かんだ。結婚前はオランダの航空会社の日本支社に勤務していた恵子は、英語が堪能であった。藤堂の通算十四年のクウェイト勤務時代に、恵子はさらに語学力を磨いていた。長男に降りかかった最悪の事態に、パスポートに記載してある生年月日を示して係官に迫る母親の迫力は、係官の心象に強く訴えたに違いない。

バグダッドからアンマン空港までの飛行時間は一時間半。

イラク航空の飛行機を降りれば、そこは自由と安全の地であった。夫を危険地帯に残してきた夫人たちの気持ちが晴れることはなかったのだが、それでも心のどこかではホッと安堵する部分があった。

飛行機の下では、ロンドン事務所長の長谷と鉱業所を代表した真田部長が待機していた。飛行機に早くタラップが掛けられないかとジリジリしながら待ちわびていたのだ。血の熱い江戸っ子である長谷は、ロンドンにいてテレビのニュース画面で仲間の夫人たちの無事を確認するだけでは満足できない性格であった。朗報を聞くやいなや、事務所のデスクワークは部下に任せて、長谷は直ちに解放の場所となるヨルダンの首都、アンマン国際空港に飛んで来たのだった。

カフジの真田部長の場合も全く同様であった。あの日以来、人質となった仲間のことを一日たりとも忘れたことはなかった。婦女子解放の朗報を聞くと、真田は宣言した。

「城戸さん、鉱業所の仲間を代表して、僕が奥さんたちを出迎えにアンマンまで行ってきます。」

「おお、そうか。是非行ってきてくれ。僕は現場を離れる訳にはいかないから、真田くんに全てお任せするよ。我々の気持ちを代表して、ご苦労さんだったと奥さんたちに伝言してくれ。頼んだよ。」

真田はサウディアラビア東部地区のダハラン空港か

らアンマン空港へと駆け付けた。

両人とも、藤堂ファミリー、橘夫人、竹村夫人とはそれぞれ付き合いが深かった。飛行機にタラップが掛かると、ふたりとも階段を駆け上がった。係員の制止を振り切って、半開きになったドアの中に飛び込んだ。

「皆さん、ご苦労さんでした！　大変だったねえ！」

旧知の長谷と真田が機内に飛び込んで来て、大声で叫んでいるのを発見して、藤堂夫人は自分たちがやっと安全圏まで到着したのを実感した。

イラク航空機のタラップの下には、駐クウェイト大使の大黒が、人質から解放された婦女子を待ち受けていた。タラップから降りてきた日本人婦女子は、一様に白い目を大黒に向けた。できることなら、こんなところには大黒に来て欲しくなかった。

湾岸危機勃発の当日、大黒大使は休暇に出ていた。それ自体は誰にも非難されることではなかった。しかし、問題は事件が起きた後の対応にあった。

侵攻当初、パレスチナ人たちのクウェイトからアンマンへ向かう太い流れがあったぐらいだから、外交官特権を有する立場であればクウェイトに戻って来ることは十分可能だったのだ。

少なくとも、現在機能している駐バグダッド日本大使館までは、普段と同じに何の危険もなしに来れたのだ。それが、安全圏のヨルダンのアンマン空港で、婦女子の解放を出迎えるとは何事かという訳である。在留邦人の保護は、現地に駐在する大使の最大の任務ではないのか。それに、人質たちは、外務省の対応全体に対して、解き難い疑念を抱いていた。クウェイトからバグダッドに移送された日本人第一陣は、イラク政府の人質作戦の意図を察知して残る三グループのバグダッド移送を即刻中止するように要求したにも関わらず、外務省はこれを容れることなく唯々諾々とイラクの要求に従ったのだ。続々と後に続いた日本人は、全員人間の盾として戦略拠点に配置されてしまった。

大黒は、日本人婦女子の刺すような視線を痛いほど感じていた。もちろん大黒は、言うべき慰労と歓迎の言葉を持ち合わせていなかった。タラップの下に立ち尽くした大黒は、何の意味もない贖罪にひたすら励んでいた。

当直の夜勤を終えて、音在は自室に戻った。引き続いて、通常勤務で事務所に出勤しなくてはならない。

その前に、汗まみれの体にシャワーを浴びたかったのだ。ふと、妻の美知子も藤堂ファミリーのバグダッド空港での受難をテレビで知っていたら、さらに気を病んでいるかも知れないと心配になった。

一昨日、電話に出られなかった女房の心情が気にかかったのだ。

日曜日は現地では勤務日に当たっているが、東京では休日だ。

『今日は、日曜日か。今、日本時間は午後一時だ。皆、家に居る頃だし、電話するには良いタイミングだ。』

自問自答した音在は、東京へ電話をした。出てきたのは、娘の由紀子であった。

「ユッコチャン、元気かい？　何か変わったことはない？　今日は何して遊ぶの？」

由紀子は父親の質問に次々と元気に饒舌に答えた。

「お父さんはこれから事務所にいくところです。お母さんに代わってくれるかい。」

電話の向うで、母親を呼ぶ娘の会話が聞こえた。しかし、受話器に話し掛けるのは娘の声だった。

「お母さん、電話に出たくないって言ってるよ。」

音在は、妻の気持ちを思い遣ってさらに心が痛んだ。

それと同時に、小学校六年生になった娘の心の急激な成長に驚いた。帰れない夫を励まそうといつも心掛けていた美知子が電話に出られなくなった途端に、娘が無意識の内にその代役を努めているのだ。東京では、皆元気に明るく楽しく過ごしていることを伝えて、父親の心配を軽減させようと一生懸命に快活な演技で話しているのがありありと伝わってきた。

第13章　回想―幸せだったカフジ・ファミリー時代

久し振りに大林が音在の部屋を訪ねて来た。祖国を遥か離れた現場で生活していると、仕事が終われば気の合った仲間の誰かの部屋を溜まり場にして、集まって談笑するのが男たちの通常の過ごし方である。音在の部屋もそうした溜まり場のひとつであったので、色々な仲間が出入りするのだが、毎晩のようにやってくる常連もいれば、気の向いた時だけ姿を現す者もいる。大林は自分なりのカフジ生活の型を持っている男だった。自室でひとりでも有意義に過ごす術を心得ており、音在の部屋で群れて過ごすレギュラーメンバーには入っていなかった。

大林は、海上測量のエキスパートであり、かつて二年間の契約でカフジに出向したところを、仕事の優秀さと人柄の篤実さを見込まれて社員に引き抜かれた経緯があった。大林の出向時代は、音在の一回目の現地勤務と重なっていた。音在一家が毎週末に単身寮の住人を招いて家庭料理で接待する場には、大林も時々招待客に加わっていた。

この出向期間に、大林は人生最悪の不運に見舞われた。日本に残してきた最愛の妻がくも膜下出血で急逝したのだった。サウディ政府の労働法の規定により当局に召し上げられているパスポートを取り返し、さらに入出国ビザを取得して航空券を買って、やっと日本への飛行便に搭乗できるという現地事情であるから、大林は急報を受けても、愛する妻の死に目には立ち会えなかった。親族は葬式を延期して、大林の帰国を待っていた。

社員の立場でもないのにこの悲惨な体験をした大林は、契約を放り出してもう帰って来ないのではないかと音在は危惧していた。しかし、責任感の強い大林は葬儀が終わると、またカフジに戻って来た。しかも、普段から世話になっているからといって、音在の家族に沢山のお土産まで携えてきたのだ。

正社員となった大林は、カフジ勤務が長期に及んでいた。妻を失うという大きな悲しみから七年を経て、大林は幼馴染と再婚した。妻の居住ビザの取得も終わり、もし湾岸危機が勃発しなければ、妻がカフジに到着していた筈だったのだ。音在には、大林の深い焦りが痛いほど理解できた。

「どう？　その後、元気にやってる？」

いつもは沈着無比の性格から苦しい表情を人には見せない大林ではあったが、さすがに落ち込んでいる様子は隠せなかった。

「音在さん。まったく冗談じゃありませんよね。何ですか、会社のこのていたらくは。給料を倍払うから生命の危険は我慢しろなんて、普通の会社の言うことじゃありませんよ。社員の生命の安全を守るのは、経営者としての当然の責任じゃないですか。」

正義感溢れる大林の正論の舌鋒は鋭かった。音在は、大林が抱える一番の心の悩みには触れないようにしながら、精一杯励ました。元来は精神的にはしっかりしている大林には、思いっきり喋らせて聞いてやることが肝心であった。

「ああー！　女房に会いたい！　帰りてえ！　帰りてえ！」

コンクリートの地肌にライトブルーのペンキを塗っただけの単身寮の壁に向かって、大林は自分の頭をゴチゴチぶつけ始めた。

「まあまあ。悩んでいるのは大林さんだけじゃないんだから。俺だってそうなんだよ。皆して、耐えて頑張るしかないじゃないか。」

ひとしきり憤懣を噴出し終わると、大林は落ち着いたようだ。もともとは芯の強い、男らしい性格なのだ。

大林が帰ると、音在はベッドに入った。天井を見上げながら、眠りに入ろうとするのだが、電話に出られなくなった妻のことに思いが及ぶと珍しく眠れなかった。日産製作所本社最年少の主任の座を捨てて、日本アラブ石油開発に転職したことは、果たして人生の選択としては間違えていなかったのだろうか。

『音在くん。日本アラブ石油開発に入って良かったと思うかね？』

カフジ油田を掘り当てたプロジェクト責任者、初代鉱業所長であった山之内創一に、かつて音在は質問されたことを思い出した。

正式の国交のなかった当時のサウディアラビア、クウェイト両国から石油の開発権益を取り付けた横手一郎が偉大ならば、それこそ何もなかった海沿いの砂漠に基地を設け、当時類例の少なかった海上油田を掘り当ててみせた山之内創一はもっと社員から尊敬されていた。

山之内は、我が国石油開発業界の至宝であった。第二次世界大戦中にボルネオ島に徴用派遣され、多くの同僚が散華した石油開発技術者の生き残りであった。

南方に散った大勢の同僚の分も頑張ってみせるとして、横手一郎の要請を受諾して酷暑の地の難しい海上石油開発の現場責任者を勤めた寡黙な熱血漢であった。技術者としての優秀さもさることながら、山之内の慈徳に満ち溢れた人柄を偲ばせるエピソードは、世代を越えた後輩にも語り伝えられていた。

何も娯楽のない異郷に設けたカフジ基地の初期時代、如何にして従業員の心を慰めるかに腐心した山之内は、寿司パーティを開くことにした。日持ちのする稲荷寿司は前日に作り置きして、当日はアラビア湾で稼いだ魚で握り寿司を握ってみせる予定であった。百名を越える部下のために、前夜山のように作っておいた稲荷寿司は翌朝になると半分以下に減っていた。

『ほんとうに、いたずら坊主たちばかりでなあ。』

山之内は笑いながら述懐した。

奇跡的な試掘第一号井での出油成功を喜んだ横手一郎は、功労をねぎらうために当時の金で二百万円のご祝儀を山之内個人に進呈しようとした。出油は全員の尽力の賜物であると辞退する山之内の留守宅に、横手はこれを無理やり妻の許に届けさせたのであった。置いていかれたものは仕方がないと、山之内はカフジの従業員が年に一度の休暇に出る挨拶に訪れる都度、その資金が尽きるまで部下に分け与え続け、個人としては一銭も受け取らなかった。

『休暇中、気をつけてな。そうそう、これを旅行中の小遣いの足しにしてくれ。』

横手一郎はカフジ油田開発の成功を確認した後、石油開発権益の五割をアメリカのインデペンデント系の石油会社シティーホームサービスに転売しようと画策した。本社へ帰任して常務を務めていた山之内はこれを聞いて激怒し、横手の乱心に対して身をもってこれを諌めようと依願退職した。

そして、暫く浪人していた我が国の石油開発の至宝を、石油資源公団は技術担当理事として迎えた。

音在は、山之内とは親子ほど世代が違い、入社したのは山之内の退職した遥かに後年のことであった。従って、仕事の上では偉大な先達の謦咳に直接する機会には恵まれなかった。しかし、一回目の現地勤務を終えて本社に帰任した時期に、音在は幸運にも山之内と親しく触れ合う機会を得た。

石油資源公団の相談役に退いていた山内は、現役引退を前にして、日本アラブ石油開発に一つの提案をしてきたのだ。試掘第一号井の成功への感謝を表するために、横手一郎はご祝儀に加えて二千株の自社株式を届けさせていた。

山之内に言わせれば、これも勝手に置いていかれたものを、仕方なしに預かっていただけのことであった。現役を退くに当たって、この株式を日本アラブ石油開発に返納したい。そして、これを財源にして、会社にはまだ設立されていないＯＢ会を組織するべきだとの提案であった。

『党中、党を作るつもりか。』

カフジ勤務を巧みに逃げ回った分だけ、現場の苦労を知らずノスタルジーも感じていない本社派役員が難色を示す中、圧倒的多数の年輩社員の賛同を得て『ジャマール会』と命名されたOB会が組織された。

当時、課長代理であった音在は、社内の反対派の狭量な縄張り意識から来る批判は十分意識しながらも、敬愛する上司である推進派の重岡総務部長の意を戴して、『ジャマール会』事務局として毎秋の総会を取り仕切った。音在は、尊敬する大先達である山之内創一のお手伝いに携われることに喜びを覚えた。自分が提案したOB会のためにこまめに働く音在を山之内も可愛がり、問われるままに昔の苦労話を語って聞かせた。

音在が毎号手渡す広報誌に、カフジの従業員たちのアンケートが掲載されていた時のこと、山之内が現場で苦労する後輩たちのためにまたひとつ心配りをした。ある日、音在がデスクの電話を取ると、山之内からの依頼事であった。

「音在くん、広報誌をいつも有難う。今月号に掲載されていたカフジの従業員のアンケートが面白かったよ。カフジの皆さんが今一番食べたい食べ物は、納豆だそうじゃないか。僕は水戸の出身だし、苦労している後輩諸君に納豆を差し入れしたいと思うんだが、どうやって送れば良いんだろうか。資材船に載せては腐ってしまうし、何か良い方法がないか教えて欲しいんだが。」

「山之内さん。もし、来月で宜しければ、私は現場紹介の広報ビデオ作品を作るために映画監督として、カフジ出張の予定があります。私が、ハンド・キャリーで持参させて頂いても結構ですよ。」

「おおそうか。荷物になって申し訳ないが、ひとつ宜しく頼むよ。納豆は、君の出張前に本社にお届けしよう。」

「いえいえ、それには及びません。私が受け取りに伺います。」

サウディアラビアに大量の納豆を届けろという、前代未聞の依頼を快く引き受ける音在であった。現場では、山之内の直接の指導を受けた世代の技術系のベテラン従業員がまだ多数在職しており、相変わらずの初代鉱業所長の温情を噛み締めた。

音在が山之内から納豆飛脚を依頼されたことがもう一度だけあった。

音在が二回目のカフジ赴任を二週間後に控えていた

時、すでに石油資源公団相談役を引退していた山之内から久し振りに電話を受けた。

「音在くん。元気にやってますか。実は、カフジの連中にまた納豆を送ってあげたいと思いついてね、何か幸便はないかと思って電話したんだが……」

音在は正直言って困ってしまった。はっきり言えば、このような面倒な大量託送物の運搬役を快く承る者は、普段でも見当たらなかった。もう直ぐ自分自身が二度目の現場勤務に赴くのだが、短期の出張と違って赴任の際には山のような個人荷物を持ち込むのが通例である。山之内の相談とはいえ、今回は断りたいものであった。しかし、尊敬する山之内の後輩たちへの思い遣りを大切にしたいと思った音在は、迷いを振り切って答えた。

「山之内さん、実は私は再来週、カフジに再赴任することになっております。

出発のご挨拶をかねまして、出発の前日にお宅へ伺いますので、納豆を準備しておいて下さい。私が、間違いなくお届け致します。それからひとつお願いがあるのですが、私には長男がおります。『偉い人』とはどんな方かを社会勉強させたいと思いますので、納豆の受領に伺う時には長男も連れてお邪魔します。

何かためになるお言葉をかけてやって下さい。宜しくお願い致します。」

「赴任では、自分の荷物も随分多いだろうに申し訳ないねえ。それじゃ待っているから、よろしく頼みますよ。」

音在は、小学校五年生であった長男の浩一郎を連れて、山之内邸を訪問した。

山之内は、家族を祖国に置いて長い外地勤務に出た自分自身の経験をダブらせるように、紅茶とケーキを準備していて、音在の息子を励ました。

「坊ちゃん。寂しくなるねえ。」

「フゥウン。」

浩一郎は、父親の言う『偉い人』の励ましに、寂しそうに頷いた。

「音在くん。申し訳ないんだが、そこに納豆を準備してあるのでよろしく。」

音在は、驚愕した。部屋の隅には、かなり大き目のダンボール箱が置いてあった。前回、納豆をカフジに届けた時よりも遥かに大量である。これでは、ばらしても大型スーツケースにも入らない。紐で補強してこのまま航空荷物にしなければならない大きさであった。

しかし、音在は、そのような胸の内はおくびにも出さなかった。

「山之内さん。お任せ下さい。これでも柔道で鍛えておりますので、首から下のことでしたら何でもご用命下さい。」

「単身赴任は大変だから、健康に気をつけて頑張ってきてくれよなあ。」

その二日後、音在はサウディアラビア東部地区のダハラーン空港にダンマン所長の安藤の出迎えを受けていた。

「音在くん、ご苦労さん。また随分荷物が多いねえ。」

「ああ、このダンボールは山之内さんからの現場の面々を励ますための納豆の差し入れなんですよ。安藤さんももちろん有資格者だから、お分けします。ちょっとホテルの僕の部屋まで付き合って下さい。」

安藤が予約していてくれた部屋に入り、納豆のダンボール箱を初めて開封してふたりは驚いた。タンボールの中身はパックに小分けされておらず、ビニールの中包みの中にはミッチリと剥き出しの納豆が詰められていた。明らかに業務用の納豆だったのだ。

「お、音在くん。いいよ。俺はいいよ。山之内さんのお気持ちだけ頂いておくわ。」

糸を引く納豆を小分けする術もなく、安藤は手を振って辞退した。

カフジに到着した音在は、城戸専務に事の次第を報告するとともに、日本人食堂に大きな字で掲示をした。

『初代鉱業所長山之内創一氏寄贈の納豆』

山之内の思い遣りのお陰をもって、差し入れの大量の納豆は、それから二週間にわたって、カフジの日本人食堂のメニューに一品追加され、男たちの食卓に大先達の激励を添えた。城戸専務は従業員を代表して、山之内の相変わらずの配慮に対して丁寧なお礼状をしたためた。

山之内より遥かに若い世代の音在ではあったが、OB会の設立を巡って邂逅の機会に恵まれたお陰で、山之内の謦咳に接することができた訳である。

「僕が日本アラブ石油開発で働いていた時に、君は居たっけかなあ?」

「いや、私は山之内さんよりずっと下の世代です。おまけに、大学卒業後日産製作所に入りまして、六年半してから日本アラブ石油開発に転じましたので、残念ながら山之内さんの在職期間とは全くすれ違っております。」

「そうか。そんな立派な会社にいたのか。音在くん、わざわざ転職して日本アラブ石油開発に入って良かったと思うかね？」

「はい。良かったと思っています。石油開発のようなスケールの大きい仕事は面白いと感じています。おまけに、現地勤務や長期休暇を通じて二十カ国以上訪問できましたし、世界を見て視野を広げることができたと思っております。」

「そうかそうか。それは良かった。」

山之内は音在の肯定的な答えを聞いて喜んだ。自らがプロジェクトの成功に大いに貢献するとともに、心から愛し誇りに思う石油開発会社の後輩に対して満足そうに慈顔をほころばせた。

音在は、雑念を振り払った。

『そうだ、俺は日本アラブ石油開発に入って良かったんだ。一回目のカフジ勤務も苦しいことは山ほどあったけど、それだけに人一倍深い楽しみもあったではないか。』

音在の長女由紀子が生まれたのは、一回目の赴任の前提となるシッピング業務の電算化の基本設計を行った三か月の長期出張の時であった。皮肉なことに音在が出張に出たのは娘の出産予定日の三日前であった。下請けのソフトウェア会社とプロジェクトを組んだ出張であったので、チームリーダーの音在は出発を遅らせることを躊躇した。断腸の思いのまま到着したカフジでは、妻に悪いことをしてしまったと音在が仕事に手がつかなかったのは当然のことだった。精神的に負担をかけてしまった妻の出産は二週間も遅れてしまった。

東京とカフジの電話が殆ど繋がらなかった当時では、長女誕生の知らせは出産に立ち会った妻の母が同僚の佐竹の家に電話を入れ、佐竹から都市機能が完備しているクウェイト事務所の藤堂へ国際電話を転電して、藤堂からカフジのシッピング部の枝野へ無線電話が入り、枝野が電算部でシステム設計の作業中の音在へ館内電話で伝えるというものだった。これでも当時としては最善最短の連絡ルートであったが、長女の誕生から音在に吉報が伝わるまでには十六時間を要した。

三か月の出張を終えて帰国した音在は、スヤスヤと寝ている娘を初めて抱き上げて、ぶっきらぼうな言葉の中に万感の気持ちを込めて妻を労った。

「ご苦労さんだったね。」


長期出張という準備期間を経て、音在が一回目のカフジ勤務に就いたのは三十三歳の時だった。長期出張の間に、アラブという異文化社会との触れ合いにはある程度経験を積んではいたものの、初めての赴任後は仕事にせよ生活にせよ戸惑うことばかりの毎日が続いた。


音在は赴任に当たり、秋葉原の電気屋街でサウディアラビアでは売っていない最新の多機能型電卓を買い求めた。仕事に役立てるとともに、新しい職場のアラブ人の部下との触れ合いのための小道具にしようという意図だった。

「おい、皆。これ良いだろう。必要な時は、何時でも使ってくれ。」

音在の目論見の通りに、シッピングのスタッフたちは物珍しそうに次々に多機能電卓を借りに来た。スタッフとの対話の適当なきっかけを作ることができたのだ。ところが一週間が経ち、音在自身が仕事で電卓を使おうとした時のこと、電卓がデスクの上に見当たらなかった。

「おおい、アリ。俺の電卓を知らないか?」

「いいえ。私は知りませんよ。」

「そうか、失礼。ムハマッド。俺の電卓使ってないか?」

「いえ、私じゃありませんよ。」

「あれ? おい、ムスタファ。俺の……」

これは、ひょっとすると盗難にあったのかも知れないと思い始めた時、音在はスタッフたちに取り巻かれた。

「ミスター・オトザイ。あなた、今私たちを疑ったでしょう。そんな大事なものならば、何でオフィスを出る時に引き出しに仕舞って、鍵を掛けてから帰らないんですか。自分の不注意を棚に上げて、我々にどうしたどうしたと訪ねられるのは不愉快千万です。悪いのはあなた自身だ。」

事ここに到っては、音在は盗難を認めない訳には行かなかった。それにしても、日本では、盗った者が絶対的に悪である。しかし、アラブの地では、盗られた方が間抜けで責任があるらしい。これは、異文化体験の強烈な先制パンチであった。高価な電卓は僅か一週間で盗まれるわ、スタッフたちからは散々やり込められるわで、音在は苦々しい経験の中でひとつ学習させられた。

音在が待ちに待っている家族はなかなか到着しなかった。

当時は、家族ビザを取得するのに半年掛かるのが通り相場であった。たまに五か月でビザが発給された事例があると、家族待ちの同僚からは羨望と嫉妬の目で見られたものであった。政府にビザ申請をする労務部に顔を売るために、音在は暇さえあると用事あり気に精勤してデモンストレーションに励んだものであった。ところが、催促に訪れたある日、労務部のスタッフが衝撃的なことを言った。

「ミスター・オトザイのパスポートは申請のために石油省に提出済なんですが、これが紛失されてしまったみたいなんですよ。」

他人事の発言に、音在は思わず激昂した。

『そんな馬鹿なことがあるか。そもそもお前らの事務がいい加減なんだ。必要書類も不要な文書も、デスクの上や横に乱雑に積んでゴチャゴチャじゃないか。それでも仕事場か。パスポートのような重要書類を紛失するとは何事だ。どこかに必ずある筈なんだから、ちゃんと探せ！』

しかし、激怒をぐっとこらえた音在がこのせりふを口にすることはなかった。

アラブの地では、日本人的感覚から言えば、事務の標準化などは全くできていない。正直に怒りを露わにして、担当者の心象を害してしまったら、放っておかれて事態はますます悪化するだけだ。はらわたが煮えくりかえっていても、やんわりと釘を刺しておくに止めるに越したことはない。

「おいおい、ちゃんと探すように石油省の担当者に良く言っておいてくれよ。それに、ひょっとしたらまだこの事務所の中のどこか書類の下にでも潜り込んでいるかも知れないじゃないか。良く探してくれよなあ。」

「マリッシュ（気にしないで下さい）、インシャアッラー（全ては神のご意思のままですよ）。」

担当者は答えた。何か特別のフォローをしてくれる様子は全く見られなかった。

『馬鹿もん！　これが気にせずにおれるか！』

音在は腹の中で毒づいた。

音在が家族をカフジに迎えるまでには七か月半を要した。

何時来られるとも解らない家族を思って、音在はセッセと漁労に励んでアラビア湾の美味珍味を獲り貯めた。カフジでは新鮮な魚介類は全く流通していない。

食文化が歴史的にも風土的にも羊に偏っていて、魚への依存が少ないせいで、魚を余り熱心に取り扱わないからである。つい近年までは、酷暑の地での魚介類の冷蔵輸送は無理だったのだ。クウェイトやダンマンといった海岸沿いの都市部に行けば立派な魚マーケットはあるのだが、日本人的な衛生観念から言って合格点をやるに値する魚はアラブではまず手に入らなかった。

しかし、カフジの目の前には、東京湾などに較べて遥かに汚染度の低い紺碧のアラビア湾が広がっている。日本人の中には環境に自らを適応させて、釣りや潜りをして山のような漁獲を誇る漁師が何人も生まれていた。彼らは、出漁頻度や漁獲高を競い合って、お互いを『名人』、『プロ』、『漁労長』、『達人』などと尊称で呼び合って、海の男としての存在を認め合っていた。

音在も、迷うことなくそのグループに加わった。音在の漁師の先生は、シッピングの先輩で音在をカフジに引っ張った枝野と中途入社の同期生で四歳年長の兄貴分の小倉だった。ふたりとも、釣りには一家言を持つ名人であったし、シュノーケリングで潜らせても、深く長く潜って水中銃で大物を仕留めてくる腕前には定評があった。元々が海好きで、柔道で鍛えた体力抜群の音在は、ふたりの師匠の腕前に短期間で追いついた。こうした釣仲間から音在に与えられた称号は、『漁労長』であった。

カフジの春の風物詩は、産卵のために浅場を遊泳する大型の甲イカの一種コブシメ漁である。風物詩とは言っても、海中のことだから、海で楽しめる男にしか解らない楽しみではあるが、その素質がある男たちは目の色を変えてイカ突きに興じるのであった。干満の差が大きいアラビア湾では、大潮の頃、引き潮のタイミングで夜突き漁に出漁すると、かなり沖合までを漁労範囲とすることができた。生ぬるい海水につかりながら獲物を狙うと、大型懐中電灯の光の中で、つがいになった大型のイカが体を婚姻色に飾って求愛行動の最中であるのを発見する。大きい方のイカの眉間を狙って手練れの銛《もり》を繰り込めば、足を硬直させて、イカは一瞬の内に絶命する。サッと獲物を手許に引き寄せれば、相方を急に見失ったもう一匹のイカはおろおろとして辺りを泳いでいる。腰に結んだネットに獲物を取り込んでから、残る一匹にゆっくり狙いを定めて再び銛を繰り出すのだ。もちろん初心者の頃は、こう見事には運ばない。当てることで精一杯だから、どうしても胴体の真中を狙うことになる。その結果、一撃で絶命しないから、取り込む時に大量のスミを顔に吐きかけられて、全身真っ黒になって仲間の笑いを誘うことになる。膠分の強いスミだから、染まるとなかなか落ちないのだ。もう一匹のイカは、相方の悶絶する様を見て瞬時に逃げてしまって、素人にはペアのイカを発見してもせいぜい一匹しか獲れない。

アラビア湾のコブシメは、大きくなると胴体だけで体長四十センチを越える。

春先に二百匹も獲って冷凍しておけば、音在家のように大勢の来客が絶えない社宅でも一年間の需要はたっぷり賄える計算になる。天候と潮目さえ良ければ毎晩のように出漁する音在は、社宅にあてがわれた備品の大型冷凍冷蔵庫だけでは獲物が収容できなくなり、イカ専用に冷凍庫を一台買い求めた。獲ってきたコブシメは内臓を抜いて、頭は頭、胴体は胴体に分類する。あら仕上げした胴体をくるりと丸めてラップをかければ、砲弾状の固体となる。これを冷凍庫に蜂の巣状に詰め込んでおくのである。

音在の冷凍庫は、この他にも各種様々なアラビア湾の幸が詰め込まれ、家族の到着を待っていた。イカ突き漁の歓迎すべき外道として獲れる、クルマエビより二周りは大型のクマエビ、ホタテガイを小型にしたような二枚貝でアラビア湾随一の珍味であるアズマニシキ、泳ぐ姿がユーモラスな原始エビの一種である珍品ウチワエビ等々、珍しい獲物ほど音在は自分で食べるのをやめて冷凍保存しておいた。

それだけ待ちに待った家族の到来であったが、音在は呼び寄せを一度中止しようかと考えた。着任六か月目に、イラン・イラク紛争が始まったからだ。

その九年後に勃発する湾岸危機・戦争に較べれば、戦争の規模から言ってもカフジへの影響から言っても雲泥の差であったのだが、それでも当時のカフジ住民には十分衝撃的な事件であった。時折、大きな衝撃音が海を渡って伝わって来たり、スクランブル発進と推察される戦闘機が超低空でカフジ上空を飛行したりすることがあった。

そんな音在の悩みをよそに、ある日妻の美知子から電話があった。

信頼度の低いオペレーター経由の不便な電話事情の中で、英語の喋れない美知子がよく通話に成功したものだ。音在は、妻の電話が一瞬信じられなかった。

「私です。あなた、やっとビザが取れたそうよ。人事課には、一番早い飛行機でそちらに行けるように切符の手配をお願いしました。来週の月曜日には、ダハラーン空港に着けるそうよ。丁度、カフジに赴任する人たちがいるそうなので、一緒に連れて行って頂けるんですって。」

音在は、一瞬返答に困った。嬉しさよりも、断わり文句が頭の中に浮かんだからだ。

「あのなあ、イラン・イラク紛争が始まったものだからさあ……」

「大丈夫よ。そちらにはチャンと人が生活しているんでしょう。だったら、私たちが行っても問題ないはずよ。」

「じゃあ、やっぱりそうするか。」

「当たり前でしょう。」

「アラビア湾の美味しいものを山ほど貯め込んであるからな。冷凍庫まで追加して買ったんだぜ。」

「私たちに、いっぱいご馳走して下さいね。」

いったいどういうことだと、音在は怒った。家族ビザが取得できたことを、肝心の鉱業所の労務部は何故知らせないのか。早速、音在は労務部に確認した。

「ああ、そういえばそうでしたね。ミスター・オトザイ。マブルーク（おめでとう）インシャッラー。」

音在は自分自身が現地ずれして、だんだん気が長くなって来たのを感じた。

雑踏を極めるダハラーン空港で、音在は家族の到着を待ちきれずに五時間も前から待っていた。当時のダハラーン空港は、お世辞にも国際空港とは呼べないようなごみごみした喧騒の中にあった。まさに中近東の典型といった雑踏が田舎空港に現出されていた。売店のひとつもある訳でなし、パウダーサンドの粉っぽい匂いと、羊の脂の匂いが入り混じった人混みは退屈そのものだった。飛行機の到着予定時間があと三十分に迫った時、音在はバッグの中から柔道着を取り出して、スポーツシャツの上に着用すると黒帯を締めた。

待ちに待った家族が到着する喜びの余り、気がふれた訳ではない。この雑踏の中で、美知子が一瞬にして自分を見分けられるようにと、音在なりに考えた結果であった。しかし、周囲のアラブ人たちには、非常に奇異な行動に映ったようだ。次々に音在は質問を受けた。

「これは、何のためのコスチュームであるのか？」

「お前は、どこの国の者であるのか？」「その胸に書いてある文字は何を意味するのか？」

「世界に有名な柔道を知らんのか！　これは、柔道をする時に着用する神聖な柔道着である。よく覚えておけ。胸に日本語で書いてあるのは日本アラブ石油開発というカフジにある石油開発会社の名前だ。柔道マンはそのくらい組織に対する帰属意識が高いのだ。」

最後の三十分間、音在は周囲のアラブ人の田舎者と漫才のような会話を交わした。

待ちに待った飛行機が到着したのを、あちこち塗装が剥げたお粗末なガイドボードの表示で確認すると、音在は搭乗者出口に向かった。ジリジリする思いで家族が出てくるのを待っていると、待ち合わせフロアと税関を仕切った板壁の下が二十センチほど空いているのに気がついた。待ち切れずに、しゃがみ込んで中を覗きこんでいると、運動靴を履いた可愛い子供の足が見えた。

「浩一郎だ！」

その足は明らかに日本人のものであった。直ぐ後ろには妻に違いない女性の足が見えた。女の子の足は見えなかった。幼い娘は美知子に抱きかかえられているからに違いなかった。

出て来た浩一郎と由紀子を音在は抱き上げた。七ヵ月半振りの感激の再会ではあったが、三歳半の浩一郎は音在の顔をハッキリと記憶していて、嬉しそうに音在の顔をペタペタと触った。一歳一か月の時に別れた由紀子は戸惑っていた。父に抱かれているのに、不審そうに顔は母の方ばかり見ていた。

「ご苦労さんだったね。疲れたろう。」

音在は、美知子を労う短い言葉を掛けた。余り長い台詞を喋ると、涙が出そうであったからだ。

「あなた、その格好はいったい何なの？」

心から湧き上がる再会の喜びは、もちろん美知子も一緒であったのだが、一瞬の歓喜の後には音在の異様な姿が目についた。七か月半振りに家族を迎えるために、フォーマルな姿で現れるとばかり期待していたのに、こともあろうに目の前の夫は柔道着を着ているではないか。

「この田舎空港は混み合っているからさ、ひと目で俺と解るように目立った格好をして待っていたんだよ。」

「恥かしいから、早く柔道着を脱いでよ。」

急かされた音在は、息子と娘を降ろして柔道着と黒帯をバッグの中にしまい込んだ。

音在は、家族を引率して来てくれた大先輩であるベテラン石油開発技術者の小野田礼司に丁寧に礼を述べた。

「英語も解らない家族をよくアテンドして下さいました。アラビア湾の海の幸を沢山準備しておきましたので、是非近い内に我が家にお越し頂きたいと思います。」

「いやあ、家族が揃えて本当に良かったねえ。」

小野田は爽やかに笑って応えた。小野田は、十一年間のカフジ勤務を終えた後、三年ほど本社技術部勤務に就いていたが、今回が二度目の赴任であった。現地生活の大ベテランには、家族を迎えた音在の喜びが手に取るように理解できた。

サウディアラビアへの飛行便は深夜に到着する場合が殆どである。欧米系の大手航空会社は、ヨーロッパ主要都市への到着時間を便利な時間帯に設定するから、いわばそのついでの寄港地に当たる中近東への立ち寄りは割を食うタイムスケジュールになってしまう。必然的に、ダハラーン空港の降客は近隣地区のホテルに深夜からの半泊で休養して、翌朝からが活動可能になる。

音在が予約していたのは、空港があるダハラーンに隣接したダンマン市内のアルハムラ・ホテルであった。初めての六時間の時差を経験したのに浩一郎は、父親との再会が嬉しくてはしゃいでいた。一緒に遊んで欲しくて仕方がないのだ。飛行機の長旅で疲れているのは間違いない筈なのだが、本来の体内時計はもう起きる時間であることを知らせていた。由紀子は、母親や浩一郎のはしゃぎ振りを見て、自分もそれに加わらなければならないことを知覚していた。

しかし、目の前にいる男が、自分にどういう関係があるのかがさっぱり解らなかった。音在がトイレに立とうとすると、由紀子がよちよちとトイレの前に走って行った。

「ダメー！」

大きく手を広げて、言葉を発した。これが、音在が由紀子から聞いた初めての言葉となった。一歳九か月の娘が、持っていた精一杯のボキャブラリーで音在に関わろうとした結果であった。言葉の意味と感情が一致していなかった証拠に、音在が娘を抱っこしながら便座に座って用を足す間、由紀子はおとなしく抱かれたままであった。

朝早くにカフジまで向かわなければならないので、音在は子供たちを寝かせつけようとした。部屋の灯りを消すと、由紀子は旅の疲れから素直にスヤスヤと寝付いてくれた。安心した音在が美知子を抱き寄せようとすると、寝入ったとばかり思っていた浩一郎が突然ムックリ起き上がった。天使のような笑顔でニコニコしながらにじり寄って来た。両親が何か楽しいことで遊び始めるなら、自分も一緒に加わらなければならないと思っている様子であった。

「浩一郎。明日の朝は早いのだから、もう寝ようね。はい、寝ーんね。寝んね。」

音在は息子の腹の上をぽんぽんと叩いて寝付かせようとした。暫く息を殺して、浩一郎が寝入ったのを観察して、音在は再び妻を抱き寄せようとした。気配を察した聡い浩一郎が、再び無邪気な笑顔でムックリ起き上がった。

家族を迎えて、音在のカフジライフは充実した。

カフジの日本人村の麗しい習慣は、親しい友人や先輩後輩との互助精神にあった。いつも新たな家族が到着すると、有り難いことに日頃から親密に行き来しているファミリー・クォーター（社宅地区）の先住者から次々に歓迎のご招待が掛かるのが常だった。そのお陰で、着任早々でカフジの勝手が解らない主婦たちは、当座は炊事の苦労から救われるし、先輩の主婦たちから限られた材料でどうやって日本食を用意するかというノウハウを教われるのである。

音在一家も、シッピングの上司である枝野や、中途入社の兄貴分でもある小倉や神戸の家族ぐるみの交流に助けられた。特に小倉は音在を弟のように信頼して、カフジ・チョンガーと称する単身生活時代から、まるで居候のように可愛がっていてくれた。さらに家族が到着すると、女房同士の交流の要素も加わって、日本における実の親戚間の付き合い以上に篤い頻繁な接し方となった。小倉は、カフジ有数の漁師であるとともに、自分で料理のレシピノートを何冊も作っているほどの料理自慢でもあった。そのレパートリーたるや日本料理全般は言うに及ばず、西洋料理や中華料理もこなすプロ顔負けの腕前であった。カフジではお目に掛かれるはずのないメニューを揃えて見せて、来客を驚かせる建設的な趣味を持っていた。

「どうだ。ざまー見ろ。」

「うわっ！　何ですか、これは。まるで、カフジじゃないみたいですね。」

出された料理に驚きながら、きれいに平らげて見せる音在の健啖な胃袋は小倉の自慢の腕前とは相互補完的な名コンビだった。

小倉に鍛えられて一流の漁師となっていた音在は、海から獲得した各種の美味で希少な食材を提供して小倉を喜ばせる一方、料理の方も魚に関する限りは相当な腕前に上達した。音在は小倉の指導を得て、カフジでは数少ない『寿司職人』に育っていた。週末に単身寮の仲間を招待して行う寿司パーティは、小倉・音在両家の合同主催で大々的に行うことも度々あったが、普段の日でも音在は家族を前に並べて希望させたネタを握って楽しんだ。

「沢山食べられるように、小さく握ってえ。」

美知子も子供たちも寿司職人を演じてみせる音在に甘えた。

家族が到着した十一月は、サウディアラビアでは酷暑の季節が終わろうとして、比較的快適な季節への入り口に当たっている。快適とは言っても、日中気温は摂氏三十度を軽く越えて、まだまだ海水浴は可能である。パスポートを紛失されたので家族ビザ取得が遅れて、七ヵ月半も待たされたのは腹立たしかった。しかし、子供たちの健康を考えると、現地生活に順応させるのは絶好の季節に当たっており、その季節のカフジ到着は塞翁が馬に働いたと考えられないこともなかった。

音在は毎朝、行ってらっしゃいの挨拶に娘に頬っぺたにチュッとキスをさせてから、事務所に出勤した。元々何もなかった海沿いの砂漠に、石油施設と居住区を建設しただけの鉱業所であるから、社宅と事務所は車で僅か三分の職住近接の環境にあった。従って、昼飯時間には、家族持ちの従業員は自宅に帰って昼食を摂るのが常であった。

酷暑の地カフジでは、日本と違って冬を迎える頃から春先の三月までが農耕シーズンに当たっており、音在は家族を迎える準備として、社宅の庭にトマトの苗を植えていた。家族が到着して間もなく、タイミング良くトマトの収穫時期を迎えた。音在は昼食を摂りに帰宅すると、家に入る前にトマトを収果してからドアを開けた。

「ハイ、ユッコチャン、お土産。浩一郎、お土産だよ。」

酷暑の地の就業規則は、昼休みが二時間となっている。シエスタ（昼寝）という現地習慣に合わせるためだ。音在は毎日昼食が終わると、ふたりの子供を連れてベッドに入った。音在の腕枕に並んで寝転んだ子供たちが寝付くまで、おとぎ話を話して聞かせた。こうして過ごす内に、七ヵ月半のブランクのせいで他人行儀にしていた由紀子も、だんだん音在に対して父親としての認識を取り戻していった。

カフジの社宅には常時四十軒前後の日本人家族が駐在していた。現地勤務で一番の悩みとなるのが子弟の教育であった。その問題に対応するために、会社は東京都府中市にある光星学園と提携して、カフジに小学校と幼稚園の分校を設置して、若干名の教諭を派遣してもらっていた。

カフジ村ではマイノリティに当たる日本人の社会では、子供たちが学齢に達すると通学通園によって少ないながらも友達との交流が可能にはなるが、それより幼い子供たちには遊び回るには不自由な環境であった。

美知子はこれを解決するために、同世代の子供を持つ仲間と語らって、私設保育園を持ち回りで開催することにした。小倉家の次女の春子や、やはり中途入社同期生である林葉の長女の桃子たちであった。子供たちを預かった家庭は紙芝居をしたり絵本を読んで聞かせたりして、午前中を保育園として過ごすことで、近所に友達が少ない子供たちを安全に遊ばせた。子供を預けた主婦は、日本の家屋よりは余程広めの社宅の掃除や家事に専念した。

家族をこんなところまで引っ張って来たと申し訳な

く思っている音在は、ないない尽くしであるカフジの環境の中でも、カフジならではのテーマを考えて家族を楽しませようと工夫を凝らした。

家族の到着以降、旨い物を食べさせようとして音在の漁労はますます熱心になったのだが、連れて行っても差し支えないものには家族を一緒に伴った。

アラビア湾の魚介類は、一万キロの距離の隔たりがある日本近海の物に比べると全てが亜種の関係にある。アラビア湾は日本近海と比べて塩分濃度が高くミネラル分の溶け込みが少なく、魚介類の棲息環境が違っていた。

まず、アラビア湾はホルムズ海峡によって胃袋の様にインド洋とは区切られていて、干満による湾内外の海水の入れ替え量は自ずから限定される。

次ぎに、アラビア湾全域を見渡しても、流れ込むまともな河川と言えば、チグリス、ユーフラテス河が合流したシャットルアラブ河しかない。酷暑の風土の中で蒸発が多く、まともな淡水の流入が少ないのだから、数億年の地球的歴史の中で、アラビア湾はいわば煮詰まった海になったのだ。日本近海とは異なる環境下に適合しつつ進化を遂げた各種の生物は、日本近海産に比較すれば似て非なるものとなる。人間にも同じ事が当てはまる。日本人とアラブ人。同じ人間であっても、人種的には微妙に異なる個性を有するに到っている。

音在が家族のリクリエーションの場に選んだのは、潮干狩りであった。

砂浜しかなくヘドロ質の全くないカフジ周辺のアラビア湾には、貝類は種類と数の両面において棲息数が少ない。しかし、音在の所属するシッピング事務所の横にあるカフジ港の入り口だけは適度の砂礫の浜になっていて、アサリに似た二枚貝が棲息していた。カフジでは通称『アサリ』とは呼ばれていたが、肉質はアサリとハマグリの中間的なものであり、種の近い別種か亜種の関係にあると思われた。生物学的な観察はともかく、その身は非常に美味であったので、音在一家は大潮の日を選んで潮干狩りに精を出した。

由紀子は幼過ぎて、両親がわき目も振らずに何をしているかが理解できず、潮溜まりにお尻を漬けて遊んでいるだけであったが、賢い浩一郎は砂礫の間から親が探しているのと同じ目的物を探し当てては得意そうに見せに来た。

一家の収穫はいつも大型バケツ満杯に達した。大量のアサリモドキは味噌汁の実として音在家の食卓を飾るとともに、食べきれない残りの大部分は軽く茹でて取り出した身を佃煮に加工して、親しくしている仲間の社宅に配ったり、週末に多数お招きする単身寮の住人たちを喜ばせた。摂氏四十度を越える四月になると、子供には強烈な直射日光の下での潮干狩りは無理となったが、冬場から春先にかけては子供の理科の勉強を兼ねた絶好のレジャーになった。

カフジのイカ突き愛好家の間では、音在は一目置かれるというよりは危険視される存在であった。春先のイカの産卵シーズンになっても、音在が先に出漁すると、後から行っても獲り尽くされた後で、殆ど漁獲が見込めないという定評があった。事実、音在の執念にも似た狩猟本能は並外れていた。音在は、シッピング部の業務上の必要から、精密なタイドカーブ（潮汐表）を持っていた。浅いアラビア湾に立地している原油出荷施設は十六マイル沖合にあるのだが、三十万トン以上のＵＬＣＣ（超大型タンカー）への船積み作業の際には喫水の具合を考慮しつつオペレーションしなければならなかった。つまり、原油の積込みが終わってドップリ沈み込んだタンカーが船底を海底に着座させないように、作業の終了は満潮時に終わるように通油レートを計算しなければならない。シッピング部が精密なタイドカーブを常備しているのは、本来はそうした潮目の分析のためであった。しかし、音在は専ら自分の漁労のために、タイドカーブを精読していた。もし、大潮の干潮が夜中の二時であるとすれば、帰宅すると早めに夕食を済ませると直ぐに寝てしまう。そして、夜中の二時前に起床すると、翌朝仕事が控えていたとしてもそれから出漁するのだ。

そんな真夜中に出漁する物好きは誰ひとりとしていないから、音在は独り占めの戦果を楽しんだ。運良く歓迎すべき外道であるクマエビの大漁に恵まれた時などは、社宅に帰った時までクマエビはまだ生きていた。目がオレンジ色に光っているので、寝ている子供を起こしては記念撮影に付き合わせた。

美知子はアラビア湾の美味に接している内に、いっぱしの食通になった。

胴体だけでも四十センチを越えるコブシメ突きは、獲物の大きさを競うべきものなのに、美知子はわざわざ小さい獲物を突いてくるように音在に頼んだ。

イカソーメンを楽しめるサイズのイカを手に入れる

ためだ。音在は、本来なら見逃してやる掌サイズの当歳児のコブシメを必ず一匹突いて戻った。

帰宅すると台所に立って、手早く透明な薄い身を千切りしてイカソーメンを作った。卵黄と練りワサビを落として醤油をかければ、透明な身はまだ生体反応を残していて、箸でつつくとまだピクピクと動いた。美知子は深夜のイカソーメンを美味しそうに賞味した。

漁師としての音在の行動はこのような調子だから、ライバルたちはコブシメののっ込みシーズンである春先になると、音在には休暇に出て欲しがった。

毎年、上司である敦賀がニヤニヤ笑いながら教えてくれた。

「音在さん、昨夜金沢プロが聞きにきましてネ。音在さんが今年はいつから長期休暇をとるのかだってさ。」

「はあ？　どうして金沢プロがそんなことを気に掛けてくれるんですかね。」

「音在さんがあんまりイカを突いてしまうからに決まっているじゃないか。金沢プロは、音在さんがカフジに赴任して来るまでは、我こそはイカ突きにかけてはカフジのチャンピオンと自負してたのに、音在さんにそのプライドを奪われてしまったんだよ。」

「別に僕は人の邪魔をしたり、独り占めしているつもりはありませんよ。結果として、獲るのは早い者勝ちというだけですよ。僕の戦果は、皆さんに食べて貰っているじゃないですか。」

ふたりは、他愛のないイカ突き競争に大笑いした。

これほど楽しいイカ突きを浩一郎にも観戦させてやろうと考えると、音在は実行に移した。問題は、イカ突きは夜に限られていることだった。イカそのものは、もちろん昼間にも遊弋しているのだが、海水面がギラギラした強い日光を反射して、漁師には海の中が見えないのだ。夜になれば、大型懐中電灯の光が海底まで届いて、イカやその他の魚の動作が手にとるように観察できるのである。従って、浩一郎を連れて出漁するのは陽が落ちてからとなった。

音在は、由紀子のおんぶ紐を持ち出すと、浩一郎を連れて夜の海に出た。近くに町がある訳でなし、夜の海岸を照らすのは満天の星たちと満月だけであった。

音在は浩一郎をおんぶ紐で固定して背負うと海に入っていった。懐中電灯の光の中で、海底も酷暑の一日を終えて安息の時間を迎えていた。背びれの毒とは裏腹に白身が美味しい魚、シモフリアイゴがユラユラ海水の動きに揺られながら岩の横で寝ていた。巧みな保護色をしたタマカンゾウヒラメが、ライトに驚いてヒラヒラ泳ぎ始めた。音在は名人技で銛を繰り出して、次々とそれらの獲物を腰にくくりつけたネットの中に収めた。疎らな海藻の間に婚姻色に身を飾ったコブシメのつがいが泳いでいた。濃い小豆色の体色のあちこちにエメラルド色に光る点々を散りばめて、精一杯異性を誘おうとして体側の帯ヒレを波状にひらつかせて海中に浮遊している。

「浩一郎。あれが見えるか。あれが、いつも食べているイカだよ。二匹いるだろう。大きい方がメスで卵をもっているんだ。小さい方がオスなんだ。お父さんが旨く突いて、両方とも取ってやるからな。見てろよ。」

背中の浩一郎が、音在の肩越しに大きく乗り出してイカのつがいを確認して、ウンウンと頷いた。手銛一閃。大型なメスの眉間を突いて、直ぐにオスから引き離す。ネットへの取り込みは手探りで行った。音在の目は、相手を見失ってウロウロと浮遊するオスを追い続けたままだった。取り込みが終わると、次の一閃をくれた。浩一郎の目も、父親の胸に固定した懐中電灯が照らし続けるもう一匹のイカを凝視したままだであった。

「ほら、浩一郎。二匹とも獲れたろう。家に帰って、お母さんと由紀子に見せてやろうか。」

「ウン。獲れたネ。」

親子は意気揚々と、自分の社宅へ車を飛ばした。

音在は、家族が到着する一か月前から、ボランティアで柔道指導を始めていた。事の起こりは、シッピング部のアラブ人従業員たちが雑談を通じて音在の柔道歴を知り、かなり自分に都合の良い幻想の下に指導を依頼してきたものであった。アラブ人の発想は面白いと、音在は感じた。

「ミスター・オトザイ。たったひとつで良いんです、ひとつで。一番効く技を教えて下さい。」

音在は笑ってしまった。ひとつの技が、だいたいどの状況ででも打てるようになるためには、毎日三百本も五百本も打ち込みを続けて十年はかかる。技というものをひとつ教わって、直ぐに使えるものになると考えるのは、発想の基本が違うのだ。発想の違いを解らせるのは、体技を以ってするしか他に方法はない。

「それじゃ教えてやる。しかし、柔道場がなければ、危険過ぎて教えてやれない。どこか、柔道場が設置できる場所を探して来い。」

シッピング部と原油生産部の若手従業員が探し出して来たのは、鉱業所開設初期の頃、従業員の食堂として使用していた廃屋であった。開かずの倉庫となっていた廃屋に少々手を加えれば、四十畳のスペースを確保できる目算が立った。

道場の開設に当たっては、二十四枚しか畳は入手できなかったが、小規模の柔道活動は可能である。柔道文化の無風地帯に柔道場を設立したことに、音在は昂揚を感じた。そして、道場の繁栄を示すかのように、畳の数は一年後には四十畳に増やすことができた。

シッピング部のスタッフを中心とした弟子たちへの指導から出発した音在の柔道活動は、噂好きのアラブ人社会にたちまち広がって行った。指導を始めて半年後には弟子の数は三十名を越えて、カフジの村にたった一軒だけある物置のような運道具店が、何と韓国製の薄っぺらい柔道着を置くようになった。柔道など存在しなかった世界の田舎に、柔道着の需要を創造したかと思うと気分は悪くなかった。

浩一郎が五歳になるのを待って、音在は自分の古い運動着の生地をほぐして、美知子に子供用の柔道着を縫わせた。柔道の指導は年とともに充実して、弟子の数は増加していた。稽古の安全を確保するために、大人、少年、子供の三組に分けた弟子たちを別の曜日に教えていたのだが、浩一郎だけは外国人との交流を刷り込むために全てのクラスの稽古に連れて行った。師範の息子であるから、浩一郎はアラブ人たちに非常に可愛がられた。アラブ人と日本人が一緒に居住するカフジの社宅地区では、日本人がマイノリティであるがゆえに、アラブ人の悪ガキによる日本人子弟への苛めが日本人社会の最大の問題であった。

しかし、幸い浩一郎にはこの種のトラブルは全く無縁なことであった。音在の一回目のカフジ勤務四年間には、弟子の数は最終的には二百名に達していた。当然のこととして、弟子たちは音在の強さと優しさを敬愛していた。

話題の少ないカフジのこと、大家族で住まいするアラブ人の弟子たちが家に帰って音在の噂話をするから、本人が知覚しているより遥かに大勢のファンが存在していた。稽古のない日に音在が仕事から帰ると、よく浩一郎が報告した。

「お父さん。誰かよく知らないけど、アラブ人がボクの頭を撫でてったヨ。」

ボランティアの柔道指導に対して、これ以上は望めないほどの報酬だった。

定着した柔道活動が評判を呼び、音在は現地人社会からデモンストレーションを二度ばかり依頼されたことがあった。最初は、アラブ人小学校からの運動会におけるイベントの依頼であった。話は簡単である。音在道場の子供の部で稽古をしいるアラブ人の弟子たちを主役にして演武させるだけのことだ。音在が大技で散々に投げ飛ばされていれば、アラブ人父兄からなる観衆に大受けすることは間違いない。

ただひとつだけ面倒臭いことがあった。四十畳の柔道畳を道場からアラブ人小学校まで移設しなければならないことだった。しかし、デモンストレーションの意義に賛同してくれた基地施設部の広谷がトラックを出してくれたし、大人の部の弟子たちが音在の晴れ舞台だとして協力を惜しまなかったので、舞台は簡単に整えられた。それでも、デモンストレーションの当日、たったひとつだけ読み違いがあった。音在が演武に入ろうとすると、何やらザワザワと観客席が騒がしい。

明らかに柔道演武を歓迎するざわめきとは異質のものだった。浩一郎も一緒にデモに参加するからと、美知子が由紀子を連れて観戦に来たのが問題となったのだ。現地の風習で、公式な場所で男女が同席してはならない。アラブ人の母親たちは現地の風習に従って、黒いロングドレスを着て足首も見せず、アバーヤという黒い被り物をして目だけを出して女性専用の場所で観戦しているのだが、美知子は質素ながらも日本人として普通の服装をして男性の観衆席の傍にいたからだ。気配を察した広谷の依頼により、観衆の中で一番の長老格のアラブ人鉱業所副所長が全観客に対して話をつけてくれた。

「ここにおられる日本人女性は、柔道師範のミスター・オトザイの奥さんだ。今日のデモには息子さんも参加するので見に来られたんだ。今日のデモに参加する三十人もの我々の子供たちが、ミスター・オトザイにいつも柔道を教えて頂いているんだ。日本人のことでもあるし、今日の奥さんの参観だけは特例として認めようではないか。」

運動会を盛り上げる協力に対して心外な思いを味わされたものの、長老の演説で観衆が納得したのを確認して、音在は演武に入った。感情の現し方が派手すぎるアラブ人の父兄は、自分の子供が音在を投げ飛ばすと大声で興奮する。

「おい！　皆、見たか！　今、師範を投げ飛ばしたのが、俺の七番目の息子モハマッドだ！　おい、見たか！」

音在にはそれが解っているから、弟子たちの投げ技と同調しながらも、実はその技とは全く関係のない音在自身の動作で大きな前方回転受身を取ってデモを盛り上げた。デモに参加した子供たちが喜んだのは当然だが、父兄たちの方がもっと大喜びする行事となったと観察された。


音在が、再度柔道のデモンストレーションの要請を受けたのは、カフジ最大の行事であるカフジマラソン大会の日であった。

サウディアラビアの国技はサッカーである。カフジのような田舎町にも、サッカー場だけは町に不釣合いなほど立派な施設が設けられており、カフジマラソンのゴール地点には、このサッカー場が当てられていた。

音在が面白いと思ったのは、マラソンは折り返しコースでは行われず、大型バスを使って選手たちを十五キロ離れたスタート地点まで運んで行ってから競技が始まることであった。これは、神のご意思が下ったと選手自身が判断してしまえば、コースをショートカットして帰って来る恐れがあるのを、大会主催者自身が良く解っているからである。従って、サッカー場で待つ三千人の観衆は、何時競技が開始されたかをはっきり知らずに、ぼんやりしながら選手たちがゴールして来るのを待つという、日本では考えられない競技運営法であった。優勝者には、オイルマネーで潤うサウディアラビアらしく、シボレーの高級車カプリス（邦貨換算約五百万円）が賞品として授与されることになっていた。実はマラソンが得意な音在は、賞品に目が眩んで、自分自身が日本人として最初のマラソン出場者となろうと考えていた。柔道の弟子の中で足の速い者を数名選んで、大会の二か月前から彼らと一緒に走り込んでいた。

ところが、大会事務局から鉱業所の政府関係部経由でデモンストレーションの公式要請状が届いてしまった。アラブの地で柔道を指導する上でこれも良い記念になると思われたので、マラソン出場は断念して、音在は四十畳の畳とともにサッカー場へ赴いた。マラソン選手たちがゴールするまでの空き時間を有効に活用したいという、大会事務局の要望であったのだ。

柔道と空手道の区別もつかない大観衆相手に、あまり理屈っぽい型や演武をして見せても理解されないと思われたので、デモには素人受けする内容を盛り込むことにした。ウォーミングアップにはヘッドブリッジで反対側にぴょんぴょん飛んで見せたり、弟子たちを屈ませておいた上を前方回転受身で大きく飛び越してバシッという鋭い音とともに直立して見せた。成人の部の弟子たちを相手にした五人掛けでは、各種の技で連続して放り投げて技の解説を行い、少年の部の弟子を相手にした五人掛けでは逆に散々に投げ飛ばされた。『ウォー!!』という大観衆の歓声を楽しみながら、デモが進行したかというと、残念ながら必ずしもそう旨くは運ばなかったようだ。素人にも柔道を理解させるようにと、音在はデモンストレーションの進行に合わせたナレーション原稿を英語で準備した。大観衆の大部分は英語では解らないので、シッピングの部下にさらにこれをアラビア語に翻訳させたものを大会事務局に手渡しておいたのだ。ところが、大会事務局の説明担当者が大観衆を前にして、完全にあがってしまった様子であった。マイクを通しての説明が、あっという間に終わってしまい、ここで喋って欲しいと音在が考えているタイミングにはナレーションが同調せず、説明役は沈黙していた。従って、音在はしばしば演武を中断して、アラビア語になっているナレーション原稿を差し示しながら説明役に文句を言わなければならなかった。

「おいおい、お前いったい何処を喋っているんだよ。これから『背負い投げ』をやるんだから、この行からこの行までの間をもう一度読んでくれ。」

それでも、大観衆にとっては概ね好評の内にデモは進行した。その証拠に観客スタンドから沢山の見物人がグラウンドまで降りて来て、四十畳の柔道畳の周囲を取り囲んだ。

カフジ最大の行事であるから、主賓には国王の親戚に当たる東部州知事のムハッマド殿下やカフジ地区のアミール（土侯）であるカーリッド殿下が臨席していた。両殿下から音在に対しては拍手と握手に引続いて、感謝のスピーチを以って協力への謝意が示され、音在にはアラブの地における柔道指導の上でまたとない良い思い出となった。参加したアラブ人の弟子たちにとっても、州知事殿下の目の前で行った演武は忘れることのできない行事となったに違いない。

ひとりだけ子供として参加していた浩一郎の存在は、観衆たちにはほのぼのとしたユーモア溢れる点景として映っていた。

第14章　尾張社長の現地出張

「音在さん！　話を聞きましたか!?」

シッピング部の音在の部屋に飛び込んで来るなり、稲垣が大きな声で叫んだ。

音在が書類から目を上げると、憤懣やるかたないといった怒りの表情を露わにしながら稲垣がたたみかけてきた。

「なんだい？　稲垣くん。まあ、座れよ。いったいどうしたっていうんだ。」

「音在さん、聞いて下さいよ。夕べ、真田部長たちと麻雀をしていたんです。そうしたら、真田さんが麻雀に熱中していたものだから、ついポロッと秘密を喋ってしまったんです。危険手当が半分になるらしいですよ。冗談じゃありませんよね！　従業員を死ぬかも知れないこんな危険な場所に縛りつけておいて。会社側のせめてものお詫びの意思表示がダブルペイメントじゃありませんか。来週、尾張社長が出張して来るらしいんです。湾岸危機が勃発してから一か月半も経つというのに、社長のくせにやっと初めて現場に来るんですよ。やっと現れると思えば、手土産は危険手当の半額削減ですって。僕は許しませんよ。それでも社長かって言ってやりますよ。」

「本当か、それは。だとすれば由々しき問題だ。自分は死ぬ心配のない、安全圏にいる連中が安易な方針変更をしやがったな。明日の夜に城戸専務から説明会の招集がかかったのは、湾岸情勢の解説じゃなくって、金の話って訳か。でも、本当かい。確かにタイコーさんが、そんなことを言ったのか？」

「本当ですよ！　ポロッと喋っちゃってから、慌てて口を押さえていましたが、僕はハッキリ聞きましたからね。」

だからこいつは駄目なんだと、音在は内心考えた。法律知識はそこそこ持ち合わせているから結構良い仕事をするのだが、如何にも視野が狭くて人間が軽い。スキャンダルと噂話が大好きで、特にストレスを与えると、誰彼なしに喋りまくって憂さ晴らしをして、気分を紛らわせる自分の癖が全然見えていないのだ。

営業部と野上課長の不誠実に対する怒りと宣戦布告を一番効果的に表明し、しかも一万キロ離れた本社まで伝えるために、稲垣のスキャンダル好きを先月利用したばかりだ。危険手当の半額化には自らも怒りを感じる一方で、音在は内心可笑しくなった。野上への宣戦布告を稲垣に漏らした翌日には、直ちに本社に噂が伝わっていた。音在には、うっかり口にしたふりをして、稲垣を放送局として利用している真田部長の腹の内は読み切れていた。

イラクの暴虐を弾劾する国連安保理決議の決議によって結成された多国籍軍は、隣接するサウディアラビアの砂漠にその布陣を着々と展開しつつあった。しかし、多国籍軍を構成する主要国は各々、自国民を人質に取られていた。

イラク政府に対して軍事的なプレッシャーをかけて、クウェイト侵攻の正当化を許さぬ姿勢を見せつつも、開戦の積極的意思表示は差し控えなければならない時期が続いていた。

鉱業所従業員への危険手当であるダブルペイメントは、百三十名という人数を考えると、会社にとって大変な負担でもあった。もし、危機が長期化し一年間も続くようであれば、本来の鉱業所従業員の人件費以外に年間十億円以上の危険手当が必要となってしまう。しかも、不幸にして現場が戦闘に巻き込まれて死者でも出れば、ひとり当たり一億五千万円の弔慰金も支払わなければならない約束になっていた。人質解放のために見せかけの緊張緩和を演出した結果、戦争突入の危険が暫く薄らいだと見られるこの時期であった。死に直面していない本社の判断は、危険手当を半額に削減するべしとの結論に到った。

湾岸危機勃発以来一か月半経って、初めて最高責任者である尾張社長が現場激励にカフジを訪れるのだが、皮肉なことに危険手当て半額化の決定を伝える使者の役割を演ずることになった。現場責任者たる城戸専務は、明らかに予想される従業員の猛反発をもって遠来の社長に恥をかかせるわけにはいかなかった。

従って、城戸は社長の訪問三日前に、危険手当ての扱いに関する会社方針の説明を行わなければならなかったのだ。感情的対立を極小化するために、城戸の懐刀である真田は必死で対策を考えた。説明会において初めて危険手当の半額化の話を聞けば、従業員の怒りは一瞬にして爆発し、そのベクトルは城戸ひとりに集中する。これは余りにも危険である。まさか暴力に及ぶ者はいないだろうが、どうにか保たれてきた人の和は瞬時に崩壊してしまう恐れがある。それを未然に防止するためには、事前にさりげなく話をリークして噂を広めることだ。個々人の耳に噂が届くのにはタイムラグがある。怒りを分散して湧き出させておけば、噴出した怒りの全量が一瞬に城戸を襲うことはないはずだ。

戦略家の真田は、その夜の麻雀のメンバーに稲垣を加えることにした。

半チャンを四回勝負したが、余り浮き沈みのない膠着状態にある局面で、真田はため息をつきながらポロッと独白した。

「アーア! 今度、危険手当の支給が半額になるらしいんだよなあ。まあったく。まいった、まいった。」

「エエッ! 真田さん。それ、どういうことですか?」

牌を引いてこようとしていた稲垣の手がピタリと止まった。真田は慌てて自分の口を押さえた。

「ウン? あ、いけねえ。つい、余計なグチを喋っちゃったかなあ。だけど、会社方針だって言うんじゃあ、ま、しょうがないってことかなあ。」

「そりゃあないでしょう! 本当に、本当ですか!?」

真田の城戸を思い遣る深い戦略はこの一言で十分な効果を導いたのであった。

真田に見込まれた稲垣の抜群の働きのお陰で、翌日の夕方を待たず、鉱業所の全従業員にこのニュースは知れ渡った。

カーテンを引いた日本人食堂に全従業員が集まった。事前に説明内容を知って集まった従業員の間には異様な雰囲気が昂まっていた。

城戸専務は聞き手の肩の力を抜かせるように、にこやかに話し始めた。

「皆さん、大変な状況下、各自の職場を死守して操業継続のために頑張って貰っていることに、心から敬意を表します。週明けには尾張社長も現地政府との折衝も兼ねて、皆さんを励ますためにカフジを訪問されることになっています。その前に私から、最近の湾岸情勢への分析と、ひとつだけ皆さんにとってはちょっと苦い話をさせて頂きます。」

　そーら始まったと、従業員たちは一斉に緊張した。

　城戸は三百キロ南方のラス・タヌラで操業する世界最大の産油会社サウディ・アラムコの事例を引いて説明を試みた。

「アラムコの危機対応について、先日意見交換する機会を得ました。アラムコでは、関係者の間での危機認識の容易化のために、危機のグレードを色で現すことにしているそうです。危険の大きな順に黒、赤、黄色、青なんだそうです。黒が戦争状態、赤が限りなく戦争に近い危機的状況だそうで、アラムコでは現在の状況を黄色と定義しているそうです。アメリカ人従業員だけでも千名近く働いているアラムコのことですから、この判断は多国籍軍のリーダーでもあるアメリカが当面戦争状態に入る意思を有していないことを示していると見て差しつかえありません。従って当社も本日をもって、危機レベルは黄色と判断します。アラムコは、黒から黄色までの危機段階に応じたペイレベルを設定しています。当社もこれに倣うことに致しました。危機段階の赤レベルは給与の二倍支給でいわゆるダブルペイメントですが、黄色レベルでは危険手当は半額とします。つまり、給与支給額は五割増しとなります。危険手当の取扱いは湾岸情勢の推移を見守りながら、その都度決めて行きたいと思います。」

　従業員たちは、「ウワアア」と一斉に不満の声を上げた。

「専務、質問！」

　企画部の白石が待ち構えていたように、手を挙げた。論理的な思考と爽やかな弁舌をあわせ持つ白石は、普段からも論客で通っていた。湾岸危機以来のこの種の会合ではいつも適格な質問をして、従業員の仲間たちの信頼を集めていた。概して口下手な技術屋の従業員が多い中で、白石の質問は仲間たちの効率的な代弁として働いていた。

「城戸さん。アラムコでは、とおっしゃいますが、三百キロ南に位置するアラムコはいわば安全圏です。もし、イラク軍が事を起こして国境を越えて来ても、すでに多国籍軍は世界最大の産油会社のアラムコを防衛する布陣を敷いています。アラムコ従業員は守られているし、もし、退避するとしても時間を十分にとれる立地条件にいます。その点、我々は国境から僅か十八キロしか離れていないんですよ。天下のアラムコの危機管理体制や定義付けがどれだけ立派であったとしても、それがそのままカフジに通用するとは考えられない。アラムコ流に危機レベルを表現するならば、カフジは立派な赤レベルです。危険手当の半額化は我々の実情に合っていない。我々は承服できません。」

「そうだ！　そうだ！」

理路整然とした弁舌に、詰め掛けた従業員たちは、同調の叫びを上げて、一斉に拍手をした。城戸は痛いところを突かれ、見る見る不機嫌になった。これは合議の末に、何か結論を導き出そうと言うための会合ではなかった。選択肢の殆どない多難な状況の中で、会社は常にギリギリの検討の末に方針を出している。何でそれを理解しないのかと、城戸は焦るよりも怒りを感じていた。

従業員たちに対しては、敢えて苦いことを言わざるを得ない立場であったが、城戸は城戸で、現地事情もわきまえず的外れな指示を送ってくる本社には、度々怒鳴り返していたのを従業員は知らなかった。

「現場のことも知らないで、本社は何だ！　現場のことには口を出すな！」

緊迫化した状況の下で、これは城戸の口癖となっていた。

いわゆる優秀なサラリーマン出身の多い歴代現場責任者の中で、この台詞を口にして本社に対して大見得を切ったのは城戸だけであった。

「距離の遠近の問題ではない。イラク軍はさらなる南進の兆候を見せていないし、多国籍軍のリーダーであるアメリカが今のところ反攻の意思を持ち合わせていない。それが解っているから、アラムコが危機レベルを赤から黄色に下げたのだ。」

必死の城戸の説得にも、従業員たちの表情は硬いままで軟化の兆しを見せなかった。城戸は、従業員説得の切り札を切った。

「皆、自分たちのことばかり考えてものを言っているが、藤堂くん始め今イラクで人質になっている仲間たちのことを考えてみろ。あんなに危険なところで耐え忍んで頑張っている同僚だっているんだぞ。」

この発言は、かなりのメンバーの心情に訴えた。親しい同僚たちは、我がことのように藤堂たちのことを毎日心配していたのだった。しかし、急進派従業員からは、依然としてヤジが飛んだ。

「問題が違うじゃないか！」「論理のすり替えだ！」

説明会が終わって、従業員たちはいつもの溜まり場であるリーダーの部屋に集まった。どの部屋においても、交わされた会話は同じであった。従業員たちは声高に会社の方針変更を非難して、罵ることで新たに被ったストレスを発散した。比較的冷静な男たちは、怒鳴っているだけでは何の事態の打開にも繋がらないことを知っていた。従業員たちの怒りを書面にして、日本人会一同の名前で城戸専務と尾張社長に提出することで、事態を打開しようということになった。

翌朝から、世話役たちが抗議文の取りまとめに、各分会ごとに職場を回ることになった。音在の属する分会の世話役は海上測量エンジニアの大林であった。

「音在さん、頼みますよ。僕ら技術屋は文章が下手ですから。音在さんみたいな筆の立つ人に名文章を書いて頂いて、会社に従業員の心情をハッキリ理解させて、危険手当の削減などという愚策を撤回させるようにして下さいよ。まったく、本社はこの状況を何と考えているんだ。」

依頼を受けて、音在は抗議の文章を捻り出す作業にかかった。

『本社の湾岸危機への認識及び今回の危険手当半額化の通知に関して、カフジ鉱業所従業員一同は抗議の意思を表明するために一筆啓上する。会社を巡る諸情勢に鑑み、生命の危険に満ち満ちた環境下においても、我々は最後まで任務を完遂する所存である。事業の存続を確保するために、操業継続する必要は論をまたない。現場の従業員たちにここまでの決意をさせている会社としては、当然最大限の誠意をもって臨んで然るべきである。もし、会社が危険手当予算の負担に対処し切れず危険手当を減額しようというのなら、社長たる者は家屋敷を売却してでも財源を確保して、経営者としての決意と覚悟を従業員に現すべきである。』

サラサラと書き上げた抗議文を読んで、大林は喜んだ。

「さすが音在さんだ。この通りですよ。早速、小此木会長に提出してきます。今日中に各分会から集まった抗議文をもとに日本人会としての意見書を完成して、明日の朝小此木会長と分会幹事たちが城戸専務と話し合うことになっています。経過については、その都度ご報告します。」

日本人会会長の小此木の立場は、微妙で複雑なものとなった。開発部長の小此木は、従業員の生命安全確保に関する会社方針には大いに不満を感じていたが、同時に会社とサウディ政府との力関係の限界も知っていた。

一様に会社方針に不満を抱いているとは言いながら、従業員たちの思いには強弱濃淡があり、必ずしも一枚岩ではなかった。小此木自身は、どちらかと言うと中庸派であったのだが、立場上、精神的に不安定になっている者まで含めた全従業員の意見代表として城戸専務との交渉に臨むことになった。

日本人従業員たちからの抗議文の提出を受けて、城戸は激昂した。

「なんだ！　小此木くん。若い従業員からの悩みや泣き言を聞いてやってなだめるのが、君たちの世代の役割じゃないか。それを、若い連中と一緒になって、抗議の先頭に立つとは何事だ！　会社の置かれた状況を君は解らないのか！」

「城戸さん。お言葉ではありますが、それは状況によりけりだと私は思います。

平時でのカフジであれば、それは城戸さんの仰る通りです。しかし、今は戦争に巻き込まれるかも知れないのに、従業員を押し止めている状況です。私は、従業員個々人が言いたくても言えないでいるようなら、彼らの意見を城戸さんに伝えてあげるのが私の役割だと思っています。」

両者の見解は完全にすれ違っており、交渉の余地はまったくと言って良いほど見出せなかった。小此木たちは、日本人会会員である従業員有志がしたためた抗議文をそのまま城戸に手渡して退出した。

城戸には、昨夜示した方針を軌道修正する気持ちはさらさらなかったので、陪席した真田部長と奈良室長に抗議文の束を代わりに読んでおくように指示した。真田と奈良は、置いていかれた抗議文を精読したのだが、特に若手社員の歯に衣を着せない激しい文章に驚いた。音在の文章も痛烈な方針批判となっており、その表現は最も過激なものだった。中には、広谷の文章のように、自らの安全確保をさて置いて、不急要員の退避を訴える人柄の溢れた名文章もあった。両部長は急進派への個別対応の必要を城戸に進言した。数日後に出張して来る尾張社長を迎える上で、間違ってもいきなり吊るし上げを喰わせるような事態は避けなければならなかった。

デスクで打ち合わせ中であった音在のところに奈良室長から電話が入った。

現業業務の性格上、調整室長から電話があるのは珍しいことだ。

「ああ、音在くん？　忙しいところで悪いんだけどさ、城戸さんが音在くんと話がしたいと仰ってね。チョット今から時間を作ってくれないかなあ。」

駐在代表専務からの呼び出しとあれば致し方ない。打合せを中断して、音在はシッピング事務所から歩いて五分程の本館に向かった。

話は、昨日書いたばかりの抗議文についてであるに違いなかった。しかし、日本人会は、集めた抗議文を集大成して意見書を提出するものと聞いていた。

音在は、真田、奈良両部長が最も過激な文章として音在の抗議文を選び、それが今、城戸の手の中にあるとはまったく想像していなかった。

相手は城戸ひとりかと思ってドアを開けると、専務室にはお歴々がズラリと揃って音在を待ち構えていた。城戸専務、田尾鉱業所長、山田副所長、真田部長、奈良室長たちであった。本来なら同席しているべき最上級幹部の敦賀が加わっていなかったのは、敦賀は実務一辺倒の男であり、こうした政治的な駆け引きの場には不向きであったことと、交渉対象の一番の大物が音在であったからだ。それが実直な上司である敦賀が外された理由であった。

その会合とは、意見交換のためではなく、いわば被告席に問題児を座らせて、尾張社長の出張までに異論を押さえ込んでしまう目的であることは明らかであった。

城戸が老獪に話し掛けた。

「音在くん。大変な環境の中で、本当に頑張ってくれていると感謝しているんだが。その君から、こんな抗議文が出て来たんでビックリしているんだよ。いったい何を言いたいんだか良く解らないんだよネ。」

解るも解らないも、書いてある通りだ。それ以上でも以下でもないと、音在は内心思った。一緒に苦労している仲間じゃないかと、音在を巻き込もうとする城戸の巧みな呼びかけを感じた。それでは自分も城戸と苦労を共有している仲間として、同じ論法で城戸に迫ろうと音在は切り返した。

「城戸さん。泣き言を聞いて貰おうとしてその文章を書いた訳じゃないんですよ。最後まで、お互いの任務はまっとうしようと言ってるんですよ。この危険極まりない厳しい状況の中でも、日常の業務を通じて我々は覚悟の程を会社に示している訳です。湾岸危機が勃発して、城戸さんは休暇を中断してカフジに戻られた日に、我々の前で『最後まで残るのはこの私と田尾鉱業所長だ！』と宣言して、覚悟を我々に示されたではありませんか。今、僕が会社に求めるのは、覚悟の程を示してみろということです。危機勃発後、一か月半も経ってから初めて社長が現場に来る。しかも、お土産は、危険手当の半額減額です。我々が、何だこれはという印象を持っても当然じゃありませんか。だから、最高責任者は家屋敷を売り払ってでも、危険手当の原資を作ってみせるくらいの覚悟を見せてみろと言ってるんですよ。」

常に当事者となることを避けている田尾は、音在の弁論をニヤニヤした表情で聞いていた。

『こいつ、巧いこと言い逃れするわい。』

城戸は、音在がアナーキズムに発する抗議文を書いたのではなかったことを確認して、譲歩を求めて来た。

「音在くん。別に、危険手当の原資がなくて半額にするんじゃないんだよ。一昨日の夜に説明したように、米軍事情にも精通しているアラムコの状況判断を参考にした上での方針決定であることを理解して欲しいんだなあ。それより音在くん。シッピングの責任者として、今非常に厳しい状況の中で大健闘してくれていると聞いているんだが、君の怒りはもっと建設的な方向で発揮してくれないかなあ。」

これは、賢明な指摘であった。音在は、城戸の眼を見据えて、暫く考えた。

「城戸さん。ご承知かと思いますが、今僕は非常に困っています。長らくシッピング業務を実質的に支えていたパレスチナ人スタッフたちが、クウェイトに居て生死不明であったり、苛めに遭って辞職したりして六名が全員居なくなりました。必要な時には僕自身がナイトシフトに入って、不足人員のカバーをしなければなりません。原油出荷を中断させたくなかったら、営業部の若手を順番にリリーフに送り込んで来いと営業部長に要求しましたが、安全な本社にへばりついているだけで、サッパリ協力がありません。社長が来たら、家屋敷を売れと言う代わりに、営業部の若手を順番にシッピングに送り込んで来いと要求しましょうか。城戸さんも応援してくれますね。」

「そうそう！　音在くんには、そういう建設的な見地に立って物事を考えて欲しいんだよ。」

　この会合は双方にとって意義あるものとなった。

　湾岸危機勃発以来、時々行われる説明会において、音在は意見を述べる常連のひとりであった。城戸にしてみれば、音在は事前にストップを掛けておかなければ、社長が相手であっても抗議文に書いた通りの意見を平気で開陳しかねない問題児でもあった。

　一方、シッピングの責任者である音在は、パレスチナ人の部下たちの逃散にあって困り果てていた。本社営業部の非協力的な態度に怒りは爆発寸前であったのが、要求実現に協力するという城戸の言質を引き出せたのだ。しかも、社長に話をするなら、そういう建設的なことを言えとの推奨まで得ることができた。

『そうだ、それが良い。社長に直訴だ。』

　音在は、城戸からの説得に譲歩した。

尾張社長のカフジ従業員への激励のための説明会は、珍妙なものとなった。

　城戸専務の事前工作が功を奏して、過激な質問や発言は出なかったものの、あたかも事前に示し合わせたかのように、従業員の反応はこれ以上ないほど冷たいものであった。

　定刻となり、司会の真田部長に促された尾張社長は、立ち上がって挨拶した。

「えー、皆さん。こういった席では、何とご挨拶したら良いんでしょうかネエ。」

　二回目のカフジ赴任の前には、広報課長代理として尾張に直接仕えた経験のある音在には、尾張が精一杯のジョークを振っているのが解った。

　優秀なサラリーマンであるのなら、音在はここで大笑いしてみせて尾張の気持ちを和らげるための突破口を作ってやらなければならなかった。しかし、危険手当の件があって、心から社長を歓迎する気分にはなっていなかった。

　集まった従業員たち全員は、不気味に沈黙したままジッと尾張の目を見つめて視線を外そうとしなかった。百三十人の二百六十本の視線がピタリと一点、刺すように尾張の目に集中していた。

「エ、エエッ、エー……」

尾張の顔は、見る見る内にこわばった。可哀想なほど、しどろもどろの湾岸情勢の説明をしてから、尾張は挨拶を締めくくった。

「皆さんも大変でしょうが、健康に留意されて、難に耐えて頑張って頂きたい。」

当然のことだが、拍手は全く起きなかった。本来ならば、それから質疑応答に移るのだが、状況を読み切っている司会の真田が早めに説明会を締めくくった。

「社長には、カフジ到着直後の大変お疲れのところ、安定操業維持のための問題点などについてお話を聞いて頂けることになっております。ついては、迎賓館のジャジーラ・ハウスに席を移して、寛いで頂きながら話を聞いて頂きます。希望者の方は、どうぞ出席して下さい。」

巧みな誘導だと、音在は思った。従業員たちは何と説明されようが、危険手当問題は納得していなかった。もし、長々と質疑応答を続けようものなら、いつ風向きが変わって数の力で吊るし上げが始まるかも知れなかった。とにかく、これで社長が現地を見舞った実績は作れた訳だし、全体会議は早めに終了させるのに越したことはない。場所を移しての懇談会となれば、わざわざ出席するのは余程問題意識のある従業員だけに絞り込める。

『こんな馬鹿な経営者を相手に、何を言っても無駄だ。』

失望を感じた大多数の男たちは、各々の溜まり場に散って悪口に憂さを晴らすだけである。真田の読み通り、二次会の会合を行う迎賓館には、音在を含めた五名しかついて来なかった。

集団が発するプレッシャーから解放されて、尾張も若干元気を取り戻した。

「その後元気かね、音在くん。」

顔ぶれの中に旧知の音在を見つけて、尾張は話の糸口を求めるように声を掛けた。交渉とも懇談ともつかないような妙な会合を城戸が取り仕切った。

早速、カフジ随一の論客をもって鳴る白石が、本社の危機認識の甘さと危険手当の取扱い方の不当性について論陣を張ろうとした。

社長のお供で出張に随行している、秘書課長の久家が能吏らしい牽制を試みた。

「フウン、いつも発言するメンバーって、決まっているんだね。」

白石が激怒した。鋭く久家を指差して、言い返した。

「問題発言だ！　こちらが真剣に意見具申しているのに、何だ！」

いかにも本社という安全圏から来た秘書課長らしい、社長に対するこのあからさまな点数稼ぎは音在にも不愉快千万であった。

尾張自身も、現地従業員の心理をこれ以上逆撫でする言い方はないといった大失言をしている自分に気がつかなかった。

「ジュベールのペトロケミカル・プロジェクトの日本人たちが集団で退避したそうだが、リヤドまで逃げてからサウディ当局につかまって、またジュベールに連れ戻されてしまったそうだな。やっぱり、こんな時に逃げても駄目なんだよ。」

これは明らかに、死ぬ心配のない本社にいる人間の発想から出た言葉であった。

本社の人間が今、たまたま一泊二日の出張でカフジに来ていて対話しているだけのことだった。

カフジの南方二百五十キロにアル・ジュベールという工業団地がある。

サウディアラビア政府は工業立国推進のために先進外国企業の進出を切望しており、ジュベール地区の水・電気・道路・敷地などの産業インフラを整備して受入れ体制を整えている。ここには、サウディアラビア最大の海水蒸留プラントも設置されていた。

世界最大の産油会社であるサウディ・アラムコはジュベールに隣接したラス・タヌラにあり、石油生産に伴って産出される随伴ガスの利用に着目したサウディ政府は、菱和グループに石油化学事業のジョイント・ベンチャーの設立を持ちかけた。二次に及ぶフィジビリティ・スタディーの結果、遠慮したいと逃げを打つ菱和グループに対して、原油の政府直接販売（ダイレクト・ディール）の付帯条件をつけることによって実現したのがシェイクとアル・シャマリアという二つの石油化学プロジェクトであった。

湾岸危機勃発時は、たまたまシェイク・プロジェクトの第二期工事に当たっており、三十名の日本人が建設工事に従事していた。カフジから二百五十キロも南の安全地帯にあるにも拘わらず、菱和グループは逸早く退避の決断を下した。

しかし、日本人だけ退避するとは何事かと、首都リヤドまで到達した一行は政府命令で再び現場まで連れ戻されてしまったのだ。

　音在は、シェイクの日本人技術者たちの心情に思いを致した。人間、痩せ我慢を張っているうちは、精神的には強い。一旦、これが崩れて退避に移った場合、退避がまっとうできなければ、精神的には最悪な状態になるはずである。

　一度耐え切れなくなった我慢を立て直すのは、至難の技であるに違いなかった。

　多分、シェイクの現場の従業員たちは拘束性ノイローゼに陥った男ばかりであろう。この人情の機微を他人事と思えずに同情するのは、カフジで今まさに苦難に耐えて頑張っている音在であり、まったくの他人事として、あれじゃ駄目だと発言するのは本社の人間であった。不満と不安は呪縛のように纏わり続けたが、自主的操業継続の基本線は維持して、少なくとも自治権を会社側に残しておかなければ大変なことになると、音在は再度認識した。

　すっかり座が白けたのを機に、城戸が話の流れを作った。

「そう言えば、音在くんは何か社長に聞いて頂きたい話があるんじゃなかったっけ。」

「はあ。操業継続という観点で、私からひとつお願いがあります。ただし、これだけは、絶対お聞き届け頂かなければならない問題です。」

　一番嫌な話題である危険手当の話ではなさそうなので、安心する反面、音在が何を言い出すかと尾張は緊張した。

「社長。今、私は原油出荷業務の責任者として、本当に窮地に立たされております。二十二名の部下の内、六名がパレスチナ人でした。アラファト議長がイラク支持の旗色を鮮明にした結果、パレスチナ人たちはイラクを除く全アラブを敵に回すことになりました。周囲からの苛めや嫌がらせに遭い、生命の危険を感じるとして、この六人全員が辞めてしまいました。シッピング業務はタンカーが来航すれば三直交代で運営しなければならず、普通のアラブ人よりもハングリー精神に溢れた彼等がこの業務の実質的な担い手であったので、今、シッピング部は壊滅的な打撃を受けております。鉱業所内でのスタッフの転属については、城戸専務にお願いしておりますが、この状況下ですからなかなか実現できません。一方、営業部長には人員補充ができるまでの間、若手部員に二か月ずつの短期ローテーションで出張させろと申し入れましたが、彼が何と答えたと思いますか？『そんな危険なところに若手を出張させたら、会社を辞めちゃうよ』だそうです。」

「ほう、そんな状態で苦労しているのか。」

「そもそも、湾岸危機勃発時に野上課長に対しては、船積み作業の緊急時対応についてのレギュレーション変更の申し入れを行ったにも拘わらず、一か月半経った今日に到っても野上自身から何の返事も受けておりません。この営業部の不誠実に対しては、私は暴力をもって対処すると通告してありますので、社長もご承知置き下さい。営業部は自分たちに都合の良い範囲でのみ仕事をしたがっています。しかし、営業活動の締め括りである原油出荷業務はシッピング部が担当している訳です。原油出荷の船積み書類の署名者である私を怒らせて、私が手を引いたら原油販売はストップするということを、本社にお帰りになったら営業部長に教えてやって下さい。若手社員を順番に助っ人として送り込んで頂きたい。」

窮状は社長に理解して貰えたようだった。有難かったのは、城戸がさらに助け舟を出してくれたことだ。

「鉱業所の中では、普段でもシッピングは三直勤務の大変な職場なんですよ。私からも営業部長には良く言っておきますから、ひとつ社長からも宜しく言ってやって下さい。」

音在は、何とか現状が打開できそうな明るい予感がした。尾張社長のカフジ出張を労う気持ちが初めて湧いてくるのを覚えた。

第15章　営業部の恭順

尾張社長は城戸と音在の申し入れを容れて、早速行動を起こした。

思えば、尾張の現地出張において、音在の直訴は業務上の真剣な悩みを抱える現場と交わした唯一の実のある対話であった。尾張が最高指揮権を発動した証拠に、尾張が帰国してから十日目に営業部長の山路が、情報交換と称して出張して来た。山路はカフジに来たことはあっても、鉱業所の外れに位置したシッピング事務所まで訪れたことは、かつて一度もなかった。

その出張においても、山路としてはできれば城戸専務への挨拶だけで済ませたいところであったが、積み重なった状況がそれを許さなかった。城戸からも、必ず音在に一言挨拶しておくように釘を差された。

「音在くんがカンカンに怒っているぞ。営業部はシッピングのバックアップに、最善を尽くさなければ駄目じゃないか。」

山路がカフジ入りしたという情報は入っていたが、音在にとって予期せぬことに、山路がシッピング事務所を訪れた。部屋に入って来るなり、挨拶の言葉もなく、山路は音在のデスクにガバッと手をついた。

「音在さんのおっしゃることは、何でも聞かせて頂きます！」

「何ですかいきなり、山路さん。手なんかついて。ハッキリ申し上げて、野上の不誠実に対してはただじゃ済まさない。しかし、僕は山路さん個人には取り立てて恨みはないんですから。要は、早く応援要員を送り込んで貰えればそれで良いんです。」

「そのことだけれど、いつぞやは電話で失礼しました。現地事情が良く解っていないところもあったものだから。」

「若い連中から順番にシッピングに送り込んで下さい。こんな死ぬかも知れないところに特定の社員だけを長期間貼り付けにしたら不公平になるから、二か月交代で出張させるのはどうですか。」

「ノイローゼにでもなられたら困るからそうさせて貰います。出張期間は一か月半でどうでしょう。最初は茂田を出張させることにしたいと考えますが、音在さんはどう思われますか？　そのつぎは神永が適任だと思うんですが。」

シッピング部では、若手営業部員の現場トレーニングを兼ねて、毎年末にピークを迎える船積み作業の手伝いのために出張者を受入れていた。

名前の挙がった両名は、昨年と一昨年、音在の手伝いにカフジを訪れていた。

ふたりともアラブ人スタッフと仲良く協働できる資質を持ち合わせており、言わば音在の眼鏡に叶った連中であった。

音在は自分の配下への出張者に限らず、初めて現場出張した新人たちを親切に面倒見てやっていた。かつての自分が初めてのカフジ出張で戸惑った苦い経験を、後に続く若者たちにはできるだけ緩和してやりたかったからだ。

面倒を見る一方で、音在は新人たちの適性も冷静に観察していた。仕事の合間に、音在はよく新人たちを砂漠ドライブに誘い出した。カフジ基地を外れて、海岸線に対して直角に砂漠に分け入って十五分も走れば、目の前には驚くべき光景が展開する。前方を見晴らせば、平坦な砂漠はその延長線上の地平線まで続いている。左右を見ても後ろを見ても、目の前に広がるのは全く同じ風景である。砂漠の真中にいるのは、大海原の真中にいるのと何ら変ることがないのだ。ぐるりと体を回転させれば、地平線は左右への広がりに丸みを帯びていることが解る。地球が丸いことを察知した古人の観察を類推することができるのだ。新人を車から降ろして、音在はその反応を読むのが常であった。音在のように、眼前に広がる光景を雄大な地球的景観として喜べる者は、アラブ勤務にかなりの適性を有していると考えられた。心理学的に言っても面白いのは、僻地勤務に適性をもたぬ人間は、同じ光景を前にして愕然とする。

『何もない！』

同じ風景を見ても、何も無いと映るのである。空間が有るとは見えないのだ。

その点からしても、茂田と神永は十分テスト済みであった。

「良いでしょう。あのふたりならば、僕も働き振りを良く知っているし、合格点をやれますよ。至急、茂田を派遣して下さい。それから、六名のパレスチナ人の補充がどうにか目途が立ちそうになりました。従って、よその部から引き抜くスタッフの教育訓練が必要になります。そのためのトレーナーとして、衆樹を三か月間貸して下さい。あいつなら、僕の前任者だし、教育係りとしては最適です。そうすれば、組織の建て直しのための最強の体制が組めます。ところで、衆樹と茂田はいつから派遣して貰えますか。」

「なるべく音在さんの要望に沿うように、早く派遣したいと思います。しかし、正直言ってまだ茂田は了解していないので説得中だし、衆樹には本社に帰ってから初めて話をするので、カフジに出張させるのは十一月くらいからと言うことで了承願えないでしょうか。」

「いや、もっと早くして下さい。僕が昼間の仕事に加えて、タンカーが来航していれば、ナイトシフトにまで入っていることを忘れないで頂きたい。」

　尾張社長の大号令と城戸専務の応援のお陰をもって、応援部隊として指名された社員の説得を残しているとは言うものの、音在の要求は全て受入れられる見通しとなった。一方、パレスチナ人従業員六名の欠員は、鉱業所内部からの転属をもって補充の方向にあった。経理部や原油生産部から優秀なサウディアラビア人を引き抜いて来ようというものだった。

　こちらの方も、城戸の強力なバックアップが有効に働いた。音在は、転属命令が出る前に両部のサウディ人部長に候補にのぼった人物のことをそれとなしに聞き込みしてまわった。

「あいつは優秀そうだな。あいつが抜けたら、原油生産部は困るかね？」

「冗談じゃありませんよ、ミスター・オトザイ。あいつは原油生産部のホープですよ。不可欠なスタッフです。」

「そうか。実は彼の転部について専務室と話し合っているんだ。必ずシッピングに貰うことになると思うから、悪く思わないでくれ。シッピングが潰れそうなんだ。」

　こうして、ようやく営業部から応援が得られる一方、翌月には欠員を補うスタッフたちが各部から集まる目途が立った。営業部の若手社員をナイトシフトに入れ、衆樹に鉱業所内の他部から引き抜いたスタッフを三か月かけて訓練をさせれば、業務に穴を開けることなくシッピングの組織は再編成されるであろう。


　昼食後の昼寝を楽しんでいると部屋の電話が鳴った。寝入りばなの朦朧としている時刻を巧妙に狙って、電話してきたのは営業部の課長代理の財前であった。

「音在さん、お疲れ様でございます。財前でございます。ただいま野上課長に代わりますのでお待ち下さい。」

　怒鳴りつけるべき相手は、明らかに電話するべきタイミングを計算していた。しかも露払いの財前を使っての、安全を計るための間を置いた連絡だった。

　いつもの腹黒い野上のやり方だ。音在には全てが読めて、不愉快この上なかった。しかし、寝ぼけて朦朧としている分だけ、怒気を現すためにはワンテンポが遅れた。

「ご無沙汰致しております。野上でございます。今年度の原油出荷の実績報告と通期営業見通し説明のために石油省への出張を控えております。来週サウディへ行きますので、カフジにも立ち寄らせて頂こうと考えております。つきましては音在さんのところにもご挨拶に参上させて頂こうと思いましてご連絡させて頂いた次第です。」

くそ丁寧な猫なで声の野上の会話に、音在は虫酸が走る思いがした。

音在が湾岸危機勃発直後に緊急対策の打合せのために、野上の自宅に電話をかけてから何の応答もなく、丸二か月後に掛かって来た初めての電話であった。

「ほーう、そうかい。電話の返事が来るまでに随分時間が掛かったなあ。話は出張してきてからだ。今昼寝中だ。じゃあな。」

野上のカフジ出張の噂は、あっという間に鉱業所中に広まった。

鬱屈した従業員感情も手伝って、音在が公言した通りに、皆が見ている前で野上に制裁の拳を振るうシーンが見られるのではないかという野次馬根性的な期待が高まった。

野上のカフジへの到着日時がはっきりすると、狭い鉱業所のことであるから、野上が到着してからどのような順序で行動するかが音在には手に取るように読めていた。

野上はその日の夕方、カフジ入りすることになっていた。

夜六時から七時までの日本人食堂の運営時間に間に合わなければ、出張者は夕食を食いはぐれるからである。音在の読みでは、出張者宿泊所に荷物を置いた野上は真っ直ぐ音在の自室を訪ねて、翌朝の打ち合わせを前に懐柔を試みるに違いない。翌朝、音在のデスクの前で、いきなり殴られてはたまらないからだ。

夕食は自炊する主義の音在は、その日も狭い台所で包丁を振るっていた。

そこに、トントンとドアをノックする音が聞えた。即座に来訪者が誰であるか、音在は悟った。

「誰だ?」

ドアを開けた音在の目の前には、野上が課長代理の平林を従えて直立していた。

「音在さん。ただいまカフジに到着しましたので、直接ご挨拶に参りました。」

「ほう。緊急電話の返事が随分遅れたな。今、晩飯の料理中だ。話なら、明日の朝七時にデスクで聞く。飯の準備で忙しいから帰ってくれ。」

　音在は、ドアを叩いた人間は、必ず招じ入れて茶菓でもてなすのが自然に身についた習慣であった。二度目の現地勤務は三年半に及んでいたが、訪問者を門前払いするのはこれが初めてのことであった。明朝の肝心な話の前に、懐柔などされてたまるかというのが音在の心情であった。

　野上が平林を連れて出張して来た理由も音在には理解できた。平林は学生時代、合気道部に所属しており、三段の腕前であった。野上の下に三人いる課長代理の中では、そういう意味では一番頼りになる。音在が公言通りに野上の不誠実への怒りを暴力で表現するつもりなら、少しは抑止力として働くだろうとの野上の期待があった。しかし、音在は、それがどうしたと腹の中でせせら笑った。音在は柔道五段だ。それで用心棒のつもりかという訳だ。音在は、今夜中に野上が打つであろう次の懐柔策も眼中に入れながら、料理に戻ろうとした。

「それでは、明朝七時に音在さんのデスクに伺います。おい、平林！」

　後ろを振り返った野上は、平林に持たせていた荷物を受け取ると、音在に差し出した。

「何だよ、これは。」

「日本から持参した梅干です。ほんの気持ちばかりですが、どうぞお納め下さい。」

「要らねえよ、こんなもの。」

「いえ、どうぞお受け取り下さい。」

「要らねえったら、要らない。こんなもの、城戸さんのところにでも持って行け。俺は要らん！」

　音在は、土産の拒否と同時に城戸専務の名前を出すことによって、城戸との連帯の強さを匂わせて、さらにプレッシャーをかけた。

「いえ、専務には専務用の土産を準備しておりますので、これは是非音在さんが受け取って下さい。」

　野上は、押し付けるように梅干を置いて行った。

　音在は、夕食を済ませると野上が次に打ってくるであろう懐柔策に備えていた。日本人食堂では七時までに食事を済ませなければならない。そして、旅塵を落とすためにシャワーを浴びた後、ベッドしかない出張者用の部屋でじっとしているはずがない。当然、日本人用ケーブルテレビが備え付けられた単身赴任者の部屋を訪れて時を過ごすはずだ。しかし、全社的に蛇蠍のように嫌われている野上が行ける部屋は、鉱業所にたったひとりだけいる子分の寺崎の部屋しかない。皮肉なことに、その部屋は音在の自室の斜め前に位置していた。

野上は寺崎に、音在の懐柔の手伝いを命令するに違いない。

「おい、寺崎。何だあの野郎のでかい態度は。ちょっと難しい立場で仕事をしてるからって、営業部にあれこれ指示しやがって。俺をブン殴るってか。英雄面して、思い上がるってんじゃないぞ。」

子分の寺崎と部下の平林しかいない場所では、野上の本性が出る。当然、音在のことはクソみそだ。

「いや、野上さん。あいつ、今回は本気みたいですよ。」

「俺がわざわざ、あの野郎の部屋まで挨拶に行ってるのに、明日の朝にデスクに来いとは何事だ。寺崎、ちょっと行って、あの野郎をこの部屋に呼んで来い。この部屋で話をつければ、それで十分だ。」

音在には、斜め前の寺崎の部屋での会話が、同席していなくても完全に読めていた。そして、一休みした野上が、どのタイミングで寺崎を使いに出すかも解っていた。

音在は立ち上がると、空手の道着に着替えた。音在は高校入学以来三十年ちかく柔道の修行に励んでいたが、実は余技として松涛館流空手道も十年以上のキャリアを積んでいた。柔道で立派な名誉を頂戴していたので、空手道では特に昇段試験を受けたことはなかった。しかし、大先生方に言わせれば、音在の年齢を加味して参段相当だと名誉評価してくれる師範もいたし、音在なんか初段ですよと辛口に審査する先生もいた。音在自身は、自分の実力は初段程度だと認識していた。

音在の部屋は、単身寮の一番奥に位置しており、部屋の幅の分だけの廊下の奥が余分なスペースとなっていた。もちろん共用スペースであるのだが、用事もないのにわざわざ廊下の一番奥まで歩いてくる人間はいなかったので、音在はそのスペースを自分専用のトレーニング・ジムとして使用していた。

音在は、移動基本の各種突き蹴りを繰り返した。音在が突きを入れたり、蹴りを放つと、面白いように道着が鳴った。自分が素人ではないと自認する根拠は、この袖鳴りにあった。腕を引いてパワーを貯める時に縮こまっていた帆布製の道着が、重く素早いエネルギーの移動とともに突きを入れる腕が繰り出される時、瞬間的に真っ直ぐに伸ばされて、『バシッ！』という音を立てるのだ。袖鳴りの音を楽しむように音在が汗を流し始めた頃、案の定、寺崎の部屋のドアが空いた。黒帯を締めた音在が『バシッ！』という音を立てて突き蹴りする姿を見た寺崎は、ドアのノブを握ったままのけぞるようにしてドアの中に消えた。

「あいつ、本気ですよ。空手の稽古をしてますよ！」

「本当か？」

それでも呼んで来いと、野上が二の矢を放つのではないかと、音在は暫く移動基本の稽古を続けたのだが、再び寺崎の部屋のドアが空くことはなかった。


翌朝、音在は普段通りに始業十五分前にはデスクにいた。

昼飯だけは日本人食堂の世話になるが、朝夕は自室で自炊している音在は、その朝は野上たちとはまだ顔を合わせていなかった。

シッピング事務所の入り口にある音在の個室からは、アラブ人部下たちの出勤状況が管理できるようになっていた。事務所ビルの正面に向いた大きな窓には強い日差しを避けるためのシェードを掛けてあるのだが、その隙間から人の出入りを観察するのだ。

七時に約束をしている野上の来訪に対して、音在は入室した瞬間に怒鳴りつける心積もりをして待ち構えていた。相手の反応次第では、野上が犯した不誠実への怒りを暴力で現す予定だった。前夜の二度にわたるあの手この手の野上の懐柔を拒否したのは、野上が音在のデスクを訪れた瞬間をもって報復の始まりとしたかったからであった。

黒い車が、定刻通りにシッピング事務所の正面に到着した。

次の瞬間、音在は野上の悪賢しこさに一本取られたと思った。最初に車を降りてきたのは、営業担当常務の槙本だった。槙本と野上、平林の順で、三人は音在の事務室に向かってきた。

音在が入社して営業部に配属された時に、槙本は営業部次長であり、元の上司に当たる。営業部の対応にドス黒い怨念を感じているものの、本来が礼儀正しい音在には、さすがに元の上司を怒鳴りつけるのには抵抗があった。槙本を引っ張ってきた野上の狙いは、まさにそこにあった。

「おう、音在くん。ご苦労さん。」

「あ、槙本さんまで来られたんですか。まあどうぞ、お座りください。」

「いや、忙しいので、これから専務室に行く。それじゃあな。」

もともと、なるべく現地出張には来たくない典型的本社派の槙本が、鉱業所の中でもさらに現場であるシッピング事務所に顔を出したのは、実にこれが初めてのことであった。

野上は槙本を弾除けに使った。入室した瞬間が一番危険なはずである音在の感情爆発をガス抜きできれば、槙本の役目は終わりだった。槙本自身も、いつ爆発するかも知れない音在のそばには、長々と居たいとは思わなかった。

槙本が音在の部屋の入り口でUターンしてそそくさと退出した時には、野上も平林も来客用の椅子に腰掛けて、音在のデスクの前に座っていた。

音在が痛罵するのを警戒するように話の先を取って、野上は音在が頼んでもいない世界の石油需給情勢や営業部の戦略を小一時間にわたって解説した。

先ずは機先を制せられた展開にはなったが、音在は、取り敢えず野上が準備してきた話題を全部話させることにした。野上の心が空っぽになってひと安心したところへ、貯まりに貯まった怒気を叩き込むのも、それも良かろう。柔道の攻防理念にいう『後の先』の間合いである。

野上が語るこの三か月間の世界の石油需給状況を要約すれば、こうである。

一日にして陥落したクウェイトの石油生産量と、暴挙に対する国際的な懲罰であるイラク原油の輸出禁止措置の結果生じた石油供給の欠落は、OPECの生産量の五分の一に当たり、石油価格の記録的な暴騰は必到であった。世界経済が危機に瀕するような石油市場の混乱を未然に防止するために、世界最大の石油消費国であるアメリカの要請を背景に、サウディアラビアはOPEC全体に大増産を呼びかけた。大増産の先頭に立つサウディの枠組みの中には、もちろん日本アラブ石油開発が加わっており、湾岸危機が長引けば長引くだけ日本アラブ石油開発の原油販売は伸びる。現に、湾岸危機勃発以来三か月間の出荷数量は日産三十万バーレルと、昨年の販売数量に対して五割増しの結果を残している。

故に、この大量出荷を担うシッピングの任務は誠に大なるものがある。音在始めスタッフ一同のご健闘を祈りたい、という長口舌であった。

冗談ではない。その程度の説明内容ならば、洞察鋭い音在ならば、来航タンカーの数と出荷数量の増加から全て読み取っており、別に目新しいものでも何でもなかった。音在の爆発を抑えるための一方的な演説をして、野上も疲れて緊張が緩み始めた。

「なるほど。野上くんからの本日の説明というのはそれだけかい。」

「ええ、一応お伝えしたい内容は以上ですが。」

「そうか。それじゃあ、俺の番だな。」

ここまで、音在は紳士的に穏やかに話をした。

次の瞬間、音在は思い切りデスクを叩いて、怒鳴り上げた。

「おい！　野上！　湾岸危機勃発以来、貴様が見せたあの不誠実な態度は何だ!!」

野上は、飛び上がった。直立不動になると、野上は音在のデスクに手をついて謝罪した。

「そ、その件については、一言もございません。」

一瞬の野上の動作に、お付の用心棒役の平林もコピーのように従った。

「お前、良かったなあ。素直に謝って。もし、ここでお前が言い訳の屁理屈でも並べようものなら、俺はお前をアラビア湾に浮かべようと思って手ぐすね引いて待ち構えていたんだぜ！」

野上に反論はなかった。

「槙本常務なんか連れてきやがって、あれで俺のガスが抜けると思ったら大間違いだ！　営業部は販売数量が飛躍的に伸びたと喜んでりゃいいんだろうけど、売った原油をいったい誰が出荷していると思ってるんだ！　死ぬかも知れないこのカフジでシッピングが行われてこそ、原油販売ができるんだろう。気楽な本社で、都合の良い仕事ばかりやってるんじゃない！　しかも、そのシッピング部ではパレスチナ人スタッフが逃げてしまって、組織は解体寸前だ。だから営業部に応援を頼んだというのに、他人事みたいな返事ばっかりしやがって、お前ら何考えてるんだ！」

平林も上司の動作にならってうつむくばかりだった。

「お前が何の返事もよこさなかった緊急時の船積み方針の件だけどな、営業部が何も言ってこなくても、俺は俺の一存で緊急時対策をやっておる。来航規則（ETA）を守ろうが守るまいが、早く来たタンカーは有無を言わさず、早く来た順にローディング（原油船積み）を始めて、終わり次第出航させる。危険地帯から少しでも早く退避させる必要があるからだ。解るか？国境のイラク軍からもタンカーが見えているんだ。原油を出荷したくてもできなくなったイラクがだ。その目の前で、これ見よがしに大増産した原油出荷しているのが、カフジの立地条件だ。いたずらに攻撃を誘発させないためにも、タンカーの滞在時間を最短にする必要がある。原油のサンプル出荷みたいな付帯作業などはタンカーの滞在時間を伸ばすだけだから、勿論認めない。インデペンデント・インスペクター（独立検尺人）に至っては、時間短縮のために作業立会いを拒否するつもりだったのが、危機勃発の三日後にやつらの方からアメリカやイギリスに逃げていっちまいやがった。とっくの昔にアラビア湾に独立検尺人なんか、ひとりもおらん。やつらが逃げる時に、俺に何て言ったと思う？　ミスター・オトザイも、こんなところに居ては駄目だ。早く逃げなきゃ死ぬぞだってさ。カフジよりも三百キロも南に事務所を構えている奴らがだぜ。本来、同僚であるはずのお前ら営業部よりも、よっぽど俺たちのことを心配してくれてるよなあ！」

「申し訳ありません。」

「だから俺がお前をアラビア湾に浮かべてやろうと考えたことぐらいは当然だ。しかし、過ぎたことは過ぎたことだ。今、シッピング部にとって必要なことは、組織の建て直しだ。城戸さんの応援のお陰で、辞めたパレスチナ人の穴埋めは何とか所員の転属で手当てがつきそうだ。シッピング業務は平時でも忙しいんだ。俺が新米の教育訓練に没頭している時間はない。従って、衆樹をトレーナーとして、三か月間出張させろ。新米が一人前になり、ナイトシフトに入れられるようになるまでの三か月間は茂田と神永を一か月半づつ出張させてナイトシフトをカバーさせろ！　奴らは、貧乏くじを引いたと思っているかもしれないが、絶対に送り込めよ。協力しない奴は、お前の責任で必ずクビにしろ！　いいか！」

音在は、シッピングの建て直しが現実のものとなると確信した。営業部長の山路にも、営業部を牛耳る野上にも、最大の支援を確約させた。

現場の切迫した要求をぶつけられた挙句に散々怒鳴り上げられて、長居は無用とばかりに槙本と野上は早々にカフジから消えた。

その日、音在が日本人食堂に昼飯を食べに行くと、シッピングの事務所を野上が初めて訪れたという噂でもちきりだった。

音在が食堂に入って行くと、放送局の稲垣が飛んで来た。

「音在さん、音在さん。野上さんを殴りつけました?」

「ああ、一発怒鳴りつけたら、直立して俺のデスクに手をついて謝ったから、殴るのだけは勘弁してやった。手をついて謝らなかったら大変なことになっていたけどな。」

「なあんだ……。詰まらない。」

稲垣は、がっかりしたようにお盆を持って、自分の定位置のテーブルに戻って行った。

音在は自分と同じテーブルを定位置とする仲間たちに囲まれて、野上とのやりとりを根掘り葉掘り質問された。

「まあ、長い話だからさ、聞きたければ、今夜俺の部屋に来いよ。」

あとから食堂に入ってきた企画部長の満井が、またわざわざ様子を尋ねに音在のテーブルまでやって来た。

「音在くうん。それで野上の奴を殴ったあ?」

「いえ、僕のデスクに手をついて謝ったから、それだけは勘弁してやりましたよ。」

「ふうん。なんだ、そうだったの……」

満井は、つまらなそうな表情で離れて行った。

生命の危険のない本社と不安と恐怖が日常化した現場。危険手当の半額化といい、本社と現場は補完関係にあるはずなのに、微妙な感情的対立があり続けるのは歴然とした事実であった。シッピング対営業部、音在対野上の交渉の顛末は、現場の鬱屈した気持ちに一服の清涼剤を与える効果があったようだった。

「音在さん、お世話になりました。僕は今日で会社を辞めます。」

音在は、前夜終了したジャマール、ナーカ両原油の大型出荷の船積み書類にサインをしていた。掛け声に目を上げると、デスクの前に労務部の海野が立っていた。家族を強制退避させられて以降、一か月半も続いた重圧に耐え切れず、海野が会社を辞めることで拘束の呪縛から逃れるらしいという噂は、音在も部屋に集まる常連メンバーの誰かから耳にしていた。

音在亭に出入りするほど親密ではなかったが、真面目な仕事振りは聞いたので、憎からず思っていた後輩の退職は残念に思えた。しかし、会社を辞めてカフジを去るというならば、それもひとつの人生の選択だと音在は考えた。

聞くところによれば、海野は城戸専務に会社方針への批判を主張した上で、辞表を叩きつけたとのことだ。

「音在さんも、今回の赴任がもう三年を越えましたね。単身赴任の三年ですから、本社では後任の人選に入っていてもおかしくない時期です。でも、僕はもう辞めますから、音在さんが帰任される時には、帰任荷物の船便手続きのお世話をしてあげられません。ですから、帰任される時に備えて必要書類一式を準備しておきました。荷物の内訳リストと日付を記入されれば、書類は完成です。どうぞ、ご利用下さい。」

「なんだ、いつ帰任するかも決まってないのに、手回しの良いことだなあ。それより、君の噂は聞いていたけど、辞めるって本当なのか。」

「ええ。城戸さんに文句を言いましたら、カフジから逃げたいのなら会社を辞めて出て行けと怒鳴られましたので、私は辞めます。私はあんな経営者にはついて行けません。」

話の深刻な内容に比べて、海野の口調は随分陽気であった。音在は対話している内に、海野が抗鬱剤のお世話になっているのに気がついた。明らかにこの陽気さは、薬の効果から来ていた。もう薬なしでは、拘束や死の恐怖には耐えられない心理になってしまっていたのだろう。

「そうか。残念だが、元気でやってくれ。ご苦労さんだった。」

「はい、有難うございます。音在さんも、いつまでもこんなところに引きずられていては駄目ですよ。」

これでいなくなったのは三人目かと、音在は思った。

家族の強制退避を行った日に、バスの窓の下から妻の手を握りしめて泣いていた岩本は、その後口がきけなくなってしまった。普段はあまり付き合いのない音在も心配になって、廊下で出会った時などはそれとなく励ますような明るい声を掛けるのだが、下を向いて反応を全く示せなくなっていた。周囲の従業員が殆ど気づかない内に、岩本は退職手続きをして誰にも挨拶することなくカフジから立ち去っていた。

音在が腹立たしく思ったのは、休暇に出たまま逃げてしまった若手社員の川越のケースだった。サウディ石油省に対しては、自主判断による操業継続の態を取っているから、会社は自治権を維持しているというのが、音在の見解であった。自治権あればこそ、壊れて使い物にならなくなった従業員は帰国させることも可能であるし、従来通り交代で休暇を取って精神的なリフレッシュもできる。その意味では、休暇に出たまま逃げてしまうのは極めて卑怯だった。これが続々と出てくるようなら、休暇の取得に政府の干渉が入る恐れがあった。しかも、川越の場合は極めて計画的であった。実家が造り酒屋であったから、川越は会社を辞めても生活には困らなかった。休暇のままカフジに戻らず退職したのだから、自動車の処分を始めとして、カフジに持ち込んだ個人荷物は船便を使って日本に送り返せないはずだった。しかし、川越の逃散の場合は、依頼を受けた仲間たちが管財人よろしくこれらの財産整理を代行してやっていた。川越の取った行為は、恐怖と戦いながら真面目にカフジに残留して業務上の責任をまっとうしている大部分の従業員への大変な裏切り行為に当たっている。

これらの他には、ノイローゼ状態で休暇を取り、東京から医者の診断書をカフジに送りつけたまま帰ってこなくなった谷田もいた。辞めるつもりはないが、病気だから帰って来れない状況を作った事例であった。

音在は、カフジの全従業員の精神状態は、一本の座標軸の上に並べることができると思っていた。座標の中心に、平均的精神状態をゼロとして置いたなら、プラス方向に健常者、マイナス方向にノイローゼ傾向者が並ぶ。注意しなければならないのは、誰しも状況によってはプラスからマイナスへ移動する可能性があるということだ。絶対的健常者などはいるはずがなかった。

海野が日本に戻った後に、異常事態の結果としてのノイローゼの産物だから退職するまでもないとの本社人事部の判断で、会社に残ることができたとの情報が届いた。音在はこの情報に接して複雑な思いにとらわれて、海野の首が繋がったことを素直に祝福することはできなかった。何故ならば、カフジで頑張る従業員の中には、ノイローゼ予備軍が山ほどいるからだ。皆、必死で現状と戦っている。ノイローゼになれば助かるのならば、我慢や努力を放棄して楽になった方が良いと考える者が出て来ても不思議ではない。その点、かかる状況化では、ノイローゼは伝染病のようなものだ。海野は自らが宣言した通り男らしく会社を辞めるべきだと、音在は思った。

本社に帰任している現地経験者の中には、同僚の身を案じて自らが緊急対応要員として現地に赴きたいと願うノーブリス・オブリージュの心意気を忘れない男たちも少なからずいてくれた。

技術部の次長として東京勤務に就いていた武生雅照などは、その最たる例であった。ダンマン事務所長の任務を後任の安藤に譲って、武生が本社に帰任したのは湾岸危機が始まる一年前であった。

武生はカフジの原油生産部に十年間勤務した後にダンマン事務所長に転じた現地業務のベテランであるが、その神出鬼没ぶりと豪放磊落で根明かな性格が仲間たちから愛されていた。

ダンマン勤務であるにもかかわらず、アラブの週末前日に当たる水曜日の午後になると、何故だか武生は必ずカフジにいた。三百五十キロの距離をものともせずに、よくこれだけ毎週カフジに精勤するものだと呆れられるほどであった。

水曜日の夜は仲間たちと麻雀に興じて、木金の両日はカフジの砂漠ゴルフ場でプレーするために、用事があってもなくても出張を作ってしまうのだった。

麻雀部屋に行くと、自分以外には誰もいないにもかかわらず、相手が単身寮住まいか社宅の住人であるかに関係なく、必ず残りの三人を強引に集めてゲームを成立させてしまうのが武生の特技だった。口説き文句はいつも決まっていた。

「おお、タイコーさん、武生です。今、麻雀ルームにいるんだけど、あとひとりだけ面子が足りないんだよなあ。ちょっと付き合ってよ。」

この手に騙されて、最初に駆け付けたメンバーは麻雀部屋に武生しかいないことに気がつくのだが、武生はそんなことには頓着する男ではなかった。

「何だ、武生さん。あとひとり足りないって言うから付き合いに来たのに、あなたしかいないじゃあないか。」

「まあ、そんなこと良いじゃない、タイコーさん。それより、今夜は役マンでも積もってよ。後からふたりが直ぐに追いついて来るからさあ。ハハハ。」

この陽気な性格と実務能力の高さは、湾岸危機の中で沈滞したカフジの人心を盛り上げるには最適の応援団となった。

従業員に対しては残留による操業継続を強弁する一方で、城戸は限られた選択肢の中においても従業員の安全の確保に最善を尽くそうとして、リリーフエースとしての武生のカフジ出張を指名したのだった。

オイルマンの男気を発揮して期間無制限の出張をして来た武生は、無任所の部長として強力なリーダーシップを発揮した。浮き足立って業務の連携が円滑に行かなくなっている各部門間の諸調整やイラク軍の攻撃を受けた場合の退避場所（シェルター）の設営に尽力して、城戸の期待に応えた。危機感の高まりとともに当局から砂漠ゴルフすら禁止されていたので、夜は専ら麻雀部屋に篭っているのだが、これとても武生が沈みっぱなしの従業員の気持ちを明るくするのにどれだけ貢献していたか解らなかった。実務能力もさることながら、武生は誰を相手に卓を囲んでも連戦連勝するほどツキに溢れていた。城戸が武生の起用を求めたのは、危機に陥った鉱業所の状況打開のためのツキを呼ぶ役割も、武生に期待していたからだった。


待ちに待った営業部からの応援要員の茂田寿夫がカフジに到着したのは、十月下旬であった。茂田は見るからに、これ以上ないといったくらいに不機嫌な表情をしていた。昨年末のトレーニング出張を経験して、音在のお眼鏡に叶ってしまったお陰でこんな危険なところへ派遣され、しかも徹夜勤務に従事しなければならなくなったと、迷惑千万に思っているのがありありと現れていた。

「まあ、そんなに嫌そうな顔をするな。来てしまったからには覚悟を決めろ。何もお前ひとりに苦労を掛けようというんじゃないんだから、心配するな。」

音在は茂田の緊張を和らげるために気を配った。

茂田のカフジ到着の翌日には、菱光石油の配船による二十五万トンの大型タンカー峰山丸が入港した。時差も十分解消していない茂田には少々気の毒ではあったが、お客さん扱いもほどほどにして早速ナイトシフトを担当させた。

夜の十一時から翌朝七時までが、茂田の担当時間帯であった。初めてのナイトシフトに実務の全てを任せるのは、いくら何でも可哀そうであったし、実際上無理な話であった。当直は水曜日の深夜であったので、木曜日の休日出勤は課長代理のクレイシーに割り当てることにして、音在もシフトに入ることにした。

シフト明けはアラブ圏の休日である木曜日の朝だから、音在も朝寝できるからだ。しかも、最初の当直だけは、サウディ人のファイサルとのダブルシフトにした。ファイサルを茂田の指南役に指名して、音在はなるべく実務上の指示を出さないようにした。

ファイサルはこれを喜んだ。忠実な部下であるファイサルも、その他のスタッフ同様、湾岸危機が勃発して以来、非常に神経質になっていた。すでに家族は、一族の出身地であるサウディ北方のハイール地方に疎開させており、ファイサルだけがカフジに残って勤務に従事していたのだ。心細いひとり勤務のナイトシフトに、頼りにする上司であり柔道の師範でもある音在が付き合ってくれるのは、大歓迎に値することであった。しかも、音在の見ている前で日本人スタッフの実務教育をする訳だから、張り切り方も一層のものがあった。

ファイサルはイギリス留学を終えており、英語でのコミュニケーション能力に不足はなかった。音在に良いところを見せようとして、無線電話を通じてのタンカーとの調整や原油生産部への通油オペレーション指示について、次々に茂田に要点を教えて、実際に各種の連絡をやらせてみた。

出荷作業が安定して、タンカーへの原油積込みが良好なペースで行われ始めた頃、時計は午前四時を指していた。

音在は茂田に対して初めて指示らしい指示を与えた。

「おい、茂田くん。今、東京は朝の十時だ。ちょっと営業部まで電話を入れろ。

峰山丸のローディング（原油出荷）、午前三時に開始。全て順調。出荷作業は約二十四時間の予定で、峰山丸の出港予定は明日未明。なお、茂田は本日より出荷業務に従事。以上。」

「はい。それじゃ電話します。」

本来、この種の報告は、カフジ時間の朝七時に作成する生産・出荷日報をファックスすることによって、本社には午後一時に伝えられる規則になっているので、わざわざ茂田が電話する必要はなかった。しかし、茂田が機能し始めたことを営業部の上司たちに知らしめておく必要を、音在は感じていた。

「茂田くんなあ。シッピングというのは、こんな仕事だよ。営業部を取り仕切っているつもりの連中は、情ないことに歴代とも現場の苦労をうまく逃げ切って、都合の良い仕事ばかりエンジョイして来たのが実態さ。営業の締め括りのためには、こうしてシッピングのスタッフが徹夜で原油積込み作業に当たってこそ、販売活動を完結させるのだ。」

「はあ、勉強になります。」

一緒に徹夜仕事に付き合ってくれる音在に対して、面倒事に引っ張り込まれた恨みを忘れて、茂田は応えた。

「これから一か月半の間に、何回徹夜して貰うか解らないけれど、頭に来ることがあったら、営業部に嫌味の電話くらいしてやれ。カフジタイムの午前三時に電話をすれば、本社は丁度始業時間の午前九時だ。お前ら、楽してるかも知れないが、こんな危険なところに送り込みやがって、俺は午前三時に寝ないで頑張ってるんだぞぐらい言ってやれ。音在からの命令だと言っても構わんぞ。」

「僕、まだ四年生ですから、そんな不遜なことは言えませんよ。」

「ははは……」

ふたりは爆笑した。ファイサルには日本語の会話は全く通じなかったが、自分の前にドッシリと座った音在が腕組みして大笑いしている様子を心強そうに聞き入っていた。

船積み作業が安定して原油が好調に通油されているのを確認して、午前五時に音在は後の作業管理をファイサルに託して早めに部屋に引き上げることにした。

「おい、茂田くん。今回は着任初日だから特別だ。後はファイサルに任せて、ぼちぼち早あがりにしよう。腹が減ったろう。日本人食堂が開くのは六時からだ。俺の部屋でラーメンを作るから、それを喰ってから寝ろ。」

「はあ。実はだいぶ前から腹がペコペコでして。ナイトシフトに入る時は何か夜食を準備しておかなければいけませんね。東京と違って、近所にコンビニストア一軒ある訳じゃなし。」

空腹を感じていた音在も、このままでは眠れなかった。

音在の部屋に戻ると、各々二人前の麺をゆでると卵と鮭缶と海苔をトッピングしたラーメンを手早く作り上げた。残念ながら、イスラームの厳しい教えで豚肉は禁忌の対象となっていて、アラブ圏では入手不可能なので具材は物足りなかったが、幸い空腹に不味いものはなかった。


早朝から仮眠した音在は正午に起床して、昼飯のために日本人食堂に行った。

料理を載せたお盆をもって、定位置に決めている食卓に向かおうとすると、後ろから気弱そうな声で名前を呼ばれた。

「……音在さん……、僕、出張してきました。」

振り返ると、音在が二回目のカフジ勤務に赴く前の一年間、部下として働いていた坂上が立っていた。

「何だ、お前。出張してきたのか。」

「……はい、一か月の予定で所長室を手伝ってこいと言われまして……。」

坂上の表情には、やっと挨拶の言葉を交わせる相手を見つけた安堵感が浮かんでいた。

「音在さん、小林さんと大田さんから托送品を預かってきました。」

「おお、ご苦労さん。今夜は俺の部屋に遊びに来い。」

坂上は、入社後営業部に配属された。もともとが内向的で周囲と打ち解けない性格であったので、野上が牛耳る営業部の隠微な雰囲気に馴染めず、自閉症に陥って営業部から追い出された。その状態では、坂上を引き取ろうという奇特な部はどこにもなかった。

人事部は、かつて中途入社の音在が営業部で野上の嫌がらせに耐え抜いて、現地でも一仕事を仕上げて帰任し、総務部で活躍する様子を見て、同じく野上の苛めを受けた末に壊れてしまった坂上の教育係りを期待したのだった。

閉鎖的になってしまった性格はなかなか心を開くことはなかったが、音在は気長に面倒を見ることにした。坂上が本社勤務としては異例に長い十日間の中国旅行の休暇を申し出た時も、寛大な度量でこれを許可した。こういう面では、音在は甚だ理解があった。坂上の長期休暇は実務上何の支障にもならなかったからというよりは、広い中国を見て浩然の気を養って心の治療をして来いという思い遣りであった。

とんでもないところに送り込まれたとおどおどする坂上を見ながら、音在は総務部長の鹿屋がカフジの仲間を気遣う熱い思いを推察した。

鹿屋は湾岸危機勃発から数日間は、自宅に帰らず、床の上や会議テーブルの上に新聞紙を広げて事務所に泊り込むような男だった。技術部の武生次長と同じく、自分自身がカフジの救済のために飛んで行くと主張して周囲を困らせていた。冷静な次長の益永は、これをなだめるのに苦労していた。

「鹿屋さん、取締役会や株主総会やマスコミ対応の重要業務をほっぽり出してどこへ行こうとおっしゃるのですか。立場をわきまえて下さいよ。あなたは総務部長なんですよ。」

「いや、そのくらいのことは益永くんでもできるだろう。カフジでは、仲間たちが死ぬかも知れない状況で仕事しているんだ。俺はリリーフに立ちたい。」

「そうは行きませんよ。行くのだったら、鹿屋さんではなく私が行きます。」

その熱意にも拘わらず、総務部の両重鎮が長期のリリーフに出るのは状況においては許されないことだった。

音在の激しい主張によって、営業部からは現地人従業員の欠員の穴埋めに順繰りに若手社員を派遣することになったのを見て、少しでも現場の役に立って来いとして総務部も若手を順番に送り込むことに決めたに違いなかった。

熱い思い遣りはありがたいのだが、総務部の場合は現地実務のニーズと派遣されてくる個人の能力の噛み合せに問題があり、善意が空回りしていると感じられた。

「……それで、音在さん。大丈夫ですよね。大丈夫ですよね。」

音在の部屋を訪れた坂上は、音在が何を話し掛けても同じ台詞ばかりを何度も何度も繰り返した。坂上の精神状態を察して何か明るい話をしてやりたいのだが、現地には坂上にとって楽しい話題などあるはずもなく、会話は全く噛みあわなかった。

「おい、坂上。托送品を預かって来てくれたって言ってたよなあ。」

「ああ。部屋に忘れてきました。それで、音在さん。

大丈夫ですよね。」

「お前。それは無礼だろう！　お前ならちゃんと届けてくれると思って、人が頼んだものを粗末に扱うな。部屋に戻って取ってこい。」

一旦部屋に戻った坂上は、やっと托送品を音在に手渡すと、また繰り返した。

「……それで、音在さん。大丈夫ですよね。」

坂上は音在の部屋には三時間もいたのだが、同じ言葉を発し続けることで自分を納得させようとしていたのだろう。

『ここは安全なんだ。絶対、ここで死ぬことなんかないんだ。』

坂上の場合、恐怖の現れ方は極めてユニークだった。音在の部屋にいる間、半ズボンを履いた坂上の股間は最後まで屹立したままだった。異常に気がつかない振りをしてやる優しい音在は、時々視線のやり場に困った。恐怖でいちもつが縮みあがるという話なら知っているのだが、話が逆ではないか。

『こいつの場合、若さだなあ。』

音在は苦笑した。

おそらく、坂上の頭の中は、恐怖から現状逃避するための淫らな妄想で一杯だったのであろう。音在からの話しかけに対して何の脈絡もない同じせりふばかり返ってきたのは、坂上が対座している音在の話など何も耳に入らなかった証拠であった。

就寝のために、やっと坂上が自室に帰ると、音在は本社時代の女性の部下たちからの贈り物の包みを開いてみた。女性らしい可愛い封筒に入れた励ましの手紙とともに、音在の年齢では気恥ずかしくなるような派手な色彩のスポーツシャツが出て来た。添えられた手紙にはふたりが音在の安全を気遣う気持ちが綴られていて、女性の顔を見なくなって久しいカフジ生活の無聊を慰めてくれた。女房以外の女性の文字を読むのは何か月振りだろうかと、しばらく音在は考えこんだ。

第16章　蘇生の短期休暇

十一月に入ると、音在は十日間の短期休暇を取った。日本の国内的感覚から言えば、十日間の休暇ともなれば堂々たる長期休暇であるが、サウディアラビアに進出している外国企業は、年に一回、四十五日のリフレッシュ休暇を取ることを規則化している。平時においてでも、サウディ勤務はそれくらい大変だということだ。社会習慣が欧米先進国とは大きく異なり、加えて過酷な自然環境がある。従って、カフジの現場では十日間の休暇を短期休暇と呼ぶ。

音在は、十一月上旬に娘の由紀子が中学に進学するための親子面接があり、前年の休暇を終えてカフジに戻る時には、すでに十一月の休暇は年間スケジュールに組み込んでいた。プライドの高い音在は、湾岸危機に遭遇して精神的によれよれになったから帰国するのではないと心に言い聞かせていた。

それでも正直なところ、久し振りの帰国は嬉しいものだった。妻の美知子が、元気ばかりを強調する夫の電話に出られなくなって一か月以上が過ぎていたし、両親揃っての出席が求められている娘の進学面接には必ず出てやりたかった。

サウディアラビア東部地区の国際空港ダハラーンからの出発は、出向社員の飯坂と一緒であった。音在と同じフライトで帰国することを知って飯坂は喜んだ。コントラクターとして二年間カフジで働くことになっていた飯坂は、着任後半年目でこの事態に遭遇した。優秀な計装エンジニアであったが、英語で働いた経験がなく苦労しているところに、湾岸危機の勃発である。知人も少なく、孤独と恐怖に悩むうちに、飯坂は口がきけなくなってしまった。

音在亭の常連のひとりである経理部の日向は、私設厚生課長という愛嬌のあるニックネームをつけられている面倒見の良い男であった。普段でも厳しいアラブの地で困っていたり落ち込んでいたりする仲間はいないかと、周囲に対する気配りを忘れない男であった。八月以降、最悪となった環境に負けて精神のバランスを崩した従業員が出てくると、いつも音在に進言した。

「音在さん、あいつ放っておいたら、もう立ち直れませんよ。音在亭へ呼んであげて励ましてやって下さいよ。刺身か何か食べさせて、気分を変えてやって下さい。誰も面倒を見てやらずにいて、精神的に追い込まれて首でも吊ったら可哀そうじゃないですか。」

「うん。俺もちょっと心配していたんだけれど、日向くんもそう思うか。よし、今度の週末にあいつをさりげなく呼んできてくれ。」

ノイローゼに陥った者を、励ますのにはひと工夫必要なのが、経験的に解った。

直接に傷に触れてはいけないのだ。間違っても、励ましてはいけない。沢山旨いものをご馳走して、あの話この話と現状とは関係のない楽しい思い出や助平な話題で雰囲気を盛り上げていけば、その内、焦点の定まらなかった目が元気を取り戻す。軽症患者に対してはこの手に限った。音在亭に集まる常連たちが面倒を見ることで、元気を取り戻した男たちは何人もいた。

純朴な飯坂は、音在がそれと悟られないようにして一生懸命励ましてくれた恩義を執拗なくらい憶えていた。飛行機の乗り継ぎを含めても二十時間後には祖国へ帰れる喜びに、数日前までとは大違いの躁状態を呈しており、音在は飯坂がこんなにおしゃべりな男であったのかと驚かされた。

シンガポール空港で乗り継ぎのためにタラップを降りようとした途端、ムッとした湿潤な空気に触れ、目に鮮やかな緑が飛び込んできて、帰国の途についている実感が改めて湧いてきた。

音在亭での恩義のお返しとして、乗り換えの時間待ちの間に飯坂は熱心に空港内のラウンジに音在を誘った。本来の元気を完全に取り戻した飯坂は、甘えて音在の傍を離れようとしなかった。

成田空港に到着すると、いつもは不愉快なことが多い税関の対応がやけに親切だったのが嬉しい誤算であった。

「お客さん、どちらから帰ってこられましたか?」

「ん。サウディアラビアからですが……。」

「エッ! サウディからですか。それはご苦労さまでした。」

三か月前から、中東方面からの退避帰国する人々をいろいろ観察したり、湾岸情勢の大変さを仄聞でもしているのであろう。係官は荷物検査もせずに敬礼をして通過させてくれた。

税関から到着客が出てくる度に、出迎えロビーとの境界のドアが開閉する。

出迎えに来ていた長男の浩一郎は、最前列に陣取って父親が近づいて来るのを必死で探していた。父親の姿を確認すると、ドアが開く度にピョンピョン飛び跳ねて音在の注意を喚起していた。音在もこれを発見して手を振った。出迎えロビーに出ると、音在は飛びついてきた妻と娘を抱き締めてやった。

「ほら、言ってた通りだろうが。お父さんは元気だって。」

物情騒然としたサウディ帰りであったから、いつもの休暇と違って何もお土産を準備せず手ぶらで帰った音在ではあったが、家族は心から満足していた。

音在の十日間の休暇は忙しかった。

長旅の果ての夜遅くの帰国ではあったが、音在は翌朝直ちに本社に出社した。

妻の美知子は会社に行かなければならないにせよ、せめて帰国初日くらいは家でユックリと休養して疲れを癒してからにして欲しいと懇願したのだが、音在は気が急いてじっとしていられなかった。

尾張社長の指揮権発動のお陰で、二週間前から若手社員の茂田が派遣されて、ナイトシフト要員は取り敢えず確保された。一方、鉱業所各部から掻き集める補充スタッフの要員訓練のためには、音在の前任者であり営業部に帰任している衆樹の協力が必要だった。しかし、特定の社員だけを便利使いする営業部のやり方に反発している衆樹は、全く同意するつもりもなかった。

丸の内仲通りの中心にある本社に到着すると、音在は真っ直ぐ営業部に向かった。音在が営業部に入って行くと、まことに珍妙な光景が広がった。

湾岸危機勃発以来の現場を守る勇敢な仕事ぶりと、本社への厳しい要求で話題の人物となった音在のことだから、当然多数の本社従業員がその休暇スケジュールを承知していた。しかし、音在が部屋に入って行くと、営業部員全員がデスクに向かって一心不乱に仕事をしているといった風情で、誰も音在の入室には気がつかない振りをしていた。

冷遇の象徴であるかのように窓際の外れに座らされている枝野だけが、ひとりだけ頭を上げて、音在の入室を無視する営業部員の様子をニヤニヤしながら見ていた。何だこれはと呆れながら、音在は下を向いて必死に仕事中といった体裁の営業部長に声を掛けた。

「やあ、山路さん。先日は、カフジ出張ご苦労さまでした。」

山路は、ハッと今気がついたばかりのように挨拶を返した。

「オッ！　音在くん。ご苦労さん。今、帰ったのか。」

山路は、自分のデスクでは営業部長としての威厳を取り戻していた。カフジでの『音在さん』が本社では『音在くん』に戻っていた。

音在は、本来であれば長居などしたくもない山路と野上の間の椅子に座った。

野上は、一か月前のカフジ出張時の思い出したくもない不愉快千万な音在とのやりとりが忘れられず、音在が近づいて来るのを無視していた。

しかし、隣に座られてしまっては、横を向いていては精神的に劣勢に立ってしまう。野上は仕方なく、音在の方を向いた。

「やあ、野上くん。この前はご苦労さんだったね。」

「ああ、音在さん。短期帰国で命の洗濯ですか。」

野上がカフジに出向くことで、一応の手打ちはできていたつもりでも、ひょっとすると音在の気でも変わって、多くの社員の見ている前で野上をブン殴るという全社への公言を実行しはしないかという恐れがあった。音在のごく当たり前の挨拶を受けて、野上はホッと胸を撫で下ろした。

「山路さん。茂田くんが頑張ってくれて大助かりですよ。到着した翌日から、ナイトシフトに突っ込みましたが、健気によくやってますよ。最初からひとりで徹夜はあんまりなので、僕も一緒に付き合いましたけどね。」

「音在くん。現場で本当に苦労して貰っているので、今夜は営業部の若手中心に一杯お付き合い願いたいと思っているんだが、時間を貰えるかな。」

「はあ、有難うございます。それじゃご招待をお受けするとして、ちょっと打合せもありますので。」

「うん、六時から時間を貰えると有難いな。細かいことは足利からご案内させるよ。」

営業部の全員は、相変わらず私語もせず、蒲鉾のようにデスクに張り付いて仕事に励む体裁でいた。その代わり、耳に全神経を集中して部長席の音在の話を聞いていた。音在が、さらに何か要求を営業部に投げかけてくるのではないか。その結果、不幸にも自分があのカフジに行かされることになりはしないか。

営業部員全員の丸めた背中が、音在との係わり合いを拒否したいことを物語っていた。

窓際を辿って、音在は枝野のデスクに移動した。

音在の兄貴分を自認する枝野はニコニコ笑いながら、周囲への皮肉を込めて挨拶した。

「音在くん。僕だけは君が営業部の部屋に入ってきた時から気が付いていたよ。」

「ハハハハハ！」

音在は、枝野の皮肉タップリのジョークに大笑いした。

「じゃあ、音在くん。今回、君が本社に出て来た用件にかかろうか。おーい、衆樹くん。音在くんが来てくれたんだ。ちょっと、別室に行って打合せしようじゃないか。」

本社には、正月の社長訓示や入社式で使用するための広いフロアがあり、普段は予備室という社員のサロンとなっていた。その一郭に三人は陣取った。

衆樹は、音在の来訪を甚だ迷惑そうな表情で迎えた。

「音在さん。悪いんですけど、僕はカフジなんかには行きませんからね。何で、カフジで一度苦労した僕が、また応援要員で行かなければならないんですか。営業部では巧く現地赴任を逃げ回って、人が現場で苦労している間に美味しいポジションをがっちり確保して手離さない連中ばっかりですよ。便利使いばっかりさせられてたまるかって言うんですよ。」

「おい、お前！　俺に向かってよくそんなことが言えるな！」

音在は気色ばんだ。しかし、音在には衆樹の言い分も良く解っていた。


集まった三人のうち、ふたりは原油出荷に関わったOBであり、音在が現在の責任者であった。ここ数代のシッピング責任者は、枝野の次は現在石油開発業連盟に出向させられている有川、その後任が衆樹であった。音在は、衆樹より二期上に当たるので、人事の流れからいうと本来なら出番はなかった。ところがイラン・イラク紛争末期の戦争の激化によって、カフジ基地への波及が懸念される事態となった。序列から言うと衆樹の後任に当たるべき大家が、有力取引先の石油精製会社の重鎮の御曹司という立場のお陰で、うまく赴任を免れた。その結果、一度目の現地赴任で現場にコンピュータを導入して、船積み書類作成の機械化を実現させた実績のある音在に出番が回ってきたのだった。

来航タンカーがイラン軍のエグゾセミサイル攻撃を受けて大破したり、カフジ沖合にイラン軍のガンボート群が押し寄せてきて、旋回機銃を乱射する示威運動のいやがらせをしてみたり、浮遊機雷がカフジ港の入り江に漂流してきて、処理を誤ったコーストガード二名が従業員の見守る中で爆死したりで、イラン・イラク紛争の末期は現地事情も逼迫していた。

そうした背景から、本命に代わって音在が再赴任したのは、湾岸危機が起きる二年半前の出来事であった。後に遭遇することになる湾岸危機の恐怖をまだ経験していなかった段階では、イランとイラクの軋轢が引き起こすこれらの事件は、後任候補者が逃げを打ちたくなるほど十分に衝撃的であったのだ。

営業部を巡る人事の致命的な欠陥は、営業部の尖兵として瘴癘の地で頑張ったシッピング経験者が帰任した後、その苦労を全く処遇面に反映されないことであった。枝野以前の先輩たちにも言えることだが、シッピングOBの帰任後に準備されるポストは、営業部の本流とは言えない軽量ポジションばかりであった。資金操作の秘密業務を裏付けとした権力を手中にしている野上が、人事権者に越権な主張し始めるようになってから、この傾向はさらに顕著になっていた。枝野は、現地での功績や年次から言えば営業部次長を務めていてもおかしくないのだが、調整役などという部下もいなければ実態もない職位についていた。有川に到っては業界団体へ出向させられ、冷や飯を食わされていた。衆樹は課長に昇格しても遅くはない年次なのに、同期生の企画課長の下で調査役に甘んじていた。

親アラブを連想しそうな社名とは裏腹に、厳しいシッピング業務の責任者として営業部から手を挙げて赴任した社員は、未だかつてひとりもいなかった。

責任感と常識を有し、人が良くて命令に逆らえないタイプが、時の必要に応じて着任するのが歴代のシッピング責任者の流れであった。一方が現地で苦労している間に、現地行き回避に成功した者はさらに着々と地場を固め、帰任者に自らのポストを譲る事例は皆無だった。

現地赴任者の人選をさらに容易にするための奥の手が中途採用であった。

社員全員が機会均等のもとで順番に兵役が回ってくるべきなのだが、現地で苦労する話には中途入社組が優先的に指名される。途中入社した分だけ深い社内事情は解らないし、格別の人間関係の庇護もないから、従順に社命に従うだけである。そして、現地要員としての評価と任務が定着する。有川は音在の入社三年前に行われた中途採用者のひとりだった。

音在が一回目の現地勤務でシッピングへのコンピュータ導入という難プロジェクトをつつがなく終えて、同期帰任先の総務部で台頭著しい存在となったことを、大学卒業年次が同じである野上は片腹痛く見ていた。もう一度、現地へ外して明確な差をつけておかなければならないと考えていた。自分のシッピング再赴任の背景を、音在の洞察は読み切っていた。

衆樹の協力拒否は、そんな危険な所に行ってたまるかという正直な気持ちとともに、営業部へのドス黒い怒りから来るものだった。しかし、それを理解していては崩壊しかかった現場の建て直しにならない。

「衆樹くん。営業部に対する不満を聞きに来てるんじゃない。お前が三年間のシッピング勤務で疲れ切ってよれよれになっていたのを、交代してやったのはこの俺だ。その俺が、協力を頼んでるんだ。」

音在の言葉を、年長者として枝野が引き取った。

「おい、衆樹くん。こうしようじゃないか。この話は、僕と音在くんと君の三人だけの問題と考えることにしよう。我々が深く係わって築き上げて来たシッピングが、今崩壊の危機に瀕している。ここはひとつ、君が音在くんを助けてあげろよ。音在くんが必死で掻き集めてきた新米スタッフを、早く一人前にするように協力してやれよ。僕だって、敦賀部長が来年六十歳の定年を迎えたら、どうせ後任の部長で三回目の赴任をさせられるんだから、現場がガタガタになっていては困るんだ。僕も君もシッピングOBじゃないか。」

枝野の言葉に衆樹の感情が少し動いたと観察した音在は、さらに条件をつけた。

「それじゃ、こういう条件ならどうだ。今度掻き集めるスタッフはシッピング業務はまったくの素人だから、理想を言えば衆樹くんに三か月出張して貰いたいんだ。しかし、出張は出来高払いでどうだ。スタッフの教育訓練が一か月で完了したと俺が認めたら、それで帰っても良いぞ。」

両先輩の口説きを受けて、衆樹も徐々に考え方を改めた。ふたりとも極めて純粋にシッピングの建て直しを心配していた。ふたりの説得に、営業部人事のような腹黒い意図は何もなかった。

「解りました。それじゃ僕も出張しましょう。ただし音在さん、本当に作業が完了し次第帰してくれるんでしょうね。」

「心配するなよ。男の約束だ。」

音在はひと安心できた。これでシッピングの体制は間違いなく再建できる。

たまたま予備室の別の一郭では、別の四人の社員が頭を集めてひそひそ話の打ち合わせを行っていた。メンバーを見ただけで、音在には話の内容が理解できた。この厳しい状況の中で、カフジへの赴任の内示を受けた社員たちが何人かいた。その内三名が赴任を拒否していた。鉱業所にもこの噂は伝わっており、死ぬこともあるかも知れない場所で現場を守る社員もいるというのに、赴任拒否が許されるのかと憤るカフジ勤務者が多かった。老親が体調不良を訴えていたり、子供が病気であったりして、祖国に悩みを残して赴任できるかという肉親感情は理解しても、体どころか命を張って任務を全うしているつもりの音在は、やはり許せなかった。

赴任拒否している三人に対して、挫けずに自分の主張を通せとハッパをかけているのは、今は本社に帰任しているカフジ日本人会の前会長を務めていた渋沢であった。音在が横を通る時、さすがに四人は会話を中断して気まずそうに音在に黙礼をしたのだが、当然ながら会話には到らなかった。

営業部主催の音在の慰労会は、予想通りの空虚なつまらないものであった。

野上はもちろん顔を出すはずもなかったし、出てきたところでもっと音在は不愉快だったであろう。山路部長は冒頭に改まって挨拶しただけで、用事があると言ってそそくさと帰っていった。三人いるはずの課長代理の内、足利だけが参加してヒヤヒヤ笑いながら座持ちをしようとするのだが、さっぱり座が盛り上がらなかった。不本意ながら出席させられている若手社員の心境はそれぞれ複雑だった。湾岸危機以来、出席者の殆どが、音在に電話を通じて怒鳴りつけられていた。それに、野上の恐怖政治に骨抜きにされている社員ばかりだから、余り音在と親しく口を訊くと、後で野上の報復がこわいのだ。もっと恐ろしいのは、音在の眼鏡にかなって、シッピングの助っ人としてカフジの出張させられることだった。ひとりだけ、カフジの現状について中身のある質問をしてくるのは神永であった。神永は、すでにナイトシフトに組み込まれて働いている茂田の次に出張することを指名されていた。野上がのさばる営業部にあっても、神永だけは我が道を行くタイプの珍しい存在だったが、こいつは使えると音在は再認識した。自分の任務を男らしく認めている。二年前に年末恒例の若手トレーニングのために鉱業所へ出張した際も、アラブ人スタッフと仲良く協働して音在を喜ばせていた。営業部にしてみれば、歓迎すべからざる音在の短期帰国ではあったが、音在は衆樹の説得と神永の士気の確認という成果を得て満足した。

音在は本社のあちこちに顔を出さなければいけなかった。留守宅を励ましてくれたと実感できる先輩や同僚はすべてその対象であった。

湾岸危機直後に、鉱業所の督励と従業員の生命の安全確保のためにバーゼル石油大臣へ掛け合いに急行した長岡副社長と周防監査役のところにも、敬意を表さなければ気が済まない音在であった。

入社した時の直属の上司である森永のところにも無事の挨拶を欠かせなかった。森永は新規油田開発プロジェクトを取りまとめる本社企画部長となっており、音在の任務とは業務上の関係はなくなっていた。しかし、森永は毎度の休暇の度に音在の来訪を大歓迎してくれた。

「おい、音在くんが来てくれたよ。倉ちゃん、今日はもう仕事を片付けるか。」

森永は、窓際の並び隣に座る倉沢次長を促した。音在の休暇の際の、いつものパターンであった。森永が音在の上司であった課長時代、倉沢も課長代理として森永に仕えていた。倉沢は音在とは社宅も隣組であり、音在を可愛がるとともに大きな影響を与えた先輩のひとりであった。会社の人間関係の中でも、このふたりと飲む時には、音在は遠慮なく本音を打ち明けられる。有難い先輩たちは、音在の現地での苦労をお義理ではなく心から労うのであった。

帰国して三日目が、由紀子の進学面接の日に当たっていた。

娘の通学するドミニク学苑は、幼稚園から高校まで一貫教育となっており、余程問題がない限り小学校から中学への進学を拒否されることはなかった。

しかし、単身赴任が三年経過する間、小学校で開催される各種の父兄参加型の行事に出席してやれなかったのは、音在にとって大きな精神的負い目であった。小学校の卒業式には参列してやれそうもないけれど、進学面接という重要な節目には、是非とも出席してやろうと以前から考えていたのだった。

由紀子は緊張している中でも、久し振りに両親が同伴しているのが心強かった。

しかし、肝心の娘に対する質問は全然出て来なかった。学苑長を始めとする三人の面接官は、次々と音在に質問をした。

「藤堂さんは、どうしておられるのでしょうか？　大丈夫なんでしょうか？」

イラクで人質になっている藤堂は、同じく子供たちをドミニク学苑に通わせていたのだ。陽気で弁舌爽やかな藤堂が本社在勤していた間は、ＰＴＡでも非常に目立った存在であり、学校で大会合のある都度司会役を依頼され、行事運営には際立った貢献を果たしていた。当然のことながら、学苑長始め学校関係者の敬愛を集めており、やっと藤堂家の家族だけ解放され帰国したというものの、行方の知れない藤堂の身を案じて学校側も気が気ではなかったのだ。音在も学苑長の心配を察して、知っている限りの現地情報を総合して説明した。二十分の面接時間は、肝心の由紀子へ何の質問もされないまま、予定時間を越えてしまった。これではいけないと気が付いた学苑長が、思い出したようにひとつだけ由紀子に質問した。

「由紀子さん。中学へ上がっても、一生懸命勉強しますか？」

「はい。頑張ります。」

由紀子が一言答えると、進学面接は終了した。

家に帰ると、妻の美知子が珍しいことを言った。

「あなた。この週末には、滋賀大柔道部のＯＢ戦があるんじゃなかったの？　たしか案内状が来ていたわよ。試合をしに、彦根に行ってらっしゃい。」

音在は驚いた。日本にいる時は、音在が母校柔道部のＯＢ戦に行くというと、必ず嫌な顔をしていた妻であった。

音在ほど卒業後も熱心に母校柔道部と係るＯＢも珍しかった。日本に居る限りは、毎年十一月の第一週末は彦根に『行く』というよりは、『帰る』男だった。いつも前の日から出掛けて、懐かしい仲間や後輩たちと痛飲してから、翌日の現役学生対ＯＢの試合に臨む訳である。妻が夫の彦根行きを嫌がる理由は、行楽シーズンに家族が放っておかれることもさることながら、いつも音在が大散財して帰ってくるからである。柔道部の掟は、必ず先輩が支払いを持つことだ。卒業して二十余年も経てば参加するＯＢは年々少なくなる。その分だけ費用負担が増えてくるのは当然である。それでも、いそいそと母校に通う夫を、妻はほとんど病気の産物だと決めつけていた。

　この三か月以上もの間、死ぬかも知れないという心配を掛け続けていただけに、さすがの音在も、短い休暇中にＯＢ戦で留守をすると言い出すのはためらっていたのが正直なところだった。美知子にしてみれば、音在の一年後輩の主将を務めていた寺沢が、会社に掛け合ってでも音在を帰そうかと言って励ましてくれたのが余程嬉しかったのだろう。それに、美知子は精神的に疲れているはずの音在にとっては、愛する母校柔道部のＯＢ戦で闘うことがどれほど心の励ましになるかを理解していたのだった。

　音在は、妻の思い遣りを有難く受けることにした。親父が死ぬ死ぬと心配して精神的に落ち込んだために、学業成績が下落の一途を辿っている長男の浩一郎を連れて行くことにした。なるほど、親父はこんなに元気なのかと具体的に見せる絶好の機会になると音在は考えた。

　寺沢には帰国直後に、留守宅への励ましのお礼の電話をしていたのだが、音在は再度連絡した。

「おお、寺沢か。やっぱり俺もＯＢ戦に出ることにしたぞ。もちろん、お前も行くだろう？」

「ああ、やっぱり行かれますか。音在さんが出場されなければ、ＯＢ戦になりませんよ。」

　短い日本滞在であったから、日帰りのＯＢ戦の参加にならざるを得なかったが、寺沢との新幹線の道中も楽しかったし、心の故郷である彦根の自然と街並みの古いたたずまいも、音在の殺伐としかかっている気持ちを慰めてくれた。

　井伊家五十万石の城下町である彦根は、太平洋戦争の戦災にも遭わず古い昔のままの街並みを現在にとどめており、学生時代と変わることないゆったりとした雰囲気の中に『帰郷』した音在を迎えてくれた。

　駅についてから暫く寺沢と別行動をとった音在は、大学時代の尊敬して止まない恩師の佐倉孝一郎教授の邸宅に挨拶に訪れた。

「心配してましてな。そうですか、元気でしたか。それで、現地の情勢はどうなってますかな？」

　恩師は、ゼミ時代と変わらない慈顔に笑みをたたえながら、現地の話を促した。

「音在くんなら、絶対大丈夫やて毎日噂してたんよ。」

妻の美津子もいそいそと話に加わった。

学生時代の音在は、一年生の時から佐倉教授邸には質問テーマを捻り出しては足しげく通い詰め、学内の論文コンクールに果敢に挑戦しては一年生のくせに第一席を獲得した。佐倉は、このユニークな学生を心から可愛がった。音在が選んだゼミはもちろん佐倉ゼミであった。佐倉を尊敬する音在は、佐倉に認めて欲しいがために勉学に励むとともにゼミの幹事長も引き受けて、教授からの指示を待たずとも自主ゼミや旅行といった企画も積極的に打ち出して、ゼミ活動を盛上げた。社会に出てから五年目に音在は結婚したのだが、上役におもねって仲人を依頼するような真似はせず、佐倉に媒酌の労をお願いした。

生まれた長男は、佐倉の名前にあやかって浩一郎となずけた。

「非常に大変なことは事実なんですが、まあ何とかやってますよ。間違っても、死ぬような方向への選択は致しませんから、どうぞご心配なく。」

音在は、横で息子が聞いていることを意識しながら、元気なやりとりをした。

「先生、今回は誠に申し訳ないんですが、短期の帰国なもので、日帰りで柔道部のOB戦に参加します。元気でやっていることだけを先生にご報告して、試合に遅刻しないようにぼちぼち失礼をしなければなりません。」

「おお、そうですか。まだ、試合に出るつもりですか。」

「はい、現地でもまだ柔道の指導をしているので、体は動きます。」

「音在くんが元気なのを確認できれば、これで十分です。大変だろうが健康だけには注意して下さいよ。試合、頑張ってきて下さい。」

その年のOB戦は、音在にとって忘れられない意義深いものとなった。

彦根駅から柔道場に先行していた寺沢が、現役部員たちに音在先輩を励まそうと前宣伝してくれていた。心から柔道部を愛する音在にとって、学生たちの歓迎はこの上なく嬉しいことだった。しかし、学生たちの歓迎の仕方は単純で、考えようによっては四十三歳になっている音在には迷惑なものだった。OB軍の先鋒で出場した音在の対戦相手は、柔道着の背中に『滋賀大学　伊藤』と縫込みをした選手であった。つまりレギュラー選手だ。ＯＢ軍は卒業年次の古い方から先に試合に出て、その年卒業したばかりの若者が大将として出場する。これに対して現役軍は、一年生が先鋒に出て、上級生が後に並ぶ。つまり、現役軍の先鋒は一番弱い新人であると決まっていた。このレイアウトが、歳を食ったＯＢには適度のハンディになるのだ。音在より古いＯＢが試合に出場しなくなって久しかった。従って、音在は、先鋒として美味しい思いができるものだとばかり期待していたのだが、大きくあてが外れてしまった。素朴で純粋な学生たちは音在が現地で柔道の指導をしているのを知っている上に、危地で健闘する先輩を励まそうと気を遣った結果、関西学生選手権の出場メンバーを対戦相手に当ててきたのだった。光栄な誤解である。現地で細々ながらも柔道を続けているとは言っても、選手年齢をはるかに過ぎた音在は、現役時代のような即応な切れ技を放てない。その代わり、踏んできた場数が違うので、相手が出そうとする技も手に取るように読むことができた。仕掛けた技の数は八分二分で明らかに現役優位ではあったが、どちらも有効技には到らず、判定結果は引き分けだった。レギュラー選手相手の引き分けであったので、音在はまずまず満足のいく結果と言えよう。音在にとっては試合の結果もさることながら、元気に逞しく現役相手に試合をしているところを息子に見せることが大切であった。その効果は十分過ぎるほどであったと、音在は息子の表情から判断できた。

短い休暇中に音在にはもうひとつこなさなければいけないスケジュールがあった。本社時代の部下の女子社員であった大田と小林との一杯である。ふたりは敬愛する上司であった音在が休暇で帰国する度に、励ましの飲み会に付き合って現地の話を聞くのを楽しみにしていてくれた。

男しか働いていないカフジの殺伐とした環境で長期に働く音在にとっては、彼女たちと過ごすひとときは命の洗濯的な楽しいものだった。休暇の都度、定例化していた会合であったが、切迫した忍耐だらけの三か月を過ごしてきた今回は、その楽しみもひとしおのものがあった。

音在が再赴任するまでの四年間半、広報課で仕事した間、ふたりは音在の下で働いたのだが、よく気のつく仕事振りは申し分なかった。音在がカフジに去った後も、バレンタインデーには、女子社員たちの音頭を取って、大量のチョコレートを現地まで贈り届けたり、折りにふれては本社の近況や励ましの便りを送ってくれて、音在の現地での無聊を慰めてくれていた。小林は大田の入社以来のお姉さん役であった。女手一つで子供たちを育てた母親に似て、気配りに溢れ母性愛に満ちた女性であった。突っ走るタイプの大田とは好対照の名コンビだった。

「坂上に託送してくれたスポーツシャツをどうも有難う。早速愛用させて貰ってるよ。」

「あれ、ふたりで探すのに苦労したんですよ。四軒もお店を回って、やっと一番音在さんに似合いそうなものに決めたんですから、今夜はウンとご馳走して頂かなきゃネ。」

大田と小林はいたずらっぽく、笑って顔を見合わせた。他愛のない話を楽しみながら、音在は現地で直面している難局を切り開いた後は、また彼女たちの上司として一緒に働きたいと心の中で考えた。二度目のカフジ勤務は、既に単身赴任年限の目安とされている三年を過ぎていた。

カフジへ戻る前々日に、テレビ全局が湾岸情勢の変化を伝えていた。

やっと人質たちの部分的解放が実現したのだ。国連のイクリアル事務総長がイラクの国連大使に公式折衝の中で説得に当たる一方、夫が人質となっているイギリス人の妻たちはバグダッドまで押しかけて、夫を帰せデモを打った。

公式折衝を重ねる一方、ありとあらゆるゲリラ戦術によるイラクの暴虐への批判と、アメリカが匂わせた軍事行動の緩和ムードに、サダム・フセインは年齢五十歳以上の人質の解放を譲歩した。

日本の政治家たちも超党派で人質解放のために立ち上がり、イラクとの外交経験のある大曽根靖高元首相が、人質解放を勝ちとるための特使としてサダム・フセイン大統領を訪問した。重要折衝の通訳は、園池小百合衆議院議員が務めた。カイロ大学へ留学経験のある園池は英語にもましてアラビア語が堪能であり、外務省が準備した通訳よりも余程実践的に機能した。特務機関出身の父を持つ園池は、度胸も抜群だった。特使一行が宿泊したバグダッドのホテルは、盗聴器や隠しカメラが装備されているのが当たり前であり、トイレといえども安心できなかった。しかし、園池はその美貌には似つかわしくない女傑ぶりを発揮して、開き直って用を足した。

「見られたところで、なんぼのもんじゃい！」

音在が朝食を取りながらテレビをつけると、思いがけず五十歳以上の人質たちの解放シーンが画面に現れた。見るからにやつれ果てた日本人たちが画面の中で食事をしていた。彼らは解放を前にして再びモンスールメリア・ホテルに集合させられたのだ。

音在は、食事を忘れ、必死で解放された日本人たちの顔を目で追った。

「いた！」

塩沢がいた。浜尾がいた。橘がいた。

会社の先輩たちの顔を発見すると、音在の眼には滂沱の涙が流れた。

皆、無精ひげを伸ばし、短いニュースシーンの中でも疲れ切った様子が見てとれた。しかし、画面に登場できた彼らの安全は、これで確保されたのだ。

本当に良かった！

ただ、四十九歳の藤堂所長と増井、四十歳の竹村は含まれていなかった。

サダム・フセインの卑劣さを、音在は再度認識した。この部分的な人質解放は、解放された者と残される者との間に、筆舌には尽くせない葛藤を生んだに違いない。人質が張り付けられた四十箇所の戦略拠点では、お互いの不運を励まし合うコミュニティが生まれていたはずだった。

誰かが許され、自分はさらに残されるという状況は、精神的には極めて残虐である。解放される者は助かったと安堵する一方、残される者に申し訳なくて立ち去り難い。残される者は救われる者を祝福する一方で、何故自分だけがという嫉妬の念から抜け出せない。源平の昔、平清盛の暗殺を企てた鹿ケ谷の陰謀の当事者七名を喜界が島に流刑した上で、清盛は数年毎に流刑者を一名ずつ赦免した故事がある。そして、首魁であった俊寛僧都は最後のひとりとなった。清盛の残忍な仕置きで、俊寛だけは赦免されることはなかった。拘束された者の心理を憂慮する音在は、そんな古い史事を思い出したのだ。

解放された日本人ビジネスマンたちは、翌日の夕方成田空港に到着した。

音在も出迎えに駆け付けたかったのだが、翌朝のフライトでカフジへ戻らなければならないので、空港までは行けなかった。その代わり、塩沢や浜尾が自宅に到着する時刻を見計らって慰労の電話を掛けた。

「浜尾さん、ご苦労さんでした。良かったね。ゆっくり休んで下さいよ。」

「おお、師範かい。有難う。今、どこから電話してくれているんだ。」

「たまたま、短期帰国して東京にいるんです。明日、またカフジまで戻ってしまいますので、空港までお迎えに行けませんでした。」

「師範に話したいことが山ほどあるんだ！」

「そのうち、色々ご苦労談を聞かせて下さい。では、一足お先に現地に戻りますので、ゆっくり休養して、あとから来て下さい。」

浜尾は異常な程昂奮していた。さもありなんと、音在は浜尾の心情を察した。

喋らせておけば、二時間でも三時間でも浜尾は話し続けるに違いなかった。

しかし、一声見舞いの言葉を掛かるだけで、男同士の気持ちは通じた筈だ。


塩沢の反応は対照的だった。

「カフジでお世話になった音在と申します。今回はご苦労さまでした。一言だけお見舞いを申し上げたくてお電話しましたが、お父さんは如何ですか。」

「はあ、父は休んでおります。今日はどなたともお話したくないと申しておりますので、失礼させて頂きたいのですが。」

「いえいえ、結構です。ただ、音在がご苦労さまでした、ゆっくり疲れをとって下さいと申していたとお伝え下さい。」

「はあ、お見舞い有難うございます。」

余人には理解できない程の苦労や恐怖を体験した直後の気持ちの現れ方は、これも当然だろうと音在は理解した。


本社での重要折衝と充電を終えて、音在は思い残すことなく成田を後にした。

二度目の現地勤務に赴いた三年前は、見送りロビーで娘の由紀子が、それこそ顔中を口にして大泣きして音在を困らせた。

音在自身、望んだ再赴任ではなく、イラン・イラク紛争末期の危機感に恐れをなした本命が巧妙に逃げてしまった挙句の現地行きだったので、娘の嘆き悲しみ振りを前にして居たたまれなかった。

搭乗の制限時間までまだ一時間近くあったのに、耐え切れなくなり涙が出そうになった音在は、後ろ髪を引かれる思いとは裏腹にサッサと搭乗待合室に入ってしまった。同じフライトで初めてのカフジ勤務に赴く安西と村田は、搭乗時間の制限ギリギリまで妻や子供たちの手を握って別れを惜しんでいた。

待合室で水割りを飲んでいた音在に追いついたふたりは、完全に音在のことを誤解していた。

「音在さんって、さすがですね。本当に旅慣れていらっしゃる。僕なんか、家族と別れるのが辛くって辛くって一秒でも一緒に居たかったのに、音在さんなんか、毅然としてサッと中に入ってしまわれるんですから。」

『馬鹿か、こいつらは。俺の感情の量はお前らより大きいんだ。俺の悲しみはお前らより深いから、居たたまれなくなって中に入ってしまっただけだ。』

音在は心の中でつぶやいた。しかし、後輩の折角の誤解を尊重して、男の見栄を張ることも忘れなかった。音在は、何気なさそうに返事を返した。

「おう、まあな。」

涙の別れから三年。由紀子も精神的に成長した。特に、母親が音在からの電話に出られなくなってから、その成長振りは著しかった。成田に父親の出発を見送りに来た由紀子はもう泣かなくなっていた。二人とも、音在の無事と元気を確認して、笑顔で音在の出発を見送ってくれた。

家族と別れてキャセイ航空に搭乗した音在の座席は、空港の見送りデッキ側の窓際であった。窮屈な姿勢をとって小さな窓から見送りデッキを見渡すと、サテライトターミナルに横付けした飛行機を凝視する大中小の三人の人影が確認できた。家族だと音在は直観した。飛行機が飛び立つのを最後まで見送ってくれようとしてくれている姿だった。それを確認したことを通信したいと、音在は願った。しかし、五十メーターも離れたデッキのガラス越しに、小さな飛行機の窓の中を確認するのは明らかに難しかった。それでも、音在は、左手を飛行機の窓に密着させるようにして、ヒラヒラと左右に振り続けた。

最初にこれに気がついたのは浩一郎だった。意思が通じた証拠に、これを発見した浩一郎は、見送りデッキの中でピョンピョンと飛び跳ねながら大きく手を振った。ほらほらと急かされて、美知子も由紀子もこれに気が付いた。窓枠の範囲の中でヒラヒラ手を振る音在に合わせて、三人は揃って大きく手を振り続けた。

飛行機が離陸して、スチワーデスに頼んだ水割りを飲み干すと、音在は頭の中を切り替えなければならない自分を再認識していた。

家庭の団欒から離れて、これから待っているのは戦地にも等しいアラブの原油出荷現場であった。

第17章　緊張の現場復帰

音在は、カフジへの帰路にバハレーン経由コースをとった。

キャセイ航空機はバハレーンの首都マナマに到着した。民族的体臭であるムッとした羊の油臭い匂いが漂ってくると、音在はアラブに戻って来たことを暑さと嗅覚で感じとった。

アラビア湾に浮かぶ島国バハレーンは、サウディアラビアとは四十キロの海で隔てられているのだが、海上に架かるコーズウェイと呼ばれるハイウェイで結ばれている。石油に裏づけられた経済力が可能にした二十世紀の夢の掛け橋である。バハレーン空港には午前二時の到着であったので、渡海橋の中央にある人工島にあるサウディ側のパスポート・コントロール事務所に到着した時は、係官はうたた寝をしており、不機嫌そうに音在の入国審査をした。長々とパスポートを弄りまわした挙句にポイと投げて寄越すと、審査の完了である。

いつものことながら、問題はその後に続く税関検査であった。イスラームの教えの中でも一番戒律の厳しいワハブ宗が国と民を律するサウディでは、酒類の取り締まりが極めて厳しい。もし、万が一ウイスキーのミニチュア壜でも発見されれば、税関に併設されている拘置所に即時に収監され、厳罰を課される。

いまだに、殺人、放火、強姦に対しては斬首、窃盗に対しては手首切断の公開処刑を毎週金曜日に実施しているお国柄であるから、酒の持ち込みに対する刑罰の過酷さも、日本において麻薬で摘発された場合より恐ろしい。因みに、サウディアラビアにおいて麻薬で逮捕されることがあれば、待っているのは公開斬首による死刑である。日本アラブ石油開発の社員のように、アラブの習慣をよく知っているものは、間違ってもアルコール類の持込をしない。

しかし、初めてサウディに入国する者の中には、酒が飲めなくなるという脅迫観念のせいで、危険覚悟で持込を図る者もたまにはいる。そして、トランクの中身をひっくり返すような税関のチェックに遭った挙句に拘置所に引っ張り込まれ、多くの場合は厳罰に処された上で強制国外追放の処分を受けることになる。

アラブ在勤が通算七年を越える音在は、もちろんそんな冒険をしたことはなかった。しかし、これなら問題なかろうと思って持ち込んだタイの観光ガイドブックに掲載されたナイトクラブ紹介の写真が、ポルノに当たるとして没収されたことがある。また、日本を出る時に飲んでいた医者から貰った粉末の風邪薬に麻薬の被疑がかかり、無実を言い張るために小一時間を要した経験もあった。係官の前でわざとらしく咳き込んで鼻をかんで見せたり、粉末薬をなめて見せ、演技しなければならなかった。

「お前もなめてみろ。これが麻薬にみえるか。」

やっと無実らしいことが証明されたが、風邪薬は没収処分となった。

かつて後輩の海道が経験した通関でのトラブルなどは、悲劇を通り越して殆ど喜劇の領域に入り込んでいた。現地赴任前の実績作りの長期出張で、海道がカフジに入ろうとした時のこと。全所持品のチェックをした係官は、海道の保有している出張の帰途のための航空券に目を止めた。航空券の裏表紙にはヘネシーのブランデーの広告が印刷されていたのだ。日本人の目から見れば、別に珍しいものでも何でもない広告写真に対して、係官は激昂した。

「酒だ!!」

係官は、海道から取り上げた航空券をビリビリに引き裂いて、空に向けて放り投げた。生殺与奪の全権を握っている係官に対して抗弁の術はない。

海道はションボリとしてカフジまで辿り着いたが、トラベル・エージェントに事情を説明して航空券の再発行を申請するのに手数料を取られたのは言うまでもなかった。

成田からバハレーンまでの時間潰しに読んできた三冊の週刊誌を、ポルノの被疑を避けるために、いつものように音在は機内に残してきた。

税関が問題としたのが、カフジで待つ同僚たちのために、成田空港で大量に仕入れた鯖のバッテラ寿司であった。十六時間のフライトを経る間に発酵が進み始めた鯖寿司の美味そうなすっぱい匂いが、アラブ人には到底食べ物だとは理解できなかった。大金をはたいて求めた鯖寿司を没収されてはたまったものではない。

「カフジで仲間たちがこれを食べるのを楽しみに待っているんだ！」

音在は、ひたすら『カフジ』を強調した。カフジがどんな有様になっているか、現地人たちの間でも噂が伝っているに違いない。音在はひたすら係官の情に訴えた。係官は、手に鯖寿司の匂いが残るのを嫌うような仕草をして、行って良しと手を振った。

タクシーがコーズウェイを渡り切ってサウディアラビアに入った時には、夜の闇がうっすらと明けようとしていた。音在は、薄暗がりの中を驚いて目をこらした。コーズウェイに程近い海岸添いの広大な空地には、十日前にはなかった大型戦車群が整然と並べられていた。薄暗がりの中では、高速で移動するタクシーから正確な数は勘定できなかったが、列の数を勘定した結果、三百輛は軽く越えているのが推定できた。

音在は、サウディ東部地区の海岸に接したアルコバール市のメリディアン・ホテルで仮眠をとった。これは、音在が休暇に出る時のいつものパターンだ。音在は、カフジから三百五十キロ離れたホテルまで、愛車のトヨタクラウン・ロイヤルサルーンを飛ばして来る。そして、休暇の帰途に仮眠休憩することを条件にして、ホテルに愛車を預けておくのだ。

車の鍵を預けておけば、バッテリーの充電のために時々車を走らせてくれるので、長期の休暇を終えて戻って来たとしても、一発でエンジンがかかり直ぐに役に立つ態勢が整っている。また、アルコバールからカフジまでの帰りのドライブのためには、十六時間の長旅の疲れをホテルでの仮眠で癒しておくのは、安全対策上必須のスケジュールだった。

音在が目覚めたのは、昼過ぎであった。夕食には鯖寿司を持って帰る旨を小倉に電話してあった。それを楽しみに音在亭に集まる常連たちのために、夕方までにはカフジに到着しなければならない。音在はシャワーを浴びて着替えると直ぐに愛車を発進させた。

クウェイトとサウディ東部地区の三都市、ダンマン、アルコバール、ダハラーンを結ぶ幹線道路、通称クウエイト・ダンマン街道は片道三車線の超一級道路であり、しかもいつもは行き交う車も少ない。

音在はクウェイト・ダンマン街道のドライブの巡航速度は時速百九十キロと決めていた。二百キロを越えて走行した経験も度々あったのだが、タイヤがバーストでもした場合、百九十キロまでならば何とか車を制御できると体感的に悟ったからである。それ以上の速度だと、車がスピンしたり横転したりするのを防ぐ自信がなかった。

その日のクウェイト・ダンマン街道の状況は、休暇前とは大きく様変わりしていた。戦車や装甲車を始めとする各種車両を積載した重量物運搬トラックが、各々約一キロのコンボイを構成して、続々と北に向かっていた。

戦車を積んだ車列が一キロ続いたら、次は装甲車の運搬車が一キロ後続するといった具合だ。音在は、コンボイが周囲に与える迫力と壮絶さに息を呑んだ。

戦車や装甲車は、音在にも直ぐに見分けられるのだが、初めて見る種類の専門車両には頭をひねった。医療や通信や或いはシャワー専用車もあるのかも知れない。明らかに乗用車ではない、小屋のようでいて何か機能的に感じられる奇妙な車の種類と用途は、門外漢の音在には良く解らなかった。

相対的に低速で北上するこれらの車列を、音在の愛車は面白いように追い抜いて走った。追い抜かれる米兵たちは、何で日本製の普通乗用車が、砂漠以外に何もない道路を高速で北に向かうのかと珍しく観察していたに違いない。

各種戦闘用車両のコンボイは、カフジの約百キロ手前のアブハドリアと呼ばれる地点からダンマン街道を西に外れて、何もない砂漠の中に消えて行った。

このあたりの砂漠を輸送の終点として、後は戦車や各種車輌は布陣指定された各々の定位置まで自走して配置に着くのだろう。何故ならば、砂漠地帯をこれらの重量運搬車両が走行するのは無理だからである。舗装もされていない砂漠や土漠の上を重量運搬車が走ったら、たちまちスタックして砂にめり込むのが落ちである。

一回目の現地赴任時に砂漠で冒険して、二度も蟻地獄のようなスタックの恐ろしい体験をしている音在は、多国籍軍の苦労を類推した。

すでに運搬車両から下ろされた大型戦車が、試運転とおぼしき疾走をしているのも目に入った。砂漠の中をもうもうたる砂塵を上げながら、戦車がかなりの速度で走っていた。

『これは勇壮だ！』

音在にとって意外だったのは、戦車の砲塔は軽快に同一方向に一回転できるのだ。回転限界は百八十度以内だと考えていた素人の音在には、新鮮な発見に映った。戦闘の予備段階の光景を横目で見ながら、音在はいよいよ戦争が有りうべき地域に戻って来たのを実感せざるを得なかった。

地上軍の展開が戦地の厳しさを予感させる一方、三百五十キロのドライブの間には、米軍戦闘機ファントムの軍事訓練も目撃することができた。

対戦車攻撃の訓練か陣地攻撃のシミュレーションかは解らないのだが、ファントムが高空から急降下してきて、あわや地上に激突かという低空ギリギリまで近づいた後、急降下とほぼ同じ軌跡を残して再び高空まで急上昇して行く。

その際の空気を切り裂くエンジン音と擦過音のもの凄さといったらなかった。もし、この急降下と急上昇を離れた地点で真横から観察すれば、急角度とは言っても、適度の降下角と仰角をもって戦闘機が飛行しているのが解るはずである。しかし、音在の車の走行方向と、ファントムの飛行方向がほぼ一致していると、もの凄い光景が眼前に展開する。ファントムは垂直に地面目指して急降下して、轟音を残して垂直に急上昇して行くように見えるのだ。

日本の面積の六倍もある砂漠だらけの広大なサウディアラビア。もっと内陸の人目につかない砂漠の中で訓練すれば良さそうなものを、何でわざわざクウェイト・ダンマン街道の傍まで来て壮絶なショーを見せつけているのだろうか。

単なるウォーミングアップではなくて、戦略的な目的があるように思えてきた。デモンストレーションであるとすれば、対内対外両面の目的があるはずだ。

対外的な効果を推察すれば、もちろんイラク軍に対する示威運動である。

サダム・フセイン大統領が自己のクウェイト侵攻を正当化するために主張しているように、この周辺国の国境は植民地経営を意図した先進国が人為的に策定したものであった。イラクはその歴史的誤謬を正すために、クウェイト侵攻に踏み切ったとしている。その幼稚な論法はさておいても、無理やり国境線を引いた結果、周辺のアラブ人は民族的に錯綜しているのは事実である。国境のこちら側で、米軍を主力とする多国籍軍が活発な軍事力配備と激しい訓練を施している情報は、直ちにイラク側に筒抜けに伝わっていると見て間違いなかった。

対内的な意味では、多国籍軍内部に臨戦ムードと必勝の確信を盛上げる効果があることは容易に考えついた。しかし、音在はもっと深層を読んでいた。

サウディアラビアはイラクの脅威から自国を守るために、米軍を主戦力とした多国籍軍の進出を認めた。米国のサウディ守護の一番深い目的は、アラブの残忍な独裁者サダム・フセインの脅威からサウディを保護することにより、ＯＰＥＣのリーダーであり石油価格の決定権者であるサウディに百年かかっても返せないくらいの政治的な貸しを作りたかったのだ。つまり、石油価格決定への影響力や支配力を強めて、西側最大の石油消費国としてのメリットを享受しようとするところにあった。軍事力の大動員と活発な演習は、とりも直さず、サウディに対してこれだけお前を守ってやっているという大デモンストレーションでもあるはずだ。

音在は臨戦の危機への恐怖も忘れて、日本では絶対にお目にかかれない地上と空中で繰り広げられて行く一大ページェントを楽しんでいる自分に気がつかなかった。

その夜の音在亭で並べられた料理は豪華なメニューとなった。

音在がカフジと日本を往き来する都度携える大型トランク二個は、必ず半分以上は日本食の珍味の類が詰め込まれていた。現地では絶対入手できない生イクラなどは、前の日から冷凍庫で凍らせておいて保冷剤で包み込むようにして長時間のフライトとその後に続く酷暑の移動時間にも保存できるようにして、カフジの食卓まで持ち込まれるのだ。

常連メンバーはお土産の鯖寿司や生イクラのカナッぺに舌鼓を打ちながら、音在に東京での噂話をせがんだ。変化の乏しいカフジ生活では、平時においても東京の話題や本社の噂が大歓迎される。ましてや、八月以来続く危機の中、会社の方針には、カフジの従業員全員が神経を尖らせていた。

一通りの本社での折衝や見聞したこと、そして帰路のダンマン街道で確認した軍備の拡充振りを話して聞かせた後、音在は逆に十日間の留守中のカフジでの変化を聞きたかった。僅かの期間の不在ではあったが、カフジ周辺の軍備も拡充されていた。国境から僅かの距離しかないカフジを防衛するかのように、カフジ北方十キロ地点を中心にして、イラク軍の侵攻に備えた迎撃陣地が増設されて、ハイウェイから視認できるだけでもその数七箇所を数えていた。

前日、車で状況偵察に出掛けた小倉が解説してくれた。

「十キロ地点のハイウェイが大きくカーブしているところがあるじゃないか。あそこに米軍やサウディ軍が、蓑虫みたいに巧妙に偽装していてサ。イラク軍が当然ハイウェイを利用して侵攻して来ることを想定しているんだよ。少しでも砂丘になっているところの南側を掘り下げて、一個小隊くらいの単位で機関砲を備えて潜って待ってんのサ。ネットに砂漠色のビラビラが沢山ぶら下ったもので覆われているから、良く見ないとあるかどうかハッキリ解らないんだけどサ。だんだん数が増えて来て、今、陣地は七ヶ所ぐらいはあるかなあ。」

「そうだよ。俺も見てきたんだ。観察しながら低速で走って、機関銃でも打ち込まれてはたまらないから、どうしても高速走行になるから全貌は解らないけど、七つはあったなあ。」

加山も同調した。

一日半前までの家族の団欒は霧消して、男たちだけの最前線に戻って来たことを実感せざるを得ない音在の部屋であった。

翌日、音在は自分自身の目で国境方面の状況視察に出掛けた。

万が一のサウディ陸軍兵とのトラブルに備えて、腹心の部下のファイサルも同乗させた。低速で陣地の近くを通って誰何を受けてもアラビア語で言い訳させるためだ。

なるほど、ハイウェイの傍に要所々々に巧みに偽装し砂漠の一部に化けたような陣地が築かれて、進軍してくるかもしれないイラク軍の戦車隊を迎え撃つ態勢を敷いていた。

覗き込む音在をファイサルが注意した。

「ミスター・オトザイ、横目で見て下さい。余り覗き込むと危険ですよ。もっと速く自然にドライブして下さい。そうでなければ、私は帰りますよ。」

乗り換える車もないのに、ファイサルは文句を言った。部下に促されて、偵察の終わった音在は、フルスピードに切り替えて帰路を急いだ。

軍隊の配備が終わり、仕事上も生活上も全く人や車の通らなくなった地域。

差し迫る危機の予感に満ち溢れた状況とは裏腹に、初冬のサウディアラビアの空だけがひたすらに蒼く高かった。

第18章　シッピング体制の建直し

アラブの地での朝の眠りは「アッラー・アクバル（神は偉大なり）、アッラー・アクバル……」という礼拝を呼びかける声（アッザーン）で破られる。

呼びかける声はボリュームを最大にしたスピーカーを通して、町中に朗々と響き渡る。単身寮で寝醒める男たちは、夢の中の家族団欒や恋人との語らいから現実に引き戻され、中東の石油生産基地で仕事していることを改めて実感する。

「ああ、ここはカフジだ。」

シッピング事務所は再建に向けて活気を取り戻した。営業部からの応援要員の茂田は、着任当初こそ、これ以上ないほどの迷惑に巻き込まれたと不機嫌を露わにしていたが、音在がナイトシフトの激務を残業代で処理するべきだと本社人事課長に話をつけたことと、一か月半の出張の終了が近づいて来たので元気を取り戻してきた。普段の顔にも本来の笑顔が戻ってきた。

音在が鉱業所の有力者の間を駆け回って他部から獲得してきた若手従業員たちは、音在が短期休暇を終えた十一月中旬にシッピング部に転属してきた。

沖合での生産から船積みまでのオイルフロー管理に従事していた原油生産部のモハムウド。音在亭の常連メンバーである経理部の日向の下で給与計算のアシスタントをしていたナーゼル。鉱業所に入所後、併設されている職業訓練所で学び、一番優秀な成績を残しているシャンマリ。九月にダハラン石油大学を卒業したばかりの新卒、シャムランの四名であった。

ダハラン石油大学は、サウディアラビアにある五大学の中で最高峰とされていて、事実優秀な学生を輩出するので有名であった。大学は石油省を始めサウディアラビアの中枢をなす官庁や世界最大の産油会社サウディ・アラムコに数多くの人材を供給していた。この一流大学の卒業生が日本アラブ石油開発に入社する例は稀であったが、カフジを故郷とする親孝行な長男であるシャムランは日本アラブ石油開発を選んだのだった。シッピングのような現業部門にシャムランのようなエリートが配属されることがまた、異例中の異例であった。

今回のこの人員補充は、城戸専務の大号令のお陰であったのはもちろんだが、音在と信頼関係を持つ、労務担当副所長のナイーフの深い配慮が働いていることは明白だった。ナイーフは日本アラブ石油開発がアラブ人従業員のモチベーション向上のために設けた海外留学制度の第一期生だった。

優秀な若者であったナイーフは南カリフォルニア大学に留学して優秀な成績を残し、そのまま大学院まで進んでマスターを取得して帰国した。修士まで進んだのは、カフジの留学制度史上唯一の快挙である。栄進して労務担当副所長を務めるに到って、アラブ人側の人事に関してはナイーフが一手に仕切っていた。

ナイーフは、アラブ人従業員を統率する音在の仕事振りの良き理解者であり、個人的にも音在に好意的な関心を抱いていた。鉱業所の電算部のコンピュータ運営ですら大変なのに、一回目のカフジ勤務でシッピングの現場に小型コンピュータの導入に成功した音在の働き振りに感心していたし、仕事の余暇にボランティアの柔道指導を行って、四年間に二百名ものアラブ人の若者を教え、国籍の分け隔てなく交流したことを評価していた。

湾岸危機勃発以来、足許が定まらない鉱業所各部の仕事振りの中にあって、敦賀、音在ラインの海務・原油出荷の業務の安定感は抜群であった。

その音在の許で一番の働き手であったパレスチナ人スタッフが大量離脱して、音在がピンチに陥っているのを見てナイーフの義侠心が働いたのだ。見事にサウディアラビア人の若手従業員の中でも、エース中のエースを揃えてくれた。

海に関係が深く、ナイトシフトに組込まれたり、業務内容に計算作表といったアラブ人の苦手とする領域の仕事が多い職種だけに、シッピング部は鉱業所の中でも一番現地人化が遅れていた。サウディ政府側から見れば、いうならば問題部門であったので、ナイーフが政府方針に則って、ここで一気にアラバイゼーション（アラブ人化）を推進しようとしているのも一方では解っていた。

しかし、音在には揃えてくれた人材の優秀さを見て、ナイーフが城戸専務の指示にお義理で動いたのではなく、音在の危機を救うために格別の好意をもって各部の調整を成し遂げてくれたのが理解できて嬉しかった。

衆樹が出張してくるまでの三日間は、音在が日常業務の合間を見つけて全般的な訓練を施した。説明の飲み込み方の早さから見ても、四人の優秀さは良く解った。しかし、金の卵たちも鉱業所の全体業務がまだ解っていなかったし、鉱業所と本社との関係も知らなかった。シッピング業務の細目は衆樹に訓練して貰うとして、音在は全社及び鉱業所組織の総論や原油の開発から出荷までのオイルフロー全般の説明を施して校長さんを楽しんだ。

四名の配属の後を追うように衆樹が到着した。

「音在さん、ご命令通りにやって来ましたよ。だけど、仕事が終わり次第、本当に返して頂けるんでしょうね。」

衆樹はまだ約束にこだわっていた。

「やあ来てくれたか。心強い限りだ。安心しろよ。衆樹くんの出張は出来高払いで行く約束じゃないか。教育訓練が仕上がったと俺が判断したらいつでも帰国して貰って結構だ。」

「各部からの寄せ集めと聞いてますけど、使い物になりますか。」

「今度補充された四名は、シッピングの危機を救うためにナイーフ副所長が鉱業所中から集めてくれた選りすぐりのスタッフだ。俺からも本社と鉱業所の関係と、開発から出荷に到るまでのオイルフローを説明しておいたけれど、飲み込みは早いよ。」

「それは助かります。それで、訓練カリキュラムはどうしましょうか。」

「俺の前任者なんだから、各論は衆樹くんに任せるよ。近い内に実際にナイトシフトに突っ込むのだから、先輩スタッフとの人間関係にも配慮してくれれば最高だね。君からの英語の講義の他に、テーマを決めてアラブ人スタッフからの講義も加味してくれれば、理解が早いかもしれないな。」

こんなに良く働く男だったかと思えるほど、衆樹は精力的に新人スタッフの教育に励んだ。自分から施す授業だけではなく、原油生産部や精油部のように出荷作業に係わる他の部からも講師を招いたり、経理部や政府関係部のような船積み書類が配布される関係部からの説明も求めた。

また、過去の難しかった船積み作業の事例をファイルからピックアップして、本社営業部からの出荷指示を受けた後の鉱業所関係部への事前調整、近づいて来たタンカーとの船積み条件の確認、出荷作業の進行管理をシミュレーションして説明した。

さらには計数管理が苦手な民族性を考慮して、バーレルからロング・トン、ロング・トンからメトリック・トンへの数量換算の例題を山ほど出題した。

一隻のタンカー当たり邦貨換算数十億円相当の販売金額となる船積み書類の上で、一番重要な出荷数量を確定する能力を身に着けさせるせるためだ。この換算計算では、ダハラン石油大学の新卒者シャムランがさすがに驚くべき計算能力を示し、衆樹と音在を喜ばせた。

十一月の末には、ナイトシフトの支援に神永が出張して来て、任期を終えた茂田と交代した。帰国を前にして、茂田は到着直後の迷惑千万と言わんばかりの仏頂面から、別人のように晴れやかな笑顔に戻っていた。

「いやあ、音在さん。夜には自分の布団でゆっくり眠りたいですよ。」

「ご苦労さん。この一か月半、十七件もの大型出荷作業が無事に遂行できたのは、茂田くんのお陰だよ。帰りはシンガポールかバンコックあたりで、一泊して命の洗濯でもして帰ったらどうだ。人事課長が文句を言うようなら、音在さんの許可を得ましたと言ってくれて結構だぞ。」

「いや、出張ですので、それは規則違反ですから真っ直ぐに帰りますよ。音在さんにはお世話になりました。最初の徹夜にお付き合い頂いて、徹夜明けにお部屋でご馳走になったラーメンの味は忘れませんよ。」

環境と仕事の重圧から解き放されて、茂田は見るからにウキウキしてカフジを後にした。

後任の神永は、期待していた以上に度胸が良かった。陰湿な営業部にいても、常に飄々とした自分のペースで最善を尽くすタイプであったが、シッピングに来ても湾岸情勢に慄くこともなく、自然体でマイペースを貰いていた。

　事務所にもジーパンと野球帽というリラックスした姿で現れて、少年時代にアメリカで身に付けた英語力で、周囲のアラブ人スタッフとも気軽なジョークを飛ばしていた。音在に対する接し方も極めてフランクだった。ナイトシフトの合間には、兄貴にせがむように平気で夜食をねだる電話をしてきた。

「ああ、音在さんですか。今、香取山丸へのローディングは極めて順調に進んでいます。一時間当たり二千バーレルのレートで送油中です。ところで、腹減っちゃったんですよネ。東京にいる訳じゃなし、どこにも食いに行くところがないんで、お部屋で何か食べさせて頂けませんか。作業は安定してますから、ちょっとだけ席を外してお邪魔しても大丈夫だと思うんですけど。」

「おいおい、日本人スタッフ自らが規則違反していたら、現地人に示しがつかないじゃないか。しょうがないなあ。今から焼きそばを作って、俺様自らが出前してやるよ。」

　音在は台所に立ち夜食を作ると、この憎めない後輩のためにシッピング事務所まで車を走らせた。

「まあ今は、少しは平静に戻ってはいるが、こんな死ぬかも知れない所で、徹夜仕事に突っ込まれたというのに、結構お前は度胸が良いなあ。」

「いえいえ、音在さん始め皆さん命懸けで頑張っていらっしゃるのに、僕だって何かお役に立たなければ。」

　アメリカナイズされた帰国子弟とは思えないような浪花節的発言が、神永の口から出て来た。

「それじゃ悪いけど、俺は朝七時から仕事だから、部屋に帰ってひと寝入りするぞ。後は神永に任せた。」

　音在は、タンカーへの原油積込み作業の管理を神永に委ねて、安心して事務所を後にした。

　結果的に十一月は、湾岸危機から湾岸戦争に到る五か月半の期間を通じて一番緊張が緩和された時期に当たっていた。

　湾岸危機勃発直後に、帯同婦女子を全員強制帰国させたので、特にお願いして残留して貰った看護婦の田平美子しか日本人の女性は残っていなかった。多少緊張が緩んだからといって、カフジに戻りたいという家族は殆どいなかった。またカフジの従業員たちの中には、いつまた情勢が急変するかも知れないのに家族を呼び返そうなどと思う者は全くいなかった。

本社人事部も、家族がカフジに戻ることを認めない方針だった。しかし、どうしてもカフジの夫の許に行きたいとして、熱心に人事部に主張した三夫人だけが渡航を許された。ひとりはカフジの最高責任者である城戸の夫人の暎子であった。操業継続という重大使命と従業員の安全確保という、相反する任務に邁進して心労の絶えない夫の身を案じて、カフジに戻りたいという暎子の要望は、個人的な心情の領域を越えて公的な必要事でもあった。カフジ在住が長く、週末には多数の単身赴任者に手料理を振舞って、現場の男たちを鼓舞し続けてきた城戸夫人の存在には大きなものがあった。緊迫した状況下で、夫人の存在は平時よりもっと大きなものになるに違いなかった。

あとのふたりは、精油部の佐古田と海上測量エンジニアの大林の両夫人であった。両家族とも子供がいなかったので、厳しい環境においても身軽に行動できたのだ。佐古田は鉱業所に日産三万バーレルの精油所が設立されて以来、ほとんどの会社生活をカフジで過ごしており、夫人もカフジ在住が十年以上という現地生活のベテランだった。大林は出向社員として過ごした時期に、日本で妻が急逝するという悲惨な経験をしたが、正社員になって七年後に幼馴染と再婚していた。湾岸危機さえなければ、とっくの昔に新妻がカフジ入りして新婚所帯を構えているはずだった。

定着してしまった重苦しい雰囲気から解放されないカフジでは、三夫人が戻ってきたというニュースは、従業員たちにとって一服の清涼剤として感じられた。音在はこの朗報を聞くと、釣りの弟子でもある蔵田を連れて海岸に向かった。

八月以来、遊びで海に出掛けるのはコーストガードの厳命で禁止されていたのだが、岸からの投げ釣りまでは取り締まり切れずにお目こぼしになっていた。

沖に出ない分だけ、めったに大物の釣果に恵まれることはなかったのだが、それでもカフジでの新鮮な魚は貴重品であった。三夫人のカフジ到着を鯛の差し入れでお祝いしてあげようと、音在は考えたのだった。ふたりが準備しておいた新鮮なプレゼントは、苦労を覚悟して到着した夫人たちに現場を死守する男たちの歓迎の意を伝えるには十分であった。

鉱業所の従業員が待ちに待った石田ドクターも、三人の夫人たちと一緒に戻って来てくれた。鉱業所に併設されているカフジ病院に三月に着任した石田医師が、妻をカフジに迎えたのは七月中旬であった。

僅かその半月後の湾岸危機の到来に仰天したドクターは、会社側の残留要請を容れずに強制退避させた婦女子とともに帰国してしまっていた。それ以来、カフジの男たちはいわば無医村で働いていたのだった。病院にはエジプト人の医師がいることはいるのだが、医療を巡る慣習の違いや薬の投与量の基準が異なるので、日本人にとってはやはり日本人の医者にかかるのが一番安心できるのは当然であった。痛む虫歯を抜くために病院に行ったところ、コミュニケーションの不足と歯科医師の低い技術が相俟って、悪い歯の横の歯を抜かれてしまったなどという実話が存在するぐらいである。

カフジの実情を知り尽くしている人事部長の山城が、再度のカフジ行きを峻拒する石田ドクターに再三懇請してやっと説得したものだった。危機の緩和ムードの中で、夫人たちもカフジに戻る予定であることが説得材料に働いた。しかし、三か月前のショックを忘れていなかったドクターは、夫人を日本に残した単身赴任を条件に、やっと渋々これを受け入れた。

到着した石田ドクターを音在亭の面々は歓迎会をもって励ました。

「あんまり山城さんにしつこく要請されたものですから、戻るには戻りましたけどね。本当に大丈夫なんでしょうかねえ。」

「案ずるより産むが易しというじゃありませんか。我々の面倒を見て下さいよ。」

「でも本当に大丈夫なんでしょうねえ。ああ、音在さん。本当に気が滅入ってどうしようもなくなったら、この薬を飲みなさい。直ぐに、気が楽になりますから。」

戻るには戻ったものの、地獄のカフジに帰ってしまったことへの後悔が、ドクターの表情にはありありと浮かんでいた。しかし、真面目なドクターは自分自身の悩みをさておき、強力な抗鬱剤を一同に薦めることを忘れなかった。

ドクターの心情を慮った音在は、薬を頂戴するのが功徳であると判断して、有り難く受け取ることにした。

「ドクター、有難うございます。僕も精神的に我慢し切れなくなったら、使わせて頂きます。」

幸いにして湾岸危機以降、音在は激怒する場面は何度も経験していたが、ノイローゼに陥る事態にはまだ到っていなかった。従って、薬のお世話になることはなかったのだが、別の次元で困ったことが起きていた。

カフジ有数の漁師を自負する音在は、単身寮に居住するにも拘わらず家族帯同社員に負けない大型冷凍庫を部屋に備えていた。日本近海のように汚染されていないだけに、アラビア湾での釣果には大きなものがあった。音在の主な釣り場は五マイル沖合のローディング・ドックという旧出荷施設だったが、潮目の状況の良い時は、延縄を流してカツオやマグロまで狙う専門漁法まで身につけていた。一日の漁が終わって肩に食い込むほどの漁獲は、社宅住まいの仲間たちに分配しても余りあったし、その夜の音在亭の参加者にふるまわれた残りは、きっちり仕分けして大型冷凍庫に貯蔵されていた。しかし、四か月が経過しようとする段階では備蓄が激減していた。

ある夜の会合では、小倉が思いつめたように言った。

「ああ……、アズマニシキが喰いてえ。」

さすがの音在の部屋でも、アズマニシキの在庫などは、とっくの昔に終わっていた。アズマニシキとは、カフジと同緯度の沖縄あたりでも獲れる二枚貝である。サンゴ礁の割れ目に緊糸を張って生息している。ホタテ貝を二回りほど小型にしたような形状をしていて、別名ヒオウギとも呼ばれる。半開きになった二枚の貝の間で、外套膜をユラリパクリと動かしてプランクトンを吸い込んでいるのがユーモラスな姿である。鋭いサンゴの隙間に手を差し入れてサンゴ礁から緊糸を引きちぎって貝を取るのには、潜水能力とともにかなりの熟練を要する。貝の身はすこぶる美味であった。その美味しさとともに、潜り手の数に限りがあるから、アズマニシキは貴重でありアラビア湾随一のご馳走とされていた。音在の部屋でも小倉の社宅でも、漁に出た日の前菜はアズマニシキがテーブルを飾って来客を喜ばせたものであった。二枚貝を刺身包丁で二つに割って大皿に並べただけのことなのだが、並べると大皿は花弁を敷き詰めた大輪の花のようになる。食べ始める直前に、客が見ている前で、半切りにしたレモンをギュッとしぼって果汁をかけると、まだ生きている貝の身が一斉にレモン汁の痛さに身悶えしてひときわ来客の食欲をそそるのだ。

「よし、この際だから。やるか！」

「おう！」

音在の決心に、仲間たちが答えた。

音在の部屋に集まるくらいだから、半分以上は海を愛する同好の士である。

「じゃあ、こうしよう。この際、潜りのメンバーに初心者は除外する。一時間以内にやっつけなければ、本当に危険だ。俺と小倉さん。それに藤井くんと蔵田。参加者はこれだけだ。広谷さんや加山ちゃんや日向たちは、必殺味見人ということにしよう。」

音在の描いた作戦は次の通りだ。

湾岸危機下、コーストガードはホバークラフトによる沿岸パトロールを繰り返し、イラク軍の攻撃の前兆や異分子の浸入と浮遊機雷の漂着を警戒していた。音在は海と関係の深い仕事柄、このパトロールが一時間置きに実施されているのを観察していた。もし、事を起すのなら、この一時間の中のある安全時間帯だけであるはずだった。短時間に漁獲を上げるためには、海岸から最も近いサンゴ礁でなければならなかった。カフジ基地から北方七キロ地点にあるサンゴ礁なら、その条件を満たしていた。大潮の引き潮の時には岸から約百五十メーターの距離になる。ただ、問題なのはそこからさらに北へ一キロの地点にホバークラフトの前線基地が新設されていたことであった。

「やるとすれば、ここしかない。モーターボートを使って沖合の魚場に行く訳にはいかないからな。こんなターゲットだけれど、皆やるかね。」

「よし、この際だ！　やろうよ！」

「やりましょう。」

四か月近くも続いた抑圧生活に反発して、全員がアラビア湾随一の美味を求めて、軍隊と鬼ごっこをする危険を犯すことにした。

七キロ地点の海岸には、小さな砂丘が点在する。四人は砂丘の陸側に腹ばいになって、ホバークラフトが哨戒に出発するのを確認していた。各自、潜水時計の時間を正確に合わせ、作業時間も三十分間に決めた。ホバークラフトが水平線の視界から消えると、四人は一斉に海に入って百五十メーター沖合を目指した。

水中では、目の前に久し振りの楽しい光景が広がった。熱帯魚系の色鮮やかな小魚たちが目を楽しませてくれる。大型のハタが潜んでいそうな岩盤の窪みも見つかった。しかし、時間に限りがあるので、水中銃の名手である小倉も、この時だけはサンゴ礁の割れ目のアズマニシキにのみ集中した。

十五分も経ったであろうか。音在が息継ぎに浮上した時、ホバークラフトのエンジン音が近づいて来るのを感じた。

「……？　そんな馬鹿な！」

音在の視野に、明らかに遠くからこちらに近づいて来るホバークラフトの姿が目に入った。もう潜っては駄目だ。泳いで逃げたらもっと危険だ。被疑を深めて、クラフト中央部に設置してある旋回機銃の銃撃を喰らうだけである。

音在は、潜るのを止めると、次々に息継ぎに海面に上がって来た仲間に潜水を止めるように指示した。そうして、どんどん近づいてくるクラフトに一生懸命手を振った。

「アッ・サラーム・アライコム！（神の御恵みがありますように＝通常的な出会いの挨拶）アッ・サラーム・アライコム！」

大音声で必死に挨拶して、少なくとも敵ではないことを知らせなければならなかった。音在たちの五メーター程手前に浮遊停止したクラフトは、遠くから見て想像していたより随分大きかった。旋回機銃が音在たちを照準していたし、五名の兵士が自動小銃を目の高さに構えていつでも撃てる態勢に入っていた。

「ハダ、クワイエス（これ美味いよ）。」

シュノーケルを外して、立ち泳ぎをしながらアズマニシキを両手に一個ずつ持って、音在は必死で緊迫感を外すためのボケた演技をした。兵士たちからは散々に怒鳴りつけられた。ある意味では幸運なことに、音在たちのアラビア語能力では何を言われているのかまでは理解できなかった。

しかし、対話が成立したことで、射殺される危険は去ったと考えられた。

一番主だった兵士が、陸の方を指差して命令した。陸に上がれと言うことらしい。音在は大きく頷くと、撃つなという仕草をしてから、小倉たちに岸を目指して泳ぐように声を掛けた。

「おおい、ゆっくり泳げよ。兵士を緊張させるなよ。」

泳ぎ始めて海岸線を眺めて、音在はしまったと思った。撃たれる恐怖から、音在たちはホバークラフトの方ばかり凝視していた。ところが、海岸線には別の兵士たちが約二十名、散開して自動小銃を構えて立射の待機に入っていた。

この連携プレーは、ホバークラフト基地の屋上に設けられた監視床の兵士が音在たちの不審行動を発見して、ホバークラフトを緊急に呼び返したことを物語っていた。

「アッ・サラーム・アライコム！　アッ・サラーム・アライコム！」

音在は、浜辺に散開した兵士たちにも声を掛けながら近寄って行った。足許の浅場にはウニが沢山転がっていて、別の意味で危なくて仕方がないのだが、棘くらいはあとで抜けばよし。とにかく、相手から視線を外さず何か話しかけ続けることが大切であった。

銃を突きつけられた四人は、待機していた小型トラックに乗せられた。

基地では過酷な尋問が待っているはずだった。四名を連行した兵士のリーダーが駐屯所の二階に向かって何やら大声で報告した。「不審者四名逮捕！」とでも叫んだのであろう。二階からは士官と思しき上官たちが、ドカドカと走り降りてきた。緊張する音在の顔を見て、士官のひとりが言った。

「Oh! I know　you!（何だ、あんたか！）」

音在はシメタと思った。相手の名前も階級も知らなかったが、以前確かに音在も相手の顔を見た記憶があった。

音在が現地の官憲にお世話になったのは、これまでの通算七年余りのカフジ勤務を通じて、この時が七度目であった。六回がコーストガードによるものであり、一回だけカフジから南に三十キロ離れた海岸で潜っていてホワイトアーミーと称されるサウディ東部州の土侯の私兵に捕まったことがあった。

どの場合も、基本的に海が苦手な民族が、音在の漁労を理解できずに発生した尋問や逮捕であったのだが、要は社会慣習や文化の違いから来るものであった。音在の主観によれば、自分が罪を犯したことに起因するトラブルではなかった。

音在が幸運だったのは、捕まる度にコーストガードの中に人間関係を増やしていったことだった。

「日本人の中に、ひとり変わった奴がいるぞ。」

もうひとつの幸運は、一度目のカフジ勤務時代、アラブの青少年二百名に柔道指導した中に、たまたまコーストガードのカターニ少尉が混じっていたことだ。

多くの弟子たちの前で、軍人が音在に投げ飛ばされてばかりいる訳にはいかなかったと見えて、余り稽古は長続きしなかった。しかし、コーストガードの事務所に戻ってから、周囲に音在のボランティアの柔道指導を誉めこそすれ、悪口を言っているはずがなかった。

音在がコーストガードに一番迷惑をかけたのは、蔵田が着任したばかりの頃のことであった。音在を兄貴のように慕う蔵田は、カフジにおける音在のライフスタイルを忠実に真似しようとしていた。

潜りという特殊なスポーツには、ある種の熟練が必要とされる。

水泳の得意な蔵田ではあったが、しっかりとした潜水の基礎を仕込んでいた頃の出来事だった。音在は、ダイビングスポットに蔵田を連れて潜り漁にでかけた。常にお互いを確認できる範囲で行動するように指示したし、音在は保護者として相手を見ながらのシュノーケリングであった。ところが、獲物を追いかけるのに夢中になっているうちに、蔵田がどこにいるか解らなくなった。折り悪く強風が吹き始め、波が高くなって水中の視界も狭くなってきた。

漁を止めて蔵田を探すことに専念したのだが、焦っても姿を見つけられなかった。海から上がって、少しは小高くなった砂丘から海を見渡したのだが、息継ぎの時に浮上するはずの頭もシュノーケルのパイプも全く見えない。

そういえば、蔵田が使う潜り漁用の銛やハンマーに長い紐を結んでいたのを注意しなければいけないと思っていたのだが、ついついそのまま潜らしてしまったことを思い出した。手首に巻いた長い紐の先に結ばれている道具がサンゴ礁に絡まったら、息継ぎに浮上できない事故に繋がるのだ。

音在は、蔵田が遭難したと早合点して動転した。車に飛び乗ると救出隊を要請するためにカフジの単身寮を目指して突っ走った。運転している短い時間に、日本にいる蔵田の妻の顔が目に浮かんだ。いったい、どの面して蔵田の家族に報告できようか。単身寮の近くで向こうから歩いてくる平田に出会った音在は、救出隊を集めることを頼むとそのまま現場に取って返した。平田は日本人のヨットクラブに急報して、救命ボートを出動させるとともに、コーストガードにも救助協力を要請した。

捜索のために急いで現場に取って返した音在は、何と蔵田が砂浜に寝そべっているのを発見した。

「この馬鹿野郎！　死んだのかと思ったぞ！」

怒鳴り上げる音在を、蔵田はキョトンとして見上げた。

「エッ!?　音在さん、どうされたんですか。海から上がって来たら音在さんの姿は見えないし車もなかったので、僕ここで待ってたんですよ。」

音在は全身の力がガックリ抜けるのを感じた。その場にしゃがみ込むと、暫く動けなかった。幸いにも、全ては音在の早とちりだったのだ。

「あああ、良かったあ。本当に良かったあ。」

しかし本当に問題になったのは、この後の終戦処理であった。

救助協力を要請した音在の必死の形相が、カフジ全体を巻き込んだ大事件に発展していたからである。沖合からは、ヨット部の救助用モーターボートが、荒れ始めた波浪を越えて現場に到着した。陸上からはコーストガードの兵隊たちが、トラックで続々と駆け付け始めた。音在の急を聞いて、休日出勤当番に当たっているシッピングの部下も飛んで来てくれた。音在は、できることならその場から消え入りたくなってきた。

しかし、緊急事態の協力者たちに対して、それは許されることではなかった。

集まってくれた協力者たちに対して、音在は順番に頭を下げて協力のお礼と自分の事実誤認による騒動であったことを説明して、心からのお詫びの意を表した。幸いにして日本人の同僚たちは、直ぐに許してくれた。

「なあんだ、そうだったのかあ。生きてて良かったじゃないか。」

問題は、緊急動員をかけられたコーストガードの兵士たちだった。大騒ぎを起こした犯人を事務所までしょっ引くと強硬に主張して引き下がらない。音在は心底困り果ててしまった。

カフジ地区のコーストガードの責任者であるサイード少佐と音在は、海の仕事を通じてお互いを男と認め合う親交があったのだが、折り悪く少佐は一年間の研修のためにノルウェイ海軍に留学しており、カフジを離れていた。

少佐の代理とは付き合いがなかったので、一揉めすることは避けられないと思われた。しかし、駆けつけてくれたシッピングの忠実な部下であるファリッドが一生懸命、音在を守ろうとして掛け合ってくれた。ファリッドには、コーストガードたちと言葉の障壁がない。英語の喋れない兵士たちと音在との間には会話が成り立たないのだが、賢いファリッドは、音在が少佐の友人であることを匂わすことも忘れなかった。

「幸い何もなくて良かったが、私のボスは、今大変に疲れている。明日の朝、必ず彼はコーストガードの事務所に出頭するので、今日のところはこのまま解放して欲しい。」

「きっとだな。必ず明日の朝、出頭させるんだぞ。その行方不明になったという男も必ず一緒に来るんだ。」

コーストガードに解放されてから、音在は一層忙しくなった。

迷惑や心配を掛けてしまった日本人村の多くの人々に、直ちにお詫びに回らねばならなかった。救助ボートを急派してくれたヨット部の面々には、お詫びのために真っ先に海岸のクラブハウスに駆けつけた。

すると、クラブハウス横の監視塔の横に城戸夫人の暎子が立っていた。

「しまった！」

音在は、情報が一瞬の内にカフジ中に及んでしまったのを悟った。

「奥さん、申し訳ありません。全ては僕の早とちりから起きた事件でした。蔵田は元気です。城戸専務には、後でお詫びに参上します。」

「そう。良かったわねえ。あら、いやだ。涙が出ちゃった。」

音在は深々と頭を下げるしか、他にお詫びを表現するすべを知らなかった。

それから二晩にわたって、音在亭は大盛況を呈した。迷惑を掛けてしまった人々にご馳走してお詫びの意を表しようという音在らしい発想なのだが、狭い単身寮にいちどきに大勢の客を招く訳にはいかなかった。従って、客は十数名ずつ二組に分けて、二晩連続の招待となったのだ。

大型冷凍庫に大事に貯蔵していたアラビア湾の珍味中の珍味、アズマニシキ始めタイラギやウミギクの貝柱、ウチワエビなどが、二晩で全て男たちの胃袋に納まった。招待を受けた同僚たちは、音在の大失敗を大笑いして許してくれた。

事件の半年後にコーストガードのサイード少佐が、ノルウェイ海軍での研修を終えて帰国した。噂を聞いた音在は、帰任を歓迎するべくカフジ港に隣接した駐屯所を訪問することにした。案内の兵士がサイードの部屋を開けると、音在は靴のかかとをカチリと合わせて、敬愛と愛嬌を込めて少佐に気合の入った敬礼をした。

「ハロー、ミスター・オトザイ。その後元気にやっていたかね。」

「少佐、お帰り。しばらくでしたね。ノルウェイでの研修はどうでしたか。」

「我が国とノルウェイでは立地条件がちがうけれど、学ぶことは山ほどあったよ。」

「実は、少佐のお留守中に大事件を起こしてしまいましてね。部下の兵士たちには随分ご迷惑をかけてしまいましたよ。」

「ああ、留守中の報告は聞いていますよ。エッ？　あの事件は、ミスター・オトザイがやったのか？」

二人の信頼関係に傷をつけないために、音在は先手を打って少佐にことのあらましを報告した。サイードは、驚いたように音在の顔を見つめてから、真剣な表情で口を開いた。

「ミスター・オトザイ。ひとつこちらから依頼があるんだが、聞いて貰いたい。」

「はあ、何ですか？」

「ああいう事件は部下たちへのトレーニングに丁度良いので、もう一度やってくれないか。」

音在とサイード少佐は、同時に弾けたように大爆笑した。

湾岸危機が四か月も続いている中、出漁厳禁の政府命令を無視した音在たち四名の処分は厳しいものとなるに違いないとの予感が走った。身構える音在に対して、見覚えのある士官は英語で言い放った。

「あんたのことはよく知っている。帰って良し。ただし、非常事態だ。もうやらんでくれよ。」

「寛大な処置に感謝したい。俺の名前は音在だ。ノルウェイ出張中のサイード少佐に宜しくお伝え願いたい。ところで、俺たち四人が今日獲ってきたこの貝は、持って帰っても良いな？」

「オーケー。持ち帰ってもよろしい。ただし、もう絶対にやるな。この次にやったら、本当に撃ち殺すぞ。」

その夜の音在亭では、大いに男たちの気勢が上がった。

「ンー！　旨んめえ！　やっぱりアズマニシキだよなあ。」

生の身を食べた後、貝殻に残るレモンと混ざった貝汁をすすり込みながら、小倉が感に耐えないように言った。

男たちは、黙々とアラビア湾の珍味を平らげていった。

「旨いねえ。命がけでご苦労さんだったねえ。だけど、こっちは喰っているだけで、申し訳ないねえ。」

加山も感想を付け加えた。

実働十五分程度であったにもかかわらず、プロと自称する四人が必死で頑張ったお陰で、その日の漁獲は、合計七十枚を越えていた。刺身包丁でザックリと二つに分けるから貝の数は倍になり、音在の部屋の仕切りドアを外して転用した食卓に供される貝は一度に載せきれない程あった。音在亭の常連十人の大食漢が堪能するには十分な量だった。

タンカーが入港しておらず、ナイトシフトに入る必要がない日に当たっていた神永も運が良かった。平時であれば音在亭の定番であったはずのアズマニシキのご相伴にあずかることができたのだ。

「これが話に聞いていたアズマニシキですか。本当に美味しいですねえ。」

「でも、音在さん。もう止めておきましょうね。」

立ち泳ぎしながら、ホバークラフトの旋回機銃で照準された恐怖を思い出して、藤井が音在の自重を促した。

「ウン。やっぱり、あんまり冒険はしない方が良いみたいだ。」

音在の漁労の師匠である小倉も、食べるのを止めて感想を述べた。

音在自身も現地の官憲を煩わせるのは、七回目の今回で最後にしておこうと考えていた。いくらアズマニシキが美味であったとしても、射殺されてしまってはたまったものではない。祖国を一万キロも離れたこんなところで、犬死にはまっぴらご免だと思った。

第19章　最後の人質解放

否応なしに人質の立場を確認させられたモンスール・メリア・ホテルで、四十組に仕分けられた日本人たちの行き先は様々であった。

共通して言えることは、連行された貼り付け先が軍事上もしくは産業立地上の要所に当たっていたことと、日本人だけでなくクウェイト在住であった全外国人たちが運命を同じくして、前後する形で連れてこられたことである。

飛行場、重要軍事施設、石油関連施設、化学工場そして砂漠の国ならではの農業用ダム等々の、イラクが国力を維持する上で守り抜かなければならない要衝であった。言い換えれば、米軍を主力とする多国籍軍が空爆を行う際には、真っ先に目標にされるであろう重要拠点ばかりであった。

人質たちは貼り付け先の粗末な宿舎で、思いもよらなかった不運の偶然から組み合わせられた多国籍な人間集団を構成した。何時開始されるかも知れない空爆の恐怖に慄きながらも、人質たちは国籍を越えてお互いを励まし合った。

イラクが主張する『ゲスト』とはほど遠い拘束生活の心労は筆舌に尽くし難いものであったが、人質たちは国連の調停努力が実を結んで必ず救出されることを祈って、ひたすら耐え続けるしかなかった。

日本アラブ石油開発の従業員も、イラク軍の都合で各々の軍事的要衝に振り分けられた。監視兵が同乗するカーテンで目隠しされた大型バスに乗せられて、クウェイト事務所次長の浜尾も軍事施設のひとつへ連行された。

もちろん移動に当たって、行き先が知らされることは一切なかった。カイロ留学中に鍛えた完璧なアラビア語を駆使して、クウェイトからバグダッドへの移送中の安全確保や、モンスール・メリア・ホテルでのイラク軍との交渉で通訳として貢献した浜尾ではあったが、バスに乗ったのを良い切り替えの機会と見て、アラビア語は一切理解できないふりをすることに決めた。日本人有数のアラビストである浜尾も、さすがに疲れ果てていたのだ。なまじアラビア語が解るものだから、日本人側とイラク軍の間の絶対相容れない交渉の通訳の任に当たらなければならないことも度々あった。語学に不自由しないために、聞かない方が幸せなイラク兵の私語まで理解して、場合によっては反論しなければならなかった。一番辛いのは、精神の平衡を崩した仲間から、しても仕方のない嘆願の申し入れを通訳して欲しいと頼まれた時であった。全く意味がないと宥めようものなら、ヒステリックに噛み付かれるのが落ちであり、浜尾はアラビア語ができることが段々辛くなってきた。それに、イラク軍の恣意による選別によって解放される日が来たとしても、通訳要員として最後まで便利使いされて残留させられることへの恐怖もあった。

バスは二箇所で検問を受けた。同乗した監視兵と検問所の兵隊との遣り取りを知らぬ顔をして聞いていた浜尾は、バスに乗せられていた時間を勘案して、自分たちがバグダッドから南へ三百キロ下ったバビロン付近の軍事基地へ連行されたのが解っていた。途中でカーテンの隙間からフセイン大統領の大きな看板が見えたのが印象的であった。しかし、独裁者の自己満足と民意の統一を強要するためのこの種のモニュメントはイラク全土に誇示されており、地名を特定するためのヒントにはなりえなかった。自分が何処に貼り付けられたかを即座に理解する芸当は、浜尾ならでのものであった。しかし、軍事施設の用途が陸軍の駐屯地なのか、スカッドミサイルの発射基地であるのか詳細までは把握できなかった。いずれにせよ、外国人の人質まで貼り付けなければならないほどの重要基地であるのだから、空爆でも始まった場合はたまったものではないと慄然たる思いがよぎった。

浜尾たちが監視兵に導かれて軍事施設の端に位置したバラックの敷地の入口を入ると、草木も生えていないのに花壇を切ったと思しい狭い庭のような空き地があり、その奥に三棟のプレハブハウスが建っていた。それは明らかに兵舎ではなかった。基地設営に当たる技術者か業者が、中長期的に滞在する際に使用される宿泊施設といったところであろうか。屋内に入ると、小隊長らしい監視兵が、すでに人質としてクウェイトから連行されていた人々を浜尾たちに引き合わせた。いずれも、クウェイト駐在のイギリス人とスウェーデン人の家族たちであった。浜尾たち日本人三名と合わせて十八名の人質集団が構成された。

拘束された人質生活は、当然のことながら快適とはほど遠いものであったが、一応の水準は満たされていた。アラブ通の浜尾の目には、イラク国内の一般生活に比較すればまず同等のものに感じられた。食事は一日三回が保証されていた。朝食は甘すぎるアラブ紅茶のシャイとアラビアの無発酵パンのホブスに、ひよこ豆のペーストであるホモスが添えられていた。昼と夜はトマトと胡瓜の入った野菜サラダ、羊肉の焼いたもの、油炒め飯が適量並べられた。判で押したような変化のない油っぽいメニューには閉口したが、味は問題外であるにせよ量的には不足していなかった。

プレハブハウスには風呂はなく、ハウス一棟ごとに簡単なシャワーとトイレがひとつずつ付いていた。ハエやダニには悩まされることが多く、単身の浜尾でも度々不愉快な気持ちになったくらいだから、夫人連れのイギリス人やスウェーデン人はさらに大変だろうと同情した。

浜尾がアラビア語を一言も解しない演技をしたのは成功だった。

イラク軍の組織構成と指揮系統は全く解らなかったが、少なくとも横の情報伝達は殆どなされていない様子なのだ。横の連絡が反サダムの連帯を生みはせぬかという独裁者独特の恐れでもあるかのように、モンスール・メリア・ホテルで日本側とイラク軍との間で有能な通訳を務めた浜尾のキャリアを知る兵隊は、拘束先の軍事施設にはひとりもいなかった。監視兵たちは、浜尾の前でも安心してアラビア語で暇つぶしの私語をした。浜尾は、全く無反応で遠くを見つめながら、耳では必死の情報収集に励んだ。

浜尾はついでに英語も不得意である演技に務めた。天下一品であるアラビア語ほどではなかったが、浜尾は英語も相当に使える。しかし、巻き込まれてしまった大迷惑からは、徹底して遠ざかろうと方針を決めたのだ。

監視兵から拙い英語で話し掛けられたら、意味が解っていても、必ず一度は聞き直した。命令された英語には、一旦考え込んでから反応してみせた。もちろん、相手が何を言っているのかを完全に理解した上での迫真の演技だったのだ。

このことが効を奏したのかどうかは解らないが、音在が一時帰国したのと時期を同じくして、イラク政府が五十歳以上の人質を解放した際に、丁度五十歳になっていた浜尾は、格別にイラク軍に注目されることもなく解放されて祖国の土を踏むことができたのだ。

たまたま出張でクウェイトに居合わせたために、不運にも大災難に巻き込まれてしまったリヤド事務所次長の増井であった。同じくクウェイトに居合わせた鉱業所の海道たちがカフジへ向けて陸路退避したにもかかわらず、その語学力を必要とされてクウェイトに残留した増井の人質体験は、巧まざる武勇伝となっている。

増井が連行されたのはバグダッドの北方五百キロに位置したチグリス川の上流に設けられた農業用ダムであった。ダムを建設した時期に労務者の宿舎として使用されていたと思しきバラックに詰め込まれたのは、アメリカ人、イタリア人、フランス人そして増井たち日本人の四カ国の組み合わせからなる十五名の人質たちであった。

イラク全土の戦略拠点にばら撒かれた人質たちの待遇に関しては、イラク政府に統一的な取扱い指針があった訳ではなく、貼り付け先の宿舎や補給線の在り方によって、待遇は様々であった。つまり、不本意な拘束生活の不幸の中にもさらに運不運があったのだ。

その点では、増井が連れて来られた現場は最悪のものであった。部屋には旧式のクーラーが設置されてはいたものの、音ばかり大きいのに全く冷房能力はなかった。壁の隙間からは虫が侵入して、朝起きると刺された顔や体が腫れ上がっていた。小型のサソリにも注意が必要だった。バラックの出入り口には鍵が掛けられていたし、逃亡を防止する意味から各部屋の窓にも鉄製の窓格子が急遽取り付けられた形跡が残されていた。

おまけに、食事がまたひどいものであった。僻地であるために補給線が細いのか、あるいは駐屯している部隊に物資を豊富に供給させる実力がないのか、毎食出されるのは薄いチキンスープと鮮度の落ちたよれよれの野菜サラダが少々とカチカチのアラビア・パンのホブスだけであった。無発酵パンのホブスは、焼きたての間はモチモチとしてなかなか美味しいのだが、時間が経つとカチカチに固くなる。数日も過ぎれば歯が立たなくなる。薄いチキンスープに浸したところで、固まってしまったホブスはさっぱり柔らかくならなかった。

監視部隊自体が数日おきにしか食料補給を受けられていないのだから、人質に供される食事も貧弱なものにならざるを得なかった。灌漑用ダムに拘束された人質たち全員は、日に日に痩せ細っていった。兵士たちの食事を垣間見た増井は、彼らの食事も人質たちと大差がないのを確認して納得した。

イスラーム教に深く帰依している増井は、過酷な状況にいても精神的には人並み外れて強靭だった。自分が置かれている環境を不運と嘆くのではなく、アッラーの神が自分に試練を与えていると解釈することができるのだ。

敬虔なモスレムである増井は、何処にいようともモスレムとしての務めである一日五回の礼拝を欠かすことはなかった。加えて、アラブ人と比較しても全く遜色のない流暢なアラビア語の使い手であるので、監視の兵士たちと交流が始まるのには左程日数を要しなかった。

イスラーム法学の判事補の資格まで取得している宗教的教養の深さから、当然のこととして監視兵たちからも一目置かれる存在となった。バラックの中に監禁されていなければならない増井ではあったが、いつしか礼拝の時間にはイラク兵たちとともに一列になって礼拝することが許された。そうなると、イラク兵たちよりは年長であり、コーランのどの章をも朗々と暗誦する能力がある増井が導師として礼拝を取り進めることになる。増井は自らを監視する任務にあるはずのイラク兵から尊敬を集めることになったのだ。もちろん、ほかの国籍の人質たちからの悩みや要求をイラク側に伝えて、精一杯のイラク側の譲歩を引き出して、人質仲間からも敬意を表され感謝された。

人質の行く末を心配するのは、家族も本社の仲間たちも一緒であったが、ひとりだけ心配するだけではなく、状況をも把握していたのが監査役の周防であった。周防はエジプトのアズハール大学の卒業生であり、カイロでイスラーム教に帰依していた。世界最古の名門大学アズハールの卒業生たちは、宗教界での隠然たる影響力を保持していたり、中東各国の政府高官として活躍している。アラブ全域に分布している同窓生のネットワークに裏付けられた周防の情報収集能力は、外務省の及ぶところではなかった。

周防にとって浜尾と増井はアズハール大学の可愛い後輩に当たっており、モスレムという共通項でも深く結びついていた。イラク国内にすらアズハール大学の卒業生人脈があったので、個人的な調査によって、実は周防だけはふたりの後輩の消息を把握していたのだった。

しかし、日本アラブ石油開発の人質従業員全員の消息までは把握し切れずにいたので、アズハール人脈を動員してイラク政府に働きかけて、浜尾と増井だけの解放を画策するのには躊躇を覚えていた。ふたりが困難に耐えながらも健在でいることを把握すると、周防は行動を起こすことを慎むことにした。留守家族にだけはふたりの無事を連絡したのだが、あとは藤堂所長始め人質全員の無事を祈ることしかできなかった。

妻子が先に解放されて身軽になった藤堂も、健気に人質生活を耐え忍んでいた。藤堂が拘束された石油化学コンビナートは、人質を強要された現場としては、たまたま最高の待遇が保証された場所であった。

クウェイトとの国境に近いバスラにある大規模石油化学プラントは、竣工を間近に控えた時期に湾岸危機に遭遇した。イギリスのプラント・メーカーであるトーマス・ルークス社が工事を落札して作業を請け負っており、三十名以上のイギリス人技術者が働いていた。

イラク政府は、藤堂たちをエチレン・プラントのコントロールルームに拘束した。アメリカ人たちはポリプロピレン製造装置、イギリス人はイソプロピレン工場といった具合に、人質たちは重要拠点に振り分けられていた。

ルークス社に対しては、人質たちを建設現場の食堂に受け入れるよう命令が出されていた。続々と送り込まれた人質たちを、イギリス人技術者たちは同情して暖かく迎え入れた。イラク政府の命令以上に、ジェントルマンシップから発する思い遣りによって、五カ国で構成される二十五名の人質に対する食事は、彼等自身と同様の待遇を与えるように配慮していた。幸いに、流通も十分とはいえない辺鄙な工事現場に進出していたルークス社は、大型冷凍コンテナ数台に相当な量の肉類や根菜類を始めとした食料を備蓄していた。従って、急に増加した扶養人口に慌てることもなく、夕食にはビフテキを絶やすことはなかったので、人質たちの窮状は随分慰められた。さらに藤堂たちが幸運だったのは、イラクはイスラーム圏であるにも拘わらずアルコール飲料を許していたことだ。

当然、ルークス社も長期に及ぶプラント建設工事の無聊の慰めに、大量のビールを持ち込んでいた。限られた備蓄量であったのだろうが、人質たちに従業員と同じ待遇を与えることに務めたルークス社は、夕食時に限って人質たちに一本だけビールを振る舞った。一本だけに限った理由は、必死に拘束環境に耐える人質たちがアルコールの心理的増幅作用によって、精神的に崩れたり暴発することを防ぐためであった。

ルークス社の暖かい配慮に感謝しつつも、人質たちが過ごす一日の生活の大部分は強要された居住空間内での拘束であり、刑務所暮らしと大差ないものであった。宿舎とは名ばかりのコンクリート剥き出しの殺風景な造作と、窓に急遽取り付けられた鉄格子が一層囚われの身の哀れさを感じさせた。

運動はといえば、朝夕の限られた時間だけ、武装兵士の監視の下で建物の近所をブラブラ歩きするのと、食事の際に食堂まで監視兵と一緒に往復するだけであった。一日中、軽機関銃で武装したイラク兵士に監視され続けることは、耐えがたい心理的ストレスを伴うものであった。

人質たちは、こうした環境にあっても精神的に押しつぶされないために、人質たちの間に役割分担を通じた自治組織を作り上げて、一日の生活の中に能動的な自主性を盛り込むことを決めた。自治生活の第一歩は掃除当番のスケジューリングであった。人質の中には如何なる環境にあっても清潔好きな人間もいれば、不潔なら不潔で構わないタイプの男もいたのだが、集団の中でひとつの任務を与えられることは存在感の自己認識という精神的な充足をもたらした。居住スペースの内部と行動が許された範囲は、常に塵ひとつない清潔さが維持されていた。

一方、人質たちの精神的一体感を強めたのが、名簿の整理であった。

環境に負けないように日々の充実に努めるだけの人質たちには、明日が読めなかった。いつかは外交折衝が進展して解放されるのか、それとも人間の盾として本当に戦争に巻き込まれてしまうのか。人質たちが一日として祖国の家族のことを忘れたことはなかった。誰かが先に解放されることがあった場合は、手紙を預かり留守宅へ連絡することにした。もし、不幸にして戦争に巻き込まれて死に遭遇した場合、ひとりでも生き残った者がいれば、責任を持って全遺族に本人のその後の消息を報告し合おうという相互の約束であった。

少ない情報を共有しあうのがまた、人質相互の連帯を深めるとともに、全員にとって情勢分析上必須のことだった。藤堂と一緒に貼り付けられていた日本人は、電機メーカーのクウェイト駐在員二名であった。三人とも小型のラジオを所持しており、日本から一日三回放送される海外向け短波ラジオ放送『ラジオ・ジャパン』を必死の思いで傍受していた。乾電池の補給がないので、交互に一人のラジオしか使えなかった。放送内容は簡略にメモを取って、食堂に集まる度にアメリカ、イギリス、フランス、ドイツからなる人質グループに英語で伝達された。情報に飢えていることは、ルークス社のイギリス人も同様であったので、日本人ルートの情報提供は喜ばれた。もちろん、知り得たあらゆる情報は相互に交換され、各国の人質やルークス社からの情報も参考になった。

ラジオのメッセージ・コーナーでは、日本人人質たちへの励ましのメッセージが伝えられて、藤堂は先に解放された妻とふたりの子供が日本へ安着した報告を聞いてひと安心した。会社や友人から時々伝えられるメッセージは、僅か一分ほどの長さしかなかったが、拘禁生活の中でこれほど励まされるものはなかった。まさに『ラジオ・ジャパン』は人質たちのライフ・ラインであった。

人質生活が長期化するにつれて、多国籍の寄せ集めの人間集団にも確かな仲間意識が芽生え、互いを励まし合う男同士の友情も生まれた。

ある日、ルークス社の現場責任者エドウィン所長が、藤堂をつかまえてジョークで励ました。

「ミスター藤堂。うちの食堂の飯は旨いかね?」

「いやー、お世話になってますよ。ルークス社の雇っておられるコックはなかなか水準が高いですなあ。ミスター・エドウィン。」

「ところで、我々はだんだんあんたたちが羨ましくなってきたよ。」

人質に対して言って良いことと、悪いことがある。藤堂は聞き返した。

「なんだって?」

「良く考えたんだけどね。人質の皆さんは毎日三度の食事をしたら、指定された部屋やベッドに帰って、寝たり雑談をしておられる訳だ。ところが、我々は仕事をしなければならない。実は今回の工事はほぼ終了していて、エンジニアは二十名ほど帰国させても構わないのだが、例によってパスポートは召し上げられていて、帰国させて貰えないいんだ。」

「ホウ、あなた方でもそうなんですか。」

「つまり、我々も立場は人質と一緒であることが解ったんだよ。それだったら、飯だけ食ってボーッとしているあんたたちの方が、よっぽど楽だという結論に達した訳だ。全く、やってられないよなあ。あんたも、そう思わないかね?」

二人は弾けたように哄笑した。

藤堂はジョンブルの逞しさと男っ気に感心した。エドウィン所長は、自らの窮状を愚痴るために藤堂に話し掛けたのではなかった。実情はその通りであったのだが、それを逆手に取ったジョークで藤堂を励まそうという思い遣りが見て取れた。藤堂はエドウィン所長の逞しい友情に感謝した。もし、人質から解放され命長らえて、将来新たな石油開発プロジェクトを監督する立場になった際には、入札結果の如何に拘わらずルークス社を指名して、エドウィン所長に現場責任者をやらせようと密かに心に決める藤堂であった。

藤堂の観察によれば、各国の人質たちには心身ともに逞しい連中が多かった。どの国でも若い頃に軍隊で訓練を受けさせているせいか、監視兵の銃口の前では従順に振る舞ってはいるものの、内心では隙あらばと心の訓練をしている者も多かった。

一緒に摂る食事の際に、しばしば逃亡方法の話題が出た。また、戦争に巻き込まれた一朝有事の際における身の処し方も話し合われていた。

各国の人質メンバーは、クウェイト駐在の航空会社や金融機関の然るべき立場にいた人たちであり、温厚な紳士たちが大半であった。しかし、国民性のなせる技なのか、イギリス人やアメリカ人は実力行使を伴う勇壮な計画を胸に秘めている者が多かった。一方、クウェイト駐在が十五年に及ぶアラブ通の藤堂は極めて冷静であった。石油化学コンビナートの周囲には市街区などはなにもない。監視兵の目を盗んで石油化学コンビナートを脱出したとしても、周囲は荒涼とした砂漠土漠が続いて昼間に身を隠す場所は全くない。いちかばちかの冒険はしない方が安全だ。しかし、多国籍軍の攻撃が始まれば、コンビナートの中央制御室にいれば、当然ピンポイント攻撃の目標になってしまう。その場合は、すでに目星をつけてあるコンビナートに隣接した資材エリアのコンクリート製の土管に隠れて、攻撃をやり過ごすべきだと考えていた。戦況の沈静を待って食堂に移動して、天井裏にでも隠れて水と食料を補給しながら、多国籍軍の到着を待つべきだ。ただし、食堂が攻撃に晒されずに残っていればの話ではあったが。

しかし、驚いたことに本当に脱出を果たしたフランス人の猛者が現れたのだった。コンビナートからシャットル・アラブ河までは二十キロ近く離れているのだが、夜陰に乗じて逃亡して河まで辿り着き、運良く係留してあった川漁師の小舟を盗んで五十キロ下流のアラビア湾まで首尾よく辿り着いたのだ。

さらに沖合に向かう潮流に流されて数日後、漂流中に多国籍軍のパトロール機に発見されて生還を果たしたのだった。脱水症状を呈して危険な状態にあったものの、本懐を貫き通した強靭な意志は立派という他はなかった。

特にアメリカ人を中心に人質の拘束場所は時々変えられていたので、藤堂がフランス人の人質仲間がひとり見当たらなくなったのには気がつかなかった。事実を知っている限られた人質仲間も知らない振りをしていた。逃亡者に逃げおおせるための十分な時間を稼がせるためだ。幸いなことに、イラク軍側は人数がひとり減ったことは余り問題にしなかった。監視の目が厳しくなったが、残った仲間たちに累が及ぶことはなかった。人質たちが軍事上の捕虜ではなかったことと、脱出者を出したことが露見すると、責任者が厳罰に処されることを恐れた結果ではないかと推察された。

藤堂がフランス人の脱出に気がついたのは、毎日聴いている『ラジオ・ジャパン』が一週間後に伝えたニュースによるものだった。フランス人の人質の勇気に敬意を表するとともに、心からのお祝いを言いたかった。暑さがやや和らいだ十月中旬であったことが幸いしたのだろう。いくつかの幸運と脱出者の逞しい体力のお陰であろうと推測された。脱出成功は仲間として祝福したいことではあったが、射殺の危険は自己責任であり、誰にでも真似できることではなかった。

それでも、藤堂が羊のようにひたすら黙々と耐え忍ぶだけの人質生活を送っていたかといえば、そうではなかった。ひたすらに、藤堂なりの才覚を駆使して現状打開に励んでいたのだった。

藤堂は拘禁が数週間に及ぶ頃、周囲を観察した結果、週に一度コンビナートに出入りしている便利屋の存在に気がついた。見るところ、パレスチナ人のようだった。食堂に出入りする時に何気なく挨拶を交わして話し掛けると、物資流通が円滑にいかない国内事情を幸いとして、ちょっとした不足部品から資材まで何でも取り扱ってヨルダンの首都アンマンとバスラの間を行き来している小商人であることが解った。

藤堂は一条の光明を見る思いがした。翌週も現れるはずのパレスチナ人を活用しようとして、藤堂はポケットにメモと手紙を準備して食堂に通った。

丁度一週間後、ラフィと名乗る商人は藤堂が昼飯に連れて来られた食堂のそばをたまたま通りかかった。監視兵の目を盗んで、藤堂は四つ折りにした小さな封筒を商人に手渡した。

「やあ、サディキ（友達）。これ、プレゼントだよ。」

一声掛けると、藤堂は商人の傍らを離れて何事もなかったかのように食堂に向かった。ラフィの手には、クウェイト事務所のパレスチナ人職員のアンマンでの退避先住所と、日本の家族に宛てた手紙と百ドル札が一枚握らされていた。

縁もゆかりもない男ではあったが、イラク人でなかっただけに、人質にされた日本人と思しい藤堂に明らかに同情してくれたらしい。それとも、握らされた百ドル札にさらなる利益を期待したものか、日本の家族に宛てた藤堂の手紙は翌々日に間違いなくアンマンに退避しているクウェイト事務所の部下の自宅に届けられた。

藤堂たちが人質として最も危険な戦略拠点に拘束されてしまったことは、アラブ人部下たちにとって最大の心配事であった。平時においても藤堂の人格とリーダーシップはクウェイト人やパレスチナ人の部下たちの尊敬を集めていた。おまけに、湾岸危機勃発当日、イラク軍が散開する市内を果敢に事務所まで行って事務所資金を回収して、国籍や職位に関係なく非常資金を平等に分配した藤堂の消息に、部下たちが無関心でいられるはずがなかった。

アンマンの実家に身を寄せていた資材担当マネージャーのダジャニは、ラフィと名乗る商人の来訪を受けて狂喜した。

「ミスター・トウドウの居場所が解った！　彼は無事だ！」

ダジャニはラフィを丁寧に招じ入れて、藤堂の近況と置かれた立場の説明を求めた。そして、手厚い謝礼を握らせると、次にバスラを訪れるスケジュールを確認して、必ずその前に立ち寄るよう頼み込んだ。

ダジャニの行動は素早かった。直ちに、東京の本社に電話を入れたのだ。

総務部長の鹿屋は、藤堂の前任所長であり、ダジャニとは親しい間柄だった。

「ハロー！　ミスター・カノヤ。素晴らしい情報です。ミスター・トウドウのおられる場所が解りました。彼は非常に元気に過ごしておられます。」

「ナニッ！　ダジャニ！　それは本当か？」

ダジャニはことの次第を手短かに報告した。藤堂の身を案じ続ける鹿屋が飛び上がって喜んだのは言うまでもなかった。

「よし！　解った、ダジャニ！　留守宅と本社中には直ちに朗報をお知らせする。次にその商人と会うのは何時だ？」

「多分、四日先になるでしょう。」

「そうか。それまでに、藤堂への連絡や慰問品の準備を君に頼みたいので、後からまた連絡する。有難う、最高のニュースだ！」

鹿屋は家族宛ての手紙の存在についても報告を受けたので、自分の責任において開封させてファックスで送らせた。手紙の内容を十分後には東京の留守家族に伝えることができるからだ。親書を開封することは、礼儀に厳しい鹿屋には躊躇があったが、この際止むを得ないと判断した。

その夜、『ラジオ・ジャパン』に聴き入っていた藤堂は驚いた。

アナウンサーが伝える人質へのメッセージに藤堂宛のものが入っていたからだ。

『藤堂憲彦さんへ、赤坂の山城靖男さんからの伝言です。藤堂さんがお元気でお過ごしのご様子。情報が入りました。ご家族の方々も大変喜んでおられます。何よりのことと、本社の仲間たちも喜んでおります。解放の日は必ず来ます。それまで健康に気を付けて頑張って下さい。』

限られた字数の短いメッセージではあったが、藤堂の鋭い洞察力は、その後展開された全てのドラマと関係者の好意を読み取った。郵便の到着を待たずして、藤堂の無事は家族にも伝わったことが理解できて嬉しかった。赤坂の山城とは、赤坂に自宅のある人事部長の山城のことだ。なるべく社名を目立たせないようにしようという深慮であった。

アンマンへの密使を依頼してから丁度一週間後、ラフィがバスラに戻って来た。小振りのダンボール箱を小脇に抱えて、ラフィは藤堂が閉じ込められているコントロールルーム脇の空間まで忍んできてくれた。そこまで、荷物を抱えて近寄れたのは便利屋でなければできない芸当であった。

藤堂がご褒美として、また百ドルを与えると、いつでも飛脚役を引き受けることを約束して引き揚げていった。

はやる思いで藤堂がダンボール箱を開けると、妻の恵子と長男の龍雄、長女の亜佐美からの励ましの返信が入っていた。アンマンから東京へのファックスの逆ルートで、一万キロの距離を越えた最速のホットラインが働いたのであった。アンマンへ退避しているアラブ人の部下たち三名からの励ましの手紙と、本社から鹿屋総務部長と山城人事部長からのレターも添えられていた。

本社からの依頼とアンマンの部下たちの思いが一致して、藤堂の好きな煙草であるマルボロも五カートンが入っていた。そして、人質生活の必需品であるラジオ用の乾電池に加えてチョコレートを始めとする甘味類もぎっしりと詰まっていて、藤堂を感激させた。

アンマン・ルートの成功に味を占めて藤堂が度々これを利用したことは言うまでもなかったし、藤堂側から仕掛けなくても、ラフィとの関係を確保した部下たちから時々慰問袋が届けられた。

人質解放を目指す国連とイラク政府との虚々実々の駆け引きは三か月以上も継続された。人質という前近代的な卑劣な戦術を批判する国際世論の圧力によって、九月初旬に婦女子の解放、十一月上旬に五十歳以上の人質解放が実現した。そして、クウェイトの領有が容認されるかも知れないという国連側のポーズに過剰な期待を抱いたサダム・フセイン大統領は、遂に十二月上旬に人質全員の解放を決心するに到った。

結果的には、この直後に国連安全保障理事会はイラク軍のクウェイト撤退期限を翌年一月十五日に定めて、これを容れない場合の多国籍軍による武力行使を決議するに到るのであるから、さぞかしフセイン大統領が悔しがったことであろう。しかし、全ては後の祭りであり、卑劣極まりないフセイン外交の敗北であった。

バスラのペトロケミカル・コンビナートに貼り付けられていた人質たちに、バグダッドへの移動が命令された。ひよっとすると解放されるのかとの期待を抱きつつも、相手がイラク政府であるので油断は禁物であった。周囲の監視兵のリーダーに移動の理由を質しても、彼等も命令の実行者に過ぎず、バグダッドへの移動が何を意味するのか解らなかった。

この時、一世を風靡したプロレスラー出身の参議院議員である長谷川力雄が、人質解放を目指してフセイン大統領との交渉のためにバグダッド入りしていた。

リング名を『リキ長谷川』といった長谷川議員の折衝方法は、極めてユニークであった。『スポーツと平和の祭典』と銘打ってバグダッドに特設リンクを設け、プロレスを殆ど見たこともないイラク人たちにデモンストレーションをして、戦争の馬鹿々々しさを訴えようという企画であった。試合に先立つリング上で、浪速屋五郎丸の河内音頭が大太鼓のバチさばきも派手々々しく歌い上げられた。

国民性のなせる技か、しんみりとした哀調を帯びたものが多い日本の民謡の中で、秋田音頭や山笠音頭と並んで陽気さで知られる河内音頭は、イラク政府高官やバグダッド市民にとっては異文化中の異文化に感じられた。

イラク政府高官の多くの者は、ポカンとして聞いていた。プロレスといい、河内音頭といい、それまで国連が行ってきた膝詰の交渉事と違って、巧まずしてイラク政府の意表を突いた折衝方法となっていた。主観と感性の見事なすれ違いによって、何が言いたいのか良く解らないけれど、人質を返せという熱意だけは強烈に伝えることができていた。

忌むべき人質生活の入り口になったモンスール・メリア・ホテルに、藤堂たちは再び帰ってきた。農業用ダムに連行されていた増井も、三か月半ぶりに信頼する兄貴分である藤堂の傍らにいた。

フセイン大統領の長男であるウダイが大統領の代理として、メッセージを伝えるために人質たちの前に立った。

「フセイン大統領の寛大なる措置によって、諸君は解放された。諸君は自由である。明後日の日本への帰国に先立って、バグダッド市内を観光されるのが宜しかろう。今夜は日本から来られた長谷川参議院議員が主催される『スポーツと平和の祭典』も開催される予定である。」

ウダイは人質解放の演説を終えると、サッサと帰って行った。

「馬鹿野郎！　誰がバグダッド見物なんかするもんか！　バグダッド市内にドルなんかを落としていってたまるかってんだ！　誰が二度とイラクなんかに来るのもんか！」

辛酸を舐めさせられた日本人人質たちは、ウダイの手前勝手も甚だしい外交辞令に唾棄する思いがした。

長谷川参議院議員が藤堂に近づいて来て、労いの言葉を掛けた。

「やあ、ご苦労さんだった。しかし、お前。本当に背が高いなあ。」

「はあ、入社以来、私よりも背が高い社員は入って来たことがないんですよ。」

百九十一センチの上背の藤堂は、元プロレスラーの長谷川参議院議員より三センチも背が高かったのだ。

第20章　戦争の予感

クウェイトの都市機能が壊滅したため、クウェイトからの物資の流通が途絶えてから四か月。鉱業所の日本人従業員が自治運営している食堂では、材料調達の苦労が絶えなかった。本来は三万人いるはずのカフジの人口だったが、住民人口が激減してしまっていた。従業員が家族全員を連れて安全圏へ疎開してしまったり、本人だけが仕事で残って、家族をアラビア半島の反対側や奥地にある出身地へ退避させてしまった例が多かった。クウェイトからの物資流通が途絶しただけでなく、人口減少がサウディ南部からのあらゆる物資供給を細くしてしまうのは自然の理であった。

音在はタンカーの来港がない週末を選んで、気分転換と自炊材料の調達を兼ねて、蔵田を連れてダンマン市へ買出しに出掛けた。平常時であれば、北へ百五十キロのクウェイト市へ行く方が余程楽なのだが、イラク軍の占領下の状況が選択の余地を残していなかった。ダンマンは、カフジの南方三百キロに位置するサウディ東部地区の商業の中心地である。東部地区に集中している原油生産拠点の中枢にも位置しているから、石油省始め主要官庁の所在地でもあるし、人口は五十万人を越えている。首都のリヤド、紅海側の商業都市ジェッダに次ぐサウディアラビア第三の主要都市である。

カフジから四十キロ南下する間、クウェイト・ダンマン街道の周辺は砂漠ばかりで何もない。ときたま、遥か左手奥にアラビア湾が僅かに遠望できるだけの単調な道である。ドライブの無聊を慰めるのは、時々遠くに見える蜃気楼くらいのものだが、軽度の蜃気楼である逃げ水現象は、常に道の前方の地平線上にテラテラと揺らめいていた。南四十キロ地点にはサウディアラビア海軍のミシャブ基地がある。退屈なドライブの道しるべとして貴重な存在となっている。

いつものようにミシャブ基地の横を通過しようとして、兵器とおぼしき見慣れない装備が目に入って、音在はスピードを緩めた。

「おい、蔵田。あれは何だ。」

「ええ。さっきから気が付いていていたんですけど。何でしょうか、あれは？」

基地の横を通るハイウェイから視認できるだけでも、基地の小高くなったあたりに、四台の見慣れない重量運搬車が荷台に巨大な棺のような梱包物を積載していた。その中の一基の搭載物がゆるゆると仰角を取り始めた。してみると、重量運搬車と巨大な荷物は一体化しているらしい。

音在は、あれがニューズウィーク誌で読んだことのある地対空ミサイルのパトリオットかも知れないと気が付いた。イラク軍は射程距離千キロの大型ミサイル、スカッドを配備していた。パトリオットは、大型ミサイルの熱源を探知してこれを迎撃する小型ミサイルである。

「おい、蔵田。あれが噂に聞いているパトリオットかも知れないぞ。あの棺のお化けみたいな筐体の中に、迎撃用の小型ミサイルが装備されているんだよ。方形をしているから、中身は一本かなあ。それとも、小型ミサイルだから四本装備かなあ。」

音在の推論は的中していた。しかし、まさかそれから僅か一か月後に、実際にパトリオットが発射され、その防空システムにお世話になることまでは予測できなかった。

人間の盾であった人質たちを解放するためには、国連の表舞台は勿論のこと、水面下も含めてありとあらゆる駆け引きが行われた。サダム・フセイン大統領には人道上の批判のプレッシャーを与え続けるとともに、クウェイト領有の主張が通るかも知れないとの、甘い誤解を生じさせる確信犯的折衝も続けられた。この複合的効果によってイラク軍が人質を解放すると、米軍を中心とする多国籍軍はXデーを想定して、最後の軍事上の準備に着手したのであった。ミシャブ基地への地対空ミサイルの配備も、明らかにその一環であった。

さらに南下してカフジから百キロ地点のアブ・ハドリアまで来ると、一か月前の短期休暇からの帰途に見たのと同じ光景が目の前に展開した。

ダンマン沖まで輸送船で運ばれて来た各種兵器は、揚陸されるとダンマン・クウェイト街道を長蛇のコンボイによってアブ・ハドリアまで達し、ここから砂漠の中の戦闘配備予定地に散開するのだ。

戦車や装甲車や門外漢には用途不明の各種専門車両が、続々と砂漠の中へと消えて行った。一か月前に見たコンボイに較べると、中身が水か燃料かは解らない巨大な氷枕のような形をした黒くて分厚いゴムチューブが運ばれて行くのが目立っていた。兵員の配備が終了して、補給線の強化が必要とされる段階に到ったということなのであろうか。

空を見上げると、戦闘ヘリコプターのアパッチが、大編隊を組んで北上つつあった。アブ・ハドリアの砂漠の遥か奥には、待機や補給のためであろうか、羽を休めるアパッチの大群が街道からも遠望された。アパッチの前線補給基地が設置されたようだ。

航空機と同じく、アパッチが移動する時は三機編隊を最小単位にするようだ。南の空から、『へ』の字、『へ』の字のアパッチ小隊の群れが、渡り鳥のように眼前一面に飛来する様子は壮観であった。

ハイウェイのかなり上空を飛んでいるべき一編隊が、急に降下して来た。

軽快な動作に半ば見とれていると、何のことはない。急降下の目的は、高速走行する音在の車であった。音在には、殆ど目の高さに感じられるほどの高度ですれ違おうという訳だ。日本人では考えられない、米兵の行動であった。民間車など全く走行していないガラ空きの片道三車線のハイウェイに、音在の白いトヨタ・クラウンを発見して、からかってやろうと思ったのだろうか。それとも、遠からず起こるはずの戦闘を前にウォーミングアップしたのだろうか。

迷惑千万な米兵の気まぐれに、音在は咄嗟に判断した。

「おい、蔵田。窓を開けて、大きく手を振ってやれ！」

舐められてたまるかと、音在は思った。頭上スレスレを交差するアパッチに怯えて、走行進路でもふらつかせようものなら、米兵たちが機上で爆笑するのが眼に見えている。音在自身が手を振って、ちゃんと仕事していろと言ってやりたいところだが、時速百九十キロの高速運転中ではそれはできなかった。

交差する一瞬に、音在はアパッチを正面から間近に凝視した。

「兵器というよりは凶器だなあ。」

操縦席前面には、大口径の機関砲を備え、両側にはロケットランチャーが伸びている。搭載ロケットは左右合計一ダース程度であろうか。そして、機体中央には、軽快そうに左右どちらでも射撃可能な側方向け旋回機銃を装備していた。

蔵田が窓を開けて手を振ったことで、米兵のからかいには一矢を報いてやったと音在は考えた。その証拠に、ヘリを操縦している兵士も手を振って挨拶を返していたのを、高速のすれ違いざまに確認した。どこの誰かは知らないが、お前も頑張れよという男同士の交歓といったところだ。

ふたりはダンマンに到着すると、真っ先に市内に一軒だけある韓国人の食材屋に向かった。日本での生活の常識から言えば、開店出来るほど大量の買い物をするためである。衆樹や神永がシッピング業務の建直しのための助っ人に来てくれているとはいえ、音在の仕事は忙しくて長躯のドライブに度々来られるものではない。いきおい、一度の買出しにおいては、仕入れが大量となる。しかも、音在亭の食客は大食漢が多かった。平時でも、単調なカフジ生活の慰めは美味いものを喰うしかなかったが、このような緊急時にはなおさらのことであった。純粋の日本食材が揃っている店ではなかったが、お隣の韓国の食べ物をあれこれ選択することで、随分と食い物から来る望郷の念は慰められるものである。平時のダンマン地区に居住する約四十人の日本人にとっては、地域でたった一軒の韓国人スーパーはオアシスのような存在の店であった。しかし、商社、金融といった職種で構成される日本人ビジネスマンは、すでに全員退避してしまったので、その後はカフジからの買出し客が上得意となっていた。

買い物を終えると、ふたりの足の向く方向は、やはりダンマン地区にただ一軒だけ存在する韓国レストランであった。ダンマンには、この他に中華料理屋が二軒営業されていたが、味の方は中華料理もどきでしかなかった。その点、韓国レストランの方は、この店を続々と訪れるカフジの同僚たちの保証付きであった。その証拠に、多くの場合はカフジから足を伸ばした別の仲間たちと店で顔を会わせるのだった。

ふたりは、いつものように一番人気の焼肉定食を平らげた。久し振りの買出しであったので、たまには贅沢を楽しもうと、昼食後には買出しドライブの締め括りとして、ダンマン市に隣接するアルコバール市の高級食材店に向かった。

アルコバールは米系石油メジャー四社が合弁して設立した世界最大の産油会社アラムコの門前町である。同社がサウディアラビアに国有化された後でも、米国人技術者が数多く残っているので、日本人の好みにも合う食材を揃えているスーパーマーケットやレストランが何軒も存在していた。音在は部屋に集う仲間たちへの土産として、これらの店を回ってキャビアを仕入れようとした。羊の食文化圏であるアラブの地では、その他の国々に比較して海産物や魚介類はそれほど人気がない。おまけに税制が違うので、キャビアのような奢侈品であっても、日本で買うよりは格安に購入できるのが嬉しかった。

カフジの日本人の中には、イクラ丼を真似てキャビア丼を賞味する者も少なくない。現地赴任中に一生分のキャビアを食べ尽くそうとするかのように、盛大にキャビアを流し込むのがカフジライフの憂さ晴らしのひとつであった。

本社では、毎年十一月末にOBたちの同窓会である『ジャマール会』を開催するのが習わしになっていた。しかし、会長を務める初代鉱業所長の山之内創一は、その古武士らしい判断によって、その年の会の開催を中止することを決めた。後輩たちが死の恐怖と隣り合わせしながら任務に励んでいるのに、東京で酒を飲みながら懐旧談に耽るのは不謹慎だと判断したのだ。

山之内は『創業は易く、守成は難し』という中国の格言を座右の銘にしている日本を代表する石油開発技術者であった。傘寿に手が届く年齢になっても、その判断はいささかも衰えていなかった。山之内に私淑していた音在は、その山之内の判断を聞いて嬉しくなった。音在の二度目のカフジ赴任に当り、ションボリしていた音在の長男を励ましてくれた思い遣り深い大先輩でもあった。

山之内は会の開催に代えて、辛い時には肉でも食べて体力をつけて耐え抜くようにと、カフジ日本人会へ肉の購入資金として百万円を贈って寄越した。大先輩の思いやりは、城戸専務から日本人従業員全員に伝えられた。早速、大量の牛肉の購入手配をして、日本人食堂のメニューにビーフステーキが頻繁に登場した。初代鉱業所長の存在を知らない若い世代まで含めて、従業員一同は差し入れのビフテキに舌鼓を打った。しかし結果的に言えば、湾岸を巡る峻烈な情勢の変化は、山之内の心尽くしの寄贈肉の一割も消費するための時間的余裕を与えてはくれなかった。

情勢が最悪の方向へ展開するかも知れない中、黙々として石油操業を継続する鉱業所に、極秘との触れ込みで、ある政府命令が発せられた。多国籍軍の上陸用舟艇用の燃料補給基地建設に協力せよとのサウディ石油省の命令がそれであった。

カフジに鉱業所を建設した際に、会社は周辺地域の測量も実施していた。極秘の基地候補地はカフジの北方十キロ地点に当たっているので、会社がすでに保有している筈の各種測量データに期待しての接触であった。特殊任務を授けられた米国海軍の大佐に率いられた調査団がカフジを訪れ、会社側は城戸専務始め関係部門の責任者が応対した。原油出荷と海務を統括する敦賀は、もともと海上測量の専門家であり、会社設立時に海上保安庁からスカウトされた経歴を持っていた。基地建設初期の各種測量は自ら手掛けていたので、主要な説明は全て敦賀が行った。

「音在さん。これは軍事上の極秘事項ですので含んでおいて下さい。近い内に、多国籍軍がカフジ北方十キロ地点に上陸用舟艇の燃料補給基地を構築する見通しです。昔、私が測量調査したあたりですので、今日の午前中、米軍の検討チームを現地に案内して来たところなんですよ。」

「ああ、それで昼前には席を外しておられましたか。政府向けの報告書に敦賀さんのサインを頂きに来たんですが、お留守でしたね。」

「説明はこれで二度目なんですが、極秘行動と言う割にはスタッフがゾロゾロついて来ましてね。」

「敦賀さん、あのあたりでは、僕も魚を突いたりアズマニシキを獲るために時々潜っているので良く知っていますが、ちょっと水深が浅過ぎませんか。」

海を愛する音在は、愛好家という領域を越えた漁師でもあり、釣りと潜りのより良い漁場を求めて、カフジ周辺の海を広域に渡って探査していた。

従って、測量屋である敦賀よりも、ある意味では燃料補給基地の候補地とされた現場の海底地理に通暁していたのであった。現場周辺は、ダンマン・クウェイト街道がやや内陸側を走っており、海岸線から暫く遠ざかっている分だけ、基地設置の許容面積がある。しかも、かつての街道建設の際の資材置き場であったのか、あるいは一朝有事への備えをサウディ当局が想定したものか、街道から海岸に向かったところに平坦な広場のような構造があるのを音在は確認していた。燃料タンクを何基か設置するのは十分可能であろう。ところが海の中は、砂岩の岩盤からなる遠浅な海底が二百メーターほど続いており、小型舟艇を対象とする燃料補給とはいえ、桟橋だけを建設すれば良いというものではなく、浚渫工事が必要なことは目に見えていた。

専門家がそのような立地に基地を置く決定をするのが適切か否か、音在には甚だ疑問に思えた。しかも地理的に言えば、カフジから北へ十キロということは、イラク軍が占領するクウェイト国境から南に僅か八キロしかないということだ。野戦用の簡易施設だと言っても、敵軍の鼻先で臨時基地建設のリスクを犯すほどの戦略的意義があるのだろうか。

音在にはこの多国籍軍の接触が、何か別の目的を持っているように思えて来た。極秘という触れ込みではあったが、二度にわたる打合せと実地踏査は、多国籍軍とイラク軍の動向に病的に神経質になっている従業員や住民に必死の思いをもって観察されていた。もともと同一の民族であるアラブ人がサウディアラビア、クウェイトそしてイラクの国境を跨いで分布していて、現在も姻戚で結ばれている関係が少なからず存在する状況の下では、この情報はまず間違いなくイラク軍側に筒抜けであるはずだ。命令により大真面目にカフジを訪れた米軍大佐たちの調査活動ではあったが、もっと大きな観点から深遠なシナリオを書いている意思が存在するに違いない。

上陸用舟艇の燃料補給基地を建設するとすれば、多国籍軍の反攻作戦を海側から行うと見るのが妥当である。これに備えるために、当然イラク軍は海に向けて防衛体制をとるはずだ。海岸線は地雷で埋め尽くされるだろう。海に向けて陣地が構築され、大口径砲の大部分は、海に向けられるはずであった。イラク軍の砂漠側の防衛は、その分だけ手薄にならざるを得ないのではないかというのが、敦賀と音在が導き出した推論だった。ふたりには、米軍大佐の二度に亘る接触が、イラク軍に対する陽動作戦であるとまでは断定できなかったが、これ以降多国籍軍からの重ねての協力依頼が行われることはなく、燃料補給基地建設の話はいつの間にか沙汰止みとなった。

第21章　開戦近し

最後の人質解放に成功した後、非難を控えていた国際世論は、改めてサダム・フセインのクウェイト侵攻を真っ向から否定した。国連も全メディアも、連日のようにイラクの暴虐に対する非難と撤退による解決を求めた。安全保障理事会は停戦期限を九十一年一月十五日に定め、それまでにイラク軍がクウェイトから撤退するように求めた決議（安保理決議第六七八号）を行い、直ちにイラク国連大使のサアドゥーンを通じてイラクに通告した。

イラク軍が撤退する素振りも見せないことが解っている現地では、開戦の危機が刻々と迫っているのを察知して、まだカフジに止まって働いている全国籍の従業員の神経がささくれ立ってきた。

挨拶好きのアラブ人スタッフたちは、出勤時に音在の個室の開け放たれたドアの前でアラブ流の派手な挨拶をするのが常であったが、危機感の高まりとともに挨拶の時間が長くなった。音在の顔を真剣に見るのである。音在は自分が観察されているのが良く解った。ボスが平常心を維持している間はまだ大丈夫だと、スタッフたちは考えていた。もし、音在の挙措動作に怯えが観察されたら、それはもう逃げなければならない時だ。そういう部下たちの視線を理解して、音在の労務管理には更に工夫が必要になった。

音在自身としても心配事は数限りなくあったのだが、最後の最後まで任務の遂行に最善を尽くさなければ自己のビジネスマン信条に反すると考えたかった。自分の悩みをおくびにも出さず、やせ我慢であっても、音在は部下の挨拶には必要以上に大きく明るい声で応えた。それでも、大部屋に集った部下たちは、額を寄せ合って相談する頻度が増えていた。アラビア語の直接の意味は解らなかったが、付き合いの長い部下たちが何を言っているかは十分読取れた。大部屋のテンションがひときわ高くなったと感じたら、音在は自室を出て彼らの輪に加わるのであった。音在は、わざと煙草をもらった。

「おい、ちょっと煙草が切れちゃってさ。アブダッラー、一本くれ。ああ、お前の煙草はマルボロか。これ香りが良いんだよな。」

音在がユックリ吸い込んだ紫煙を吐き出して、一番大きな声を出していたスタッフの顔を見てニヤリと笑うと、本人は視線をそらして大人しくなった。

この程度では収まらない時は、さらに下品な演技をして部下のストレスを解きほぐしてやらなければならない。音在は、部下たちの円座に加わると、鼻くそを掘ってみせた。

音在のデスクの電話が鳴った。

「ハロー、オトザイ　スピーキング。」

「ああ、音在くん。枝野です。大至急確認して欲しいんだ。イラク軍のヘリコプター部隊が国境を越えて、サウディ領内に着陸したというニュースが入ったんだ。何か情報を掴んでいないか。」

本社の緊急対策本部の事務局長を兼務している営業部の枝野からの急報であった。情報収集に努める緊急対策本部に飛び込んできた信じられないような情報の裏取りだ。音在の良き理解者である枝野は、弟分である音在の現地人社会に深く入り込んだ情報収集能力を知っていた。

「エエッ！　本当ですか？　日を追うごとに、危機感が高まっている現状ではありますが、そこまでの事態が発生したということは聞いてませんがね。わかりました。僕が、国境周辺の行けるところまで行って直接確認してから、枝野さんに連絡しましょう。」

音在は、過剰な恐怖感を与えないように、のんびりした言い方で課長代理のクレイシーに質問した。

「おおい、珍しくミスター枝野から電話があったよ。イラク軍のヘリコプター部隊が国境付近に降りたという噂があるらしいんだが、そんなことないよなあ。クレイシー、何か聞いているかい。」

「いいえ、ミスター・オトザイ。そんな話聞いたことありませんよ。」

「そうだよなあ。でも、他ならぬミスター枝野からの電話だから、実際に確認しに行ってみようぜ。」

音在はクレイシーを誘って、久し振りに国境方面に偵察ドライブに出た。

三週間前に様子を見に行った時と同様に、砂丘の陰に迷彩をこらしたテントともネットともつかないカモフラージュがなされ、戦車迎撃用の陣地があちこちに点在していた。しかし、兵士の動きには急を告げるものは感じられなかった。

　戦闘準備態勢を敷いた現場には場違いな白いトヨタ・クラウンの到来を兵士たちも観察しているが、同乗したクレイシーの民族服のディスターシャを発見すると安心するのか、音在を誰何して来るものはいなかった。状況から判断しても、風雲急を告げる様子には程遠く、やはり枝野情報は誤報に違いなかった。

　デスクに戻ると、音在は状況報告するために国際電話を掛けた。

「はい、緊急対策本部でございます。」

　音在と電話の受け手との間に一瞬の沈黙が流れた。

「……原ちゃんかい？」

「そうです。音在さんですか？」

「元気か、原ちゃん。一年前とはえらい違いだなあ。」

「……本当にそうですねえ。」

　それはふたりだけに通じる会話であった。

　林原美子は幸運にも湾岸危機勃発の一週間前にクウェイトを離れた。一年半のクウェイト大学留学を終えての帰国であった。

　丁度一年前の十二月三十一日。音在は、その年最後の原油出荷を終えた。

　原油船積み作業に明け方まで付き合って、船積み書類にシッピング責任者としての署名をしてタンカーを送り出した後、音在は自室まで戻った。

　徹夜明けの朝寝のためにベッドに入る前に、音在は林原のことを思い出した。

　ひと寝入りした後のその日の午後の過ごし方に思いを馳せた。正月を迎えるその時期に合わせて、日本人従業員の単身赴任者は長期休暇を取って母国に帰るのが常であり、音在亭の常連客たちも帰国している者が殆どだった。

　十二月が決算締め切り時期に当たる日本アラブ石油開発では、決算作業に当たる経理部員と最重要数値である年間原油出荷数量の確定をするシッピングの責任者は、この時期カフジを外すのは任務上禁止されていた。

『そうだ。林原に電話してみよう。』

　音在は、クウェイト大学の女子寮に電話をしてみた。殆ど英語を解さない寮母ではあったが、氏名を言えばなんとか取り次いでくれる。

「はい、林原です。」

「おお、原ちゃんか。音在です。今朝、今年最後のタンカーを送り出してね。今年はタンカーが百五十八隻、通年出荷が日産十九万バーレルとまずまずの結果だったよ。今からひと寝入りするんだが、日本式に言えば大晦日だし、午後は久し振りにクウェイトまで買出しにドライブでもしようかと思っているんだけどね。もし、時間があるなら、晩飯でもご馳走しようか。」

「あら、ご苦労さまでした。今夜はクウェイト大学の友達のお宅に招かれているんです。でも、その前までなら時間がありますよ。」

「そうか。それじゃ、今からひと寝入りしてから、夕方四時頃そっちへ行くよ。お茶くらい飲もうじゃないか。」

実はアラブ嫌いの社員ばかりの日本アラブ石油開発にあって、林原は入社以来異色の存在であった。国際外語大学を卒業した才媛である林原は、アラブとの出会いを期待して入社した。音在が一回目のカフジ勤務を終えて帰任した翌年の新入社員だった。社内実務だけには飽き足らず、外務省主催のアラブ関係のセミナーや、サウディ、クウェイト両大使館主催の建国記念日のセレモニーなどには、招待も受けていないのに個人の立場で積極的に参加する熱心な新人であった。

「お前って、変わった奴だなあ。」

会社の女子社員などがまず出席しないこの種の会合で顔を合わす度に、音在が感心してみせると嬉しそうに笑っている林原であった。

音在は本社に帰任した後も、サウディ、クウェイト両大使館には緊急時の問題対応の人脈開拓のために友好促進に励んでいた。在日アラブ人社会に深く食い込んでいる、本社では珍しい存在の社員であった。アラブ嫌いの人事部の責任者たちでは取得できない緊急時の訪問ビザでも、書類がまだ揃っていないタイミングですら、音在が頭を下げれば無理を聞いて貰えた。

そのためには、音在は自宅へ大使館員を個人的に招待したり、年に一度は交際費を使って東京湾で釣り舟を借り切り、大使館員とその家族を全員招いて、釣りと天ぷらを楽しんで貰うことを総務部の定例行事化していた。これは漁師である音在らしい発想であった。大きなアラブ人たちにとっては、日本は外地である。大きな社会慣習の違いから、逼塞生活を余儀なくされていると思い込んでいる両国大使館員には大受けに歓迎される企画であった。このような機会には、他部の所属ではあったが、林原を積極的に活用した。大使館員の夫人と子供たちの相手をして貰うのに、林原の存在は格好な役回りだったのだ。

音在が四年半を本社総務部で過ごしてカフジに再赴任した一年後に、好奇心と好学心に溢れた林原は、クウェイト大学に留学して来た。到着の喜びを、林原は近況報告の便りに託してくれた。

「音在くん。クウェイトからのラブレターだぜ。」

ある日、同じ単身寮に起居する満井が、一通の手紙を下卑た仕草でヒラヒラと上下に振りながら音在に手渡した。林原からの嬉しい便りであった。

音在は内心喜ぶのと同時に、これはまずいと感じた。カフジの単身寮は、究極の女日照りである。音在のように頻繁に社宅からお招きにあずかったり、音在亭の寄り合いに家族ぐるみで社宅の住人が出入りするような男は、何日かに一度は美人の奥さんの拝顔の栄に浴せる。しかし、孤独なタイプは、下手をすると年に一度か二度の長期休暇に出るまでは、まともに異性の顔すら拝めないのだ。このような環境の下では、うら若い才媛である林原との交流は大変な嫉妬を生んでしまう。

音在が再赴任した年のバレンタインデーには、可愛がっていた部下の大田が音頭を取ってくれたとみえて、本社で指導した女性スタッフたちが山のようなチョコレートを出張者に託送してくれたことがあった。いつも通りの音在亭の寄り合いで、音在は他意のない笑い話として紹介した。

「いやあ。本社からチョコレートが八個も届いちゃってさあ……。」

「音在くん。不愉快だ！　チョコレートの話なんかやめろ！　聞きたくもない！」

音在は、兄貴分として信頼している温厚な広谷の断固たる拒絶発言に唖然とした。男たちの団欒の場であるはずの音在亭には、一瞬白々した雰囲気が漂った。

『いけねえ。ここはカフジだ。発言に注意しなきゃいかんなあ。』

音在は再認識した。

東京から来たばかりの林原には、そういった男所帯での人情の機微は解らないから、クウェイト事務所を訪れて気軽に社内便での手紙の託送を頼んだのに違いなかった。音在亭に出入りする若手従業員は沢山いたのだが、林原と会う時は、腹心の蔵田だけを内緒で連れて行こうと判断した音在であった。

　年間最後のタンカーを送り出したその日は、カフジ・チョンガーの例に漏れず、いつもなら連れて行く蔵田は家族と正月を過ごすために帰国していた。

『まあ、たまには良いか。今日は俺ひとりでクウェイトに行こう。』

　昼過ぎまで熟睡した音在は、ひとりでクウェイトに向けて車を飛ばした。音在の運転の腕前なら、国境事務所での煩雑な通行手続きの手間を勘定に入れても二時間とはかからなかった。

　一回目の勤務と合わせると現地生活が七年近くになり、買い物に関してはクウェイトの隅から隅まで知り尽くしているつもりの音在であったが、まだ行ったことがないめぼしい観光場所が二ヶ所あった。

　サルミヤ岬の北方に浮かぶ歴史の島ファイラカと、イラク側に大きく抉れる形のクウェイト湾に突き出したドーハ岬であった。

　友人宅に夕食に招かれているという林原を遅刻させないためには、時間的にファイラカ島は無理だが、ドーハ岬へのドライブは十分射程圏にあった。

「原ちゃん、マリオット・ホテルでケーキをご馳走してあげるよ。その前に、ドーハ岬までドライブしてみようと思うんだが、どうかね。」

「音在さんに、お任せします。」

　ドーハ岬は、クウェイト市街をイラク寄りに東に外れた位置にあった。

　平坦な砂州がクウェイト湾に伸びていて、岬の先端は海浸を防ぐための護岸がされている閑散とした漁村であった。

　群青色の海と空と黄銅色した砂漠の二色だけが風景を構成しているのだが、目の前に広がる光景は極めて雄大であった。左手に大きく弧を描いて広がる海の向こうの大砂丘は遥か遠くにあるはずなのだが、やけに迫力を持って眼前に迫ってくる。音在は、目の前全面に蜃気楼現象が展開しているのが解った。

「イラクはあっち側ですかあ。」

　滅多に見ることのできない雄大な光景を目の当たりにして、林原の気持ちも随分華やいだ。両腕を水平に広げて、クルクルと踊るように二度体を回転しておどけてみせた。

『可愛いなあ。』

音在は、あまり見つめ過ぎないように、煙草に火をつけてわざとしかめっ面をした。しかし、砂漠と海が織り成す絶景と林原を前にして、内心ではカメラを携行して来なかったことを大失敗したと思った。

大型客船を海岸に引き込んで埋め込み、船の施設をそのままホテルとしているマリオット・ホテルへ、紅茶とケーキを食べに行くまでの間、林原が音在の案内役となった。長期のアラブ滞在にも拘わらず、音在は他の大多数の日本人と同様に、アラビア語に関しては文盲であった。

「音在さん。あれは刑務所ですねえ。」

言われてみると、市街を外れて陰鬱なたたずまいを見せる廃墟のような建物は刑務所らしかった。

「何だ、原ちゃん。初めてかと思ったのに、前にもこっちに来たことがあったのか。」

「いえ、初めてですよ。だって、建物の正面の上に刑務所って書いてありますもの。」

「ほう。良く勉強しているんだねえ。」

「それほどでもありませんよ。ホホホ……。」

林原は嬉しそうに笑った。

林原を定刻までに大学の女子寮まで送り届けると、音在は単身生活の寂しい正月にご招待を受けるはずの社宅エリアの小倉一家へのお土産を買い求めに、市内随一の高級ショッピング街サルミヤへと向かった。奮発してロシアン・キャビアのセブルーガとエジプト産のカラスミを大量に手に入れた。寂しい正月でもせいぜい豪華に行こうという訳だ。

相変わらず元気に留学生活を楽しんでいる林原と別れた後も、音在はその日一日中気分がうきうきしているのを感じていた。

枝野からの緊急調査依頼へ回答をするために電話をすることで、本社に復帰して緊急対策本部のスタッフを勤めている林原の声を久しぶりに聞くことができたのだ。

一瞬の沈黙の間に、ふたりの脳裏には丁度一年前の僅か二時間の楽しい思い出が鮮やかに蘇った。

「原ちゃん、俺は元気だぜ。ちょっと枝野さんから、急ぎの調査を頼まれているんで、電話を代わってくれるかい。」

「音在さん。頑張って下さいね。」

直ぐに電話に出た枝野には、実地調査の内容を伝え、現在のところの無事な状況を報告した。

「音在くん。我々も一生懸命、状況分析や情報収集に励んでいるんで、音在くんも頑張ってくれよなあ。」

「ナーニ、枝野さん。心配なんかしてくれちゃって。頭が禿げますよ。俺様は到って元気ですよ。」

敬愛する先輩に、音在は精一杯元気そうに答えた。

『枝野さんや林原は、お義理ではなく、本当に俺のことを心配してくれている。』


「音在くん。君、入れといたからな。」

音在が日本人食堂で昼飯を食べていると、突然、副所長の山田が音在の肩をポンと叩きざまに一言声を掛けた。

「ん？ 何ですって？」

聞き返す音在を無視して、山田はお盆を持って自分の定位置と決めたテーブルへ行ってしまった。

「音在ちゃん。何だいあれは？」

隣に座った加山が訊ねた。

「さあねえ。何が言いたいんだろうか。」


そう答える音在であったが、山田の言いたいことはだいたい読めていた。

昼食後の午睡をしてから、午後一番で音在は副所長室に山田を訪ねた。

「山田さん。さっきの食堂でのお言葉ですが、いったい何ですか、あれは。」

「うん。周りに沢山人がいたんで、あれ以上話ができなかったんだ。実は、城戸さんと打ち合わせしたんだけどな。如何なる状況になったとしても、絶対に撤退しない特攻隊を予め決めておくことにしたいんだ。この困難な状況の中で本当に頑張っている中心的メンバーが何人かいる訳なんだが、我々は音在くんもそのひとりとして認識してるんだよ。ついては、君も絶対に撤退しないメンバーに加えておいて構わないな。」

「ちょっと待って下さいよ。自分はこんな環境においても、最善を尽くして職責をまっとうしている自負は持ってます。しかし、僕は死ぬつもりはありませんからね。じゃあ、その限界点はどこなのかということについては、自分自身で冷静に見極めたいと思っています。会社も限界点はどこまでかを真剣かつ冷静に判断してもらわなければいけませんよ。従って、何が何でも撤退しないグループに人選して頂いたのは光栄にはは思いますが、僕のスタンスとはちょっと違うと思います。」

山田は苦虫を噛み潰したような表情に変わった。

音在は内心、山田では自分の特攻隊の指名役には役不足だと思った。敬愛して止まない敦賀部長から同じことを言われたら、多分音在の返事は別のものになっていたであろう。山田は基地建設・維持を担当とする副所長であった。城戸専務に深く私淑する寡黙な山男であったが、寡黙な分だけ音在のような山田のライン外にいる中間世代には、日頃山田が何をやっているのかが良く見えていなかった。カフジ滞在が長くなった音在ではあったが、狭い鉱業所の中で一緒に仕事をしていても、音在が山田と相対して口をきいたのはこれが初めてであった。緊迫感が急上昇しているこの環境の下で、さらに頑張ってくれるようにとの要請があったと聞き置く程度に止めておくことにした。他の人間から、ことさら言われるまでもなくても、自分なりに最善を尽くすと決めていた音在だった。

その日の午後、敦賀部長から呼ばれてデスクに向かうと二枚のネームプレートが渡された。

「音在さん。本社からこんな物が送られてきてねえ。まあ、折角届いたから音在さんにもお渡ししておきます。」

音在は頭をひねった。一メーター程のステンレス製ネックレス様のものに、やはりステンレス製の小さなプレートがぶら下っており、プレートにはローマ字で音在の名前と鉱業所における従業員番号が刻印されている。しかも、全く同じ物がもう一対。こちらのほうはプレートがプラスチック製になっていた。全て金属製のものは、かつて戦争映画で見たことのあるアメリカ兵が首からぶら下げていた認識メダルであった。黒焦げやバラバラになった死体からでも身元が判別できるように、金属プレートに名前と認識番号を刻んであるのだ。しかし、プラスチック製の方の使用目的が皆目解らなかった。

「敦賀さん。こっちのプラスチック製の物は、一体何ですかねえ。」

「さあ、僕も良く解らないんだが……」

いよいよ、このような物が必要になったと本社では考えていることが解った。高まる緊張度とともに本社と現場との従業員の気持ちのあり様に、一万キロ以上の隔たりを感じる音在であった。

　プラスチック製の認識票の存在を不可解に思った音在は、真田部長のデスクを訪れた。状況が緊迫の度合いを高めるにつれて、参謀長としての真田の存在はさらに重要なものとなって来ていた。

「タイコーさん。冗談じゃありませんよね。本社からこんな物を送って来やがって。仲間が死なないで済むように配慮してくれているならともかく、これは人が死んだ時の準備じゃありませんか。この認識票をぶら下げていれば、真っ黒焦げになっていても、そりゃあ識別は容易でしょうよ。」

「ああ、これか。アハハハ。」

　老獪な真田は相手を昂奮させないように、学生時代に落語で鍛えた独特の間をおいて答えた。

「タイコーさん。僕がどれほど苦労したかを子々孫々に伝えるための記念品にプレゼントされたと思って貰っておきますよ。それはそれとして、何で同じ物がふたつもあるのか解らないんですよね。しかも、ひとつはプラスチック製じゃないですか。これでは、黒焦げ死体になったら一緒に焼けてしまって、ものの役には立ちませんよ。まったく、本社も無駄なことをしやがって。馬鹿じゃないですか。」

「ああ、これなあ。音在くんだから信頼して教えてやろう。カフジの人心にパニックを与えちゃいけないから、今のところ秘密だから誰にも言うなよ。」

「はあ、いいですよ。」

「このプラスチックの方の認識票は、非常事態に到って、もしかして船に乗って逃げる場合に使うんだ。乗船する時にプラスチック製のやつを預かるんだ。そうすれば、誰がまだ乗っていないか解るし、その先何かあっても少なくとも乗船するまでは誰がいたかが解るんだ。」

「あ、なーるほど。本社もまったく無駄をしている訳じゃあないんですね。」

　真田の秘密だと前ぶりした上での説明のお陰で、音在はやっと納得した。


　部屋に戻ると音在は胸に『日本アラブ石油開発』と大きく社名を縫い込んだ柔道着を身に付けて、英文字で名前を刺繍した黒帯を締めて外に出た。

　その日は土曜日であり、音在が週に一回柔道を教える日に当たっていた。

何故稽古日を土曜日に設定したかと言うと、アラブ圏の週末は宗教上の理由で木金両日となっており、土曜日が一週間の仕事始めになるからだ。

音在は、週末に弛みがちな自分の気持ちを引き締めて新たな週の仕事に当たるために、週明けの仕事の終了後を柔道の稽古に当てていた。

表に出ると、仕事を終えて隣の単身寮に戻って来た真田と出くわした。真田は、おどけてのけぞってみせた。

「何だ。こんなご時世にまだそんなことやってるのか。師範、元気だなあ。」

「そんなこととおっしゃいますが、柔道はぼくにとって宗教みたいなもんでして。大変なご時世だからこそ、逆に柔道をやっていないと、精神衛生に悪いんですよ。」

音在が数多くの弟子たちに惜しまれながら一回目の本社帰任をした後は、柔道場は閉鎖されていたものと音在は考えていた。諸事無理をしない酷暑の風土で培われた民族性からして、強い意思をもった指導者抜きでは我慢に通うような柔道の修行は継続できないというのが妥当な判断であろう。

しかし、音在が四年半の本社勤務の後再赴任したカフジには、細々ながらも柔道場はまだ存続していたのである。音在が読み違えていたのは、洋の東西を問わず、自分の子供を強く元気に育てたいという親心であった。かつて、音在道場の大人の部で稽古していた主だった弟子たちが、自分の子供を教えるために音在の教えを反復して柔道活動を続けていたのだ。

四年半、音在が不在したために彼ら独自の解釈が入ったのか、あるいは単なる記憶違いによるものか、音在の目から見ると少々変な柔道になってはいた。

しかし、彼らが掛けている大外刈りから袈裟固めに入る連続技は、音在が学生時代に尊敬する堀部正一師範から指導されたものを、前回の指導でアラブ人の弟子たちに伝えたものであった。再度の音在の着任は、彼らの大歓迎を受けた。

再赴任のその日から、音在はまたアラブ人にとって唯一無二の師範として迎えられた。前回の仕事上の立場に較べてシッピングの責任者としての任務は繁忙であり、週に一回しか稽古をつけることはできなかったが、それでもアラブ人の弟子たちと一緒に流す汗が音在の単身赴任の無聊をどれだけ慰めてくれたか解らない。特に、湾岸危機勃発以降の最悪な危機的状況が続く中では、週一回とはいえ腹の底から発する気合が精神衛生上絶大な効果をもたらしてくれた。

音在が精神安定剤のお世話にならずに済んだのは、『精力善用、自他共栄』という柔道の理念を地で行ったお陰だと思っていた。一回目の柔道指導では、音在は二百名のアラブ人の弟子を教えたが、二回目は仕事の忙しい中で六十名を指導した。ここで培った人間関係が音在の現地での仕事と生活に大きく寄与したことは言うまでもない。

十一月頃の危機感の緩和とともに疎開先から戻って来たカフジの住民であったが、十二月後半の再度の危機感の高まりによって住民の再疎開が進んでいった。音在は道場指導を通じて、カフジ住民の去就動向を実態的に把握することができた。弟子たちの出席状況から、危機の度合いを察知することができるのだ。石油立国しているサウディアラビアのことであるから、石油基地の町カフジには全中央官庁の支所が設けられており、弟子の中にはこれらの責任者の子弟が多く参加していた。ローカル・ガバメントと称されるこれらの省庁の責任者たちも、立場上最後の最後まで退避が許されない人々であり、彼らがまだカフジに止まっているかどうかは、その子供たちの稽古への出席を観察していれば自ずから解る。

一方、音在自身も彼らの側から監視されていたに違いなかった。アメリカとの太い友好関係を持っているはずだと、彼らから過剰に理解されている日本人は、独自の信頼すべき情報ルートを持っていると思われていたに相違なかった。

つまり、音在がまだ柔道をやっているようならまだ大丈夫だという訳だ。

弟子の数は激減してはいたものの、師範と弟子たちはお互いを励ますような思いを内に秘めて、迫り来る危機の中でも稽古に励むのだった。

第22章　新年を迎えて

年が明けると、営業部から通知されてくる原油出荷の配船スケジュールは、当然のことながら激減した。

一月五日に共同石油配船のワールドオーシャン丸がジャマール原油を六十万バーレルとナーカ原油を四十

万バーレル。十三日に東亜石油精製配船の東京丸がジャマール原油八十万バーレルを積込む予定となっているだけで、国連が定めた停戦期限である九十一年一月十五日以降は、さすがに一船も登録がなかった。

こんな寂しい月間配船予定表を見るのは、カフジのシッピング部勤務が通算八年目を迎えた音在にも初めてのことであった。予定表に記載された行数の少なさが、触発寸前の危機の到来を明白に告げていた。

年末の休暇に出た日本人従業員の大半は、十五日を巡る様子を見ながらそのままカフジには帰らないで済むだろうという読みをしていた。

年末の恒例行事である帰国の流れに乗れば、仲間を現場に残して自分だけ帰る後ろめたさからは解放された。会社が保証できない自分の生命安全を確保するのは当然の判断とは言えたが、立場上退避が許されない者にとっては、苦々しい限りに思えたのもまた自然の人情であった。このまま座して開戦を迎えて良いのかという日本人従業員の声はだんだんと高まって来た。上下関係に忠実な日本人のことであるから、それまでは城戸専務が召集をかけた説明会を通じて会社の方針表明を批判するか、せいぜい日本人会のラインを通じて城戸専務に意見具申する程度で終わっていた。しかし、この時期に到ると直接専務室に駆け込む若手従業員も現れた。原油生産部の小早川も勇気ある提言者のひとりだった。

「城戸さん。残るのも勇気なら、撤退するのも勇気ですよ。退避に当たって、急に原油生産をストップさせようとしても、生きている大きなシステムなんですからね。個々の井戸元から順番に時間を掛けてオイルフローを止めなければ圧力をバランスできず、大事故のもとになりますよ。」

音在は久し振りに緊急対策本部の夜勤当番で徹夜した。その夜の相棒は、また川村だった。

「音在さん。この状況をどうご覧になりますか？　僕にはどうしても、無事では済まない気がするんです。」

前回の夜勤当番の時と同様、その夜も音在は川村のカウンセラーのような役回りになった。

ファックス機がジーっと音を立てて作動し始めた。

「何のニュースでしょう？」

ふたりはせり出してくる受信用紙の行を追って読み始めた。全ての出力を待つまでもなく、ふたりは同時に叫んだ。

「こーの、卑怯者!!」

受信したファックスは、正月休暇に出た原油生産部の宮本が、歯科治療のためカフジに戻るのを延期することを労務部宛てに通知してきたものだった。

申し訳に、『通院治療、二週間を要す』と記した歯科医師の証明書が添えられていた。死ぬためにカフジへ戻ってたまるかという宮本の気持ちは正直かも知れなかったが、徹夜の夜勤をしてファックスを読んだふたりにとっては、これほど腹立たしいことはなかった。


音在亭の常連メンバーもその殆どは年末休暇に引っ掛けて、日本で湾岸情勢の様子見をするために、すでにカフジを後にしていた。

音在が寄り合いの召集を掛けていない夜にも、残り少なくなったメンバーがひとりふたりと音在の部屋を訪ねてきた。

小倉と蔵田は年明けまで残ったメンバーであったが、両名から音在は責められる夜が増えた。

「音在イ。サウディ政府から退避が許可されないのは、会社の能力の限界だ。残念ながら会社は俺たちの生命の保証はできないんだ。死んでしまっては何にもならないじゃないか。家族のことを考えたら、ここは決心のしどころだぞ。俺は、音在を残して退避したくないんだ。俺と一緒に退避しようじゃないか。」

「そうですよ。停戦期限の十五日までに、凶暴なサダムの軍隊がクウェイトから撤退することなんか絶対に有り得ませんよ。国連が定めた停戦期限なんだから、これが過ぎたら戦争が始まるに決まってます。多国籍軍の反撃が始まったら、真っ先にイラク軍が攻撃して来るのは、距離的にも一番手近かなカフジに決まっているじゃありませんか。石油施設なんだから、戦略的にも絶好の攻撃目標ですよ。」

「うん。それは俺だって十分解っているんだけど。しかし、俺はラインの責任者としてアラブ人の部下たちに俺について来いと命令している立場だし、態度を変えることはできないよ。第一、尊敬する敦賀さんを置いて逃げられない。停年を延長してまで、仲間の安全確保のために頑張ろうとしておられるんだぜ。

だけど、小倉さんも蔵田も仕事上の立場はラインじゃないんだから、俺とは立場が違う。頼むから、俺に構わないで安全圏まで逃げてくれ。」

小倉は、鉱業所の諸施設の安全円滑なオイルフローをつかさどる施設安全部の上級スペシャリストであり、アラブ人の部長を補佐する立場であった。部長から信頼される要職にはあったが、部下を束ねる立場にはなかった。蔵田も仕事上は小倉と似たような立場にあって、危機が迫ったこの時期にほとんど仕事がなくなっていた。音在のように、敬愛する敦賀部長の下にいて、二十二名のアラブ人スタッフを束ねるライン責任者と違って、ふたりには退避を躊躇させるしがらみはなかった。友情ある説得は音在の心に沁みたけれど、音在は行動をともにできない自分の責任を自覚していた。逆にふたりは、音在から退避を推奨された。迫り来る危機の影響で、サウディから国外に向けて飛行機が飛び立つ最後の日と定められたのは、一月七日であった。ふたりは大事を取って、最終の飛行便の前日に日本に帰ることを決めた。

音在のただひとりの日本人部下である藤井も、上司というよりは最も親しい友人として音在の説得に必死であった。シッピング部のコンピュータ・スペシャリストの立場から言えば、藤井は年末休暇組のひとりとして日本へ帰国することが業務上可能であったのだが、まだカフジに残っていたのは音在の立場を思い遣る気持ちが強かったからだ。藤井は、音在の頑張りももう引き際に来ていることを判断し、退避を勧告した。

「音在さん。僕と一緒に退避しましょう。あなたは、壊れそうになったシッピングを立て直したし、この死ぬかもしれない危機の中でも立派に任務を遂行しました。でも、もう限界ですよ。もう退避しなければ駄目です。」

「有難う。その通りかも知れないな。しかし、死ぬと決まった訳でもなし。藤井くんも解っているじゃないか。逃げ出しそうなスタッフに、俺について来いと言って止まらせているのを。しかも、あの敦賀さんをおいて俺は逃げられないよ。しかし、藤井くんは立場が違う、衆樹や神永と一緒に退避してくれ。」

「手柄を上げて本社に戻って、次長になりたいのか部長になりたいのか知らないけど、死んでしまったらおしまいですよ。」

「俺がくたばってたまるか！　心配しないで藤井くんは飛行機が飛んでいるうちに国外に退避してくれ。」

十一月後半に営業部から応援に駆け付けた神永と衆

樹は、大車輪の活躍をしてくれていた。衆樹の出張条件とした出来高払いの約束から言えば、新規に掻き集めた四名のサウディ人スタッフはすでに実務訓練を兼ねてナイトシフトに組み込んでいた。約束通りに音在は衆樹に出張任務の終了を言い渡した。

「三か月はかかると思っていた要員訓練を、本当に衆樹くんは半分の一か月半で仕上げてくれたよなあ。戦争に突入するかどうかは解らないけど、七日でサウディから国外へ飛ぶ飛行機はなくなるそうだから、早めに日本へ帰ってくれ。シッピングの建て直しに尽力してくれた君の貢献は忘れないよ。有難う。」

「音在さん。本当にまだ残られるつもりですか。」

横から、神永も口を挟んだ。

「神永も最終の飛行便で帰ってくれ。五日のワールドオーシャン丸が君の最後の応援仕事だ。」

「音在さん。それじゃこうしましょう。神永はこのまま帰国させるとして、僕はまだ仕事をやり残した気分もありますから一旦カフジを離れてダンマンまで退避しますが、一月十五日の動向を確認してから、また戻って来ます。まだ半月くらいは、新人スタッフを鍛えてやりたい感じがあるんですよね。」

ふたりは音在の固い決意をたしかめると、帰国と退避のために仕事の整理と荷物の準備に取り掛かった。

音在が周囲の親身な心配にもかかわらず、敦賀の存在を理由に首を縦に振らなかったのには訳があった。

一月一日が誕生日である敦賀は、この正月にめでたく還暦を迎えた。

六十歳の定年退職の日である。普通の人格であれば、定年退職を理由にして、この危険千万なカフジを去ることに誰からも後ろ指を指されることはないと考えたに違いなかった。むしろ、定年なのだから会社を去らなければならなかった。しかし、責任感の塊のような敦賀は、城戸専務に対して、異例の定年延長を求めたのであった。仲間たちが死ぬかもしれない状況を少しでも改善するために最後まで力を尽くしたいと、この海の男は考えた。城戸専務にしても、敦賀の自己犠牲に満ちた建設的な申し出は、願ってもない提言であった。本社も異論あるはずがなく、会社始まって以来初の定年延長が実現した。さすがは、海軍兵学校最後の期の生徒であり、海上保安庁出身者の責任感とプライドであった。敦賀ラインの直属の部下として、このノーブリス・オブリージュに満ちた上司を残して自分だけ逃げられるかというのが、音在の最終判断であった。

しかし、実際の仲間たちの退避を前にすると、音在の気持ちにも複雑なものがあった。

会社側も開戦の危機を目前にして、従業員の意思を無視できなくなってきた。

一月四日。専務室はその時点でカフジに残留している日本人従業員に、身の処し方に関するアンケートによる意思確認を実施した。

アンケートの内容は、①退避帰国する、②サウディ国内の安全圏まで退避する、③カフジに残留する、という三項目から構成されていた。

音在は、学生時代に父親に尋ねた質問を思い出した。

学徒動員で召集された父親は、適性検査の結果、陸軍航空隊へ配属され戦闘機乗りとなった。太平洋戦争末期には特別攻撃隊に編入され、鹿児島県の特攻基地知覧まで進出したにも拘わらず、出撃待機中に終戦を迎えて、運良く命を長らえた経験を持っていた。戦後生まれの音在には、特別攻撃にどのような気持ちで赴くことができたのかが理解できなかった。本当に国のために死ねる気持ちになったのかと訊ねる音在に、父親の答えは『両親を守るため』であった。

特攻隊への編入に選択の自由はあったのかとの問いには、「一応の意思確認はあったが、アンケートには『希望』と『熱望』しか問われていなかった。」との回答だった。

幸いにして生き延びることができて、大学生になった息子を前に、「絶対死なないという保証があるなら、また飛燕に乗って空中戦をやってみたいなあ」と、陸軍三式戦闘機『飛燕』に搭乗した体験を懐かしがる男であった。

目の前にあるアンケートは、五十年前の父に示されたものとはもちろん別物ではあったが、厳しい決断を迫られて音在は二十数年前の親子の対話に思いが及んだ。

洞察力に長けた音在は、アンケートの持つ姑息な意図も理解していた。

会社は事態の展開に死傷者が出ることも織り込んでいた。もし、死傷者が発生した場合、会社の強制によるものであったとすると、遺族から訴訟を受けることは当然のなりゆきだ。弔意金の額が違ってくる。残留するとしても、本人の納得ずくであったことを証明しておかなければならない。アンケートに記された回答が後日の証拠として機能する訳だ。

音在は諸々の雑念を振り払った。敦賀を置いて退避しないと決めたのだから、アンケートの問いにマルをつけるような受動的態度は止めることにした。音在は大きな字で、回答を記した。

『俺は最後まで現場を守る!』

退避の意思を表明した従業員は直ちに帰国の準備にかかった。航空券の手配は、音在の部下の藤井が取り纏め役を引き受けることとなった。藤井のデスクには汚れたサウディ・リアル札の束で航空券代金を持参した日本人従業員が殺到した。

集計作業を見守る音在に、退避組の川村が安っぽいゴマを摺った。

「マ、この場はひとつ音在さんに全てをお任せして……。」

音在が表情を変えたのを、音在を良く識る藤井は直ぐに気がついた。

しかし、やっと命が助かることを実感して躁状態にある川村の発言は行き足がついて止まらなかった。不愉快極まりないと感じた音在は、藤井のデスクを離れた。

『やっと自分の命が助かると思って、何を調子に乗っているんだ! 軽い野郎だ。仕事の責任上残らねばならない立場にいる者の気持ちが解らんのか、この馬鹿が。俺が本社に帰任して要職についたとしても、川村を部下の課長に取り立てることは絶対しないことに決めた!』

音在は、前日の原油生産量と出荷数量統計であるデイリーレポートに承認のサインを済ませると、敦賀部長の部屋で打合せをかねてお茶を飲むのを日課にしていた。緊迫の度合いが高まるにつれて、敦賀との朝の打合せには一層の意義を感じていた。常に毅然として自己の任務の完遂に努める敦賀の姿勢に教えられるところ、極めて大きなものがあったからだ。音在自身の心の中に弱気の芽が生まれた時は、敦賀の背中を見ているだけで励まされた。意地っ張りで絶対に他人に弱みを見せたくない音在ではあったが、敦賀にだけは自分の悩みを正直に打ち明けて相談に乗ってもらえることができた。

その朝も、日本茶を飲みながら音在は敦賀にシッピングの要員計画について同意を求めていた。

「敦賀さん、藤井くんたちの意思を確認しました。藤井くんには、もう日本に帰って貰います。衆樹も実に良くやってくれました。もう本社に帰しましょう。神永については、アラビア湾がこの危機的状態ですから、もうタンカーも来航しないと僕は読みます。十三日の東亜石油精製配船の東京丸だって本当に来るかどうか、怪しいものだと思いますよ。急いで出荷作業したって、丸一日でしょう。十四日に出航したって、アラビア湾の真中で国連の停戦期限の十五日を迎えるんじゃ危険で仕方ない。数百億円の資産であるタンカーが被弾炎上しても、戦争免責があるから保険金は下りませんからね。だから、神永も帰ってもらいます。あいつはナイトシフトの文句も言わずに本当に良く頑張ってくれました。」

「音在さんの考えの通りで、私には何にも異存はありませんよ。」

「それから、サウディ人スタッフですが、もう限界を迎えている連中が沢山おります。とっくに休暇を取ってしまって、そのまま帰って来ない奴もおりますがね。そこで、仕事上の必要と腹の据わり具合を勘案して、五名を僕に付き合わせて、残りの連中にはさりげなく休暇の取得を勧告しようと考えていますが如何でしょう。」

「誰を、残しますか?」

「クレイシー、サファル、イスカンダール、ファイサル、カーリッドの五名が妥当だと思います。」

「なるほど。しかし、彼等が最後までついて来てくれるでしょうか。」

「スタッフの中では一番信頼できる連中です。頼んでみますよ。」

敦賀には、音在の人選に異論を挟む余地はなかった。

音在の管理の下に二つのラインがある。ひとつはジャマール、ナーカ両原油の出荷を担当するライン。言わば『原油出荷係』である。課長代理のクレイシーが責任者を務めている。クウェイトからの難民に水とパンをもって救済に駆けつける敬虔なモスレムであるイスカンダールとロンドンで教育を受けてきた実直なファイサルがその下に職長として働いていた。もうひとつのラインは、鉱業所の小さな製油所で精製した石油製品を出荷する、言わば『石油製品出荷係』である。カフジにある造水公社や来航タンカー向けの燃料油(バンカー・オイル)として重油を供給したり、沿岸警備隊（コーストガード）の船舶への燃料を始め諸々の地元の需要先に軽油を給油することを任務としていた。課長代理のサファルの下で、オペレーターとしてカーリッドが働いていた。彼らは、全員が音在の柔道の弟子でもあった。これが、音在が考えた危機対応のベストの布陣であった。

「僕は、音在さんの判断にお任せしますよ。」

応える敦賀のデスクの電話が鳴った。

「イエス。ツルガ　スピーキング。あ、はいはい、僕だ。エエッ！……でも、僕は帰れないよ。……うん。うん。」

ただならない会話の内容は、音在は直ぐに察しがついた。病中であった敦賀の母親が亡くなったに違いない。

会社の決めた定年規則の通りに退職していれば、母親の死に目に間に合ったものを。母親も、指折り数えて、敦賀の帰国の日を待って頑張っていたであろうに。並外れた責任感が敦賀を現地に止まらせたばっかりに、この悲劇が起こってしまった。

「敦賀さん。至急帰国して下さい。」

「いや。この大事な時期に僕はカフジを離れることはできないよ。弟がしっかりと母の面倒は見てくれていたし、女房も日本にいるから、僕は帰らないことにするよ。」

いかにも鉄の男敦賀らしい判断だった。

「カフジの大黒柱の敦賀さんが、お帰りにならないと仰るのは良く解ります。しかし、これは他のこととは違うんですよ。及ばずながら、僕だっておりますので、お葬式に帰国されるくらい問題はありませんよ。」

「しかし、僕は決心したんだ。」

音在は、これは駄目だと、説得役としての自分の限界を感じた。

しかし、音在は敦賀を日本に帰す術は心得ていた。敦賀は、上官として尊敬する人間の命令には必ず従う。城戸専務から葬儀に出席するために帰国せよと言わせればそれで済むはずだ。

音在は自分のデスクに戻って、城戸専務直属の調整室長の奈良に電話をした。

「奈良さん、大変なことになったんです。敦賀さんのお母さんが先ほど亡くなられました。敦賀さんは、この大変な時期に自分がカフジを離れる訳にはいかないと言っておられるんですよ。敦賀さんは命令には弱いから、城戸さんから帰国するように言って貰うように計らって頂きたいんですが。」

「音在くん、そりゃあお気の毒なことになったねえ。でも、敦賀さんが今現場を離れられるんじゃあ大変だ。ご本人がそう言っておられるんだったら、悪いけどご決心に甘えさせて頂く訳にはいかないかなあ。」

音在は激怒した。

「何を言ってるんだ、奈良さん！　ほかのこととは違うんだ、母親の葬儀ですよ。敦賀さんが帰国されても、俺がいるじゃないか！」

「まあまあ、音在くんがそこまで言うんなら、城戸さんにお願いしてみるよ。」

音在は、自分のデスク横にある窓のシェードの隙間から事態の推移を観察していた。隣接した建物にある統括部長室から敦賀が出掛けて行った。敦賀は、専務室がある本館の方向に向かって歩いていた。奈良調整室長が直ぐに用件を城戸に伝えたことが察知できた。

「敦賀さん。ご愁傷様でした。聞きましたよ。お母さん大変でしたねえ。」

「はあ、高齢でしたし、ここ暫く臥せっておりましたので、覚悟はしておりましたが……。長男の私に代わって、弟が良く面倒を見てくれておりましたので。」

「それで、敦賀さん。国連の決議した停戦期限の十五日までは、まだ日もあります。イラク軍が撤退するはずもないけど、この間両サイドとも睨み合いだけで何も起きませんよ。葬儀に出席するために一週間帰国して下さい。」

「この大事な時期に現場を離れることは、私は……」

「いやいや、大丈夫だよ。それに音在くんが心配しているそうじゃないですか。」

「はあ、それではお言葉に甘えまして、暫く帰国させて頂きます。」

「是非、そうして下さい。これは些少ですが、ほんの私の志をご霊前にお供え下さい。」

音在がデスクで執務していると、敦賀が帰って来た。

「音在さん。今、城戸さんから呼びつけられてしまいました。葬儀に帰るようにとのことですので、帰国させて頂くことになりました。一週間で戻りますので、その間いろいろと宜しくお願いします。」

「どうぞどうぞ。一刻も早く帰ってあげて下さい。不肖小生もおりますので、安心してお帰り下さい。」

如何にも敦賀らしい意思決定のプロセスであった。

その日の午後、音在の仕事は極めて難しかった。

大部屋の部下たちも、もちろん一様に恐怖を感じていたが、その現れ方は深浅様々であった。気の弱い連中は既に休暇を取っていた。安全圏まで疎開させた家族のもとに退避していて、帰ってくる気配もなかった。それでも音在の配下には、まだ十四名のサウディアラビア人スタッフが残ってくれていた。

しかし、我慢の極限にいて逃げ出したい気持ちになっている者が、オピニオン・リーダーになりかねなかった。自分だけ逃げるのは後ろ指を差されかねず、仲間を巻き込んで自己の退避を正当化したいからだ。

音在は先手を打って、煽動者予備軍と腹心の部下を切り離したかった。

音在が考えていた腹心の部下とは、敦賀に報告して了解を取り付けた五名であった。この説得は順番が難しい。大部屋で退避勧奨組と残留組を指名すると、思わぬ反発を買う恐れがあった。誰しも許されることなら、家族の待つ安全地帯へ退避したがっている。一挙に残留者を指名すれば、嫉妬の念が健常者にも発生するのだ。

『何故あいつが助かって、自分が残らなくてはならないのか。』

事を丸く収めるために、音在は残留指名者の男としてのプライドに訴えることから始めた。こういう折衝は、個別撃破に限るのだ。音在は、先ず最上級者のクレイシーの説得から始めた。呼ばれて、デスクの前に座ったクレイシーに、音在は諄々と語りかけた。

「クレイシー。平時でもお前は勤勉に働いて、俺を良くサポートしてくれている。いつも感謝しているんだ。この半年近い困難な時期においてはなおさらそう思ったよ。」

「いえ、私こそミスター・オトザイと一緒に働いていて誇らしく思っています。こんな危険な状況で、ミスター・ツルガとミスター・オトザイが堂々として毎日事務所で過ごしておられるから、スタッフも安心して働いています。」

「そこで、お前を友人としてまた男と見込んで頼みがあるのだが、俺は最後の最後までここに止まって自分の任務を果たすつもりなんだが、お前も俺についてきてくれないだろうか。俺にはお前の助けが必要なんだ。」

「ミスター・オトザイ。よくぞ言って下さいました。ご信頼頂いて本当に光栄です。私は元々ミスター・オトザイについて行くつもりでしたよ。」

「そうか、有難う。さらに厳しい環境になると思うけど、それじゃ一緒に頑張ろう。次にサファルを呼んでくれ。」

クレイシーは、音在と固い握手を交わすと部屋を出て行った。

音在は、ひとりずつ呼び込んだ残りの四名とも全く同じ会話をしたのだが、四名からの返事も全く一緒であった。洋の東西を問わず、自分が上司に認められた時の喜びや男っ気から来る誇らしさは全く同じなのである。

第一の目的を果たした音在は、今度はスタッフたちの大部屋に向かった。

「皆、聞いてくれ。もう、五名から話を聞いたかもしれないが、一月十五日の停戦期限を迎えるに当たって必要最低限の人員で、緊急対応体制をとる必要があると思う。今日俺は、クレイシーとサファル、イスカンダール、ファイサル、カーリッドの五名に最後の最後までついて来てもらうことをお願いして了承を貰った。あとのスタッフも、俺を助けてもらえばもちろん嬉しいんだが、この状況だ。休暇を取って貰っても一向に構わないぞ。選択は各自の判断に任せる。」

個別に残留を了承した五名は、内心の誇らしさを感じながら、下を向いて黙って聞いていた。誇りの高い民族なので、その他のスタッフたちから「何故、自分が選ばれなかったのか」との文句が出るのではないかと心配していた音在であった。しかし、退避の許可を得て内心安堵しているのか、不平を言うものはひとりもいなかったし、自分も残ると手を挙げるものはいなかった。

音在の許可を得て、残りのスタッフたちは直ちにカフジを後にした。

第23章　開戦前夜

「音在さん。昨夜戻ってきました。お陰さまで、親族が葬式を延期しておいてくれましたので、何とか間に合うことができましたよ。」

朝一番で、カフジに戻ったばかりの敦賀が音在のデスクに現れた。長男として母の葬儀を済ませることができて、スッキリした表情だった。

敦賀がカフジに戻ろうとした時には、開戦の危機を避けるためにダハラーン空港への国際便線の乗り入れは既に終わっていた。アラビア半島の反対側の商都ジェッダから入国して、数少なくなっていた国内線に乗り換えて東部地区のダハラーンまで戻る行程であった。大変な用事での帰国であったにも拘わらず、敦賀は音在亭への差し入れとして大量の鯖寿司を携えて帰ってきた。

「敦賀さん。シッピングも随分寂しくなりましたよ。藤井、衆樹、神永は皆退避させましたし、サウディ人スタッフも打ち合せさせて頂いた通りの五名を除いて全員退避させせました。」

「そうですか。音在さんの判断ですから、それで結構です。」

「それから、営業部から連絡がありまして、十三日に来航予定であった東亜石油精製配船の東京丸は、案の定キャンセルになりました。いよいよ正念場だということですね。カフジの造水公社もぼちぼち操業を止めるようですから、シッピングの仕事もコーストガードの船舶用に燃料油供給を残すだけとなりそうです。」

「ああ、やっぱり東京丸はキャンセルされましたか。」

「敦賀さん。それから、今日の午後に毒ガスマスクが配られることになっています。午後の二時に、資材部の第三倉庫へ受け取りに行って下さい。」

敦賀が音在の部屋を出て行くと、轟音を立てて一機のファントム戦闘機が超低空で鉱業所の上空を飛行して行った。戦いの予兆のような機影を見送ると、音在は大部屋に行って、部下を励ますのだった。事態が切迫してくるのに従って、部下たちは、音在の落ち着きを観察しているのだった。それが解っているから、音在はいつも以上に元気な会話を心掛けていた。もし、音在の表情に怯えが見えていたら、部下たちはたちまち逃散してしまうだろう。

スタッフ用のデスクでは、ファイサルが額に縦皺を寄せながら電話の最中であった。音在が横に座ったので、慌てて電話を切ろうとするのだが、相手がなかなか切らせてくれないようであった。

『女房か子供からの電話だな……』

音在には全く解らないアラビア語の会話であったが、何を話しているかについては十二分に理解できた。安全圏である地方都市ハイールの妻の実家に疎開させた家族からの、矢のような退避の催促であったのだ。

音在自身、妻の美知子からは毎晩のように会社を辞めてでも戻って来るようにと責められていたから、理解できないアラビア語であっても、どのような台詞でファイサルが女房から哀訴されていたかが完全に読めるのだった。

ファイサルも、音在が日本の家族から同じことを責められているのが解っていた。緊迫化した状況の下で、国籍を超えた友情を感じる男同士であった。

それにしても、当面のタンカーの来航は有り得なくなったし、ファイサルにさせる仕事は、毎朝一番の営業部宛のデイリーレポートしかなくなってしまっていた。しかも、日報に記載すべき出荷数量統計はなくなってしまったのだ。

製油所の生産数量も、年明けに操業を止めたので記入するべき統計がなくなっていた。高熱高圧でオペレーションする製油所施設は停止する際にシステム的なクーリングに時間を要するので、一朝有事に際しても急にストップをかけられない。下手をすると一箇所に圧力が貯まって爆発事故を引き起こすことになりかねない。開戦の危機に際しては、時間的に余裕のある内に作業の手順を追って操業を中止しておかなければならなかったのだ。

従って、ファイサルの任務であるデイリーレポートには、最悪の事態に備えて徐々に生産量を減らしてきている原油生産の数値しか記入するものはなくなっていた。

『ファイサル、すまないな。』

音在は、心の中でこの一番忠実な部下に感謝した。具体的な業務が殆どなくなっても、何かことが起きた場合、現地調整は信頼にたるサウディ人部下に頼らなければならないので、ファイサルを手離せないのだ。

音在は、午後一番に資材部の倉庫に毒ガスマスクを受け取りに行った。

まだカフジにこれだけの従業員が残っていたのかと、驚くほどの人々が殺到していた。すでに退避していたにもかかわらず、マスクの配布情報を聞きつけて戻って来た連中も多かったに違いなかった。

一望千里の砂漠で培われた民族性の中に、列を作るという習慣が生まれなかったので、この種の集まりはいつものことながら大混乱を呈していた。

やっとのことで、音在は忌むべき戦時の救命装備を手に入れた。

「ハロー。ミスター・オトザイ。まだ残るつもりですか?」

振り返ると厚生部のカタラーンが笑っていた。

音在が現地に柔道場を作ろうとして苦労していた時の良き協力者であり、今や一番親しい友人のひとりであった。

「ガスマスクも手に入れたし、僕はこの足で家族を退避させているリヤドへ向かいます。まだ、残られるのですか。くれぐれも命を大切にして下さいよ。グッドラック。」

「あんたも、リヤドまでは遠いから、交通事故には気をつけろよ。」

資材部で出会ったアラブの友人たちは、次々に音在に別れの言葉を述べた。

デスクに戻った音在は、肩から架けられる安物のズック製バッグを開いてみた。ビニールに包まれた黒いマスクがゴロリと出てきた。ラベルを読むとチェコスロバキア製だった。音在は納得した。

『なるほど。第二次大戦でドイツ軍の毒ガス攻撃に苦しめられた国には、こういう産業が育つのか。』

音在が意外に感じたのは、ガスを浄化するカートリッジが詰まった吸い口が、マスクの正面ではなく横についていることだった。吐く息が、マスクの眼鏡を曇らせるのを防ごうというデザインなのかと推察された。

英語とアラビア語が併記された説明書には、カートリッジの寿命は僅か十五分とある。しかも、一度カートリッジのピンを抜くとカートリッジの劣化が始まり、毒ガス用に使用してもしなくても効力を失うと書いてあった。

『おいおい、冗談じゃあないぜ。無色無臭のサリンガスを撃ちこまれたら、いったいどのタイミングでこれを装着して良いのか解らないじゃないか。下手にピンを抜いてしまったら、本当に必要な時にはもう効果はない。絶対に、こんな物のお世話にはなりたくないもんだ。』

音在は、人間の顔の形をした黒いグロテスクな装備のビニール袋を開けることもなく、マスクをカバンにしまい込んだ。


国連が定めた停戦期限の一月十五日の前日、十四日が音在の柔道の稽古日に当たっていた。つのる恐怖を振り払うために、音在は道着に着替えて道場に向かった。前の週の稽古には、数は減ったとはいえ、まだ五名の弟子たちが通っていた。皆、カフジにある中央官庁の支局の高官を父に持つ少年たちであった。彼らの出席を危機センサーのひとつと考えている音在は、一週間前には開戦までまだ余裕があると実感することができた。

『これなら、まだ大丈夫だな。』

しかし、緊迫感の高まる状況から判断して、その日が当面最後の稽古になる予感がした音在は、掲示用の貼り紙を準備した。

『当面、柔道の稽古は中止する。状況が落ち着いたら、また一緒に稽古しよう。』

しかし、道場の鍵を開け、畳の上で正座して待つ音在の前に、弟子はひとりも現れなかった。

四十畳の道場でただひとり。音在は全貌を察した。彼らは全員、カフジから退避したのだ。巨大な恐怖感がじわじわと音在を取り囲んだ。

「トウッ!!」

音在は小走りに弾みをつけると、大きく跳んで前方回転受身を取った。

体に馴染んだ心地よい衝撃が全身を走った。それでも、まだ音在の心から恐怖感は去らなかった。精神の疲労と同じくらいの肉体の疲労を呼ばなければ、気持ちの凝りをほぐすことはできなかった。全身が汗をかくまで、音在は何回も何回も畳の上を跳んで受身を取り続けた。血流を賦活して得心すると、音在は道場を離れた。誰もいない愛する道場に、日本人らしく律儀に施錠をすると、用意してきた貼り紙を、入り口に画鋲で貼りつけた。

寮へ戻る車の中で、音在はついにとんでもない事態が到来したことを実感した。

すでにカフジの道路には、音在の車以外には行き交うアラブ人の車は一台も見当たらなかった。

意外なことに、一月十五日は何事もなく過ぎた。

『これはひょっとすると、全面戦争への突入の愚は避けようという遇力が働いたのではないか?』

淡い期待が、あらゆる関係者の心を掠めた。しかし、一方ではこの期待を打ち消す判断も同時に脳裏に閃いた。

『甘い甘い！　サダムの暴虐が引き起こした状況に何ら改善があった訳ではなし、このままで終わる筈がないじゃないか。』

事実、多国籍軍が攻撃開始のタイミングを、アラブ圏の週末である一月十七日木曜日の未明で、しかも深月の闇にターゲットを置いていただけであったことは、一日半後に証明された。

一月十六日、社長の尾張がカフジまで出張して来た。開戦の危機に瀕してなお、サウディアラビアの命令で退避が許されない日本人従業員をそのままにしておく訳にはいかない。開戦を迎えるならば、社長も共に労苦を分ち合いたいという心情の発露であった。

しかし、社長の気持ちは多とするとしても、現実問題は別であった。現場側にしてみれば、修羅場に足手まといが増えただけだ。最悪の場合、如何にして犠牲者を出さずに済ませるかを必死で模索しているというのに、現地の勝手などまるで解っていない社長には世話役が必要になるし、退避の際の誘導、配車など機動性を欠く要素ばかり増えてくるのだ。社長の、この本人だけは大真面目な発想のために、立場上嫌々付き合わされた専任通訳の町井常務と秘書課長の久家の処遇も馬鹿にならなかった。

一方、この時点で、カフジには四人の日本人女性がいた。城戸、佐古田、大林の夫人たちと看護婦の田平であった。絶対に女性たちを戦争に巻き込むことは避けなければならなかった。城戸は女性たちをダンマンへ早目に退避させることを決心した。妻を同伴している佐古田と大林には、夫人たちの護衛役として一足先のダンマン行きを命じた。一行には、精神的に参ってしまって仕事にならなくなっていたコックの新川も加えることにした。ただ、田平看護婦にだけは、精神の平衡を失って既に退避させていた石田ドクターの代役として、カフジに残って貰えるか否かを確認した。

「私でよろしければ、皆さんと一緒に残りますよ。」

田平は気丈にも、ニコニコ笑いながら答えるのであった。

城戸は、尾張社長一行をこの退避組に加えて、ダンマンまで下がらせようと考えた。折角来たのだからと移動を渋る尾張に、城戸は激しく言い放った。

「社長！　カフジのことは、カフジに任せなさい！」

その結果、カフジに最後まで残留した日本人従業員は城戸専務始めとする四十八名に減少した。

同じ日の朝に、強気の城戸も最後の操業上の締め括りとして、原油の生産を止める決心をせざるを得なかった。原油の生産システムは生き物である。生産を止めるためには、海上の二百本の各油井から陸上に集められた大口径パイプラインの大元のバルブだけを閉めれば良いというものではない。各油井のバルブや、途中で油井五十本単位の原油フローをまとめるフローステーション、フローステーションからさらに原油を集めるギャザリングステーションといった集油施設のバルブも順番に閉めなくてはならない。一番遠い油井は沖合二百マイルまでに分布しており、バルブを閉めて回るのは大作業なのだ。

しかし、タンカーが寄り付かなくなって原油出荷量が先細りになっていた分だけ、既に減産オペレーションが進んでいた。原油生産量を生産能力の二十パーセントまでに落としていたお陰で、停止オペレーションは比較的短時間である丸一日の内に終了させることができた。

いつものようにファイサルは営業部宛デイリーレポートの作成のためにパソコンに向かい始めた。原油の生産までを中止したのだから、ファイサルが準備する日報は、生産量も出荷量もない鉱業所開闢以来のゼロ・レポートになった。

ファイサルの後ろに立って、作業を見守っていた音在はファイサルに異例の指示をした。

「おい、ファイサル。備考欄に今から俺が言うメッセージを入れてくれ。」

「はい、ミスター・オトザイ。何と打ち込みますか？」

「May the God of Allah grant a amazing grace on Japan Arab Oil Activity.（日本アラブ石油開発の事業活動にアラーの神のご加護あらんことを）」

ファイサルは、背筋を伸ばして姿勢を正して、打ち込みを終えると、音在に確認を求めた。

「はい、ミスター・オトザイ。これでよろしいですか？」

「よし。それで発信してくれ。」

メッセージの意味は多面的に深かった。

最も単純な意味は、日本人がことの最後に当たって万感の思いを込めて発声すると言われる『天皇陛下バンザイ』的意味合いであった。

太平洋戦争における日本軍は、陸海軍の連携や補給確保といったシステマティックな展開を忘れて無策無謀な戦線拡大をした過程で、太平洋の島々にとり残された守備隊が米軍の反攻にあって、玉砕という美名のもとに全滅せざるを得なくなった事例が多い。そうした守備隊が終焉を迎える時に発した、任務の遂行を報告する最後の打電の言葉であった。音在は故事に倣って泣き言ではない形で、最後の最後まで現場を守った事実と、まさにイラク軍の攻撃に瀕している鉱業所の窮状を営業部に伝えておきたかったのだ。

もっと大きな目的は、わざわざ『アラーの神』を用いることで、最後まで従ってくれた敬虔なモスレムである部下の労に報いるとともに、さらに心をひとつにして付いて来て欲しいと願ったからであった。音在にメッセージの打ち込みを命じられたファイサルが、その瞬間背筋をピンと伸ばしたことで、音在は気持ちが部下に通じたと感じた。

ファイサルがデイリーレポートを発信した後、音在は営業部に電話を入れた。実質上、開店休業状態になってしまったシッピング部としては、取り立てて業務連絡する用件は何もなかった。しかし、先行したファックスで表明したように、最後までシッピング部が最善を尽くしたことを報告しておきたかったのだ。

音在は、デイリーレポートの宛先である企画課長の佐竹に電話をした。

「やあ、佐竹くん？　いよいよだよ。まったく参ったねえ。」

音在は明るく話し掛けた。佐竹は音在にとって会社では一番古い友人であった。佐竹は年齢では音在より二年後輩だが、六年半の日産製作所勤務を経て途中入社した音在にとっては、石油のイロハを教えて貰った年下の先輩でもあった。

「ハハハ。仕方ないですね。」

佐竹も明るく笑いながら答えた。

音在は、百年の信頼も一瞬で崩れる思いがした。話の相手が野上であったら、間違いなく逆上して、全社員の前でぶん殴るとの再度の宣戦布告をしていたに違いない。

『駄目だこりゃ。所詮こいつも運良く本社にいる人間だ。今日も仕事を終われば飲み屋に立ち寄って、困った困ったと同僚と話し込むことで充実を感じている自分に気がつかない幸せな本社従業員だ。そして、時間が来れば家族が待つ自宅へ帰れるのだ。今日、俺が発信させたレポートの受信者であるにも拘わらず、その深い意味などまるで理解できていない。』

音在は不愉快になって、直ちに電話を切った。

午後になると、音在がデスクでひとりになったのを見計らって、クレイシーが入って来た。

「ミスター・オトザイ。もう私は我慢できません。私の退避を許して下さい。その代わり、ここに退避先の親戚の電話番号を残しておきますから、何か必要がありましたら、駆け付けますから呼び出して下さい。」

クレイシーは震えていた。

一週間前には音在の男心をくすぐる呼び掛けに対して、誇らしげに残留を引き受けた男とは別人のようにしょげ切っていた。申し訳なさに、遥か遠くの退避先であるリヤドの電話番号を残していく気持ちがいじらしかった。

しかし、震えている人間を無理強いして残留させても、もう使い物にはならないのは明白だった。

「解ったよ。クレイシー、良く頑張ってくれた。もう、お前は気にしないで退避してくれて結構だ。Nobody can abuse you.（誰も、お前を非難できる奴はいないよ。）」

「ミスター・オトザイ。申し訳ありません。だけど、本当に気をつけて下さいね。」

クレイシーがひっそりと事務所を去った後、今度はサファルが音在のデスクの前に立った。

「ミスター・オトザイ、戦争は必ず始まります！　国境のクウェイト側にイラク軍の砲兵隊が集結しているという情報が入りました。危険です。イラク軍は必ずカフジを狙ってきます。私には疎開先で待っている家族がいます。行ってやらなければいけません。それに、シッピングの仕事はもうなくなりました。我々は最善を尽くしたと思っています。ミスター・オトザイやミスター・ツルガは、何故こんな危険な状況から逃げようとされないのですか。私にはもう耐えられません。」

サファルはイラク軍の動向を察知して、ついに忍耐の限界に達したのだ。

もう、残留を強要するのは人の道に反する。勝手に逃げずに、上司に許可を求めにくるだけ立派ではないか。

「解った、サファル。どうぞ行ってくれ。お前を非難できる奴は誰もいないよ。道中、気をつけてくれ。グッドラックだ。」

「ミスター・オトザイも一緒に行かれませんか？」

サファルは後ろ髪を引かれながら、事務所を後にした。

次に音在の部屋に入って来たのはイスカンダールだった。

クウェイトからの避難民に水とパンを持って救済に向かうような、この敬虔な若者を音在は愛していた。音在との約束に忠実であろうとして、イスカンダールもすでに忍耐の限界を越えていた。可哀そうに、退避の許可を求める声は震えていた。音在は、先に来たふたりと同様のやり取りをして、イスカンダールを解放してやった。イスカンダールは足早に音在の部屋から退去したかと思うと、一旦戻って来た。ドアから顔を半分覗かせると、忠告するように叫んだ。

「ミスター・オトザイ。もうこんなところに居ては駄目です！　逃げて下さい！」

「うん、有難う、イスカンダール。気をつけて行けよ。」

音在はスタッフの大部屋に入った。ファイサルとカーリッドが額に縦皺を寄せて、腕組みして座っていた。内心の葛藤に悩んでいるのがありありと解った。

「明日の朝になったら、お前たちも、もう居ないんだろうなあ。」

腕組みをしたままの姿勢で、ファイサルがボソッと答えた。

「……いえ、私はミスター・オトザイと約束しました……」

音在は仕事を終えて、自分の事務室に施錠をして事務所を後にした。次にデスクに戻るのが三か月の後になることを、神ならぬ身の知る由もなかった。

城戸の召集に従ってまだ残留していた日本人従業員は、夜七時に日本人食堂に集合した。自炊の夕食を終えて、やや早目に食堂に入った音在は厨房の中で海道と柳井が働いているのを見て驚いた。この時点で、カフジに残っている日本人従業員の中で一番若手のふたりだった。

「何だ。お前ら、そんなところで何をやっているんだ？」

ふたりは笑いながら、明るく答えた。

「いやあ。コックさんがダウンしちゃって、今日の午後にダンマンまで早めに退避させてしまったので、僕たちが皿洗いをしているんですよ。」

音在は思い出した。

正月休暇に出る体裁でカフジを離れた満井は、ふたつの重要な使命を負っていた。ひとつは、仕事を拒否して逃げてしまったコックの後任である新川を、年明けに引率してくる役目であった。もうひとつは、湾岸危機勃発直後に婦女子を逃がした際の臨時経費に充当した日本人食堂の基金を、本社人事部から返金してもらってくることだった。もちろん、この三百万円相当のドル現金は、開戦の際の緊急資金に活用する予定であった。しかし、危険を察知した満井自身は再びカフジに戻ることを拒否したために、後任コックの新川は緊張が極限に達したサウディアラビアに、かわいそうにもたったひとりで放り出されてしまったのだ。初めてのアラブである。気の毒な新川は、やっとカフジに到着した時点で、全く仕事にならない精神状態に陥ってしまっていた。

早めにコックを安全圏に逃がしてやったために、仲間思いで最年少でもある海道と柳井がボランティアで皿洗いをしているのだった。

全員が揃うと、城戸からの状況説明があった。

「いや、皆さん。最後の最後まで鉱業所を守るために、僕について来てくれて、心から感謝します。最後まで残ってくれたメンバーを勘定すると四十八名なんだよね。あの忠臣蔵が四十七士だから、この辺の数字は何か通じるものがあるのかねえ。」

説明の冒頭、城戸はジョークを交えて、忠誠心溢れる部下たちに謝意を述べた。

これを受けて、集まった所員たちの開き直りにも似た大爆笑に日本人食堂は包まれた。

「実は本日、石油省のトップから電話がありました。明日の早朝、僕宛に何か『緊急連絡』をするかも知れないということだったので、皆さんにお伝えしておきます。万が一の場合には、皆さん軽挙盲動することなく手近かなシェルターに退避して下さい。そして、状況を判断した上で、陸路を車でダンマンに向けて退避するか、海上を船で行くかを決めたいと思います。緊急連絡網は、かねてお伝えしてある通りですが、僕からの指示に従って団体で行動して頂きたいと思います。

それから、尾張社長が皆さんを激励するために、昼前にカフジ入りされましたが、婦女子を退避させるタイミングでもあったので、そのままダンマンまで下がって頂きました。佐古田、大林両君にお願いして、両夫人と僕の女房を連れて、社長ご一行も一緒に引率して貰いました。田平さんにだけは、緊急時の対応のために我々と一緒に残って頂いています。」

田平看護婦が食堂に同席しているのは、入って来た従業員たちが承知していたことだが、城戸の紹介と同時に全員が一斉に拍手して、田平の健気な献身に敬意を表した。謙虚な田平は恥ずかしそうに、コクリと頭を下げた。

湾岸危機勃発直後に、鉱業所従業員の生命の安全を確保するために現地入りしたふたりの特使、長岡副社長と周防監査役が捨て身で石油省に折衝したその成果として、サウディ石油省は必要最低限度の約束は守ってくれようとしているのだった。実態を具備した世界最後の王国であるサウディアラビアでは、王制を支える内務省が支配権を握っている。歳入の殆どを占める石油行政を担当する石油省といえども、単なる経済担当省に過ぎず、開戦に関して知る権利も発言する資格も有してはいなかった。その制約の中で、サウディ石油省は言葉を選びながらも約束を果たすために、翌日の早朝に電話を掛けるかも知れないとのメッセージを寄越したのだ。

城戸は電話を受けて、鉱業所の危機対応も最後の段階を迎えたことを悟った。

「皆さん。今夜は身の回りの荷物をまとめておいた方が良いと思います。」

語り口は穏やかだが、城戸の指摘の意味は深かった。食堂には重苦しい空気が流れ込んで来た。その機微を振り払うように、音在は混ぜっ返した。

「城戸さん、質問！　その荷物とは、ダンマンへ行くためのものですか？　それとも日本へ帰るために色々詰め込みましょうか？」

食堂に、再びドッと笑いが弾けた。

自室に戻る音在に、島内が付いてきた。島内は子会社であるアラブ建設の現地責任者であった。アラブ建設は鉱業所の種々の施設建設やメンテナンスを担当しており、退避が許されなかった親会社に従って残留を余儀なくされていた。日本人食堂での最後の会合には、最後まで残った同胞のひとりとして参加が認められていたのだ。島内は、会社のプロパー従業員の立場とはまた違った悩みを抱えていた。アラブ建設のサウディ側スポンサーからの命令で、島内はフィリッピン人やパキスタン人からなる建設要員を引率して、カフジの北東三百キロに位置している地方都市ハイールまで退避しなければならなかったのだ。アラブ建設のサウディ側スポンサーであるサウディ東部地区の財閥企業も、既に翌日の多国籍軍の動きを承知していたのだ。

自分以外の日本人全員が南方のダンマンに退避するのに、自分だけハイールまで行かねばならない立場にあることに、島内は不安を覚えて耐え切れなくなっていた。誰でも良いから窮状を聞いて欲しかったのだ。

「音在さん。これ、あきまへんで。絶対、カフジは攻撃されまっせ。絶対、みんな死にまっせ。」

島内の立場に同情して、少しは気を楽にしてやれる話をしてやろうとする音在であった。しかし、ふたりの間には対話は成立しなかった。音在の話とは何の脈絡もない同じ台詞を延々二時間も繰り返されて、音在は相手をしているのが苦痛になってきた。

「おい。島内さん。お互いに荷物くらいまとめておかなければいけないぜ。」

帰ってくれという音在のサインに促されて、島内は退室する前に真剣に音在に頼んでいった。

「音在さん。私は明日、ハイールに行かなければいけませんが、皆さんがサウディから日本に逃げる時には、絶対に忘れないで私も連れてって下さいよ。お願いでっせ。」

島内が帰ってくれて、音在がやれやれと思っていると電話が鳴った。

「イエス、オトザイ・スピーキング……」

「音在イ。俺だ俺だ。今、香港から電話しているんだ。」

音在を連れてカフジから退避しようと必死で説得に努めた小倉は、家族を香港まで呼び寄せて命の洗濯を兼ねて湾岸情勢の推移を見守っていた。掛かってきた電話は状況偵察のためだった。中華料理でも楽しんだ後でもあったのだろう。家族との楽しい団欒の時間を過ごした後の小倉は、明らかに酔っ払っていた。

「音在サア。帰りの飛行機の切符は手配してあるから、帰ろうと思えば帰れないことはないんだけど、どうしようかと思ってんだけどサア。」

親愛な兄貴分の小倉ではあったのだが、この発想と言い方には我慢できないものを覚えた。深い深い古井戸に落っこちて救出の見込みもない男に、救出する術も持たない知り合いが地上から覗き込んで、様子を訊いているようなものだ。

『おーい、そっちはどうだあ……?』

「小倉さん。そういう次元の対話には、今の俺は精神的に耐えられないから、結論だけ言っておくよ。小倉さんは絶対にカフジに帰ってきては駄目だ!

明日直ぐに日本まで帰りなさい。ついさっきまで島内さんが俺の部屋に居座って二時間も同じ台詞を繰り返して帰ったけど、いったい二時間も何を喋っていたと思う? 『駄目でっせ。攻撃されまっせ。死にまっせ。』だってさあ。こちらが親切にカウンセリングしてやっているのに、人の話も聞かないで、一方的に不愉快を撒き散らして帰りやがって、俺は頭に来たよ!」

「カフジの様子はそんなに悪いのか?」

小倉は酔いが醒めたように尋ねた。

「だから、そんな次元の対話はしたくないって言ったでしょう。結論はもう言った。直ぐに日本に帰りなさいよ。」

「ああ、音在。うちの猫のことなんだが、逃げる時に一緒に連れて逃げてくれないか。」

「小倉さん、人の命の心配しているのに、いったい何の話をしているんですか。」

「だからさ、できたらで良いからさあ。」

音在は電話を切った。大の猫好きの小倉はカフジの社宅でもペットを飼っていた。カフジで働く日本人の中には、犬や猫を飼う人たちも少なくなかったのだが、一緒に過ごす間は良いのだがその一生を面倒見切ることはまずなかった。

飼主自身がなるべく早くに厳しい現地勤務を終了して本社に帰任すること切望しているのだから、動物を貨物扱いして飛行機に乗せる慣習のないサウディアラビアでは、平時においても動物は置いていくしかないのだ。

ドアをノックする音が聞こえた。

「音在さん。緊急対策本部報と回覧版ですよ。」

珍しく、寺崎がドアを開けて顔を出した。

「おう、入れよ。」

音在が二度目のカフジ勤務についてから三年を越えたというのに、同じ単身寮の斜め向かいに住んでいる寺崎が、音在の部屋に足を踏み入れるのは初めてのことであった。これはつまらない故事来歴に起因していた。途中入社した音在が急速に社内に人脈を作ろうとして、本社に柔道部を創設した時のこと。音在の着任を色眼鏡で見ていた同い年の野上が、たまたま柔道初段を持っていた子分の寺崎を偵察に送り込んだことがあった。

『あの程度の奴が強いはずがねえじゃねえか！　お前、稽古を覗いて確認してこい。』

洞察鋭い音在には、そのような裏事情は完全に読めていた。

「寺崎くん。じゃあ俺と乱取りしようか。」

音在は寺崎と組み合うと、投げ技以前の力技で相手を畳にねじ伏せて、得意の崩れ袈裟固めに押さえ込み、首を捩じ上げて呼吸を止めた。恐怖にかられた寺崎は急いで音在の腕を叩いて参ったの合図をした。わざとトラウマを与えるために掛けた技であったから、寺崎が稽古に参加したのはその日限りであり、その後顔を出すことは絶無であった。

稽古の翌日、直ちに寺崎が野上に報告していた。

「あいつ、本当に強かったですよ。」

同じ営業部の部屋でふたりがヒソヒソ話しているのだから、話題は目に見えていた。しかし、それを横目で確認しながら全く知らんふりする音在であった。

野上に魂を抜かれている気の小さな寺崎は、音在を嫌う野上の感情に呪縛のように囚われて、遥か離れたカフジにいても音在と交わろうともしなかった。週末に音在亭が繁盛していると、ドアの前に山のように並べられた靴やスリッパの数が気になると見えて、時たま寺崎はドアから首を突っ込むのだった。

「おう、何だい？　一緒に入れよ。」

「いや。ちょっと。」

音在が招じ入れても、誰と誰が集まっているのかを確認するためだけに来たかの如くに中に入ることはなかった。

従業員の退避が進んで、同じ単身寮の一階に残っているのは、音在と寺崎だけになっていた。ふたりに共通した心細さが、寺崎をして初めて音在の部屋に入らしめたのだった。寺崎は回覧版と称する危機対策のインフォーメーションを差し出した。

「音在さん、明朝もしものことがあって、自動車で逃げる場合の組み合わせ表ですので、これに従って下さい。」

一覧して、音在は妥当な組み合わせだと思った。ハイールに向かわなければならない島内を除いた残りの日本人が、十五台の車に分乗して退避する際の組み合わせになっていた。運転者は、この極限状態にあっても健常者とみなされている従業員が指名されていた。音在の車には、海務の芦屋と資材のベテラン越後の同乗が割り当てられていた。

「俺も、妥当な組み合わせだと思うよ。」

「明日はどうなりますかねえ。」

「残念ながら休日の木曜日だから、休日攻撃は真珠湾攻撃の時と一緒だね。戦争を始めるのは丁度良いタイミングだ。しかし、カフジを攻撃したって意味ないよ。サウディ・アラムコの二十分の一の生産量しかないこの現場などは、戦略的に見て攻撃したところでそんなに意義があるとも考えられないよ。いや、絶対カフジ攻撃はないんじゃないか。」

音在は、先ほどまで島内を慰めるために喋っていた推論をまた繰り返した。

カフジに対する攻撃が有り得ないという理由付けでも喋っていないと、とてもではないが居たたまれない心境だった。小一時間すると、寺崎は本社の対策本部報のコピーを置いて、長居することをためらうように音在の部屋を離れた。

さすがにベッドに入っても寝付きの悪かった音在は、対策本部報に目を通した。忙し過ぎたその日は、そのコピーを読むのは初めてであったが、音在は呆れ果てた。この期に及んでも、対策本部報には湾岸戦争に突入することは絶対にないと書いてあった。

『ゴマ擦りの馬鹿どもめが！』

音在は怒り心頭に達した。先ほどまで、カフジ攻撃はないと一生懸命立論に励んでいた音在であったが、何故そのような論理を組み立てているのかを、頭の中のもうひとりの自分自身では解っていた。危機に際して、どう対応するかについては人間心理にある種の遇力が働くことに、音在は気付いていた。

カフジがイラク軍の攻撃の標的になっては、退避が許されなかった従業員に死傷者がでるし、会社は計り知れない損害を蒙ることになる。本社も現地も等しく認識する深刻な恐怖だ。特に、自分が死ぬかもしれないという現場従業員の恐怖には量り知れないものがあった。

『それは絶対に困る！』

するど、苦痛から逃れるために、客観的根拠などありもしないのに推論が湧いてくる。

『いや、必ずしもそんなことはないんじゃないか？』

そして、無意識の内に、推論は確信にまで膨らんでいくのだ。

『そうだ、絶対にそんなことはない筈だ！』

本社の緊急対策本部においても、この心理的ループの中に入り込んでいるのに気がつかない連中が大半を占めていた。会社存亡の危機の中にあっても、自分自身は本社内での存在意義を巧みに構築して、絶対に本物の危険の中には含まれることなく、対策本部で自己の任務をエンジョイしている連中が何人もいた。

「戦争など、ないない。」

訳知り顔でその理由を解説していた方が、心痛する経営者たちの耳には心地よく響くから、会社組織の中での点数稼ぎになるのだ。そんな輩が編集に係わる緊急対策本部報は、実は現地ではなく本社の経営者の方を向いていたのだった。そうした連中にとっては、情報収集のためと称する交際費は使い放題だった。状況を愁うるために、退社時間が来ればめぼしい女子社員を集めて現地の同僚の安否を深刻に心配して、一杯飲むのも必要な行動だったのだ。

もちろん、カフジの人命を自分のことのように心の底から心配する同僚がいてくれたのも事実だが、本社の中での危機対応を自己発揚の場と勘違いしているのに都合良く気がつきもしない卑怯な連中のことを思い出すと、ますます怒りに目が冴えてくる音在であった。

第24章　運命の日、1991年1月17日

気が立って全然眠れないようでいて、体は浅い眠りについていたようだ。

突然鳴った電話のベルの音に、音在はハッと目が醒めた。

「ハロー、オトザイ　スピーキング！」

「あなた！　私よ！　いよいよ戦争が始まったわ！　今、テレビでテロップが流れたわよ！　多国籍軍がバグダッドを攻撃し始めたんですって！」

十分身構えていたことではあったが、いよいよ始まったかと音在は緊張して時計を見た。カフジ時間で明

け方の三時三十七分であった。東京では午前九時三十七分である。

夫の身を案じて、美知子は早朝からテレビに齧りついていたに違いなかった。

「うん。実はなあ、解っていたんだ。もちろんこれから退避行動に移るよ。俺は常に最善の選択をするから、決して心配するなよ。それから退避行動中は、これまでみたいにいつでも電話を掛ける訳には行かなくなると思うけれど、連絡がつかないからといって心配はするな。俺は絶対にくたばらないから。それで、子供たちはどうしている。」

「もう、学校に行っているわ。」

「そうか、それじゃ、お父さんは元気で頑張るからと言っておいてくれ。じゃあ退避に移るから、またな。」

「あなた！　頑張ってね！」

受話器を置くと、音在は廊下に飛び出した。廊下を走って、大声で叫んだ。

「戦争が始まったぞー!!」

ハッと冷静に戻ると、音在がいる単身寮の一階は、斜め前の寺崎以外の住人はすでに退避帰国していて、無人であったことを思い出した。

音在は、寺崎のドアを拳で叩いた。

「おい！　起きろ！　戦争が始まったぞ！」

拳で叩いても反応がないので、ドアを破る勢いで足を蹴り込んだが、まだ反応がなかった。音在は、寺崎が既に部屋にはいないことにやっと気が付いた。

寺崎は専務室の所属であった。かかる緊急時には専務室に詰めて、本社の緊急対策本部との連絡に当たっているのに違いない。それに、このような恐怖の極にある時は、皆と一緒に集まっていたいに違いなかった。

『いかん、いかん。俺も動転しているな。』

音在は自室に戻って、次に成さねばならない行動に移った。最後の最後まで引きずってしまった、ふたりのサウディアラビア人部下への退避命令であった。

音在は一番信頼する部下であるファイサルへの電話を急いだ。ベルが何回も鳴るうちに、やはりファイサルも身の安全を守るために、既に逃げた後かと考えた。

「アイワ、ナアム。エンタ、ミーン？（はい、もしもし。どなたですか？）」

眠そうなファイサルの声が返って来た。

「ファイサルか？　音在だ！　本当に、お前、残っていてくれたんだなあ！」

「当たり前です。僕は、ミスター・オトザイと約束したじゃありませんか。」

「有難う！　お前の友情は一生忘れないぞ！　ついに戦争が始まった。これは命令だ。間違いなくカフジは攻撃される。今直ぐ、車で南に逃げるか、手近かなシェルターに潜るかどちらかにしろ！　選択は、お前に任せる。ただし、ファイサル。戦争は直ぐに終わる。そしたら、直ぐにカフジに戻って来い！　また、俺と一緒に働こう。」

「ミスター・オトザイはどうされますか？」

「俺は、取りあえずシェルターに入って様子を見ることになるだろう。お前も気をつけて行動しろよ。グッド・ラックだ！」

　受話器を置くと同時に電話のベルが鳴った。

「音在さん！　海道です。やっと電話が通じました。戦争が始まりました。」

「おう、有難う。女房から急報があって、開戦の件は知っているよ。今、最後までついてきてくれた部下に退避命令を出していたところだ。」

「道理で、なかなか電話が通じませんでした。僕たちは専務室に集まっていたんですが、そろそろ音在さんもシェルターへ退避して下さい。多国籍軍がバグダッドに先制攻撃をかけましたので、イラク軍も報復行動を起すはずです。真っ先にカフジが狙われるかも知れません。」

「うん。もう一本電話をしてから、俺も穴に潜るよ。お前も気をつけろよ。」

　音在は、もうひとりのサウディ人の部下であるカーリッドに電話をした。

　カーリッドは既に起きていて、直ぐに電話に出た。

「ミスター・オトザイ、たった今、ファイサルから連絡がありました。」

「そうか。俺の言いたいことはそういうことだ。よくついて来てくれた。俺は忘れないぞ。今直ぐ南に逃げるか、穴に潜るか、どちらかにしろ。グッド・ラックだ！」

　音在は、肩の荷が下りるのを感じた。最後まで付き従った部下たちに退避命令も出さず、自分だけ逃げたとあっては男ではない。

『落ち着け、落ち着くんだ！』

　音在は、ソファに腰掛けて煙草に火を着けた。

　昨夜、退避の非常荷物は簡単に纏めてあった。煙草を一本吸い終わるまでに、それを持ってシェルターに入るべきかどうか迷った挙句、毒ガスマスクだけを肩に下げた方が軽快だとの結論に達した。

寮の外に出て、小走りにシェルターに向かおうとしたその時、『シュルシュルシュルシュル！』と空気を引き裂く巨大な擦過音がしたかと思うと、耳を引き裂く着弾の轟音が二発連続して響いた。

『近い!!』

一番手近なシェルターは、音在の寮から七十メータ－離れた海岸にあった。

音在が脱兎の如くシェルターに向けて駆け出した瞬間、走行方向の海岸の砂浜に着弾があり、吹き上げられた土砂が高い砂柱を立てた。

「!!」

音在は恐怖に足が止まって、腰を沈めて姿勢を低くした。一瞬、どちらに逃げたら良いのか判断に迷ったが、このままでは死ぬと思った。至近弾を食らえばもちろんのこと、少々弾着が離れていても三次元のあらゆる方向に飛び散るはずの鉄片を一発でも浴びたら一巻の終わりだ。次の弾着が何処になるかは解らなかったが、一番手近いシェルターに逃げ込む以外に選択肢はなかった。

音在は勇気を振り絞ってシェルターを向けて駆け出した。シェルターには頭から飛び込んだのか、足で短い鉄梯子を踏みしめたのかは、音在の記憶からは欠落した。

「ダ、誰ですかあ?!」

ドッと飛び込んできた音在に、暗闇の中から日本語で誰何の声がかかった。

「音在だ！　誰だあんたは?!」

「芦屋です。」

芦屋も喜んだし、音在も嬉しかった。

恐怖のさなかに仲間がいると心強く感じるのは自然の理である。ましてやその舞台は湾岸戦争のアラブの地であった。

午前四時二十分。明け方の薄暗闇の時刻に、一本の鉄管に過ぎないシェルターの中は殆ど真っ暗であったが、音在の眼が慣れてくると、飛び込んだ穴の中にはもうひとりの男が背を丸めて腕組みしながら、闇の中でもそれと解る程震えていた。エジプト人パイロット（水先案内人）のラシッドであった。

敦賀部長とはまた違ったタイプの篤実無比な海の男

である芦屋は、退避ルートのひとつとなる海上脱出用の船舶を管理する立場にあった。

戦争へ突入したとの一報を受けると、芦屋は自分の仕事場であるカフジ港へ駆けつけて、フィリッピン人を中心とした六隻の船舶の乗組員に待機を命じてから、自分はシェルターへ退避した。たまたま現場に居合わせたパイロットのラシッドも、芦屋の後について逃げて来て、同じシェルターへ駆け込んだのだ。

シェルター内の窮屈なベンチの斜め前に座った音在に対して、ラシッドは恐怖を振り払うために一生懸命話し掛けてきた。状況が状況だけに、ろくな話題が思いつかなかったようだ。

「私、変ですか？　私、変に見えませんか……？」

「いや、そんなことはない。怖い時は、皆怖いんだ。震えていたって、別に変とは思わないよ。」

「でも私、変じゃないですか……」

救いを求めるように、ラシッドは念仏のように同じ言葉を喋り続けた。何でも良いから会話を続けていないと、もう精神的にもたないのだ。

壕の中にいても、着弾の轟音は伝わり続けた。それらに混じって、自動車が急発進して疾走するような激しい音も聞えた。しかし、音在にはシェルターの出入り口から首を出して、周囲の状況を確認する度胸は失せていた。

突然、音在の耳に戦車がキャタピラを送りながら走行するような幻聴が聞えて来た。

「ん！　芦屋さん。あの音は何だ!?　戦車でも走っているのか？　何だ、あの音は。」

「本当だ！　何だろう。イラクの戦車が入って来たんだろうか？」

音在はポケットから財布を取り出した。中には石田ドクターが多量にくれた強力な精神安定剤の一部がお守りのようにしまわれていた。いよいよ精神的に追い詰められたら服用しようと考えて持ち歩いていたものだ。三錠を飲み下すと、薬理効果が現れる前に精神的に効いてきたようで、音在は気持ちが少しは落ち着くのを感じた。シェルターから首を出して周囲を見渡す度胸が出てきたのだ。

しかし、長時間、首を露出するのは危険この上なかった。至近弾でも喰らえば、爆風で首が飛ばされる恐れがあったからだ。目の高さまで頭を出して、二、三秒の内に素早く周囲を見渡して、直ぐに首を引っ込めなければならなかった。

『まるで、モグラみたいだな。』

音在は、恐怖の中にも自らを自嘲した。

船員たちに待機を命じたものの、芦屋は自分の命令に無理があることを認識できていなかった。各船の乗組員たちだって死にたくないのは当然であり、シェルターに比べれば丸裸に等しい船上で待機しているはずがなかった。

真っ暗な鉄管の中で任務に忠実な芦屋は、腕組みして寒さに震えながら船の心配をしていた。

「船が、船が……」

「芦屋さん。そこまで心配は要りませんよ。船のクルーだって子供じゃないんだから、自分の命の心配は自分でやりますよ。僕の推察では、船はもう逃げますよ。」

「いや、逃げられてしまったら、皆の海上退避ルートが……」

芦屋は苦悩していた。しかし、船員たちと船舶の逃散を止まらせるために、港に駆けつけられるような状態ではないのだ。

音在が、何度目かのモグラ覗きで状況偵察を行った時、五百メーター程南に位置するカフジ港の入り口から、待機命令を出してあった六隻の船舶が狭い入り江を一列になって逃げ出すのを確認した。煙突から排出される異常な程の黒煙の高さから判断して、我慢しきれなくなった乗員が急激に最速力を出して逃げ出したことが遠望できた。最後まで残留した所員の全員が穴に潜っているのに、退避用船舶の乗員だけが船で待てということ自体が、最初から無理な命令だったのである。

「芦屋さん、芦屋さん。ほら、見てごらん。船が一斉に逃げて行きます。」

芦屋も勇気を奮って、穴から首を出して確認した。

「ア、アアッ！　船が！　船が！」

「ほらご覧なさい。彼らだって、自分の命を守らなければならないんです。誰にも責められませんよ。」

この瞬間、カフジの残留者たちが安全地帯のアブダビまで、海路を退避する道は閉ざされた。残るルートは、いつか弾が止んだ時を狙って陸路を自動車で逃げるしかなくなった。

「ああ……、これで俺の仕事は終わった……。」

ブツブツ自問自答を続けていた芦屋は、この時を境に急に静かになった。

　音在は尿意を催して困惑した。シェルターとはいっても、直径二メートル弱のパイプラインを十五メートルの長さに切断して、地表すれすれに埋設しただけのものだ。要は一本の鉄管に過ぎないものだから、一月中旬の夜明け前では、サウディアラビアといえども相当に冷える。極限の恐怖感が感覚的には寒さを忘れさせてくれてはいたが、人間の生理だけは誤魔化せなかった。

　音在は、美知子の電話で叩き起こされて以来、緊急行動の連続でまだ一度もトイレに行っていないことを思い出した。全身を外に晒すには危険すぎると思われたし、さりとて仲間がふたりいる鉄管の床に液体を流すことも憚られた。

　しかし、手ぶらで退避した音在には、尿意を処理する道具は持ち合わせていなかった。

　音在は、肩からたすき掛けにした毒ガスマスクを思い出した。こんなものにお世話になってたまるかと、マスクを一度も細かくチェックしたことはなかったが、たしかマスクはビニール袋に包まれていたはずだった。毒ガスマスクのバッグを開いて、音在は喜んだ。初めて、ビニール袋を破ってマスクを取り外し、音在はようやく用を足した。袋一杯になった暖かい液体は、シェルターの出入り口から放り出せば良かった。

　シェルターの中にいても、着弾の轟音は次々に響いて来ていた。

　そして、余程の至近弾である場合は『シュルシュルシュルッ！』という空気を切り裂くような恐怖の擦過音を伴うことが解った。

　次の瞬間！『ズダーン！！！』という着弾の炸裂音と施設の破壊音が鼓膜を破りそうになった。

　音在が潜っていたシェルター付近での、本当の至近弾は二発あった。

　一発はシェルターから四メートル幅の道を挟んで建つ下級職用独身寮への直撃弾であった。口でも筆でも表現し切れないほどの迫力の炸裂音に一拍遅れて、シェルターの狭い出入り口から、バラバラに粉砕された寮の一部であったコンクリート片と木っ端がザッと飛び込んで来た。

「ウウーン。これは近い!!」

　音在と芦屋は同時に叫んだ。

　元戦闘機乗りの父親を持った音在は、太平洋戦史の隠れた研究家であり、軍事知識に詳しかった。砲撃のセオリーとして、射撃する側ではターゲット上にマトリックスを設定して、これを順次埋めるように砲身の角度を微調節して着弾をずらしていくことを知っていた。

問題は、次の着弾の位置であった。もし被弾すれば、産業用のパイプラインを転用して地表に埋設しただけのシェルターではひとたまりもあろうはずがない。パイプの上端は地表であるし、鉄板の厚さは一センチもありはしない。直撃を喰らえば、壕内は肉塊かミンチがばら撒かれたようになるだろう。

数十秒後、また擦過音が聞こえて来た。

「来るぞー!!」

音在と芦屋は、同時に絶叫した。

『ズガーン！！！』

弾着と殆ど同時に、シェルター全体が大きく振動した。次の瞬間、シェルターの両端に設けられた出入り口から、土砂がドドドッと降り注いだ。

次の着弾地点は、シェルターを通り越した海岸の砂浜だった。シェルターは一本の筒であるから、砂塵は筒の反対側に向けて朦々と通り過ぎた。三人は、頭から足先まで、全身ジャリジャリの砂塵にまみれた。

「ああー、近かった!!」

恐怖下の人情として、次は直撃を喰らうかと、三人は身構えた。

幸いにして、イラク軍砲兵隊の照準技術は、比較的よく訓練されていたようだ。

砲弾の散布は着実に少しずつ一定方向へ移動していった。単身寮を直撃した着弾と二発目の至近弾の間に音在たちのシェルターは位置していた。

湾岸戦争が終結した後、現地に戻った音在の観察では、両方の至近弾はシェルターから約十五メートルの位置に当たっていたが、もちろんその瞬間、外に出る必要も度胸もなく、穴に潜ったままあれこれ思い巡らすほかに術はなかった。

撃たれっ放しで、すでに軽く二時間以上は経過していた。

『いったい、多国籍軍は何をやっているんだ！　俺たちは、やられっぱなしか！』

「撃ち返せ！　撃ち返せ！」

音在は、出入り口に頭を出すと、空に向かって絶叫した。

少しずつ弾着が移動して行くのを知覚して、当面の死の危険は薄らいで行くのを感じた。それと同時に精神安定剤が効いてきたようだ。

記憶力の深い音在はあることに気がついた。戦場のドップラー効果である。

大学時代、柔道部の稽古に励んだ後で、師範の堀部正一は一列に並ばせた弟子たちに講話をするのが常であった。単なる柔道の技術指導者ではなく熱心な教育者であり伝道者であった堀部は、時に日本史を紐解き、時に海軍陸戦隊として戦地に赴いた自らの体験に基づいて、人間としての在るべき生き方を弟子たちに伝えようとした。その頃の例話のひとつが、音在の脳裏に蘇ってきた。

『戦地に出て、敵の夜襲があったりすると、当たり前だが初年兵は戦々恐々とするものだ。ところが、警戒するべき時に意外に呑気にしていて、警戒しなくても良い時に怯えるものでなあ。敵弾がヒューンと聞える時は、弾は遥か上空を飛んでいるものだ。古参兵はそれが解っているから平気なものだ。敵弾がブルッという擦過音で聞える時は、至近弾だから古参兵は反撃の態勢に入る。初年兵の反応は、これと全く逆なものだから、しばしば反撃の機会を逸してやられてしまうものだ。』

大口径砲の砲撃においても、これと同じ現象があるのを音在は知覚した。

二発の超至近の弾を含めて、先ほどまでの弾着は空気を引き裂く激しい擦過音を伴っていた。音在が潜む辺りのマトリックスを正確に埋める砲撃をしていた証拠である。

ところが弾着が遠ざかるにつれて、音在の耳に聞えてくる音が変って来た。

サウディ・クウェイト国境付近に布陣したイラク軍砲撃隊からの発射音は相変わらず伝わってくるのだが、音在の居場所より遥か遠くに落ちる砲弾は、発射後『ヒューーウウン』という笛を吹くような長い高い音を残して飛来して、音在の頭上を通過したと思しき辺りで、音はピタリと聞えなくなる。そして、『ヒューーウウン』という音が聞えていた時間とほぼ同じくらいに感じられる沈黙の後に、遠くから『ドーン』という炸裂音が轟いて来た。

発射位置から音在の頭上、頭上から着弾地点までの距離で聞える音に差があるのはドップラー効果に違いなかった。柔道の恩師が語っておられたのはこういうことかと、死の恐怖の合間に思い出したのであった。

「誰か、いますかあ!!」

音在は、シェルターの出入り口を叩く音と敦賀の声にハッと我に返った。

音在が出入り口に頭を出すと、敦賀がひとり立っていた。

「敦賀さん！　何を馬鹿なことをやっているんですか！　早く、ここに入って下さい！」

「いや、僕は皆さんが無事かどうか、確認して回らなければいけないんだ！　大部分は第二単身寮の前のシェルターにいるんだが、まだ全貌が掴めていない。ここには、音在さんと誰がいる？」

「芦屋です！」

芦屋も顔を出した。

「あと、水先案内人のラシッドもいます。ここは、この三名だけです。」

「解った。残りは、第八単身寮前のシェルターだな。じゃあ、僕は見に行ってくる。」

着弾がやや遠くなったと感じられたとは言え、まだ鉱業所が攻撃されている最中なのに、敦賀は百五十メーター先の別のシェルターを目指して立ち去った。

『何たる、責任感！　何たる、仲間思いなんだ！』

音在は感心したが、さすがに表に出て敦賀と行動を共にする勇気が湧いてこなかった。いつまた砲撃目標のマトリックスを手前のマス目から埋め直し始めるか、イラク軍の手の内が読めなかったからだ。

開戦寸前の城戸の専務室には、本社緊急対策本部との連絡当番以外にも多数の従業員が詰め掛けていた。怖い時には、大勢でいれば恐怖が紛れるからだ。

従って、一緒にいた大勢の従業員たちは第二単身寮前と第八単身寮前の二箇所のシェルターに集団退避していた。

退避直前に余計な行動を取っていた分だけ芦屋と音在は逃げ遅れて、結果的に人のいないシェルターに入ったという訳だ。

「音在さん！　顔を見せて下さい。」

暫くすると、再び敦賀の声が聞こえた。

「敦賀さん！」

音在が頭を出すと、敦賀に先導される形で、城戸と副所長の山田が立っていた。

「城戸さん！　まだ攻撃中だというのに、何やってるんですか！　こっちに入って下さい！」

「いや、あっちにまだ沢山潜り込んでいるらしいから、激励して来なくちゃいけないんだ。それより、とうとうやられちゃってなあ。」

　音在は、鉱業所の南地区に広がるタンク群から、巨大な黒煙が盛んに立ち上っているのに初めて気がついた。

「あっ！　本当だ！　悔しいなあ！」

　ここまで現場を守ったのに、ついにやられてしまったのかと、音在は歯噛みをする思いであった。イラク軍の攻撃がまだまだ続く中、殆どの従業員が退避してしまって空っぽになっていた鉱業所では、消火すべき術もなければ消防要員もいなかった。

　しかし、その時危険を省みず、敦賀同様の責任感の塊である技術調整室長の小野田と副所長の山田は、消火の可能性を探るために被弾地点まで車を走らせた。しかし、圧倒されるような黒煙と熱風に肌を焼かれる思いをして、被弾タンクを特定するしかできなかった。ふたりは、シェルターまで戻ると被害状況を城戸に報告した。

　敦賀たちの決死と言っても過言ではない、任務と仲間を思いやる状況報告に触発されて、城戸自身も身を以って最後まで付き従った日本人たちを激励するためにシェルターを出たのであった。もちろん腹心の山田と敦賀もこれに続いた。

　音在の忠告を振り切るように、三人は次のシェルターへと向かった。

　真中を歩く城戸を、左右から忠臣の山田と敦賀が守るように連れ添った。万が一、砲弾が炸裂して破片が飛び散ることがあっても、盾になって城戸を守ってみせるという気概が現れているかのようであった。

　城戸による激励行は、明け方前からシェルターの中で恐怖に震えていた従業員たちを励ますとともに啓発を与えた。

　音在が相変わらずモグラ覗きによる状況偵察を続けていると、着弾音がまだ頻繁に轟いて来る状況だというのに、第二単身寮の方向から音在のシェルターを目掛けて走って来る若手社員二名が目に飛び込んで来た。

　海道と柳井であった。ふたりは大きなダンボール箱を抱えて走って来た。

「馬鹿野郎！　何をやっているんだ！　早く、この壕に入れ！」

「音在さん！　はい、乾パンです。」

「食い物なんか良いから！　心配させるんじゃない！早くここに入れ!!」

「いや！　あっちのシェルターにも十五人くらい潜っているんです！　乾パンを届けて来ます！」

ふたりは、音在と芦屋の分の缶詰を置くと、再び箱を抱えて百五十メーター先の別のシェルターを目指して駆け出した。

『何という奴らだ！』

音在は、ふたりの後輩の犠牲的奉仕精神に脱帽する思いがした。

『よし、俺も何かしなければならない！』

非常食として準備された乾パンの缶詰を前にして、すっかり忘れていた空腹に気がついた。未明に叩き起こされてから水も何も口にしていないのは、その日をカフジで迎えた全従業員共通の状況であったであろう。音在は、普段なら何ということのない乾パンと氷砂糖をやけに美味しく感じた。

音在は寮の自室に戻ると、粉末カイロを探し出した。酷暑のサウディアラビアに赴任するに当たって、粉末カイロを荷物に加えたのは音在くらいのものだろう。音在は、ごく短い間ではあるが冬場のアラビア湾の強風を伴う厳しい寒さを知っていた。タンカーで何かトラブルが起こると、音在自身が調整のためにオンボードしなければならず、その際腹に忍ばせておくと気持ちに余裕を持って折衝に臨めるのだ。粉末カイロは、この状況なら役に立つはずだ。

残念ながら、粉末カイロの残りは三袋しか見当たらなかった。音在はこれを掴むと、一番年長者が集まっていると思われる第二単身寮前のシェルターに向かった。

弾着の間隔が大分疎らになり、しかも遠弾ばかりになったので、シェルターからは三々五々従業員たちが偵察と放尿のために外に出て来始めていた。

音在は、城戸を見つけて、粉末カイロを手渡した。

「城戸さん。寒かったでしょう。はい、カイロです。」

いつも男伊達を重んじる城戸は、この期に及んでもまだスタイルに拘っていた。

「ウン？　そうか。フン。」

城戸は音在の好意を受け取ると、カイロをスッとポケットに滑り込ませた。

次に音在は所長の田尾を見つけると、カイロを手渡した。

「田尾さん。カイロを使って下さい。」

「エエッ！　そうか、君イ。有難う！」

田尾は意表を突く贈り物に、嬉しそうに腰を屈めて謝意を表明した。

音在はシェルターに潜り込むと、看護婦の田平を探した。残留した唯一人の女性である田平は、万が一の救急対応のために、この危険極まりない状況を耐えていたのだ。寒さを凌ぐために、田平は毛布に包まれて壕内に止まっていた。

「いやあ、田平さん。大変だったねえ。はい、これを使って下さい。カイロですよ。」

「あらあ、私、嬉しいわあ。」

田平は素直に喜びを表現してくれて、音在を嬉しがらせた。

「音在さん。記念撮影をしましょう。」

元気者の海道が、ニコニコしながら提案した。

「うん。そうだなあ。くたばってたまるかというところを記念に残しておくか。」

「ああ、音在さん。待って下さい。演出しましょう。」

攻撃中に乾パンを配って回った相棒の柳井もこれに応じた。片時も離せなくなり、肩から襷がけに下げている毒ガスマスクを取り出すと、柳井はマスクを顔に装着した。タバコをふかしてポーズを取った音在の横に立つと、柳井はおどけて直立不動の気をつけスタイルを取って見せた。

上空をプロペラの無人偵察機が通過した。米軍の装備機『プレデター』だ。

「行けえ！　行けえ！」

音在は叫んだ。撃たれっぱなしで、既に五時間以上が経過していた。

いったい何発の砲撃を浴びたのかについては、恐怖の極にいた誰しもが正確に勘定していなかった。イラク軍が何門の大砲を使用したか知らないが、どう考えても着弾は一時間に百発を下ることはなかった。それから推測すると、鉱業所に降り注いだ砲弾は五百から六百発を数えると思われた。

米軍の無人偵察機は、音在たちが初めて確認できた反撃の予兆であった。

やられっぱなしの憤懣が一挙に噴き出した。偵察機が視界から去った数分後、三機のファントム戦闘機の編隊が、超低空で音在たちの頭上を轟音とともに一直線に通過した。

「やれっ!! やっつけろ!!」

音在たちは再び大声で叫んだ。ファントムが忽ち視界から去ったと思うと、十八キロ向うの国境付近からドカンドカンという爆発音が連続して轟いて来た。

「やったあ！ ザマあ見やがれ！」

音在たちは快哉を叫んだ。しかし、三十秒後、音在は暗澹たる悲しみを感じた。

三機で突入した戦闘機であったが、また音在たちの頭上を通過して帰投したのは二機だけであった。対空砲火やスティンガー・ミサイルが当然配備されていたであろうし、撃墜されてしまったのではなかろうかとの思いが脳裏をよぎった。帰投が確認できなかった一機は他の二機とは攻撃目標が違っていて、途中で進路を変えて無事に飛んでいてくれと祈る音在であった。


ファントムの反撃を受けて、イラク軍の砲兵隊は暫しの沈黙に陥った。

誰しも退避するならこのタイミングだと考えた。城戸は全員に召集を掛けた。城戸たちが退避していたシェルターの直ぐ前の第二単身寮には、日本人だけの集会が可能なように小ホールが設けられていた。全員が集まると、城戸は点呼を取った。

「皆さん。全員無事でいて貰っていると思うけど、念のために点呼を取ります。皆、一回だけ番号を言ってくれ。じゃあ、僕からだ。一！」

「二」「三」「四」と続いて、城戸のそばにいた音在は「五」と発声した。

しかし、「四十八」で終わる筈の点呼は、「四十七」で終わってしまった。

全員の顔が一瞬にして硬直した。

「誰だ!?」

皆の脳裏には、直撃弾を浴びて骸になっている同僚の映像が浮かんだ。

「誰だ?」「いったい、誰なんだ?」

お互いの顔を見渡して、必死で不在の主を確かめようとした。

「そうだ！ 高坂くんだ！ どうしたんだろうあいつは！」

不明者を特定すると、城戸の意を汲んで真田が全員に提案した。

「おい、皆。今直ぐ車で退避に移らなければならないところなんだが、今から三十分だけ時間をくれ。高坂くんがいそうだと、皆が思いつくところを全員で探してくれ！　そして、もし、高坂くんがどうしても見つからなければ仕方がない。きっかり三十分後には、全員ここに戻って来てくれ。」

全員は一斉に思い思いの場所に散っていった。資材部の事務所、高坂の単身寮の自室、いつも高坂が駐車しているガレージ……高坂の行動範囲として思いつくところ全てに向かって散って行った。

小ホールから全員が一斉に飛び出して行くのと同時に、サウディ陸軍の大尉が城戸を探して入って来た。やっと城戸の所在を突き止めたサーレと名乗る大尉は、城戸に重要事項を伝達した。

「サウディ陸軍と多国籍軍は、カフジに日本アラブ石油開発の従業員が残留しているのを承知している。これから皆さんが陸路を退避することになるので、サウディ陸軍は道路を空けてこれらの通行を許可し、安全を守ることをお伝えする。」

「ご丁寧なメッセージを頂いたことを感謝したい。我々は、これから三十分後にカフジを出発することになる。どうか、我々の安全な待避を見守って頂きたい。」

捜索に飛び出す直前に目の当たりにしたふたりの代表者の会話に、音在は感銘を受けた。こんな状況下でも凛々しく任務を尽くすサウディ陸軍大尉も立派なら、城戸専務も少しも位負けしていなかった。

三十分の捜索を終えて、全員が小ホールに帰って来た。

「高坂くんは、いたか!?」「おい！　そっちは!?」

「いや、いなかった。そっちは？」

真田は断を下した。

「よし、解った。高坂くんには申し訳ないことかも知れないが、ぐずぐずしていると、いつ次の攻撃が始まるかも知れない。メンバーが整い次第、準備のできた車から出発してくれ！」

車で逃げる場合のメンバーの組合せと運転手は、予め真田が決めており、昨夜の内に回覧版を通じて伝達が済んでいた。南へ三百五十キロの長距離退避であるから、運転手には精神的にしっかりしていると真田が評価した者が指名されていた。音在が運転する車には、芦屋と資材部の越後が同乗することになっていた。

音在は、同乗者に対して十分間の準備時間を提案した。荷物を取りに戻って、直ちに音在の車に集合することにした。音在は自室に戻ると、直ちに東京へ電話を掛けた。日本時間は夕方の四時であった。留守家族は外出などせずに、テレビに齧《かじ》りついているはずであった。

「はい！　音在でございます！」

「おう、俺だ俺だ！　ニュースを見て心配しているんだろうと思ってさ。」

「あなた、大丈夫なの！」

「大丈夫、大丈夫！　でも、六時間もえらい目に遭ったよ。バンバン、砲撃されちゃってさあ。」

「テレビで伝えているわ。もう、心配で心配で……。」

「今から、車でダンマンまで退避することになっているんだ。みんな、心配することはないからな。これ以上危険なことは、もうないから。じゃあ、相棒を乗せて出発しなければならないんで、切るよ。」

「ああ、ちょっと待って。子供たちが話をしたいって。」

「お父さん。大丈夫なの？」

「ああ。お父さんはいつも元気さ。ふたりとも心配しないで、ちゃんと勉強していなさい。」

「お父さん、頑張ってね！」

「もう直ぐ帰るから、お土産を楽しみにしていなさい。」

音在は、荷物を持ち出すと、自室に鍵を掛けて表に出た。


エンジンをふかして同乗者の到着を待っていると、準備を終えた芦屋が走ってきた。小さなボストンバッグを右手に下げて、大の大人が左手には古びたクマの縫いぐるみを抱いていた。それを見た音在は心が痛んだ。カフジで働く芦屋を最悪の不幸が襲ったのは二年前だった。挙式を直前に控えていた愛娘が交通事故で他界したのだった。遠隔地勤務の常として、カフジの従業員は、親族が急逝した場合は、まず死に目には会えないのだ。海の男の芦屋は、この悲しみにジッと黙って静かに耐えていた。

この急場の緊急持ち出し荷物に選んだクマの縫いぐるみは、芦屋にとっては愛娘の形見というよりは愛娘そのものであったのだろう。これからさらに攻撃に曝されるであろうカフジに、娘の分身であるクマの縫いぐるみを置いて行くのは忍びなかったのだ。

越後は待ち時間を過ぎても、なかなか姿を現さなかった。音在はもう一度、部屋に戻ると、越後に催促電話を掛けた。

「越後さん！　何をしているんだ。十分間だって言ったでしょう。」

「ああ、音在くん。あんまり腹が減ったので、今カレーを温めているんだ。」

音在は、この十歳以上も年長の男が哀れになった。半年間続いた重圧とこの六時間の恐怖感で、バランス感覚がおかしくなってしまっていた。

「越後さん！　もたもたしていると、置いて行くよ。腹くらい減っていても、それがどうした！　ダンマンへ行ったら鱈腹食べさせてあげるから、早くいらっしゃい。こんな死ぬかもしれない場所から早く離れることが先決でしょうが。」

音在は、噛んで聞かせるように出発を促した。

すでに準備の整った車から、算を散らすように次々と車が鉱業所を離れていった。

やっと発車すると、今度はＣＮＮの取材陣が音在の車を取り巻いた。さっきまでの猛攻撃を受けていた間、いったいどこに隠れていたのかと一瞬疑問に思った。しかし、攻撃が緩くなるのを待って、安全地帯から鉱業所に車を飛ばして来たと見るのが妥当であろう。

鉱業所の正門には通称『スリーピング・ポリス』という、車止めの段差が設けられていて、出入りする車両は減速せざるを得ない仕組みになっている。

平時は、これがセキュリティ検査をし易くする構造になっているのだ。

聡いＣＮＮのレポーターの狙いはここにあった。減速して道路のコブをノソリノソリと乗り越えようとする音在に、カメラマンとレポーターが飛んで来た。

「How do you think of this situation…!?（この状況をどう思われますか）」

「冗談じゃないよ、お前ら！　こんなところにいて、駄目じゃないか！　お前らも俺の車に乗れ！　連れて逃げてやるから！」

「自分たちには自分たちの車があります。」

「じゃあな、グッド・ラックだ！」

音在はインタビューには取り合わずに車を発進させた。

鉱業所正門の前にレイアウトされた長円形のロータリーを回り切る時に、音在はコンクリート舗装の上に刻まれた条跡を見て、ゾッと戦慄した。一瞬目に入って、たちまち車の下に消えた着弾の痕跡であったが、音在には解る意味があった。菊の花のような直径三メーターばかりの円形の着弾痕には中心部に抉れた痕跡がなかった。触発信管が使われていた証拠だ。中心部から円周部に向かって延びたコンクリート上の無数の引っ掻き傷は、榴散弾であったことを意味していた。つまり、人員殺傷用の弾なのだ。

施設破壊用の弾ならば、深く刺さってから金属弾がブロック状に弾けるように遅発信管を使っており、道路は深く抉れていたはずだ。鉱業所に向けて打ち込まれた砲弾の中にあんな物が混じっていたとは。砲撃中に少なからず外にいた立場としては、無事で良かったと胸を撫で下ろす音在だった。

最高責任者の城戸は、事前に決めておいた組合せに従って十四台の車が発車するのを確認して、最後に鉱業所を後にした。腹心の山田と敦賀が城戸を守るように同乗した。城戸が乗った最後の車が出発するのを確認したサーレ陸軍大尉は、兵士に命令して自分のジープも発車させた。

カフジのメインストリートを抜けてクウェイト・ダンマン街道に出る間には、音在の周りに車は全く見当たらなかった。カフジはすでに完全なゴーストタウンと化していた。

先発した車に遅れをとってはならぬと、音在は自分で決めている巡航速度を遥かに越えて愛車を疾走させた。呪縛からの解放感が、二百キロ以上のスピードの恐怖と危険をも忘れさせた。

カフジから四十キロ南に位置する軍港ミシャブを目前にした道路の両側で、音在は妙な造作を遠望した。クウェイト・ダンマン街道を迎え込むように、扇形に伸びたラインが道の両側に広がっていた。そのラインの上には五十メートル毎と思しい盛上がりの構造が見られた。

何だろうと思いながら走行する音在は、近づいて初めてその構造の意味が理解できた。進軍して来るかも知れないイラクの戦車軍団を迎撃するために、道の両翼に延々と広げられた迎撃陣地なのだ。遮蔽物の間に五十メートルおきの出っ張りに見えたのは戦車の砲塔であった。

　音在は、サウディ陸軍の使者に立ったサーレ大尉の説明の意味を理解した。本来はこの道路上にまでもテトラポットのようなコンクリートブロックの遮蔽物を設置して、完全に道路を遮断する構造になっているのだ。最後まで残ったカフジの従業員の通行を許可すると言ったのは、遮蔽物を撤去して道路を空けておくという意味だったのだ。

「何だ！　くそったれ！　馬鹿にしやがって！」

　思わず、音在は大声で叫んだ。

「最前線は、まさにここなんだ！　俺たちは、最前線の外側で働かされていたんだよう！」

　一週間前のダンマン買い出しの際には、そのような造作はなかったにも拘わらず、いったいいつの間にこんな準備を済ませたものなのか。戦争とはそんなものかも知れないと、音在は感心するほかはなかった。

　一台、また一台と通過する普通自動車の正面には、戦闘を間近に控えた戦車隊がウォーミングアップのために戦車砲の照準器の『＋』マークを当てているのに違いなかった。

　ミシャブの海軍基地は、迎撃ミサイルのパトリオットの装備を増やしていた。

　パトリオットは例外なく北向きに仰角をとって臨戦体制を敷いていた。

　カフジから百キロのアブハドリアまで来ると、道は片道三車線の超一級ハイウェイとなる。ここまで来ると、音在もさすがに助かったという実感が湧いてきた。安全確保のために、車の速度はいつもの巡航速度の百九十キロに落とした。

「芦屋さん！　これで助かったよ。まずはこれで安心だ！」

　車内の緊張がほぐれるとともに、別の悩みが発生した。先ほどまではジッと押し黙っていた越後が、壊れたテープレコーダーのように喋りだしたのだ。

「音在くん！　僕は今年、五十五歳なんだよう。定年も近いっていうのに、何でこの俺が、こんなところで死ぬ苦労をしなければならないんだよう！　本社では、現地勤務をうまく逃げ回って、楽している奴らが山ほどいるっていうのに、何でこの俺がこんな貧乏くじを引かなければならないんだよう！」

　明らかに越後は精神の均衡を崩していた。まったく同じ台詞がさらに延々二百キロのドライブの間繰り返された。

「まあまあ、死なないで済んだことだし、良かったじゃないですか。近日中に日本に帰れますよ。家族にも会えますよ。」

音在は、あれこれ台詞を変えながら、先輩を励ました。

「ああ、そうそう、カーステレオでもかけましょう。」

音在は、失敗したと思った。越後を運転席の横に座らせてしまっていたのだ。

巡航速度に落としたとはいうものの、百九十キロの走行中にハンドルにでも触られたら大変なことになる。音在は、先輩の気が鎮まるように、癒し系の歌を流した。アメリカの環境派フォークシンガーであるジョーン・デンバーのカントリー系のフォークソングが傷ついた男たちの心を慰めた。

行動派の音在は地理に明るく、退避先と定められていたオベロイ・ホテルに向かうのに何の躊躇も感じなかった。ダンマン地区に入って、何度も通ったことのある角を曲がれば目的地である。

音在は、前日の午後、カフジから退避したグループの引率役の大林が、ホテルへの曲がり角に立って腕を激しく振り回しているのに気がついた。大林は音在の車を発見して号泣した。大林の誠意溢れる性格なら、前日に退避して難を逃れて助かったと考えるよりは、何故仲間と一緒にいてやれなかったかを悔んでいたに違いなかった。次々に到着する仲間の無事を確認して感極まって男泣きしているのだった。

音在は、オベロイ・ホテルの玄関で激怒した。階段になっているホテルの入り口の上から、昨日の午後カフジからダンマンに退避したSBTテレビの取材クルーがカメラを回していたからだ。退避してくる同僚を出迎えにきていたダンマン事務所長の安藤が、取材チームの責任者を怒鳴りつけた。

「こんなシーンを撮るんじゃない!!」

音在もカメラを押さえつけた。退避して来たメンバーの中には精神の平衡を失っている者も少なからずいた。まさに難民の群れ的な光景が撮れるはずだった。

傷ついた仲間を見世物にしてたまるかというのが、音在の怒りの理由だった。

ごった返すロビーまで入ると、放心したように日本人の仲間たちが、アラブ人の避難者とともに休んでいた。音在は、その中に柔道の弟子の少年を見出した。

「おお、ワリード！　お前もいたのか。大丈夫だったか？」

可哀いそうに、少年は音在が励ましてくれているのが知覚できているにも拘わらず、正常な反応ができなかった。アラブ人の中でも最も任務に忠実なスタッフのひとりである父親とともに、最後までカフジに残っていて、あの惨禍を経験してしまったのだ。元々が優しくて聡明な中学生であった。恐怖体験から声が出せなくなり弱々しく首を振るだけのワリードを、音在は抱きしめてやった。

『ワリードをこんなにしてしまいやがって！　でも、生きてて、本当に良かったじゃないか。』

抱きしめる音在の目から、涙がこぼれた。

音在の発車からやや遅れて、真田が分乗した車もカフジを後にしていた。

退避ドライブの道中の経緯は、どの車も似たり寄ったりのドラマの展開であったが、音在たちの車と違ったのは、運転手を務めた奥沢を始め同乗者たちが普段余り行動的ではないので地理に暗かったことだ。お陰で、ダンマン市街に入ってからの曲がるべき角を左折せずにさらに直進したために、ダンマンの先の町アルコバールまで走ってしまったのだ。

「おいおい、何か変だなあ。少し走り過ぎてしまったんじゃないのかあ。」

真田の落語口調は、危機の最中においても健在であった。何かがおかしいのは同乗者全員が感じていた。しかし、結果的にはこれが大いに幸いしたのだ。

「おい、あの車。いったいどうしたんだ？　フラフラして、あれはまともじゃないぞ。」

「タイコーさん。あの車、見たことあるよ。ひょっとしたら、高坂さんの車じゃないか？」

奥沢はスピードを上げて、挙動不審な前の車を追い抜いた。追い抜きざまに車内を覗き込むと、果たして放心して口を開けて何を見ているのか解らないような高坂の横顔が確認できた。

「ああ！　居た居た！　高坂さん、こんなところに居た！　生きていたんだ、良かったなあ！　おおい、高坂ァ！」

奥沢は遥か前方に停車すると、フラフラ近づいて来る高坂の前に飛び出して手を広げて、停車を促した。高坂は、やっとこれに気がついて車をとめたが、「ウーウー」と唸るだけで、言葉を発することができなくなっていた。極限の恐怖によって、シェルターと称する鉄管の中に止まっていることができなかったのだ。音在が、戦車でも迫って来るようなキャタピラ音の幻聴を耳にした時の、急発進する自動車のエンジン音は、高坂の車のものだったかも知れなかった。

真田は高坂の車に移乗すると、高坂を助手席に座らせて自らがハンドルを握った。迷いながらも、二台の車は最後の到着車としてホテルに着いた。

真田たちが行方不明となっていた高坂を連れて来たのを見て、先着していた従業員たちは歓喜の声を上げた。あれだけ六時間も撃たれっぱなしでいて、遂にひとりの死者を出さずに済んだのだ。

「良かった。本当に良かった。」

避難民が溢れるダンマンにおいて、カフジからの避難社員全員を収容するだけの部屋の確保は至難の技であった。ダンマン事務所長の安藤の獅子奮迅とでも形容されるべき働きが、その裏にあった。プレミアムをはずむだけではなく、普段からの安藤の信用と交渉能力がものを言ったのだ。

ロビーでは、音在にとって嬉しい再会があった。衆樹と藤井が出迎えてくれたのだ。音在は彼らの身を案じて、ダハラーン空港から国外へ向かう飛行機便のなくなる前日に退避させていた。ナイトシフトの応援要員だった神永は仕事がなくなったのだから、音在の勧め通りにサウディから飛び立つ最後のフライトで帰国していた。しかし、航空券手配の幹事役を引受けていた藤井は、仲間の切符は世話していたにも拘わらず、やはり上司であり親友でもある音在の身を案じて残留していたのだ。

「音在さん。ご無事で良かったですね。」

「うん。本当に有難う。だけど、俺様がくたばってたまるかってんだ！」

音在は強がって見せたが、これは音在流の照れ隠しだった。音在は、ふたりがよくダンマンに止まって待っていてくれたと、男の友情を心から嬉しく思った。

前日に、城戸の勧告に従ってカフジから退避していた尾張社長も、従業員の無事を喜んだ。

「皆さん！　ご苦労さんだった！」

三々五々、到着する従業員を握手して出迎えるのだった。

混雑するロビーで、城戸から全員にアナウンスがあった。

「皆さん！　今日は本当にご苦労さまでした。高坂くんの無事も確認できて本当に良かった。皆さんのご苦労を労うために、今夜は一階のレストランを借り切って、尾張社長主催の夕食会を開いて頂くことになりました。七時からなので、全員出席して下さい。」

まだ元気を残している者たちは明るい大声で答えた。

「よっしゃあ!!」「食うぞお!!」

音在は自分の部屋に入ると、シャワーも浴びずに早速電話のダイアルを回した。ホテルの回線能力には当然限界がある。モタモタしていると、仲間たちが一斉に日本に電話するから不通になるはずだ。幸い、電話は一発で通じた。東京は夜の九時。各局のニュース番組が、一斉にセンセーショナルな報道を繰り返している頃だ。番組変更して特別番組が放映されているに違いなかった。

「おーい、俺だ。今、ダンマンのホテルの部屋に入ったところだ。六時間も撃たれっ放しだったけど、死んだ奴はいない。全員無事だったぜ。」

「あなた、大丈夫だった？　カフジを出る時に連絡を呉れたから怪我がなかったことは解っていたんだけど、やっぱり心配で心配で。いろんな方々から、お見舞いの電話を頂いたのよ。皆さんには無事をお伝えしておきましたけど。そうそう、寺沢さんからもお見舞いを頂いたわ。やっぱり、音在先輩は最後まで残られましたねですって。」

「ホテルからの電話なんで、これから全員が電話して回線がパンクするに決まってるから、俺から日本の皆さんにはお礼の電話をしていられない。お見舞い電話を頂いた方々全員に、お前から伝言をしておいてくれ。とにかく、俺は元気だ。今夜はこれから、社長主催の罪滅ぼしの夕食会だってさ。」

「お父さん。カフジは攻撃されないって言ってたのに、やっぱりやられたじゃないの。ちゃんと逃げるべき時は逃げなきゃ駄目じゃないの。」

「ご免ご免。だけど結果オーライだから、勘弁してよ。」

「何日に、家に帰るの？」

「もう直ぐだよ。だけどまだ少しだけやることが残っているんで、もう少し待っててね。」

「ウン。」

ダンマンに土地勘のある美知子は、音在が安全圏に退避したと安心したはずだ。

子供たちには、もうダハラーンから飛び立つ飛行機はないと言うと更に心配するのが解っているので、帰国日程については明言を避けておいた。

音在は夕食が待ち遠しくて仕方がなかった。電話を終えてシャワーを浴びると空腹が身に沁みた。考えて見ると、妻からの電話で叩き起こされたのは、夜明け前の三時半だった。まだ弾が降る中を海道と柳井が決死の乾パン配りをしてくれたお陰で、これ以上貴重なものはない程の乾パンを食べることはできたが、それ以外何も口にしていなかった。しかも、その時食べたのは、せいぜい十粒の乾パンだった。

食堂に向かおうとして再び靴を履いた時に、音在は足に違和感を覚えて靴を脱いだ。音在はその時初めて気がついて驚愕した。両方の靴底は横一文字に裂けており、靴は殆ど底敷だけで繋がっていたのだ。

かなり使い古したボロ靴ではあったのだが、まさかこのような破れ方をするとは。単身寮から出た途端に着弾が始まり、コンクリートの道を余程のスピードでシェルターまで走った証拠だった。常に、そのくらいの走法ができるならば、自分はオリンピックに出られるかも知れないなと考えると、音在は呆れたように笑えてきた。

その日初めて食べる食事らしい食事は、極めて美味であった。広いレストランにはビュッフェスタイルの山のような料理が揃えられており、音在は大皿二枚に山盛りの料理をのせた。猛烈に詰め込み始めた音在の向かい側には、立場上、社長の出張に随行せざるを得なかった秘書課長の久家が座った。

「音在さん、この席よろしいですか？」

「ああ、どうぞ。」

「音在さん、本当に大変でしたねえ。」

「いやあ。参った参った。大変なんてもんじゃあなかったよ。」

音在は、プライドの固まりのような秘書課長が、わざわざ席を選んで自分の前に座った意味が解って悪い気持ちはしなかった。音在の働きを仄聞して、難事に当たっての功労者のひとりとして一目置いたからに違いなかったからだ。

さらにお代りをして、食の細い秘書課長の数倍の食事を喉元まで詰め込むと、音在は急激に睡魔に襲われた。

「じゃあ失礼。眠くて眠くて、もうブッ倒れそうだ。もう今日は寝させて頂くよ。」

部屋に戻った音在は、ベッドのシーツをはぐるのも面倒と思うほどに疲れを覚えて、横になると同時に深い眠りに落ちた。


ジャーン!! ジャーン!! ジャーン!! ……

鳴りつづけるホテルの警戒警報の音で音在の熟睡は破られた。

「ナ、何だ! 何だ!?」

ホテルの外では、対空機関砲が、ドドドッ!! と空に向けて気が狂ったように連続射撃を続けていた。弾を撃ち尽くすまで続くような撃ち方は、射手自身が陥っている恐怖を体現しているようだった。

『スカッド・ミサイルか!?』

音在は、警戒警報の意味が即座に解った。人が寝静まった頃を狙って心理的嫌がらせをする夜間攻撃だ。腕時計に目をやると、夜中の十二時だった。音在はイラク軍の嫌がらせに怒りを覚えたが、それでも四時間程度は文字通り熟睡していた計算になる。夕食の後、そのままの着衣で倒れるように寝ていた音在は、退避に移るのも軽快であった。毒ガスマスクのバッグを掴んだだけで、音在は部屋を飛び出した。

このような緊急事態には、エレベーターは使用できない。エレベーターの前にはパニックに陥った泊り客たちがすでに群がり初めていた。音在は、躊躇なくエレベーターの後ろの非常階段を選んだ。八階の部屋からの退避ではあったが、日頃鍛えている音在にとっては楽なものだ。混雑する人たちの間を摺り抜けるように下っていくと、四階の防火ドアが開いて尾張社長とお付きの町井常務と久家課長が一団となって、退避の人の流れに合流して来た。

「やあ、こんばんは。」

一行に挨拶をすると音在は、さらに軽快なステップで地下一階を目指した。

地下一階にはシェルターが設けられていると聞いていたのだが、行ってみて音在はがっかりした。単なる社員食堂ではないか。考えてみれば、民間施設のホテルにシェルターなど常設されている訳がなかった。それでも、地下にはあるし、底面積の広い建物の中心の位置にあるから、機密性に欠けてはいたが機能的にはシェルターと言えた。

備え付けられている大型テレビでは、CNNの警戒放送が『ジャ！　ジャ！　ジャ！……』という恐怖を募るような警戒音に続いてイラク軍の攻撃情報を伝え始めていた。やはり、イラク軍が放ったスカッド・ミサイルがダンマン地区に向かっているという。

音在は、宿泊客たちで満員となった地下食堂を眺め渡した。仲間たちの無事を確認し始めて、音在はある異常を感じた。日本人の常として、こうした場合でも座る椅子に序列があって、然るべき人間は然るべき場所に集まるのだ。食堂の中心部分には、城戸専務夫妻がおり、周囲には田尾所長も町井常務も座っていた。

「!?」

常に社長の尾張とお神酒徳利のように一緒に行動するはずの町井常務が座っているのに、何故尾張がいないのか。そういえば秘書課長も見当たらない。四階の非常口では、尾張が退避客の流れに合流するところを見かけたのだが。

音在は、何か事故が起きたと直感した。音在は、地下食堂を飛び出すと廊下に走り出て、自分が退避のために通ったルートを逆戻りした。廊下を走って行くと、地階とグランドフロアを繋ぐスイングドアの横で久家が両手を広げて壁に背中を擦り付けて、左右に行ったり来たりしているのが見えた。

「あああ……あああ……」

「おい、どうした！　社長はどこだ!?」

怒鳴る音在に救いを見つけたように、久家は答えた。

「アッチ！　アッチ！」

指差す方を見れば、スイングドアだった。グランドフロアの方に尾張が居ると目算をつけた音在は、ドアを蹴り破るようにして上のフロアを探した。

「社長！　社長!!　何処ですかー!?」

空襲に備えて、灯りという灯りを消したホテル内は真っ暗闇であった。ロビーは無人であった。ソファーやテーブルに足をぶつけながら、音在は奥にあるレストランへ入って行った。五時間前に、社長主催の夕食会が開かれたばかりの場所である。

『パン！　パパンッ!!』

対空機関砲の連射の音より、ひときわ大きな発射音が何発も続いた。

いよいよ地対空ミサイルのパトリオットが発射された迎撃音に違いなかった。

「社長！　しゃ・ちょ・おー!!」

連呼する音在に、レストランの柱の陰から応答する声が聞えた。

「おおい、誰だあ?」

「ああ、居た居た! 社長、音在ですよ! 駄目じゃないですか! こんな時に心配させて! 死んだらどうしますか。ほらほら、みんなが居るシェルターまでいらっしゃい!」

音在は、状況から意味を察した。尾張は、豪傑ぶって真っ暗なレストランにひとり座っているのではなかった。その証拠に、窓とは反対側の太い柱の陰に隠れて安全を確保しようとしていた。尾張は社員を死ぬ目に会わせてしまったことが申し訳なくて、身の置き所がないのだ。しかも、寝入りばなのスカッドミサイルの夜間攻撃のおまけまでついているではないか。申し訳なさを通り越して、シェルターの中で非難の眼で睨み付けて来るかも知れない従業員たちの視線が怖いのだ。音在は、この人はいつも威張る悪い癖こそあれ、善人だと思った。それならそれで、社長の気持ちを忖度して、お付きのふたりは無理やりにでも社長をシェルターへ引っ張って行ってあげれば良いものを。ひとりはサッサと地下食堂へ逃げてしまうし、ひとりはカニのように壁にへばりついて震えているだけだ。

『何たることだ!』

「社長! ご免!」

音在は、横から左手で腕を取り右手で襟首を掴むと、引き抜くように尾張を立たせた。引きずるようにレストランの入り口を目指すと、尾張はやっと従った。

「おお、そうかね。おおお、そうかね。」

地下一階まで来ると秘書課長が従った。従業員の目を意識して、音在は尾張から離れた。城戸専務たちは遅れて現れた社長のために、城戸の席の横を空けて尾張を座らせた。

「どうされましたか?」

「いやあ……。ちょっとね……」

幸いパトリオットの迎撃が成功したものか、攻撃目標であったかも知れないはずのダンマン地区にはスカッドミサイルは降らずに済んだようだ。それでも、なかなか警戒警報は解除にならなかった。

やがて、CNNテレビの警戒警報が『トットットッ……』という軽やかなイメージ音とともに警戒解除が告げられた。

部屋に戻った音在は、やっと再びベッドに入ることができたが、いつまたスカッド攻撃がその夜の内にあるかも知れないからと、そのままの着衣で眠りに入った。眠りに落ちる直前に音在は感心した。

『なるほど。これが神経爆撃というやつか。効果的な嫌がらせだわい。』

時計は午前三時を指していた。

第25章　アラビア半島横断

骨休めに専念できるかと思っていた音在であったが、ダンマンでの一日目は結構多忙なものとなった。

前日のカフジ攻撃と未明に及んだスカッドミサイルの神経爆撃による疲れを癒すために、音在がまだベッドで眠りを貪っていると、海道から電話が掛かった。

「音在さん、おはようございます。実は午前中に全員の写真を撮ることになりまして。ご連絡のお電話なんです。」

「おう、おはよう。写真？　いったい何だ、そりゃあ。」

「社長が、あさって東京で行われる第一回取締役会に出席しなければなりません。幸い、ジェッダからの帰国便の手配がつきましたので、今日ダンマンを発たれることになりました。そこで、全員の写真を撮って、皆さんの無事を留守家族の方々に報告したいと言っておられます。七班に分けた集合写真にしたいと思いますので、音在さんは十時半に四階の社長のスイートルームへお越し頂けますか。」

「いらないよ、俺は。自分の無事なら昨夜電話で東京に伝えてあるよ。センスのない企画だなあ。社長の自己満足に過ぎないじゃないか。」

「いえ、そう仰らないで下さい。やることは、もう決まっていますので、欠席されては困るんです。ご協力をお願いします。」

「君がそう言うなら、そうしよう。それより、海道くん。昨日はまだイラク軍の攻撃が続いているというのに、乾パンを配ってくれて本当に有難う。ついては、君と柳井を今日の昼食に招待したい。ほんの俺からのお礼の気持ちなんだ。アルコバールの韓国レストランで焼肉でも食おうじゃないか。」

「はあ、有難うございます。では、写真の件は宜しくお願いします。」

現地政府要人を含めた取締役会の第一回会合は、東京で開催されることが定例になっていた。尾張社長は、二日後に迫った取締役会のために、万難を排してでも帰国しなければならなかったのだ。

アラビア湾側の国際空港ダハラーンから、国外に飛び立つ飛行機は皆無となっていた。ダハラーン空港は軍事目的に転用されていたのだ。飛行便が極端に少なくなった状況下だったが、国内線だけは若干残されており、ダハラーンからジェッダの飛行機が予約できた。紅海側のサウディアラビア第二の都市である商都ジェッダまで行きさえすれば、便数こそ激減していたものの国外に出る飛行便が存在していた。安藤事務所長の日頃からの現地に根を張った活躍と割増金がものを言って、尾張社長一行の帰国ルートがかろうじて確保できたのだ。

尾張のスイートルームでの集合写真の撮影は珍妙なものだった。

音在は、言われた通りの位置に立って被写体となったのだが、写真を撮られに集まった同僚たちも一様に気分は弾まなかった。

『何だか、お通夜の席で集合写真を撮っているみたいだなあ。』

従業員の気持ちが沈んでいるのは、社長一行だけが帰路を確保して、先に日本に帰るからだ。幸いにしてカフジ攻撃ではひとりも死者を出さなかったものの、スカッド攻撃の射程圏で何日間を過ごさなければならないのか一向に前途が見通せない。戦闘の早期終結を待って、ダンマンから直接鉱業所の復旧に戻るのか、あるいは日本まで退避するのか？　しかし、帰国したくても、退避のルートはほとんど存在していなかった。そのような状況でも、社長一行だけは社員を現地に残して帰るのかという怨念が、従業員の心の深部に燻っていたのだ。だから写真を撮ろうと言われても、前日のショックも手伝って本当の笑顔が出て来るはずもなかった。

撮影を終えると社長一行は、空港へ急いだ。海道と柳井に豪華な昼食を奢るために外出しようとした音在は、図らずもホテルのロビーで鉢合わせした社長を見送る形になった。

「社長。それでは道中お気を付けて。」

軽い気持ちの音在の挨拶に尾張は後ろを振り返って、真剣な面持ちで質問した。

「この際、何か聞いておくことはないか?」

昨夜、地下食堂へ退避できなかった尾張を腕力で引きずって行った音在への謝意であったに違いなかった。

思いがけずに大上段に振りかぶった質問に接して、音在の心の中で急に感情が激昂した。

『何か聞いておくことだと? 俺が命を張ってまで責任をまっとうしたのは、いったい何のためだと思っているんだ! 任期が明けたら、錦を飾って本社の然るべきポジションに帰任するために決まっているじゃないか!』

しかし、問われたからといって直裁に感情を現すのは音在の美学には反していた。音在は頭脳を回転させた。

「社長。本社に帰りましたら……」

「ウン。本社に帰ったら?」

「……一杯、飲ませて下さい!」

「ナニ! 当ったり前じゃないか、君イ! ハハハ……」

音在は、また尾張に功徳を施す結果になったと感じた。先ほどまでの尾張は、社員たちを窮地に残して自分だけが帰国することに後ろめたさを深く感じており、背中にそれがありありと現れていた。音在の「飲ませろ」発言に誘発された大爆笑で気分はすっかり楽になって、豪快に笑いながら出発の車に乗り込むことができたのだ。

音在は自分の車に海道と柳井を乗せて、ダンマンの隣町アルコバールに向かった。

「本当に、昨日は良くやってくれたよなあ。俺様でも、あの状況の中では乾パンを配ろうという発想が湧いてくるどころじゃなかったよ。ふたりとも大したもんだ。英雄的行動といっても過言ではないくらいだと思うよ。」

「いえ、そうじゃあないんですよ。僕たちこそ腹が減ってどうしようもなかったので、シェルターを出て、乾パンが備蓄してある単身寮の倉庫へ行ったんですよ。それで一口乾パンを齧ったら、ついでに皆さんも腹が減っているだろうということに気が付いただけのことですよ。」

ふたりは謙虚に答えた。

「悪いけどさ。正午に商店が閉まったら夕方まで店が開かないから、昼食の前の買い物に少々付き合ってくれ。」

音在は、商店街へと車を向けた。サウディアラビアの商慣習では、正午にあらゆる商店や事務所はドアを閉じて昼寝してしまう。特に商店は午後四時まで商売を始めることはない。

「昨日は、よっぽどの猛スピードでシェルターまで走ったらしくてさ、信じ難いことなんだが革靴の底が裂けてしまってなあ。使い古しの靴ではあったんだが……」

音在は、昨夜の神経爆撃の様子から察せられるイラク軍の旺盛な戦意と強かさから判断して、退避行が長期化するのは必至との予感がしていた。これに備える意味で、革靴は買わずに機動性のある運動靴を求めた。同じ意味合いでジーンズのスラックスも新たに購入した。気持ちの余裕もなしに取りまとめた退避荷物には着替えも十分ではなかったので、長期戦に備えてワイシャツも二着追加した。

買い物を済ませると、丁度昼食時を迎えていた。

アラビア湾側に一軒だけしかないアルコバールの韓国レストランは、カフジの日本人のオアシスであった。行動派の音在にも、連れのふたりにとっても馴染みの店であった。意外にもカフジの避難民は来ておらず、その日の昼食に韓国レストランを訪れた日本人は音在一行だけだった。イラク軍による攻撃の衝撃が大き過ぎて、外出する元気が湧いて来ないからなのか、退避先のオベロイホテルで飲食している限りは全て会社費用になるからに違いなかった。音在は、ふたりが果してくれた決死の乾パンサービスの労に報いるために、わざと食べ切れないほどの分量を注文した。

海老のチリソース、焼肉定食、春巻、蟹サラダ、テールスープ……。

注文全品がテーブルを埋め尽くすと、音在は宣言した。

「おい、お前ら。これは命令だ。ここまで食え！」

音在は、自分の喉仏の上を指で水平になぞって、自らもぶっ倒れるまで食べる意思表示をした。

「いただきまーす！」

三人は一斉に食べにかかった。

「美味しいですね！」

「ウーン、旨いなあ！」

美味は生きている証であった。三人は音在の宣言通りに、自分の喉仏のあたりまでご馳走を詰め込んで、生きていることを実感し喜びを分ち合った。

音在たちが韓国レストランで過ごしている頃、城戸は在リヤドの日本大使館から駆け付けた川田大使一行の来訪を受けていた。

祖国を遠く離れてサウディアラビアに在住する同じ日本人としてのお見舞いを、城戸たちは謹んで拝受していた。

「大変でしたねえ。死傷者が出なかったのは不幸中の幸いでしたね。」

「はあ、大使には大変ご心配をお掛け致しまして、どうも申し訳ありませんでした。幸い従業員一同、心をひとつにして危機への対応に当たりましたので……」

「だから、こんな状態になる前に退避しなさいと言ったでしょう。」

「!?」

城戸たちは唖然とした。

湾岸危機が勃発して以降半年の間に、ふたり、三人のチームにわかれて、日本大使館員が三度カフジを訪れて来たのは事実であったが、大使自身はついに姿を現すことはなかった。来訪者の誰かがそのような重要な話に及んだことがあったかなと城戸は戸惑った。出張目的は、明らかに現地事情調査でしかなかった。しかも、訪れる館員は、誰もが同じ初歩的質問ばかりして鉱業所側を失望させた。そのような話は、前回の訪問者から申し継ぎを受けていないのかという訳だ。帰った書記官たちが大使館内で報告会を開いて情報を共有するというよりは、危険な調査先への訪否を誇るような隠微な雰囲気が存在するかのようであった。

『君。そういえば君はまだカフジには行ったことがなかったっけね。』

外務省の邦人に対する危機管理情報は、危機の難易度に従って「渡航注意」「渡航禁止」「退避勧奨」「退避勧告」と続いている。湾岸危機勃発直後に外務省は退避勧奨を出し、湾岸諸国への進出企業の日本人はほとんど姿を消した。年が明けると、退避勧奨は最高の危険度を意味する退避勧告に変わった。それでも集団で現地に残留しなければならなかったのは、カフジの日本アラブ石油開発の面々とジュベールの石油化学プラント建設従事者だけであった。

城戸は、大使が何を言いたいのか薄々察した。高級官僚の保身である。死者が出るかも知れないような緊迫した現場に残らざるを得なかった邦人に対して、大使館は適時適切な退避勧告を行っていたという事実を、それがたとえ後付けであっても良いから作っておかなければ、本庁への報告書を書く時に困るのであろう。事後のアリバイ作りであることが解って、お見舞いは急に色褪せたものになってしまった。

在外公館の使命には、先ず国を代表しての現地政府との外交折衝がある。

それと並んで大切なのは在留自国民の保護である。しかし、サウディアラビアにおける我が国の外交の実態には、非常にお寒い事例に事欠かなかった。

新任大使が着任した際の現地政府への信任状の奉呈においても、残念ながら半年以上相手にされずに放っておかれた実例もあった。カフジのような僻地には、二年間の任期を終えて帰任する際の実績作りのために、初めて訪問して来る大使もいた。

退避したくても退避できない事情があるのなら、日本政府が決定した退避勧告の方針に従って、国家を代表してサウディ政府に掛け合おうという責任感と男気に溢れた外交官は全くいなかった。湾岸戦争に突入する前日まで、アメリカ大使館の連絡員と称する駐在武官は、カフジにただ一軒だけ存在する田舎ホテルに宿泊して情報活動を行っていた。残念ながら、日本大使館員はリヤドから安全圏のダンマンまで来てはいたが、ホテルを拠点にして最低限の実績作りのために、ただ駐在しているだけのことだった。逃げたくても逃げられずにいる同胞に力添えをしようという侠気などあるはずもなかったし、危機が迫ったカフジの現状を自ら把握しようなどとは思いもしなかった。

暫定事務所をダンマンに構える城戸には、次々に難題が具現化して来た。

先ず、ダンマンにおける事務所機能の確保である。原油生産の中心地域であるアラビア湾岸東部地区には石油省最大の支局があり、戦時下といえども会社への種々の問合せに接した場合の即応体制を敷かなければならなかった。九年後に終了する石油開発権益の更新まで視野に入れれば、どのような場合にでも、会社は石油省とともに在ったというプレゼンスを示す必要があった。従って、技術、経理、法務、総務等の各ファンクションを満たす最低限の従業員はあくまで残留して、事務所を維持しなければならなかった。

カフジ基地にも問題を残してきた。イラク軍の攻撃の合間を縫って退避した際に、各種原油生産施設やタンクヤードを取り囲むセキュリティーフェンスの照明制御盤の電源を切るのを忘れてしまったのだ。平常時にはテロ対策のために、日没頃になると自動点灯して鉱業所の石油施設群を煌々と照らす周囲八キロの保安照明が、夜間点灯しっ放しとなっていたのだ。カフジから四十キロ南の軍港ミシャブまで退避していたコーストガードから通報があり、これを消灯するようにとの命令が届いた。コーストガードの指摘は当然と言えば当然であった。これほど格好の攻撃目標があろうか。しかし、問題は、前日命辛々逃げてきたばかりのカフジに、誰が電源を切るために戻るかということであった。

責任者の城戸は、当然先頭に立った。イラク軍の弾が降る中であるにも拘わらず、従業員たちを激励する城戸を左右から守るようにつき従った山田と敦賀ももちろん手を挙げた。城戸はこのカフジ派遣隊を単なる電源操作だけにせず、目的を追加することにした。慌てふためくように退避した際には、全員が仕事のことは忘れていたのだが、ダンマンに暫定事務所を開設してみると、事務所として具備していなければならない政府折衝資料や経理書類を置き去りにしてきたのに気がついた。その結果、派遣隊は膨らんで十名となった。所長の田尾と参謀長の真田と奈良が加わり、電気技術者、経理、総務、資材の各ラインの責任者も重要資料の回収のために参加した。

音在もメンバーに加わるものと考えていたが、開戦の前日をもって完結していたシッピング業務の責任者である音在にまでお呼びが掛かることはなかった。音在が候補に上がっていたとしても、部下思いの敦賀が断わったに違いなかった。二週間前、母親の葬式のために敦賀を帰国させようとして、音在が叫んだ台詞と同じことを言っただろう。

『僕がいれば、それで十分ですよ。』

引率役のコーストガードのカフジ港責任者サイード少佐とは、カフジ南方百キロ地点のアブハドリヤで落ち合うことになっていた。

北に向かう車の中では、誰もが押し黙って偵察行の無事を念じていた。

サイード少佐はすっかり完全装備に身を固めて、普段以上に凛々しく感じさせた。サイードはハイウェイ上に設置してあった交通妨害のためのコンクリートの塊を道路脇にどけさせて、城戸たちの到着を待っていた。

一行は、コーストガードが準備していた軍用トラックに移乗させられた。イラク軍の攻撃は停止していたが、普段は見慣れているはずのカフジ周辺の風景には不気味なものが感じられた。いつまたイラク軍の攻撃が再開されるかが一向に読めなかったからだ。

鉱業所の正門を入ると、一昨日のイラク軍の攻撃休止直後の退避が如何に適切なものであったかが実感された。退避前の僅かな時間に確認した被害状況よりも遥かに着弾の跡が増えていたからだ。第一次攻撃の後、補給を整えたイラク軍が再び同規模の攻撃をしかけたのがありありと観察された。

資材部事務所への直撃弾や、鉱業所の通信機能の中枢である交換機室が大破して、火災の跡も歴然としていた。もしあの時退避を躊躇していたら、死傷者を出さずに済んでいたかどうかと考えると、城戸たちは背筋が寒くなる思いがした。鉱業所の本館前にトラックが到着すると、城戸は一同に再確認した。

「皆さん、いいですね。きっちり一時間後にトラックを出発させます。各自、本当に必要と判断する書類その他を持って、必ず戻って下さい。」

全員は各々の持ち場に散って行った。派遣隊の最大かつ直接の目的であるセキュリティライトの制御盤の遮断は、真っ先に電気技術者の大和が行った。

真田は本館のデスクに戻り、金庫を開けて各種公式文書や保険証書などの最重要書類を持ち出した。各自の判断で選択した重要書類の山は、ダンボール箱に詰めて次々に軍用トラックに積み込まれた。時間的に余裕があった者は単身寮の自室に戻って、慌てて逃げた際に持ち出し損なった私物を集めてトラックに載せるのを忘れなかった。

一時間の刻限を正確に守って、トラックは急発進した。幸いに、イラク軍は気がつくことはなく、目的を無事に達成できた。トラックが四十キロ南にある多国籍軍の第一次防衛線となったミシャブを過ぎると、やっと一同の顔に笑いが戻って来た。

ダンマンへの退避二日目の夜、スカッドミサイルの神経爆撃は合計四発だった。またやられるのではないかと慄くダンマン市民は、夜十時の空襲警報で退避したシェルターから、なかなか外に出られなかった。オベロイホテルに宿泊する避難民も、耳障りな警戒ベルの通報で地下室へ移動しなければならなかった。ミサイル相手に撃っても意味のない対空機関砲が、狂ったように絶え目のない連続射撃を続けた。恐怖感を煽る逆効果にしかならないのに、射手は撃ちつづけていなければ自らが陥ってしまった恐怖から逃れられないのだ。

暫くして、スカッドが射程圏に入ったことを確認して、大型花火のようなパトリオットの発射音が続いて聞こえた。発射音の数は、当然のことながら前夜よりも数倍も多かった。

地下の従業員食堂に備え付けられた大型テレビで、CNNが伝える警報ニュースが唯一の状況判断の材料であった。イラクが発射したスカッドは、多国籍軍のレーダーに捕捉され、その数が伝えられた。幸いにして、神経を集中する音在たちには、スカッドの着弾の轟音は聞こえなかった。スカッドの目標がダンマン地区ではなかったのか、パトリオットが迎撃に成功したということだろう。

シェルターとなった地下食堂で待機する音在の横には、経理部の日向が座っていた。

「音在さん。明日からは忙しくなるんですよ。」

「どうした？　今日、カフジまで行ってきて大変だったろう。」

「カフジから戻って来たら、石油省から命令が届いていましてね、退避したアラブ人従業員のために、会社は緊急時一時金として一万五千リアル（邦貨換算四十五万円相当）を支給しろというんですよね。ダンマンとリヤドとジェッダの三箇所で、従業員に一時金を明後日に支給するんですが、退避先の七割ほどがダンマン周辺地域のはずなんで、従業員たちが殺到して大変なことになりそうなんですよ。何しろ、ご承知のように連中には列を作って待つ習慣がありませんからね。」

「しかし、サウディ全域に散らばっている従業員にどうやって伝えるんだ？」

「明日、新聞に広告を出すそうです。政府通達ですから必ず載るはずです。それから、ラジオでも放送するようです。」

「なるほど。そういうことになっているのか。まあ、口コミ社会のアラブ人のことだから、部族の仲間同士も電話を掛け合うだろうしな。それにしても、ダンマン事務所に詰め掛ける従業員は千人を超えるんじゃないか。ちょっとしたパニックになるな。」

「そうなんです。明日中に、僕は現金の準備や従業員リストや領収証を作成しなければならないんですが、支給の時が心配なんですよ。だから、音在さんに交通整理係をお願いできないかと思って……」

「なんだ、そういうことか。お安い御用だよ。首から下のことだったら任せてくれ。ダンマン事務所の経理部の入り口ドアに立って、俺の足でつっかえ棒をして、日向くんの作業の進展を見ながらひとりずつ通せばいいんだろう。」

「そうして頂ければ助かります。なにしろ現金を扱いますので、落ち着いて仕事ができなければ大変なんです。」

午前一時過ぎにCNNニュースが警戒警報を解いたので、地下にいた避難民は自分の部屋に戻った。

やれやれと音在もベッドに入って、ようやく休息の時を迎えた。

しかし、寝入ったかと思って間もなく、再びホテルのベルが狂ったように警戒警報を伝え始めた。サダムの軍隊は狡猾で強かだった。攻撃地点の人間心理を見透かすように、一度緊張を緩めておいて、再び恐怖を与えようという意図がありありと読めた。音在は、これでは戦争はなかなか終わらないのではないかと思った。湾岸戦争勃発前の舌戦では、多国籍軍は三日で戦争を終わらせるとか一週間あれば十分だという威嚇を、各種のメディアを通じてイラクに向けて伝えていた。多国籍軍の軍備の拡充振りを何度も目の当たりにしていた音在は、それは本当かも知れないと考えていた。しかし、今体験しているイラク軍の神経爆撃はイラクの強かさとともに、底深い体力も同時に物語っていた。

戦争を短期の内に終結させてみせるとは言うものの、子供だって喧嘩を始める前には、相手に向かって言いたい放題の啖呵を切るではないか。音在には、多国籍軍のアナウンスも、所詮は子供喧嘩の始まる前に類似した駆け引きに過ぎないように思えてきた。

三日目の夜は、一発のスカッドも降らなかった。しかし、一発も降らなかったというのは、前夜に合計四発の嫌がらせをされて「今夜も来るぞ来るぞ」と熟睡もできずに過ごした挙句に、夜明けを迎えて初めて言える結果論であった。

四日目の夜には、また一発が降った。イラク軍のスカッド夜間攻撃の指揮官はたいした心理学者であると、音在は評価した。

緊急時一時金の支払いは、滑稽な光景であった。

音在がダンマン事務所に到着した時には、サウディアラビア人を始めとする多数の従業員たちがすでに詰め掛けており、中に入りきれない者は建物の外におよそ列とはいえない人垣を作っていた。この様子を見て、音在は思わず笑えてきた。仕事をするから集まれと言ったら、こんなに朝早くから従業員がこんなに大勢集合するだろうか。

『現金な奴らだなあ。』

たむろする従業員を掻き分けて経理部の部屋に入ると、日向は準備におおわらわであった。ひとり分ずつの現金の山を作り、従業員リストと領収証の束をデスクの上に並べた。

「はい。それじゃあ音在さん。ひとりずつ入れて頂けますか。」

音在はドアを開けた。ドッと乱入したがる従業員を腕力で押し戻し、音在は宣言した。

「One person only at one time !!!（一回につき、ひとりだけ入ってよし！）」

音在は、ひとりだけ選んで中に入れた後、入り口のドア枠に背中を押し付けると右脚を伸ばして反対側の枠に押し付けた。音在の脚で作ったつっかい棒であった。中に入ろうと焦る後ろの従業員からの圧力が掛かってきたが、音在は脚を突っ張り続けた。

「おおい、日向くん。ボチボチいいか？」

「はい。それじゃ次の奴を入れて下さい。」

入り口に殺到する従業員のまたぐらを必死の思いでくぐって、ある男が現れた。音在のちょっとした知人であった。

「ミスター・オトザイ。僕です。先に入れて下さい。」

「俺を知っているかどうかなんか関係ない！　一回ひとりだと言っただろう。順番を守れ！」

音在は押し返した。

「ミスター・オトザイ！　お元気でしたか？　レダです！」

人ごみを掻き分けて現れた男を見て、音在は嬉しくなった。同時に戸惑った。

レダは日本アラブ石油開発を辞めて、サウディ・アラムコに転職しているかつての音在の部下であった。音在の一回目のカフジ勤務時代にはコンピューターのオペレーションを教えるとともに、柔道の稽古にも熱心について来た可愛い男だ。音在にすっかり私淑したレダは、音在が年に一度の長期休暇に出る時は、頼みもしないのにカフジからクウェイト空港までの車の送迎を買って出て、その役目を他の同僚に譲らなかった。会社の留学制度によってアメリカの大学へ行った後も、就学地のミネソタから時々ご機嫌伺いの電話を入れるような憎めない奴だった。

しかし、レダが何でこんなところに現れたのか。気が立っていた音在は訊ねた。

「おい、レダ。お前、アラムコの従業員のくせに、どさくさまぎれにこっちの緊急時一時金を貰いに来たのか?」

「いえ、違いますよ。僕は、ミスター・オトザイの安否を心配して探していたんですよ。今日はここにおられることが解ったのでお会いしに来たんですよ。」

ムッとしたようにレダは答えた。

「そうか。悪かった、レダ。何しろこんな有様だ。少々お前に頼みがある。必ず全員に一時金は行き渡るから、押さずに待っていろとアラビア語で怒鳴ってくれないか。」

敬愛してやまない元上司であり、柔道の師範である音在の依頼に従い、レダは大声のアラビア語で何やら叫んでくれた。

「レダ、有難う。この調子ではお前とゆっくり話もできない。夕方にはこの仕事は終わるから、ホテルに来てくれ。晩飯でも一緒に食おうじゃないか。」

レダは音在の健在を確認して、嬉しそうに人込みを掻き分けて出て行った。

力仕事を終えてホテルに戻ると、音在の部屋に敦賀からの電話があった。

「音在さん、今日はご苦労さまでした。実は今日の午後、幹部会議が招集されましてね、退避組の大部分は日本への帰国を目標にして、リヤド経由ジェッダまで十八台の車で移動して貰うことになりました。ついては、音在さんは、所長車を運転して車列のしんがりについて貰いたいんです。所長車には武生くんと芦屋さんが同乗することになっています。車内電話が付いている唯一の車ですから、道中の定時連絡と故障車や事故が発生した時の緊急対応が音在さんの任務になります。宜しくお願いします。」

音在は、帰国できる可能性が現実のものとなったことで有頂天になりかかった。しかし、音在の聞きたい話は、まだ半分だった。

「それで、敦賀さんはどうされるんですか?」

「私は残ります。暫定事務所は当面維持しなければならないというのが、城戸さんの判断です。音在さんは私のことなど心配しないで、リヤド経由ジェッダに向かって下さい。」

有頂天になりかかった音在の気持ちは急に沈んでしまった。

「敦賀さん。それはないでしょう。これから、敦賀さんのお部屋に伺います。」

電話を切ると、音在は二階下の敦賀の部屋に向かった。

「敦賀さん。一緒に生死の苦労を分ち合った仲間が残留組と退避組に分かれるというのは、そもそも大反対ですね。残るのなら皆で残るべきだし、退避するなら全員で行きましょう。」

「音在さん。これはもう先ほど幹部会で決まったことなんですよ。」

「敦賀さん、幸いなことに僕は今、非常に精神状態は良好なんです。使い勝手の良い男ですから残っていれば便利なはずです。敦賀さんが残ると仰るのであれば、僕もダンマンに残ります。」

「そこまで言って下さるのなら、音在さんだけに秘密の話をしておきましょう。まだ正式になっていませんが、明日石油省と交渉して、実は二日後に我々も動くことになります。だから、音在さん、心配しないで先発して欲しいんです。」

「何だ! そうだったんですか。それじゃあ、露払いで一足お先に行かせて頂きます。」

音在は得心して明朝の出発を決めた。しかし、音在は謹厳実直を絵に描いたような敦賀が、生涯に一度だけ音在に対して嘘をついたことに気がつかなかった。

退避組が先着したジェッダには、待てど暮らせど敦賀たちは到着しなかったのだ。愛する直属の部下を逃がすために敦賀が方便を使ったことに音在が気づくまでには、さらに三日間を要したのだった。

先行するだけとの指示であったが、残留組に自分より年下の日向と海道が含まれていたのは、音在にとっては辛いことだった。

部屋に帰った音在は、先行を詫びるためにふたりに電話を掛けた。

「済まない。敦賀さんとも話をしたんだが、俺は一足先に行くことになった。俺より年下のお前より先に行くのは、本当に申し訳ないんだが勘弁してくれ。」

「音在さん、何を仰います。それより道中、気をつけて下さいよ。」

　ふたりとも極めて男らしかった。詫びる音在は、逆に励まされる結果となった。

　翌朝、アラビア半島横断に出発する一行を、城戸たち残留組はホテルのロビーに一列になって見送った。並んで立つ城戸夫人と田平看護婦の前を通る時、音在は涙が出そうになるのをこらえて、城戸夫人と握手をした。

「奥さん。申し訳ありませんが、露払いで一歩先行させて頂きます。」

「あらあ、気をつけて元気で行くのよ。」

　暎子はあくまで気丈に一行を励ました。

　ダンマンから東に向かうリヤド街道を走るのは、ほとんど全員にとって初めての体験であった。ダンマンへ早目に退避していた衆樹や藤井たちのグループと合流したので、車は十八台に増えていた。

　音在も、カフジ、ダンマン間は何回行き来したか解らないほどであったが、この道を通ったことはなかった。しかし、両都市を結ぶ幹線道路をひたすら真っ直ぐに行けば良いことが解っているので、体力にも運転にも自信のある音在にとっては気楽なドライブであった。

『リヤドまでなら、距離もたったの五百五十キロだ。』

　同乗者の武生も芦屋も、頼もしい後輩に運転を委ねてすっかり寛いでいた。最後尾の通信車の任務として、前を走行する同僚の車の様子を確認しながら、武生はダンマンの城戸とリヤド事務所の築館所長に自動車電話を通じて報告した。

「ああ、城戸さんですか。武生です。現在、スムーズに全車走行中です。取り立てて変わったことはありません。一時間後にまたお電話します。」

「築館さん？　現在、ダンマンの東方百キロを走行中です。この調子で行くと、リヤド到着は午後三時くらいかと推測します。宜しくお願い致します。」

　先頭を行くのは、退避組のリーダーに指名された監査室長の庄内が同乗する車だった。不案内な道であったので、先頭車にはナビゲーターとしてパキスタン人の運転手を雇っていた。

庄内の判断で、ガソリンスタンドを発見すると車列を止め、なるべく余裕をもってガソリンの給油とトイレの使用を心掛けた。町と町の間は百キロ以上離れていて、その間見事に何もない砂漠が続くだけである。必要に迫られる前に、先を読んだ万全の準備をしておくのが砂漠ドライブの心掛けなのだ。

アラビア半島横断に挑む日本人の中には、ふたりの女性が混じっていた。

佐古田、大林両夫人であった。大林夫人は前年の春結婚したばかりで、本来ならば七月にカフジに到着するはずであったアラブ初心者だった。湾岸危機の勃発のために入国できず、危機ムードがやや緩んだと思われた十一月に到って、やっと夫の待つカフジまで来れたのであった。イラク軍の攻撃は、大林夫人が到着して僅か二か月後の出来事だ。普段ですら異文化の対極にあるアラブの地に来て、目の前で展開する極限のドラマに、大林夫人の心が休まる日は一日も無かったに違いなかった。

給油とトイレのための小休止の都度、音在は大林夫人に冗談を言って励ました。

「奥さん、お疲れでしょう。とんでもない新婚旅行になりましたね。でも、一生忘れられない思い出になって、これはこれで良いじゃありませんか。」

「まあ、音在さんったら。でも、本当にそうですねえ。」

大林夫人もつられて笑った。夫の仕事の特殊事情のために、大林夫妻はまだ新婚旅行をしていなかったのだ。

武生は、一時間おきに定時連絡をしようとしたが、自動車電話の電波の及ぶ範囲には制約があることが経験的に解った。ダンマンからある距離まで離れると通話不能になった。小刻みに通話を試みた結果、リヤドの手前百五十キロに至って再び通話が開通した。都市部には通信ステーションが設置されており、サウディにおける自動車電話の通信基地の能力範囲は百五十キロであることが解った。

リヤドの手前百キロに迫ると、四方の周辺都市への街道が交差し始めた。

道路の周りには、自然人工を問わず目標物となるものが殆ど見当たらない。

運転している音在には、車列がどうも北に寄り始めたと感じられた。

音在の車の三台先を行く電気屋の大和の車が、突然猛スピードで前の車を追い越して先頭車に迫った。大和も異変を感じた証拠であった。アラビア半島を横断しようとする一行の中で、大和だけが一度だけだがリヤドまでの冒険ドライブの体験があったのだ。車列は先頭車の後方に続々と停車した。

大和は方向がおかしいとパキスタン人運転手に主張したが、この方向で間違っていないと運転手は言い張って譲らなかった。追いついて合議に加わった音在は運転手に尋ねた。

「いったい、お前は何回くらいリヤドまで走ったことがあるんだ？」

「はい。一回リヤドまで運転したことがあるから大丈夫です。」

やれやれと音在は落胆した。儲けの大きい仕事が欲しいばっかりに、ベテラン面して胸を叩いて見せたものの、パキスタン人運転手の経験は日本人たちと大差がなかったのだ。庄内隊長は全員に軌道修正を告げた。

「皆さん！　今来た道を五十キロほど戻ってから、右へ方向を変えましょう！」

リヤド市内が近づくと、軍隊による三重もの検問ラインが設けられていた。市内へ入る車に厳重なセキュリティチェックが施されており、戦時下にあることを日本人たちに思い返させた。親イラク分子のテロ活動の抑止であるに違いない。チェックされる都度、音在は兵士たちに答えた。

「お前、カフジを知ってるか。俺たちはイラク軍の攻撃を受けて、カフジから退避してきたんだ。」

「おお、カフジ！」

検問の軽さから、彼らが一種の敬意を持って接してくれたのを感じることができた。

往復百キロほどのロスの結果、リヤド市内に入ったのは薄暮時を迎える頃だった。サウディアラビアといえども冬の落日は早いのだ。

市内に入ると車の交通量も急に増加してきた。首都リヤドは、有り余る石油収入を裏付けとして急速な近代化とともに膨張を続ける大都市である。人口も百五十万人を超えている。当然、大交通量を制御する信号が市内中に設置されているので、十八台の車列を維持するのが困難となった。いつしか二、三台の小グループに分散された日本人の車が、半島横断第一日目の目的地インターコンチネンタル・ホテルに到着した。

ホテルには、リヤド事務所長の簗館が待っていた。十二月にイラクでの人質生活から解放されたアラビストの増井も、日本での短い休養を終えてリヤドに戻っており、中途入社の同期生である音在の無事の到着を心から喜んで迎えてくれた。

インターコンチネンタル・ホテルは繁栄を誇るリヤドでも、第一級の豪華ホテルとして定評があり、一行の疲れを癒すには十分過ぎるほどの陣容を整えていた。最終の車が到着すると、簗館はロビーのラウンジに集合した退避メンバーに向かって、労いの挨拶をした。一同はようやく安全地帯に近づいたことを実感するのだった。しかし、正確に言うとリヤドはまだ安全地帯ではなかった。

リヤドはスカッドミサイルの射程範囲に入っていた。その証拠に、毎晩一発のスカッドの夜間攻撃が行われており、前夜にはオフィス街の高層ビルに命中していた。深夜の事務所ビルであったので、死者は出ていなかったのだが、リヤド市民に与えた心理的効果には大きなものがあった。

サウディ東部地区の住民に対しては、政府は戦争直前に毒ガスマスクを配布していた。しかし、スカッドの射程圏ギリギリと考えられていたリヤドの市民にまではマスクは配られていなかった。簗館は窮状を訴えた。

「皆さんは、明日早朝、リヤドを発ってジェッダに向かわれます。リヤドを離れれば絶対的な安全圏と言えます。リヤドでは、ガスマスクの絶対量が不足しており、パニックに陥っている住人も居るくらいです。そこで皆さんへのお願いなんですが、皆さんのマスクをここに置いていって頂けないでしょうか。」

「ああ、そうかい。」

菅原が、ポイッと自分のガスマスクを放って寄越した。電気技術者の菅原は、寡黙で男らしい鉱業所のベテランであった。物静かな分だけ、普段のカフジでは目立たないタイプであったが、常に自分の任務の完遂を目指すとともに、人に迷惑を掛けないように気配りを忘れない男だった。その男らしさは、敦賀のそれと通じるものがあった。

正直言って、簗館の懇願に接して音在は心の中で迷った。イラク軍の攻撃以来、全ての従業員にとってガスマスクは常に離せないものになっていた。ダンマンの韓国レストランへ海道と柳井を連れて行った時ですら、マスクは肩から下げていたくらいだ。半島を横断しようとしている従業員たちがこの数日間に経験した恐怖の連続は、築館の懇願を受けるか否かを逡巡させるに十分だった。

『この先だって、どんな危険がないと誰が保証できるんだ。』

しかし、頭の中の葛藤とは別物のように、音在の手はガスマスクを放り投げていた。菅原に続かなければ男ではない。菅原と音在の動作に数秒遅れて、次々にマスクがロビーのソファーの上に積まれた。退避組の約半数がマスクをリヤドに置いていった。

しかし、半数の人間はマスクを命の綱として、これに同意できなかった訳だ。協力しなかった者は、それぞれにマスクの必要性とともに供出を拒否した自分への後ろめたさを感じていた。

「音在さんね。僕はマスクをリヤドに置いていっても一向に差し支えないんですよ。だけどね、本社で太平楽をエンジョイしていた馬鹿どもにね、僕たちがこれほど苦労していたってことを見せつけてやりたいんですよ。そのためにも、絶対にこのマスクは日本まで持って帰らなければならないんですよ。」

問われてもしないのに、白石がわざわざ言い訳を聴いて欲しがった。

第26章　帰国への模索

リヤドで一泊した日本人たちは、翌朝早くジェッダに向けて再び旅立った。

リヤド事務所の築館と増井は、手を振って仲間たちの出発の車列を見送った。

最後尾車の音在は、発車する際に時代がかった挙手の礼でふたりへの感謝を表した。それと同時に、毒ガスマスクを彼らのために残してきてよかったと思った。安全圏に先行する者のせめてもの礼儀だと考えたからだ。

リヤドで退避メンバーは更に六名が増えていた。築館は、リヤドがスカッドミサイルの射程圏内であることを考慮して、家族連れで勤務していた浅川に家族を退避させることを奨めていた。妻と三人の子供を帰国させる決心をした淺川が、ジェッダまで家族を連れて同行したのだ。そして、リヤド事務所の人員を必要最小限にするために、若手社員の永井は日本に帰国させることになっていた。

リヤドからジェッダに向かう道のりは、半島横断に挑む全員にとって未知のルートであった。

リヤド市街地を抜けて暫く走ると、通称グランドキャニオンと呼ばれる大地溝帯に差し掛かる。リヤド市があるプレート地盤は台地となっており、台地の終わりは高く垂直に切り立った崖になっている。二百メーター近い落差にループやジグザグもつけないで、道路は真っ直ぐに下っていた。

頭から突っ込むような直線の急勾配を下れば、数百キロに渡って何も起伏のない平坦な砂漠が延々と続いていた。

武生は退屈を紛らわせるように、自動車電話の交信に励んでいた。目的地のジェッダには事務所を構えていないので、通話報告先はダンマンの城戸とリヤドの築館であった。

「そうだ、音在くん。自動車電話で国際電話が通じるかどうか試してみようか。」

携帯電話がまだ普及していない頃だから、三人とも自動車から国際電話が通じるかどうかを知らなかった。武生は、運転はすっかり音在に任せて、日本のエリアコードを選んでいた。

「あ、音在くん。通話音がしている、掛かるかも……。ああ、もしもし、緊急対策本部ですか。武生です。誰ですか？　おお、浜尾くん。今、音在くんが運転してくれて、我々はリヤドを出発してジェッダに向かっているところなんですけどね。国際電話が通じるかどうかやってみたら、通じちゃったよ。ははは……」

本社の緊急対策本部では、武生からの直接電話を受けて大騒ぎとなった。

アラビア半島横断の試みは、会社の歴史の中でも、発想すらしたこともない大冒険といっても良いほどのものであったのだ。緊急対策本部はリヤドとダンマンからの間接的な報告を受けながら、心配して一行の大移動を見守っていたのだった。

人質から解放されて、緊急対策本部要員として本社で働いていたクウェイト事務所次長の浜尾は狂喜して喜んだ。思いがけない直接電話に驚いて、一万キロ向うで展開する大退避行の仲間の身を案じる男たちは、一本のライフラインに次々と登場した。

「……はい。リヤドで淺川くん一家と永井くんが合流しましたから、車は十九台になりました。我々がしんがり車として、皆さんの走りっぷりを常に観察していますが、皆さん好調のようで快適なドライブを楽しんでます。昼はタイーフのヒルトン・ホテルに寄って食事と小休止をする予定にしています。道路地図を分析すると、ジェッダの手前がちょっとした山岳地帯になっているようですので、道路がジグザクですから高速運転は危険と思われます。昼間に飛ばしてなるべく早くジェッダ入りしたいと皆で相談しているんですけどね。エッ？　枝野さんが？　はあ、音在くんにね。解りました、ちょっと待って下さい。」

緊急対策本部事務局長の枝野は、音在の声を聞きたがっていた。

高速運転中ではあったが、音在は受話器を受け取った。

「もしもし、音在くん。枝野です。本当に大変な目にあったけど、音在くんなら大丈夫だろうと祈るような気持ちだったよ。」

「イヤー、二度と経験はしたくないですけど、僕は到って元気ですよ。お見舞い有難うございます。」

「また凄いロングドライブになっちゃったけど、くれぐれも運転に気をつけてね。」

音在は、一万キロ向こうで枝野が涙ぐんでいるのが解って、胸が熱くなった。

「ナアニ、枝野さん。心配なんかしてくれちゃって。心配するなって。運転しているのは、俺様だあ！」

「ウンウン、頑張ってくれ……」

「枝野さん。僕は高速運転中なんで。それじゃまた。東京へ帰ったら一杯飲みましょうね。」

音在は、受話器を武生に戻した。

リヤド、ジェッダ間約一千キロ。大部分が単調極まりない平坦な砂漠を、十九台の車はひたすら黙々と走り続けた。武生は音在が眠くならないように配慮して、次々に話題を変えて話し続けた。もともとが根明かでお喋りの武生と、ドライバーの音在は名コンビであった。射程千キロと言われるスカッドミサイルの攻撃圏外に出たという安心感から、ふたりの饒舌には拍車が掛かり、普段は寡黙な芦屋も、よって来たる人生における失敗談を開陳して車内を笑わせた。

音在は九年先輩の武生とは、それまで余り交流がなかった。音在のカフジ勤務の期間中、武生は殆どダンマン事務所勤務であった。同じ時期にふたりがカフジ勤務に就いたことがほとんどなく、趣味の砂漠ゴルフと麻雀に没頭する武生と、釣りと潜りを楽しみ、柔道の指導をカフジ生活の無聊《ぶりょう》の慰めとする音在とでは、接点がなかったのだった。ただ、何故だか常に週末になるとダンマン在勤であるはずの武生がカフジで過ごしているなという印象は持っていた。日本人がふたりしかいないダンマン事務所では、麻雀やゴルフなどの遊び相手に事欠いていたからだ。湾岸戦争の極限的な厳しい状況の中で、凝縮されたように密度の濃い付き合いをしてみて、音在は武生が素晴らしいリーダーであることを理解した。本社技術部次長として帰任していた武生は、湾岸危機勃発後間もなく助っ人としてカフジに駆け付けて、丸半年が過ぎていた。浮き足立って調整の効かなくなった各部門間の潤滑油として機能する一方、防空壕（シェルター）の設置を始め危機対策の面で大きな仕事をして、カフジのコミュニティーへの貢献は多大なものがあった。仕事に対する責任感と実行力に加えて、常に周囲に対する気配りを忘れない人柄のなせる技であった。

しかも、この退避行の中での音在の観察によると、武生は相当にアラビア語を話すのだ。音在は、サウディアラビア勤務が通算八年近くに及んでいたのだが、アラビア語の習得はさっぱりだった。その代わり、二度に亘るカフジ勤務の間に行った柔道の指導を通じてアラブ人二百六十人に日本語を教えた自負があった。少なくとも稽古の掛け声によって、多くのアラブ人たちに日本語で「一」から「十」まで勘定できるようにしてみせた稀有な実績を持っていた。語学の習得のためには、語学の向こう側に何らかの客体が必要だというのが、音在の負け惜しみ交じりの持論であった。英語が理解できなければコンピューターの諸技術が学べないとか、ドイツ語ができなければ医者になれないとか、フランス語が解らなければフランス美人が口説けないとかである。語学とは所詮、知識や感情や意思を伝えるための手段方法なのだ。言葉という障壁の向こうに、求める文化や技術や異性があれば、人は必死で語学を習得しようとする。しかし、音在にとっては残念なことに、オイルビジネスは英語によって支配される世界であった。わざわざアラビア語を習得しなくても英語ができれば仕事になったのだ。八年近くも現地にいてアラビア語ができないことを、音在はこのように理屈づけていた。その点、武生のアラビア語能力はたいしたものだった。

武生は武生で、余り付き合いのなかった後輩の音在を改めて評価していた。

体力と責任感は抜群だし、周りに問題が発生すれば人に先んじて自らが解決に当たろうとする。頼りがいのある可愛いい奴だと思った。

ドライブの単調さは、楽しい会話をすることによって我慢できたのだが、音在は空腹に悩み始めた。大食漢の音在は、腹が減ると途端に馬力が落ちるのだ。

早朝に出発した一行ではあったが、昼食を予定していたタイーフのヒルトン・ホテルまでなかなか到着しなかった。

午後の二時過ぎにようやく辿り着いたホテルでは、兵士が周囲を厳重に取り巻いて警備しており、突然現れた車列がゲートをくぐるのを拒絶した。長い車列がホテルのゲートに滞留した。

こうなると武生の出番であった。最後尾の音在は同僚の車を追い越して最前列に出た。パスポートを示しながら、気迫を以ってアラビア語で迫る武生が警備の兵士たちを論破したようだった。やっと、音在の車が先頭に立ってホテル広い敷地に入ることができた。しかし、四台目の車がゲートをくぐったあたりで、ホテルの玄関から士官服姿の警備責任者と思しい士官が飛んできた。これに従った兵士たちが軽機関銃を音在の車に向けていた。

『何だか解らんが、何かおかしい。』

その士官と折衝していた武生も遂に諦めた。

「武生さん。いったい、こいつら何を言ってるんですか？」

「何か理由をはっきり言わないんだけれど、要はホテルへの出入りは厳禁だって言うんだよなあ。」

音在は、後続する同僚たちの車に撤退を指示するために、大声で叫んだ。

「おおい、駄目だあ。先ず、下がれ下がれ！　ホテルの敷地から外に出ろ！」

空腹は誰しも同じだったのだが、それどころではない何か得体の知れない不穏な空気を察して一行はゲートの外に出て、予定変更の鳩首会議を開いた。

アラビア半島一帯ではよくある立地条件なのだが、

ホテルが在るとはいっても、まさに広漠たる砂漠の中にぽつんと点在するオアシスのように存在するのである。従って、周囲に店やレストランを始め民家などのインフラストラクチャーは、見事なほどに何も無い。食事もできなければ水を飲む場所もないのだ。

明らかに同僚たちも気が立っていた。ホテルで休息や食事ができないのなら、このままジェッダまで走り抜く以外に術は無かった。

一行は再び出発したのだが、ここで初めて団体行動の規律に乱れが見え始めた。

空腹の苛立ちとともに、早く目的地に到着したいと焦る者から、車列を意識せずどんどん飛ばし始めたのだ。

予めこれを心配した隊長の庄内とサブリーダーの武生と奥沢は、再出発の前に協議して、ジェッダ市の入り口で最終的に車列を整えて目的地のハヤットリージェンシー・ホテルを目指そうと決めて全員に徹底していた。団体行動の乱れに最低限の歯止めをかませたのだ。実際に車列は前後に相当な広がりを見せることになったが、落伍車が出た場合の緊急対策を任務とする音在車は、相変わらず最後尾について同僚の車を追い抜くことはなかった。

普段のアラブ在勤を、比較社会論や比較文化論的に見ることができる音在にとっては、必死の退避行もアラビア半島を地質学的に観察する興味深いドライブであった。リヤド郊外で大断層を見せて沈んだ平原は、西方一千キロ先のジェッダへの入口近くで一旦せり上がって小さな峠を作ったあと、一挙に大断層として切れ込んでいた。大断層は紅海へと続いている。ここは、世界有数の大地溝帯なのだ。地球的歴史の中で、アフリカ大陸とアラビア半島が地球の割れ目を作って引き裂かれた後に、海水が浸入して来て形作られたのが紅海だ。

峠から紅海までは急角度の下り坂となっており、急勾配に耐えるために道路はジグザグに刻まれていた。斜面に入ると、僅かではあるが緑が目に入ってきたのが嬉しかった。まさか米作はしていない筈であるが、斜面には棚田のような構造の農地も目に入ってきた。水は涸れていたが、谷川のような構造のワジ（涸川）も観察された。

坂を下り切ったところで、先行していた十八台の車が小休止していた。

ジェッダの入り口である。音在も車を止めて外に出て、煙草をくわえて休憩の輪に加わった。庄内隊長が何やら激しく口論をしていたように見えたが、音在が近づいた時には終わっていた。

「どうしました？」

音在が庄内に何があったのかを尋ねていると、パキスタン人が運転する車が発車した。車には大家と白石が乗っていた。

「あいつら、勝手だよなあ！」

正直で頑固一徹な庄内は、如何にして同僚一行を無事にジェッダまで辿り着かせるかだけを必死に考えていたのだった。しかし、会社の危機対応の不十分さを常に批判していた大家と白石は、カフジ基地がイラク軍の攻撃を受ける二日前にダンマンまで退避していた。その時から、ジェッダ発の数少ない国際航空便を一生懸命探し求めていた。ほとんど無いはずの搭乗券であったにもかかわらず、割増金を払って自分たちの分だけ手に入れていたのだった。ドライブが予想外に時間を要したため、目的地であるホテルまでは行かずに、一行と別れてジェッダの入り口から空港へ直行すると分派行動を主張したのだった。隊長として団体の規律と安全を第一に考えて行動してきた庄内にしてみれば、とんでもない自己主張に感じられたのだ。

音在は音在で、ふたりの行動に呆れ果てた。同僚がイラク軍に散散な目に遭わされていたり、ダンマンで音在がアラブ人従業員たちへの緊急一時金の支給のために体を張って交通整理していた時に、自分たちのためだけに航空券の手配をしていたと言う訳だ。同時に、いくら割増金を払ったか知らないが、入手が極めて困難な航空券を確保して見せた抜け目のなさにも感心した。

『マ、あいつらしいやり方だわな。』

音在は、大家たちのわがままな手際の良さに感心した。

サウディ随一の商都ジェッダでも超一流のホテルであるハヤットリージェンシーのロビーに到着すると、一同はやっとひと安心した。そこは、半島横断退避行の最終目的地であったからだ。

音在は、ロビーの一郭にカフジの同僚たち五名の懐かしい顔を発見した。

そこにいたのは、戦争勃発前に帰国を目指してカフジを離れたグループだった。

「なーんだ。お前ら、まだこんなところに居たのか?!」

「音在さん！　まだこんなところに居たかじゃねーよ!!」

ひたすら懐かしさを感じて話し掛けた音在は、後輩たちから無礼千万な口調で怒鳴り返された。音在は内心、ムッとしながら彼らの話を聞いた。

「おいお前ら、何を興奮しているんだ。いったい、どうしたって言うんだ?」

彼らの話を聞くと、人間の心理はそのようなものかと合点がいった。音在が再会を素直に喜んだ後輩たちは、カフジから退避してからすでに十二日間が経過していたのだった。帰心矢の如しであった彼らではあったのだが、ダハラーン空港から飛び立つ最後の便に予約していたはずの彼らの切符がダブルブッキングとなっていたのだ。有力者に対して融通無碍であるお国柄であるから、風雲急を告げる状況において然るべき筋から無理を言われた場合には、事前に切符を手にしていても、搭乗できるか否かは保証の限りではないのだ。先にカフジから逃げたにも拘わらず、国外に出る飛行機に搭乗できなかった避難失敗者は、ダンマンにもリヤドにもジェッダにも滞留していた。結果的に、半島横断チームは各都市を通過する時に、そうした社員も拾い集める役割も果たしたのだ。

彼らは、一縷の望みを求めて僅かながらも国際便が残されているジェッダへ向かっていた。航空券は当然のこととして完売状態となっていたが、毎朝毎朝空港へ出向いて、あるかないかも解らないキャンセル待ちを繰り返していたのだ。そうして、キャンセルもなく、その日の最終便の離陸を見送って、疲れた足と心を引きずってホテルに帰る空しい日々を繰り返していたのだった。それでも、朝に出かけたメンバーが全員揃って帰って来れば、愚痴を言い合ってお互いの不運を慰めることも可能だったが、ある意味での最悪ケースはキャンセルを何枚か獲得した場合だ。ジャンケンで搭乗者を決めるのだが、運良く勝った者が機上の人となり、ジャンケンで負けた者がその日もホテルに戻る時の心理たるや、惨憺たるものとなる。恐怖に耐えられなくなってカフジを離れ、しかも帰るに帰れないでいると、精神の滅入りようはもう止めどなくなる。

そのような最悪の心理状態に陥った五名の前に、半島横断を終えた音在たちが到着したのだった。最後までカフジに止まったメンバーの中には、イラク軍の攻撃によって精神的なバランスを崩した者も少なからずいたが、健常者の意気には盛んなものがあった。最後まで現場を死守した誇りとともに、死なずに済んだ喜びがもたらした精神は、一種の躁状態といって良かった。

一千七百五十キロの半島横断チームのしんがり車としての任務をまっとうして、達成感に溢れた音在が嬉しそうに声を掛けたものだから、両者の精神的なギャップには計り知れない隔たりがあったのだ。

割り当てられたホテルの部屋は、芦屋と同室であった。

部屋があっただけでも幸せだと考えなければならなかった。大学時代の寮生活や柔道部の合宿に馴染んでいた音在には、芦屋との相部屋は何も苦にならなかった。大いびきをかく癖がある音在は、それだけが相棒に申し訳なかった。

早速、音在がシャワーで旅塵を洗い流していると、シャワールームの電話が鳴った。さすがに超一流のホテルだけあって、シャワールームにも電話が連動していた。退避の最中にも碁盤を持ち歩いている囲碁五段の芦屋は、早々と囲碁仲間と一局差し合うために、部屋を離れていたようだ。

「ああ、音在くん？　庄内です。ジェッダの入り口で別れたあのふたりねえ。今、空港で搭乗手続きしていると電話があったんですよ。あいつら、わがまま千万だと頭に来てたんだけど、良いこともやってくれたよ。白石の話では、奇跡的なことにキャンセルが七席も出たっていうんだよな。九時のフライトなんで、今、ホテルから車を飛ばせば何とか間に合いそうなんだけど。ニューヨーク行きのアメリカン航空だってさ。音在さん、どうする？」

「庄内さん。何言ってるんですか。今、僕はシャワーを浴びていて忙しいんですよ。空席があったのなら、口がきけなくなっている人とか、神経ハゲだらけで可哀そうな奴とか、さっき到着した時にロビーでたむろしていた連中とか、優先してやらなければもう精神的に駄目になっている従業員が沢山いるじゃないですか。そんなこと、皆さんに聞くまでもありませんよ。隊長の一存で、飛行機に乗せてしまえば良いんですよ。僕は、もう腹ペコで、シャワーを済ませて、直ぐにレストランへ行く方が先決です。」

「ウン。良い話だからさ、一応皆さんに情報を伝えておかないと、後で恨まれたくないからさ。」

「時間が無いんでしょう。全員に知らせる手間をかけるなんて、ナンセンスですよ。早く庄内さんが七名を指名して、出発させなさいよ。僕は結構です。遠慮します。」

グランドフロアにあるレストランには、あたかも借り切り予約でもしてあったかの如くに、すでに日本人が山のように詰め掛けていた。佐古田夫妻も鉄板焼きコーナーに先着していた。佐古田夫人はシャワーを済ませて着替えとお化粧をしてからレストランへ来ており、さすがに急場にあっても女性の身だしなみだと音在は感心した。

鉄板焼きコーナーで分厚いフィレステーキを注文すると、音在はフィリッピン人シェフの踊るようなナイフの取扱いと胡椒と塩を振る動作を楽しんだ。

「シェフ、上手だねえ。何処で習ったの？」

「マニラの日本人レストランで修行しました。今日は、なんだか日本人のお客さんが多いですねえ。」

「うん。イラク軍の弾を喰らって、アラビア半島を横断してジェッダに着いたばっかりだよ。」

「へえ！ CNNニュースでタンクが燃えているのを見ましたが、ひょっとするとあそこの話ですか？」

「そうだ。カフジだ。」

シェフのサービスが一段と良くなったような気がした。

「お客さん。日本人でしたら、ツナの握り寿司が作れますよ。」

「ほう。本当かい。それじゃ、注文するよ。二人前だ。」

音在は、分厚いステーキセットの他に、フィリッピン人の料理人の手になるマグロの握り寿司なるものを追加で注文した。

昼飯を予定していたホテルは、訳の解らないままに追い払われていた。昼食にありつけなかった分も補うために、音在はひたすら食べまくった。出された握り寿司は、カフジにふたりしか居ない寿司職人の片割れである音在にとっては、微笑みたくなるような寿司もどきではあったが、この際贅沢は言えなかった。

「うーん。やっぱり寿司は美味いねえ。」

「そうでしょう。」

シェフは、自分の助言が困難を乗り越えて来たと見られる客を喜ばせたことに満足の笑みを浮かべた。

豪華な夕食を済ませると、食後の休憩を兼ねて、音在は庄内隊長の部屋に遊びに行った。武生や奥沢も食事を終えて、庄内の部屋に集まって来た。

この部長級の三人のリーダーの合議制で、一行の更なる退避の舵取りをする任務が与えられていたのだ。やや年少の音在の役回りは、中隊長か行動隊長といったところであった。

テレビはニュースを報じていた。突然、音在はあるシーンに反応した。

「アッ!! 皆さん、見て下さい! そうか、このせいだったのか!」

会議を始めていたリーダーたちも、テレビ画面に意識を集中した。

「何だ何だ。音在くん、どうしたんだ?」

「ほら、見て下さい。今日の昼に、入館を拒否された、タイーフのヒルトン・ホテルですよ。」

「どれどれ。あれ、本当だ。だけど、それがどうした。」

ホテル入口での押し問答で不快な思いをした記憶は、武生にも鮮明だった。

「クウェイトのジャービル首長の亡命宿舎になってるんですね。また、首長が登場すると思いますよ。」

「ああ、本当だ。あ、それでか。機関銃を突きつけられて、追っ払われた訳がやっと解った。クウェイトの首長も罪作りなことをしてくれたよなあ、本当に。ははは……」

事が無事に運んで、他愛なく笑い転げる一同であった。

何となく納得がいくと、一同はリーダー会議に戻った。音在は、方向付けは先輩たちに任せておけば良かったのだが、暇なのでオブザーバーとして会議に加わることにした。会議の焦点は、命の心配のないジェッダまでは来たものの、そこから先の退避ルートをどう確保するかに尽きた。六十名に膨らんでしまった退避組を一挙に国外まで出すのは、明らかに至難の技だった。ごく僅かな国際便の飛行機しか飛んでいない状況では、空路による団体出国は望むべくもない。船をチャーターして紅海の対岸に上陸するのもひとつの方法ではあるが、対岸の大国スーダンはサダム・フセインと同盟しており、アフリカの紅海側の治安には不安を感じざるを得なかった。

脱出の具体的方法は翌日からあらゆる関係先に交渉するとして、取りあえずするべき作業としては、各自がいくら金を所持しているのかを確認しようということになった。ドル、円及びサウディ・リアルの現金とクレジット・カードの有無について、全員に申告して貰うことにした。

次に議論の対象となったのが、庄内がほぼ完成していた飛行機搭乗順番リストであった。これから毎日、当番をジェッダ空港へ交代で行かせて、あるかないかの飛行機のキャンセルに恵まれた場合、少しづつでも良いからメンバーを帰国させようという搭乗者の順番を決めておきたかったのだ。

常にチーム全体のことを配慮する庄内は、従業員の中の夫人帯同者とリヤドから合流した浅川の妻子を第一グループに分類していた。次に精神的消耗の激しい者。後は概ね、年齢の若い順にリストが作成されていた。若い順番に並べるところが、リーダー三人の男らしく組織を守るノーブリス・オブリージュの心意気を現していた。

「あのー、この順番なんですけどね……」

音在も口を挟んだ。

「うるさい！　ひとりひとりが意見を言い始めたら、リストはでき上がらないんだ！」

突然、庄内が音在を怒鳴った。依然として多難な前途に、庄内も疲れ果てたのかと音在は考えた。

「音在くん。君の言わんとするところは、自分の順番を譲って、繰り下げても構わないってことなんだろう？」

常に冷静な奥沢が、怒る庄内にとりなした。六十名中、音在の年齢は丁度平均年齢辺りにあって、搭乗順リストの中ほどに名前が記載されていたのだ。音在の観察によれば、リスト後半の年長者の中には、すでに精神的にくたびれ果てている先輩も数多く見受けられた。

「ええ、退避順序を下げても構いません。別に、最後でも結構ですよ。」

「ア！　そうだったの。悪かった。それじゃ考慮させて貰うよ。」

庄内は、ばつが悪そうに自分の早とちりを詫びた。

音在はこの時点まで、敦賀の後続を信じていた。敬愛する上司の到着を待たなければ、自分だけサウディを離れられるものかと考えていたのだ。

会議の最中に、電話のベルが鳴った。一番年若の音在が電話に出ると、相手はダンマンの城戸だった。

「ああ、城戸です。音在くん？　無事に一行が安着したみたいだね。道中ご苦労様でした。」

「はい、有難うございます。今、リーダー会議を開いているところなんです。」

「丁度良かった。それじゃ、庄内くんにちょっと代わってもらえる？」

庄内は、城戸との賑やかな会話を終えると、嬉しそうな面持ちで会議の輪に戻った。

「ひょっとすると、素晴らしい話になるかも知れないぞ。皆が一挙に帰国できるかもしれない可能性が出て来たんだ。」

城戸からの情報は、心弾むような明るいものだった。

カフジからの避難者たちがダンマンでスカッドミサイルの夜襲の初洗礼を浴びた翌朝、尾張社長一行はダンマンを離れて、ジェッダ経由帰国の途についていた。従業員たちを現地に残さざるを得ないことに、尾張は後ろ髪を引かれる思いだった。しかし、従業員たちを退避させるための手段が殆ど閉ざされているのが現実だったのだ。そこで、尾張は社長としての責任を果たすために、自分なりの最善を尽くした。ジェッダ発のアメリカン航空に乗り継ぐまでの限られた時間に、尾張はジェッダ在住の旧知の織田方正に接触した。

織田は、大日本製鉄のジェッダ事務所長として、長らく現地で活躍していた。ジェッダに根を張って広く深い人脈を築いていた織田は、任期が明けた後も大陸浪人的逞しさを以って、アラブの友人たちの奨めに従って会社を辞めて現地に残ったのだ。

通産省の出身で顔の広い尾張は、大日鉄時代から織田とは信頼関係にあった。

尾張は従業員たちの窮状を訴えて、織田の知恵と人脈を借りることにした。

ビジネスコンサルタントとして、両国のビジネス交流の指南役を業とする織田の着想はさすがのものであった。

世界最後の実態を備えた王国であるサウディアラビアでは、王族や有力閣僚や本当の資産家は、自家用ジェット機を所有している。その次にランクされる有力者たちは、国外に出掛ける時には商用機などは使わない。その階層の顧客向けに専用機を貸し出す会社から、お好みの機種をチャーターするのである。商用機に乗るのは一般的な庶民だけなのである。

織田は尾張の依頼を快く引き受けて調査した結果、ジェットアビエーションという専用機貸し出し会社と渡りをつけて、日本アラブ石油開発との折衝の端緒を開いてくれたのだった。織田は直ちに交渉結果を東京に帰着していた尾張に打電して、更に朗報は城戸に伝えられた。

もちろん、リーダー三人は翌日一番で織田の事務所を訪ねることにした。


リヤドから一行に加わった淺川以外は、ジェッダ訪問は全員にとって初めてのことだった。音在は、思いがけずに回って来たこの好機をしっかりものにしたいと考えた。ジェットアビエーション社との折衝は、リーダーたちに任せておけば良かった。音在は、衆樹と藤井のシッピング組にジェッダ観光を提案した。

「おい、なかなか紅海側まで来ることはないぞ。折角来ているのだから、目一杯、見て回らなければ損するじゃないか。行こう行こう!」

音在は、タクシーを半日の約束で借り切って、ふたりを同乗させた。


海が大好きな音在は、先ず紅海が見たかった。運転手に命じて、紅海に出ると海岸沿いの道を長々と走らせてから、海に突き出した桟橋状の展望所に降り立った。

紅海は、アラビア湾とは海の様相を全く異にしていた。アラビア湾は延々と続いてきた砂漠がそのまま海に没入していて、酷暑の気象条件を除けば、海中の風景はむしろ牧歌的な趣がある。これに比べると、紅海は垂直な岩盤の断層が海岸の縁から、いきなり底も知れない海淵へと沈み込む急峻の海である。

波打ち際から幅五十メーターほどの浅い岩だらけの磯が帯状に続いており、その先はまさに絶壁となっている。展望所は岸辺から五十メーターばかり伸びている桟橋の先に設置されていて、まさにその絶壁の凄さを見せるための位置にあった。垂直の絶壁には鮮やかな色彩の海藻やサンゴの類がビッシリと貼り付いており、熱帯魚とでも表現したくなるような小魚が群がって泳いでいた。

アラビア湾に比べると、かなり植物相も魚類相も異なっているのが見てとれた。

面白いことにアラビア湾には褐藻類の海草しか生育

していないのを、音在は観察によって熟知していた。浅いアラビア湾は、海底自体が砂漠の様相を呈している。これに較べて紅海は、緑藻類、褐藻類、紅藻類全ての海草を育んでいるのが観察できた。魚類もアラビア湾では見かけられない種類が棲息しているのを、物の本で音在は勉強していた。最も有名なのはブダイの一種であるナポレオンフィッシュである。体長二メーターに育つ分厚い巨大魚が展望所から観察できないかと、身を乗り出す音在であった。残念ながら、たった一度の訪問では、ナポレオンフィッシュにお目に掛かる幸運には恵まれなかった。

急峻な海崖を目で追う音在の視野にのっそりと現れたのは、アラビア湾の釣り師である音在にもお馴染みの宝石・ハタであった。適応性に富んだ逞しい根魚のハタの類は、世界中のどの海にもいるようだ。白味の肉が美味しい、歓迎するべき釣果となる魚なのだ。音在は豊穣の海を前にして、釣り道具を持たずに手ぶらで来ていることが残念に思えた。

「エヘヘ……音在さん。随分魚が一杯いますねえ。何か忘れて来たと後悔しておられるんでしょう。」

藤井が音在の考えを見透かすように、からかった。

「本当だよなあ。俺に竿を一本持たせればねえ。だけどホテル住まいじゃ、料理もできないし。マ、仕方ないか。今日は鑑賞するだけにしよう。」

折角の紅海探訪ではあったが、釣りは諦める他はなかった。

紅海沿いに更に北上する車の中から、サウディアラビアも半島の両側では随分と町の雰囲気が違うことにも気がついた。海岸に沿って延々と続く緑地公園には、ところどころに男女のカップルが散歩を楽しんだり、ベンチに座って談笑している。アラブの社会慣習に従ってスカーフで髪と耳たぶを隠してはいるものの、アラビア湾岸における黒いアバーヤで顔をすっぽり覆う頑なな風習よりは余程自由な雰囲気を感じさせた。アラビア湾岸では、若い男女が海辺で散策しているような光景にお目に掛かるのは絶無である。サウディアラビア勤務が長いとはいっても、アラビア湾岸である東部地区しか知らない音在たちの眼には新鮮な驚きとして映ったのも無理はなかった。商業港として、また世界各国から集まるイスラム教徒たちのメッカ巡礼の上陸港として、国際交流の長い歴史が育んだ開放的慣習なのであろう。

紅海に沿って、ジェッダ市の北方まで車を走らせると、深い入り江に行き当たる。真っ直ぐに続いた紅海の海岸風景にだんだん飽きてきた音在たちは、次の観光スポットを期待した。入り江の海岸まで近づくことを命じられた運転手は、音在の要求を拒否した。この入り江には海軍基地があるので立ち入り禁止となっているとの説明だった。禁止区域に近づいてカメラでも取り出されては、自分も含めて大変な罪科を背負う破目になりかねないと運転手は恐れたのだ。安全圏に退避して気が緩んだ音在も、まだ戦争が継続中であることを思い出した。

半日のジェッダ観光を終えて、シッピング組の三人はホテルに戻った。

音在は、その足で庄内隊長の部屋に向かった。脱出方法に何らかの進展があった筈であった。

「庄内さん、どうでしたか。飛行機のチャーター会社との折衝は?」

「ウン、それがさ。明後日に飛び立つのなら、ちょうど六十人乗りの中型ジェット機が空いているそうなんだ。まるで我々のためにあつらえたような条件だろう。ところが、向うの言い分は前後のスケジュールの都合でロンドンまでなら飛べると言うんだ。人の足許を見やがって、料金は邦貨換算五千万円だって言いやがる。しかも、支払条件はキャッシュ・オン・デリバリー。飛ぶ前に金を積まなければ、飛行機は飛ばさないって言うんだよな。だから、さっき、本社へ電話を入れて、この条件で契約して良いかどうか問い合わせたばかりなんだよ。今ごろ本社じゃ会議中だと思う。我々は回答を待っているところだよ。」

「会議なんか開かなくたって、国外へ脱出する方法はこれしかないんだから、すんなり了承してもよさそうなものですけどね。」

「まったくだよ。我々がこのホテルに一日滞在するだけで、いったいいくら掛かると思ってるんだ。」

六十名の日本人退避者の宿泊料は、いわば戦時特別料金とでもいうべき割増が加算されて、邦貨換算一日約二百万円であった。それに加えて、死なずに済んだ喜びや、従業員を死ぬ目に会わせた会社への悪戯から、毎日全員がホテルの一流レストランで毎食最高級の料理を食べているのだ。中には音在のように、一人前で済むところをわざと二人前食べて会社のツケを増やしている悪戯者もいた。退避方法が見つからずに、滞在が伸びれば伸びるだけ滞在経費がかさんで、ロンドンまでの飛行機代を超過する事態に到るのは目に見えているではないか。

『これだけ苦労させておいて、本社はケチケチするな。』

城戸からの電話が入ったのは、その直後であった。

「はい、庄内です。もうひと踏ん張りですか。はあ、城戸さんがそう仰るんでしたら、明日もう一度ネゴに行ってきます。」

退避組の意を汲んで、本社との調整に臨んだ城戸であったが、本社はもう一段の折衝を要求してきた。実際問題として、アラブ流のビジネス感覚で言えば、相手の言い値で取引するのは平時では有り得ないことであった。もうひと押しする意味はあるかも知れないと、城戸も判断した。

「庄内くん。先方にも駆け引きではなくて、本当に前後のフライトスケジュールの事情があるかも知れないな。だけど、要はロンドンの方向へ向かって飛べば良いんじゃないか。もし、ロンドンの手前で降りれば、マイレージは短くなるから、料金だってその分値引き交渉する余地はあると思うよ。ご苦労さんだけど、もう一度やってみて下さい。」

「城戸さんの論法で、明日はその線で交渉して来ます。」

何とか先が見えて来そうな雰囲気の中で、奥沢が話し掛けてきた。

「音在くん。楽しいニュースも入って来たよ。昨夜、ジェッダから出発させたあの七人のことだけどさ。」

「はあ、連中はぼちぼち日本に到着している頃じゃないですか。」

「うん、その頃だね。ニューヨーク経由で帰国したんだが、ニューヨーク事務所の連中がね、お握りと味噌汁を作って、空港事務所と交渉して特別にトランジット・ルームの中まで入れてもらって、七人にご馳走したんだってさ。そしたら、あの高坂さんがお握りを一口齧って『ああ、これは美味い』って、初めて口をきいたんだってさ。」

「へえ。それは良かったですねえ。それを聞いて僕も安心しましたよ。あれ以来、何回励ましても返事もできなくなっておられて、僕も心配していたんですよ。」

イラク軍の砲撃が一番激しかった最中、恐怖に耐えかねて車に飛び乗って逃走してしまった高坂は、アルコバール市内を放心状態で運転しているところを発見されて以来、丸九日間言葉を忘れていた。ニューヨーク事務所員の心尽くしのお握りを口にして、やっと言葉が戻って来たのだった。

「ところで、庄内さん。チャーター機の手当てが何とかなりそうなのは目出度い話なんですが、ダンマンの皆さんの退避はいつになるんですか?」

「いや。僕は何も聞いていないけど。石油省が機能している限りは、ダンマンの臨時事務所は開いていなければならないんじゃないか。チャーター機には、今ジェッダに居るメンバーだけで乗るしかないねえ。」

「エッ?!」

音在は、敦賀の真意を初めて理解した。部下を庇う暖かい思いやりに発した方便であったことに気がついて、感謝を表すための言葉も思いつかなかった。

『すぐ後を追いかけるというのは、俺を行かせるための嘘だったのか。』

庄内隊長と武生、奥沢の三リーダーは、翌日もチャーター機専用会社を訪ね、粘り強い交渉を繰り返した。その結果、ギリシャのアテネ空港で一行を降ろして、飛行機はロンドンで待つ次の仕事に向かうことで両者の意見は合意に達した。同社からアテネ空港へ連絡を入れ、空港の受入れが確認されてから、交渉は正式に妥結した。チャーター料金は三千万円となり、これで本社も文句はない筈であった。

問題は、チャーター機の前後のフライトスケジュールに制約があり、出発は明日の正午でしか受け付けられないのだ。

このタイミングを逃すと、次の受入れは更に二週間待たなければならなかった。キャッシュ・オン・デリバリーという条件にも厳しいものがあった。三千万円もの大金を明日の正午までにジェッダに送金が出来るのか。日本アラブ石油開発の本社がジェッダに事務所を構える銀行と取引があるという話は誰も確認したことはなかった。

ホテルに戻ると武生と奥沢は仲間たちに朗報を伝え、明朝ホテルを出発することになるかも知れない旨を一同に徹底した。庄内は、ダンマンの城戸に急報すると共に、本社の緊急対策本部に電話を入れた。

「明日の正午までに、サウディ・アメリカン銀行ジェッダ支店のジェットアビエーション社の口座に三千万円送金して下さい。これしか脱出の方法がないんだ。」

庄内の連絡を受けて、本社経理部は大騒ぎとなった。本社が連絡を受けたのは日本時間の夕方であり、退社時刻も迫っていた。出納課長の川上は、大至急メインバンクの大東京銀行に飛んで行った。

サウディ・アメリカン銀行とはありそうな名前ではあったが、会社自身は一度も取引などしたことがなかったのだ。

『大東京銀行ならば何とかしてくれるだろう。』

川上は、日本アラブ石油開発担当の部長をつかまえて、残業を依頼した。

「現地時間の明日の正午までに、ジェッダに三千万円を送金できなければ、イラク軍の攻撃を喰らった仲間たちがサウディから脱出できないんです！　おたくなら何とか出来るでしょう。サウディ・アメリカン銀行と取引はありますか？」

川上の必死の形相を見て、行員たちも必ず定刻までに送金を実現することを確約してくれた。

「島内さんが、まだ来ないんだよな。」

寡黙な庄内隊長が、心配そうにボソッと口にした。

日本アラブ石油開発の従業員たちが、イラク軍の攻撃の合間を縫ってダンマンまで脱出したのに対して、子会社のアラブ建設の現地事務所長である島内は、現地側スポンサーのシュワイヤー社の指示に従わざるを得なかった。五十名のフィリッピン人とパキスタン人から構成された技術者や労務者を退避させるために、引率者として指定された退避先であるカフジ北西の地方都市ハイールへ行かねばならなかった。

こういう極限状態では、日本人の仲間たちと行動をともにしたいと思うのが誰しも自然な願いのはずだ。イラク軍の攻撃前夜、音在の部屋を訪れた島内が、音在の慰めとは全く噛み合わない頓珍漢な発言を繰り返したのは、分派行動を余儀なくされた精神的重圧から来るものであった。

日本人全員の無事の帰国を実現することに責任を感じる庄内隊長は、ジェットアビエーション社との折衝や本社との調整に没頭する間も、ハイールに行かざるを得なかった唯ひとりの日本人仲間の存在を忘れなかった。

城戸専務の指示に従い、チャーター会社との再折衝に臨む前の夜に、庄司は島内に一縷の可能性について電話で情報を与えることを忘れなかった。

「庄内さん。島内さんには、何時頃電話されましたか?」

「ン? 昨日の夜の11時くらいだったっけかなあ。島内さんのことを思い出してさ。彼氏ひとりだけを残して帰国したら、いったいどんな気持ちがするかと思ってさ。ひょっとすると、飛行機が手当てできるかもしれないって伝えたら、何が何でも一緒に乗せて下さいって言ってたよ。でも、ハイールからジェッダまで一千五百キロもあるし、飛行機が飛ぶまでにジェッダまで到着してくれれば良いんだけどなあ。」

庄内と音在は、ロビーのソファで島内の到着を待つことにした。

口先でせわしなく煙を吐く特徴のある煙草の吸い方をする庄内を、音在は感心して眺めていた。

『この先輩は、常に全員のことを考慮している。』

音在は庄内とは仕事の上で長い付き合いだった。仕事をジックリと手許に抱え込んで、忘我の世界に入り込みがちな庄内と結論の早い音在が議論すると、しばしば意見が対立することがあった。サッサと仕事を片付けようとする音在に対して、庄内の思考パターンはいつもあれこれ逡巡しがちで、時間を費やした挙句、結局、議論の冒頭に音在が主張したのと同じ結論に達するのだった。

上位者である庄内が結論を捻り出すのを、いつも音在はイライラしながら待っていたものだ。

しかし、その夜の庄内と音在が仲間の到着を心配する思考の波長は、完全に一致していた。ロビーが閑散とし始めた十二時過ぎに、長駆を飛ばして来た島内がやっと到着した。

「島内さん! 間に合って良かったなあ! 明日の昼、飛行機が飛ぶことになったよ!」

音在は島内の肩を抱いてやった。

「ウウウウ……」

休む暇もない必死の思いのロングドライブに疲労困憊した島内の口からは、唸り声しか出て来なかった。それでも、やっと仲間たちに追いついた喜びで、島内の心には安堵感が満ち溢れていた。

第27章　待望の祖国帰還

　チャーター機の専用空港は、ジェッダ国際空港とは全く別の場所にあった。

　ダンマンを発って以来の一連の退避行において、ひとつの地点を出発する度に、音在は悲しく申し訳ない思いを噛み締めざるを得なかった。家族を帰国させるために退避のキャラバンに合流したリヤド事務所の浅川ではあったが、妻と三人の子供たちをジェッダから出発させた後は、仕事を残してきたリヤドに戻らなくてはならなかった。退避組がジェッダのホテルに乗り捨てていった二十台近い自動車を、業者を選定してダンマンまで移送させるのも浅川の仕事のひとつになった。

「浅川くん、先に行くことになって本当に申し訳ない。奥さんたちはしっかりお世話させて貰うからね。」

　音在は浅川に挨拶してチャーター機に乗り込んだ。

　初めて搭乗するチャーター機の特別仕様には、驚かされることだらけであった。

「Welcome on board, Mister（お客様、ご搭乗有難うございます）」

　飛行機に乗り込む従業員たちを、ふたりのスチワーデスの笑顔が出迎えてくれた。彼女たちは、従業員たちが数か月振りで顔を会わせる女性らしい女性であった。女性が夫や親族以外の男性に顔を見せてはいけない社会慣習となっているサウディアラビアでは、女性専用病院の医師や女学校の教師などを例外として女性の就労は禁止されており、普段でも街角で女性の顔を見る機会は絶対に有り得ない。従って、カフジで働いている間も、日本人の従業員が顔を会わせることができるのは、社宅の奥さんたちと田平やフィリッピン人の看護師だけなのだ。イラク軍のカフジ攻撃以来、転々と退避して来た道のりにおいても、ホテルの従業員や町での買い物などで接触を持った店員は全て男性であり、出迎えてくれたスチワーデスが眩しいほどの美人に感じられたのは無理からぬ心理であったのだ。

「What is your nationality？（何処の国の方ですか？）」

　普段から剽軽《ひょうきん》をもって鳴る山下が、早速質問を試みた。

「わあ、スペイン人だってさあ。」

誰にも頼まれもしていないのに、山下は皆に大声で報告した。

機内のレイアウトがまた、音在にとっては物珍しいものであった。

機体の前部と中央部はサロン風にデザインされていて、各種のソファが工夫を凝らして並べられていた。機体の後部には壁で仕切られた個室が二部屋あり、寝室もあれば、シャワー室まで備え付けられていた。二百名は搭乗可能な中型旅客機であるにも拘わらず、優雅なサロン仕立てのレイアウトのお陰で収容人員は定員六十名と限定されていた。この飛行の乗客は、前夜やっとの思いで退避組に合流できた島内を含めて六十三名であったから、まるで日本アラブ石油開発の従業員を退避させるためにあつらえたようなチャーター機であった。

庄内隊長は、奥の個室に淺川の家族と夫人を帯同している佐古田、大林両家の席を設けた。その他の従業員はサロンのあちこちに思い思いに席を占めた。

飛行機が離陸すると、誰が音頭を取るともなくドッという歓声が沸いた。

『これで、サウディアラビアから脱出だ！　家族が待つ日本に一歩近づく！』

機内の仲間たちの等しい思いであった。

離陸して機が安定すると、サロンに料理が並べられた。

『なるほど。サウディアラビアの王族が外遊する時は、こういう風にサービスするのか。』

音在のこの判断は間違いないはずだった。乗務員はマニュアル通りに勤務しているのだから、王族であれ、日本人の落ち武者ビジネスマンであれ、払うものを払っていさえすれば提供されるサービスに差があるはずはなかった。

ビュッフェ・スタイルで供された食事は、なかなかレベルが高かった。搭乗者たちは好みの料理を皿に盛ると、ソファに戻って舌鼓を打った。音在も満足するまで何度もお代りを繰り返した。

腹が一杯になると、乗客の大半は心地の良いソファにもたれて安眠を貪った。

皆、満ち足りた幸せな表情を浮かべて、日本に到着した夢でも見ているように見受けられた。

音在は、眠るのが勿体無いと考えていた。皮肉な巡り合わせには違いないが、王侯貴族のチャーター機に搭乗する機会は、間違いなく一生一度の体験のはずであった。寝てしまっては、体験や記憶と言う財産が残らないではないか。

機内の居心地もさることながら、紅海を北上する飛行コースも滅多に味わえない珍しいものだ。おまけに、中近東独特の雲ひとつない気候のお陰で、視界は極めて良好なのだ。同様の思いで窓の外を眺めていたのは、奥沢リーダーだった。音在がデザートの果物を賞味していると、奥沢が昂奮して声を掛けた。

「おおい、音在くん！　見ろ見ろ！　サラトガが見えるぞ！」

「エッ！　本当ですか?!」

音在は皿をテーブルに戻すと、奥沢が座ったソファのそばの窓に飛びついた。

確かに斜め下の群青色の深い海に、いびつな草鞋のような形をした米空母サラトガが浮かんでいた。適当な距離を保って、駆逐艦と思しき艦艇十数隻が空母を中心にして輪形陣を敷いている。

「アッ！　本当だ！　だけど、艦隊の上を飛行しても構わないのか?」

多国籍軍を実質的に統括する米軍は、湾岸戦争突入前に、横須賀から空母ミッドウェイをアラビア湾に急派していた。地中海側にはカールビンソン、紅海にはサラトガを配備して、アラビア半島各地に布陣する陸上基地以外にも、三方の海上からイラク軍を脅かしていたのは、新聞報道やCNNのテレビを通じて音在も承知していた。その意味では、サラトガの実物を遥か上空から視認できたのは幸運だった。しかし、音在の軍事知識では、作戦行動中の軍艦の上空は飛行禁止となっており、斜め上空からとはいえ上空通過は防空砲火を浴びせられても文句は言えない規則になっていたはずだった。しかも、搭乗機はチャーター機であり、米軍艦艇が認識しているはずのコマーシャル・フライトの定期ルート上を飛んでいない可能性があった。

「おいおい、大丈夫なんだろうな。高々度からなら許されるんだろうな。」

一抹の不安を感じながらも、目の前に展開された千載一遇の勇壮な光景に目を奪われる音在だった。

音在は、決定的な失敗をしたことを悔やんでいた。一昨日の、ジェッダ市内観光の際に、カメラのフィルムを撮り切ってしまっていたのだ。

観光に満足してしまって、次にさしたる撮影の機会を予測していなかった音在はフィルムの補充を怠っていた。音在は慌てて、横のソファで寝ているシステムエンジニアの高畑を叩き起した。

「おい！　高畑くん、起きろ！　君、カメラを持っていたな。滅多にない、絶好のチャンスだ！　サラトガの写真を撮ってくれ！」

安眠を破られた高畑は文句を言いながら、飛行機の窓越しに下界を撮る難しい撮影に挑んだ。

空母の斜め上空を通り過ぎると、一直線の紅海の渚とアラビア半島の陸地が暫く続いた。一見すると単調な風景に思われたが、群青色の海の色が水深の深い紅海の構造を示しており、黄銅色の海辺の砂漠が山岳部にかかる辺りで暗褐色に染め分けられていて、色彩のコントラストは音在を飽きさせなかった。

陸と海が海岸線という一本の直線に分割された光景が終わる頃、次の絶景が目に飛び込んで来た。三角形に割れ込んだ湾と半島が見えてきたのだ。

「アカバ湾とシナイ半島だ！」

音在は嬉しくなってきた。世界地図の上でも、この地球の悪戯とも言うべき地形は際立った存在であり、この場所の衛星写真は自然科学雑誌のグラビアにもよく登場している。アフリカ大陸とアラビア半島が地殻変動で引き裂かれ、急峻な大地溝帯に海水が浸入して紅海を形造った。大地溝帯の上端部分であるシナイ半島は、東に行こうか西に別れようか逡巡しているうちに、両側が引き裂かれ、アフリカ大陸とアラビア半島の間に微妙な逆正三角形の半島を形成したかのような印象を与える。

もちろん、機窓からでは衛星写真のような完全な俯瞰はできないにせよ、予備知識を十分持ち合わせている音在は地形の広がりを理解した。半島の両辺に当たる部分で紅海は急に浅くなっている。海の色は群青色と陸地の黄銅色が互いを薄め合って、黄緑色に変わって水深が浅く変化したことを意味していた。半島のアラビア半島側の切れ込みがアカバ湾で、アフリカ大陸側がスエズ運河に続く浅海になっている。シナイ半島は現代に到ってもなお、政争が絶えない地域でもあった。どちらの陸地側に着こうかと悩んだ地質学的歴史に倣うが如くに、数次に及んだ中東戦争においてもシナイ半島はエジプトとイスラエル両国にとってその領有権は争いの火種であり続けた。

音在は、また高畑を揺り起こした。

「おい！　高畑くん。寝ている場合じゃないぞ！　シナイ半島だよ。シナイ半島。今が一番絶好のアングルだ。写真を二、三枚撮っておこうじゃないか。」

高揚し切っている音在に文句を言うのを恐れた高畑は、不承々々シャッターを切った。

半島の逆三角形の頂点である岬が徐々に後方に退いて行くと、飛行機は紅海の北端へと進路を取った。紅海の北端部分は海の色が淡緑色になり水深もグッと浅くなっている。やがて海は終わりシナイ半島の北側とアフリカ大陸は陸続きになるのだ。そこにスエズ運河の大掘削という歴史的大事業を成し遂げたのがフランス人の技術者レセップスであった。音在の期待した通りに、やがて眼下にスエズ運河が見えてきた。

「なるほどねえ。」

音在は上空から観察して、運河の構造が理解できた。紅海が終わった北方の陸地には、広く浅い潟が点在していた。運河は、散らばっている潟を縫うように繋げて大型船舶の航行が可能な航路を確保してあるのだった。潟と潟を結ぶルートには浚渫《しゅんせつ》を行って、航路として十分な水深を保っている。上空から観察すれば、運河の掘削距離を最短にするために、点在する五つの潟を一番合理的に結んでいるのが理解できた。航空機による測量手段もなかった時代に、よくこれだけの合理的な土木工事を完成させたものだ。工事が行われたのはまだ十九世紀のことだ。百六十三キロに及ぶ運河を完成させるために、延べ十二万人の労働者が掘削に従事した。その規模の大きさといい、酷暑の風土の中での重労働といい、スエズ運河掘削はピラミッドや万里の長城にも匹敵する近代の人類的歴史遺産といっても過言ではない。

「おい、高畑くん！　これも是非撮っておこうじゃないか。スエズ運河というのは、全部陸地を削って造った水路じゃないんだよ。最後の地中海へ抜けるところは陸地を削ったに違いないけど、自然地理的条件を最大限に利用して、潟と潟を巧みに繋げて航路を確保しているんだ。実際に見てみなければ解らないもんだなあ。」

再び眠りを妨げられた高畑は、諦めに近い表情で指示された通りに写真を撮り続けた。

欲の深い音在は、ここでひとつの後悔をした。サロン仕立てのチャーター機は飛行機の右側にだけ窓があるデザインになっていた。音在は右窓からの光景にばかり注意を奪われていたのだが、飛行機の左窓からはピラミッドが遠望できていたはずだった。しかし、音在がこれに気がついた頃には、いつしか機は地中海上に出ていた。

海が再び群青色の広がりを見せた。地中海は紅海に負けない水深を有していることを示していた。アラブの地の上空を過ぎて地中海に出たということは、この飛行が待望の帰国に向けて確実に前進したとの実感をもたらせた。

音在の上空視察は、さらに続いていた。

多島海と呼ばれるギリシャの海には、古代ギリシャ時代の遺跡が数多く点在している。かつて、多島海のかなりの部分が陸地であり、紀元前にサントリニ島の火山が大噴火をした結果、陸地が大陥没して現在の地形を構成したとされている。古代のサントリニ島は直径十キロの島であり、中心部に標高千メートルの火山を有していた。現在の島は大火山の中央部のカルデラが陥没して、外輪山の一部が海面上に残ったものだ。外輪山の一部であった証拠に、ほぼ環状に並ぶ島々の港では急斜面の崖が切り立っており、逆に海は急激に海底へ切れ込んでいる。周囲の島々を線で結べば、大火口原のカルデラを彷彿とさせる外輪山の輪郭が推察される。地形を構成する歴史を知っている音在は、目をこらしてこの構造を捜していた。

「おい！　高畑くん。あれだ、あれだ。ギリシャの多島海は！　あれが、沈んだ火山の外輪山にあたるサントリニ島だよ。この写真も一枚頼む。」

「音在さん。いい加減にして下さい。冗談じゃありませんよ。人に撮れ撮れと指図して。僕はあなたの部下でもなんでもないんですからね。だいいち、フィルムはさっきのスエズ運河で、もう終わってしまいましたよ。」

大人しい高畑も、何回も眠りを妨げられた上に、あれこれ細かく指示する音在に腹を据えかねるように抗議した。

「いや、済まん済まん。我が人生でおそらく一回だけしか見られない光景が続いたもんで、つい俺も昂奮しちゃってさ。アテネに着いたらフィルムは買って返すから、さっきのフィルムは俺に寄越せよ。」

三時間の短いフライトの末、飛行機は無事にアテネ空港に到着した。

アテネはまさに自由圏であった。世界の何処へ行くにも自由にコマーシャル・フライトが飛んでいる。ジェッダから予約しておいた大型バスは、既に空港の横で待機していた。攻撃を受けた後、殆ど着のみ着のままで退避してきた従業員には大型荷物を持参している者はいなかった。大型トランクを持って移動しているのは、先にカフジから退避してサウディ国外に脱出を果たせず各地に止まっていたメンバーだけだった。それでも、六十名を超える荷物を纏めるとなると結構な大仕事になった。こんな時に骨惜しみせずに率先して働くのは、イラク軍の弾が降る中でも乾パンを配って回った元気者の柳井だった。団体旅行の添乗員のように、全員をバスまで誘導すると、ポーターに全員の荷物をバスのトランクに積み込ませて、手際良くチップを握らせた。

アテネ市内の宿泊先であるチャンドリス・ホテルに到着すると、有能な幹事役を果たす柳井が、更にテキパキとチェックイン手続きを済ませて全員に部屋の鍵を渡した。目敏い武生が、ホテルのロビーの奥が手頃なレストランになっているのを確認して、全員に声を掛けた。

「おおい、皆さん。部屋に入る前に、明日の出発時間を含めて、必要な打合せを済ませておこうよ。まず、このままレストランまで来て下さい。ああ、淺川くんのご家族は、そのままお部屋に行って下さって結構です。大林くんと佐古田さんの奥さん方もお部屋に行ってお休み下さい。」

レストランに入ると、武生は人数分のビールの大ジョッキを注文した。

「じゃあ、手短かに連絡事項をお伝えしたいと思います。柳井くんからお願いしようか。」

「はい。先ず、明日の成田までのフライトですが、朝八時半アテネ発のオリンピック航空です。成田到着は夜の九時半となる予定です。お断りしておきますが、明日の飛行機は、チャーター便ではありません。」

レストランを占拠した男たちに、ドッ笑いが起きた。

「チャーター便ではありませんので、離陸の一時間半前にはアテネ空港に入っていたいと思います。従って、バスでホテルを出発するのは、六時半にしたいと思いますので、皆さん絶対に遅刻されないようにお願いします。航空券は、私が皆さん全員の分をお預かりしてます。」

「やっと、日本に帰れるっていうのに、遅刻なんかする奴がいるもんかい。」

誰かが混ぜっ返した。全員とも、明らかに気持ちがウキウキしていた。

武生がさらに打合せを仕切った。

「それじゃ、庄内隊長。何か連絡事項や注意事項がありましたら……」

「いや、ここまで皆さん無事に到着できたことだし、私からは特に……」

「では、私から一言だけ。この後は、明日の朝まで皆さんの行動は自由です。ただし、まだダンマンには城戸さんたちが踏み止まって頑張っておられる訳ですから、あんまり破目を外すのもどうかと思います。夜の街に行くなとは言えませんが、皆さんくれぐれも良識を持って行動して頂ければと思いますが……。いや、これは余計なことを言っちゃったかな。ハハハ……」

武生の演説が終わるのとほぼ同時に、六十杯のビールの大ジョッキが運ばれて来た。庄内隊長が乾杯の音頭を取った。

「皆さん。アテネまで無事で到着できました。日本まで、もう少しですので頑張りましょう。それから、まだダンマンに残留しておられる城戸さんたちのご健闘を祈って、乾杯！」

「乾杯!!」

まだ明るいというのに、六十名の男たちのレストランの天井を落とすような大声の乾杯に、グランドフロアにいた従業員や宿泊客が一斉に振り向いた。

音在は大ジョッキのビールを一気に飲み乾した。

「ンー！ 旨い！」

禁酒国サウディアラビアを出て、久し振りに口にしたビールは、従業員たちの五臓六腑を駆け回った。ジワジワと沁みて来るような心地よい刺激は、生きていることや、もう直ぐ祖国へ帰れるという喜びを実感させた。

「おおい、もう六十杯追加だ！」

音在は、既に飲み乾してしまった仲間や、もう直ぐジョッキを空ける者のためにお代りを注文した。

一杯目のビールで喉を潤した後の二杯目のジョッキには、精神的な余裕を持って臨めた。ビールとはこんなに美味しいものであったかと、味わいながら飲むことができた。

武生はソファにのけぞって、早くも回って来た酔いに楽しく浸っていた。

「アアア……」

リーダーとして大車輪の活躍をした疲れを、初めて自覚したのかも知れない。

元来が酒に弱い庄内隊長ではあったが、一行をアテネに安着させた充足感から、限度を越えると思われるくらいのビールを流し込んだ。あたかも金太郎の火事見舞いといった風情で、見事に真っ赤な顔をしていた。それでも、ニコニコと満面の笑みを絶やさずに周囲を見渡していた。常に冷静な奥沢は、特に騒ぐでもなく、黙々と久し振りに口にした大好物を流し込んでいた。

真面目な庄内は、このような時にも仕事を忘れていなかった。

「音在さんさあ。昨日も今日もいろいろ忙しかったもので、ゆっくり打合せができなかったんだけどさあ。昨日、本社と連絡した時に、成田に到着したら新聞やテレビの取材が待ち構えていて大変なことになるって言うんだよなあ。」

「そりゃあ当然でしょう。」

「精神的に落ち込んでいる人もいることだし、マスコミに取材されっぱなしになると何を書かれるか解らないんで、記者会見をこちらから申し入れた方が間違いないって言うんだよ。」

シッピングの責任者として再度のカフジ赴任をするまで、音在は総務部で四年半に渡り広報業務に従事していた。六時間に及ぶ完膚無きまでのイラク軍の攻撃を受け、二週間もかけてやっと日本まで辿り着くという歴史的にも稀なドラマの展開である。これだけの大きなマグニチュードの事件に対して、マスコミ側がどのような興味を示し、どのように攻めてくるかを熟知している音在は、共同記者会見で取材を一本化するべきなのは当然かつ常識だと考えた。

「本社は、成田空港の中に記者会見場を設けると言うんで、解ったとは言ったんだけど、問題は記者発表の人選なんだけどさ。音在さん、本社時代に広報で辣腕を振るっていたよなあ。」

音在は庄内の話を聞いた途端、広報マンとしての腕の見せ所だと血が騒いだ。

おまけに、湾岸危機勃発以来、心配を掛けっ放しの家族や親戚、友人たちにテレビ画面を通じて堂々たる答弁の様子を見せてやることができれば、これほど無事を伝えるのに効果的な手段はないという個人的欲求も強く感じた。

しかし、口をついて出た返事は、全く反対の言葉だった。音在は、庄内たちリーダー三役に仕事を押し付けるというよりは、華を持たせるべきだと考えた。

「退避行の締め括りですから、リーダーお三方の仕事でしょう。記者の挑発や引っ掛けに乗らずに、淡々と説明すれば良いんですよ。何を話せば良いのか、何を喋ってはいけないのか、庄内さんたちが一番良く解っていらっしゃるじゃないですか。」

「ウン、そうか。それじゃ、武生さんと奥沢さんと一緒に記者会見をするわ。」


音在は、三杯目の大ジョッキを飲み乾すと自分の部屋に引き上げた。

何も酒肴を摘まずに駆け付け三杯を流し込むと、さすがに気持ちよく酔いが回って来た。部屋に入ると直ちに電話の受話器を取り上げた。日本時間の夜十時。電話のベルが三回鳴る前に娘の由紀子が出た。

「お父さん?! 明日の夜に帰って来るんですって? 明日は、皆で一緒に寝ようね！」

「あれえ。ユッコちゃん。お父さんが帰るのを何で知ってるの?」

「さっき、会社からお母さんに電話があったみたいよ。」

「ふうん。じゃあ、お母さんに替わってくれる。」

「うん。それでお土産は?」

「今回は、お土産を買いに行く時間がなかったんだよ。やっとお父さんが無事に帰るんだからそれだけでも良いじゃない。」

美知子の笑い声が娘との会話に替わった。

「やっと帰れるのね。お疲れ様でした。さっき、人事の三沢さんからお電話を頂きました。音在さんたちが、今アテネに到着されましたですって。」

「あいつは本当に誠意をもって、留守家族の世話をしてくれるから助かるよ。危機対策の都合の良いところだけ摘み食いしている下らん奴らや、係わり合いを避けている奴らも沢山いるのにな。」

「あなた、明日の夜は皆で成田までお迎えに行きますから楽しみにしていて下さいね。」

「ああ、その件なんだけどさ。空港へは来て欲しくないんだ。」

「ええ！　どうして？　皆、少しでも早く会いたいのに。」

「成田空港では、ありとあらゆるマスコミが押しかけて、大変なことになるのが俺には完全に読めているんだ。彼らが一番に狙ってくるのが、やっと日本に辿りついたビジネスマンが家族に取り囲まれて、子供か女房を抱きしめてポロリと涙をこぼす光景なんだ。俺だってやるかも知れない。そんなシーンを全国に放映されたら、男として一生の不覚だもんなあ。それよりも、俺の大好物のちらし寿司を作って家で待っていくれ。成田からタクシーを飛ばせば、二時間も掛からない。今更死ぬ訳じゃなし。その方が、俺にとっては有り難いよ。」

「そうなの？　それじゃ、そうします。美味しいちらし寿司を作っておきますからね。」

家族への連絡を終えると、音在は淺川の家族の部屋に電話を入れた。

「奥さん。何かご不自由はありませんか？　夕食はどうされますか？」

「はい。皆様にはご親切にして頂いて有難うございます。荷物は、藤井さんと遠山さんが全部運んで下さいました。夕食は子供が小さいので部屋にルームサービスを取って頂けることになりました。」

淺川と同期生の藤井と遠山が十分な世話を焼いてくれているので、音在は自分の出る幕ではないことを悟った。

アテネに着いた後の従業員の行動は様々だった。数年前に休暇をアテネで楽しんだ経験から土地勘のある音在は、ダンマン残留組の存在が念頭になければ、夜の街に繰り出して死なずに済んだお祝いのドンチャン騒ぎをしても良かったのだが、今回はそういう気持ちにはなれなかった。敬愛する上司の敦賀や、自分より年下の日向と海道のことを考えると、外出して命の洗濯をするのは不謹慎に思えた。仲間たちの半分程はアテネの夜を楽しみに出たようだったが、人は人、自分は自分と考えて仲間の誘いは辞退した。しかし、酒を飲みたい欲求は強かった。

『海道、日向。済まない。部屋のミニバーくらいは勘弁してくれ。』

音在は、部屋に備え付けられた小型冷蔵庫の中にあったミニボトルのウイスキー、ワイン、ビールは一本残らず飲み乾した。

ジェッダ空港でのチャーター機の離陸、アテネ空港への到着、ホテル到着直後の乾杯。通過してきた各過程で味わった解放感は、死ぬ目に遭わされたり、逃げたくても逃げられない拘束感に苛まれた男たちに、歓喜を与え続けて来たが、その最大の感情の爆発はアテネ発のオリンピック航空の離陸時にあった。

飛行機がフッと浮き上がり、滑走路を走っていたタイヤの雑音が消えると、誰が音頭を取ることなしに歓声が起こった。

「バンザイ！　バンザイ！　バンザイ！」

普通のコマーシャルフライトであったから、後部座席に陣取った一団の日本人たちの挙動に、一般乗客たちは何事が起きたのかと一斉に驚いて振り返った。日本人たちが何に熱狂しているのかは全く理解できなかったことだろう。

ベルト着用のサインが消えると、日本人乗客たちは狂ったように飲み始めた。

事情を知らないギリシャ人スチワーデスには、庄内隊長一行は異様な集団に映った。注いでも注いでも水割りのお代わりが余りに頻繁に要求されるので、シングルの水割りを頼んでもお代わりはダブルで戻ってきた。お代わりの手間を省こうというスチワーデスたちの作戦だった。

ひとしきり飲み終わると、男たちは次々に深い眠りについた。

飲みくたびれてまどろみかけた音在に、スチワーデスが助けを求めてきた。

「ミスター。済みませんが、トイレに入ったまま出て来られない方がおられまして……。多分お仲間らしいんですが。」

音在は、周囲を見渡した。誰であるのかは特定できなかったが、ともかくトイレまで行ってみた。なるほど、ドアが閉まっているのに、ノックしても中から応答がなかった。力任せにドアを押し込むとやや隙間があくので、幸い鍵が掛かっていないのが解った。相手が泥酔していて何も反応できないのだから、さらに力を入れて隙間を広げる以外に取るべき術はなかった。音在がこじ開けた隙間に上半身を捻り込んだ時、中で寝ているのは石田ドクターであることが解った。つっかい棒になっていた足を持ち上げると、やっとドアが開いた。

音在は柳井にドクターの脚を持たせると、ふたり係りでドクターを所定の座席に運んだ。

『無理もないなあ。』

イラク軍に人間の盾として拘束されたビジネスマンたちを取り戻すために、国連が意図的に演出したデタントの十一月。一度はカフジから退避帰国した石田ドクターではあったが、本社人事部の重ねての懇願に根負けして十二月中旬にカフジに戻ってきた。しかし、湾岸情勢が解決に向かうのではないかとのドクターの期待は完全に裏切られた。人質解放が実現した十二月中旬以降、緊張は日を追って高まる一方であった。サダム・フセインも、人質解放を解放させるための見せかけの緊張緩和であったのを悟って歯噛みして悔しがったことであろうが、ドクターにしても自分の見通しが甘かったことを悔むしかなかった。

「人事部に騙された。人事部に騙された！」

石田ドクターが口を開けば、出てくるのは人事部を呪う言葉だった。

ドクターに親しく接していた音在が、強力な抗鬱剤を服用することを度々勧められたのは、その頃だった。頻繁な薬の推奨行動から判断して、ドクター自身は抗鬱剤の常用者であったに違いなかった。アテネ空港からの離陸で祖国帰還を現実のものとした喜びで、心の緊張が弾けてしまったのだ。

短時間に飲んだ大量の水割りウイスキーと薬の相乗効果で、ドクターは意識不明になってしまったのだと考えられた。音在は医者ではなかったが、ドクターはこのまま昏々と眠っていて貰えれば良いと思った。ドクターの意識は一足先に日本の家族の許に帰っているはずだった。

十三時間余りの直行フライトを経て到着した成田空港は、異様といっても良い雰囲気に包まれていた。

飛行機がサテライトに連結され、搭乗客が席から立ち上がろうとした頃、空港からの指示を受けて、日本人スチワーデスがアナウンスを行った。

「待合室の混乱が予想されますので、日本アラブ石油開発の方々はそのまま座席でお待ちください。その他のお客様が機外に出られてから退出して頂きます。十五分程、そのままでお待ちください。」

『そら来た！』

音在は、昨夜の家族への電話の指図が正しかったことを予感した。機外は、報道陣がひしめき合う戦場になっているに違いなかった。

案の定、やっと空港ターミナルに出ると、腕章を腕に巻いた記者たちが殺到して、庄内隊長たち一行を取り巻こうとした。日焼けしてアラブ流に髭を蓄えた音在は、その中でも格好の標的になった。事前の打ち合わせでは、報道対応は庄内たちリーダー三人の記者会見一本に絞って、個別に取材されて談話を提供するのは拒否することに決まっていた。興味本位に面白可笑しく記事や番組を構成されないようにする広報的配慮であった。

「日本アラブ石油開発の方でしょ?!」

「いや。違う違う。」

通路を歩く間中、群がって来る記者たちに、音在は短い拒否の返事を重ねた。

ウォークウェイに乗る辺りで、記者の数が更に増加した。コンベアーを進む音在に、外側から質問が次々に浴びせられた。記者たちは取材に失敗すると、音在より先に走って再度待ち構えていて、コンベアーで近づいて来る音在に対して、再び撮影とともに同じ質問を繰り返してきた。

「日本アラブ石油開発の方なんでしょ?!」

『しつこいなあ!』

音在はうんざりして、つい消極的な肯定をした。

「日本アラブ石油開発でしょ?!」

「まあな。」

「日本アラブ石油開発だ!!」

カメラマンたちが一斉に駆け寄って、髭を生やした格好の被写体にシャッターを切り、フラッシュを浴びせた。

バシャ！　バシャ！　バシャ！

『しまった！　これで明日の各紙の朝刊に俺の写真が都合よく使われてしまう。』

「日本アラブ石油開発の責任者の方はおられますか?共同記者会見の会場はこちらになっておりますので、宜しくお願いしまーす。責任者の方……」

空港の総務担当者か記者クラブの幹事と思しき関係者が、初対面の庄内隊長を探していた。庄内、武生、奥沢が揃ってそちらに向かった。

音在は、素知らぬ顔をしてその横をすり抜けた。

空港側は未曾有の危機体験をくぐり抜けて帰国した従業員たちへの敬意の表明として、税関の荷物検査を省略して、いきなり待ち合わせロビーへ直結するコースを設定してくれていた。

いよいよ、本社社員や家族たちが待ち構えるロビーが近づいてきた。その手前が協定で決められたテレビカメラの砲列の位置であった。カメラの前を通り過ぎる時に、音在は各社のカメラが自分を狙ってパーンしているのを横目で感じていた。

ロビーに出ると大勢の社員が出迎えており、各々親しい知合いの名前を大声で呼びかけていた。音在も何人もの同僚に握手されたり抱きつかれたりして、ついに帰国したことを実感した。

大部分の帰還者は家族が出迎えに来ており、妻や子供たちを抱きしめて感激の涙を流していた。大柄な衆樹も両手に妻とふたりの娘を抱きしめて感涙に咽んでいた。カメラはこれらの象徴的光景を撮影するのにおおわらわで、帰国ロビーは大混雑の様相を呈していた。

『そら見ろ。家族を呼ばずに良かった。あそこで感涙を流しているのは、まさに俺の姿だ。』

目ぼしい同僚への挨拶を手際良くこなした音在は、家族の待つ自宅へと帰途を急ぐことにした。タクシー乗り場に向かおうとする音在は、ロビーの入り口に近いところで、たったひとりでぽつんと立つ専務の松山を見つけた。

本社社員の殆ど全員がカメラの砲列に近い最前列に陣取って、帰国した仲間たちに声を掛けているというのに、松山だけがひとり離れたところで歓迎のドラマを眺めていた。日頃は、その直情径行振りを社員から畏怖されている人事責任者であったので、松山の空港での出迎え姿は音在に意外な印象を与えた。

『ああ、この人は良い人なのだ。強面の外見よりも内心は余程繊細なのだ。社員を死ぬ目に合わせたことに責任を感じて、最前列で狂喜して喜んでいられないんだな。』

それを察した音在は、松山の正面に立って帰国の挨拶をした。

「専務。只今帰国しました。大丈夫です。みんな元気です。」

「そうか。ご苦労だった。」

松山は両手で音在の手を固く握りしめた。

帰心矢の如し。タクシーの走行は円滑だった。子供たちは到着時間を予測して自宅マンションの前に出て、タクシーを待ち構えていた。音在は、両脇に子供を抱いて玄関を入った。

「あなた、お帰りなさい。成田に到着したのはテレビのニュースで流れていたわよ。なぜだか、あなたばかり映っていたのよね。」

「うん。実は俺も解っていたんだ。カメラにズッと狙われているんだよな。多分、この髭のせいだろう。」

「テレビ全局のニュースをチェックしたけど、NHKと民放三局であなたが映っていました。全部ビデオに撮ってあるから、後で見てね。」

「ああ。そうしよう。」

「あなたに言われた通り、ちらし寿司を山ほど作っておきました。直ぐに召し上がるでしょう。」

「うん。でも。その前にしなければいけないことがあるんだ。」

音在は、電話機に向かった。心配を掛けてしまった両方の両親、いつも家族を励ましてくれた大学柔道部の後輩の寺沢始め知己友人たち。それにも増して、音在が心を痛めていたのは、まだダンマンに残っているふたりの年少者である日向と海道のことだった。ふたりが元気であることは、本人たちから日々電話連絡が行っていることだろうが、音在は自分からも彼らの健闘についての傍証を伝えておきたかったのだ。年上であるにも拘わらず、先に帰国してしまったことへの罪滅ぼしがしたかったのだ。

「もしもし。音在と申します。申し訳ないことに、年上の僕がご主人より一足お先に帰国する巡り合わせになってしまいました。追いかけて、本社からの交代要員も駆けつける筈ですので、ご主人も遠からずお帰りになります。一言お伝えしたかったのは、ご主人とは一緒にイラク軍の攻撃を耐え忍びましたが、難しい環境の中でも本当に男らしく頑張っておられたということと、現在ダンマンで非常に元気でやっておられるということです。ご主人が帰国されるまでの間、何かお手伝いできることでもありましたら、何でもご連絡下さい。」

日向、海道両夫人とも、その夫同様に極めて立派であった。夫が現地でお世話になった御礼と音在の無事の帰国を労う健気な応対振りで、励まそうとする音在は逆に励まされた。

やっと待望のビールと女房の手作りのちらし寿司にありついて、湾岸危機勃発以来半年間、イラク軍の攻撃以来十二日間の苦労に報われる感が深かった。

「おい。浩一郎。今日のニュースのビデオを再生してごらん。」

音在は次々に寿司を頬張り、口を休ませることなく、成田空港到着の状況を検証しようとした。

美知子は九時以降のテレビ各局が報じるニュースの微妙な放映時間帯の差を追って、四局のニュースの録画に成功していた。放映時間が完全に重なっていた他局のニュースでも日本アラブ石油開発従業員の帰国は当然取り扱われていたはずだし、そちらでも自分が説明素材として画面に登場していただろうと考えた。

共同記者会見の庄内の答弁は、中々の出来映えだと思った。

攻撃が十分予測されていたにも拘わらず、何故退避しなかったのかとの新聞記者たちの鋭い問いに対しても、訥々とした答弁は、かえって説得力をもって迫ってきた。

「十八カ国の国籍で構成される石油操業現場において、リーダーである日本人だけが退避すれば良いというものではないんです。」

やはり、音在がでしゃばらずに、庄内に記者会見をやって貰って正解だった。

音在が空港の廊下を歩くシーンは、帰国を象徴する絵柄として各局とも長々と使用していた。カフジの現場では、いつもはラフな格好をしていたのに、逃げる時は一張羅のブレザーを着ていて良かったと思った。いつも着ている粗末な服装であったら、折角の帰国が完全に落ち武者の群れという絵柄になってしまうからだ。

衆樹が妻と娘たちに抱きつかれて泣いている光景も画面に使用されていた。

「ほら見ろ！　お父さんが、みんな成田に出迎えに来ないで、家で待っていなさいって言ったのは、こういう理由だ。浩一郎、解ったか。」

「フーン。」

息子にしてみれば、泣いているところぐらい撮られても、それがどうしたという風情で相槌を打たされていた。

第28章　東京での待機の日々

朝、目覚めると、音在は血がたぎっているのを感じた。

「おい、俺はこれから会社に行ってくる！」

久し振りの背広を着ようとする音在を、美知子は必死の思いで止めようとした。

「あなた！　あなたは疲れているんです。お願い！今日一日だけは自宅で静養して下さい。」

「何を言ってるんだ！　俺は疲れてなんかおらん。ジェッダですっかり休養したし、海外旅行を楽しんで帰ってきたようなもんさ。」

「気が張っているから、疲労しているのを自覚しないだけよ。明日は会社に行っても文句は言わないから、今日だけは家にいて。お願い！」

腕を突っ張って抵抗する妻の激しい反対に遭って、音在は妻の顔を立てて出社を一日だけ見合わせることにした。

音在の気持ちは複雑だった。本当は、直ぐにでも本社に行って、長岡副社長と周防監査役に挨拶がしたかったのだ。無事の帰国の報告がしたかったのはもちろんだが、それ以上に湾岸危機勃発直後に従業員の人命安全確保のために、長岡と周防がサウディアラビア政府に対して最善を尽くした折衝努力への御礼が言いたかったのだ。音在にしてみれば、サウディ政府と日本の一民間企業の力関係がもたらした八方塞がりの拘束的環境において、あの時ほど励まされたことはないという爽やかな思い出が残っていた。

一方、人事担当の松山専務に対しては、赴任拒否していた数名の処罰を申し入れるとともに、営業部に乗り込んで怒気を破裂させなければ気が済まなかった。

そして、人事部長には、東京での待機期間中にも仕事に参加するべく、然るべきデスクを準備するように申し入れするつもりだった。妻の要望通りに自宅で時を過ごす間も、音在はそれらの用件におけるあるべき台詞を頭の中であれこれ推敲していた。

電話が鳴った。思考を中断すると、音在は受話器を取った。電話は人事部長の山城からのものだった。

「はい。音在です。」

「ああ、音在さん？　山城です。本当にご苦労さまでした。どうぞ、ゆっくり休んで下さいね。それで、ご連絡なんですが、明日の夜に社長主催で皆さんの帰国祝賀会を行うことになりましたので、六時に丸ノ内の商工会館七階の大ホールに来て頂きたいのです。出席は大丈夫でしょうか？」

「はあ。有難うございます。しかし、ダンマンにはまだ城戸さんや敦賀さんが残留しておられるのに、祝賀会でもないと思うんですけどね。」

「いや、そのご意見はごもっともですが、六十名の従業員が無事に帰国されたのもめでたい事実です。社長がそう決められたので、音在さんも必ず出席して下さい。」

「解りました。今日は休養することにしましたが、本当は直ぐにでも出社したいと思っています。山城さんにもいろいろお話がありますので。それじゃ、明日は朝一番で人事部に顔を出しますよ。」

「はい。それじゃお待ちしています。」

　出社の予告をして、音在は気持ちが落ち着くのを感じた。

『さあ、それでは子供たちが学校から帰ったら、久し振りに一緒に遊んでやろうか。』


　翌朝、山城は音在の出社を待ち構えていた。

「山城さん、昨日はお電話を有難うございました。休め休めとご心配を頂きましたが、僕は少しもくたばってはおりません。僕に関しては、休養は不要です。東京で待機中も、本社に僕のデスクを設置して下さい。」

「いや。お願いですから休んで下さい。それで、尾張社長から音在さんが出社されたら、必ずご案内するように仰せつかっていますので、今から行きましょう。」

　山城が先に立って、ふたりは社長室へ向かった。わざわざ人事部長に案内されなくても、本社の知人全員に無事帰国の挨拶をしようと考えていた音在は、この仰々しさに内心驚いた。

　尾張は社長室のドアを閉めて、別の役員たちと会議中であった。山城は秘書の了承を得ると、遠慮がちに社長室に頭だけを入れて来意を告げた。

「あのう社長、打合せ中に恐れ入ります。音在さんが出社されましたので、ご案内しました。」

「なに！　そうか！」

　尾張は打合せを中断して、ソファから跳ねるように立ち上がり、入り口に立つ音在に近寄ってきた。尾張は音在の肩を抱かんばかりに近寄って、両手で固い握手をして音在を労った。

「君イ！　ご苦労さんだった！　元気か？」

「はい。お陰さまで、極めて元気です。社長がジェッダの織田さんに前もって話をつけておいて下さったので、帰路の飛行機を確保できて助かりました。あの状況下で、従業員が団体帰国できたのは、社長のご配慮のお陰ですね。」

「そうか。そうか。今、打ち合わせ中なんだが、ごく近々君と一杯やろうと思っておる。」

　スカッド夜襲の際の、ダンマンのホテルでのエピソードを知らない役員たちと人事部長は、尾張の音在を迎える昂奮振りを唖然として眺めていた。

　重要会議の邪魔をしないよう遠慮して、早々に社長の部屋から退去する音在に山城が付け加えた。

「音在さん。長岡副社長からも帰国された皆さんを労いたいから、部屋を訪ねるようにことづかっているんですよ。音在さんはまだご存知ないと思いますけど、一昨日の取締役会で新役員人事が決まって、三月末の株主総会を経て尾張さんが会長に、長岡さんが社長に就任されることになっていましてね。それから、城戸さんと松山さんが副社長に昇格されるんです。」

　山城は音在に耳打ちすると、長岡副社長のドアをノックした。

「音在さんが、出社されました。」

　デスクで執務中であった長岡は、ニッコリと笑って顔を上げた。

　長岡は、留守宅激励会で真剣に発言する音在の妻を良く記憶していたし、カフジの従業員の人心を掌握するために出張した際に、諄々と状況報告した音在も良く覚えていた。そして、長岡がアラブ人を含めた全従業員に督励の握手をして回った時に、シッピングの音在の部下たちが一番気合の入った挨拶を返してくれたのも印象的であった。

「無事のご帰国おめでとうございます。大変ご苦労をお掛けしましたね。」

「いえいえ。長岡さんが、あの大変な時にわざわざカフジまで来て頂いたことの方が感激でしたよ。それより長岡さん。三月に社長に就任されるそうで、おめでとうございます。石油開発権益延長問題など難しい課題がこれから山ほどありますが、頑張って下さいよ。我々は長岡さんに期待していますからね！」

「これはこれは、恐れ入ります。有難うございます。」

やっとの思いで帰国したばかりの社員からとは思えぬ大仰な挨拶を返されて、長岡は戸惑った。

やっと、人事部長の丁寧過ぎる案内から解放されて、音在は自由行動をとった。音在は直ちに監査役の周防の部屋に向かった。

「やあ、師範。成田到着の光景は、テレビのニュースで見ていたよ。随分、長々と師範ばかり映っていたじゃないか。」

「やっぱり、この髭のせいですかねえ。」

周防のソファに座ると、やっと音在もリラックスできた。音在を寛がせるために、周防は秘書の女性に紅茶を入れるように電話で指示をした。

「それにしても、カフジへ出張した時は師範の部屋では随分ご馳走になった。カフジの単身寮であれだけのご馳走を準備して貰えるとは、本当に感激の到りだったよ。お返ししなければね。そうだ、尾張社長に一席設けさせよう。日程は、追って連絡するよ。当面、暇なんだろう。」

「ははは……。有難うございます。実は、社長には東京に帰ったら一杯飲ませようと、ダンマンで約束して貰っているんです。」

周防だけには、ダンマンを夜襲するスカッドミサイルの神経爆撃のエピソードをかいつまんで語って聞かせた。

「ふーん、そうだったの。師範、良いことをしてあげたねえ。そういうのを武士の情けと言うんだ。」

「ところで周防さん。これから社内を、無事帰国の挨拶やら、ゴッテリ文句をたれるために巡回しなければならないんです。とりあえずのご挨拶にだけお邪魔しましたので、それじゃこれで。」

「夜の帰国祝賀会には、師範も出るんだろう。僕も出席することにしているから、夕方には僕の部屋に戻って来なさい。一緒に行こうじゃないか。」

先に三人の役員に対して済ませたのは、言うならばあり得べき順当な挨拶内容であった。

続いて音在は、この半年間胸の中に燻らせていた怒りを露わにする行動に移った。人事担当の松山専務の部屋をノックして、その在室を確認すると音在は中に入って再びドアを閉めた。

「おお、音在くんか。本当にご苦労さまだったね、」

「いえ、一昨日は成田まで出迎え頂きまして有難うございました。それで専務。本日はふたつばかりお話があってお邪魔しました。ひとつは、滅多にないくらいの素晴らしい話です。」

アポイントも取らず入室して、ドアを閉めてソファに座り込んでしまった音在の無礼を咎めることなく、松山は音在の話し相手となった。

「イラク軍の攻撃を喰らった一月十七日。まだ攻撃中だというのに、仲間が空腹だろうと、ダンボール箱一杯の乾パンの缶詰を抱えて走り回って配った若手社員がふたりいました。海道と柳井です。同僚を心配した、見上げたボランティア精神です。あの日は、明け方の四時頃から一方的に攻撃されっぱなしで、みんな寒さと空腹と恐怖を耐え忍んでいました。ふたりの勇気に、死の恐怖に晒されっぱなしの同僚がどれだけ励まされたか解りません。」

「ほう！　本当にそんなことがあったのか。」

「ダンマンまで退避してから、私は自分なりの精一杯のやり方で、ふたりに謝意を現しました。韓国料理屋に連れて行って喉元までご馳走を詰め込ませて、生きている実感を共有して喜びました。しかし、これは言うならば個人的な感謝の表明に過ぎません。彼らの献身に対して、専務のご裁量によって会社として褒章してやって頂けないでしょうか。」

「うん。それは直ちに長岡さんに報告させて貰うよ。」

「もうひとつは、最低な話です。最後の最後まで自分の任務をまっとうして死ぬ目に遭った従業員もいれば、現地赴任の指示を受けてもゴチャゴチャ理由をつけて蒲鉾のように本社のデスクにへばりついて、結局赴任して来なかった社員が三名おります。赴任したくなければ、会社を辞めればいいんです。ところが、彼らはのうのうとまだ本社に在籍しています。残念ながら、これは個人的な怒りに過ぎません。会社が赴任拒否者に然るべきペナルティを与えないのなら、自分なりの手段で怒りを表現するしかないと私は考えております。」

「いや、ちょっと待ってくれ。我が社には赴任拒否者などはいないよ。」

「これは驚きました。専務が知らないと仰っても、そういう連中が三名いたのを私は承知しています。」

「まあ、待ってくれ。もし仮にそのような者がいたとすれば、その対処は人事部の仕事だ。人事部長には良く言っておくから、音在くん自身が手を下すのは止めてくれ。」

「専務が間違いなく人事部長に指示して頂けるのなら、私がでしゃばるのは止めておきましょう。それでは、海道と柳井のことは宜しくお願いします。」

言いたかったことを全て吐き出したので、音在は心の底からスッキリした。

全社パトロールは古巣の総務部から始めた。音在の無事の帰国を、総務部員は殆ど全員が起立して出迎えた。総務部長の鹿屋が次長の益永とのデスクの間の椅子を指し示して、座って行くように促した。かつての部下である大田がいそいそとお茶を運んで来てくれた。大好きな元上司が死ぬのではないかと気が気でなく心配していたのが、無事に本社に顔を出したのを見てお茶を入れることで歓迎の意を表したかったのだ。

「音在くん。ご苦労さんだったねえ。大変だったろう。」

「いえ。死なずに済みましたから、貴重な体験ができたと思っていますよ。鹿屋部長こそ、湾岸危機勃発以来、常に現場のために大変なバックアップをして頂きましたことは、カフジの従業員は全員承知していますよ。」

音在は、お世辞抜きで鹿屋の尽力に感謝の言葉を述べた。

「いや、本当は僕自身が応援要員として駆けつけたかったんだけど、許して貰えなくてね。山城もそうなんだ。人事部長と総務部長が本社をおっ放り出すのは無責任も甚だしいと社長に怒られてな。まだ、城戸さんがダンマンに残っておられるだろう。このリリーフを本社から出そうというので、山城が行くことが決まってなあ。総務部からは、僕と益永君がふたりとも出るって譲らないもんだから城戸さんから本社へ電話が来てね、残念ながら僕は断わられて益永君が行くことになっちゃった。ははは……」

音在は鹿屋隆三にノーブリス・オブリージュの爽やかさを見た。半年間生死を賭けて闘ってきた音在にとっては、これが最大の励ましであった。イラクのクウェイト侵攻以来、音在にとっての本来の業務上のパートナーであるはずの営業部とは不愉快なやりとりしかなかった。会社存続の危機であったにも拘わらず、営業部の面々は安全地帯である東京で、自分に都合の良い仕事だけに専念していたがった。音在が真剣な怒りを露わにすることで、やっと応援要員が派遣されたのだった。それに比べて、依然としてダンマンに止まらざるを得ない仲間を救出しようとして交代を名乗り出る幹部もいる。本社にも数こそ少ないが、こういう男らしい仲間たちもいてくれたのだった。

「音在くん。ユックリ休んでてね。今度は僕がダンマンで頑張って来るからさ。」

優しく声を掛けるのは、音在が会社での敬愛する兄貴分のひとりである総務部次長の益永であった。

「益永さん。ご苦労さまですね。イラク軍が夜な夜なスカッドの神経攻撃をするから、驚かないで下さい。ダンマンに行かれたら、昼寝で十分体力を補われた方が良いですよ。ああ、それから、ダンマンには僕のトヨタ・クラウンを置いてきましたから、益永さんが使って下さい。ぶつけても、こすっても、益永さんなら文句は言いませんから、ご自由にお使い下さい。」

「悪いなあ。だけど、本当に助かるよ。お言葉に甘えて、音在くんの車は大切に使わせて貰うよ。」

「それじゃ、ご心配頂いた方々に挨拶回りがありますので。また、時々お邪魔させて頂きます。」

次に、音在は営業部に向かった。

音在を迎える営業部の表情は、音在が予想していた通り滑稽な程変化に溢れるものだった。来室した音在を飛び上がって迎えたのは、益永とはまた違ったタイプの兄貴分である枝野と、崩壊に瀕していたシッピングの応援要員として一か月半ずつナイトシフトに入っていた茂田と神永であった。

「音在さん！　お帰りなさい！」

「音在くん！　良く無事で帰ってきてくれた！」

枝野は、音在の手を両手で握ると、涙ぐんで再会を喜んだ。

対照的に、招かざる客を迎えた困惑の表情を隠そうともしないのは、営業部を取り仕切る野上と営業部長の山路だった。音在を迎えるのに、席に座ったまま立ち上がろうともしない両者であった。野上に魂まで抜かれている営業部員の大半は、野上の意向を気にしており、音在の来訪に無礼にもデスクで背を向けたまま首を回すだけだった。音在は、大人としての挨拶をするべく、山路と野上の間の椅子に腰掛けた。かつて野上に対する暴力行使を宣言したくらいの音在であったから、営業活動の締め括り業務に従事した挙句にイラク軍の攻撃を受けて限りなく死に近い目にあって、営業部に何か累を及ぼすことはないのか。山路と野上の関心は、音在が死なずに済んだか否かではなく、音在が営業部に来て何か事を起こすのではないかの一点にあった。

しかし、死なずに済んだという喜びのお陰で躁状態が続いている音在には、公言通り暴力をふるうつもりまではなかった。とは言え、嫌味の一つもぶつけなければ気が済まなかった。結果的には最後のデイリー・レポートになったイラク軍攻撃の前日の日報には、最後まで現場を死守する苦悩を滲ませたにも拘わらず、営業部からは何のお見舞いも激励の返電もなかったのだ。

「いやー、エライ目に遭ったもんだわなあ！　エエッ！」

音在が、練りに練って準備してきた啖呵を切ったその時に、取り乱したように慌ただしく山城人事部長が営業部に飛び込んで来た。

「アッ！　いたいた！　音在さん。音在さん、あなた、松山専務に一体何を言ってくれたの?!」

「はあ？　何をって。麗しい話をひとつ、怪しからん話をひとつしただけですが……」

「今、役員室で大変な騒ぎになっているよ。音在が、これから全社を回って、赴任拒否した社員を片っ端からブン殴って回るって話になっているよ。」

「エエッ?!　松山専務が人事部長に必ず話を通しておくからって仰るので、僕が暴力を振るうのは止めにしておくということで話は終わったはずですがね。」

ブン殴るという言葉が出たので、山路も野上もギクリとしたのだが、次の山城の言葉で救われた。

「音在さん。とにかく、ちょっと人事部の応接室に来てよ！　僕から説明しておきたいことがあるからさ。」

山城は音在の肘を掴んで、人事部へ引っ張って行った。お陰で、音在は営業部に嫌味をぶつける機先を封じられた。山路も野上も、疫病神のように思える音在が消えてくれて胸を撫で下ろした。

仕事を生き甲斐とする古典的なビジネスマンである音在は、この天が与えてくれたような休日を心から楽しむ気持ちになるためには何かが足りなかった。生命の心配のない東京へ戻れたこと、家族のもとに帰って安心させられたことは、音在にとって最大の幸せであったのは間違いなかった。

それにもかかわらず、何かが空虚なのだ。

死守した職場を無理やり離れざるを得なかった無念さ、まだダンマンで頑張る同僚が残留していること、こうした状況がどれだけ続くのかが全く予測できないこと。様々な不満足の集積された状況が、音在の気持ちをスッキリさせてくれなかったのだ。少しでも状況の打開に繋がるような仕事に就いていたいという願望にも拘わらず、人事部長は休め休めを繰り返した。

一週間ばかりを無為に過ごす内に、人事部長の山城から電話が入った。

「音在さん? 山城です。音在さん、僕は明日からダンマンに助っ人に行くことになりました。総務部の益永君や経理部の小谷野君たちも一緒です。それからダンマンに暫定クウェイト事務所を開設することになりましてね、藤堂さんと浜尾さんも近い内にダンマンへ行くことになりました。彼らはダンマンの伊藤紅商事の留守事務所を借りて、クウェイトにいつでも戻れるように待機することになったんです。早く僕たちが行って、城戸さんやタイコーさんたちを帰してあげなければいけませんからね。」

山城は、仲間の救出のために戦地に赴くのが実施段階に入ったことを随分嬉しそうに報告した。山城はまだダンマンを離れられない真田部長の親友であった。音在はそれを聞いて嬉しくなった。スカッドミサイルの攻撃に晒されるような苦労している仲間を帰国させるために、自分がその代役を買って出ようという誠意と勇気を忘れないこういう男たちが少しでもいてくれれば、まだ会社は安泰だと思った。

スカッドの脅威は依然としてダンマン、リヤドはもちろんのこと、東京に戻った従業員の心に重くのしかかっていた。事実、数日前にダンマン国際空港の一隅に仮設されていた米軍宿舎を直撃したスカッドは、朝食に集まっていた米兵四十二名を一瞬にして殺戮していたのだ。

「そうですか、ダンマン残留組も喜びますよ。でも、アラビア湾側のフライトは出入りともに封鎖状態ですから、応援に行くといっても大変ですよね。ジェッダに到着された後も、ご苦労が多いと思いますが頑張って下さい。」

「まあ、何とかなるでしょう。それはそうとして、音在さんは日本での待機中も仕事をすると申し出て下さっていますけど、音在さんにぴったりの仕事が出て来たのでお願いできますか。」

「はい。何でもやらせて貰いますよ。」

「実は、今回の戦災と退避の記録を公式に纏めておかなければならないということになりました。退避チームの隊長であった庄内さんにお願いしたら、是非音在さんにも加わって欲しいとの要望がありましてね。一連のドラマの推移を一番冷静に見ていたひとりが音在さんだという庄内さんの評価なんですよ。」

音在は推薦してくれた庄内に感謝した。訥々としたやりとりの中でも、しっかりと相手の人物評価をしていてくれたらしい。

庄内と音在は、翌日から本社に出勤した。ふたりのデスクは本社の会議室を転用して設けられた緊急対策本部の一郭に設置されることになった。

緊急対策本部は恒久的な職制ではなかったので、常勤者はおらず予め決められたスケジュールに応じて各部から指名された当番社員がデスクを移して勤務する仕組みとなっていた。事務局長は営業部の枝野が勤めていた。

本社時代の部下であった大田や、湾岸危機勃発直前にクウェイト大学への留学から帰国した林原もスタッフメンバーとして、総務部から隔日に事務局に詰めていた。ついこの前まで、髭だらけの部下に取り囲まれていた音在にしてみれば、毎朝女性社員がお茶を入れてくれるだけでも居心地のよい臨時の職場だった。

湾岸戦争の勃発をカフジで迎え、攻撃後の退避行動においても主導的メンバーとして機能していた庄内と音在であったので、仕事の方はふたりの記憶を時系列に列記するだけでも記録としてはかなりの部分を網羅できた。しかし、慎重な庄内は、より幅広く事実を収集して正確を期するために、精神的に落ち着いていたと観察される主要従業員には個別インタビューに努めた。やってみると、人の記憶は様々であることが解った。明らかに事実に反する記憶が登場してふたりは戸惑うことも再三だった。例えば、イラク軍の砲弾が次々と着弾し始めた一月十七日の夜明け前、イラク軍砲兵隊が布陣していた国境の北側に向かう多国籍軍の攻撃用ヘリコプター、アパッチの一個小隊を目撃したという主張があった。これは、明らかに人間の弱さ故の願望から出た幻視幻聴である。

もし、アパッチの反撃があったのなら、イラク軍の砲撃が着々と継続されたはずがなかった。『撃ち返せ、撃ち返せ！　多国籍軍は何をやっているんだ！』という思いは、その時音在自身も感じた切望であった。しかし、カフジに近い国境周辺での多国籍軍による初めての軍事行動とは、やっと午前十時頃にプロペラ式の無人偵察機プレデターが飛んだというのが、音在たちが目撃している残念な事実であった。無人機偵察が頭上を通過した直後、三機のファントム戦闘機が攻撃目標に急行した。もし、アパッチの攻撃が先行していたら、もっと早い時間に偵察機なしに戦闘機が発進していても不思議はなかったはずであった。

音在はその証言者の攻撃前夜からの精神状態を知悉していた。庄内と音在は、状況判断の上、アパッチ目撃証言を没にした。

インタビューと記録纏めがルーチン化すると、庄内は音在に作業を一任してくれた。

「音在さん、僕が横から茶々を入れるよりは、音在さんに纏めて貰った方が早いや。ああだこうだ言ったら、手間ばかり掛かるものな。」

庄内は退社時間の五時十五分になると、毎晩音在を誘って飲み屋に直行して、音在を労った。

「音在くんは冷静でいてくれたんだなあ。それに、文章を簡潔に纏めるのが巧いわ。僕は横で煙草を吸っているばかりで申し訳ないな。」

「庄内さん。何を仰いますか。何か仕事をさせろと人事部に主張していた僕に、出番を与えて下さったのは庄内さんじゃないですか。アラビア半島横断といい、庄内隊長にはお世話になりっぱなしですよ。」

命の危険と闘いながら任務を全うした男たちの、つかの間の休息は暫く続いた。

「音在くん。僕は頭に来た。満井の奴、緊急対策資金として使う予定だった三万ドルをカフジに持ち帰りもしないで、日本で円に換えてたんだ。為替レートが下がって損失を出しましたって、今日僕にシャアシャアと報告するんだよな。」

湾岸危機の勃発直後に、カフジから帯同婦女子を緊急退避させた費用の一部は、非常措置として従業員の自治組織である日本人食堂の基金から捻出されていた。正月休暇に出た満井は、人事部から立替金三万ドルの返金を受けて現場まで持ち帰らなければならなかった。しかし、年が明けてますます昂まってきた危機感から、カフジに残る仲間たちを尻目に、満井は医者の診断書を入手して帰任を回避した。日本人食堂運営委員長も務める律儀な庄内にしてみれば、後任コックを引率して戻ってくるはずだった満井が逃げたことだけでも死刑ものだと思っていた。そこへ、庄内から何の指示も受けていないのに、本来現地で緊急対策資金として使用するはずだった金を円転していたというのだ。為替差損が出たから報告があったのだが、もし儲かっていれば果たして報告があったのだろうかという訳だ。

「あの野郎！　許せねえ。我々が死ぬ目に遭ったっていうのに、日本でいったい何をやっていたというんだ。」

体質的に強くない酒に真っ赤になりながら、庄内は音在に人の心の弱さ醜さを訴えた。音在も、庄内の怒りには同感だった。従業員の危機に際しての仲間へのいたわりや組織への忠誠心といった心情は千差万別だった。一方では、仲間を早く日本に返すためにダンマンまで駆けつけた山城たちのような責任感と男っ気に溢れる従業員たちもいるのも事実だった。ここは良い方を見て過ごしたいと音在は考えた。しかし、巧みに自己を危険に晒すことなく、本社での存在理由を確保して、都合良く立ち回っていた連中が多数存在したことも事実であった。この一派が立身して、この後の日本アラブ石油開発の経営主導権を握るようなら、会社の将来はないと思った。

山城たちがダンマン入りして一週間。交代要員を得て、城戸専務始めダンマンで残留していた一行が三々五々帰国した。国外向けの飛行便が殆どない状況に変わりなかったので、帰国しようにも纏まって席がとれなかったのだ。

グループに分かれての帰国のルートは様々であった。一様に国内便でジェッダまで向かった後、運が良ければアメリカやヨーロッパ経由のフライトにありつくことができた。中にはアラビア半島の東端のオマーンなどという、こんな事件に遭遇しなければなかなか訪れることもなかったであろう中継地を経由して帰国した者もいた。イラク軍の着弾が続く中を、従業員の激励に回ろうとする城戸の両側をガードするように連れ添って歩いた山田副所長と敦賀部長は、帰国も城戸と一緒だった。

もちろんその日には、庄内と音在は本社出勤を止めて、成田に城戸一行の帰国を出迎えた。

「城戸さん。本当にご苦労さまでございます。お元気そうで何よりです。」

庄内は朴訥に心からの歓迎の挨拶を述べ、音在もこれに従った。

「いやあ。いろいろあったね。ははは……」

イラク軍の砲撃が続く中、音在が寒さ除けの粉末カイロを手渡した時と同じく、城戸は男伊達にこだわりを見せながら歓迎挨拶に応えた。任務を完遂した誇りと帰国を果たした満足感が、城戸の余裕を表すポーズの中に溢れていた。

「敦賀さん。一歩先行してお待ちしていたのに、結局後から追いついて来られなかったじゃありませんか。」

音在は、自分を逃がすために使った敦賀の配慮に満ちた方便を、敬意を込めながら詰問した。

「いやあ。そう思っていたんだけれど、あの後、状況が変わっちゃってねえ。」

敦賀も冗談めかして答えた。相手を気遣いあう男同士の対話だった。

相変わらず健気で元気な城戸夫人と看護婦の田平も交えて、成田空港の歓迎ゲートには笑い声が満ち溢れた。しかし、過度のストレスと責任感の錯綜に起因して、城戸は胃に、山田は食道に癌を発病していることを、この時には本人はもとより誰も気が付いていなかった。


音在は、毎晩ＮＨＫのテレビをつけっ放しにして眠っていた。

この期間、ＮＨＫは十二時過ぎの放映終了時間になると、画面にはテストパターンとムードミュージックを流し続けており、何か湾岸戦争関連のニュースがあると注意喚起のアラーム放送に引き続いて現地情勢を報道することになっていた。音在の頭は、熟睡しているようでも、常にどこかが起きていたのだ。

毎晩必ずニュースがある訳ではなかったが、平均すれば三晩に一回程度は大小何がしかのニュースが深夜に伝えられていた。内容は概ね多国籍軍の圧倒的優勢を伝えるものであった。

それはふたつの意味で当然のことであった。ひとつには、日本は直接戦闘行為には加わっていないものの、多国籍軍を支持する立場にいるからだ。戦争という状況の下では、発表する多国籍軍報道官もこれを報道するメディアも自陣営優位のニュースを流すのは当たり前のことである。もうひとつの理由は、えこひいき無しに見てもイラク軍と多国籍軍との戦力には、歴然とした開きがあったからだ。この点に関しては、音在自身が嫌になるくらい多国籍軍の軍備の充実振りを目撃していた通りであった。ニュース画面にしばしば登場する衛星映像は都合の良いものばかりが選ばれていたにせよ、それでも多国籍軍の一方的優勢は明らかであった。

二月上旬の未明に放映されたニュースは音在たちにとって、まさに衝撃的なものだった。戦車軍団を先頭に、イラク軍が国境を突破してカフジまで攻め込んで来たのだった。眠りを妨げられて画面を見つめる音在は、思わず唸り声を発してしまった。テレビに登場したのは、音在が日頃見慣れた場所ばかりであったからだ。カフジの町の南端に設置されているアーチ型の歓迎ゲートが、両軍の攻防の末に蜂の巣のような弾痕で穴だらけになっていた。

歓迎ゲートにほど近い政府宿舎の細く高くそびえる給水塔の上にイラク兵たちが立て篭もったらしい。攻撃用ヘリのアパッチが塔の天辺と同じ高さにホバリングして両翼に備えた小型ロケットを撃ち込んでいた。

イラク軍の反撃から身を守るために米兵がブロック塀の陰に飛び込んだ光景では、音在にはそのブロック塀の場所が何処であるのかまで特定できた。

早朝に進軍して来たイラク軍の戦車軍団は、多国籍軍の目を欺くために、砲塔を後ろに向けて低速でサウディアラビア領に入って来た。多国籍軍はこの戦車隊の行動が何かの交渉目的なのか降伏なのかと疑問に思って、暫く戦意を削がれて観察していた。お互いを十分視認できる距離まで近づくと、戦車群はクルリと一斉に砲塔を前に向けるや発砲し戦端を開いた。

後手を踏まされた多国籍軍も一斉に反撃に転じた。しかし、イラク兵たちはなかなか勇敢だった。撃ち合いを始めてから半日の間に、北方から侵入したイラク軍は多国籍軍をカフジの南端まで追い詰めていた。テレビで確認できた歓迎ゲートと政府官舎の給水塔は、カフジの町の一番南にある構造物であった。戦場の中心がその辺りであるということは、映像を撮影した時点まではイラク軍が優位に戦闘を進めていた証拠であった。

ダンマンの伊藤紅商事の事務所を借りて、暫定クウェイト事務所を開設するために、現地へ出発する直前であった浜尾は、その日は緊急対策本部に詰めていた。

アラビア語に不自由しない浜尾は、自分なりのやり方でカフジの状況を把握することに努めた。番号が確認できている限りのカフジの電話という電話全てにアクセスしたのだ。幸いに、イラク軍が攻めて来た段階では、回線がまだ生きていた。何処に電話を掛けても、ベルが鳴っていた。しかし、当然のこととして、誰も出てくるはずもなかった。これは結果としては『ネガティブ・コンファメーション』（無人確認）という高等戦術となっていた。少なくともその時点では、此処には、この地区には誰もいないという確認になったのだ。

三十数回目の試みに、思いがけない反応が起こった。鉱業所から北へ二キロばかり離れた海岸添いにある、カフジに一軒しかない田舎ホテルに電話したところ、受話器を取った者がいた。

「エンタ・ミーン？（あなたは誰ですか？）」

「アナ・イラキ！（イラク軍だ！）」

問いかける浜尾が聞いた返事は、イラク兵からのものだった。驚愕しながらも必死で質問を畳み掛けようとする浜尾に対して、イラク兵は一方的に電話を切った。イラク軍がどういう侵入路で兵力を展開して、何処で戦闘に及んでいるかまでは解らないにせよ、鉱業所の直ぐそばまでイラク軍が侵入しているのは間違いなかった。事実、イラク軍は日本アラブ石油開発の石油基地を始めカフジの要所々々に展開しており、多国籍軍の反撃によって撃退されるまで、足掛け四日の間止まっていった。

東京で待機中の従業員は、テレビ報道を通じて、数日間続いたカフジ戦の模様を食い入るように見入っていたのだが、みんな等しく鉱業所の映像を目で追っていた。残念ながら、ニュース映像の中で自分たちの職場まで確認することはできなかったが、事務所や諸施設にも何らかの被害が及んでいるであろうことは容易に想像できた。

全世界レベルで、湾岸戦争への関心はいやがうえにも高まった。

イラク相手の戦争を正当化するために、多国籍軍を主導する米国によるサダム憎しキャンペーンは過熱気味の様相を呈し始めた。そもそも湾岸危機勃発時から、戦略的広報に長けた米国は六百万ドルという巨額の広報予算を使って、広報代理店ヒル＆ノートン社にアンチサダム・キャンペーンを展開させていた。

キャンペーンにあおられるとともに、メディア間の競争も手伝って、冷静であるべき優良メディアまでが過熱気味の報道を繰り返した。

戦争突入直後にイラク軍はクウェイトのアハマディ製油所を破壊して、タンク群のバルブを開き、大量の原油をアラビア湾に向けて放出した。音在がまだダンマンに止まっていた時から、CNNニュースは連日のように海面に漂う原油の流れの動向を報じていた。酷暑の風土のアラビア半島では、飲料水は地下の化石水か造水プラントで淡水化される海水に依存しているので、これは大変な戦略的嫌がらせとなった。カフジの南二百五十キロのジュベールには世界最大の淡水化プラントがあり、海水取り入れ口周辺の保護対策が重大問題となった。

工場が原油に汚染されれば、サウディアラビア東部地区一帯への真水供給が断たれるのだ。当然のことながらサウディ当局は、ジュベール沖合の海水取入れ口を広範なオイル・フェンスで防御した。併せて、各メディアは原油にまみれて飛べなくなり死をまつだけの海鵜をキャンペーン・シンボルとして、このサダム・フセインの暴虐を環境破壊の立場から強く批判した。

NHKも現地に取材班を送って、原油放出による凄まじい環境破壊の様子を特別番組で紹介した。待機中の自宅で、この番組を見た音在は胸が痛む思いがした。シッピングの責任者である音在は、海を舞台として仕事をしていた。そして、単身勤務の無聊を釣や潜りで発散する音在は、一年中漁労に勤しんでいたのだ。あの綺麗だったホームグラウンドが、原油に汚染された海面に変えられてしまったと聞いて激しい怒りがこみ上げてきた。アラビア湾には海鵜が非常に多く生息しており、音在がシュノーケリングで潜水を楽しんでいると海中でも時々出くわすのだった。動作がのろい鳥であり、ユーモラスで愛らしい印象を与える大型の鳥なのだ。潜水中に出くわした海鵜を悪戯して追いかけると、長い首で右から左から後ろを振り返りながら、大きな水かきをあふって必死で逃げて行く。普段から親近感を感じている分だけ、原油にまみれて死を待つだけの海鵜の映像が登場する度に音在の気持ちは滅入らざるを得なかった。

NHKの映像が海岸の汚染状況を紹介した時に、音在は一層落ち込んだ。

「アッ！　あそこじゃないか!!」

得意のシュノーケリングで、アラビア湾随一の美味である二枚貝『アズマニシキ』を獲りに出掛ける音在が良く訪れる場所があった。クウェイト、ダンマン間を結ぶ高速道路を韓国の現代建設が請け負った七十年代に、セメントを練るために必要な海水取り入れのために敷設した小さな突堤が残っていた。波のうねりで海水の取り入れ口に原油が押し寄せると、取水口の上方の覗き口から粘性の強い原油がサッカーボール大の球形となってボコリと噴出するのだ。テレビカメラは原油汚染のひとつの象徴的光景として、突堤の上に噴出する原油のボールを捉えていた。東京でテレビを見ていても、音在は突堤の沖合の海底地形までも手に取るように思い出した。海面があの様子では、水深五m程の海底に棲息する貝類にも悪い影響が及んでいない筈がなかった。

一方、汚染の凄まじさを強調している取材クルーは、滑稽な誤謬も犯しているのに気がついていなかった。死んで浜辺にうち揚げられたサヨリを手に取って、腹を裂いて真っ黒な腹の中を見せて、レポーターは本人の知識の範囲内で精一杯のコメントをふっていた。

「原油汚染は魚の腹の中にまで及んでいます。」

精神的に落ち込んでいた音在ではあったが、このシーンには腹を抱えて笑った。

サヨリの腹膜は原油の海洋汚染とは何の関係もなく、自然状態においても真っ黒なのである。春先になると、音在はいつもフロート付きの独特の仕掛けでサヨリを大量に釣り上げて、刺身や寿司にして仲間を喜ばせていた。音在が捌いたサヨリの数は、長い現地勤務の間に軽く千匹は越えていた。その経験からして、サヨリの腹膜が黒いのは生物学的にも当然であることを証明できた。

「こいつ、魚のことを何も知らないで。無責任なことを言いやがって。」

深夜の臨時ニュースを含めて、湾岸戦争の推移は時を置かずに全世界に報道されていた。衛星カメラの映像により戦況は生中継に近い正確さをもって、日本で待機する従業員にも伝えられた。

前年十一月に、極秘と銘打った米軍調査隊がカフジを訪れていた。上陸用舟艇の燃料補給基地の建設を検討するためだ。しかし、極秘にしては杜撰さが目立ったこの調査隊の存在は、アラビア湾側からの反攻上陸作戦を示唆する情報を漏らすためであったことは間違いない。この陽動作戦が効を奏して、イラク軍はクウェイトの海岸線沿いの目ぼしい建物を接収して陣地を構築し、海岸には無数の地雷をビッシリと埋設して、多国籍軍の上陸に備えていた。あらゆる火砲は海に向けられていたのだ。

多国籍軍は、完全にイラク軍の裏をかくことに成功した。

多国籍軍の戦車軍団は、サウディアラビアとイラクとクウェイト三カ国が国境を接する内陸地帯にあるサウディ最大の陸軍駐屯地ハフル・アル・バーテン近辺の砂漠地帯からクウェイト領内へ進撃して、兵力をアラビア湾に向けて布陣したイラク軍の背後を突いた。

一方、アラビア湾には米国艦隊の戦艦ウィスコンシン、ミズリー、ミシシッピーを派遣して、海岸陣地のイラク軍の射程圏外から戦艦の主砲による轟々たる艦砲射撃を浴びせた。もちろん、上陸用舟艇による上陸作戦は一切行われなかった。背後から迫る多国籍軍の快進撃は続いて、二月二十八日に一か月半に及んだ湾岸戦争は終結し、クウェイトは解放された。

イラク軍の暴虐を家に篭って耐え忍んでいたクウェイト市民は狂喜して街に出て、国旗を振って多国籍軍の兵士たちの進駐に大歓迎の意を表した。クウェイトの到るところにイラク軍の戦車や軍事車輌の残骸が放置されており、戦闘の凄まじさを物語っていた。市の北口からイラクの国境へ続く道には、完膚なきまでに破壊されたイラク軍の遺棄車輌が延々と続いていた。

市内から北方へ退却しようとしたイラク軍は、自らが設置した道路両側を埋め尽くした地雷原を恐れて道の外に逃げることができなかったのだ。街道上に列をなして渋滞する敗残のイラク軍の各種車輌を、米軍の襲撃ヘリ・アパッチは容赦なく掃討し尽くした。退却軍に対する凄惨な攻撃は、殆ど殺戮と言ってよかった。

しかし、これを報じるテレビ画面には、イラク兵の死体はひとりも映っておらず、破壊され焼け焦げた累々たる各種車輌の残骸だけが放映されていた。

ベトナム戦争で国内外の批判を浴びたアメリカの学習効果の現れだと、音在は理解した。死体を取り除けた後で、報道陣のカメラが入る許可を与えているのは明らかであった。湾岸戦争突入以来、クリーン・ウォー(綺麗な戦争)の演出に米国は細心の配慮を払っていた。湾岸危機と戦争の巧妙なシナリオの書き手である米国は、国際的国内的批判は、絶対に避けなければならなかったのだ。

また、クウェイト解放のための戦争は、目的を達成し次第速やかに終了する必要があった。イラク軍を国境まで追い払った時点で、多国籍軍は矛を収めた。国連安保理決議が許した行動範囲がそこまでであったからであるが、その時点で米兵の死者は百二十八名にとどまっていたからだ。イラク領土内まで攻め込んで、必死の防衛陣を敷かれれば、死者の数は飛躍的に増大したことであろう。『祖国防衛でもないのに』という国内的批判が高まるのが必至であることは、ベトナム戦争の教訓が教えていた。

更に言えば、中東のミリタリー・バランスを考慮した場合、サダム政権を滅亡まで追い込むことは、イランの台頭を許しかねないことが憂慮された。中東のパワー・バランスを旧状に戻すまでに留めておくことが、米国が影響力を継続的に保持する上で最も望ましいという総合的判断に落ち着いたのだ。

城戸は終戦を待って、日本で待機中の鉱業所従業員全員を本社に呼集した。

長期カフジ勤務をしている従業員のかなりのメンバーは、地方の実家で待機していた。遠方から上京する従業員にとっては一仕事だったが、会社の今後の対応方針を確認するために、定刻には全員が本社に集合した。

「皆さん、湾岸危機が発生してから今日に到るまでの間、大変なご苦労をお掛けしました。残念なことに、鉱業所はイラク軍の攻撃に遭ってしまいましたが、幸いなことに死傷者はひとりも出さずに済みました。これは皆さんがそれぞれの任務を果たしながら、一糸乱れずに互いを助け合って行動して下さったお陰だと感謝しております。」

年末に日本まで退避していたグループと、戦災に遭遇して帰国した従業員とでは、同じ従業員とはいえ精神的には必ずしも一枚岩ではなかった。退避タイミングに関する相互の認識の相違や、生命の安全確保を巡る会社方針に対する批判は様々に各自の胸の中に燻っていた。これから、破壊された現場の建直しに向かうに当たって、鉱業所員の気持ちを改めてひとつにしておこうという城戸の気持ちの現れた挨拶であった。

「山城くんたちが、戦争終結後直ちにカフジの現状調査に戻ってくれました。撮影したビデオを本社に急送してくれましたので、皆さんに見て頂きたいと思います。いや、びっくりしたんだけど、こんな時にもＰＨＬ社のメール・サービスは健在なんだねえ。」

湾岸戦争に突入する十日前に、サウディアラビア東部地区の国際空港ダハラーンは軍事空港に転用されていた。しかし、如何なる状況においても旺盛な士気を維持するために、家族からの手紙が兵士に届くためのインフラ確保を怠らない米軍は、国際郵便配信サービスのＰＨＬ社のダハラーン空港への乗り入れを許可していた。

戦争終結の翌日にカフジ鉱業所の被害調査に戻った調査隊が送ってくれたビデオは、破壊の状況をよく物語っていた。待機中の従業員は食い入るように画面を見つめた。砲撃の直撃弾を受けて事務所が破壊されている資材部の加山は、自分の職場の映像が出てくると、わざと明るい大声を上げた。

「いやあ、参ったなあ、こりゃあ。これでは復旧は一苦労だわ！」

現状がそうなっているなら、暗い声で嘆いていても仕方ないではないか。事務所の建直しは明るく行こうという意思表示だ。

港の横にあるシッピング部の事務所も現れてきた。幸い音在が退避した後も、砲撃の直接被害には遭わずに済んでいたようだ。しかし、部下たちの大部屋は、整理されていた筈の書類が散乱する惨状を呈していた。おまけに、間違いなく施錠してあった音在のオフィスのドアは、銃撃によって破壊されていた。不審者の侵入を物語るかのように、ドアはブラブラと外れそうな状態であった。

カメラがカフジ港に切り替わった時に、音在はホッと安心できた。海は汚れていないではないか。映像と共にカメラを回す山城の声も録音されていた。

「何だ。海は大して汚れていないじゃないか。東京湾より綺麗なもんだよ。」

海の専門家である音在には、映像を通してアラビア湾の状況が理解できた。

イラク軍による原油放出という世紀の愚挙は間違いなく行われていたが、破壊されたクウェイトのアハマディ製油所の原油タンクに残っていた貯油量が、それ程のものでなかったとすれば、原油流出量には限りがあったのではないか。

サダム憎しの大キャンペーンの過熱報道が、原油による海洋汚染を実態以上に印象付けたのではないかという期待的推測が、音在の脳裏をよぎった。

確かに海流と風向によって、特定の地域はテレビ報じるような惨状を呈していたのだろう。しかし、山城のビデオは、あの広大なアラビア湾全域が被害を受けた訳ではなかろうとの明るい展望を示唆していた。

『何はともあれ、まずカフジに復帰してみることだ。』

あれこれ類推しているだけでは仕方がない。現状をこの目で把握して、建て直しのための戦略を練ることだ。

ビデオの紹介を終えると、城戸は全員に自分たちの現場の復旧を呼び掛けた。

「皆さん、カフジの現状はご覧になった通りです。これから鉱業所の再建のためにカフジに帰りましょう。」

「了解!!」

従業員たちは、城戸の呼び掛けに気合を入れて応えた。

「山城くんからは、ビデオの補足説明の電話がありました。鉱業所の各事務所や単身寮、ファミリークォーターなどの施設全部は撮影し切れなかった訳ですが、イラク軍と思しき侵入者によって随分略奪に遭ったところもあるようです。それから、水と電気の供給が二か月近く停止していたので、冷凍庫に保存されていた備蓄食料は全て腐敗して臭気紛々の有様になっているようです。」

音在は、『ヤラレタ!』と思った。カフジ有数の漁師であり、仲間にアラビア湾の幸を振舞うのを日常としている音在は、単身寮にまで大型冷凍庫を設置している唯一の単身赴任者だった。

半年に及んだ湾岸危機の間は、サウディ当局の出漁禁止措置の影響もあり、魚介類のストックは激減していた。それでも冷凍庫容量の三割くらいの備蓄は残っていたはずだった。音在には事務所の復旧よりも、帰任直後に仲間の溜まり場になる筈である音在亭の運営の方が気になった。

「水電気がその有様ですから、皆さんが一度にカフジに戻ることはできません。水電気供給の復旧に当たる技術陣と宿舎と食事の確保のための関係者を第一陣に送り込んで、順次受け入れ体制を整備しながら全員に帰任して頂こうと思います。細かいメンバー構成は、これから人事部のほうから説明させて頂きますが、来週つまり四月第一週に第一陣に出発して頂いて、最終グループの第四陣にカフジに帰って頂くのは四月末になる見込みです。」

城戸は、従業員一同にとっては思いがけないことも付け加えた。

「それから、最後に一言申し上げておかなければなりませんが、私と山田副所長はダンマンから帰国して健康診断を受けました。この大切な時期に、非常に残念かつ申し訳ないのですが、私には胃癌が発見されました。山田さんは食道癌であることが解りました。ふたりとも、来週に摘出手術を受けることになっています。しかし、皆さんにはご心配ないようにお願いします。ふたりとも早期の癌ですので、手術の成功率は非常に高いとお医者さんから保証して頂いています。皆さんにはお先に出発して頂きますが、体力を回復し次第、私も山田さんも追いかけますので、先にカフジに戻って頑張って下さい。」

湾岸危機勃発以来、従業員の生命の安全を確保と、サウディ政府の命令に従った操業継続という二律背反する責務の重圧から、鉄の男のリーダーシップを発揮してきた城戸にも限界が現れたのであった。

『心配しなさんな。今度は城戸さんがゆっくり休まれる番ですよ。』

音在は全従業員の前で気障な台詞を言うことはためらわれたので、腹の中でつぶやいた。

人事部から、鉱業所への帰任の順序について説明があった。音在にとっては意外なことに、音在は第一陣ではなく第二陣に入っていた。

第一陣十名のリーダーは当然の如くに敦賀が務めることになっていた。

音在にしてみれば、嘘までついて自分を逃がしてくれた敦賀を支えるために、一緒にカフジに向かおうと考えていたのだが、肩透かしを食った気持ちだった。

しかし、第一陣と第二陣の出発日の違いは僅か一週間であった。カフジでの宿舎の収容能力の限界もあったので、音在は人事部の指示に従うことにした。

第29章　再びカフジへ

やっと帰国を果たした時には空港まで出迎えさせて貰えなかった代わりに、家族は全員で音在の出発を成田空港まで見送った。音在にとっては、この出発は非常に気楽なものであった。もちろん、イラク軍に破壊された現場を復旧するために帰るのだから、平時のカフジ行きに比べれば余程厳しい前途が待ち構えているはずであった。しかし、イラク軍が地雷を残置した可能性はあるものの、死の危険は殆ど消滅したのだから、音在の心は軽かった。

すでに音在の二度目のカフジ勤務は単身赴任期間の目安である三年を遥かに越えており、次回の帰国は本社への帰任となるであろうという期待もあった。

この日本不在の時期に、子供たちは心身ともに大きく成長していた。二度目のカフジ赴任の際には、顔中を口にした大泣きで別れの寂びしさを訴えて、音在の心を辛くさせた娘の由紀子も、中学に進学して精神的にも随分しっかりしてきた。成田空港の出発ゲート前のラウンジでウイスキーの水割りを二杯楽しんだ後、音在は家族に暫しの別れを告げた。

「それじゃ行ってくるからね。多分、現場を修復して仕事を立ち上げて半年くらいで帰ることになると思うから、楽しみに待っていなさい。」

「あなた、油田火災のお陰で空気が随分悪いみたいだから、体に気をつけてね。」

「お父さん、イラク軍の地雷を踏まないように注意するんだよ。」

音在は弟分の蔵田を連れて搭乗口に向かった。

一週間前にカフジへ戻った先遣隊は十名で構成されていたが、第二陣には二十名が指名されていた。カフジに戻る順序には、現場の復旧作業から来る仕事の緊急度と宿舎の受け入れ態勢によって、必然的な人選が行われていた。

一緒に帰る蔵田の場合は鉱業所への来訪者の接遇が主要任務であり、担当業務の性格からすると、音在とは違って帰任が急がれる立場ではなかった。従って、最後のグループでカフジに戻っても何ら不思議ではなかった。音在は、早目に駆り出された弟分を不憫に思わないこともなかったのだが、良く考えてみて人事部の配慮が読めるような気がした。

『そうか。人事部は、こいつを俺の精神安定剤だと見ているな。』

音在亭に毎晩のように入り浸っている蔵田は、ある意味ではカフジにおける女房のような存在であった。

音在が仕事に追われて仲間たちとの夕食の食卓を飾る材料を仕入れるために出漁できない時は、音在が釣りを仕込んだ蔵田が魚を稼いできた。そして、音在亭の宴がはねた後は、皿洗いを含めた後片付けは蔵田の役割と分担が決まっていた。

サウディアラビアに戻る飛行機でも、音在と蔵田は隣合わせに席を取っていた。

「音在さん。カフジはどうなってますかねえ。」

「まあ、行ってみなければ解らんなあ。俺たちが逃げた後もさらにイラク軍が砲撃を加えたようだし、しかも地上戦でイラク軍が侵攻したみたいだから、さぞかし滅茶苦茶にしてくれたことだろうさ。」

「単身寮も、寝泊りできるような状態なら良いんですけどね。」

「出たとこ勝負だな。しかし、少なくとも帰った最初の夜は豪華にいこうぜ。」

音在は、成田を出発する時に、鯖のバッテラ寿司を六本も仕入れていた。

下手をすると、まだ食堂も再開していないかも知れない。当分は三食自炊覚悟で、トランクには大量の米も入れてあった。状況がどうなっていようとも、復帰第一夜は、一週間前にカフジに戻っていた敬愛する上司の敦賀や経理部の日向たちを音在の部屋に招待して、復旧作業に景気をつけるためにバッテラ寿司で気勢を上げようという目論見であった。もっとも、音在の部屋が無事であればという前提つきの計画ではあったのだが。

成田を発って十六時間。第二陣は再びサウディアラビアの土を踏んだ。

午前一時のダハラーン空港到着であったので、一行は退避の日々を過ごした懐かしのオベロイ・ホテルに休息の後、翌朝カフジに向けてマイクロバスで出発することになっていた。深夜にも拘わらず、リリーフ役として出張してきていた総務部次長の益永が音在を出迎えてくれた。

「音在くん、お疲れ様でした。これから大変だねえ。イラク軍が降伏して、スカッド・ミサイルが飛んでくる恐怖はなくなったけど、油田火災のお陰で空気が悪くってねえ。風向きによってはダンマンでも煤煙が空を覆う日もあるんだよ。」

深夜のダハラーン空港到着であったので、視覚的には空気の悪さにそれ程の実感はなかったが、確かにきな臭い匂いは漂っていたし、状況が相当悪いことは益永の口振りから感じられた。

「益永さん、リリーフ役は大変でしたねえ。スカッドは飛んでくるし、お疲れだったでしょう。」

「いやいや、皆さんが近い内に着々と戻って来られるし、そう遠からず僕たちも日本に帰して貰えるからさ。ああ、そうそう。音在くんのトヨタ・クラウンを皆で重宝させて頂いてねえ。本当に助かったよ。本人が戻られたんだから、ホラ、鍵をお返しします。」

「愛用して頂いていたのだったら、幸いです。第二陣のメンバーはダンマンからカフジまで小型バスで戻ることになってますが、僕は蔵田を連れて自分の車でドライブして帰ります。」

「そうそう。浜尾さんはもう寝ているけど、今夜音在くんが到着することを楽しみにしていてねえ。明日の朝、挨拶していってやってよ。」

「もちろん、そうしますよ。」

　翌朝、音在は小型バスの一行とは別行動を取ることを宣言して、浜尾の奨めに従って伊藤紅商事の留守事務所を使わせて貰っている暫定クウェイト事務所を覗いてみた。

　ダンマンに事務所を構える日本企業は二十数社を数えるが、まだ日本アラブ石油開発以外に戻ってきている会社はなかった。湾岸危機勃発時に、急遽現場に戻った城戸専務が、カフジに戻る前に一朝有事の際の事務所借用を申し入れており、これが実現につながっていた。事務所には、藤堂と浜尾がすでに出社していた。

「藤堂さん、おはようございます。これからカフジに戻るんですが、その前に表敬訪問に来ました。」

「おう、音在くん。ご苦労さん。これから、カフジかい。」

「藤堂さん。まるで自分の事務所みたいに所長ぶりが決まってますよ。」

「いやいや。よそさんの事務所だからさあ、なるべく物を動かさないように、これでも随分気を使っているんだぜ。」

　藤堂の人柄が現れていて、借家事務所の雰囲気は明るかった。浜尾も楽しそうに説明を付け加えた。

「師範さあ。我々ももう直ぐクウェイト事務所の建直しに戻る予定だよ。流通機構が壊滅状態であるはずなので、今資材の調達におおわらわでねえ。大型のランドローバー二台を借り入れたので、これに当座の食料やら水やら生活必要物資を山ほど積み込んでクウェイトに帰るんだ。クウェイトに戻る時には、カフジで一泊させて貰うことになると思うので、宜しく頼むよ。」

「そうですよ！　絶対にカフジで一泊して行かなきゃ駄目ですからね。海がどうなっているのか解らないので、いつもの音在亭のように鯛の活き造りを準備できるかどうか保証はできませんけど。是非、音在亭で飯を食って行って下さい。」

「おいおい、原油まみれの魚なんか喰わせるなよなあ。ははは……」

藤堂が混ぜっ返した。

「それじゃ、時間的に余裕を持ってカフジまで帰りたいので、ぼちぼち出発します。カフジでお待ちしていますよ。」


音在たちは、慣れ親しんだ片道三車線のクウェイト・ダンマン街道を北上した。益永たちが毎日使い込んでいてくれたお陰で、愛車のトヨタ・クラウンは久し振りの主人の運転を喜んでいるかのようにエンジンも快調に走行した。音在は車や道具にも魂の存在を感じる性格だった。

戦争の影響を色濃く残すかのように、ダンマン・クウェイト街道はまだ放棄地域でもあるかの如く進行方向にも反対車線にも走っている車は全く見かけなかった。音在は単調なドライブをしながら、イラク軍の攻撃の合間を縫って猛スピードで必死の退避をした時のことを思い出していた。それに比べれば何とのどかなドライブであったろう。

クウェイトの油田火災の影響からか、ダンマン周辺の空は花曇りとでもいうべき曇天であった。車が北上するに従って前方の空が真っ黒になっているのが観察されて、音在たちの心を暗くさせた。カフジ南方百キロ地点のアブハドリアに差し掛かると、車は夕立の豪雨がもたらしたかのような暗雲の下に入った。ダンマンでは微かに漂っていた程度に感じられた石油が不完全燃焼した匂いが、この辺りまで来ると強く鼻を刺した。空の暗さといい、石油の不完全燃焼による異臭といい、これから戻る現場が戦争とはまた異なった最悪の状況にあることが予感された。

「なるほど。これが油田火災の煙か。聞きしに勝るひどさだなあ。」

「これは容易じゃないですねえ。こんな空気を吸っていて大丈夫かなあ。」

「日本の重工業地帯でもこんなひどい状況の場所はないよ。公害の真っ只中にいるようなもんだな。空気はひどいし鉱業所の施設は破壊されているし、大変だよこれは。折角、戦争で死なないで済んだのだから、無事に帰国できるように助け合って行こうぜ。」

アブハドリアを過ぎると重度のスタックで遺棄された戦車や大砲が道路脇の砂漠の中で頻繁に目に入り、この辺りがつい数週間前まで戦場であったことが実感できた。終戦の後とはいっても、ふたりには軽い緊張が走った。


カフジが近づいてくる頃には、空は煤煙のためにいよいよ暗くなってきた。

カフジへの到着は午後の一時であったが、周囲の明るさは日没直後の時刻のように思えた。煤煙ドームの下に入ってしまったのだ。未燃原油の鼻を刺激する匂いも一層強くなってきた。

カフジの入り口の歓迎ゲートと政府宿舎のウォータータワーが見えてくると、ふたりは異口同音に叫んだ。

「ウワー！　こりゃひどい！　何だこれは、穴だらけじゃないか！」

緑色に塗装されたガッシリしたコンクリート製の構造物である歓迎ゲートは、まさに穴だらけになっていた。それでも倒壊せずに、健気に音在たちの帰還を迎えていた。

ゲートの右奥にある政府関係者住宅のウォータータワーにはイラク兵が立て篭もったために、アパッチ・ヘリコプターのロケット攻撃を集中され、上部構造はセメントが爆砕されて鉄筋の骨だけになっていた。ゲートを過ぎた辺りの街道両側の民家や商店も例外なく弾痕の跡が蜂の巣のようになっており、激戦が行われたことを如実に物語っていた。

「これじゃあ、両軍とも随分死者が出たでしょうねえ。」

「おい、真っ直ぐ鉱業所に入らずに、カフジの町を一周して状況偵察をしていこうぜ。」

音在は、まだ全くの無人地帯のままであるカフジの町の主要な通りを、ユックリ巡回して街全体の被害状況を確認しようとした。退避した住民の帰還は全く進んでいなかった。従って、後片付けも清掃も行われていない道路には、破壊された周囲の建物の破片や大小様々な薬きょうが散乱したままになっていた。不発弾でも踏んづけたら大変なので、運転には注意が必要であった。人っ子ひとり見かける訳でなし、部下たちもまだ戻っているはずもなく、音在は気落ちする思いだった。

車が町の北部にある電信電話公社のカフジ支局に差し掛かると、ここも壮絶な破壊に遭っていた。高層建築が存在しないカフジにあって、五階建てのこのビルは一番背の高い建物であった。目立つ存在であっただけに、戦争被害の象徴の如くに多数の大穴が開いた。各フロアの窓の上部が真っ黒に煤けていて、被弾した建物内の火災の大きさを示していた。不思議なことに被弾しているのは北側と南側の真反対に当たる両面であった。先ず侵入してきたイラク軍が北から攻撃して建物を占拠して、その後劣勢を立て直した多国籍軍が南から攻めてイラク軍を追い払った結果であろうと観察された。

被害状況に唖然としながらも、音在は不埒な推測もしていた。

湾岸危機勃発以来、音在は電話料金を支払った記憶がなかった。非常時に到って、諸々の公共料金の徴収業務が停滞していたからだ。世界の僻地であるカフジに赴任していると、平時においても日本の留守宅には無事の連絡を頻繁に行うのが従業員の常であった。ましてや、開戦前の半年の拘束期間に、日本人従業員が我が家に電話を掛けた回数は何回になるであろう。電話料金は各人とも、月に十万円や二十万円に及んでいた筈だった。もちろん、音在もそのひとりであった。電信電話公社ビルの破壊状況を見て、ひょっとするとこれはイラク軍が施してくれた徳政令に相当するのではないかという期待を抱かせた。半年間に貯まりに貯まった電話代が無料になるのも悪くはない。

「おい、蔵田くん。あれだけビルがやられていては、記録も消滅しているかも知れないなあ。電話代の請求はもうないかも知れないぜ。」

「本当ですねえ。そうだと助かるんですけどねえ。きっと百万円近く電話料金を溜めている連中も沢山いますよ。」

しかし、怪しからぬ期待は、それから三か月後に見事に裏切られることになった。カフジ支局のビルは黒焦げになっていたが、リヤドの中央局はしっかりと通話履歴のバックアップをとっていたとみえて、カフジの全住人に対して、電話料金の請求は遅れ馳せながら実施されて、淡い期待を寄せていた音在たちをがっかりさせた。

鉱業所の正門には、数こそ少なかったが保安部の守衛が既に戻っていた。

職務柄、いつもは不愛想を絵に描いたような顔をして従業員に嫌がらせのように厳しいセキュリティ・チェックを行う連中であるのだが、日本人たちの帰任が余程嬉しかったらしい。車の窓を叩いて、戻ってきた音在を歓迎してくれた。

夕方には音在の部屋に来るようにと蔵田に指示して、音在はまずシッピングの事務所の現状確認を行った。

音在は、先ずシッピング部に隣接した建物の敦賀統括部長の部屋を訪ねた。

敦賀は第一陣に同行した平田と一緒に担当部門の建直しの打合せを終えて、小休止といった態で寛いでいた。

「敦賀さん。只今到着しました。第一陣はいろいろご苦労が多かったでしょう。」

「やあ、音在さん。戻られましたか。あちこちやられているから、復旧は大変だよ。取りあえずは、まず我々が住めるようにしなければならないしね。操業施設も、いったい何処がやられているか全貌をつかまなけりゃならない。何から手を着けていいのか、今も平田さんと打合せしていたところですよ。」

「被害状況は、まだ把握できていないのですか。」

「僕の担当エリアについては大体把握したつもりだけれど、通信体系は中枢のコントロールルームが被弾して全焼してしまったし、製油所や原油生産施設は砲弾の破片で穴でも開いていたら大事故の元だし精密な検査が必要だろうねえ。」

「それじゃ、僕も被害状況の確認がありますので、事務所の方に行ってきます。それから、景気付けに成田空港で鯖のバッテラ寿司を仕入れてきましたので、今夜は僕の部屋で晩飯を食べましょう。平田さんも一緒に来てください。」

「早速、音在亭の復活ですか。だけど、音在さんの部屋は大丈夫だったかな。イラク軍の手ひどい略奪で、どの部屋も随分荒らされているよ。」

「まだ、部屋には帰っていないのですが、何とか片付けますよ。それじゃ、六時に僕の部屋で。」

　不幸中の幸いとでも言うべきか、シッピング事務所は砲撃の直接被害を受けてはいなかった。しかし、事務所のドアは銃撃されたうえに蹴り破られており、何者かが侵入したことは明らかであった。入り口の直ぐ横に位置する音在の個室は、三か月前に事務所を離れる時に間違いなく施錠しておいたのだが、鍵の部分に銃弾が三発打ち込まれて破壊されていた。ブラブラになっているドアを押し開けると、音在のデスクは台風が通り過ぎた後のように書類が散乱していた。音在は用心深く自分の執務室に入った。地雷は、地面に埋設されているだけとは限らない。玩具やちょっとした気を引く小物にワイアが結ばれていて、不用意に手に取ると爆発する仕掛もあるのだ。

　慎重に室内を観察した結果、何者かが立て籠もろうとしてシッピング事務所に侵入したのではなく、略奪目的で金品を探し回った形跡が濃厚であった。

「やれやれ、こりゃあ後片付けが大変だわい。しかし、金目の物が何もない所へ侵入して、収穫なしの無駄働きにがっかりしたことだろうな。」

　続いて音在は、奥に位置するスタッフルームを確認した。

　スタッフルームも同じような状況であった。音在の事務室と異なるところは、砲弾の破片が飛び込んだものか、至近弾の爆風によるものか、窓ガラスが三枚吹き飛んでいた。風向が南向きの日が何日も続いたのだろう。クウェイトの油田火災の影響で、荒らされて散乱した書類の上に煤が積もっていた。奥に続くコンピュータ・ルームには、幸い侵入の形跡が全然なかった。音在の部屋に続いて、スタッフルームで宝物探しをした結果、この事務所には略奪に値する金目の物が見当たらないと判断した結果であろう。

　職場の検証を終えると、音在は単身寮の自室に帰った。

「ム……！」

音在は、部屋に入る前にドアの前で佇んだ。

施錠して退却した自室のドアには軽機関銃の弾痕と蹴り開けた際の軍靴の跡がくっきりと残っていた。

　中に入ると、室内の然るべき場所に収まっているべき衣類や書籍や小物などが全て床の上に散乱し切っていた。フロアのカーペットが見えないほどだった。

侵入者は洋服箪笥や机の引出しを次々に引っ張り出して、中身を床にぶちまけては、金目の物を探したに違いなかった。音在は、暫し呆然として立ったまま室内を見渡していた。いったい、何から片付ければ良いのだろう。略奪の被害にあった物は何だったのか。即座に解答が出て来なかった。暫くしてから、猛然と怒りが込み上げて来た。

「さすがはアリババの子孫たちだ！　信義もへったくれもない盗人ばかりだ。」

戦闘するためにカフジまで侵入してきたのならば、誰もいないのを幸いにコソ泥なぞ働いていないで、真面目に鉄砲を撃っていろという訳だ。

音在が次に心配になったのが、自室は大型冷凍庫を備え付けた単身寮唯一の部屋であることだった。カフジ帰任第一陣の電気技術者の尽力で、一週間後に音在が到着した時には鉱業所の自家発電装置が稼動していたのだが、停電していた期間が三か月間あったのだ。音在は恐る恐る冷凍庫の蓋を開けてみた。あたかも腐乱死体が中にあるような強烈な異臭が流れてきたので、音在は慌てて蓋を閉じた。蓋を閉じる寸前にチラリと覗いた冷凍庫の中身は、こげ茶色の冷凍物体が容積の三分の一を占めており、内容物に凸凹はなかった。ということは、音在が記憶している冷凍庫の内容物は停電の後、一旦腐敗してドロドロに溶けて液状になったものが、電気が蘇った数日前に再び凍ったことを意味していた。この対策は後回しにして、その夜の会合のために先ず部屋に七、八人分の座るスペースを確保するために最低限の掃除をしなければならなかった。

砲弾の破片が窓ガラスを破っていたので、クウェイト油田火災の油滴混じりの煤煙が吹き込んでいた。床に散乱していた書類や手紙の類は、ベトついていたり煤けていたので、全て廃棄しなければならなかった。しかし、その散乱振りが殆ど床全体に及んでいたので、不幸中の幸いとでも言うべきか、散乱物を取り除けばカーペットは比較的無事であった。

ゴミと化してしまった床の散乱物を片付けながら、盗難の被害を類推すると、小さくて価値のある物は全てなくなっていることに気がついた。現金と小型のテープレコーダーや腕時計の類である。音在はクウェイトの通貨であるディナールの現金を部屋に残していた。イラクの占領下にあるクウェイトの現金は、退避行動において役に立つことはないとの読みの結果であった。

アリババの子孫は、そんな国際情勢には頓着なしに盗んでいってしまった。いつかは、クウェイト・ディナールが復活するという彼らの読みは正しかったといえよう。

音在が一番悔しかったのは、二度目のカフジ赴任のお餞別として周防監査役がプレゼントしてくれた由緒ある腕時計がなくなったことだった。我が国のアラビストの草分け的存在として尊敬を集めた初代駐サウディアラビア大使・喜多村秀三が、若き日の周防にプレゼントしたものだった。周防がこの大切な時計を、アラブの地に赴く可愛いい部下にお守り代わりとして与えたものだった。

大使が愛用したことを如実に示すかのように、文字盤には洗練されたデザインのふたつの時計が刻まれ、祖国時間と現地時間が一緒に確認できる仕様になっていた。高貴さと由緒を兼ね備えた逸品であったがゆえに、現場仕事で時計を傷つけてはならないと、音在は大事に机の引出しにしまっていた。これが裏目に出て、退避の際に持ち出すのをついうっかり忘れていたのだった。

「あれがないじゃないか！　しまった!!」

しかし、ない物は仕方がない。イラク兵の誰が盗んだかは知る由もなかったが、喜多村大使の愛用した時計は結局砂漠に帰って行ってしまったと考えざるを得なかった。

油滴と煤に汚れてゴミと化してしまった身の回り品を単身寮の前のゴミ箱に捨てに出ると、第一陣でカフジに戻っていた日向が音在を見つけて飛んで来た。

「音在さん！　お帰りなさい。お待ちしていました。」

「おう、日向くんこそご苦労さん。カフジでの一晩目は豪華にやって気勢をあげようぜ。日向くんにもご馳走しようと思って珍味を仕入れてきたぞ。六時に部屋に来いよ。そのために、今部屋の掃除を始めたところさ。」

「今日、音在さんが到着されることは解ってましたので、部屋を覗きに来たのはこれで三度目ですよ。」

小人数の先遣隊の人恋しさで、音在亭の常連である日向は、音在の帰任を心待ちしてくれていた。

「それにしても、まあイラクの野郎ども、ひどいもんだわな。」

「音在さんの部屋もそうでしたでしょう。僕の事務所も単身寮の部屋も、もう無茶苦茶です。この一週間は後片付けで大変でしたよ。それでも、まだ整理は終わっていませんよ。」

「鉱業所全体がそんな感じかい。」

「砲撃を喰らって破壊されていない部署は、軒並みそんな様子ですね。略奪の度合いから言うと、単身寮などはまだ大したことはないと思いますよ。所詮、仮の宿りだから、赴任する時に財産らしいものは持ってきていないじゃないですか。その点、社宅の家族帯同組は財産一式を持参して赴任して来てますからね。」

「なるほど。社宅エリアの方も検証に行ってくれたのか。」

「事務所の整理で、それどころじゃありませんけど、普段食事に呼んで頂いてお世話になっている人の社宅には行ってみました。小倉さんの家なんかひどいもんです。だからといって、あまり僕ひとりで留守宅に入り浸るのも問題かと思いますので、音在さんなら小倉さんの弟分だから一緒に片付けにいってあげましょうよ。」

「うん。小倉さんが先に退避する時に社宅の鍵を預けて行ったくらいだからな。小倉さんは第四陣だからカフジに戻るのは月末になるから、一緒に受け入れ準備を整えておいてあげよう。それじゃ、今夜は六時集合だからな。」

「はい。ご馳走を楽しみにしてます。」


ないない尽くしのカフジでの鯖寿司パーティには活気が溢れていた。

帰任当初の期間は自炊をする覚悟をして現場に戻った面々であったから、平時では自炊なんか考えもしない不精者といえども、日本から色々な食料を普段以上に持ち込んでいた。音在亭の復活第一夜を飾るために、各自が頼みもしないのに豪華な差し入れを持参してくれた。部屋こそ汚れていたが、豪華な日本食が食卓に並べられて、現場の再建の意気に燃える男たちの気勢は上がった。

各現場の被害状況と再建方法の話題もさることながら、この環境汚染の真っ只中でどうやって健康を保持しながら過ごすかにも話題が集中した。

また、一週間違いとは言いながら、第一陣ならではの苦労談が音在たちに伝えられた。基地復旧のための補修作業を担当する立場にいる基地施設部の広谷は、もちろん第一陣の帰任組であったので、この一週間の推移を全体的に把握していた。

「いやあ、帰ってきて一番参ったと思ったのが、日本人食堂の冷凍庫だよ。昨年秋に本社でＯＢ会開催を自粛して、山之内ジャマール会会長から大枚のお見舞金を頂いたじゃない。それを全額牛肉の購入に使わせて頂いたものだから、カフジから日本人が退避した時点で、食堂の冷凍庫は牛肉で満杯だったんだ。

　三か月の停電期間があったもんだから、牛肉が全部腐っていてさ、食堂に近づくと集団で人が死んでいるんじゃないかと思うほど強烈な匂いがしていてね。これじゃあ日本人食堂を復活することなど不可能だというんで、資材部の山本がダンマンまで行って大量のカセイソーダを仕入れてきたんだ。清掃作業をしようにも労務者などカフジに誰もいないから、ついでにダンマンでパキスタン人の労務者も探してきてね。皆、全共闘の学生みたいにタオルで覆面して顔と髪を隠して大作業だったよ。蛋白性の腐臭が髪につくと、なかなか落ちないいんだよな。」

「本当ですか。それは大変だったですねえ。」

「つい一昨日に作業が終わったばかりだよ。カセイソーダで洗った冷凍庫は蓋を開けたままで、今食堂の外で乾燥させているところだよ。」

「広谷さん。そのカセイソーダを少々分けて頂けませんか。小倉さんの社宅が同じく大変なことになっているんです。ファミリークォーター随一の資産家ですから、略奪の有様もひどいものですが、それ以上に漁師の小倉さんは冷凍庫を三台も持っておられたでしょう。まさに日本人食堂と同じような状態になっているんですよ。」

　義理堅くて世話好きな日向が、早速貴重なカセイソーダを分けて貰えるように頼み込んだ。

　広谷がニヤリとして、質問した。

「音在ちゃんの、あの冷凍庫もただじゃ済んでないだろう。」

「ははは。実はそうなんです。皆さんが来られるので、さっき部屋中に芳香剤を振りまいたんですが。部屋に戻った時に、チェックのために蓋を開けたら、誰か死んでいるようなとんでもない匂いがしたので、一秒で蓋を締めたんですよ。」

　音在は部屋の隅に鎮座する大型冷凍庫を指差した。

「音在さん、洗浄するならお手伝いしますよ。」

「有難う。しかし、俺の場合はこの建直し作業が完了したらボチボチ任期満了の時期だし、小型冷凍庫も一台あるから向こう半年くらいはこの冷凍庫がなくてもやっていけるので、大型冷凍庫は中身を凍らせたまま捨てようと思っているんだ。」

「こんなかさばる粗大ゴミを何処に捨てるんですか。」

「捨てるというのは冗談だよ。月末には海務部のフィリッピン人スタッフが戻ってくる筈だから、中身付きを条件に貰ってもらうことにするよ。彼らだったら喜んで持っていってくれるさ。」

日向が部屋のエアコンの噴出し口を見て、気がついたように提言した。酷暑のサウディアラビアにある単身寮は、建物の中心に大馬力のコンプレッサーを設置しており、そこから二十室ある個室にダクトを通じて冷気を供給する造作になっている。

「音在さん。噴出し口が剥き出しのままですね。なにしろ油田火災のお陰で空気が最悪の状態ですから、フィルターを貼らないと健康に悪いですよ。」

「ああ、それは俺も気がついていたんだが、カフジに着いて半日だというのに、鼻クソがそれこそ真っ黒になるんだよなあ。でも、帰ったばかりで、材料もないんだが。」

「音在ちゃん。善は急げだ。今、フィルター・シートを持ってきてあげるよ。ただし、一週間でこまめに貼り変えないと、煤で目詰まりを起こしてフィルターごと吹き飛ばされることになるから注意してね。」

広谷がフィルター・シートを一巻き取りに戻ってくれた。

早速、音在は適当な大きさにメッシュのような紙を切り取ると、幅一メーターほどのエアコンの噴出し口を覆って、周囲をガムテープで固定した。当然、空気の噴出し音が小さくなった。煤の噴出しはてき面に減少したはずだが、冷気の供給量も圧倒的に少なくなったはずだ。これから差し掛かる夏場には困ったことになるだろう。それでも、背に腹は代えられない。

「広谷さん。窮状に合わせたみたいに、よくこんな資材がありましたね。」

「いやあ、時々砂嵐（シャマール）が吹く土地柄だからさあ、神経質な人間には元々こんなものが必要なんだよ。これは役に立つよ。」

話題は各自が遭遇した略奪の被害に及んだ。

「いやあ、頭に来ましたよ。今日、部屋に戻ったら、引出しが全部ブチ播けられていて、小さくて金目のも同調した。

「音在くん、何を盗られたの。」

温厚な敦賀も腹に据えかねているとみえて、これに
のは全部盗っていかれていましてねえ。」

「大事な大事な腕時計と小型録音機でしょう、それに逃げる時に置いていったクウェイト・ディナールでしょう……」

音在は指を折って数えてみせた。

「僕は、ビデオデッキをやられちゃってねえ……」

敦賀も同調した。

広谷が実証的に観察した犯罪者心理学を披露して、一同を大笑いさせた。

「盗難といえば、面白い現象があってさあ。僕の部屋からもビデオデッキが盗まれたんだけど、逆に見たこともないビデオデッキが二台も残されていてさあ。ははは……」

「何ですか、それは。」

「つまり、盗人は僕の部屋に侵入するまでに少なくとも二つの部屋を荒らしてきた訳だ。目ぼしいものをポケットに詰め込み、両手にビデオデッキを抱えて僕の部屋に入ってきた。そこで、僕の最新モデル機が欲しくなり、両手のビデオデッキが邪魔になって置いて行ったということだな。」

音在は盗難に遭っていなかった自室のビデオデッキに改めて目をやった。

『なるほど』

音在のビデオデッキは音在の二度目の赴任と時期をほぼ同じくして本社に帰任したある先輩から譲り受けたものである。さらに音在自身が三年以上使い込んでいるから、盗んで持ち出すにはボロ過ぎるという訳だ。小物の盗難に遭っているにも拘わらず、大切な電気製品が残されている理由が理解できた。

「似たような現象が色々あってさ。僕の部屋でも盛大な家捜しをして行ったようだが、見たこともないスポーツシャツやスラックスが残されてあってね。これが、ちょっと良いものなんだ。このまま頂いちゃおうかとも思っているんだけど。ははは……」

「広谷さん、そういうのを焼け太りっていうんですよ。」

「貰っちゃおうというのは冗談だけどさ。殆どの部屋でもこういう同じようなことがあったはずなんだ。月末に第四陣が到着して全員が揃ったら、第二単身寮の

集会所にでも残していかれた品物を持ち寄って、お互いに持ち主探しをしなければならないなあ。」

その夜、音在亭に集まった八人の常連メンバーは極めて健啖だった。

成田空港土産の六本の鯖寿司も、各々が持ち寄ったご馳走も綺麗に平らげられた。依然として戦争とはまた一味違った厳しい環境にいるにも拘わらず、皆心身ともに元気であり、破壊された現場の建直しに向かう士気は高かった。

音在は、鉱業所の早期の復活を確信した。

まだ、音在の部下はひとりもカフジに帰っておらず、鉱業所自体がルーチンワークに戻っていなかったので、朝七時に出社する必要がなかった。

普段であれば、夜十二時には必ず営業終了を厳守していた音在亭であった。しかし、その夜は午前零時を越えても笑い声が絶えることがなく、会合を終える気配すらなかった。

第30章　破壊された現場の復旧

音在は、復帰後初めて本格的にデスクに戻った。

イラク兵の仕業と思われる事務所荒らしの状況には、改めてうんざりした。

会社にとっては重要書類であっても、彼らにとっては無価値なゴミ屑に過ぎないので盗難こそなかったが、船積み書類や諸統計のファイルに与えた被害は甚大であった。ファイリングの下手な部下たちに対して、日頃から口うるさく文書整理を指導していた音在であった。またファイルを総点検しなければならないではないか。今は営業部に戻っている茂田と神永の存在が改めて貴重に思えた。また助っ人としてどちらかを寄越せと頼んでみたところで、戦争の緊迫感が過ぎ去った段階では、あの営業部が協力するはずもなかった。

「ハロー！　ミスター・オトザイ!!」

銃弾を撃ち込まれ蹴り破られて蝶番が緩んでブラブラになっているドアを開けて、製品出荷係のチーフのサファルが飛んできて音在に抱きついた。

「おお！　サファルじゃないか！　元気だったか。」

「ミスター・オトザイこそお元気なようで、嬉しくって仕方ありません。」

「その後どうしていたんだ、お前。」

「一族がダンマンの出身だものですから、戦争の期間は親戚のところに家族と一緒に身を寄せていました。ミスター・オトザイがカフジに向かわれたと噂を聞きましたので、追い掛けてきました。たった今、到着したところです。」

ファイルの総点検の膨大な作業を前にしてやる気が失せそうになっていた音在は、サファルの復帰を心から歓迎した。

「サファル。見ての通りだ。シッピングの建て直しには多大な労力と根気が必要だ。お前が帰ってきてくれて本当に嬉しいよ。」

「私こそ、またミスター・オトザイと一緒に働けるようになって嬉しいです。それから、戦争の始まる前日にミスター・オトザイを置いて先に逃げてしまって、本当に申し訳ありませんでした。」

「済んだことを気にするな。俺もお前も元気でここにいるんだ。それで良いじゃないか。」

「ミスター・オトザイ……」

「それから、鉱業所の再開は四月三十日だ。サウディアラビアの全新聞とラジオを通じて広告をする予定だ。それまでにお前からシッピングのスタッフ全員の退避先に電話をして、念のために通知しておいてくれないか。それまでは自由出勤とするので、皆カフジに戻らなくても別に構わない。もし、早目にカフジに戻って出勤してくれるなら、もちろん大助かりだ。サファルも家族の世話があるだろうから、それまでは事務所に来なくても構わんし、来てくれるにしても出退勤は任意でよろしい。俺はカフジにいても他にすることがないので、毎日出勤するが、建て直しのための調整事で外出も多いと思うし、在室は不定期になると思う。」

「はい。ミスター・オトザイのご無事を確認できましたので、私は安心しました。一度ダンマンに帰ります。準備を済ませて、なるべく早く本格的にカフジに戻って、ミスター・オトザイのお手伝いをしたいと思います。」

サファルが去ると、音在は自分自身で鉱業所全体の被害状況を確認するべく、広大な敷地のあちこちに車を走らせた。

シッピング業務自体の復旧の目途は、昨日と今日の両日で大体把握していた。コンピューターが何の被害も蒙っていなかったのが、何よりも有り難かった。船積み書類や諸統計のファイルの総点検は、部下たちが帰って来さえすれば音在と藤井が率先して人海戦術をかけて内部的に解決できる。

砲弾の破片や撃ち込まれた銃弾で小破した事務所の施設は、基地施設部の広谷に修復依頼をしておけばそれでよかった。広谷のスタッフたちがカフジに戻ってくれば、順次作業に掛かってくれる。

シッピング業務における復旧に向けての問題はふたつあった。

そのひとつは、戦争勃発時の退避手段であったはずの船舶が、被弾の恐怖に耐え切れなくなったフィリッピン人乗組員によって持ち去られていたことだった。これらの船舶はアラビア湾の遥か向こうのアラブ首長国連邦のアブダビにあった。もし、海路の脱出を選択していたとしたら、アブダビで造船と船舶修理事業を展開している進出日本企業のアブダビ造船工業を頼りに落ち延びることになっていた。従業員を乗せずに逃げてしまったフィリッピン人クルーであったが、退避先の決め事だけは守っていた。連絡はついていたので、浮遊機雷の危険を心配して動きたがらない彼らではあったが、タイミングを見て呼び戻しさえすればよかった。タンカー・オペレーションに必要なタグボート始め各種船舶の準備は、遠からず解決できる見込みであった。

一番厄介なのは、通信手段の復活であった。原油出荷作業の司令塔となるシッピング部から南三キロの地点に、オイルフローを司る原油生産部の中央管理室とタンク群が位置している。タンカーへの原油積込みをするシーバース（着桟施設）は、シッピング事務所から東へ十六マイルの沖合にあった。シッピング部からの適時の指示を受けて、原油出荷作業がシステム的に行われるためには、通信機能が健全に機能していることが必須条件であったのだ。

鉱業所の通信中枢であるコントロールルームが、イラク軍の砲撃の直撃を受けて全焼していたので、復旧の目途が立たなかった。機能中枢だけではなく、アンテナやケーブルその他の付帯施設にも被害が及んでいるかも知れなかった。

しかし、敦賀や音在にとって、通信技術は問題が専門外に過ぎていたので、本社技術部に専門家の応援を仰ぐしか術はなかった。

通信機能復旧の差し迫った必要性は、鉱業所内の関係部との作業連携における範囲だけで求められるものではなかった。来航タンカーがカフジ沖合百マイルに近づくと、それまでのテレックスやファックスの通信から、直接会話による船積み条件の確認や来航情報の交換に移る。十六マイル先の沖合の着桟施設に係留したタンカーとは直接会話によって、原油船積み（ローディング）の開始と終了、通油レート等を時々刻々確認しながら作業を行わなければならなかった。通称『ラジオ』と呼ばれている半二重のこの通信手段は、一方が話し役にある時は片方が聞き役専門にならなければいけない。通信手段としては旧式に属する代物であったが、陸上のタンク・オペレーションと海上のタンカー・オペレーションというスケールが大きく微妙な危険も伴う作業を同調させるためには通信ラインの確保は不可欠であったのだ。

音在は、カフジ港の入り江を挟んで南側に位置する原油生産施設群の調査に向かった。イラク軍の攻撃による最大被害は、原油タンクの中でも一番貯油量の大きいジャマール原油専用タンクへの直撃であった。天に沖する黒煙を上げながら轟々とタンクが炎上する有様は、CNNのスクープ映像によって世界中に配信されていた。目的のタンクに近づくと、原油の燃焼による高熱に耐えられずに天井と側壁が内側にグニャリと落ち込んだ惨状が目に入った。まさに、原型を止めずという状況であった。

『いやこれはひどい。まさにカフジの被害の象徴といった光景だなあ。』

原油タンクはバンクという土手に囲まれている。一朝有事の事故に備えて、原油がタンクの外に流出したとしても、土手で食い止めて周辺への汚染を未然に防止するための造作である。湾岸戦争のお陰で、その万が一の事態が発生してしまったのであった。音在はバンクの上に立った。潰れてしまった巨大なタンクの周囲には、揮発分が燃焼してアスファルトのように真っ黒に固まった原油残渣が、バンクの足元まで分厚い層をなしていた。事務屋の音在が見ても、へしゃげてしまったタンクは解体撤去して新たに建て直すしか復旧の方法がないことは一目瞭然であった。

南岸のタンク群や脱塩装置といった施設群の周囲を回るにつれて、被害状況が一層明確になっていった。音在が僥倖に胸を撫で下ろしたのが、原油生産部の中央管理室への直撃弾であった。事務所の入口にイラク軍の弾が命中していたのだった。もう三十メーターほど、砲弾がコントロールルーム側に寄っていたら、鉱業所全体のオイルフローを司る中枢機能は完全に麻痺していたはずだ。

その部分の復旧だけでも、軽く半年間を要する結果になっていたであろう。

事務所の玄関口の天井に大穴が開いて、床は破壊され備品は粉々になっていたが、隣室のコントロールルームにモニターとして設置された幅三十メーターもあるオイルフロー・パネルに傷はついていなかった。

施設の間をゆるゆる走る音在の目には、道路上のあちこちに砲弾の破片や被弾した施設から吹き飛ばされた残骸が多数散らばっているのが確認された。

『これでは、復旧に時間が掛かるわ。』

砲弾の破片はただ片付けさえすればよかった。まだ従業員が戻ってきていないから清掃が進んでいないだけのことだ。しかし、砲弾に混じって施設物の破片が散乱しているということは、原油生産の諸施設や延々と設置されたパイプラインの何処が被弾しているのかを全て詳細に確認しなければならないことを意味していた。高圧オペレーションを伴う原油生産や石油精製作業では、設備やパイプが傷つけられたり穴が開いていると爆発事故の原因になりかねない。

シッピング体制を復旧したと宣言したところで、後方部隊の準備が終わらなければ、原油の出荷作業は行えない。

『原油生産と出荷の再開は、いったい何時頃になるんだろうか。』

音在は渋面を作りながら車を走らせた。

鉱業所のみならずカフジの町全域にわたって、戦争の被害が及んでいた。

音在は不発弾や地雷に注意しながら、町のあちこちに車を向けた。

目立った建物は民家といえども南側からの砲撃を受けて破壊されていたものが多かった。緒戦に後手を踏んだ多国籍軍ではあったが、体勢を立て直して反撃に移った後は、物量的に遥かにイラク軍を圧倒していた。イラク軍が立て篭もっているかも知れない建物には、実際は敵兵がいてもいなくても片っ端から容赦ない攻撃を加えた結果であろう。主要な道路や空地には薬莢や砲弾の破片が多数散乱していて、運転席の音在からでも良く視認できた。音在はさらに状況分析するために、要所々々で車を止めて観察した。

散乱している砲弾の破片には二通りのタイプが観察できた。人員殺傷用の砲弾は触発信管が働いて菊の花のような条痕を道路上に残していた。砲弾は指一本ほどの砕片に千切れていて、その各辺は鉛筆を削れる程に鋭利な刃物状になっている。炸裂の灼熱を吸収した破片が命中して体を貫通した場合は、弾創は縫合不可能なほどに見事にずたずたに肉を切り裂くことだろう。その計算しつくされたような千切れ方は、これこそ金属工学技術の粋であることに、音在は気がついた。

ブロック状の大きさで転がっているのは施設破壊用の砲弾の破片であった。

遅発信管の作用で、地面や施設に刺さってから砲弾は炸裂する。従って、着弾の跡は必ずすり鉢状の弾痕を残すし、砲弾の炸裂片は煉瓦ブロック大であった。目的別に砲弾の割れ方と飛散り方が見事に異なっていた。これも金属の性質と火薬と信管の組み合わせによって見事に設計し分けられているものと観察された。砲弾の基底部に当たる破片ブロックを拾い上げて、音在は納得した。ロシア文字が見て取れたのだ。

『なるほど。やっぱりイラク軍の装備はソ連製だ。』

アラブ圏で唯一、社会主義国寄りのイラクはソ連とは国交が深かった。

それが証拠に、湾岸戦争開戦が不可避となりつつあった頃、イラクのアジズ外相は何度もソ連に足を運んだ。開戦の危機が暴虐に起因する自業自得によるものであるにも拘わらず、ゴルバチョフ大統領に多国籍軍を主導するアメリカの牽制を依頼するためであった。もちろん、連邦体制が崩壊の危機に瀕しているのを国際社会にひた隠すソ連が他国の面倒を見る余裕などなく、イラクの救済のために割く調停能力はすでに失われていた。

その時のソ連の思惑と心配は、湾岸戦争の勃発回避よりも別のところにあったはずだ。八年間に及んだイラン・イラク紛争時代に、ソ連がイラクへ売りつけた武器兵器は膨大な量にのぼっていた。債権回収の可否が最大の関心事であったのが、正直なところではなかったかと音在は推察した。事実、音在の手の上にズッシリとした質量感をもって乗っかっているのは、イラク軍が撃ち込んだソ連製の施設破壊用砲弾の一部であった。これもイラクがソ連から負った債務の一部に含まれていたものと考えて間違いない。

『ほう。これは良い形だ。破砕面の金属の断面模様が微妙だし、砲弾の底の部分だから置いておくのに据わりも良い。底にロシア文字も記してあるしな。』

音在は持ち上げた砲弾の破片を、博物館のようにコレクションを集めた自分の部屋の置物にすることにした。軍事的拾得物を自室まで持ち帰った音在は、黒ペイントで記念品に相応しい文言を下手な字で書き込んだ。

『Remember! January 17th, 1991 in Khafji』

音在亭を訪れる客人は、皆この珍妙な置物を見てひとしきり各々の戦争体験を語るのであった。閉鎖社会特有の話題の少なさに対して、砲弾の置物は格好な話のきっかけ作りの役割を果たすことになった。音在は、この記念品を大切にして、その後の本社帰任の際には日本へ持ち帰って執務デスクの上に飾った。

音在が社宅エリアにあるアラブ人小学校のそばまで来た時に、奇妙な着弾跡を発見した。人員殺傷用の弾であれ施設破壊用の弾であれ独特の着弾の跡を示すのだが、その砲弾だけは違っていた。

小規模な条痕を周囲に残しながらその砲弾はアスファルト道路に深々と突き立っていた。爆発の衝撃で変形してはいたものの、突き刺さっている金属の材質は薬莢にでも使用されるような比較的薄手の金属であり、それ自体が炸裂して周囲に破壊効果を及ぼすものでないことは一目瞭然であった。

『イラク軍の奴ら。ひょっとしたら、やっぱり使ってやがったんじゃないのか?』

音在は砲弾の種類を推測すると、慄然たる思いがした。道路に突き立った金属製のカートリッジは薬莢ではないことは明らかだった。薬莢は炸薬を炸裂させた時に砲弾に推力を与えて砲底に残る仕組みになっている。原理的に言って、決して砲弾と一緒に飛来することはない。カートリッジは砲弾の中身としてある種の気体か液体を飛ばす必要に応じた造作だ。音在の知識から思いつくことができるものはただひとつであった。

『毒ガスじゃないのか?』

イラク軍は、イラク北方のトルコとの国境に近い山岳地帯一帯で分離独立を要求するクルド人を鎮圧するために、イペリットやサリンといった毒ガスで攻撃して、これを鎮圧した実績を有する。空気に比較して相対的に重たいこれらの毒ガスは、クルド人たちの居住区域である山岳地帯の盆地に滞留して、無辜の民五千人を殺戮した。

そして、イラン・イラク紛争でもイラク軍の劣勢を挽回するために、毒ガスが使用された。この残虐行為を世界中に喧伝して、イラクを批判するために、イランは毒ガス攻撃による傷病兵を世界中に治療のためと称してわざわざ派遣した。その際、数人のイラン軍兵士が日本にも治療のために送り込まれた。

湾岸戦争の各局面において、毒ガス弾が使用されなかったという保証は何処にもないと言わざるを得ない。しかし、これが表に出てくることは絶対になかった。何故ならば、敗戦国となったイラクが、わざわざ自国の罪状を認めるはずがなかったからだ。攻撃に使用しても見るべき効果がなかったのであれば、自らが暴露して国際批判を浴びる必要はなかった。一方、多国籍軍を主導して最大の兵力を投入したアメリカも、原因不明の後遺症を訴える二千人近い元米兵の存在があるにも拘わらず、毒ガス使用の証拠なしとして湾岸戦争における毒ガス兵器の存在は否定している。もしこれを認めた場合、後遺症を訴える兵士への補償問題や危険地域への戦力投入に対する国内批判が台頭する危険が出てくるからではないか。軍事専門家ではないにせよ、戦争に巻き込まれた真剣な当事者として、音在の推論は止まることを知らなかった。仮に毒ガス兵器が使用されていたとしても、湾岸戦争の戦場となった砂漠地帯は、毒ガスが有効であるための立地条件が整わなかった。まず、戦争勃発時のカフジは、住民も日本アラブ石油開発の従業員も退避を済ませて殆ど空っぽだった。人口密度が殆どゼロのところに、平坦で強い風の渡る砂漠地帯であるから、折角の気体兵器はたちまち拡散して使い物にならなかったのではなかろうか。音在は自室までカメラを取りに戻って、後日の証拠のためにこの奇妙な着弾痕の写真を、角度を変えて何枚も撮影した。

カフジの町の北方、クウェイトとの国境の手前には擱座した大型戦車の残骸が遺棄されていた。砂漠の中にポツリと残されたソ連製T六二重戦車は敗走中に攻撃用ヘリ・アパッチの追撃を受けたものであろうか。ヤスリを使っても削れないであろう分厚い特殊鋼で造られた砲塔に対戦車砲の特殊砲弾が見事に空けた直径十センチ程の丸い穴が残っていた。凄まじい貫通能力を有する対戦車砲の存在は、音在も書物で読んだ記憶があった。劣化ウラン弾の弾痕であることは明らかだった。着弾の瞬間、砲弾は極度の灼熱を発する特殊弾なのだ。ヤスリも撥ね付ける特殊鋼であっても、着弾した部分は瞬間的に灼熱を吸収して、あたかもトコロテンのように柔らかくなる。そこを弾丸は衝撃と共に弾の直径の大きさで分厚い特殊鋼を貫通する仕組みだ。『うわっ、これは凄い！　砲塔の中にいた操縦士と砲兵は灼熱の中で瞬時に蒸発しただろう。』

操縦席の中は、徹底的に破壊され真っ黒に焼け焦げていた。砲塔の側面の小さな穴以外は本来の外観を完全に残しているにも拘わらず、内部には兵士の残骸や骨片すら見当たらなかった。多国籍軍とイラク軍の装備の差を歴然と現す現場であった。

音在が次に気にしていたのが海洋汚染であった。

日本で待機中にテレビで見た原油まみれの海の映像の中に、音在が普段素潜り漁の漁場にしている場所があったのだ。カフジの北方七キロに位置する海に突き出した小さな突堤がその場所だ。海岸に到着すると、万が一の地雷の埋設を注意しながら、音在は目的の突堤まで歩いて行った。あのテレビ映像が嘘ではなかった証拠に、アラビア湾に三十メーターほど突き出したコンクリート製の突堤は真っ黒のペンキを塗ったように原油の漂着の痕跡を残していた。

音在は突堤の先端まで進むと、海水取入れ口を上から覗いてみた。取り入れ口に押し寄せた原油が、その高い粘度のために取り入れ口の上の覗き穴からモッコリとしたサッカーボール大の球形の原油ボールを吹き上げて、海洋汚染の象徴的光景を構成していた場所だった。

幸いなことに、見渡してみた範囲では海面に層をなして漂う原油は全く見当たらず、砂浜のところどころに廃油ボールのような原油の塊が点在しているだけであり、意外に綺麗な海に感じられた。

音在は突堤から砂浜に降りてみた。踏み出した足がズボリと足首まで沈んだので、音在は驚いた。表面の砂の下は漂着した原油が砂と混じった状態で層をなしていたのだ。

『なるほど。そういうことか。』

音在は、比較的短期間の内に原油の海洋汚染が見当たらなくなっていた理由を理解した。アラビア湾は潮の干満の差が大きい。満潮の時に、表層を漂う原油は砂浜の奥深くまで運ばれる。干潮に変った際に、相対的に下の海水の方が先に引き始めるから、原油は砂浜に取り残される。海が荒れた時には、波が砂を巻き上げながら波打ち際を叩いて、砂浜に乗り上げた原油層の上にさらに砂を被せる。これを三か月以上に亘って繰り返した結果、海面を覆っていた原油は海岸に漂着し尽くしたのだろう。依然として軽い成分が海面にギラを浮かべているが、これも時間の経過とともに海岸の砂の上に被さっていくことだろう。大自然のメカニズムが然らしめた浄化作用である。しかし、砂の下に潜りこんだ原油はまだ柔らかく、それを踏み抜いた音在をびっくりさせたのだ。原油が完全に砂と混じるかバクテリアに分解されるためには、さらに長い時間の経過を必要とするだろう。

海面を浮遊する原油を発見しなかったのは、海を愛する音在にとって予想外の幸運であった。この大自然の浄化作用で片付きつつある原油の流出量は、実はテレビがセンセーショナルに報じたほどのものではないというのが、音在の調査による結論であった。

しかし、海洋汚染が全くなかったという訳ではない。かなりの量の原油が海面を漂っていた時期があったことは事実であり、海鵜やジュゴンのような生物の生命に多大な悪影響を与えたことは間違いなかった。海表を生息域とするサヨリやダツのような魚の中には死んで底魚の餌になって、直接被害を受けなかった底魚の体内に有害成分の蓄積が進んだ可能性もあるだろうと考えられた。


兄貴分の小倉とシッピングの部下の藤井は第四陣として、四月末にカフジに戻って来ることになっていた。家族を強制帰国させられて単身生活を余儀なくされたふたりも、本来は社宅の住人であった。音在は社宅の荒らされ方のひどさを確認していた。特に日頃からお世話になっている小倉の社宅に対する略奪振りがひどかった。

小倉は音在の師匠に当たる腕の良い漁師であった。週末には多くの単身赴任者を励ますために自宅に招待する小倉は、漁果を貯めこむための大型冷凍庫を三台も備えていて、その意味からも小倉邸の復旧は大変であった。

音在と日向は帰任の順番が遅い小倉のために、失礼に当たらないと思われる範囲で荒らされた社宅を整理するとともに、冷凍庫の清掃をしておいた。重たい大型冷凍庫を社宅のガレージまで運び出して、扉を開けて日光に当てて凝固した中身の解凍をさせるのだ。たちまちの内にたとえようもない強烈な腐臭が周囲に立ち込めた。全てを解凍したら、さらにとんでもない事態になるので、ガーデニング用の小型スコップで、凍結が緩んでシャーベット状になった内容物をすくって、次々にゴミ用の黒いビニール袋に詰め込んで口をくくった。

空になった冷凍庫に放水して洗浄した後、カセーソーダの溶液を含ませた雑巾で擦って何回も再洗浄して、さらに日光に晒して脱臭したのだ。

帰任当日に社宅の荒らされ方のひどさに衝撃を受けないように、やっと開通した国際電話を通じて、音在はまだ日本にいる小倉と藤井に状況報告しておいた。

カフジに戻ってきた小倉と藤井は示し合わせたように、直ちに音在の部屋を訪ねてきた。音在の事前連絡である程度覚悟をして帰ってきたふたりではあったが、さすがに憮然としてショックは隠せない様子だった。

「いったい何だっていうんだ！　社宅は壊すし金目のものはゴッソリ盗んでいきやがるし。あんな状況は女房には見せられたものじゃないぞ。まったく腹の立つ連中だな！」

小倉はやり場のない憤懣を音在にぶつけた。

「それは俺だって全く同感ですね。俺の部屋だってひどいもんでしたよ。だけど命あって、またこの楽しいメンバーが集まれたんだから、これをもって良しとしましょうや。」

「だけどあんまりだよ。ネコも行方不明になってしまうし……」

「小倉さん。社宅の復旧も大変で時間も掛かるでしょうから、毎晩でも僕の部屋に来て下さいよ。」

「うん。お世話になるよ。」

小倉も藤井もひとしきり鬱憤をぶちまけると気分が落ち着いたようであった。

第四陣が帰任した翌日、日本アラブ石油開発はサウディアラビアで発行されている新聞五紙全てとテレビ、ラジオを通じて、四月三十日朝七時をもって全従業員は鉱業所に帰任するべき旨をサウディ全土に向けて広告した。

四月三十日の朝、音在は朝五時に起床した。

その後お互いに音信不通になっていた部下たちが、ひとりも欠け落ちることなく戻ってくれるかどうか、一抹の不安を伴う再会の楽しみがあった。

朝七時の始業が待ちきれずに、音在は六時に出勤して部下たちの復帰を待っていた。再会の喜びを部下たちと共有するために、自分のデスクで管理者然として待つよりは、部下たちの大部屋の方が相応しいと判断した音在は、大部屋の窓際のデスクに陣取った。

『うーん！　早くファイサルとカーリッドに会いたいぞ。』

煙草をふかしながら、一番先に現れるのは誰かをわくわくしながら推量していると、敬虔なモスレムであるイスカンダールが真っ先に顔を現せた。

「ハロー！　ミスター・オトザイ……」

イスカンダールは音在に抱きついて、涙を流して挨拶した。

「ミスター・オトザイはあの時、先に逃げる私を許して下さいました。無事にまたお会いできたことを、私はアッラーの神に感謝します……」

開戦の恐怖に震えるイスカンダールに対して、誰もお前を責めることはできないと言って退避を許したことを、如何にもイスカンダールらしい表現で感謝を述べた。抱擁して互いの頬に接吻するアラブ流の挨拶を苦手としていて、普段は握手だけで済ませる音在であったが、この日だけは彼らのするがままにさせてやった。

始業時間の七時が近くなった。いつもなら、時の流れに寛容な、換言すれば時間にルーズな民族性を有するアラブ人の部下たちが、始業時間に全員が姿を見せることなどまずなかった。

しかし、定刻十分前にたったひとりの日本人部下である藤井が出社する頃には、殆どの部下が顔を見せていた。先に出勤して来た部下たちは大部屋の壁を背にして丸く並んで、後から次々に入って来る仲間を拍手と歓喜の声で出迎えた。

「よー！　生きてたのか！　お前！」

「いやー！　お前たちこそ、元気だったか!?」

部下たちは全員、真っ直ぐに音在のところに来て固い抱擁を求めた。

湾岸戦争開戦の日、最後まで音在の下知に従ったひとりのカーリッドが出社したのはスタッフの間では中ほどの順番だった。カーリッドとの挨拶では音在の方が能動的にアラブ流の挨拶をして、カーリッドを固く抱き締めてやった。

カーリッドの頬にも音在の頬にも幾筋も涙がつたった。音在が抱擁を解くと、カーリッドは壁際に並んでふたりの挨拶を見守っていた先着者たちに、昂奮した大声のアラビア語で何やら叫んだ。叫び掛けられた者たちは、一様に下を向いてウンウンと頷いた。難しいアラビア語はさっぱり解らない音在ではあったが、カーリッドの言わんとすることは『お前ら、あの時は先に逃げやがって、この野郎!』ということではないようだった。

「ミスター・オトザイは最後まで逃げずに、俺に退避命令を出して下さったんだ!」

カーリッドが叫んだ後に、スタッフたちが顔を上げて音在を見詰める目の色が、それを物語っていた。

普段は一番早く出勤しそうな律義者のファイサルは、その日に限って七時丁度に顔を見せて、謀らずも千両役者の役割を演じることとなった。

ファイサルは音在が一番再会を心待ちにしていた部下だった。家族からの再三の退避の懇請に対して、額に縦皺を立てながらもやせ我慢を張って、音在に義理立てしてくれた最愛の部下だった。そしてイラク軍の攻撃が始まった時ですら、部下としての秩序を崩さなかった信頼できる男だった。

最後に大部屋に入って来たファイサルはシッピング・スタッフ全員の万雷の拍手で迎えられた。ふたりは固い固い抱擁を交わした。

「おい! 皆、聞け! このファイサルはなあ。俺に最後までなあ。……俺に最後までなあ。……」

音在は、大部屋に居合わせた全員にファイサルの善行を伝えようとしたのだが、こみ上げる嗚咽が後の言葉を続けさせてくれなかった。

しかし、状況を説明するのに言葉は要らなかった。ふたりの抱擁の固さが、開戦当日の様子を雄弁に物語っていた。壁際の男たちはもらい泣きしながらふたりのために拍手を続けていた。

激情がおさまると、音在は責任者の立場上、演説を打たなければならなかった。

「皆、よく無事に帰ってきてくれた。また、皆と一緒に働けるようになって、本当に俺は嬉しい。残念ながら鉱業所はイラク軍の攻撃を受けて、大変な被害を蒙ってしまった。しかし、原油生産と出荷の再開に向けて、皆の力を合わせて頑張ろう！」

部下たちは、先ほどまでの拍手とはまた性格の違う拍手で音在のスピーチに応えた。

音在は、演説の最後を管理者らしいジョークで締め括った。

「今朝、俺は皆と再会するのが楽しみで、六時から事務所に出ていた。皆も定刻の七時までにひとりの遅刻者もなく集まってくれた。皆、やればできるじゃないか。俺が朝食会を開催しなくても、遅刻しないことは解った。明日から遅刻は許さん！」

恒常的に遅刻の癖を持つスタッフ全員が笑いころげた。

出勤時間にルーズな部下たちを定刻出勤させるために、音在は事務所ビル入り口の個室のドアを開けて、通過する部下たちに毎朝プレッシャーをかけていた。

一方、音在はアメとムチを器用に使い分けていた。月に一回、音在はポケットマネーを払って、朝食会を行っていたのだ。朝食会のある日には、てき面に遅刻者はひとりもいないのだ。どこの組織にもいるように、仕事の面では余り大きなものは期待できないが、この種の幹事役になると率先して張り切って働く部下がシッピング部にもいて、朝食会を取り仕切っていた。部下たちは、この意味が解って大笑いしたのだ。

その夜、音在はファイサルとカーリッドを誘って、カフジのレストランで夕食を取った。普段であれば、他のスタッフがいるところでふたりだけに声を掛けたりすると、余計な嫉妬を買うのだが、その日だけは周囲のスタッフも会合の意味を理解して、自分も招待されるべきだと主張する者はいなかった。

カフジの商店街にも少しづつではあるが、人が戻ってきていた。日本人の感覚から言って、まあまあ出入り可能なレストランがカフジには三軒あったのだが、その内の一軒が営業を再開していた。音在はボーイにメニューを頼んだが、残念ながら品書きはアラビア語で記載されていた。面倒臭くなった音在はメインディッシュと思しきあたりを十行ほど指差して、乱暴な注文をした。

「この行からこの行までの物を全部持ってきてくれ。」

冷静なファイサルが音在をたしなめた。

「ミスター・オトザイ。それでは無茶苦茶です。それじゃ食べ切れないし、羊肉ばかりですよ。お任せください。僕が適当に注文しますから。」

「そうか。それじゃ、お前に任せるよ。ただし、山ほど注文しろよ。死ぬかも知れないというのに最後の最後まで俺についてきてくれたお礼だ。今夜、ふたりにはここまで喰ってもらうからな。」

音在は、ダンマンで海道と柳井に乾パンのお礼のご馳走をした時のように、自分の喉仏の上を水平に指差して、腹がはち切れるまで食べて貰うとの意思表示をした。田舎町のアラブレストランのことであるから、音在が心から美味しいと感じられるほどの料理ではなかったが、愛するふたりの部下と食べる夕食は喜びに満ちたものであった。

「フウウ。ミスター・オトザイ。もうこれ以上食べられません。」

大食漢のカーリッドが音を上げた。

「私は、もう苦しいです。」

ファイサルもこれに同調した。感謝の気持ちが通じれば、それで十分であった。料理はまだまだ残っていたが、音在は彼らを許してやることにした。実は、音在ももうすでに苦しかったのだ。アラビアのパン『ホブス』は曲者なのだ。インドやパキスタンの『チャパティ』や『ナン』と同系統のパンであるホブスは無発酵パンである。イースト菌の働きで空気だらけに膨らんだ西洋スタイルのパンと違って、大量に食べると胃に入ってから水分を吸って急激に膨れ上がるから後で苦しくなる。山のように残った羊肉や野菜を前にして、ふたりは音在の思いやりと喜びを痛いほど感じていた。

ファイサルが返礼の意味を込めて、食後に音在とカーリッドを自宅に招いてくれた。まだ家族たちが退避先から戻っていなかったので、ファイサルの家は閑散としていた。アラビアンコーヒーの『ガフォア』の香ばしい香りが漂った。生コーヒー豆やカルダモンといった薬味を乳鉢で突き崩しておいてエッセンスを煎じ出すアラビアンコーヒーは、独特の風味とともに一種の漢方薬のような薬理効果を有する。喉元まで詰め込んだアラブ料理をこなすための、何か消化を助長するような効き目があるに違いなかった。音在はファイサルとカーリッドの好意に溢れた返礼の中に、職場を最後まで守り通した仲間としての連帯感を強く再認識した。

小倉たちと一緒のフライトで、本社技術部の各分野の応援要員が駆けつけた。その一行の中に、敦賀や音在が待望した通信技術者も含まれていた。定年を間近に控えた技術部の宇崎が、新しい通信制御装置の発注先である通信メーカーから短期出向させた相澤を連れて来たのだ。破壊され全焼した装置には見切りをつけて、技術部は新たな通信制御装置を発注済みであった。近日中に機器が航空便で届くまでに、設置条件と周辺状況の調査を行おうというスケジュールになっていた。

早速、敦賀の事務所で対策会議が行われ、通信体系の復旧に取り掛かることになった。三十歳代の技術者である相澤は機敏で優秀なエンジニアであった。年配の宇崎が何事もじっくり考えながらでないと行動できないのに対して、初めて訪れた出張地であるにも拘わらず、相澤は対応策が先に読めているかの如くに軽快に動いた。海上に電波を飛ばすためにシッピング事務所の屋上に設置した高いアンテナにも、相澤は慣れている音在と競うようにスルスルと昇った。地理条件や被害状況の説明に当る音在は、相澤の飲込みの速さを頼もしく感じた。

てきぱきと仕事する相澤ではあったが、気掛かりな問題を抱えての出張であった。急な海外出張の命令に従ったものの、相澤は病弱な妻を日本に残してきていた。音在亭の客人に迎え入れられた相澤は、その悩みを音在に打ち明けた。

「そうか。相澤さんも大変だねえ。それじゃあ、明日の夕方、仕事が終わってから真っ直ぐ俺の部屋においでよ。カフジ時間の五時は東京の午後十一時だから、電話をするには都合が良い筈だ。俺が三十分ばかり外出するから、自由に電話を使って奥さんを励ましてあげろよ。」

相澤の事前準備が実って、通信制御装置のカフジ到着後、直ちにシッピング部が必要とする通信機能は復活した。

これに歩調を合わせるように、アブダビに退避したままになっていた船舶も、敦賀の命令に従ってカフジへと戻ってきた。シッピング機能に限って言えば、完全に体制は旧に復したのだ。

相澤の有能な働きぶりは、鉱業所全体でも好評だった。音在は久し振りに真田からデスクに来て欲しいと呼び出しを受けた。

「師範。何かとご苦労さんだなあ。本当に良く頑張ってくれているようだなあ。」

真田は独特の間を置く落語口調で話し掛けた。

「いやいや、タイコーさんこそ大変ですよね。皆して頑張らなきゃいけないのは当たり前ではありますがねえ。」

「ひとつ、師範に一肌脱いで欲しいことがあるんだけどさあ。」

ことさら何の相談かといぶかる音在に、真田は話を続けた。

「実は、今、師範の手伝いをしている相澤くんなんだが。あいつ、相当使い物になるだろう。」

「はあ、本当に助かってますよ。彼は真面目だし優秀ですね。」

「あいつをさあ、我が社に引き抜いて欲しいんだ。日頃面倒を見ている師範から説得すれば相当効くと思うんだな。我が社でたったひとりの通信技術者の宇崎さんが、もうすぐ定年になるのは師範も知っての通りなんだ。今回、通信制御室に大被害を受けて、会社としては通信が解る技術者の必要性を痛感しているところだ。どうしても宇崎さんの穴を埋める人材が必要なんだ。いちいちコントラクターを他社から借りて来るわけにもいかないからなあ。」

「いやあ、タイコーさん。僕は反対ですね。彼は日本に後顧の憂いを抱えています。奥さんが病弱らしいんですよ。僕の部屋の電話を使わせて、留守宅の奥さんを励ましているのが現実なんです。甘い言葉でこんな所に引っ張ったら、彼の人生を狂わせてしまうんじゃないかと心配ですよ。」

「もうこの話は、上の方の承認まで取り付けているので、業務命令と思って口説いてみてくれないか。」

会社の都合ばかり考えて、一番安易なところで人材確保することには反発を感じる音在であったが、他ならぬ真田の申し出には一応協力することにした。

しかし、音在は相澤に自分の判断は正直に伝えた。

「相澤くん、お役目だもんで一応お伝えしておくよ。良くやって貰っていて、俺はあなたが非常に優秀だと評価していたんだけれど、マネージメントの連中もあなたのことを同じように見ていたんだね。うちの会社は通信関係の技術者が手薄なんで、是非あなたにきて欲しいらしい。ついては、俺にあなたを引き抜けっていうんだよ。」

「はあ？」

　唐突な話に相澤は驚いたように音在の顔を見た。

「でも、本音をいうと俺は反対なんだよね。奥さんの調子が良くないのに、こんな親の死に目には絶対会えないような辺鄙なところへ引っ張ってきたら、あなたの人生を狂わせてしまうかも知れないものな。だけど、はっきり言って今の会社よりも日本アラブ石油開発の方が給料は高いよ。それだけは転職のメリットになるといえるね。」

「話が余り突然なもので……」

「問い掛けられたからには、どっちか返事をして貰わなければならないけど、無理はしなさんな。断って貰っても一向に差し支えないからね。」

　音在は相澤に転職勧誘の話の後、真田にやりとりを報告した。

「タイコーさん、ご指示の通りに話しておきましたけれど、やっぱり駄目だと思いますよ。」

　しかし、人の心とは解らないものであった。軽はずみな転職をしないように結論誘導したつもりなのに、逆にその思い遣りに心を動かされたのか、収入が魅力的であったものか、相澤は転職の決心をしてしまった。数か月後に本社に帰任した音在の前に相澤が現れた。唖然とする音在に、相澤は悪戯っぽく挨拶した。

「音在さん。僕やっぱりお世話になることにしました。」

「エエッ？　馬鹿じゃないのか、お前。」

「エヘヘヘ……」

「音在さん！　お久し振りでございます。」

　苦手なタイプライターを叩いていた音在が顔を上げると、アラブ建設の島内が元気な顔を見せて立っていた。

「おお、お帰り。お元気そうだねえ。」

「はい。昨夜帰ってきましたのでご挨拶に参りました。また、よろしゅう頼んまっせ。また、お部屋の方に遊びに行かせて下さい。」

　戦争勃発前夜のエピソードや、サウディを脱出するチャーター便が飛ぶ前夜の憔悴振りがまるで嘘のように、饒舌な島内だった。日本で心の傷を癒して、すっかり元に戻ったのだ。

「島内さん、あちこち壊されているから、あんたの仕事もこれから大変だよ。」

「はい、これから基地建設部と打合せですわ。建設工事はアラブ建設の仕事ですから、どうってことはありまへんわ。そっちはええんですけど、いったいこの空と空気は何とかなりまへんか。ひどいもんでっせ、これは。健康をやられてしまいまっせ。」

「そうなんだよ。こっちに戻ってくる時に、工業用のマスクメーカーに行ってマスクを山ほど買ってきたんだけど、そのマスクを一日中手放せないんだよね。単身寮の部屋では、空調のダクトの噴出し口にフィルターシートを貼らないとドンドンと煤を吸い込んでしまうから、島内さんも是非フィルターを貼りなさいよ。」

事実、クウェイトの油田火災の被害は甚大であった。撤退するイラク軍の最後っ屁ともいうべき油田破壊による火災は、クウェイト全域の全油井四百九十八本に及んでいた。油田火災の専門家イーグル・アデア社始め、主に米国から集めた消防士によって消火活動に入ったものの、燃え盛る炎は消防士たちを寄せ付けず、轟々と音を立てながら天に沖する膨大な黒煙を吹き上げていた。


同時に吹き上げられる未燃原油は油井の周辺はもちろんのこと、遥か離れたカフジにまで霧のような油滴を降らせていた。この夥しく轟然とした油田火災を完全に鎮火するまでには二、三年はかかるのではないかという予想がまことしやかに伝えられていて、カフジに働く従業員の心を暗くした。

そうした中、ダンマンの仮事務所でクウェイト事務所の再建の準備をしていた藤堂と浜尾たちが、二台の大型ランドローバーに分乗してクウェイトに向かった。クウェイト事務所組はカフジに一泊して、休養するとともに鉱業所の仲間たちとエールの交換を行った。油田火災の火柱が林立し、どす黒い暗雲が低く垂れ込めるクウェイトに向かう彼らを励ますために、音在も一肌脱いで何かをしてあげたかった。

藤堂たちがカフジで一泊する直前の週末には、音在は蔵田を連れて五マイル沖合にある昔の出荷施設の残骸に釣りに出掛けた。釣りは本当に久し振りのことであった。湾岸危機直後に、コーストガードは就労以外の目的で沖合に出ることを禁止した。臨戦の危機に際しての当然の措置であったが、釣りを憂さ晴らしにしている漁師であり、扶養仲間の多い音在にとっては辛い制約であった。戦争が終わった今、特にコーストガードから解禁の通達はなかったが、なし崩しに解禁してしまえというのが音在の考え方であった。機雷の危険が払拭されない状況下で、釣りに出掛けるのは音在たちだけであった。釣りの愛好家は他にもいたのだが、暗雲が低く垂れ込めっぱなしの油臭い空気の中で、機雷の危険まで犯して沖に行く気にはなれなかったのだ。

海面のそこここに油膜が浮いた状態ではあったが、九か月振りの出漁の結果は記録的な豊漁であった。音在は魚を釣り上げる時に、釣果を巧みに誘導してギラの浮いた海面を避けて魚を引き上げた。

魚にしてみれば海洋汚染の受難はあったにせよ、九か月の休漁期を得ていたようなものだ。この状況は釣師に有利に働いた。山のような漁獲を持ち帰って、音在亭は潤った。大型冷凍庫は腐ったまま再冷凍された中身ごと、フィリッピン人スタッフに引き取らせたものの、音在はもう一台の小型冷凍庫を部屋に備えていた。小型冷凍庫はたちまち一杯になった。

再び豊富になった在庫があるので、音在はカフジを一泊して通過するクウェイト事務所組を招待した。人気者で引っ張りだこの藤堂を音在亭に招待するのは一泊スケジュールでは無理であったが、浜尾が喜んで招待に応じた。

「いやあ、さすが師範だねえ。こんな時期にカフジで刺身をご馳走になれるなんて考えてもいなかったよ。」

「炎渦巻くクウェイトに藤堂さんや浜尾さんが向かわれようとするのに、素通りして貰う訳にはいかないじゃないですか。だから一昨日、蔵田とふたりで機雷の危険を犯して、初釣りに挑戦してきましたよ。」

「へえ！　もう沖合に行ってきたの。わざわざ済まないねえ。危険だからって、海上部門の全従業員が沖合就労を拒否しているって聞いていたんだけどねえ。」

「実情はそうなんですが、僕が行ってきたのはたった五マイル先のローディングドックまでですよ。確かにさらに沖に行ったら何があるか解らないので、海上勤務はまだ再開されていませんがね。」

「これからクウェイトに行ったら、魚を食べられるのはいったい何時のことになるんだろうなあ。」

「ああ、浜尾さん。海洋汚染のことはご心配なく。当面の間、魚を食べるに当たっては、内臓と骨と皮は全部捨てていますから。本当は、音在亭の定番として、アラ炊きや潮汁や卵の煮付けなどがメニューにあるんですけど、海洋汚染の後ですから暫くは魚の身の部分しか料理しないことにしてます。美味いメニューを放棄しているのは、本当は残念なんですけどね。」

義理堅い藤堂は、十二時過ぎに顔だけ出して挨拶した。

「おう、音在くん。呼んでもらったのに済まんな。何しろ同期の小此木はいるし、タイコーさんが放してくれなくってさあ。」

「藤堂さんが人気者だってことはよく解ってますよ。クウェイトに行かれても、時々息抜きにカフジに来て下さい。いつでも、刺身をご馳走しますよ。」

翌朝早く、藤堂所長率いるクウェイト事務所スタッフは復興の意気に燃えて、油田火災の暗雲垂れ込める百五十キロ北を目指して勇躍出発した。


カフジに戻って以来、毎日毎日油田火災の煤煙に悩まされている音在は、否応なしに煤煙の状況を観察していた。上空二、三百メーターには大気の反転層があるようだ。

平和だった頃でも、鉱業所の生産施設で随伴ガスを焼却するフレアスタックの煙は真っ直ぐに立ち上った後、上空で水平に方向を変えてどこまでも横に流れて行った。気温や気流の関係で反転層が生ずるのに違いない。

クウェイトでの五百本近い油田火災が濛々と立ち上らせる煤煙の総和が、反転層を境として横に流れる。どの地域が被害を蒙るかは風向次第であるが、この時期は不運なことに、概ね北から南に向かって季節風が吹いていた。

火を放った張本人であるイラクに向かって北西に風が吹けば、『ざまあ見ろ』と言ってやりたいところであったのだが。風向きの先がカフジを直撃すれば最悪の事態を現出することになる。反転層から横に広がった黒煙がすっぽりと一定地域を覆って、下から見れば黒煙のドームに入ったような状態になる。

カフジでは四月と五月の二か月間に、遂に丸一日夜が明けなかった日が三日間もあったのだ。十時になろうが正午になろうが地上は真夜中の状態が続いた。

照度でコントロールされている鉱業所のセキュリティライトは二十四時間以上点灯しっぱなしであった。

音在は、かつて家族を連れて夏の北欧を旅したことがあり、白夜を経験していたが、これでは全く逆の状況であった。先ず、時間感覚がおかしくなった。

ここまでひどい環境になると、音在の好奇心が昂じてきた。雨が降るならドシャ降りの方が面白い。子供の頃に童謡で歌った『ピッチピッチ、チャップチャップ、ランランラン』の大雨を歓喜する心境に近かった。ヤケクソの心理といった方が適切であったかも知れない。音在はカメラを持ち出して、終日夜の象徴的な写真を撮った。

『この写真に、どのようなキャプションをふってやろうか。』

ここまでひどい状況には至らない日でもカフジの真上の空は、圧倒的大部分が真っ黒の日が多かった。僅かにアラビア湾の水平線の上だけが帯状に明るくなっていた。この場合、ほんの一部分が明るくても太陽が顔を出さないのだから、全体の印象としては終日とも日没頃の明るさであり、車の走行にはライトを点ける必要があった。太陽が顔を出さないことによる唯一のメリットは、四月になると軽く摂氏四十度を越えるカフジの気候が、この年に限っては温暖な時期が長続きしたことくらいであった。

暗雲が運んでくるオイルミストが、また不愉快の原因であった。

外に出てひと仕事しようものなら、音在の眼鏡には微小な油滴が点々と付着した。文字の見辛さを気にして眼鏡を拭こうものなら、粘度の高い燃え残りの原油であるから眼鏡のレンズ上で伸びるだけできれいにふき取れない。かえって状況がひどくなるだけだった。この場合には中性洗剤で洗うしか眼鏡は救えなかった。

自動車の車体の油濁も深刻だった。現場の各事務所は屋根付きのガレージなど殆どないので、音在も青空駐車組であった。愛車の白いトヨタ・クラウンにはみるみる内に微細な焦げ茶色の点々に覆われていった。この頃は、音在が出荷を管轄しているディーゼル油を貰いにくる従業員が多かった。車体に付着した油点を洗うためだ。しかし、オイルミストは毎日天から降ってくるので、少々のことで毎日車を洗っていたのでは車体の塗装まで剥がれてしまうのは明らかであった。

『商品価値が下がってしまうではないか。』

遠からぬ本社帰任の際に、車の売価がいくらになるかまでを視野に入れて車の洗浄には熱心でなかった。

『車は最後に洗えば良し。』

腹が立つのだ。オイリー・ホワイトかチータ（豹）ホワイトという色だと思えば腹も立たないぜ。』

オイルミストとともに無数に空気中を浮遊しているのが煤塵であった。

公害から身を守るために、従業員全員は外出の際には工業用の防塵マスクを被らなければ過ごせなかった。室内でも、猛暑の国での必需品のエアコンの吹き出し口は、必ずダストフィルターで目張りしておかなければならなかった。

真っ白なフィルターは日に日に灰色となり黒くなっていった。表側から見てその色に変わっていくのだから、噴き出し口に接している裏の面は真っ黒に煤が吸着していた。週に一度のフィルター交換を怠っていると、ボンッと音がしてフィルターをセメント壁に貼り付けているガムテープが吹っ飛んで、蓄積していた煤のツブツブの塊が頭の上に降り注ぐ。フィルターに貼り付いた煤を落とさぬようにするためには、毎週のこまめなフィルター交換が必要であった。

このような環境の下では、音在たちが心掛けるのは、如何にして呼吸の回数を減らすかということであった。呼吸すればするほど、オイルミストや煤塵を吸い込んで、健康に良いはずがなかった。復旧に向けた仕事が限りなくあったが、その他の余計な運動は控えるのに越したことはなかった。

平時においても娯楽の少ないカフジでは、砂漠に設営した十八ホールのサンドゴルフ場が賑わっていたのだが、地雷埋設の危険性に加えて空気の悪さからゴルフを再開しようとする者はなかなか現れなかった。

柔道に人生のバックボーンを求める音在ではあったが、この時期に柔道場を再開する気持ちにはなれずにいた。音在ですらこの有様だから、道場を明けたところで弟子たちが戻って来る筈もなかった。

昂じるストレスを解消するには、食べることしかない運動不足の状況の下で、音在の体重はカフジに戻った後、暫くして自己最高の八十キロに達してしまった。

五月中旬、率先垂範を信念とする誠実な長岡新社長は、現場の復旧作業を督励するためにカフジを訪れた。長岡はカフジ出張を前に、従業員たちを悩ませる大気環境を憂慮して、大気公害対策の権威である博多工業大学の小島教授に現地調査の協力を依頼していた。

昭和四十年頃、北九州周辺の重化学工業振興による大気汚染は凄まじいものであった。これらの研究を通じた小島教授の知見と公害対策に長岡は期待した。

現場の復旧に奮闘する従業員たちのために、環境対策に何らかの向上をもたらして欲しいと願ったのだ。

「皆さん。困難な環境の下で石油生産と出荷体制の建て直しのために、日夜ご健闘頂いておりまして、本当にご苦労さまでございます。戦争前とはまた一味違ったご苦労をお願いしておりますが、少しでもこの環境を改善するために、会社は博多工業大学の小島教授に来週からカフジに一か月間出張して頂きまして、状況調査と対策提言を頂くことになっております。」

長岡の来訪は、相変らずの従業員の好意と歓迎をもって迎えられた。何しろ長岡は、湾岸危機勃発直後に、沸騰する人心を宥めるために本社から現場に赴いた最初の役員であった。従業員から注がれる敬意に溢れた眼差しが、他の役員たちに対するものとは違っていた。それに、戦争による死の危険に晒されていた非常事態の当時に較べれば、従業員の心には余裕が生まれていた。音在は諦観と同時に達観していた。音在は長岡の責任感と心意気を愛した。従って、長岡の説明の中身などはどうでも良かった。

どんな公害分析の世界的権威を連れて来たところで、状況が変わる筈がなかった。五百本近い油田火災の火を消さない限りは、空を覆う黒煙が絶える訳がなかった。分析の結果、大したことがないことが判明したと説明されても、半日で真っ黒になる鼻の穴が、健康上問題有りと語っていた。世界的権威を派遣するよりも、従業員が窮地にある時に励ましのために本社から飛んでくる会社の最高責任者の度量と誠意が音在の関心事なのであった。

『いいよ、いいよ。長岡さん。俺たちはちゃんとやるべきことをやってますよ。』

音在は長岡の演説をニコニコしながら聞いていた。

「おい、筑後くん。面白い物を見せてやろう。」

音在は、丸一日夜が明けなかった日の写真を、随行してきた秘書課長の筑後に示した。課長代理であった筑後は、長岡の社長就任とともに秘書課長に昇格していた。

「うわあ、何ですか、音在さん。日付と撮影時間が書いてありますけど、これで午後の三時ですか。」

「そうだよ。こんな具合に丸一日夜だった日が今までに三回あったぜ。北欧の白夜の反対だな。」

「こんな中で皆さん頑張っておられるのですか。ご苦労さんですね。この写真、参考のために頂戴して宜しいですか。」

「ああ、俺の記念写真は別にあるから、これは参考資料として差し上げるよ。」

筑後から写真を見せられた長岡社長は絶句した。

「ム……。こんな日があったのですか。」

説明会の後の音在亭の集まりはユーモアに満ちていた。

「大教授が来てくれたってなあ。状況を分析するだけであって、状況を変える訳じゃないんだからなあ……」

「どうせ御用学者なんだろう？　従業員の不安と不満に対処療法すること自体が会社にとって必要なんだからさ。」

「北九州市でも企業側に立って、反対住民の説得に当たった意味ではプロなんじゃないか。」

広谷が混ぜっ返して結論を述べた。

「教授が本社に売り込んで、言ってるんだよ。『お任せ下さい。私、こういうの得意なんですよ』ってさ。」

集まった仲間たちは、広谷のジョークに大爆笑した。

音在亭の常連客には、大気汚染の窮状に意気消沈している者などひとりもいなかった。

第31章　決死の出荷再開

「ミスター・オトザイ！　大変です!!」

課長代理のクレイシーが、音在のデスクに駆け込んできた。

「何だ、クレイシー。落ち着け、落ち着けよ。いったいどうしたんだ？」

「私の家の近くで子供が地雷に触って爆死しました。手も足もバラバラになってしまったんです（He was cut into pieces.）。」

音在も、これを聞いて驚いた。

『やっぱり、地雷はあったのか。』

地雷の危険性は、カフジの全住民の頭から去らない懸念であった。しかし、イラク兵がカフジに立て篭もっていたのは僅か足掛け四日間であったので、そこまで戦略的な動きをしている時間がなかったのではないかという希望的観測もなされていた。

しかし、現実に地雷はあったらしい。

クレイシーの説明では、玩具に接続された地雷に子供が引っ掛かってしまったらしい。『cut into pieces』というたどたどしい英語の表現がかえって状況をリアルに物語っていた。

「クレイシー。スタッフ全員にその話をしてやってくれ。俺も日本人の同僚たちに、十分注意して仕事をするようにと連絡を徹底するから。」

音在は敦賀部長に注意を喚起するために報告に向かった。

「敦賀さん、やっぱり地雷はあったようです。クレイシーから実被害の報告を受けました。」

「ほう、そうですか。注意しなければいけませんね。」

敦賀の方からも、新しい報告があった。

「音在さん。いよいよ、枝野さんのフライトが決まりましてね。六月一日にカフジに着任されることに決まりました。これに前後して城戸さんも帰って来られることになりましたよ。」

敦賀は、その年の一月一日に六十歳の停年を迎えていた。その日は、国連安保理が設定した停戦期限の丁度二週間前に当たっていた。普通の人間であったら免罪符を得て喜んでカフジを去るところだが、敦賀は同僚たちが死の危機に瀕している時に、自分だけ現場を後にすることはできないとして、状況が落ち着くまでの間停年を延長して欲しいと申し出た。会社は敦賀の申し出を了承するというよりは、余人を以って代え難い敦賀の存在に甘えて、異例の停年延長を決定して戦後に到っていた。戦争が終わって、自らの任務とする原油の出荷を再開した時を以って敦賀は退任する意思を表明していた。

敦賀の後任には、音在の兄貴分のひとりである枝野が指名されていた。

「そうですか。敦賀さんもいよいよカフジを去られる訳ですね。」

音在は感傷的に敦賀の顔を見た。

「音在さんだって、もう直ぐに本社に帰任する方向で人事が動いていますよ。何処の部署に帰られるかまでは知りませんけどね。」

「敦賀さんには本当にお世話になりましたねえ。私の二度のカフジ勤務とも敦賀さんが部長でいて下さったのですからね。」

よ。」

「私こそ音在さんにはお世話になりっぱなしだった

「城戸さんは胃を全部摘出されたと聞いていますが、術後たった一か月半でこんなところに戻って来られて大丈夫なんですかね。」

「責任感の強い人だから、現場の建直しを考えたら、居ても立ってもいられないんだろうねえ。」

「それじゃあ、枝野さんが着任されたら、私の部屋で大歓迎会を開きましょう。城戸さんがお帰りになったら、全快祝いとして五十センチくらいの大鯛でも差し入れしてあげましょう。」

「スタッフ全員が沖合就労を拒否しているというのに、沖まで釣りに行くのですか。」

「五マイル沖までですよ。藤堂さん一行がクウェイト事務所の再建に戻られる時に、刺身をご馳走してあげようと思って、一度だけ蔵田を連れて釣に行きましたよ。湾岸危機と戦争の間、いわば長い休漁期間を置いていた訳ですから、そのお陰で馬鹿釣れしましてね。」

枝野が着任した。三年半の営業部勤務の後、これが枝野にとっては三回目のカフジ勤務であった。枝野はその人柄の良さと、カフジ勤務の可能性が匂って来ても小細工を弄して逃げを打ったりしない男らしさから、会社には都合良く甘えられてきた。言い換えれば、枝野も敦賀同様に会社には随分便利使いされてきた訳だ。事実、同期生や近い年次の事務系従業員の中で三回も現場勤務についた者は、人事部長の山城と駐在専務室の真田とクウェイト事務所長の藤堂くらいしかいなかった。

早速、音在亭では枝野の歓迎会が盛大に開催された。この夜に備えて、音在と蔵田が機雷の危険を厭わずに二度目の沖釣に挑戦して、前回にも勝る大釣果を稼いできていた。アラビア湾有数の美味である大型のヒラアジを十匹も釣り上げたのだ。一番大きなヒラアジは数日後にカフジに戻ってくる城戸夫妻へのお祝いとして冷凍庫に保存しておいた。

「おお、ヒラアジの姿造りかい。済まないねえ。でも、よく釣になんか行けたねえ。大丈夫だったかい。」

「どうってことありませんよ。枝野さんのためだもの。」

「ウン！　旨い。久し振りのアラビア湾の味だ。音在くんと蔵田くんの思い遣りをしっかり感じるよ。」

久し振りの新鮮な海の幸の大盤振る舞いに、音在亭に集まった男たちは舌鼓を打って満足していた。仕事の鬼である敦賀は、歓迎会の席上においても早速枝野への業務引継ぎのオリエンテーションに入っていた。

「枝野さんの初仕事はヘリコプターのサーベイランス（沖合生産施設の調査）の再開です。ダンマンに退避していたヘリのコントラクターのフォーエバーグリーン社を呼び戻すことで、手配は済ませておきました。明後日から飛行を再開したいと考えています。もうこれは枝野さんの仕事としてやって下さい。」

カフジの沖合には、二百本の油井群が分布していた。一番遠い油井はイラン領海に接する二百マイル先の海域にまで広がっていた。この広い開発許可区域を、上空からパトロールして問題がないかどうかをチェックするのは敦賀部長の重要な任務のひとつであった。

ヘリコプター機材と関係スタッフまで抱え込むのは、会社経営にとって重荷になるので、ダンマンに本社がある米・サ合弁会社フォーエバーグリーン社にフライト業務を委託していた。同社は米空軍上がりのスタッフを揃えており、使用機はベトナム戦争でも活躍したベル社製の古いモデルであったが、パイロットはベテランであり腕前は信頼に足るものであった。

湾岸戦争の開戦必至と見たアメリカ人スタッフは、一月に入るとヘリとともにカフジからダンマンまで引き上げていた。戦争中は保険も免責になるので、高額な商売道具を傷付けられてはたまらんという彼らなりの賢明な選択であった。

ヘリコプターがカフジに戻って来るメリットは大きかった。

従業員が沖合就労を拒否している状況下、沖合に点在する生産施設の現状を把握するのはヘリでなければできなかった。そして、沖合三十マイルにあるギャザリング・ステーション（集油施設）にはヘリパッドが設置されているので、生産技術者の搬送が可能になるのだった。

沖合に分布する油井は、一旦四基のフロー・ステーション（小規模集油施設）に中間的に集められ、さらにギャザリング・ステーションでオイルフローが一本化されて陸上に通油される。まさにギャザリング・ステーションは原油生産のキー・ポジションなのだ。生産再開のためにヘリが果たす役割には実に多大なものがあった。

枝野は入り江の南側に備えられたヘリポートから記念すべきフライト再開のヘリに乗り込んだ。定員十二名のヘリには枝野以外に十名の原油生産部のエンジニアが同乗した。ギャザリング・ステーションの被害状況を確認した上で、問題がなければ各フロー・ステーションから来るパイプラインのバルブを開くためであった。

定員の残り一名は、コーストガードのカフジ駐屯所の責任者サイード少佐であった。少佐は少佐なりの問題意識で沖合の情況確認の必要を強く感じていた。

枝野がフライト再開の許可を得るべく飛行申請書を提出したところ、サイード少佐から強い同乗の要求があって、戦後初フライトの搭乗者リストに強引に割り込んできたのだった。

ギャザリング・ステーションでエンジニアたちを降ろすと、枝野とサイード少佐はさらに北に向けてヘリを飛ばせた。眼下には転々と海上に屹立する油井が見えてきたが、クウェイトの油田火災による濃いスモッグのせいで視界は悪かった。枝野はパイロットになるべく高度を下げて飛ぶように指令した。

幸いなことに、ジャマール油田もナーカ油田も油井群には直接の戦争被害は及んでいないように見受けられた。ヘリはさらに北を目指して、サウディとクウェイトとイラン三国が国境を接する辺りにあるマクタ・ガス田の試掘井に近づいた。

開発許可区域の北東端に当たるこの海域には、巨大なガス田の存在が確認されていた。埋蔵規模のあまりの大きさとガス開発事業の難しさから、事業化は未着手のままにされていた。埋蔵量評価のために掘削した六本の試掘井があったのだが、問題はイラク軍が試掘井の海上構築物の上に対空砲火の陣地を構築していたことだった。試掘井は北アラビア湾の真ん中に位置しており、戦略的には甚だ重要な場所であるとイラク軍が判断したからだ。

音在たちが砲撃の合間をかいくぐってダンマンまで逃げた際、退避二日目にCNNテレビがマクタ・ガス田の状況を映像とともに報じていた。海上構築物に陣地を築いたイラク兵が発見され、米軍の攻撃用ヘリ・アパッチがこれを攻撃して駆逐したというものだ。

「ミスター・エダノ。ヘリをもっと低く飛ばせてくれ。」

サイード少佐が枝野に命令した。

件の試掘井の上には土嚢が積まれて、暫く軍事施設を維持しようとした形跡が認められた。死体が見当たらないのは、アパッチ・ヘリの攻撃に慌てたイラク兵が算を乱して海に飛び込んだからであろうか。枝野は数か月前に眼下で行われたであろう戦闘をあれこれと推察した。

「ミスター・エダノ。この施設の上を旋回させてくれ。写真もどんどん撮ってくれ。」

枝野自身も至近距離から施設の被害状況の確認に努めた。幸いにアパッチはロケット攻撃をせずに機銃掃射でイラク兵を掃討したようだ。土嚢が散乱して重火器が転がっていたが、施設自体には目立った損傷は見当たらなかった。試掘井の周囲を五回も旋回させて、サイード少佐も鑑識眼を満足させた。

城戸専務は、枝野の着任三日後にカフジに戻ってきた。

ファミリークォーターにある駐在代表専務用社宅には、幹部従業員たちが最高責任者の現場復帰に歓迎の意を表するために駆け付けた。もちろん、音在もそのひとりであった。城戸邸は日本からの賓客を受入れたり、現地政府の要職者を接遇できるような広い造りになっていた。

音在が挨拶に参上した時は、部長以上の全員が揃って復旧状況の報告を始めていた。さらなる城戸の指示を仰ぐべく、歓迎の挨拶はそのまま復旧対策会議となっていた。さすがに術後の城戸は痩せて細くなってはいたが、鉱業所の建て直しに当たるべく、気迫は十分戻っていると観察された。

音在はホールの入り口に立って、五十センチのヒラアジを頭上に持ち上げて大声で叫んだ。

「城戸さーん！　お帰りなさい！」

城戸はそれを横目で見て、軽く手を挙げた。

『あ。まあた、あんな物を持ってきやがって……。』

城戸の顔に『やっちゃらんねえよ』という、しかめた表情が浮かんだのを音在は確認した。男伊達にこだわる城戸のいつもの癖であった。音在は、それが城戸の一番喜んでいる表情であるのを知っていた。

「音在さん。音在さんも会議に加わって下さい。」

事務局的立場の川村が、自分は分際を弁えて会議に加わっていないくせに、音在には気を遣った。

「何言ってるんだ。部長以上の会議だろう。恐れ多いぜ。」

　音在は遠慮した。

「奥さん、これは城戸さんの全快祝いとカフジ凱旋のお祝いです。カフジの魚が原油汚染されていないかどうかについては、音在亭で散々人体実験を済ませてますから、どうぞ安心して召し上がって下さい。」

「ああら、音在さん。こんな立派なお魚を。本当にどうも有難う。」

「術後のお食事にはいろいろ配慮しておられると思いますので、これからどんどん魚を供給させて頂きますよ。」

「あ、音在さん、ちょっとお待ちになっててね。」

　到着直後であった城戸夫人の暎子はまだトランクも空けていなかった。急いで大型トランクの鍵を開けると、何やらお土産を取り出した。

「これ、つまんない物だけど召し上がって下さいね。」

　音在は暎子の相変わらずの心配りに恐縮した。流通も旧に復していないカフジのこと、しかも胃癌の手術を終えたばかりの城戸であるから、トランクの中身は城戸の体力を回復させるために必要な食糧ばかりであるに違いなかった。

　わざわざその荷物から、土産として何かを取り分けてくれるとは。

　音在は決心した。

『よし、これからは毎週釣りに出掛けて、城戸さんが毎食魚を食べられるようにしてあげよう。』

　六月上旬、湾岸戦争勃発の前日に停止させたままになっていた原油の生産が旧に復した。鉱業所のシンボルであるフレアスタックに火がともった。

　依然として、油田火災がもたらす濃い煤煙が従業員の気持ちを暗くしてはいたが、スモッグ越しに見えるフレアスタックにたなびく炎は、鉱業所復活の象徴として従業員の心を強く励ました。

『完全な復旧まであと一歩だ。』

　しかし、完全な復旧である原油出荷の再開に漕ぎ着けるためには大きな障害が横たわっていた。

　日本アラブ石油開発の原油販売は、フリー・オン・ボード（ＦＯＢ）方式であった。石油精製会社や商社といったバイヤー側がタンカーを配船して、鉱業所側は原油をタンカーに積み込んだ時点で商取引が成立する。しかし、この時期にはバイヤー側がタンカーをチャーター（傭船）しようにも、機雷の危険に満ちたアラビア湾の最奥部にまでタンカーを送り込もうという船会社は、世界中探しても一社もなかったのだ。

長岡社長は長年培った政治力と人脈を駆使して、アラビア湾航路の復活に向けて関係各方面へ陳情するのだが、打開の目途は立たなかった。長岡の意を汲んだ運輸省が船舶業界に配船再開を促すのだが、いつもならば利害が対立するはずの船主協会と船員組合の意見が珍しく一致した。両者が協力して配船復活を峻拒して、一向に譲歩する様子が見られなかった。最終的な譲歩案として船主協会と船員組合が示した要求は、どうしても配船を望むのなら、日本アラブ石油開発は機雷が無いという証拠を示せというものであった。機雷が無いことを証明するためには、カフジ沖合六十マイル海上に設置されている通称第一号ブイと呼ぶ航路誘導ブイまで会社の船が出迎えに来て、カフジの着桟施設までタンカーの前を走って航路を誘導せよというものだった。配船復活二船目まで、タンカーを先導すれば、カフジ航路に機雷の危険はないものと認めるとの見解であった。

音在は頭を抱えた。

船主協会と船員組合の主張は、カフジの沖合勤務者の要求と全く同じではないか。沖合での就労を拒否している従業員たちが会社に主張しているのは、沖合で働かせたければ、機雷の危険が存在しないことを証明せよということであった。イラン・イラク紛争末期にカフジ港に浮遊機雷が漂着して、従業員たちが環視する前で処理を誤ったコーストガードの少尉と兵隊が吹き飛ばされて爆死するところを見ている体験が、主張を頑なにさせていた。

沖合五マイルまでとは言いながら、釣りのために海に出る音在の行動はまさに稀有な事例に属していた。音在は音在なりに、必死で打開案を捻り出した。音在には秘策があった。

アラビア湾を舞台にバンカーオイル（タンカーの燃料油）を専門に買い漁っている燃料供給業者がいた。バンカーオイルに使用する重油の相場を見ながら、アラビア湾全域の製油所を回って余分在庫の少しでも安い重油を仕入れるのだ。そして、集めた安い重油を、アラビア湾の入り口ホルムズ海峡の外側に位置するアラブ首長国連邦の船舶燃料供給基地フジャイラに卸して商売をしていた。

　この業者の持ち船が船齢三十年以上という、タンカー業界では常識外れの老朽船であった。カフジに入港した際に、石油の船積み作業中は厳禁と決まっているホットワーク（溶接作業）で修理に取り掛かったのを発見して、船積みを拒否して追い出したことがあった。積荷が揮発性の少ない重油であったことと、止むに止まれぬボロ船事情に迫られていたのであろうが、これは油の世界では常識外れも甚だしい禁止事項であった。その後も時々カフジに寄港するアルサビーヤという名前の老朽タンカーには、音在も乗船したことがあった。船体全体に錆びが回ってひどい状態であった。甲板の上を歩くと、錆びて劣化した鉄板を踏み抜きそうな予感もした。

　音在は、アルサビーヤの存在を思い出したのであった。

『重油をダンピングしたら、あの業者なら取りに来るに違いない。』

　船主協会と海員組合の機雷への懸念を払拭するためには、カフジ航路において出荷が行われた実績をひとつでも作ることが必要であった。そうすれば、さらなる交渉の余地も生まれるに違いない。

　音在は、早速電話を取り上げて本社営業部の山路部長に提言した。

「山路さん、ご無沙汰してます。せっかく原油生産が復活したというのに、なかなか船舶業界のガードが固いみたいですね。」

「そうなんだよ。各方面に協力依頼を重ねてはいるんだが、タンカーの前を日本アラブ石油開発の船が走ってみせるのが唯一の機雷がない証拠だと主張して譲ってくれないんだ。音在くんたちには、いろいろご苦労を掛けるのは心苦しいんだが。」

「それで、山路さんに提案があって電話したんですがね。要は、航路復活の実績を作れば、船主協会も海員組合も説得できるはずです。」

「何か、名案があるかね。」

「時々、カフジにバンカーオイル用の重油を引き取りに来る、アルサビーヤのことを山路さんもご存知だと思いますが、被災せずに済んだ重油タンクに残っている重油を半値に叩いてアルサビーヤに取りに来らせれば良いんですよ。バーレル当り一セントでも安い重油を求めてアラビア湾全域を探し回っている業者だから、喜んで飛びついて来るに決まってます。甲板を踏み抜きそうなボロ船ですから、彼らもとっくに元は取れています。値段が魅力的であれば、彼らも機雷が有るか無いかに賭けてくると思います。販売活動は営業部の主管事項ですが、本件だけは現場で僕が話をつけましょうか。」

「音在くん。何を言っているんだ。そんなことしたら会社は損をしてしまうじゃないか。それに販売活動は営業部の主管事項ではなくて専管事項だ。よその部にとやかく言われる必要はないよ。」

音在は、再度営業部長を怒鳴り上げようかと一瞬考えたが、今回は止めておいた。

『勝手に太平楽をこいておれ。それじゃ何時まで経っても、原油の出荷再開はできないだけだ。こいつらのためにタンカーの前を走ることなど、俺はご免だ。』

現場では戦後処理の苦労が依然として続いているにもかかわらず、戦争が過ぎ去ってしまえば、営業部は完全に元のムードに戻っていた。

開戦の危機の中で、音在を出荷運営上欠かせない大黒柱と頼んでいた頃は、山路は音在を『さん』付けで呼んで、音在のデスクに両手をついて見せたくせに、戦争が終わってみれば元の『音在くん』に戻っているではないか。

営業部が他人事のように構えていたのには底の浅い理由があった。サウディ政府は、鉱業所の被災以降、会社の売上げがゼロになったことに関する救済陳情に対して、カフジの三百キロ南に位置する世界最大の産油会社サウディ・アラムコの原油を救済原油として扱う特例許可を暫定的に与えていた。

日本アラブ石油開発は、平常時のジャマール、ナーカ両原油の出荷の代わりに、サウディ・アラムコからアラビアン・ライト、アラビアン・ヘビーの両原油を代替出荷して良いとの許可を得ていたのだ。原油仕入れ代金はサウディ・アラムコに支払えば良かった。

しかし、戦争が終わってしまった現在、いつまで特例措置が継続されるかについては、音在は甚だ疑問に思っていた。機雷の危険を理由にいつまでも出荷再開を果たす見通しが立たなければ、政府からは怠慢の指摘とともに救済原油の特例措置をいつ打ち切られるかも知れなかった。営業部はもっと真剣にならなければいけないはずだった。しかし、カフジ航路の再開は自分たちの仕事ではなく鉱業所の仕事だと、都合良く割り切っているのは明らかであった。営業部がそんな考え方でいるのなら、音在にも考えがあった。営業部のためにタンカーの前を走るつもりもなかったし、万が一走らなければならなくなったとすれば、営業部長と野上の乗船を要求するつもりであった。

腹に据えかねた音在は、敦賀と枝野が業務引継ぎのために一緒にデスクを構える統括部長室を訪れた。

「敦賀さん。営業部長に出荷再開のための私案を示しましたが、僕の提案には全く聞く耳を持たないんでよね。」

音在はことの顛末を説明した。

「ほう。営業部長はそんなこと言ってましたか。しかし、音在さんの提案も言ってみれば、奇策だからなあ。」

「しかし、他に有効な手立ても思いつきませんのでねえ。」

「できるか、できないかについては全く確証がないのですが、私が正攻法で動いてみようと考えています。一度、ジュベールのサウディアラビア海軍東部地区司令部に掛け合ってみようかと思うんです。」

「それじゃ、僕もお供させて頂きます。」

「いや。日本人がふたりで行くよりも、サウディアラビア人を巻き込んで折衝したほうが効果的だから、別の然るべき人間を連れて行きます。」

敦賀は城戸にサウディ海軍との折衝計画について報告し、了承を得た。城戸は会社の操業を管理監督する石油省との折衝ではないにせよ、サウディ海軍相手なら立派な政府折衝になるので、鉱業所のサウディアラビア人の筆頭職に当たるムハマッド技術担当副所長と一緒に行くように指示した。

ジュベールは、サウディアラビアの工業立地を促進するための工業団地用のインフラが整備された地域であった。湾岸危機の勃発直後に国外退避をしようとして、サウディ政府の命令によってつれ戻された三菱系の石油化学プロジェクト二社もこの地域で事業を行っている。

海軍東部地区司令部はジュベール地区のアラビア湾に面した海岸にあった。ムハマッド副所長の事前連絡に従って、司令官のスルタン中将他関係者が来訪を待っていた。ムハマッド副所長は出荷再開を実現するために、サウディ海軍の機雷掃海の協力が不可欠であると陳情した。そして、詳細説明は敦賀が引き受けた。

敦賀は、降伏後のイラク軍が多国籍軍からの求めに応じて提出した、機雷敷設エリアを印した海図を広げて説明した。海図にはイラク海軍が機雷を敷設した七海域が書き込まれていたが、問題は第四ゾーンと名付けたエリアがカフジ航路に被さっていたことだった。カフジ沖合四十マイルから五十マイルのタンカー進入航路が機雷敷設区域に重なっていたのだ。掃海を実施しない限り、機雷が存在しない保証は誰にもできないというのが、敦賀の協力要請の主旨であった。

しかし、サウディ海軍の返事ははかばかしいものではなかった。一民間企業への便宜供与のための機雷掃海は、任務の範囲外であるというものだった。実際問題として、海軍は創設されて以来十分な機雷掃海の経験を積んでいなかったに違いなかった。彼らが余計なことをしたがらなくても、敦賀がこれに反論する余地はなかった。

しかし、結果的には日本アラブ石油開発は運に見放されていなかった。

敦賀が必死の陳情をしていた時に、ひとりのアメリカ海軍将校が司令部事務所に入ってきた。日本人が司令部に居ること自体が非常に希なことであったし、その日本人は必死で何かを訴えかけていた。興味を感じたスチワート中尉は、会議が行われているテーブルに近づいた。中尉は湾岸戦争の終戦処理に協力するために、たまたま多国籍軍からサウディ海軍に顧問格として派遣されていた掃海技術将校だったのだ。

「どうしました。何か問題がありましたか。」

「カフジ航路の再開のために、機雷掃海ご協力のお願いに上がっております。私は、日本アラブ石油開発の海務・原油出荷統括部長の敦賀と申します。」

敦賀は光明を感じた。先ほどまでの説明内容をかいつまんで、もう一度スチワート中尉に聞いて貰った。

「ほう、面白そうじゃないですか。私が行って掃海をやってみましょう。作業には一日だけしか割けませんけど、来週中にはカフジ航路に行ってあげられると思います。」

米海軍将校の登場という偶然に助けられはしたが、敦賀の真剣さによってのみ勝ち取ることができた勝利であった。多国籍軍は掃海作業の支援のためにスチワート中尉を派遣してはいたものの、サウディ海軍自身は掃海作業にはさほど熱心ではなかった。多国籍軍の掃海作戦の司令本部はバハレーンにあって、アラビア湾全域における機雷除去作業はそちらの監督下において実施されていた。たまたまこの時期は、中尉の予定が塞がり切るほどの状況ではなく、余裕を持っていたのが幸いした。

敦賀は欣喜雀躍する思いで朗報をカフジに持ち帰った。

現場における敦賀の調整努力と歩調を合わせていた訳ではなかったが、協力要請の成果として、カフジまで原油を引き取りに行こうというタンカーがようやく決定した。出荷再開第一船は新日本郵船の『霧島丸』、第二船は東亜タンカーの『エナジー・ワールド』であった。荷主は第一船が袖ヶ浦石油と共同石油の相積み、第二船が東亜石油精製となっていた。袖ヶ浦石油は日本アラブ石油開発の子会社であったし、共同石油とも新日本郵船とも相互に株式保有しあう関係の深い間柄であった。こうした難時にあっては、やはり親戚でないと危険を分担しえないということだ。しかし、出荷再開に協力する第二船目までは、日本アラブ石油開発の船が先導して機雷がないことを証明する絶対条件に変わりはなかった。

配船するといっても、カフジへ寄港させるためにわざわざ日本の港からタンカーを出航させる訳ではなかった。機雷の安全地帯であるアラビア湾中央部のアラブ首長国連邦のアブダビで原油積込み予定になっていた『霧島丸』を、袖ヶ浦石油と共同石油が追いかけチャーターしたものだ。当初予定になかった実績作りのためのカフジ寄港であったので、積荷はジャマール原油五十万バーレルと小さいものであった。シッピングの世界ではパーシャル・カーゴ（部分積み）と呼ばれる規模の出荷だった。アブダビ経由の『霧島丸』のカフジ到着予定日時（ＥＴＡ）までには一週間の余裕しかなかった。

敦賀が最善の努力を尽くして事態に前進をもたらしたことは間違いなかったのだが、問題が完全に解決したかどうかは別問題であった。

つまり、イラク軍が降伏後多国籍軍に提出した機雷設置海域を示す海図が、果たして信用に足るものなのかということであった。仮に真面目な海図であったとしても、技術的に貧弱なイラク海軍が余裕のない戦争期間に作業した結果、図面に落とした機雷敷設ポイントが測量技術的に信頼できるのかという次元の問題もあった。さらには掃海に当たる側の実力も憂慮された。いわばスチワート中尉の個人的侠気に助けられて掃海が実施されるのだが、中尉の手兵として働くのは掃海作業などやったことがないサウディ海軍の兵士であった。中尉との約束では、カフジ航路を一往復掃海して貰えるのだが、航路とは言っても実際は相当幅の広い海域である。掃海作業にどこまで信を置けるのかは誰にも解らないというのが実情であった。

加えて、機雷の兵器としての技術的進歩も不安の種であった。

古典的な接触型の機雷も依然存在したが、これならば海が穏やかでありさえすれば昼間ならば視認できる。しかし、海底に設置される音響反応型、磁気反応型など機雷の仕掛が巧妙化して、目視で対応できないタイプが主流となっていた。一番嫌らしいタイプは音響型や磁気型にカウンターがセットされているものだった。数回目の感知によって爆発するタイプだ。艦隊を攻撃する場合、前衛する駆逐艦や巡洋艦をやり過ごしておいて、本命の戦艦や空母が通過する時に爆発するようにできているのだ。ここまで疑うと、一回の掃海で何事もなかったとしても、航路の安全は当面の間保証などできたものではない。

しかし、敦賀は自分の最後の任務に男らしく名乗りを上げた。

「音在さん、依然として問題が解決した訳ではありませんが、第一号ブイまでタンカーを迎えに行って、私がタンカーの前を走ってシーバース（着桟施設）まで誘導してきますよ。」

「エエッ！　敦賀さん、本当に行かれるのですか。それじゃ僕もお供します。一緒にタグボートに乗りましょう。」

「冗談じゃありませんよ、音在さん。私はこれを自分自身の任務の締め括りとして、タンカーを先導するんです。あなたみたいにこれから本社で頑張って頂かなければいけない将来ある人をタグボートに乗せる訳にはいきません。ご心配は有難いけれど、お気持ちだけ頂戴しておきます。実は枝野さんと平田さんからも同様の申し出を頂きましたが、お断りしたところです。」

「いや、敦賀さん。敦賀さんはダンマンから僕を逃がすために、長いお付き合いの中でたった一度だけの嘘をつかれましたね。僕はあの深いご配慮にご恩返しする意味からも、今回はご一緒しなければなりません。」

もし、触雷してタグボートが吹っ飛んだら、泳ぎは敦賀さんより僕の方が達者なんですからね。」

音在は、攻撃を受けてダンマンへ退避した日本人たちが、さらにダンマン残留組と日本への帰国を模索するグループに組み分けする際に、敦賀が音在を先に逃がすために方便を使ったことにこだわった。

「音在さんこそ、ちゃんと聞き分けて下さい。万が一のことが起きたら、私は音在さんの奥さんに会わせる顔がありませんよ。とにかく、音在さんの乗船は認めません！」

音在の一回目のカフジ勤務は家族を帯同しての四年間であった。週末には、僻地の単身勤務を余儀なくされている世代の先輩や上司を社宅に招いて、家庭料理をご馳走するのが古き良き時代のカフジの美習であった。最初のカフジ勤務でも敦賀を直属の上司としていた音在は、度々社宅に招待していたので、敦賀は妻の美知子とも親しかった。思い遣りの深い敦賀は、音在が四年の任期を終えて本社に帰任する直前のある日、音在を部長室に呼び寄せた。何事かと参上した音在に、敦賀は餞別の白い封筒を差し出した。

「音在さん。いつも社宅にお招き頂いて大変お世話になりました。特に奥さんにはいつも美味しい料理を食べさせて頂いて感謝しています。これは、ほんの私の気持ちなんですが、帰国する途中にヨーロッパに立ち寄られるようだし、パリかどこかで奥さんにネックレスでも買ってあげて下さい。」

音在から封筒を渡された妻の美知子は、邦貨十万円相当のサウディ・リアル札を見て驚いたものだった。

敦賀と音在の主張は平行線に終わった。音在は、一旦引き下がることにした。

『敦賀さんも頑固だなあ。まあ、また明日攻め直すか。』

結局、敦賀が音在の申し出を受け入れたのは交渉三日目だった。

初日と二日目には峻拒して取り付くしまも見せなかった敦賀だったが、ようやく熱意に根負けしたように音在の乗船に同意した。

「音在さん。そこまで言って下さいますか。解りました。それではふたりで『霧島丸』を迎えに行きましょう。」

「当然じゃないですか。」

「音在さん。実は昨日の夕方にジュベールのサウディ海軍から通知を受けまして、今朝早くに掃海艇がジュベールを出発してカフジ沖に向かってくれることになっています。」

「そうですか。それは良かったですねえ。『霧島丸』の第一号ブイへの到着予定が明日の正午との連絡が入ってますから、まさに直前に間に合った訳ですよ。」

「掃海艇は航続距離が短いですから、ジュベールからカフジ沖まで来て、航路六十マイルの掃海を一パスやってくれたら燃料が底をつく筈です。今夜、カフジ港へ寄港したら、ディーゼル油の補給をしてやって下さい。」

「部下任せにしないで、特別に僕が直々に給油してあげましょうか。」

「ひょっとすると、ぼちぼち掃海艇が視界に入るかもしれませんから、屋上に上がってみませんか。」

敦賀は海務用の倍率の大きい双眼鏡を手に持つと、事務所の階段を先に立って登って行った。敦賀の事務所は何処までも平坦なカフジでは、多少は小高くなっている地形に位置していた。二階建ての事務所の屋上であるから大した高さではないのだが、周囲の地形に助けられて意外に海上を遠くまで見渡せた。

海上を覆う油田火災のスモッグも、その日は風向きに助けられて比較的遠望が利いていた。暫く海上をあちこち探していた敦賀が嬉しそうに叫んだ。

「アッ！　音在さん。居ましたよ！　あれが掃海艇に違いありません。約束を守って来てくれました。」

敦賀は音在に双眼鏡を渡した。

「エッ？　どれですか？……ああ、居た居た。随分小さいものですね。あれじゃ、うちのタグボートの半分もないですね。」

まだカフジでは従業員による沖合就労の拒否が続いていた。海に出ている船は一隻もなかったので、双眼鏡で沖合に見つけた小さな船型は間違いなくサウディ海軍の掃海艇であった。遥か海上の掃海艇は走っているようには見えなかった。掃海作業とはそのようにゆっくりゆっくり行うものかも知れなかった。

米海軍将校とサウディ海軍の作業精度がどれ程のものかは解らなかったが、海の男の約束の履行は心から嬉しく感じられた。

夕刻、掃海艇はカフジの入り江に入って来た。

敦賀は喜んで事務所の坂の下にある幅三十メーター

程の小さい入り江になっている港に出迎えに飛んでいった。音在も連絡を受けてこれに従った。燃料油を殆ど使い果たした掃海艇への給油は腹心のカーリッドにオペレーションをさせて、音在もこれに立ち会った。

掃海艇は、音在が双眼鏡を通じて見積ったように、敦賀と音在の配下にあるタグボートの三分の一にも満たない木造船であった。磁気に反応するタイプの機雷の被害を受けないように、材質の大部分は木材やアルミニウムが使われていて、エンジンその他の鉄材による構成を最小限度に止めてあるのだ。

「ハーイ。ミスター・ツルガ。約束通り、カフジまで来ましたよ。」

十日程前に、ジュベールの海軍東部地区本部で敦賀が協力を要請したスチワート中尉が操舵室の窓から顔を出した。

敦賀は、海の男の仁義を守ってくれた中尉を固い握手で出迎えた。掃海艇はサウディアラビア人の艇長以下乗員は七名であった。これに司令官格の顧問として、スチワート中尉と機雷を探知するソナーの技術顧問としてのアメリカ海軍の下士官一名が乗船していた。中尉の説明では、カフジまでの移動に時間が掛かり、日暮れまでに往路の掃海しか実施できなかったので、明朝にもう復路の掃海をしてジュベールに戻ることにしたいとの意向であった。

敦賀はこの爽やかな海軍中尉に対して、駄目元でもうひとつ余計な依頼を試みた。

「中尉。実は、たまたま明日、カフジ港における出荷再開第一船を迎えることになりました。明日の正午に我々は六十マイル沖合の第一号ブイでタンカーを出迎えて、カフジまで先導する約束になっています。午前中に復路の掃海を済まして頂いたら、我々と一緒にタンカーを先導して貰えないでしょうか。もし、我々民間の船以外にも掃海艇に先導して貰えれば、タンカーがどれ程勇気付けられるか解りません。」

スチワート中尉は、敦賀の真剣さにはジュベールでの会議以来一目置いていた。

海の男の以心伝心とでも言おうか、民間ベースの勝手な協力依頼に対して中尉はいともあっさりと了承してくれた。

「それじゃあ、掃海を済ませたら四十マイルポイントで待機していましょう。ミスター・ツルガがそこまでタンカーを案内して来たら、合流してカフジ港まで一緒に先導します。シーバース（着桟施設）手前まで先導したら、我々はジュベールに帰ります。」

敦賀は考えつく限りの全て方策を尽くして、万全の準備を整えたと思った。

早速、城戸に出荷再開の準備が整った旨を報告した。

「城戸さん、いよいよ出荷再開に漕ぎ着けることができました。今日の午後から明日の午前中に掛けて、米海軍の技術将校が指揮するサウディ海軍の掃海艇がカフジ航路を掃海してくれます。今のところ異常は見当たらなかったという報告を受けています。明日の正午頃に第一号ブイで『霧島丸』と待ち合わせしておりますので、私は音在さんと一緒に航路先導に行って参ります。」

「敦賀さん。出荷再開には大変な条件をつけられてしまって……。ご苦労さまですが宜しくお願いします。くれぐれも機雷には気をつけて下さいよ。」

「はい。私自身も六十マイル先まで行くのは戦後初めてですので、明朝は六時にカフジ港を出まして、タグボートはゆるゆる微速で走らせて前方を哨戒しながら行きます。微速なら何があってもいつでも逆進をかけられますから。作業の進行状況はラジオで時々海務部かシッピング部に連絡を入れて、城戸さんに電話で報告させるように指示しておきます。」

音在は音在で、出荷準備態勢を作るためにおおわらわであった。

ファイサルに纏めさせたデリバリー・インストラクション（出荷指示書）にジャマール原油出荷予定量五十万バーレル、ローディング（通油）開始予定時刻20：00と記載されているのを確認すると、承認の署名した。指示書は原油生産部に送られて、シッピング部の指示に従って、原油出荷のためのタンクオペレーションと人員配置の準備に入るのだ。

次に音在は、課長代理のクレイシーを呼んだ。

「クレイシー。いよいよ出荷の再開だ。ただし、これには条件があってな、出荷再開第二船までは、第一号ブイからシーバースまでタンカーの前を走って機雷がないことを証明しなければならないんだ。それで明日は、敦賀部長と俺は一日沖に出掛けて不在だから、後は君が宜しく代行してくれ。明日一日はサイン権は君に譲るよ。」

「エッ！　ミスター・オトザイまで行かれるんですか？　あんな小さな掃海艇が一、二度走ったからといって、機雷が絶対にない保証なんてありませんよ。危ないですから、止めて下さい。」

「敦賀さんだけ行かせる訳にはいかないんだよ。後を頼んだぜ。」

段取りを済ませると、音在は敦賀に確認の電話を入れた。

「敦賀さん。明朝六時にカフジ港出発でしたね。それで、明日の弁当と飲み物は僕が準備しますから、敦賀さんは余計な心配をされずに手ぶらで来て下さい。」


音在は五時に起床した。

寝る前にスイッチを入れておいた炊飯器のご飯で、握り飯の弁当を準備するためであった。音在の好物はアサリの佃煮であった。いつも休暇で帰国した際には、大量の佃煮を仕入れて来るのが常であり、現場の復旧のためにカフジに戻った時にも山ほど持ち帰るのを忘れていなかった。しかし、音在亭での消費も盛んであったので、残念ながらもう一握りほどしか在庫が残っていなかった。握り飯を作り始めて中身の具を梅干にするかどうか迷った末に、やはり大好物を握り込むことにした。万が一の場合に、アサリの佃煮に未練を残して死ぬのはナンセンスだと思えたからだ。音在は残りの佃煮を二等分すると、赤ん坊の頭より大きな握り飯を作って一帖の海苔二枚で包み込んだ。馬鹿でかい握り飯にした理由は、航海中はブリッジに立って前方を哨戒して、ユックリと食事をしている暇がないはずだからであった。一個の握り飯を掴んで顎を動かすだけで仕事に集中するような、いわば作業用の非常食だった。同じ理由で、魔法瓶は使わず、二本のペットボトルにお茶を入れて、音在は港に向かった。

港まで車を走らせる僅かな時間に、音在が迷っていることがあった。

救命胴衣を着用して乗船するべきか否かであった。万が一を想定すれば着用に越したことはないが、それでは怖がっているように見えはしないか。迷っている内に、車は船着場に到着した。敦賀は僅かに早く到着していた。

「おはようございます。」

挨拶した瞬間、敦賀の姿を見て音在は思った。

『参った！』

敦賀は凛々し過ぎた。敦賀が礼儀正しくて清潔なのは、いつものことであったが、その朝はひときわ気合が入っていた。酷暑の六月なのでさすがにスーツ姿ではなかったが、新品の靴を履き、折り目がキッチリ入った白いスラックスを着用して、白いワイシャツには渋いネクタイが結ばれていた。さすがに海軍兵学校最後の期の生徒、ネイビー魂健在なりという感じがした。救命胴衣を着用する素振りも感じられなかった。迷う必要もない。音在は救命胴衣を助手席に残して、握り飯とペットボトルの入ったビニール袋を掴むとタグボートに向かおうとした。そこに慌てたような乱暴な運転で使い古した乗用車が走り込んで来た。ドアを開けて飛び出してきたのは、真田部長だった。

「ああ、敦賀さん。本当にご苦労様でございます。おお、師範も行ってくれるんだってなあ。頼むよお。」

「あれ。タイコーさん。今日は随分お早いですね。」

「敦賀さんが会社のために、命懸けでタンカー先導をされるというのに、事務所になんかに出勤してられるかって言うんだ！」

「いやいや、そんな大袈裟に考えないで下さい。」

敦賀は謙虚に応えた。

敦賀と音在が、十六マイル沖合の着桟施設までタンカーを誘導したら、城戸専務の名代として枝野と真田が、出荷再開の記念品の絨毯を持参して挨拶するために乗船する手筈になっていた。

日本アラブ石油開発が保有する船舶の中で一番大きなタグボート『ホエールⅡ』は静々と港を離れた。乗るべき船にホエールⅡを選んだのは、もちろん触雷に際して少しでも沈没に時間稼ぎできるように考えてのことであった。

ホエールⅡは、最微速で航路を進んで六十マイル先の会合地点を目指した。

敦賀も音在もブリッジに立ってフィリッピン人の船員たちと共に、唾を飲み込むのも忘れて必死で船の進行方向を凝視していた。

一悶着が起きたのは、入り江になっている港からアラビア湾に出る頃だった。

船には鉱業所新聞のカメラマンを同乗させていた。月に一回発行している社内報であったが、最寄りの発行が記念するべき戦後復刊第一号になるはずであった。再スタートする鉱業所新聞のトップ記事は、当然出荷再開という偉業であるべきであった。現地人の広報部長は、最近カフジに戻ってきたばかりのエジプト人カメラマンに、戦後初のタンカー来航の記念写真の撮影を指示した。軽い気持ちで乗船したカメラマンは、数日前にカフジに戻ってきたばかりで情報に不足していた。気の毒なカメラマンは、機雷の存在の可能性が否定できずに、従業員が沖合就労を拒否している事実を知らされていなかったのだ。ブリッジの異様な雰囲気を奇妙に感じたカメラマンは、フィリッピン人の乗組員に質問して初めて、これがどういう使命を帯びた航海であるのか真相を知ったのだ。

「頼む！　港に帰してくれ！　知らなかったんだ。俺は嫌だ、帰してくれエエ！」

船長に頼んでも、船長は前を見つめたまま取り合おうとしなかった。船長が相手にしないので、司令官である敦賀にすがりついた。

「駄目だ！」

震えて哀訴するカメラマンに、敦賀は前方を見つめたまま一喝した。

「心配するな。敦賀部長がついているよ。お前は写真を撮っていさえすれば、それでいいんだ。」

音在も船の進行方向から目を離さずに、動転したカメラマンを励ました。

前日に較べて、スモッグが垂れ込めて視界は今ひとつの状況ではあったが、比較的波が穏やかであったのが救いであった。時速十マイル弱で走るタグボートからは、進行方向の海には哨戒が効いた。接触型の浮遊機雷なら、発見後直ちにエンジンを後進させれば対応できると、敦賀は読んでいた。垂れ込めたスモッグが海面の反射を消してくれている分だけ、目が疲れずに済んで好都合だった。喉がカラカラになってきたので、音在はお茶の入ったペットボトルを敦賀に渡した。お互いに目は前方を向いたままの会話だった。

「敦賀さん。どうです。お茶でも飲まれませんか？」

「はい。それはどうも有難うございます。」

「早めに昼飯にしておきますか？」

「そうしましょうか。正午過ぎには霧島丸と落ち合いますからね。乗船した時に昼飯を済ませてないと、相手に催促がましく受け取られますからね。」

音在は空腹を感じたから昼飯を敦賀を促したのだったが、敦賀の発想は如何にも古武士然としていた。音在は前方から目を逸らすことなく握り飯を敦賀に手渡して、海苔を巻きつけた大きな握り飯を頬ばった。

「ほう？　音在さん。何か入ってますね。アサリの佃煮じゃないですか。」

「ええ。ただの塩握りじゃ美味しくないので、残っていたアサリの佃煮を全部握り込んできましたよ。」

アサリの佃煮に未練を残して死にたくないと言ったらジョークになるかと思ったが、縁起でもないと思われたら逆効果になるので止めておいた。

いつしか、タグボートは三十マイル地点を過ぎていた。進行方向のすぐ手前ばかり見ていたので、いつもなら沖合航行する際の目標にしている集油施設であるギャザリング・ステーションの存在は見過ごしそうだった。

ただ、先行して作業中の掃海艇に追いついた時は、注意がそちらに集中した。敦賀も音在もデッキの窓から手を振って大声で挨拶した。スチワート中尉も掃海艇の窓から敬礼してこれに応えてくれた。海の男同士だけに通じるエールの交換であった。

敦賀は事務所で待機する枝野に、ラジオを通じて進捗状況を報告した。

「枝野さん、枝野さん。敦賀です。今、三十マイル地点を過ぎたところです。幸い何事もなく、順調に船は進んでいます。サウディ海軍も掃海作業をしてくれています。城戸さんに報告しておいて下さい。オーバー。」

「はい、枝野です。了解しました。無事の航行をお祈り致します。霧島丸からも予定通りに航行中との連絡を受けております。オーバー。」

陸上への交信が終わると、敦賀は再び船首の前方の海を注視した。イラク軍が海図に示したデンジャラス・ゾーンはこの周辺の海なのだ。

六十マイル地点にポツリと海上に浮かぶ第一号ブイが、カフジ航路の進入口である。幸運にも浮遊機雷に遭遇せずに辿り着いたタクボートはここで停止して、霧島丸の到着を待つことにした。アンカー（錨）を打てる水深ではないので、フィリッピン人の船長が微妙な操船をして、ホバリングしながら一定の位置を維持していた。風が止んだ蒸し暑い空気の中に、濃いスモッグが垂れ込めていた。

水平線と思しい方向を見詰める敦賀と音在の眼前に、突然スモッグのカーテンから霧島丸の巨体がヌッと湧き出して来た。水平線は煤煙が邪魔をして見えなかったし、ある程度の距離になるまでは船体が確認できなかったからだ。

タグボートの船上では大歓声が巻き起こり、全員がヘルメットを振り回して歓迎の意を表した。霧島丸の船上でも、艦橋に繋がるサイドブリッジに船長始め乗組員たちが飛び出してきて、大きく帽子を振り回した。お互いに、こんな危険な海までよく来てくれたという敬意の表明だったのだ。敦賀はラジオで霧島丸に停船を求めると、タグボートを近づけさせた。敦賀はせり下がってきたラダー（階段）に身軽に飛び移った。もちろん音在もカメラマンを促してこれに従った。

「ようこそ、カフジまで来て頂けました。お約束通り、シーバースまでの間を先導させて頂きます。昨日からサウディアラビア海軍とアメリカ海軍の協力で航路の掃海を進めております。ここから二十マイル先には、その掃海艇も待機してくれています。掃海艇はそこからシーバースまでの間を、一緒に貴船の先導をしてくれることになっております。どうぞ、ご安心下さい。」

敦賀はタンカーの乗組員を安心させるために、丁寧に状況説明をした。

これに応える霧島丸の船長、谷河忠敏も男らしい船乗りであった。航路復活第一船を引き受けるくらいだから腹の据わり方にも並々ならぬものが見て取れた。

「何があるか解らないこの危険な海で、身を以って安全を証明されようとされる敦賀部長の誠意と責任感に敬意を表します。ジャマール原油の引き取りはどうぞお任せ下さい。先ずはコーヒーでも召し上がってご休憩下さい。」

厳粛な男同士の対話を目の前にして、元気を取り戻したエジプト人のカメラマンは、このカフジの歴史に残る光景のスナップを撮り続けた。

敦賀と音在は久し振りの香り高い本物のコーヒーをご馳走になって、暫しの休憩を楽しんだ。

「我々はいわば前線部隊でして。シーバースにモアリング（係留）して頂いた頃を見計らいまして、鉱業所の代表が乗船して記念品をお持ちする手筈になっております。」

「数々のご配慮有難うございます。今回の航海は、私にとっても忘れられないものとなります。」

「それではご案内させて頂きます。」

ふたりは霧島丸を離れた。タグボートに戻ると、敦賀は船長に中速前進を指示してタンカーを先導する位置を占めた。

四十マイル地点まで来ると、待機していた掃海艇が合流して、左前方に敦賀が指揮するタグボートが、右前方にスチワート中尉が指揮する掃海艇が速度を合わせて、霧島丸を前衛した。十六マイル地点のシーバースが近づいてタグボートが減速すると、掃海艇は任務を終えてジュベールを目指して南の海に去っていった。敦賀と中尉は、離れ行く船からヘルメットと帽子を振り合ってお互いの健闘に敬意を表しあった。音在もヘルメットを振りながら、中尉が見せてくれた一期一会の見事さに心から賞賛を贈った。まさに命懸けの仕事ではあったが、この歴史的と称しても過言ではないドラマの当事者として参加できたことに音在は満足を覚えた。

　敦賀の率先垂範の仕事振りに激励されて、別の二隻のタグボートがシーバース付近に待機していた。アンカレッジ（錨泊海域）を過ぎた後、シーバースへのモアリング（係留）作業は会社側の任務となる。大型タンカー自身では係留作業のための微妙な動きが制御できないので、タグボートがタンカーを鼻押しして所定の位置に誘導するのである。これから先は通常のルーチンワークとなるので、ふたりは後の作業を二隻のタグボートに任せて、カフジ港へ帰った。

「敦賀さん、本当にお疲れ様でした。今夜は僕の部屋で晩飯を食べて下さい。シャワーを浴びられたらお越し下さい。」

「音在さんこそよくこんな危険な仕事に付き合って下さいました。そうだねえ。それじゃ今夜はお世話になろうか。」

　陸に上がった音在は、先ずシッピング事務所に顔を出した。

「おおい、戻ったぞ！　無事に霧島丸を案内してきたぞ。」

　居合わせたスタッフ全員が立ち上がり、拍手で音在を迎えてくれた。

「何しろ、疲れたわ。もう今日は、俺はこれで部屋に戻るからな。」

「ミスター・オトザイ。どうぞ、どうぞ。もう退勤時ですよ。後の仕事は我々にお任せ下さい。」

　事務所を離れて自室に戻る途中で、音在は港に向かう真田の車とすれ違った。二台の車は停止して、音在は窓越しに顛末を真田に報告した。

「おう、師範！　ご苦労さま！　これから枝野さんと原油生産部のサーレ部長と三人で霧島丸へ表敬しに乗船してくるよお。」

「タイコーさん。今夜、敦賀さんは僕の部屋で晩飯を食べることになってますから、陸に戻って来られたらご一緒に如何ですか。」

「おう、嬉しいなあ。是非そうさせて貰うよお。」

真田は再び車を走らせた。

部屋に戻ってほっとすると、やはり普段以上に疲労しているのを感じた。

海上ではご法度になっている煙草を一本、深々と吸い終わると、音在はシャワーを浴びて油汗と煤塵を洗い落とした。

『はて、晩飯には何を料理しようか。』

また死なずに済んで、任務を完遂した喜びから、敦賀たちに『来い、来い』といつもの調子で気軽に声を掛けてはみたものの、その夜は何を料理するかなどということは、朝から全く念頭になかった。

取りあえず、前回の釣果のヒラアジを冷凍庫から取り出して、急速に解凍するために水にさらした。生野菜がないのでサラダの代わりにはオレンジとバナナで代用することにした。冷凍半製品のハンバーグを作り終え、ヒラアジの刺身を作っていると、敦賀がドアをノックした。

「音在さん、お疲れの後だというのに済みませんねえ。今、城戸さんに報告をしてきたところですよ。大変喜んで頂けましたよ。音在さんにも宜しくとの伝言でした。」

肉体的に重労働したという訳でもないのに、精神的な重圧から解放されてみると、ふたりとも異常に腹が減っているのを自覚した。

敦賀は、健啖に音在の準備したありあわせの料理を次々に平らげた。たちまちに、ふたりを眠気が襲った。

枝野がタンカーでのセレモニーを終えて帰港したと連絡の電話を入れてきたのは十一時近かった。一方、シッピング部の部下たちからは音在の部屋に、ローディング（原油積込み作業）を十時に開始した旨の電話報告が入っていた。

「音在くん。今、仕事を終わって霧島丸から陸に帰ってきました。これから、タイコーさんと君の部屋に行っても良いかなあ。」

「ええ、どうぞどうぞ。今日は何も準備していなかったので、急こしらえのろくな物しか出せませんけど、どうぞ来て下さい。一緒にお祝いをしましょう。」

気配を察して、グッタリしていた敦賀の目が醒めた。

「ああ、音在さん。ちょっと待って下さい。今日はもう勘弁して下さい。私は疲れた。もう、部屋に帰って寝ます。」

「ア、枝野さん。ちょっとすみません。さすがに今日は、敦賀さんがもうくたびれ果てたそうです。祝賀会はまた後日やりましょう。」

「そうか、残念だなあ。でも、ごもっともな話だねえ。それじゃまた頼むな。」

カフジ連続勤務三十年。責任感の塊。率先垂範の鉄の男敦賀も、停年延長までして成し遂げた最後の任務に満足するとともに、さすがに心身両面の重く深い疲労を否定できなかった。

第32章　敦賀の帰任

原油生産と出荷の再開がカフジの従業員たちの心を明るくしたのに呼応するように、カフジの空も徐々にではあるが明るくなっていった。

戦争前のような空全体に一片の雲もないといったアラビア湾特有の快晴は望むべくもなかった。それでも青空がのぞく日は皆無であるにせよ、空の殆どを煤煙が覆い尽くすという最悪の状態の日は少なくなった。

窮すれば通ずという状況見本のようなものである。五百本近いクウェイトの油田火災を前にして、世界中から集められた油田火災消火のプロフェッショナルたちをして、何年掛かるか解らないと言わしめた消火活動にもイノベーションがあったのだ。従来の消火法はアルミ箔に覆われた防熱服を着て、背後からの放水を浴びて気化熱を利用しながら、できるだけ火元に近づいてダイナマイトを仕掛けて、爆破の風圧で炎を吹っ飛ばすのが唯一の方法とされてきた。この手作業ベースの職人芸で消火をしていては、全てを鎮火するには確かに数年を要したであろう。

しかし、ハンガリーの消火技術者が奇抜な方法を開発したのだ。戦車の車体の上に飛行機用のジェットエンジンを取り付けて、放水を浴びながら至近距離まで近づいてジェット噴射で炎を一挙に吹き飛ばすというものだ。この新兵器が登場したお陰で、作業は大幅にはかどった。クウェイトの油田火災は五月に消火活動を開始してから五か月間で終了することになった。

任務の完遂という重い荷物を背負って長い道を歩み続けた敦賀が、心からの満足とともにカフジを去る時が来た。尊敬して止まない上司の帰任を、如何に盛大かつ有意義に取り仕切るかが、音在の重大任務となった。

「敦賀さん。ご帰国の前夜は、僕の部屋で歓送会を開催させて頂きます。それから、ダハラーン空港までの帰途の足はご心配なく。僕が車でお送り致します。」

「何から何まで済みませんね。それじゃ、ご好意に甘えてそうさせて頂きます。」

敦賀に話をしたのはそこまでであった。水面下では様々な音在の企画があった。

そのひとつがゴルフコンペの再開であった。

原油タンクヤードの向うに、砂漠をブルドーザーで地ならししたり凹凸をつけたりして、十八ホールのサンドゴルフ場が設営されていた。平和な頃は、カフジ勤務者のレクリエーションとしてはゴルフがメジャーの位置を占めていた。鉱業所の復旧に戻ってきた従業員たちの大部分は、唯一の無聊の慰めとしてゴルフを始めたかったのだが、なかなか果たせないでいた。余りの空気の悪さに工業用マスクを手放せず、如何にして呼吸の回数を減らすかを考えているのに加えて、ひょっとしたら埋設されているかも知れない地雷への恐怖があった。中には、機雷の危険を犯して沖釣りを再開した音在に対抗するかのように、偵察するかのようにゴルフを始めた者もいたが、フルホールを回る猛者はいなかったし、戦争前のように組織的なコンペはまだ開かれていなかった。

音在自身は通算八年となったカフジ勤務の間にゴルフをしたのは、三回を数えるだけだった。仕事の忙しさに加えて、週末には趣味と実益を兼ねた漁師として海にいる音在には、釣りとゴルフとの両立は不可能であったからだ。僅かなゴルフ歴とは、ご縁が深かった先輩が本社に帰任する際の、送別コンペへのお義理の参加だけであった。

しかし、敦賀の送別に限っては音在がコンペの幹事役となった。

「城戸さん、記録的な大コンペになりそうですよ。もしよろしければ出場して下さい。立場上、僕もエントリーしていますが、ご存知の通り僕は単なる賑やかしに過ぎませんので、代わりに参加して下さい。」

「いやいや、僕にはまだゴルフは無理だよ。折角の敦賀さんのコンペなんだから、音在くんが出てあげなさい。コンペは何時頃に上がる見込みかな?」

胃癌の摘出手術直後の城戸は、さすがに出場を遠慮した。

「六時スタートですから、十一時頃には終わると思います。」

「それじゃ、僕もその頃にクラブハウスにお邪魔しましょう。」

敦賀の人柄を示すかのように、コンペには六十四名の日本人従業員が参加した。

これは、ゴルフ道具を所有している者全員が出場したことを意味していた。

アウトコースの最後の組で出場した敦賀が最終ホールに回って来ると、先に上がっていた全員が九番ホールのグリーンの周りに集まった。グリーンとは呼んでいても、砂漠ゴルフ場のことだから芝生が植えられている訳ではない。実際には、ふるいに掛けた目の細かい砂だけを集めて、シットリと落ち着かせるためにディーゼル油を噴霧しただけの砂漠ゴルフ独特のものだった。グリーンと言うよりはブラウン(茶色)とでも呼ぶのが本当は相応しかった。

最後のパットを沈めると、敦賀は六十三人のギャラリーとパートナーの拍手に帽子を取って挨拶した。ちょっとしたプロゴルファー並の仕草だった。

激務に追われて、ゴルフなど十年以上していなかった敦賀ではあったが、本来が運動神経抜群のスポーツマンであるだけに、終わってみるとイン五十一、アウト五十三の見事なスコアで上位に食い込んでいた。員数合わせのためだけのマネージャー役の音在は、イン、アウトともに八十台の論外の成績だった。

表彰式は喜びとともに驚きに満ちたものとなった。司会の音在にスピーチを促された城戸は、出場者に朗報を伝えた。

「敦賀さんのことですから、送別会には色々なタイプの会合があると思いますが、これが最初の送別会になる訳ですね。そこで、私から皆さんにひとつ喜ばしいご報告があります。ご承知のように、敦賀さんはこの厳しいカフジで連続三十年勤務という余人には及びもつかない偉大な業績を残されました。衣笠選手が二千試合連続出場して国民栄誉賞を受賞したくらいですから、我が日本アラブ石油開発においても国民栄誉賞があってもおかしくないと私は思いました。」

「そうだ！　そうだ！」「賛成!!」

参加者から賛同の声が飛んだ。

「長岡社長も全く同意見でありまして、今度敦賀さんが日本に帰られましたら、社長から特別表彰されることに決まりました。これが我が社における国民栄誉賞であります。」

クラブハウスに詰め掛けた参加者からは万雷の拍手が飛んで、偉大な先輩のカフジ卒業を祝福した。


敦賀ほどの大物が帰任するのであるから、後輩たちが餞別の心配をするはずだった。土産にふさわしい品物が少ないサウディアラビアで、個々人が小さい予算でささやかなプレゼントをしたところで、その場では嬉しくても、後で始末に困るのは目に見えていた。餞別を一本化して、敦賀自身が一番欲しいものを贈るのが望ましいはずであった。長年、日本で主人の留守を護って子供たちを育てた妻への感謝を表すために、金細工であれ宝石であれ、餞別を纏めれば豪華な記念品の購入が可能になる。自分の考えを推進するために、音在は真田を巻き込むことにした。


「タイコーさん。敦賀さんへの餞別はご本人の希望される物を一品豪華主義でプレゼントしませんか。敦賀さんほどの方ですから、皆さんそれぞれに餞別には気を使われるでしょうが、万年筆やボールペンを数十本貰っても有難迷惑です。城戸邸で送別会を開かれると思いますが、出席メンバーは大体読めますから、その方々に奉加帳を回して、餞別を一本化しましょうよ。」

「おお。師範よう、良いところに気がついてくれた。その通りだよ。俺が本館勤務者を取りまとめるからさあ、師範が各事務所を纏めてくれないか。」

「それから、城戸邸での送別会は大人数になる筈で、奥さんも大変でしょうから僕も一肌脱ぎますよ。僕から差し入れするのは、ハムール（ヒトミハタ）の唐揚げとシュリンプカクテルとアジの握り寿司ぐらいですかね。」

「三十人近く集まるはずだからさあ、それは大助かりだよ。早速、奥さんに報告しておくからさあ。なになに、アジの握り寿司と……」

真田はメモを取り始めた。

「それから、敦賀さんがカフジを離れる最後の夜は僕の部屋で送別会をやることになってますから、タイコーさんも参加して下さい。」

「おう、それも有り難いなあ。もちろん喜んで出席させて貰うよ。」

真田と音在が手分けして仲間たちの間を奔走して集金した結果、邦貨四十万円を軽く越える餞別が集まった。記念品は城戸邸での歓送会で手渡される建前であったが、本人の希望を反映した贈り物は本人に選ばせなければならない。

音在は暇を見て、敦賀をダンマンまで買い物に引っ張り出すことにした。

「敦賀さん。城戸邸での送別会の際に、皆さんからのお餞別をお贈りする段取りになっています。ついては、有志の諸兄から四十万円を超える金額が集まりまして、これで敦賀さんの希望される品物を選んで頂こうということになっています。明日、ダンマンまでご案内しますからお好きなものを選んで下さい。」

「エエッ！　それ本当ですか？」

敦賀は絶句した。もちろん、後輩たちの好意を喜んでのことだ。

ダンマンのオールド・スーク（市場）で、敦賀はペルシャ絨毯を選んだ。畳一畳ほどの逸品であった。

「音在さん。皆さんからのご好意に甘えて、僕はこれを買わせて頂きます。」

「いや、これですとかなり予算オーバーに……」

「いえいえ、もちろんオーバーした分は、僕が自分で払わせて貰います。これこそ、僕がカフジで三十年間勤務した何よりの記念品ですよ。」

城戸邸で開かれた歓送会は、かつて例を見ない盛大なものとなった。

大テーブルの上には城戸の妻の暎子が二日掛かりで丹精を込めた料理が豪華なビュッフェスタイルで並べられていて、出席者は大喜びで舌鼓を打った。

それらの料理に混じって、音在と蔵田の漁労の成果と、料理の腕自慢である小倉の合作の品々も一隅を飾っていた。

出席者全員がひとりずつ敦賀に対して誠意の篭った慰労の言葉を述べた後に、敦賀が答礼の挨拶をした。型通りの挨拶が済むと、敦賀は傍らにおいていた包みを開いて見せた。

「皆さん。これが皆さんからお餞別に頂戴した絨毯です。私はこれをカフジ勤務の記念として、家宝として家に飾って一生大切にしたいと思っています。皆さん、本当に有難うございました。」

「ほ、ほう！」

全員が敦賀の手許を覗き込んだ。確かに素晴らしい品物であった。

ペルシャ絨毯の名品の特徴は、精緻な手織りが醸し出す重厚さにある。繊維の方向がきっちりと揃っているから、上下左右から眺めてみると色合いが方向毎にひとつずつ微妙に違って見える。敦賀の絨毯はまさに一級品の特徴を具備していた。日本で買い求めれば、軽く倍以上の値段がつくに違いなかった。

楽しい雰囲気をさらに盛上げるために、既に敦賀から部長職を引き継ぎ終わっていた枝野から珍体験の披露があった。枝野はその日の朝もヘリコプターによる沖合パトロールフライトをこなしていた。

日本の国会でＰＫＯ法案が可決されて、直接戦闘行為を伴わない終戦処理への自衛隊の参加が容認された。時を置かずに海上自衛隊によるアラビア湾への掃海隊が派遣されていたのだが、二十数日間の航海を終えて海上自衛隊がカフジ沖に到達して、掃海作業が開始されていたのだった。

これは、カフジの従業員にとっては非常に心励まされる行動であった。

敦賀たちが必死の思いでカフジ航路の復旧に努めたとはいっても、広大な石油開発海域全体の安全が確認された訳ではなかった。タンカー航路自体にも浮遊機雷の危険はいつまでも残っていた。日本の海上自衛隊の手によって徹底的に掃海がなされるならば、これほど心強く信頼に足るものはなかった。事実、それから三か月の間に、カフジ沖合も含めて海上自衛隊がアラビア湾で処理したイラク軍の機雷は四十三個を数えたのであった。

日本の海上自衛隊の掃海活動は、コーストガードのサイード少佐にとっても非常に関心深い作戦行動であり、枝野のフライトに同乗したいとの強い要請があった。城戸邸で敦賀の送別会が開かれる日の早朝、ふたりはカフジ沖合二百マイルまで飛んだ。ヘリポートを離陸して一時間後、眼下には日の丸を掲げた掃海艇が作業しているのが確認できた。

『こんなところまで、遥々と本当によく来てくれた。』

健気な掃海艇の働きを見守る枝野の目には、感激の涙が浮かんだ。心からの歓迎の意を表するために、掃海艇の上空を何度も旋回しながら、枝野は海上自衛隊の健闘を称えるためにラジオでメッセージを入れようとした。

「Hallow! This is Edano speaking from Japan Arab Oil. We wish to appear our heartfelt welcome to your……」

同乗しているサイード少佐が、枝野のために気を遣った。

「ミスター・エダノ。いいんだ、いいんだ。今日だけは特別に日本語で交信しても構わないから。遠慮せずに日本語で話してくれ。」

サウディの軍人の前で、彼らが理解できない言葉で海上自衛隊と交信をするのは絶対的タブーであった。しかし、少佐は状況を良く理解していた。枝野に思う存分会話をさせてやろうとの配慮から、例外的措置として日本語の使用を許可したのだった。枝野はぐっと気が楽になった。

「掃海艇、掃海艇。越智司令官をお願い致します。こちらは日本アラブ石油開発の枝野です。高いところから申し訳ありませんが、歓迎のご挨拶を申し上げます。遠いアラビア湾までようこそお越し頂きました。海上自衛隊の掃海作業によって、我々がどれだけ勇気付けられるか計り知れません。安全に配慮されながら、健闘されることをお祈り致します。オーバー。」

「はいはい。こちら司令官の越智です。歓迎のご挨拶痛み入ります。われわれも最善を尽くして掃海作業に当たりますのでご期待下さい。ところで枝野さん。あなたは今、どちらから交信して頂いてますか。オーバー。」

「はい。貴艦の真上をヘリコプターで旋回中ですが。オーバー。」

「エッ!? 本艦の上空には何も見当たりませんが。オーバー。」

「そんなことありませんよ。私には貴艦が良く見えております。上空を良く見て下さい。オーバー。」

「おかしいなあ。やはり見当たらないんですが。こちらは掃海隊母艦の村瀬ですが。オーバー。」

交信中のふたりは、何かがおかしいことに気がついた。全ては枝野の勘違いに発していたのだ。枝野は眼下の艦艇を旗艦村瀬だと勘違いしていたのだが、そこで掃海作業に従事していたのは、村瀬の指揮下に属する三隻の掃海艇の一隻である敷島であったのだ。枝野は直ぐ下に見える船に歓迎の挨拶を述べていたつもりであったが、受信していたのは三十マイル以上離れた視界外の海域で作業していた村瀬であったのだ。頓珍漢な会話の理由が判明して、越智と枝野は大爆笑した。しかし、半二重の機能しか有していないラジオの交信手段の元では、同時に爆笑する訳には行かなかった。

「司令官。やっと理由が解りましたよ。ハハハ……。オーバー。」

「枝野さん。私も状況が掴めましたよ。ハハハ……。オーバー。」

訝しげに日本語の通信を聞いていたサイード少佐が、今枝に通訳を求めた。

枝野が対話の次第を説明すると、最後に少佐が爆笑した。

枝野がその朝の珍体験をユーモラスに開陳すると、今度は城戸邸に集まった従業員たちが一斉に大爆笑したのであった。

厳しいカフジの風土の許での仕事と生活と日本人の心情を見事に読み込んだ歌が従業員の手で作られていた。音楽的センス豊かな石油開発エンジニアの大東と鉱業所に併設された日本人小学校の先生であった清谷との合作になる「カフジ・エレジー」という歌であった。一部の愛好家の間では口ずさまれていたが、カフジの日本人全員に広まっていた訳ではなかった。しかしふたりと仲の良かった音在は、この歌の良き理解者のひとりであった。

音在は、パーティの締め括りにカフジ・エレジーを敦賀に捧げることにした。元々は哀調に満ちたリリックな歌であったが、体育会気質丸出しの音在が歌うと持ち前の音痴とともに寮歌的編曲が加わってしまうのは止むを得なかった。

赤いフレアの炎を眺め　今日も暮れゆくカフジの街よ
果てしなく広がった砂漠に消える　ひとむれのラクダが悲しく映る
思えばひとむかし若き血潮に　ふるさとを後にひとりこの地へ
喜びも悲しみもともに分ち合い　ひとにぎりのヤパニ（日本人）が未来を託した
荒れ狂う波間に櫓を仰ぎ　厳しい波風に頑張り抜いた

アラビアの冬の海　この厳しさも　恋人の便りが
　俺を癒した
春が訪れる三月のカフジに　緑の草木に野菊の群
　れ
ブーゲンビリアが窓辺を飾り　雨上がりの水溜り
　に雲が流れる
青い月夜の砂漠にひとり　握る砂泣き心に沁みる
いつの日か故郷に帰れることを　問うても応え
　はただ波の音

海務・原油出荷統括部長という敦賀の任務は広範に亘っていた。海務というのは沖合のシーバース始め出荷施設全般を含めたタンカー受入れ態勢の整備を意味した。このために必要となる海上測量機能も敦賀の管轄下にあった。

また、到着したタンカーがアンカレッジ（投錨海域）に入って以降、操船責任は会社側に移る。そのためのパイロット（水先案内人）によるターミナル（着桟）作業の運営も敦賀の責任であった。音在が担当している原油や石油製品の出荷（シッピング）も敦賀の任務の重要な一部であった。さらに敦賀の守備範囲は、これらの業務執行の手足となる十四隻の各種船舶の管理、沖合施設の異常の有無を確認するヘリコプターによるパトロール、来航タンカーに気象状況を知らせるための測候所の運営までを含んでいた。

従って、鉱業所従業員としての直属の部下は六十名を数え、加えてこれらの担当業務をサポートする専門技術者としての出向社員（コントラクター）も百名近くいたために、鉱業所でも有数の大所帯であった。部としての送別会は当然日本人、アラブ人を含めたこれらの従業員が主催したのだが、鉱業所幹部や業務上関係の深い原油生産部や製油部の責任者まで招待することになるので、鉱業所最大の多目的ホールであるラシッド・ホールが会場に当てられた。

出席者は百八十名を越えて、敦賀の人望を偲ばせるのに十分であった。

敦賀はその日のために、三日がかりで英語のスピーチを推敲していた。

敦賀の三十年に及ぶ業務遂行の苦労は、とりもなおさずカフジの歴史でもあった。敦賀は自分自身が経験した思い出深い業務上の体験を紹介して、日本人とアラブ人が助け合って平時の業務運営に従事するとともに、緊急事態には協調して問題解決に当たることの大切さを強調した。

敦賀は海務・原油出荷部長としての立場から、日本アラブ石油開発が行った記念すべき原油出荷の思い出に触れ、それらの事例の全てに携わることができた幸せを語った。

思い出の第一は、一九六二年にカフジ基地に恒久的な原油生産、貯油、出荷施設が完成し、西ドイツのタンカー『カロリーン・マルレーン』が沖合五マイルのローディングドック（出荷桟橋）から、出荷第一船としてジャマール原油を引き取ったことだ。敦賀はこの大事業には水路測量要員として参加した。水深を測量してタンカー航路を設定したり、誘導ブイを設標するなどの裏方仕事は敦賀の尽力によるものだった。

第二の思い出は、一九六五年の大蔵丸の爆発事故によって焼失したローディングドックに代わるシーバース（搬出施設）を設置したことだ。新たなシーバースを使用して、出荷再開第一船『信越丸』を迎えることができた。

焼失前のローディングドックで原油積込み作業中であった大蔵丸は、突然原因不明の大爆発を起して、タンカー側、鉱業所側を含めて十五名の死者を出した。出荷桟橋へのダメージを最小限に止めるために、燃え盛るタンカーはロープで牽引され、北へ三十マイル離れた浅瀬にのし上げ座礁させられた。

しかし、原油の燃焼の高熱でローディングドックの鉄材は飴のように曲がり、出荷施設としては完全に使用不能となってしまった。焼け残った海上構築物の一部は、その後、原油出荷パイプライン用のバルブステーションとして転用された。それ以外の用途としては音在たちのような釣師のための釣場として使用されて、僅かに往時の姿を現在に止めていた。

ローディングドックの焼失による原油出荷の停止期間を最短化するために、鉱業所従業員は一丸となって復旧に当たった。その中で、敦賀はローディングドックに代わるシーバースの建設作業の夜昼お構いなしの突貫工事に従事した。

第三の敦賀の思い出は、もちろん湾岸戦争で破壊された基地の復旧とそれに続く出荷再開第一船『霧島丸』を先導してカフジへ入港させたことであった。

捨て身の政府折衝がサウディアラビア海軍を動かして、カフジ航路の掃海を実現させた。敦賀自らがこれを誇ることはなかったが、歓送会に出席した全員が敦賀の責任感に溢れた復旧への執念と貢献を承知していた。

敦賀は日本アラブ石油開発の歴史に残るこの三つの原油出荷の一翼を担ったことを誇りとし、現役を去る旨の挨拶をした。名演説の締め括りに海軍兵学校最後の生徒らしく、敦賀はマッカーサー元帥の言葉を引用した。

「Old soldiers never die, they just fade away. この軍歌の老兵のように、今まさに私は現役生活を終えカフジを去ります。」

敦賀の別れのスピーチに感銘を受けた部下たちは、十数頭の羊を屠《ほふ》ったカルーフ（羊肉）パーティで敦賀の功績を称えた。

アラブ地域の食文化では羊が最高のご馳走とされている。日常においても羊肉が最も一般的であり、ラクダや牛肉や鶏肉がこれに続く。豚肉は宗教上禁忌とされていて、絶対に現地においてお目に掛かることはない。最高のもてなしとして出されるカルーフ料理とは、皮を剥いだままの姿の羊に香辛料と岩塩をすり込んで大型の窯で丸焼きにしたものだ。これを直径一メーター以上もある円形の大皿の、サフランで着色した黄色い焼飯の上にドンとのせて供される。

大皿の周囲に片膝を立てて座り込み、右手で筋肉繊維の束のままである羊肉を掴み取り、取り皿は使わずに直接口へ運ぶ。この際に左手を使うことは絶対に許されない。左手はトイレで使用する不浄の手であるからだ。

敦賀はアラブ人の部下たちの円座に招じ入れられ、右手の袖を捲り上げて、おそらく人生で最後の機会になるであろうカルーフの丸焼きに挑んだ。

久し振りに、サイード少佐が音在のデスクを訪ねてきた。

コーストガードは、会社の石油操業を取締る管理的立場にあるので、何かあると従業員は常に呼びつけられるのだが、音在の場合は、時々サイードの方から出向いてきた。何回もコーストガードに逮捕されたにも拘わらず、全然意に介することなく漁労を止めようとしない音在に、サイードは好意的な興味を越えた友情を感じていた。

音在は部下にアラブ流の甘い紅茶を命じないで、わざと自分で日本茶を入れた。

アラブ人の民族的嗜好として、無茶苦茶に甘いものが好まれる。酷暑の風土がもたらす、エネルギーを補うための民族的習慣なのだ。音在がよその事務所に出掛けた時には、必ず紅茶が供される。小さなデミダスグラスの三分の一は底に沈殿したままの砂糖が占める。その際に音在は絶対に紅茶をかき混ぜることはせず、上澄みだけを啜《すす》るように飲むのが常だった。それでも日本人の嗜好からすれば、甘過ぎる紅茶だった。

悪戯っぽく音在が見詰めていると、サイードは不味《まず》そうに顔をしかめた。

「これが日本式のチャイ（お茶）か？　何で日本人はこんなに不味いものを飲むのか。ちっとも味がないじゃないか。砂糖をタップリ入れてくれ。」

音在は大笑いをしながら、部下にアラブ式の紅茶を入れるように命じた。

「ミスター・オトザイ。ミスター・ツルガが日本に帰られるそうではないか。

まだ私のところに挨拶がないけれど、いつ帰国されるんだ。」

「礼儀正しい敦賀部長が少佐のところに挨拶に参上しないはずがありませんよ。ひょっとしたら今日あたりご挨拶に伺うつもりかも知れませんよ。」

「ミスター・ツルガに伝えて欲しいんだが、帰国される前にミスター・ツルガとミスター・オトザイを一緒に私の家にご招待したい。私は彼の厳しい仕事振りと率先垂範の責任感を尊敬しているんだ。」

「有難うございます、嬉しいことをお伺いしました。敦賀さんは来週帰国されますが、今日と明日の夜は確かスケジュールが空いていたと思いますよ。」

「それじゃ、ミスター・ツルガのご都合さえ良ければ、早速今夜お越し頂きたい。」

音在は想定外であった少佐からの招待を心から嬉しく感じた。国籍を越え、民族を異にしていても、海での仕事という共通項を持つ男同士が解り合える世界があるのだ。

音在は、少佐の自宅に遊びに呼ばれた経験のある唯一の日本人であったが、送別会に招かれた日本人は敦賀だけだ。

「敦賀さん。サイード少佐が、お別れの挨拶がないと文句を言いに来ましたよ。もし、今夜ご都合が宜しければ、少佐の自宅にご招待させて頂きたいそうです。僕もご相伴させて頂きます。」

「エエッ？　本当ですか。もちろん喜んでご招待をお受けしましょう。少佐への帰任挨拶には、今日の午後に伺おうと思っていたのですが、まさに以心伝心のようなお誘いですね。」

早速、敦賀は席を立って、遠からぬ距離にあるコーストガードのカフジ港駐屯所に出向いた。

サイード少佐の自宅は、鉱業所従業員用の社宅区域とは隔絶された政府用官舎の一郭にあった。この区域に日本人が出入りすることは稀であったが、音在は多くのアラブ人青少年に柔道の指導をしていたので、しばしばお礼の夕食に招待され、政府要職者の住処が何処にあるかに精通していた。

職場での厳しい表情とは打って変って、軍服を民族衣装のディスターシャに着替えたサイードは子供と一緒に自宅の前まで出て、ニコニコ笑いながら敦賀の到着を待っていた。

サイードはふたりを書斎に案内して、アラビアン・コーヒーのガフォアを奨めた。書斎では壁二面に本棚が備え付けられていて、サイードが武威をひけらかすだけの単純な軍人ではなく、相当な読書家であることを示していた。

以前に音在が遊びに訪れた際には、見栄を張って並べてあるのか本当に読んでいるのかを確認するために、悪戯半分に本棚から数冊を取り出してみた。恐れ入ったことに、主要なページにはアンダーラインや書き込みがしてあって、サイードが並々ならぬ勉強家であることが解った。蔵書の半分くらいは、サイードが海軍士官としての教育を受けたパキスタン海軍時代に集めた軍事的な専門書であった。残りの半分は世界各国の国状案内や文学の類であり、音在はサイードの教養人振りに一目置いた。敦賀とともに再び訪れた書斎は、二年前に一年間留学していたノルウェイ海軍時代に収集した専門書の分だけ図書の量が増えていた。

サイードは、敦賀を戦友として遇しているのが解った。

「ミスター・ツルガ。私は普段から、あなたの将校のような責任感に溢れる仕事振りを拝見して、日本人にこのような方がおられるのかと尊敬しておりました。」

「少佐。それは当然ですよ。昔、日本海軍に士官養成機関の海軍兵学校がありました。太平洋戦争の敗戦で兵学校は廃止されましたが、敦賀部長は兵学校最後の期の生徒だったのです。我々のような部下たちとは、鍛えられ方と精神構造が違います。」

音在が、改めて敦賀の略歴を紹介した。

「いやいや、私こそサイード少佐の厳しい統率振りに敬意を表しております。

我々がイラク軍の攻撃に遭ってダンマンまで退避した後も、最前線のミシャブ基地からカフジを見守っておられたのですから、その責任感は大変なものです。鉱業所のセキュリティ・ライトの電源を切るためにカフジに帰った時に、少佐に護衛して頂いた時は本当に頼もしく思いましたよ。」

「あの時は、私も驚きました。夜になると鉱業所を取り囲むライトが煌々と点きっぱなしで、三十キロ離れたミシャブ基地からも丸見えだし、当然イラク軍からも確認されていた訳です。イラク軍に再攻撃してくれと言っているようなものでした。それで電源を切るようにダンマンへ連絡した訳ですが、ミスター・ツルガがそのために率先して戻って来て下さるのは解ってました。」

「いや。私だけが帰ったのではありません。城戸専務の指揮のもとに十名が戻りました。あの時、完全武装した少佐が、アブハドリアまで出迎えに来て頂いていたのが印象的でした。」

海の男同士の称え合いは続いた。

「我が海軍の掃海艇まで引っ張り出したのは、ミスター・ツルガの偉大な功績です。おまけに、機雷の危険だらけのカフジ航路を先導してタンカーを誘導して来られましたね。」

「サウディ海軍とアメリカ海軍の顧問団のご理解があったからですよ。それに、タンカーを先導したのは私だけではありません。この音在さんも一緒にタグボートに乗船してくれました。いくらお断りしても、一緒に行くと主張して譲らないものですから。」

「ああ、もちろん、ミスター・オトザイのことは良く解っています。彼は、私の部下に何回逮捕されても漁を止めない男ですから。部下に射殺されはしないかといつも心配していたくらいです。」

三人は弾けたように大爆笑した。

「我々が日本まで退避した後も、少佐はずっと最前線を守っておられたのですか。」

音在がその後の消息を質問すると、サイード少佐はよくぞ訊いてくれたと目が輝いた。飾り棚から『Battleship Missouri』と前面に金の糸で刺繍をした黒い帽子を取り出してきて、誇らしげにふたりに示した。

「アメリカ海軍の戦艦ミズーリにパイロット（水先案内人）として乗艦して、クウェイトへの艦砲射撃作戦の援助をしてきました！」

これは敦賀も音在も、初めて聞いた驚くべき話だった。

カフジ北方に上陸用舟艇の燃料補給基地を作ろうという陽動作戦を取った多国籍軍は、イラク軍の守備を海岸線に引き付けて、手薄になった背後の砂漠地帯から地上戦を展開した。多国籍軍は、これを『砂漠の嵐作戦』と名付けた。海岸から上陸する代わりに、アラビア湾に派遣した戦艦三隻をイラク軍砲火の射程外に遊弋《ゆうよく》させて、主砲による艦砲射撃を行ったのは敦賀も承知していた。しかし、パイロットとしてサイード少佐が乗艦していたというのは、痛快な初耳であった。全体的に浅いアラビア湾には所々に浅瀬が点在しており、確かにサイード少佐は稀有で格好のナビゲーターであったのだ。

「主砲を発射する時は警戒ブザーが鳴って、乗員はこうやって鼓膜と内臓を守るのです。」

少佐は立ち上がって、足を大股に開いた。そして、両手で大きく耳を覆って、大きく口を開けた。口を開けるのは、爆風の風圧に取り込まれた時に、圧力から内臓を保護する効果があるのだそうだ。

「これは私にとって、忘れられない一生の記念になりました。」

少佐は乗員のユニフォームに相当する黒い帽子をいとおしそうに手に取った。

サイード少佐が敦賀のために準備した夕食は魚料理だった。

謹厳実直な軍人の意外に細やかな配慮であった。

「ミスター・ツルガは日本人だから、魚がお好きだと思いましたよ。沢山召し上がって下さい。」

羊の食文化が定着しているものの、まだまだ一般的ではないがサウディアラビア人もだんだん魚を食べるようになってきている。しかし、料理方法は主として香辛料をまぶしたアラブ流のフライである。日本人的嗜好からみるとかなり受け入れ難い面もあるのだが、幸い敦賀も音在もそのようなことは全く苦にならない健啖な胃袋を持っていた。少佐の思い遣りの篭った晩餐は、ひたすら美味しく感じられた。

いよいよ敦賀がカフジを去る日が近づいた。

約束通りに、敦賀はカフジ最後の夜を音在のために空けておいてくれた。

音在は、カフジの単身寮の歴史に残るような送別会を開いて、華やかに敦賀を送り出したいと思っていた。

先ず、招待者の人数に配慮が必要であった。敦賀の幅広い人間関係からして、送別側はなるべく多いに越したことはなかった。問題は単身寮の部屋の収容能力にあった。約十畳一間のスペースしかない洋室には、備品としてベッドや机、洋服箪笥その他が備え付けられており、音在自身のこまごました私物も四年近い単身勤務の間に随分増えていた。従って音在の部屋の接客空間は実質的には六畳にも満たなかった。音在は自分自身の本社帰任が近かったこともあって、私物はどんどん後輩たちに分けてやった。そして、部屋の備品は解体して部屋の外に搬出した。

幸い、音在の部屋は単身寮一階の一番奥に位置していたので、部屋の幅だけ誰も通らない廊下スペースが遊んでいた。寝つきの悪い夜は、そのスペースが音在専用の空手道場になっていたのだ。解体した家具類はそこに並べておけばよかった。音在の部屋はがらんどうとなった。これなら詰め込めば、二十名の集会は可能だと判断できた。もし、予定外の飛び入り参加があれば、順番に詰めさせて、潜水艦の食卓のように半身になりテーブルに肘を着いて食事させればいいと考えた。テーブルは普段のものに加えて、音在の部屋のドアを外せば事足りた。イラク兵がドアに残した銃弾の跡は、使用していない新品のベッド用シーツで覆えば食卓として格好がついた。

二十人分の料理をひとりで作るのは、単身寮の簡易キッチンでは限界があった。

そこで、音在亭の常連たちにはそれぞれの特技に応じた協力を依頼した。

「枝野さん。一品差し入れして下さいよ。何しろ二十人前作るのは容易じゃありませんので。」

「よしきた。僕は再赴任に当たって、浅草のカッパ橋で押し寿司の道具を仕入れてきたからさ。キスでも釣ってきて、押し寿司を差し入れてあげよう。」

「小倉さん。他ならぬ敦賀さんのカフジ最後の夜ですから、一肌脱いで下さいよ。」

「うん。何がいいかなあ。音在が作るのはどうせ魚料理だから、俺は肉料理を考えて、二品くらい作ろうか。」

「海道。お前は握り飯担当な。二十人前だから五十個握ってくれ。」

「はい、お安い御用です。音在さん、話を面白くしませんか。握り飯の中に何個か一ハララ・コイン（一サウディ・リアルの百分の一の通貨単位）を握り込んでおいて、それに当たった人には賞金を出すっていうのはどうですか。」

「ハハハ……。そいつは面白い。それじゃ、三個握り込んでおいてくれ。当たったら、賞金は百リアル（邦貨約4千円）にしよう。それくらい、敦賀さんに寄付してもらおう。」

学生時代に山男として過ごした海道は、握り飯を作るのが上手かった。固すぎず柔らか過ぎず、まことに適当な厚さで三角握りを作るのだ。同じ飯で握っても、音在が作った物よりも確かに一味違っていた。音在亭で大人数の会合をする時は、これまでもしばしば海道が貢献してくれていた。

「蔵田と藤井くんは現物貢献だ。材料を仕入れるために、前の日に俺と沖釣りに行こう。広谷さんは、いつも必殺味見人だから、出席して食べているだけで結構です。」

「音在ちゃん。僕にも何か貢献させてくれよ。カフジに戻って来る時に、鰻の蒲焼の真空パックを持ってきたのが、まだ十パックくらい残っているから、それを供出するよ。」

加山も敦賀の歓送に協力しようと手を挙げてくれた。

歓送会前日の出漁は、音在にとって必死の作業であった。集められるだけ集めてしまった大勢の客に対して、出すべき料理はその漁果に全てが掛かってくるのだ。不漁でしたからといって、まさかインスタントラーメンを出す訳にはいかないし、店屋物を頼みたくても寿司屋もない。工夫を凝らした各種の仕掛けを駆使して、音在は蔵田と藤井とともに表層、中層、底物と狙いを分担して釣り分けることに集中して生産性を上げた。尊敬する上司を華やかに送ろうという孝行心にアッラーの神も味方してくれたのか、音在は十キロを超えるハムール（ヒトミハタ）始め大型のフエフキダイヤクロダイを何枚も釣り上げた。サビキ仕掛けで中層を担当した蔵田と藤井も大量のマアジを確保した。これで音在亭名物の姿造りの大名盛りを来客に供することができたのだ。音在は大型のハムールは香辛料を摺りこんでオーブンで丸焼きにすることを思いついた。予想外のメインディッシュが一品追加になったのだ。単身寮にはオーブンが備え付けられていなかったが、下ごしらえを施したハムールを、社宅にひとり住まいしている藤井に渡して焼き方だけを分担させればよかった。

準備万端のデザインを整えた音在は、とどめの作業としてワープロの得意な大林にお品書きの作成を依頼した。実態たるや、むさ苦しい単身寮に男たちを詰め込めるだけ詰め込んだ飯場の晩餐でしかないのだが、出す料理に然るべき権威付けをして料亭の雰囲気を醸し出してやろうという訳だ。実態と格好を付けたムードとのアンバランス自体が抱腹もののユーモアになる。

「大林くんな、敦賀さんの最後の夜を、目一杯楽しく盛上げようじゃないか。

ついては、お品書きを二十五部作成してくれないか。準備する料理はな……」

「ハハハ。音在さん、そりゃ面白い。よし、イラストも追加して、一世一代の力作を作りますよ。」

敦賀を敬愛する同僚や後輩が集ったカフジ最後の夜は、いやが上にも盛り上りを見せていた。送別側の謝辞はすでに公式の歓送会で何度も述べられていたので、音在は亭主の立場から簡単に挨拶した後、大林の力作になるお品書きの説明に移った。

「敦賀さんの最後の送別だということで、ご出席頂いた皆さんには、多大なご協力と差し入れを頂戴しましたことを先ずご報告しておきます。黒銀さんや江頭さんからは、何も要らないと申し上げていたにも拘わらず、このお品書きに掲載していない珍味類を沢山頂戴しております。」

各自の手許に配られたお品書きを、音在が故事来歴の説明を加えながら読み進むごとに大爆笑が起こった。

一、　点心・カナッペ

ロシアン・キャビア「セブルーガ」、ジャパニーズ・カニミソ、台北的唐墨、チェコスロバキアン・サラミ「宴の後」

二、　枝野流　カフ前キス押し寿司

三、　加山式　空輸鰻蒲焼真空造り
四、　音在亭謹製　アラビア湾大名盛り
　　　原油漬けモンゴウイカ、フエフキダイ煤煙風味、
　　　蔵田アジ、シュリンプカクテル・ダンマン風
五、　小倉流　肉アスパラ巻き
六、　アラビア湾白身魚薩摩揚げ・開祖小倉風
七、　藤井式ハムール丸焼き「妻のいぬ間に」
八、　海道流　恐妻風三角握り
（注）一ハララ・コインが中に入っていれば百リアルが当たります。

大笑いをしてさらに腹が減った男たちは山のように準備された料理を次々に平らげていった。

最後の夜に相応しい話題は、もちろん敦賀の偉業の数々に尽きた。湾岸危機と戦争の記憶を反芻するように、如何に敦賀が常に先頭に立って、周囲に温かく気を遣ったかをひとりひとりが感謝を込めて語った。出席者全員が深く鮮明な記憶を持っていた。

「当たったア！」

突然、黒銀が素っ頓狂な大声をあげた。握り飯の中に一ハララ・コインが入っていたのだった。

「いやあ。歯が折れるかと思ったよ。」

すかさず、敦賀が準備していた百リアル札の入った封筒を黒銀に手渡した。

「はい！　おめでとうございます。これで日本までの航空券を買って下さい。」

敦賀のジョークに、また満座が爆笑した。

「俺も、握り飯をたべようっと。」

次々とお握りに手を出す者が続いた。

四十人前はあると思った食事が豪快に減っていって、敦賀の嬉しそうな笑顔と準備した料理の減り具合に音在は満足した。

朝九時の敦賀の出発を見送るために、敦賀が長年起居した単身寮の周囲には黒山の人垣ができていた。日本人従業員の誰かが帰任する際に恒例となっている見送り風景であるのだが、敦賀の場合は見送りの人数が違っていた。日本人勤務者はひとりも欠けることなく顔を揃えたし、海務・原油出荷部始めアラブ人の部下や知人も大勢詰め掛けた。個々に交わす挨拶が多い分だけ、出発は遅れた。

運転席で待つ音在のトヨタ・クラウンに、やっと敦賀が乗車した。

乗車したところに、またアラブ人の部下が窓越しに握手を求めに来て、なかなか発車させてくれなかった。やっと車を発進させると、敦賀が音在に頼んだ。

「音在さん。本当に有難うございます。」

「何を言っておられますか。当然の話じゃないですか。」

「音在さん。申し訳ありませんが、ゆっくりと鉱業所を一周して下さいませんか。」

最初から音在は敦賀からそう頼まれると読んでいた。音在は静々と車を走らせた。車がカフジ港に差し掛かる頃には、敦賀の回想に合わせるように特にゆっくりと運転した。もう二度と訪れることがないであろうカフジの風景をシッカリと脳裏に焼き付けながら、敦賀は過ぎし三十年を回想していた。

意を満たすと、敦賀はきっぱりと音在に指示した。

「音在さん、有難う。ダンマンに向かって下さい。」

鉱業所の正門を出ると、音在は速度を上げていつもの巡航速度の時速百九十キロを維持した。敦賀と一緒に走っていると、音在の脳裏には次々と敦賀にお世話になったエピソードが湧いてくるのだった。目出たい敦賀の凱旋の手伝いをしているにも拘わらず、だんだん音在は辛くなってきた。通算八年、二度も直属の上司として仕えた分だけ、敦賀の薫陶を受けた度合いが普通の従業員より深かったからだ。

安藤所長にも挨拶したいという敦賀の要望で、音在はダンマン事務所へと車を向けた。ダンマン事務所には、サウディ石油省への業務報告のために出張中の経理担当の河辺常務と後藤経理部長が立ち寄っていた。後藤は音在たちと一緒の中途入社の同期生であった。音在よりは六歳年長の後藤は、同期仲間の取り纏め役として、気配りを忘れない面倒見の良い優秀な経理マンであった。

その年の春、当然のことのように経理部長に昇格していた。

「やあ、元気そうじゃない。音在くんももうボチボチ本社帰任だっていう、もっぱらの噂だよ。」

敦賀を送ってきた音在を、後藤は労った。

「お陰さまで、元気は元気なんですが、今日は寂しくっていけませんわ。後藤さんこそ、今日はどうされたんですか。」

「いや、三日ばかり前からリヤドとダンマンに出張していてね。例の石油省への事業経過報告だよ。もう、関係先には全て面会を終えたので、今夜のシンガポール航空で東京に帰るんだよ。」

「ああ、それじゃあ敦賀さんと同じフライトですね。」

「へえ、敦賀さんもそうだったの。それじゃあ、機内が楽しくなるよ。」

音在は考えを変えた。ダンマンまでの道中にも、音在は何回か涙腺が緩みそうになった。ダハラーン空港で敦賀を見送ると、音在は別れる時には落涙してしまうのが自分で解っていた。苦しいことを耐え忍ぶ分には、音在は人並外れて強いのだが、こういうことにはからっきし涙脆いのだ。

所長の安藤との挨拶を一通り終わって、敦賀は河辺を交えた三人で懐旧談に耽っていた。

「敦賀さん。後藤部長に聞きましたら、今夜のフライト便では河辺常務とご一緒だそうです。ダンマン事務所から空港までの車の便は心配いらないようですから、僕はここで失礼してカフジに戻りたいと思います。」

敦賀は、音在の気持ちが即座に読めた。

「そうですか。音在さん、本当にお世話になりました。」

敦賀と音在は固い長い握手を交わした。

「敦賀さん。私こそ、ご指導有難うございました。」

音在の目から溢れた涙が頬を伝った。

「音在さん。音在さんだってもう直ぐ本社帰任じゃないですか。また、直ぐに日本でお会いできますよ。」

音在を励まそうとする敦賀の目にも涙が光っていた。

第33章　さらばカフジよ

音在自身の本社帰任も迫って来ていた。

イラン・イラク紛争最後の緊迫した時期に始まり、一年余りの平穏な時期を経た後、湾岸危機と湾岸戦争の全期間をシッピングの責任者として勤務し、破壊された鉱業所の建て直しという劇的な時代を体験した音在の二度目のカフジ勤務は、四年を数えていた。

すでに音在の後任者として、営業部から足利が鉱業所に着任していた。

着任の翌日からシッピング業務のサイン権は足利に譲って、音在は統括課長職から降りて、足利の後見役に回っていた。カフジ勤務が一日も我慢できないタイプの人間なら、後任の着任と同時に脱兎の如く帰国するのが常であった。

　しかし、音在は主要スタッフが五名も入れ替わったほど厳しい試練を経たシッピング部が、後任者の下で円滑に回って行くことを確認してからカフジを離れたいと考えていた。換言すれば、春秋に満ち過ぎていた二回目のカフジ勤務の余韻を楽しんでいたと表現しても間違いではなかった。後任を得て帰任も間近になり、夜間の緊急呼び出しからも解放されて、音在は急に気持ちが楽になった。

　そんなある日、久し振りに労務部の吉岡が音在のデスクを訪ねてきた。

「音在さんの本社帰任ももう直ぐということで、人事計画が進行しています。音在さんの場合は本年度分のカフジ休暇が二週間残っていますが、これをどうされますか。レギュレーション通りに休んで頂くのが、一番手続き上も簡単なのですが、早目に帰国されて未取得休暇を買上げることもできますが。」

「それよりも、俺が何処のポジションに帰るのか教えてくれよ。休暇のことなんかどちらでも結構だよ。」

「いや。私にそんなことを質問されましても、権限外ですから困ります。来週、人事部長と人事課長が出張して来て、帰任が近い人たちにインタビューする予定になっていますから、そっちに訊いて下さい。」

「そうか、ご免ご免。それじゃあ、吉岡くんの事務手続きも楽なように、帰任前に消化試合で一度休暇を取ることにするよ。その分だけ帰任が遅くなるけど、大変革後のシッピング業務の定着振りを確認してから帰りたい気持ちが強いんでね。休暇の申請書は明日中に準備するよ。」

　アラブの休日の木曜日、朝寝を楽しんでいた音在は、珍しく調整室長の奈良の電話で起された。

「ああ、音在くん。まだ寝てた？　申し訳ないね。知っていると思うけど、昨日の夕方長岡社長がカフジ入りされていてね。ついては単身寮を巡回して従業員の士気を確認したいと仰るんだよ。城戸さんとも相談して、三人ばかり勝手に訪問先を選ばせて貰ったんだけど、音在くんも協力してくれないかなあ。」

　自室で夕食を自炊している音在は、昨夜日本人食堂に顔を出していなかったので、長岡社長のカフジ到着のニュースを知らないでいた。

　奈良の協力要請を聞いて、音在は頭の中で同時にふたつのことが閃いた。

ひとつは、長岡社長の偉大さであった。監督官庁から天下った経営者にありがちな傲慢さが、長岡には全く見られない。湾岸危機勃発直後に現地に飛んで来た初めての本社役員が、当時の副社長の長岡であった事実が示すように、旺盛な責任感から常に率先垂範を心掛けるのがお人柄であるようだ。しかも、現場を訪れる都度、従業員との対話を大切にして、常に民意を汲み取ろうと努力する誠意が感じられた。

その点嘆かわしいことに、生え抜きの役員たちにはそのような誠意や親分気を持ち合わせている人物がまずいなかった。毎年十一月にはカフジで取締役会が開かれるのだが、カフジに来たからには、従業員たちと交流してその声に耳を傾けようとするのではなく、本社時代に息の掛かっていた連中だけとひたすら麻雀に励んで時間を潰して行くタイプが多かった。一番情ない役員は、日本人食堂のコックに握り飯とポットに入れた味噌汁を準備させておき、取締役会が終了するが早いか、車に飛び乗りクウェイトに向かうのであった。石油省高官でもあるアラブ側取締役とは、片時といえども同席していたくないのだ。もちろん、文句しか出ないであろう日本人従業員との対話などは、徹底的に避けていた。カフジで滞在時間はできるだけ短縮して、一刻も早く都市機能を備えた中東有数の都市であるクウェイトに行きたかったのだ。そして、一番最寄りの航空便で、欧米のいずこかに立ちよった上で、東京に帰りたがっていた。中東で石油開発に従事する会社の経営者としての立場など弁えていない本人も本人であったが、経営者として然るべく振る舞うように箴言するでもなく、本人の我が儘をどれだけ正確に実現するかを競うような取り巻きたちも取り巻きたちだ。カフジで取締役会が開催される度に、不愉快な思いをする音在であった。そんなプロパー役員ばかりいる中で、従業員の意見を聴取して、現状改革や事業戦略の参考にしようという長岡の誠意に溢れた姿勢は、音在に掃き溜めに鶴のような爽やかな感銘を与えた。

『ようし、音在亭で大歓迎してさし上げようじゃないか。』

音在が、次に考えたのは城戸の深い配慮であった。

長岡社長の単身寮巡回の相手先は、当然のことながら鉱業所有数の元気者を選択したはずであったが、帰任も近い音在に十分自己紹介させる機会を与えることは、今後の音在の仕事にプラスの方向に働くはずだ。これは、湾岸戦争や復旧業務の中での命を懸けた働きに対して、城戸が施してくれた論考行賞であることが、音在には即時に理解できた。

「奈良さん、解りました。こんな汚い部屋へ、社長にお越し頂くのは光栄なことです。巡回なんてみみっちいことを言わずに、今夜晩飯ベースでご招待して大歓迎させて頂きますよ。」

「ウーン。昨日お願いしておけば良かったかなあ。実は今回、社長はカフジには一泊されるだけなんだ。今日の午後三時に、藤堂さんたちを激励するためにクウェイトに向けて出発されることになっているんだよ。だから、今日の音在くんへのお願いは、十時から三十分ばかりお邪魔させて欲しいだけなんだ。」

「ああ、そういう日程なんですか。解りました。それじゃあ、いつでもお越し下さい。」

ほどなくして、音在の部屋がノックされた。

「はい。どうぞお入り下さい。」

長岡は秘書課長の筑後を従えて入って来た。調整室長の奈良と戸川は案内係であった。

「やあやあ、急にすみませんなあ。皆さんがカフジでどのようにお過ごしなのか勉強したいと思っておりましたので、ご無理をお願いして申し訳ありません。」

「こんな汚い部屋に社長がお越し頂けるとは思っておりませんでしたので、恐縮の至りです。」

初めて音在の部屋を訪れた者が皆そうであるように、長岡も物珍しそうに部屋の壁をキョロキョロと見渡した。

「綺麗にしておられますな。それに色々代わったコレクションをしておられますようで。」

壁面や戸棚を飾る巨大なサメの尻尾の干物やジョーズの顎骨のデコレーションと社名を縫い込んだ柔道着を見て、長岡は驚いたように言った。

「音在さんは、柔道をなさるのですか。」

「音在さんは、柔道五段なんですよ。」

筑後課長の説明に促されて、長岡が横の壁を見ると講道館柔道五段の免状が目に入った。

「音在くんはアラブ人にボランティアで柔道の指導を行ってましてね。弟子も随分いるんですよ。」

奈良が説明を付け加えてくれた。

「はあ、二度の勤務で合計二百六十人の弟子に指導しました。しかし、鉱業所の建て直しに戻って以来、空気が悪過ぎて運動なんかできる状態ではありませんでしたので、残念ながら柔道場は閉鎖状態のままにしています。」

「前回、カフジにお邪魔した頃は本当に真っ黒な空でしたものね。」

長岡は、音在が剥いてくれる梨を食べながら話を続けた。音在は先週、蔵田を連れてダンマンまで食料品の買出しに出掛けた時に、サウディアラビアで初めて梨を売っているのを見つけて大量に買い込んでいた。長岡の不意の来訪を接遇するに値する果物の在庫があって良かったと思った。

「僕がカフジに戻った四月の初めは本当に大変でしたよ。この部屋にも砲弾の破片が一個飛び込んでましてね。窓ガラスは破られるわ、アリババの子孫たちが貴重品と思った小物を手当たり次第盗んで行くわで……。窓が破られていたので、油滴含みの煤煙が流れ込んでいて、カーペットなんかベタベタでしてねえ……」

「ホウ、ホウ……」

「社長。それではクイズです。僕はどうやって、汚れ切ったこの分厚いカーペットを掃除したでしょうか?」

「いやあ、そのご苦労には想像がつきませんね。」

「話は簡単なんです。僕は漁師だもんですから、魚を取って来ては仲間を集めて木金の週末には魚料理をご馳走しています。大体、毎回六人から十人くらいですかね。そうしたお客さんが四、五時間この部屋に座り込んでいる間にモゾモゾ尻を動かしてくれて、カーペットに染み付いているクウェイトから飛んで来た未燃原油を拭き取って帰ってくれるという訳です。」

いかにも現場らしいジョークに、長岡を始め全員が大爆笑した。

「イヤー、音在くんってひどい奴だなあ。僕まで時々ご招待に預かって感謝していたのに、尻でカーペット掃除をさせるために呼んでたって訳か。」

奈良がジョークを増幅して返した。

三十分の滞在予定が一時間にも及んだので、奈良が長岡に退出を促した。

「社長、次の部屋にもアポイントを入れておりますので、そろそろ……」

「あっ、そうですか。音在さん、ご帰任も近いと伺っておりますが、ますますご健闘されますようにお祈りしております。」

社長一行は次の部屋を目指した。

本社人事部の幹部が、現地勤務ローテーションや僻地給与倍率の説明に、年に二回鉱業所に出張して来るのは定例行事となっていた。

カフジのような酷暑の気候と社会環境が大きく違う厳しい勤務地で仕事をする上で、勤務ローテーションと給与倍率の在り方は永遠の検討テーマなのであった。特に死ぬか生きるかの試練を終えた後は、両方とも大きな問題となった。

被災した鉱業所の建直しが進めば、本社と現場との間で大幅な人員の入れ換えを行うのは当然のことだった。人事部長と人事課長は、先ず日本人食堂に全日本人従業員を集めて全体方針を述べた。説明の中では、被弾退避した後のカフジで、イラク兵と思しき泥棒が従業員の財産に与えた経済的損害についても、あるレベルでの査定を加えた上で補償を行なう方針が伝えられた。

これは、鉱業所の従業員感情を十分に尊重した対応策であった。存在の証明が難しいとは思いながらも、音在は駄目元で損害の全てをリストアップした。

損害欄に『イクラ』と書いたのは、音在ぐらいのものであった。小倉とともに音在は、カフジにふたりしか居ない寿司職人でもあった。ふたりとも毎回休暇を終えてカフジに戻って来る時には、日本でしか手に入らない寿司種を山のように抱えて帰って来た。中でも最も貴重な寿司種はイクラであった。冷凍しておいたイクラを保冷剤で包み、最短コースでカフジ入りすれば何とか品質を落とさないで持ち込めるのだ。涙ぐましい苦労をして持って来たイクラの大型パックは冷凍庫に大事にしまっておいて、余程のイベントの時以外は使用しなかった。まだ半分以上残っていた大切なイクラがイラク軍の攻撃に起因する停電のために、音在がカフジに戻った時には、腐敗して形すら止めていなかった。

従業員との個別インタビューは引き続いて二日掛かりで行なわれた。

音在が指定された日時は二日目の一番後の順番であったが、音在は最重要人物を最後に置いたものと勝手な解釈をして待っていた。

指定時間にインタビュー場所の応接室に行ってみる

と、音在のひとつ前の面接者は村野だった。部屋に近づくと明るい笑い声が聞えた。開戦直前、日本へ退避しようとして果たせずにいて、ジェッダで後から追いついた音在に噛み付くようにストレスをぶつけた人物とは全く別人のようににこやかな村野がいた。人事課長とのインタビューの中に、希望するポジションで本社帰任が叶いそうなニュアンスでも感じ取れたのだろう。

「あ、済みません。時間オーバーですね。それじゃ、三沢さん。宜しくお願いします。」

ニコニコしながら、村野は音在に席を譲って退室した。

「沢サン。ご苦労さんだねえ。俺で面接相手は何人目なの。」

「いえいえ、これが仕事ですから別に大変ってことはありませんよ。それで音在さん、いつごろ仕事を片付けて本社に帰れそうですか。」

「足利との引継ぎもほぼ完了したので、カフジ休暇の消化試合を終えたら帰任するよ。八月末か九月初旬ってところかな。それで、俺は何処に帰れそうなの。」

「音在さん。営業部に帰任して貰えませんかねえ。音在さんのような現場を掌握している人に営業部に帰って頂いて、全体的な営業部改革をして貰うのはどうかと、上の方でも話が出ているんですがねえ。」

「いや、営業部には何の興味もないね。野上が牛耳っていることなんか屁とも思わないけど、俺の帰りたいのは総務部だよ。沢サンはあの時、現地勤務していて人事部に居なかったけど、そもそも俺の再赴任の件だって、本来なら営業部が人を出すのが順当だったんだ。イラン・イラク紛争末期の危機感の急上昇で候補者が上手く立ち回って逃げてしまったから、こっちにお鉢が回ってきたのさ。お陰で良い体験をさせて貰ったよ。俺は総務部に帰って、日本アラブ石油開発のスポークスマンをやりたいんだ。死ぬ苦労までして仕事の責任を全うして、これで希望が通らないんだったら、この次に現地勤務の要請があっても赴任拒否するからな。今回だって赴任拒否した奴が何人もいたけど、逃げた連中には何のお咎めもないじゃないか。」

音在は強烈に自己主張した。

「そうですか……。音在さんがどれほど苦労して頑張られたかについては、僕たちも解っているつもりです。ちょっと検討させて下さい。」

「頼むよ、沢サン。」

人事課長からは何も具体的な言質は取れなかったが、音在は前途の光明を予感した。

音在は鉱業所のレギュレーションに従って、二週間の休暇を取って日本に帰った。

「お父さん、これでずうっと日本にいてくれるのね。」

娘の由紀子が嬉しそうに訊ねた。

「ううん。二週間ほど休んでから、一度後片付けにカフジに帰らなければならないんだけどね。だけど、三週間くらいで今度は本当に帰ってくるよ。」

「フウン。」

二週間の休みは、あたかも天が与えてくれた休日のようなものだった。

帰任が間近なことは解っているし、するべき仕事は何もない。帰任条件は人事課長に十分自己主張してあった。頻繁に本社に顔を出して猟官運動とでも解釈されたら心外なので、会社には顔を出すことは止めておいた。音在はひたすらに遊ぶことに集中した。スポーツ新聞を読んでいると、面白い記事が目に入った。その年は東京湾にタコが記録的に大発生したと紹介されていた。

「なるほど、タコねえ。」

音在は、早速翌日東京湾に出漁することに決めた。タコは音在の大好物であったし、家族も全員そうだった。タコを沢山釣り上げて、久し振りに自慢の腕を振るって、家族にタコ尽くしをご馳走してやりたかった。生タコの薄造り、桜煮、唐揚げ、タコ飯と、音在の頭には次々とメニューが浮かんで来た。

音在が選んだのは、タコ漁では定評のある羽田の船宿であった。早朝、羽田から出漁して横浜の金沢沖を目指す船だ。餌盗り名人のカワハギなどと違って、タコ漁は向こう合わせののんびりした釣りである。音在は、船に揺られながらボンヤリとして酒でも飲んでいれば良い。時々、脈釣り用の太めのテグス糸をグイッと引っ張ってみて反応がなければ、再びボンヤリとしていれば良いのだ。

羽田沖に出た船は海岸沿いに横浜沖南部の漁場に向かった。海から眺める陸上風景は、普段とは違った視角で楽しいものだ。音在は完全に仕事から解放されて、頭の中をカラッポにした。

船が川崎沖を通過する頃に、緑色に塗装された大型タンカーが係留中であるのが目に入った。釣り船が近づくにつれて、タンカーが相当巨大であるのが解った。

『ウン。二十万トン以上はあるなあ。』

　釣り船が漁場を目指してさらに走るにつれて、大型タンカーはまるで立ちはだかる壁のように見えてきた。釣船がタンカーの横を通り過ぎようとする時に、巨大な緑色の船腹に書かれた船名が目に入ってきた。

『なになに。エ・ナ・ジー……』

「エエエッ?!　エナジー・ワールド！」

　その瞬間、音在の頭の中は完全に仕事モードに逆戻りした。

　エナジー・ワールドはカフジの出荷再開第二船であったのだ。カフジ航路にタンカーの配船を復活して欲しければ、機雷がないという証拠に会社側の船が前を走ってみせろと船主協会と海員組合が主張した二隻目のタンカーではないか。

『そうか、そういうことだったのか。』

　音在には合点が行った。急速に仕事の詳細が音在の脳裏に甦ってきた。

　あれから既に一か月が経っていた。エナジー・ワールドへのジャマール原油の積み込みが終わると、音在の署名をもって船積み書類一式は纏め終わった。

　確か、タンカーは次の寄港地であるドバイに立ち寄り、ウンシャイフ原油を積み込んで帰途につく予定になっていていた。そして、途中のシンガポールで原油の一部を積み降ろして、最後に東亜石油精製の川崎製油所に原油を運んだのだ。

　業界用語で言うところの『二港積み、二港揚げ』という条件の航海であったのだ。敦賀と音在に見送られたエナジー・ワールドが、一か月後に音在の眼前に出現した訳が理解できた。

『この奇遇は、直ちに敦賀さんに報告しなければいけないなあ。』

　音在は全くの思いがけない偶然に、感慨深くタンカーを眺めながら、その横を通り過ぎた。

『長い旅をご苦労さん。船長室には、俺がサインした船積み書類が沢山しまわれているなあ。』

　音在は、前を走れと無理な要求をしたタンカーを、今は懐かしく思った。

　まるで宝くじを当てたような偶然のタンカーとの再会のように、タコ漁の釣果も素晴らしいものだった。ユラリユラリと船の揺らぎに身を任せながら、持ち込んだ日本酒をグビリグビリと嗜《たしな》みつつ、投げ込んだラインを五分おきに引っ張ってみるだけなのに、面白いように仕掛けにタコが掛かっていた。何匹目かの釣果は思いがけない痛快さであった。引っ張ってみたラインはピクリとも動かずに根掛かりした手ごたえを伝えてきた。

『やれやれ。』

放置しておいても仕方がないので、タコテンヤと呼ぶ仕掛けを失う覚悟で音在はラインの回収にかかった。船の上で立ち上がり、腕にラインの端を十分に巻きつけてから、音在は渾身の力を込めてラインを引っ張った。

メリメリメリ！　海底から何かが持ち上がって手繰り寄せることができた。

プツッという、ラインがちぎれて仕掛けを失った感触とは明らかに違っていた。ずっしりと重い感触は、海洋投棄された粗大ゴミか中身の入った麻袋を海底から引き揚げてしまったという触感がした。ところが海面近くまで引き揚げて姿が確認できるようになると、それが超大型サイズのマダコであることが解った。

「おおい、船頭さん。タコだよ、タコ！　タモを入れてくれ！」

船頭の協力で船に上げた獲物は、二キロもあった。北海道のミズダコでもあるまいに、こんな大きなマダコを音在は見たことがなかった。

「お客さん。今日はもう帰ってもいいと思ってんだろう。」

「ホント。もう今日は酒を喰らって寝ているよ。」

日焼けした船頭がニッコリと笑顔で祝福してくれた。太い脚を見ながら、これで生タコの薄造りのための絶好の材料が揃ったと音在は得心した。

タコ釣りは午後の三時に終了して、釣船は帰途についた。

川崎の沿岸を通る時に、また釣船はエナジー・ワールドの横をかすめるように走った。タンカーは喫水を示す赤腹を大きく見せて更に壁は高くなっていた。

原油をたっぷりと積み込んでいる時には、タンカーはドップリと沈んでいる。荷揚げ作業が進行して積荷の原油が少なくなるにつれて、タンカーは浮き上がってきて喫水線を海面に現す。

『ご苦労さん。次の航海も頑張れよ。』

音在はタンカーを擬人化して、敬礼を送った。音在の数奇な体験とタンカーとの因縁を全く知らない船頭は、音在の行動を見て余程の船マニアに違いないと思った。

重いクーラーを担いで家に辿り着いた音在は、シャワーも浴びずに敦賀の自宅に電話を入れた。敦賀は埼玉県川口市の自宅に戻って、典型的な悠々自適の生活に入っていた。敦賀ほど働いた男も珍しいであろう。刻苦勉励、率先垂範を絵に描いたような半生の後には、働き者の健気な妻と趣味を大切にして生きる第二の人生が待っていた。男三人の子供たちは既に大学を卒業して、それぞれが一流銀行や学者への道に進んでいた。

「敦賀さん。音在です。」

「エッ、音在さん？　もう帰任されたんですか？」

「いや、違いますよ。残りの休暇日数を消化するために休みを取ってくれと労務部に言われまして、二週間だけ日本に帰ってきました。本当の帰任は、八月末か九月の初旬になるでしょう。」

「そうですか。ゆっくり休養して下さい。その後、シッピング部の方は如何ですか。」

「引継ぎも全て終わりまして、足利もなかなか良くやってくれていますよ。アラブ人スタッフも気合を入れて頑張っています。」

「音在さんの教育の成果だねえ。」

「敦賀さん、そんなことより、今日は敦賀さんにおそらく業務上最後のご報告があります。」

「はあ、何でしょうか、今頃？」

音在は、先ほど確認してきた偶然を報告した。

「敦賀さん。エナジー・ワールドがジャマール原油を川崎に揚げていましたよ。

朝、タコ釣に出掛けて偶然その横を通りかかったんです。帰りの三時過ぎにまた確認したら船腹を高く浮かせて荷揚げは終わっていた様子でしたね。これで敦賀さんのお仕事は、本当に大団円を迎えられた訳です。」

「エッ！　そうでしたか……。」

敦賀は感慨深そうに、暫し絶句した。

「それにしても、遊びに出られたのに、良くそんなことに気がついてくれましたね。」

「単なる偶然の所産ですよ。しかし、この情景をいの一番に敦賀さんにご報告しなければならないと思ってお電話した次第です。」

「本当に有難うございました。音在さんゆっくり休んで下さいね。正式に帰任されましたら、是非一杯やりましょう。」

「はあ、楽しみにしております。」


シャワーを浴びると、早速音在は包丁を握った。

大タコの脚を三本外すと、まな板の上に押し切るように脚を転がして柔らかい皮と白い身を切り分けて、氷水で一度シメてから刺身包丁でこれ以上薄く切れないというほどの薄切りに身を引いた。大皿に菊の花のように並べれば、生タコの薄造りが完成した。大根に切れ目を入れて、赤唐辛子を挟み込んでおろし金で摺り下ろせば、薄造り用の薬味である紅葉おろしの完成である。タコの頭の部分をサトイモと合わせて煮込んだ桜煮も間もなくでき上がった。妻に分担させたタコ飯は、既に蒸らしの段階にあった。

料理を次々にテーブルに並べると、音在は最後のタコの唐揚げに取り掛かった。

山盛りの唐揚げを手に、テーブルに着こうとした音在は、突然大声を上げた。

「コラッ！　お父さんの刺身がなくなるじゃないか！」

「エヘヘヘ……。」

子供たちが悪戯っぽく笑い声を上げた。

「だって、あんまり美味しいんだもん……。」

大皿に菊花模様に並べたタコの薄造りは、音在が食卓につく前にすでに三分の一に減っていた。

「これだけは、お父さんの食べる分だからな。」

音在が宣言する横から、さらに子供たちの箸が伸びてきた。


音在は休暇を終えると、本当の締め括りのためにカフジに戻った。

二週間事務所を空けてみると、後任の足利を中心とした新たなチームワークができ上がっていた。音在は一抹の寂しさを感じながらも、心おきなくカフジを去ることができる実感を深めた。

音在が戻って間もなく、小倉が部屋を訊ねて来た。

「音在、悪いんだけどさあ、俺明後日から休暇に出ることにしたからな。」

寂しそうに小倉は自分の休暇の予定を告げた。音在は小倉の心情が良く解った。

ある意味では、ふたりは仲良くなり過ぎたのだ。音在の通算八年を数えるカフジ勤務の間、小倉は常にカフジライフのパートナーでいる巡り合わせだった。

風土的にも社会慣習的にも厳し過ぎるカフジの環境において、ふたりは本当に苦楽を共にし助け合ってきた。本当の親戚よりも精神的な繋がりは深かった。

一回目のカフジ勤務の際に、家族を早く呼び寄せたいという音在の切望に反して、現地人の怠慢仕事のお陰で家族の到着までに七か月半も要してしまった。

音在の苦悩を見ていた小倉一家は、休暇帰国の際に音在の留守家族を宿舎に定めたホテルに招いて、音在自身の代わりに励ましてくれたものだ。

二度目の赴任をした音在が少しでも家族と一緒に過ごす時間を確保しようとして、子供たちの冬休みを利用して家族を二週間だけカフジへ呼び寄せたことがあった。家族連れで宿泊できる施設などカフジにはないので、自分の社宅に音在の家族の泊まる場所を提供してくれたのも小倉であった。しかも、料理の得意な小倉は、音在一家の宿泊中の二週間に亘って、一度も同じ料理を出さないという驚くべき気配りをしてくれた。日本料理の食材など殆ど無いカフジでのことである。

湾岸危機の切迫した状況の下で、精神的に一番励まし合った相手も小倉であった。音在は既に仕事の責任を十分過ぎるほど果たしているのだから、あとは生命の安全を確保するべきだと友情溢れる説得を試みたのも小倉だった。

音在の帰任を前にして、小倉は別離に耐えられなかったのだ。

音在がカフジを去る日は見たくない。自分はその時、旅に出ていようという小倉の心境が音在には手に取るように理解できた。

「小倉さん、一回目のカフジ勤務時代も本当にお世話になりましたけれど、今回も本当にお世話になりましたねえ。小倉さんの存在抜きでは、僕のカフジライフは存在し得なかったくらいです。」

「とんでもない。俺の方こそ音在には世話になりっぱなしでサ……」

「いや、僕の方が一方的に小倉さんと奥さんにはお世話になってきましたよ。」

「実は俺寂しくってサ、音在がカフジを離れるところを見たくないんだよ。前回のカフジ勤務の時は、俺の方が先に帰国したから良かったんだけどサ……」

「そういえば、僕も小倉さんに見送られたら涙をこぼしてしまうかも知らないから、小倉さんがおられない方が気が楽かも知れませんね。マア、そのうち日本でお会いして一杯やりましょうよ。」

ふたりの別れは、音在の部屋で行なわれた。固い握手をして、同じ思いの感謝の涙がふたりの頬を伝った。

鉱業所を挙げた敦賀の歓送会には及ぶべくもなかったが、色々なグループによる音在のための歓送会も盛大なものであった。柔道の弟子たち、釣の仲間、日本人会の親しい連中。そして、シッピング部の部下たちが、石油省の役人まで招いて大掛かりなカルーフ（羊肉）パーティを開催してくれた。

久し振りのスーツ姿で部下たちに囲まれていると、イラン・イラク紛争末期の思い出や湾岸危機・戦争の気が狂いそうな切迫した環境の下での苦労が浮かんできた。音在が強烈なリーダーシップを発揮してシッピングを纏めていたにせよ、部下たちのフォローがなければシッピングの機能は停止していたはずだった。

「諸君！　良く俺を助けてくれた。諸君のお陰で、俺は職責を全うすることができた。あの苦しい時代に一緒に頑張って、難局を切り抜けた思い出を、俺は一生忘れない。諸君と働くことができて本当に良かった。有難う。」

謙虚な敦賀に較べると、随分高飛車な挨拶であった。現業を取りまとめる直接管理者のいつもの口調であったのだ。しかし、いつもの調子に慣れている部下たちにしてみれば、その方が耳に心地よかった。その証拠に、盛大な拍手が巻き起こった。

引き続いて課長代理のクレイシーから、部下を代表して記念品の授与が行なわれた。数日前から、送別のプレゼントを何にしようかと部下たちが議論していたのを音在は承知していた。アラビア語の解らない音在ではあったが、長年の付き合いから彼らが何を考えているのかは直ぐに解るのだ。交わされる会話の中で、ひとつでも理解できる単語が出てくれば、さらに全貌が読めてくる。普段も、何も解らない振りをして、音在は部下たちの会話をしっかり聴いていた。

渡された贈り物はズッシリと重かった。音在は部下たちが見守る中で包みを開いて、アラブ流の大袈裟な動作で驚いて見せた。

「何だ何だ、これは！　こんなに太い金のネックレスを俺は見たことがないっ！　諸君、有難う。俺は諸君の友情を強く深く感じることができる。それに、もうひとつ嬉しいことがある。このプレゼントのお陰で、俺は女房にお土産を買わずに済んで、本当に助かる！」

　ジョークが通じて、ドッと聴衆に爆笑が湧いた。

　事実、プレゼントは豪華な品であった。人の気持ちを金銭や物質で量るべきものではないが、部下たちが余程気持ちを込めてくれたのは明白であった。通常のこの種の贈り物の相場を遥かに越えるものであることが、容易に理解できた。一緒に修羅場をくぐり抜けた男達の、国籍を越えた友情であった。


　帰任を三日後に控えた頃に、妻の美知子からの国際電話が入った。

「あなた、正確には何日に日本に帰ってくるの？　今日、総務部の清田さんからお電話があったの。音在さん、総務課長で帰ってこられるそうですねって言っておられたのよ。歓迎会を開きたいので、帰任の日と空いておられる日を教えて下さいって質問があったわよ。」

「へえ？　本当か。成田到着は八月二十九日の夜、シンガポール航空SQ二〇九便だけどさ。まだ俺自身が正式に辞令も受けてもいないのに、先走った話だなあ。」

　音在は、前回の総務部時代は、若大将として総務部の雰囲気を盛上げるのに一役かっていた。おしなべて後輩たちの面倒を見ていたつもりであったし、清田もその中のひとりではあった。しかし、運動部気質の音在とは少々性格が違っている男なので、幹事役を買って出ようというのは露骨なゴマすりにも思えた。

　しかし、サイドインフォメーションとして、まさに希望していた総務課長での帰任が実現しそうな情報を得たのは、音在にとって悪い話ではなかった。

「もしまた、電話があったら、空いている日は帰ってみなければ解らないと答えておいてくれ。」

「それじゃ、最後まで頑張って下さいね。」

　翌日、鉱業所の本館まで帰任の挨拶に出掛けた音在は、真田に捕まった。

「おおい、師範よお。たまには俺のデスクでお茶でも飲んでってくれよ。」

「はあ、有難うございます。」

日本人用に砂糖を少なめに入れた紅茶だが、それでも現地人のボーイの入れたお茶は相当に甘かった。

「ところでさあ、師範は何処に帰るんだい？」

「はあ、まだ何も正式な話はありませんが、先日人事部にはハッキリ自己主張しましたし、何やら噂も流れて来ます。自分の人事の話を云々するのは憚られますが、タイコーさんだから申し上げますと、総務課長で帰ることになると思います。」

「ふうん。やっぱりなあ。」

真田は腹をさぐっていると、音在は感じた。情報の中枢にいる真田は、音在の帰任先に関する情報も承知しているはずだった。もし、音在本人が何も知れされていなければ、匂わせてやろうと思ったからデスクまで呼んだに違いなかった。音在は音在で、次の総務部長は見識と実績からして、真田に違いないと読んでいた。真田が直接話法ではなく腹で会話をするのなら、自分も腹で話をしようと考えた。

「僕は明後日のフライトで帰国することになっていいます。お先に本社に帰らせて貰いますが、露払いして本社でお待ちしていますよ。」

「本当にご苦労さんだったもんなあ。マ、本社でも頑張ってくれよなあ。」

相変わらずの落語口調で真田も応じた。

カフジを去る前の夜、音在は音在亭の常連メンバーに集まってもらった。

最後の夜に友人からのご招待を受けるのではなく、自分の部屋に人を集めて接待しようというところが、如何にも音在らしかった。最後の会合に供するための料理の材料と食器は、ちゃんと計算して準備してあった。

招待客が集まると、音在亭の亭主として一言挨拶した。

「皆さんが盛上げて下さった音在亭は、今夜で閉店することとなりました。

賑やかに音在亭を運営することが、自分自身のカフジ生活の無聊を慰めるとともに仕事の活力を与えてくれていた訳です。常連の皆さんには心から感謝致します。今日は最後の晩餐ということで、皆さんありったけ食べていって下さい。」

「おいおい、お通夜じゃないんだから、堅苦しい挨拶なんか音在ちゃんらしくないぜ。」

　広谷が混ぜっ返した。

「もちろん、最初だけですよ。ハハハ……」

「だけど、俺なんか何にも音在亭の運営には貢献しないで、食ってばかりいただけだものなあ。」

「それでは、クイズをひとつ準備しました。僕はこう見えても、かなり真面目にデータを残す男なので、統計に基づいて質問します。この四年間に晩飯ベースで招待した最多参加者は誰でしょう？」

「そりゃあ、蔵田に決まってるだろう。」

　音在と蔵田のお神酒徳利《みきどくり》ぶりを知っている回答者たちに対する最初の質問は、クイズになっていなかった。

「これは愚問だったかな。それじゃあ、この四年間の延べ招待客数と個人数は何人だ？」

「音在ちゃん、ズボラに見えるけど、いちいちそんな統計をつけていたのかい。」

「何を言ってますか、広谷さん。こんな緻密な男をつかまえて、それはないでしょう。」

「嘘八百というけど、八百人くらいですかねえ。」

　海道も混ぜっ返した。

「何だ。皆、適当だなあ。ちょっとだけ部屋に立ち寄った人は勘定外だよ。

　今夜の会合まで計算に入れて、晩飯ご招待の客数の正解は延べ累積で九百九十四人でした。個人数で言うと本社・鉱業所合計で九十六名になったよ。」

「本当かい？　それは大変な貢献だったねえ。」

「音在さん。提案があります。あと六人で千人ですから、音在さんは一週間帰任を延ばされて、区切りの良い千人にしてから帰国されるべきだと思います。」

　海道のジョーク混じりの提案に、音在亭が爆笑に揺れた。

「勘弁してくれよなあ。今夜の会合までを計算して食糧在庫をしてあるだけで、もう何もないし、帰任延長は辛いぜ。」

　既に帰国のための手荷物はふたつの大型スーツケースに詰め込んであった。

　音在は体ひとつで帰ることに決めていた。

「それじゃあ、次の話題ですが。僕は手荷物だけで帰ります。この部屋にまだ残っている品物は、全て皆さんに形見分けじゃあありませんがプレゼント致します。どうぞ、この後も大切にご愛用下さい。」

　これは気障な大見得を切ったに等しかった。家族帯同であれ、単身赴任であれ、帰任する時は財産をキッチリ梱包して船便で送り返すのが鉱業所勤務者の常態であった。しかし、何回かの試練を経験して死なずに済んで、希望のポジションに帰る嬉しさに躁状態にある音在は本気だった。

「ステレオセットは枝野さん。今日の会合が終わったら持って帰って下さい。」

「悪いねえ。それ欲しかったんだよ。音在くんのステレオを譲って貰えると思って、わざと買ってなかったんだ。」

「柳井くんは、ミュージックカセットのライブラリーを持っていってくれ。カフジの夜長の慰めだもんな。」

「はい、大事に愛聴します。でも、僕もステレオの方がいいですけど……」

「足利は、ビデオデッキを持っていってくれ。あの営業部からイヤイヤ俺の後任でやってきた、ご苦労さん賞だ。」

「エエッ！　いいんですか？　いくらお支払いすればいいんでしょう？」

　足利は一応格好をつけて値段を訊いてみた。

「代金は要らないよ。その代わり、今夜この部屋はカラッポになる。明日の朝、俺が出発したら、この部屋の掃除をしておいてくれ。それが代償だ。」

「ええ、そんなことお安い御用ですよ。ヒャヒャヒャ……」

　電気掃除機、小型冷凍庫、冷蔵庫など音在が十分使い込んだものではあったが、いざ買うとなれば比較的高価につくので、プレゼントされた者たちは喜んだ。

「音在さん！　なんですかこれは。最後の夜に僕を呼んでくれないとはひどいじゃありませんか。」

　突然、ドアが開いて村木が入って来た。

「おう、ご免ご免。忘れていた訳じゃないんだけどさ、まあ座れよ。今、形見分けをしているところなんだ。村木も何か持っていってくれ。ああ、そうそう。まだ一度も使ってなかったオーブントースターの新品があった。いいところに顔を出したな。あと五分遅かったら、何にもなくなるところだったよ。」

　宴がはねて、出席者がプレゼントされた品物を持ち帰ると、四年間に千名近い客人が通り過ぎて行った音在亭はがらんどうのような静寂を迎えた。

『いよいよ帰るべき潮時が来たんだ。』

　音在は実感した。

翌朝は九時の出発の予定であった。

音在が目を覚ますと、昨夜の仲間たち始め親しくしている同僚が次々と音在の部屋に詰め掛けた。

すでに、日本人にもアラブ人にも、帰任の挨拶は一昨日から二日掛かりで済ませていた。今更、特に改まって話もないのだが、殆ど空っぽになった音在の部屋で壁に背もたれしながら、仲間たちは手持ち無沙汰の内に九時の到来まで時間を潰していた。九時直前に、ファイサルが顔を出した。社宅でも単身寮でも、何となく国籍別に自治が保たれていた。お互いが干渉し合わないかのように、日本人寮にサウディアラビア人が出入りすることはまずないのだが。しかし、その日はファイサルにとって特別の日であった。

「ミスター・オトザイ……」

音在もアラブ流の抱擁する挨拶でこれに応じた。

「ファイサル。あの時、最後まで俺についてきてくれた思い出は一生忘れないぞ。これからも真面目に元気で頑張ってくれ。」

「ミスター・オトザイ。本社でのご活躍をお祈りします。そして、将来、またカフジで一緒にお仕事できることを楽しみにしております。」

「インシャッラー（神のご意思のままに）だ。ファイサル。」

純真で忠実な部下であったファイサルは目に涙を浮かべていた。

「それじゃあ、皆さん。時間になりましたので、ぼちぼち出発します。どうもお世話になりました。」

音在に続いて、部屋の中にいた仲間たちもゾロゾロ外へ向かった。

寮の外に出ると、考えていた以上に大勢の従業員が集まってくれていたので、音在は胸が熱くなった。蔵田が帰任荷物の詰まったふたつのスーツケースをトランクに詰め終わり、車のエンジンをかけて何時でも発車できるように準備していた。待望の帰任とは言っても、別れは悲しいものであった。音在との別れに耐え切れずに、小倉が休暇に出ている気持ちが改めて実感できた。

見送りに対する挨拶は最小限の言葉に収めて、音在は蔵田に発車を促した。

「蔵田、頑張れよ。お前もあと半年か一年くらいでローテーションがあるはずだ。一足お先に本社に帰って待っているからな。それから、小倉さんが来週休暇を終えてカフジに戻って来られるから、十分に話し相手になってあげるんだぞ。ああ見えても、彼は寂しがり屋でな。」

ショルダーバッグからミュージックカセットを三個取り出すと、音在は蔵田に手渡した。

「これが蔵田への置き土産だよ。ドライブが湿っぽくなると嫌だから音楽をかけてくれよ。」

アップテンポな女性ロックシンガーの歌声が流れて、車内は急に明るくなった。

しかし、クウェイト・ダンマン街道の至るところが思い出に満ちていた。山ほどの記憶が戻ってきて、ふたりは押し黙りがちであった。

アブハドリアへ差し掛かった頃、気分を変えるために、音在は停車を求めた。

クウェイト・ダンマン街道のアブハドリア付近には、砂漠の中にサウディアラムコの生産施設の一部があり、原油をパイプラインで輸送する前の原油・ガス分離装置が設置されている。分離された随伴ガスは、背の高いフレアスタックで燃焼させる例が殆どなのだが、この装置は地上に横ばいのラインを引いて、多数の燃焼穴からガスを燃やしている。この方法を採用した方が燃焼効率を向上させるのかも知れない。このガス燃焼装置があるお陰で、ちょっと見ると砂漠の地表から直接多数の炎が吹き上げているように見えて、いかにも原油の国サウディアラビアらしさを感じさせている。

音在は蔵田に停車させると、砂漠から燃え上がる炎を背景に記念撮影を行なった。黒いスーツにサングラスをかけ、黒い口髭を蓄えた音在とオレンジ色の炎は対照的なコントラストを見せていた。

ダハラーン空港まで音在を送り届けると、蔵田もカフジへの帰途を急ぎたがった。立ち去り難い気持ちがある反面、長々と音在との別れを惜しんで空港で過ごすのは、蔵田にとってはもっと辛いのだ。

『遠からずお前が帰任する時には、絶対俺のところに引っ張ってやるからな。』

蔵田の車を見送りながら、音在は心の中で考えた。

空港の待合室には、すでに谷田が先に到着していた。同じ日に谷田も帰任することは音在の耳に入っていた。

「おう、谷ちゃんか。早いなあ。」

「ええ、僕は昨日ダンマンまで来て、一泊してましたので。」

谷田は伏せ目がちに答えた。

谷田は湾岸危機の最中に、現場から逃れるように休暇を取って日本に帰ったのだが、ノイローゼの診断書を会社に提出してそのままカフジには帰ってこなかった。戦争が終わって現場の建て直しをする過程で、やっとカフジに戻ってきたのだった。従って、音在たちのように任務をまっとうした挙句に、イラク軍の弾を喰らった面々には深い精神的な負い目があったのだ。音在には谷田の挙措動作から、その心境を手に取るように推察した。しかし、ドラマが過ぎ去った今、そんなことは音在にとってどうでも良いことだった。

晩婚であった谷田は、音在の起居した単身寮に、本当の独身者として二年ばかり一緒に住まいしていた。音在の部屋とは廊下を挟んだ向かい合わせに住んでいた。谷田が自室でひとり寂しく過ごしている夜などは、音在の部屋の前に来訪者の靴やサンダルが沢山並ぶのを見つけると、得意のギターを抱えて飛び入り参加してきたものだ。

「音在さん。僕もちょっと参加していいですか?」

良いも悪いも音在が返事をする前に、景気付けにギターをかき鳴らし始める可愛い奴だった。

音在は谷田の気持ちを解きほぐしてやろうと思った。

「やっぱり、谷ちゃんとはご縁があるよなあ。寮ではお向かいさんだったし、帰任の飛行機も一緒かい。それじゃ、席も隣り合わせに取って、楽しく日本に帰ろうぜ。」

「はい、そうしましょう。やっぱり、僕は音在さんとはご縁があるんだ。」

谷田は明るくオウム返しに答えた。自分が逃亡したことに音在が拘っていないことが解って気が楽になり、急に本来の明るい谷田に戻った。

シンガポール航空の帰国便は賑やかな隣席を得て、楽しいフライトとなった。

飛行機がダハラーン空港を離陸すると、両手を挙げて谷田は大声で叫んだ。

「バンザイ!! バンザイ!!」

機が水平飛行に姿勢を戻すと、音在は直ちにスチワーデスを呼んだ。ダブルサイズの水割りを二人分頼むと、谷田とともに乾杯をした。

「音在さん! ご苦労さんでした。」

「うん。谷ちゃんもご苦労さん。」

濃い水割りを口に含んで味わってから、これを飲み下すと、音在は胸のポケットから手帳を取り出した。

八月二十九日のページを開くと、音在は上手くはないが、力強い筆跡で書下ろした。
『我勝てり。九十一年八月二十九日　シンガポール航空二〇九便機上にて　音在隆介』

終章　鎮魂

カフジの石油開発現場の男達にとって、湾岸危機とそれに続く湾岸戦争とはいったい何であったのか。

湾岸戦争に先んじたイラン・イラク紛争は、終戦のための何の大義名分もなく終了した。両国が夫々に勝利を宣言した戦いの終焉は、客観的に見ればドローでしかなかった。紛争の停戦は、両国ともに激しく国家的ストレスを発散し尽くした末に、戦争継続の意思を凌駕する程、双方が軍事的にも経済的にも疲弊し切った結果であった。

イラクは、湾岸アラブ諸国（GCC）の共通の敵であったペルシャ民族国家のイランに対して、アラブ民族を代表して戦ったという自負を持っていた。事実、八年間の戦いの期間には、周辺アラブ諸国から供与貸与を含めて軍事的にも経済的にも膨大な援助がイラクに流れ込んでいた。その貸与部分に関しては、血を流して闘ったイラクと、これを援助したつもりのアラブ諸国との間には主観の相違があったに違いない。全アラブのために代理戦争を遂行したつもりのイラクにしてみれば、戦費や戦略物資の供与は当然のことと認識していた。貸与部分についても、いずれは徳政令的にうやむやにするか、返済しなければならないとしても、遠い将来のことと考えていた。ところが、アラブ諸国の中でもバハレーンと並んで金融立国、商業立国が進んでいるクウェイトが、優秀なビジネスマン的感覚で外交した。紛争が終了して間がないというのに、戦費の貸与部分の返済をイラクに迫ったのだ。

イラクにしてみれば、クウェイトの申し出は片腹痛いと感じられたに違いない。

おまけに、当時クウェイトはOPECが決定した生産枠を遵守せず、石油増産に励んでいた。長期に亘る戦争によって疲弊し切った経済を立て直そうとするイラクにとって、クウェイトの協定破りの増産は原油価格を引き下げる方向に働き、戦後の経済復興を阻害するものであった。

サダム・フセイン大統領は、クウェイトに対して外交的威嚇を加えるだけでなく、いずれかの時点で武力によるクウェイト領有を決心した。借金返済を迫り、経済復興を阻害するクウェイトを領有してしまえば、自ずから貸借勘定は雲散霧消するし、クウェイトが所有する諸々の資産までイラクのものになる。

湿潤なアジア・モンスーン地帯で農耕を通じて培った我が国の民族性と、過酷な砂漠地帯で禿頭の産毛のようにあるかないかの草木を求めてさまよう遊牧をして培ったアラブの民族性とでは、発想方法が全く異なるのだ。

ことを起す前にはそれなりの大義名分が必要となる。フセイン大統領はクウェイトとの間の今日的な外交上の問題だけでなく、歴史を遡ってまでクウェイトを領有するべき正当性を立論しようとした。そのためのプロパガンダのひとつが、かつてイギリスがクウェイトを植民地化する際に引いた国境線の不当性への指摘であった。もともと、クウェイトはイラクの一部であった。植民地経営の必要から宗主国が勝手に引いた国境線のお陰で、イラクの沿海部はチグリス、ユーフラテス河が合流したシャットルアラブ河が海へ流入するごく狭い地域だけとなっており、イラクの産業振興へ著しい制約を与えているというものだ。

さらにフセイン大統領は、両国国境上に広がるルメイラ油田の盗掘問題に言及した。現代の石油開発技術では、垂直掘削だけではなく傾斜掘りが可能である。イラク側では未開発になっているこの油田に対して、クウェイト側からは傾斜掘りによって隣国の石油資源を盗掘しているというものだ。

フセイン大統領はこうした威嚇外交を続けるとともに、自らの軍事的行動の正当性について、『聖戦（ジハード）』というイスラームの教義までを持ち出し、周辺アラブ諸国と世界に対して発信した。

こうしたイラクの外交上の動きだけでなく、サダム・フセインの人間性までも分析しながら、アメリカはイラク軍のクウェイト国境に向けた軍事的展開を偵察衛星から時々刻々把握していた。アメリカはこうしたイラクの動向を承知していながら、近い将来クウェイトで起こるであろう悲劇を、未然に防止する努力を怠っていた。むしろ、イラクがことを構えた場合におけるアメリカの不介入を匂わせ過ぎているきらいがあった。それを象徴する事例がふたつ存在する。

フセイン大統領がクウェイト侵攻に踏み切る一週間前に、駐バクダッド・アメリカ大使のキャサリン・トレイシーに、アメリカの出方に関して腹を探っている。これに対して、トレイシー大使は、アメリカが中東地域におけるその種の紛争に関して、従来不介入の立場を貫いてきたことを力説している。もちろん、これは本国からの訓令に基づく発言であった。

時期を同じくして、上院安全保障委員会において、ヘンリー・リトルトン上院議員がスタイニー国防次官に質問している。イラクがクウェイト国境に補給線を含めた軍備配置を敷いたというCIA報告に基づいて、アメリカ政府の対応方針を質したものであった。スタイニーは、これが軍事行動を前提とするものか単なる示威活動であるか否かが不明であるとして、トレイシー大使と同じく中東地域の紛争への不介入方針を回答した。しかも、この質疑応答はBBC放送を通じて世界に配信されていた。これでは、フセイン大統領の野望の遂行に、都合の良い言質を与え過ぎているると見るのが妥当である。

アメリカの対応方針を確認したつもりのフセイン大統領は軍事行動に移り、一日を経ずしてクウェイトを陥落させた。

当然、このイラクの蛮行に対して、国連は猛反発した。その一連の動きの中で、アメリカが中心的役割を果たしたのは言うまでもない。国連は安全保障理事会の決議を以って、イラク軍の撤退によるクウェイトの解放をイラクに迫った。

国連は多国籍軍を構成して、九十一年一月十五日の停戦期限までにイラク軍を撤退させるべく外交圧力を掛け続けた。多国籍軍の主力であるアメリカはサウディアラビアに進駐し、着々と軍備を拡充していった。アメリカは臨戦の危機に怯えるサウディアラビアの守護の地位に就いたのであった。アメリカにとって、これほど望ましい両国間の外交上の貸借関係はなかった。

イラクの暴挙の結果、日産二百万バーレルを誇ったクウェイトの原油生産は一日にして消滅した。また、国連の制裁措置によって石油輸出禁止されたイラクの原油生産量は日産三百万バーレルであり、OPECの原油生産の二十%が瞬時に世界から消えてしまったのだ。これは記録的な原油価格の暴騰を招くことを意味した。世界最大の石油消費国であるアメリカが、最も避けたい事態であった。ＯＰＥＣのリーダーであり原油価格決定過程で常に穏健派の立場に立つサウディアラビアは、価格の急騰を回避するために、この原油供給の欠落を補うべく大増産の先頭に立った。

湾岸戦争という近代史上特筆すべき大事件を振り返ると、誰が全体的なシナリオを書いたのかという疑問が残る。事件を巡る最大の悪役は、フセイン大統領であるという認識が、国際世論の大勢を占めていることは間違いない。

しかし、フセイン大統領を取り巻く国内情勢とクウェイトに対する外交姿勢、及びフセイン個人の性格を怜悧に分析して、ある条件を与えれば事件に至ることを承知したシナリオが書かれていたとすれば由々しき問題である。

湾岸危機・戦争からクウェイトの解放までの過程で、誰にとって一番メリットが大きかったかを分析すれば、未必の故意的なシナリオの書き手が誰であったのかを推察できる。

多国籍軍の中で最大の動員を掛けたのはアメリカであった。クウェイトの解放という大義名分のもとにリーダーシップを発揮することは、国際社会における世界の警察としての存在の再認識に繋がった。

日本が支払った拠出金百三十億ドルを始めとする軍事予算の配分のメリットを享受したのも、最大の軍事動員したアメリカであった。ベトナム戦争以来最大の武器需要は、アメリカの軍需産業に特需をもたらした。因みに、拠出金百三十億ドルは六百億ドルと言われる湾岸戦争の戦費の二割強になる。

さらに、臨戦の危機に怯えるサウディアラビアの守護を果たした事実は、世界最大の産油国でありＯＰＥＣのリーダーである同国への政治的影響力を強める結果となった。いうならば原油価格決定権を有するスイングプロデューサーを支配下においたことになる。湾岸戦争以降、約七年間に亘って原油価格が低位安定基調を崩すことがなかったという事実は、アメリカとサウディアラビア両国間の湾岸戦争を巡る外交的貸借関係と無縁ではなかった。

この期間にアメリカが右肩上がりの経済成長を享受したのは、ＩＴ産業の隆盛という要素の他に、基礎的戦略的経済財である原油が安価に供給され続けたという要素に負うところが大きかったのだ。湾岸危機による原油価格の暴騰を未然に防止するために、クウェイトとイラクの原油生産の欠落分を補おうという決定は、もちろんＯＰＥＣの穏健派リーダーであるサウディアラビアの自発的意思もあったであろう。しかし、原油価格暴騰の最大の被害者になりかねないアメリカの政治的影響はさらに強かったと見るべきである。

大増産の先頭に立つサウディアラビアの中で、最大の増産の担い手は世界一の産油会社サウディアラムコであった。ところが、国境から二百五十キロ離れていても、浮き足立つサウディアラムコの従業員への発奮材料が必要となった。それは、産油能力的にはサウディアラムコの二十分の一しかないマイナーな存在であるが、クウェイト国境から僅か十八キロしか離れていない日本アラブ石油開発が操業を継続していることだった。それはまさにスケープゴートの役割だった。

国際的な石油情勢を巡る駆け引きの渦中にいて、遥々一万キロ彼方の日本から進出した一民間企業の対政府交渉能力などは無いに等しいものであった。いかなる危険な状況においても退避を許さず、大増産の一郭を守れというサウディアラビア政府の命令は、とりも直さずサウディアラムコ従業員の逃散を足止めさせろという言外の意味を含んでいたのだ。

カフジの石油基地の従業員にとって、筆舌に尽くし難い恐怖と労苦の根源はここにあった。重くのしかかる恐怖と困惑に耐えながらも、カフジの従業員たちは国籍を問わず、自己の任務完遂のために男らしく頑張り続けた。

しかし、家族のためにも絶対死にたくないという本音と、職場を最後まで守らなければならないという任務意識の乖離に悩む夜が多かったのは、誰しもが正直なところだった。そして、本音と建前の相克が半年の長期に及んだその結果として、従業員の精神と肉体を蝕む事例が少なくなかったのは、残念ながら当然のことだった。

癌の発病原因には遺伝説を始め様々な学説があるのだが、ストレス原因説もそのひとつである。湾岸戦争末期あるいはその直後に、鉱業所の従業員の中で癌を発病した事例が多いことが、図らずもストレス原因説を裏付けている。

一時は崩壊に瀕した鉱業所の人垣を、強烈なリーダーシップで纏め上げた城戸専務もそのひとりであった。被災従業員の殆どをダンマンから退避させて、さらに一か月間も暫定事務所を維持した後に帰国を果たした城戸であったが、帰国直後の健康診断で胃癌が発見された。胃の全摘出手術を受けてなお、責任感の塊であった城戸は、現場の建て直しのために僅か一か月半でカフジに戻った。

困難に満ちたこの期間を通じて、陰のように城戸につき従った副所長の山田も食道に癌が発見された。食道の摘出手術を終えた山田は、当然のことのように城戸の後を追って現場復帰した。

超人的な意思の強さを発揮した城戸であったが、副社長に昇格して鉱業所の建て直しを終えて本社に帰任したものの、体調が完全に旧に復することはかなわず、副社長という要職は僅か一期で退任を余儀なくされた。

クウェイト出張中にイラク軍の侵攻に遭遇して、人質に取られるという不運に屈せず、解放された後直ちにリヤドに戻って政府折衝に駆け回った増井も、戦争終結後に体調の異変に気がついた。診断の結果、宣告されたのは脾臓を犯す癌であった。しかし、増井は二度に及ぶ難手術を克服して、奇跡的に甦った。

増井は、深い宗教への帰依に裏付けられた強靭な精神力と、哲学者ともいうべき物事を超越した克己心を併せ持っていた。手術後の激痛に耐えつつも、アッラーの神が苦痛を克服して甦れと自らに試練を与えているのだと信じた増井の勝利であった。

健康診断で平田に食道癌が見つかったのは、帰任後半年目のことだった。

海上測量のエキスパートである平田ではあったが、本社ではその技術を直接生かせる業務がなかった。平田は毎日こまめに仕事をして社員のお世話ができる職種を希望して、まったくの畑違いではあったが厚生課に勤務していた。

新たな仕事にも慣れて、久し振りの本社通勤を楽しみ始めた矢先の晴天の霹靂であった。直ちに平田は摘出手術を前提とした入院をせざるを得なかった。

周囲に気を遣う明るい性格の平田は、見舞い客にも賑やかな応対を欠かさなかった。厚生課の女子社員たちが見舞いに駆けつけると、平田は無邪気にはしゃいでみせた。師と仰ぐ敦賀や仲良しの真田が激励に訪れるとなおさら嬉しそうだった。同行した音在が励ましのジョークをふると、元気に応じる平田であった。

「平田さん、お元気そうじゃありませんか。いったい何処が患者なんですか。」

「まったくなんだよなあ。どこも痛くないのになあ。ええ？　エッヘッヘッ。」

手術を終えた平田はひと月後に、待ち切れなかったかのように出社した。

手術は一見成功したかのように見受けられた。しかし、平田は全く運が悪かったとしか表現のしようがなかった。食道の最上部に発生した癌を完全に除去することはできなかったのだ。中間部でありさえすれば、完全に切除して胃を持ち上げることで完治が可能であったのだが。術後の再検査で再び癌の存在を確認した平田は、治療が長期戦になることを覚悟した。実家のある大分に帰って放射線療法で癌と闘う決心をして、平田は東京を後にした。

しかし、闘病の結果は空しかった。

優秀な海上測量エンジニアらしく、平田はあらゆる診療データを毎日記録してグラフ化していた。癌を克服するための闘いの記録であるべき統計の上で、データが思わしくない方向へ推移しているのを自ら確認する毎日は、さぞかし辛かったことであろう。

師と仰がれ人生で一番頼りにされている敦賀は、長距離を厭うことなく、平田の故郷である湯布院まで見舞いに精勤した。敦賀が顔を見せる度に、平田の心は華やいだ。死期が迫りつつあるにも拘わらず、いつもカフジで見せていたような笑顔を見せて敦賀の遠来を喜んだ。平田にとっての敦賀は、まるで駄々っ子のような仕草で甘えることができる唯一の対象だった。

訃報が伝わった時に、東京からは十名の仲間が湯布院まで弔問に駆けつけた。

平田は微笑みを浮かべ、全ての苦痛から解き放たれたように安らかに、弔問した仲間たちを迎えていた。敦賀を始めカフジで苦楽をともにした仲間たちは、僅か五十一歳で早逝した平田の冥福を心から祈った。

葬儀を終えて大分空港に向かうフェリーボートの中で、ふと音在はある事実に気がついた。敦賀がいた。小野田がいた。加山がいた……。

『なんだ。東京から駆けつけたのは、全員、あの苦しい時に最後までカフジに残ったメンバーじゃないか。』

帰任した音在は、希望していた総務・広報業務に思う存分没頭していた。

カフジに残っていた小倉から、助けを求める悲鳴のような電話を受けたのは、丁度その頃であった。

「音在イ。助けてくれ。何か解らないけど、俺の体調がおかしいんだ。それで、労務部に頼んで女房を呼び寄せようとしたんだが、何か問題があるらしくって入国ビザがなかなか降りないんだ。音在ならサウディ大使館に顔が効くだろう。一日も早く女房を呼べるように助けてくれ。頼む！」

「小倉さん、しっかりして下さい。僕に何かできることがあるなら、明日にでもサウディ大使館に行ってきますよ。気を確かに持って、奥さんが行かれるまで待っていて下さいよ。」

音在は兄貴分の小倉の追い込まれたような悲痛な叫びに、何がトラブルの原因であるのか、状況を推察した。湾岸危機勃発の時点には、小倉一家はたまたま年次休暇をとって日本に帰国していた。戦争が迫る危険に満ちた場所などに妻子を連れて帰ってたまるかと考えた小倉は、それ以来家族を日本に残したままで、再びカフジに連れ戻すことはなかったのだ。問題は、その際に家族がサウディ政府から取得していた入出国ビザの出国分だけを使用したままになっており、入国分のビザを未使用にしたまま有効期限が切れていたことに起因しているに違いない。音在は、サウディ大使館に掛け合って、出ないはずの訪問ビザをもぎ取る決心をした。

『よし！　小倉さんのためだ。久し振りに伝家の宝刀を抜こうじゃないか。』

音在が、このケースの問題解決に当たるのは二度目であった。

前回の本社時代、人事課の蔵田が困り果てて相談に来たことがあった。カフジで親しくしていた横沢が休暇帰国していた時のこと。妊娠中であった横沢夫人が体調を崩したせいで、故郷に予定より長期に滞在した。結局、夫人は安心できる日本で出産して、入出国ビザの片方を使い残したまま有効期限を過ぎてしまっていた。横沢夫人が産後カフジに戻ろうとして、改めて入国ビザを申請したのだがサウディ当局が応じないというものだった。義侠心にはやった音在は、時の人事課長であった高浜にボランティアを申し出て、蔵田を連れてサウディ大使館に談じ込みに行った。普段から、大使館員全員を東京湾の釣りに招待して家族ぐるみで交流したり、時々留学生を自宅に招いて一日里親をしている音在が乗り込めば、取得の難しいビザでも取れてしまうのである。その結果、ビザは直ぐに取得することができた。横沢夫妻は救われたのだが、蔵田は人事課よりは軽量級とされる厚生課に異動させられてしまった。トラベル・エージェントに大使館折衝させるしか能がないくせに、自らをエリートと認める人事課長の高浜にしてみれば、音在の義侠心に顔を潰されたという図式だった。自分の権限で取得できないビザは、誰が折衝しても取れなかったはずなのだ。社員の窮状に対して何もしてやれないくせに、自分のプライドを守ることがそんなに大切かと音在は不快に思うとともに、高浜が隙あらば音在の履歴に罰点をつけようとするだろうと予測したものだ。

同じ愚かしい展開を避けるためには、人事課長を当事者とするべきだ。音在は、翌朝一番で人事部を訪ねた。人事課長は湾岸戦争時代の三沢から八重野に代わっていた。

「八重野くん。夕べ、カフジの小倉さんから悲鳴とも聞こえる電話が入ってね。今まで我慢に我慢を重ねていたらしいんだが、相当に体調が悪化しているようなんだ。人事でも耳に入っているだろう?」

「そうなんですよ。ご家族を送り込まなければいけないんですが、うまくいかないで困っているんですよ。」

「小倉さんから、助けてくれと懇願されたんだ。実は前回の本社勤務の時に同じような事例あってね、俺が動いてことが解決したんだ。困っていた従業員には心から感謝されたけれど、時の人事課長からはでしゃばりと受け取られて迷惑したことがあってね。八重野くんならそんな狭量なことは言わないだろうけど、ボランティアで手伝うから一緒にサウディ大使館に行こうじゃないか。」

「ええ、小倉さんがお困りのようですから、僕は結構ですよ。」

ふたりは、その足でサウディ大使館に向かった。

八重野は、大使館員の音在に対する歓迎振りに驚いた。二等書記官や経済調査官が次々に挨拶に来た後、ビザ担当のスレイマン一等書記官が現れた。

「ミスター・オトザイ。今日はどうされましたか?」

「書記官。実は今、我々は非常に困っております。カフジで従業員のひとりが重病に陥り、至急家族を送り込まなければなりません。湾岸危機のせいで、奥さんの入出国ビザの片方を行使しないまま有効期限が過ぎてしまったので、ビザが発給されません。実は、彼はカフジで苦労をともにした僕の親友であり兄貴分なので、私個人としても格別の便宜を図って頂けるようお願いします。」

音在は縷々状況を説明した。

「日本のビジネスマンの慣習では、是非とも聞き入れて貰いたいお願いごとをする時には、こういう風にします。」

音在は膝に両手をおいて深々と頭を下げた。

「イヤイヤ、ミスター・オトザイ。止めて下さい。解りました。今日、そのご家族のパスポートを持参されましたか?」

「お願いに即断して頂けるとは思っていなかったので、今は持参しておりません。早速、午後一番に、人事課のスタッフが必要書類一式をお届けしますので、速やかにお手続き下さい。」

「お安い御用です、本日中に訪問ビザを発行しましょう。ミスター・オトザイ、次回は仕事の話ではなく、大使館に遊びに来て下さい。」

八重野は、音在の深い交友に裏付けられた交渉能力に感心した。残念ながら、歴代の人事担当者には大使館と腹芸で付き合える人間は誰もおらず、責任部門であるにも拘わらず、人事部にとってサウディ大使館は鬼門とされていたのだ。

急遽カフジに戻った妻に付き添われて、小倉は日本に帰ってきた。慌しい帰国となったので、カフジの社宅に揃えていた全財産である家財道具一式を船便で送り返す余裕もなかった。それらの作業は、日向や足利といったカフジの後輩たちに代行を依頼せざるを得なかった。

小倉は東京には立ち寄らず、そのまま故郷の秋田に帰って治療を急いだ。

しかし、大学病院での検診の結果は、最悪の病気の進行を告知するものであった。上顎部の頬骨の奥が骨癌で犯されていたのだが、本人の希望で病名はそのまま伝えられた。根治のためには癌の部位の骨を削り取るという残酷な手術が必要であった。しかし、小倉は顔の半分を失うことには耐えられないとして、放射線治療を選んで東京の癌センターへ転院した。

癌センターには会社の仲間たちが続々と励ましに駆けつけた。かつて、スキーの国体選手であった小倉を慕う弟子たちも次々にお見舞いに訪れた。

しかし、考えられないほどの重荷を負って打ちひしがれた小倉の心は、友人たちの心からの激励をもってしても晴れることはなかった。

音在とのカフジでの別れの際に、お互いに東京に帰ったら一杯やろうという小倉と交わした約束はなかなか実現されることはなかった。それでも小倉は放射線治療による闘病六か月の後に、本社技術部に仮復帰した。完治の可能性は薄かったにせよ、長い闘病の結果、徐々に癌が小さくなったと医者から説明されたのがせめてもの救いであった。週二回は放射線治療のために通院する条件付きの退院であった。仲間との人付き合いが飯よりも大好きな小倉にしてみれば、出社できること自体が最大の治療でもあった。しかし、入院やつれというよりは、骨相に徐々に変化が現れて来ている状況は、根がダンディーであった小倉にしてみれば、さぞかし辛かったことであろう。

それでも一時的ではあったが、小倉は体力を盛り返した時期があった。音在が部長を務める本社釣りクラブの東京湾への出漁には、小倉は妻子を連れて一緒に釣船に乗った。もはや体調万全とは言えない小倉ではあったが、釣竿を握らせると音在の師匠だけのことはあった。音在始めアラビア湾では鳴らした釣師たちを尻目に、次々とハゼを釣り上げて見せた。その日だけは、小倉の顔に得意気な笑顔が戻ってきた。音在は釣りの方はほどほどにして、持ち込んだ一升瓶で船上の酒を楽しんでいた。日本で一杯やろうと交わした約束をやっと実現できたことが、音在には何より嬉しかった。

小康状態は二年半続いた。言い換えれば、小倉の必死の闘病に耐えながらの出勤は二年半が限界であった。体調の再度の悪化に、小倉はもはや出社には耐え切れないと判断した。それは、同時に自分の死期を悟ったことも意味していた。

「音在イ。俺はまた入院せざるを得なくなってしまった。そこで、俺は決心したんだが、早期退職制度を選びたい。もう、会社生活には未練はない。しかし、俺は心配なんだ。随分と病欠期間も長かった俺に、早期退職選択制度が適用されるかどうか心配なんだ。頼む。音在からも人事部や役員に頼んでみてくれないか。」

音在の心は痛んだ。小倉が自分の死期を見通して、残す家族のためになるべく多くの財産を確保したくて、早期退職の道を選ぼうとしているのが痛いほど理解できたからだ。五十五歳以前に会社を辞めれば退職後二年分の給与に相当する割増金が貰えるのだ。しかし、小倉が心配するように、長い闘病生活が割増金を先取りしてしまったと査定される心配もないではなかった。音在は、小倉の意を受けて、早速人事部長始め関係者に頭を下げて回った。

小倉は早期退職が認められると同時に、再び入院生活へ戻っていった。

やがて肥大した癌が気道を圧迫して自力呼吸が難しくなって、気管切開による呼吸に頼らざるを得なくなった。見舞いに訪れる音在には、筆談で意思疎通しなくてはならない時期が来た。それでも音在の来訪を小倉は一番楽しみにしていた。定期的な見舞いを続けているうちに、音在は妻の和江が殆ど毎日泊まり込み状態でいるのに気がついた。

「奥さん。殆どつきっきりの看病でお疲れでしょう。」

「実はそうなのよ。親戚は殆ど秋田にいるでしょう。主人に目が離せないので一週間ずっと病院にいなければならないもんだから、お風呂にも入れなければ洗濯もできないの。」

「ああ、そうでしたか。それは気がつきませんでした。それじゃ、こうしましょう。土日と祝日は僕か女房が付き添いに来ますから、奥さんは自宅に帰られて洗濯や掃除をして下さい。少しは奥さんも休まれませんと、体を壊しますよ。」

「あら、嬉しいわ。そうして頂ければ助かります。夜はこちらで泊まりますので、昼間の数時間だけでも主人のお守りをして頂ければ大助かりです。」

二度に及んだカフジ勤務の八年間には、常に良き兄貴として音在に接してくれた小倉であった。結果的にはそれから二か月半続いた週末の入院付き添いは、図らずも小倉がカフジ時代に音在へ注いでくれた愛情への恩返しとなった。

小倉の意識はいつまでも明晰であっただけに、さぞかし無念であっただろうし苦しかっただろうと観察された。音在はややこしい話は避けて、なるべくカフジ時代に一緒に釣りに行ったり、潜って水中銃で大物の漁果を仕留めた楽しい話題をするように心掛けた。

また、かつてふたりが同時期に東京勤務した期間には、毎年秋になると小倉の故郷である秋田の山奥に、マイタケを採りに出掛けた楽しい思い出も話をした。

すでに小倉は会社を退職した身ではあったが、音在は本人には内緒で、カフジ以来の同僚たちにも積極的に見舞いに訪れるべき時期がきていると連絡した。

ベッドのシーツの交換に行き当たると、腕力のある音在は小倉を両腕に抱き上げるのだが、かつてはスキーの名選手であり堂々たる体躯を誇った小倉の余りの軽さが悲しかった。しかし、音在はそのような感情をおくびにも出さないように気をつけた。小倉は痩せ細った両腕を音在の首に回すのだが、音在の考えを見透かすように、視線を合わせるのを避けていた。

小倉の体力が限界に差し迫った頃、音在にはアメリカ出張の予定が入った。

通産省の意向によって、GTLという天然ガスを液化するための触媒開発に関する日米技術交換の調査事務局の仕事が音在に回って来ていた。

出張先は、シカゴのノースウェスターン大学と触媒メーカーのユニバーサル・オイル・プロダクト社、及びサンフランシスコのカリフォルニア大学バークレー校と触媒メーカーのキャタリティカ社だった。

米国におけるGTL触媒の最先端技術を保有する機関と日本の第一人者たちとの間で、相互の技術開発状況を開陳させ合って技術開発の方向性と妥当性を検証しようという試みであった。本来の音在の仕事ではなかったが、通産省とは深い関わりのある日本アラブ石油開発にスポットで業務協力が求められていたものであった。

音在は小倉に対して、務めて明るく出張予定を説明した。

「今度、通産省の手伝いでアメリカ出張を控えていましてね。シカゴとサンフランシスコに行ってきますから、お土産を楽しみにしていて下さいね。」

『大学へ調査に行くって？　アメリカでは、そんなに産学協同が進んでいるの？』

小倉が筆談で返してきた。

「産学協同アレルギーがあるのは、七十年代の大学紛争経験がある日本だけですよ。アメリカでは、政府や企業からの委託研究を通じて、大学側も委託者側も技術開発の実績を上げて、共に発展しようとする気運で溢れているようですね。」

『出張でアメリカに行けるなんて羨ましいけど、シッピング屋の音在がガス・ツー・リキッド触媒の技術的な話ができるのか？』

「ああ、それならご心配なく。気楽なものですよ。僕は調査団の事務局長で、お膳立てまでが主要任務ですから。会議では司会をするだけですよ。我が方は東亜大学理工学部の菊池教授始め、GTL技術開発に関する権威方を四名連れていきますから。僕は挨拶と技術交換の必要性を喋ったら、あとは『go ahead,go ahead』と言ってりゃいいだけですからね。」

気管切開呼吸で笑えない小倉は手を叩いて、音在のジョークに応えた。

出張する前の夜、音在は仕事を終えると小倉を見舞った。

「小倉さん。それじゃ明日からアメリカに出かけてきますので、お土産を楽しみにしていて下さい。一週間だけですからね。頑張っていて下さいよ。」

音在はできる限り楽しそうに話し掛けた。カフジでの別れの時のように、ふたりは両手でお互いの手を握り合った。小倉は音在の目を直視して、横になったまま精一杯の力を入れて手を握り返してきた。喋れない小倉は、別れを告げて病室を出る音在に痩せ細った両手を合掌して一生懸命感謝の気持ちを表していた。そして、音在の姿が見えなくなっても、暫くそのまま手を合わせていた。

音在が経験してきた従来の業務に較べて、アメリカ出張は目新しく変化に富んだ面白いものであった。小倉が危惧したように、GTL触媒の技術開発は音在にとっては全く門外漢の世界であった。しかし、天然ガスは石油に代替して、近い将来のエネルギー供給の太宗をなすものと位置づけられていることは良く理解していた。ただ、石油のような流体エネルギーと違って、天然ガスは輸送が難しい。高圧圧縮によって液化して輸送する方法もあるのだが、これでは事業化する上で特殊仕様のタンカーが必要となり、コストが掛かり過ぎる。

世界中に膨大な埋蔵量が確認されているにも拘わらず、天然ガスの多くが未開発のままに留め置かれている理由である。これを有効活用するためには生産地で消費するか、生産地でガス・ツー・リキッドのプロセスを経て、メタノールのような常温常圧で液体である燃料に転換しなければならない。そうすれば、石油と同様に、輸送も燃焼も技術的に容易で安価な新エネルギー源が確保できるのだ。そのために必要な、GTL触媒の開発を巡る日米の権威同士の議論は、音在の理解を越える難解な内容ではあったが、議事進行役として討議に加わっていることは心地よい充実を感じられる仕事だった。

三番目の訪問先であるカリフォルニア大学バークレー校は、ハリウッド映画の舞台として時々登場しているので、音在は初めて訪れた気がしなかった。

将来、アメリカを背負って立つであろう優秀な学生たちが、背中にバックパックを背負って自転車で軽快に広大なキャンパスを駆け回っていた。

茶目っ気たっぷりな学生が、音在たち一行を見つけて自転車で駆けつけてきた。エスプリに溢れたジョークを投げ掛けるための接触だ。

「おじさんたち。また、金持ちの日本人が、アメリカの優秀な人材を人買いに来たの？」

音在たちは、この天真爛漫なジョークに大笑いした。

研究室では、この分野の世界的権威として著名な主任教授のベル博士とイグレシア教授が待っていた。音在はいつものように冒頭に技術交換の意義についてひとくさり挨拶すると、菊池教授にバトンタッチして討議を横で見守っていた。

夕方、宿舎のハヤットリージェンシー・ホテルの部屋に戻ると、電話の横に設置された赤ランプが点滅して、留守中の着信を知らせていた。

その瞬間、音在は小倉が逝去したことを直感した。慌ただしくホテルのフロントに確認の電話を入れたが、係員の対応は技術部の谷田から電話が掛かってきたと伝えるだけでメッセージは残されていなかった。しかし、音在にはそれだけで確認は十分だった。直ちに音在が自宅へ確認の電話を入れてみると、出てきたのは息子の浩一郎だった。

「おい、浩一郎！　小倉さんが亡くなったんだろう！」

「ウウン。そんなことないよ。どうしてそんなことを訊くの？」

「いや、正直に言えよ！　お父さんには解るんだ！」

「そんなことないけど……ちょっと待ってね。」

電話の向こうで暫しの会話があった後、妻の美知子が電話口に出てきた。

「おい、小倉さんが亡くなったんだろう！　正直に教えてくれ、俺には解るんだ！　今、仕事から帰ったら、技術部の谷田から電話があったとフロントが伝言した。あいつが俺と小倉さんとの関係を配慮して緊急電話をくれたのに違いないじゃないか。」

「解ったわ。それじゃ本当のことを言います。小倉さんが亡くなられたのは、おとといの早朝だったの。それで、お葬式を終わって丁度今、家に戻ったばかりだったのよ。怒らないでね。小倉さんの奥さんが、これ以上音在さんにはご迷惑を掛けられない。主人も音在さんのお仕事の邪魔をすることは望んでなかったから、主人が亡くなったことは帰国されるまで内緒にしておきましょうって提案されたの。」

「ああ！　やっぱりそうだったのか。」

「あなたが帰って来られないので、浩一郎が代わりに小倉さんの棺を担いでくれたのよ。」

「うん、解った。ご苦労さんだった。明日は、もう一社の調査に回って、夕方の飛行機で帰る予定だ。まっすぐに、小倉さんのご霊前にお参りに行こう。」

「あなた、気落ちしないでね。」

「大丈夫だよ。この二か月半、週末には小倉さんのお世話をして過ごせたし、十分には会話できなかったけれど、以心伝心でお互いの意思の疎通はできていたからな。」

　音在は出張前夜に、小倉がベッドに横たわったまま、気持ちを込めて痩せ細った両手を合わせて、音在が見えなくなるまで感謝の気持ちを表していたのを思い浮かべた。本当は小倉も音在も解っていたのだった。これが今生のお別れになるであろうことを。音在は、日本の方角を向いて合掌して、カフジでの苦労と喜びを分ち合った兄貴分の冥福を祈った。スキーの名選手。一緒にアラビア湾で潜り漁をしても、いつも音在より長く潜って、音在より遥かに大量のアズマニシキを稼いでいた潜水の名手。

　余りに早過ぎる、五十三歳の逝去であった。


　真田が本社に帰任したのは、音在が総務部に戻ってから八か月後であった。

　正確に言えば、真田の帰国は六か月後のことであったのだが、心臓手術を受けなければならなくなった分だけ二か月の空白があったのだ。

　鉱業所の参謀長としての真田の任務は、平時においても重職の最右翼であった。さらに、湾岸危機勃発以降の心労は、仕事の重さに比例して計り知れないものとなった。これが真田に癒えることのないストレスを掛け続けていた。

　敦賀と音在が、原油出荷再開の第一船『霧島丸』をカフジ港まで先導して来た後、鉱業所を代表して係留施設に停泊するタンカーへ挨拶に登ったのは真田と枝野であった。記念品のアラビア絨毯を抱えて、二十五万トンの巨大タンカーから降ろされたラダーを登り始めた真田は、ラダーの中程で自分の体の異変に気がついた。

『何か、こう、心臓にプスッと来てなあ。体が重苦しくなって、脚が上がらなくなってさあ。本当に参ったよ。』

後日、真田はその時の様子を音在に語っている。

しかし、記念するべきめでたいセレモニーを大切に思う真田は、苦痛を訴えることなく無理して仕事をやり通した。しかし、階段を上がる足並みは乱れて息はあがって、真田の額には油汗が噴き出した。それでも、真田は谷河船長に城戸専務からのメッセージを伝え、記念品を手渡してカフジ航路再開の協力への謝意を示した。

元々、真田には弁膜に軽度の奇形があり、心臓が余り強くなかった。湾岸危機勃発から破壊された鉱業所の建て直しまでの丸一年間に及んだ重度のストレスが、真田の体の中で一番のウイークポイントに病弊として現れたのだった。

帰任した真田に準備されていたポストは総務部長であった。

先に総務課長として帰任していた音在は、真田の着任と同時に総務部次長に昇格した。総務部のナンバーツーとして真田部長を支える立場になったのだ。

真田の着任は、湾岸戦争での労苦への論功行賞と理解する者は誰ひとりとしていなかった。会社の将来を背負って立つであろう真田の実績と力量は誰しもが認識するところであり、湾岸戦争とは関係ない当然の昇進だった。

前任総務部長の鹿屋の対応がまた立派であった。人事部長の山城からは、真田の後見役として審議役への就任を要請されたのだが、鹿屋は固辞した。

「音在くんなあ、小姑なんか居てはいけないんだよ。思いっきりタイコーに辣腕を振るわせるためには、先輩の俺なんか横に居ちゃいけないんだよ。」

ふたりの信頼関係を熟知していて、ダブルトップに相乗効果こそあれ何のデメリットもないと思った音在も懸命に鹿屋に翻意を促したのだが、鹿屋はキッパリと言い放って関連会社の社長へと去っていった。

全社的な期待に応えるように、真田は術後であることを感じさせないような情熱をもって働き始めた。しかし、総務部長の担当任務は枢要であり、激職であり過ぎた。

年に五回開催される取締役会の事務局長。サウディアラビア、クウェイト両国の石油省の次官クラス各三名から構成される取締役もこれには出席する。当然のことながら、取締役会は両政府に対する最重要折衝の場でもあった。

更には、株主総会の取り纏め、広報、法務、本社事務所運営等々守備範囲は広く、年に三回は定例の海外出張もあり、常に多忙を余儀なくされた。

加えて、真田は人気者であり過ぎた。社内各部の友人や女子社員たちはもちろん、久し振りに交流する大学時代の仲間からも、次々とお座敷が掛かったのは自然の成り行きであった。友情を人生の宝物とする真田は、嬉々として旧交を温めるのにも忙しかった。

帰任後数か月を経て、真田は徐々に自分の体力が低下して行くのを自覚した。しかし、持ち前の強い責任感が仕事を減らすことを許さなかったし、根っからの人好きがお付き合いの回数を間引くことを妨げた。

総務部長就任一年目に真田は下血して、急遽入院を余儀なくされた。

それでも入院の前の晩ですら、真田は仕事の帰りに音在に付き合いを求めた。

「師範さあ。話しもあるんで、ちょっと付き合わないか。」

「はあ。僕は結構ですけど、タイコーさんのことが心配ですよ。大丈夫ですか？」

「ナニ、ちょっと寄っていくだけだから大丈夫だよ。それに、だいいち俺は当分飲めないんだからなあ。ちょっとだけ付き合ってくれよ。」

酒量の激減は明らかだった。そんな真田を前にして、遠慮しがちでいる音在に飲むことを奨めながら、真田は舐めるようにして杯を楽しんでいた。

「師範よう。俺は残念ながら当分出てこれないと思う。その間、総務部を頼むよなあ。」

「何を言っておられますか、タイコーさん。ちゃんとオーバーホールして、早く帰ってきて貰わなきゃ困りますよ。この後、タイコーさんが役員入りして頑張って貰わなきゃ、日本アラブ石油開発の将来はどうなるっていうんですか。」

「ウン？　役員かあ。正直のところ、俺は任に値わずとは思わないけど、任に耐えずってエとこかなあ。」

真田にしては珍しく本音を吐いた弱気な言葉だった。

本社社員の行きつけの飲み屋に行ったものだから、そのうち同僚がふたりの飲んでいるのを見つけた。企画部長の森永と次長の倉沢が真田を心配してやってきた。

「おい、タイコーじゃないか。大丈夫か？　入院するって聞いたけど。」

「やあ、アハハ……。ちょっとね、師範にさらに総務部業務をトレーニングさせようと思って、留守をしてオーバーホールに行ってくるだけですよ。」

第三者が加わるといつもの強気の真田に戻っていた。

真田の入院後の検査結果は最悪のものであった。造血機能が著しく損じられていた。血液の癌と呼ばれる白血病であったのだ。しかし、当然のことながら、本人と妻の美子と側近のごく限られた者にしか本当の病名は知らされなかった。

真田が音在の後見役として資材部から引っ張った調整役の加山は、真田を寂しがらせないようにと、最低でも週二回は仕事が終わってから病院に立ち寄った。

加山のお見舞いと殆ど一緒に行動をともにした音在は、訪問の都度、病欠中の総務部長に対する業務報告を欠かさなかった。そして、数回に一度は真田の判断を仰ぐ案件を付け加えた。実は、それは安易なものに限っていた。本当に難しい相談を持ち込んだら責任感の強い真田の安息を妨害してしまうからだ。そのような事例は音在自身の調整や判断で解決して、真田には事後報告に止めておくように心掛けた。真田の精神衛生のために効果的であると考えられるテーマについては、細かく状況を説明した上で下知を仰いだのだ。状況の如何を問わず、総務部長は真田であるという誇りを持ち続けて貰いたかったからだ。

総務部長という立場は、死ぬ苦労までして会社に貢献した真田にとって、男の勲章である筈であった。そのプライドと気持ちの張りを持ち続けてくれれば、あるいは起死回生の復帰があるかも知れないと、音在は微かな期待を抱いていた。

「師範よう。苦労させて悪いんだけどなあ、お前さんが総務部長代行なんだから、総務部業務は任せた。しっかりやってくれよなあ。」

真田は真田流の話法で、音在を労い励ました。

音在は病状を承知した上で、その健康を精一杯維持したいと願う一方、真田を如何にして楽しませるかを一生懸命に考えた。

長期のカフジ勤務者の通例として、本社の女子社員たちが可愛くて仕方なく感じられる。真田の人徳から言えば、放っておいても女子社員たちがお見舞いに訪れることは間違いなかったが、音在は見舞いが継続的に切れ目なく、さらに多人数になるようにそれとなく仕向けた。音在の配慮をしつこいと感じたベテランの部下の川上は、文句を言った。

「次長、私だって部長のことは心配してます。自分のペースでお見舞いに行きますから、あまり誘わないで下さい。」

ある日の見舞いには十人以上の女子社員が駆けつけ、真田の病室に入り切れなかった。ロビーのソファに席を移した真田は、美女たちに囲まれて相好を崩しっ放しであった。これを離れて見守っていた仕掛人の音在と加山は、上機嫌でいる兄貴分の表情を見て満足した。

病状の回復が叶わぬことであったとしても、少しでも小康状態を維持するために、音在は毎週末に真田を散歩に引っ張り出すことにした。

ウォーキングは全ての健康の基本である。健常者も病気で体力が弱っている者であっても、体力に応じた距離を身に合ったペースで歩くことによって、血流が賦活され新陳代謝が高まって健康を回復できるのだ。

真田も週末の音在の来訪を楽しみにしていた。毎週、週刊誌を購入して食べ物紹介記事を探して、病院から射程圏にある美味いものを揃えた店をピックアップして音在の到着を待っていた。

「師範よう。新大久保駅のこちら側に韓国租界があるんだってよ。今日はそこに行ってみてえんだよなあ。久し振りに焼肉の匂いを嗅いでみたくってさあ。」

案内記事を見せられると、目的の店は病院からは八百メーターくらいの距離であった。真田を歩かせるにはまずまず手頃の距離に感じられた。帰りはタクシーに乗れば、真田も疲れずに済むに違いない。真田の体力を推測しながら、音在はスケジュールを組み立てた。

「俺はそんなに食えねえからさあ。師範、遠慮なくどんどん食ってくれよ。」

音在に料理を勧めながら、真田は駄々っ子のような無理もせがんだ。

「そのマッカリだけどさあ、昔ソウルに行った時に飲んで旨かったんだよなあ。ちょっとだけ俺にも舐めさせてくれよう。」

「駄目ですよ、タイコーさん。あなたが飲め飲めと奨めて下さるから頂いてますが。僕は奥さんから、見ていないところで煙草を吸わないように監視して欲しいと頼まれているくらいですから、許しません。」

「固いこと言うなよお。駄目かあ？」

「駄目ですね。」

真田は掛け合い漫才を楽しんでいるかのようであった。

週末の散歩は毎週続いたのだが、音在にとってひとつの精神的負担が生じてきた。真田が常に支払いを持ってしまって、音在に払わせようとしないのだ。

「タイコーさん。ひとつルールを作りませんか。いつも、あなたにご馳走になってばかりじゃ、僕も気が重くなります。支払いは交代々々にしましょうよ。」

「まあ、いいじゃあねえか。わざわざ休みを潰して来てくれているのに、俺がご馳走しても何の不思議もねえじゃねえか。」

「それじゃ、部長の顔を立てて三回の内二回はご馳走になりますから、一回は僕に支払わせて下さい。そうしないと、僕は来なくなりますよ。」

「それじゃ、そうするか。」

その日、真田が希望したのは江戸前寿司であった。目的の店の五百メーター手前までタクシーで行って、後はゆっくりと散歩しながら老舗の寿司屋に入った。

「今日は僕の奢りですから、好きなネタをどんどん召し上がって下さいね。」

真田は中トロを頼んだ。

「ウン！　師範。これ旨めえよ。」

真田は嬉しそうだった。

「俺、そんなに食えないからさあ、沢山のネタを楽しむために、残りの一カンは師範が食ってくれよ。」

極端に食が細くなっていた真田は、二カンで一組になっている握り寿司の半分を音在に引き受けるように頼んでから、次にアナゴを頼んだ。

各注文につき一個の寿司しか食べなかったが、真田の衰えた食欲では五種類を食べるのがせいぜいだった。それでも真田が満足してくれさえすれば、音在には十分だった。

「それじゃ、タイコーさん。もう少し歩きましょうか。」

「ウン、そうだなあ。ぼちぼち行くか。」

入院が三か月目に入った年末に、長岡社長が社長室長の渋谷を伴って真田の見舞いに訪れた。長岡にとっては、この見舞いには非常に心境複雑なものがあった。会社が遭遇した未曾有の経営危機にあって、現場従業員の人垣を崩壊させることなく、開戦が迫る恐怖の中を最後の最後まで石油操業を継続して、サウディアラビア政府の命令に応えた最大の功労者の真田であった。その健康回復は長岡にとっても悲願であった。是非とも直接に真田を励まし、立ち直らせたかった。しかし、長岡が報告を受けている病状は最悪のものであった。

日本アラブ石油開発は、年末に役員人事の原案を作成して、社長が年明けにサウディアラビア、クウェイト両政府を訪問して、決算原案報告とともに新役員の布陣を説明して承認を受けるのが慣例であった。長岡は、真田の余人をもって変え難い実績と見識を良く理解しており、新年度から真田を役員に昇格させたいと心の中で考えていた。だが、病床で長岡の見舞いを受ける真田の姿からは、意中で構想していた役員入りが不可能であることは明白であった。

自らが置かれた状況については、真田がいみじくも音在に独白していた。

『任に値わずとは思わないけど、任に耐えずというところだなあ。』

長岡は明るく真田に励ましの言葉をかけた。

「思ったよりもお元気そうじゃありませんか。天が与えてくれた休暇だと思って、ゆっくりと養生して、早く良くなって下さいよ。」

「長々休みませて頂きまして、本当に申し訳ありません。」

明るい言葉で当り障りのない会話を交わしながらも、長岡の思考の怜悧な部分では、真田を外した人事構想が回り始めていた。長岡は暖めていた真田昇格案を断念しなければならなかった。同時に、洞察力が人一倍鋭い真田には、長岡の無念が手に取るように読めていた。

年が明けてからも、真田の病状は一向に回復の兆しを見せなかった。

むしろ、病状が急変しなかったことを幸いとしなければならないと言った方が正確だったかも知れない。そんな真田を励ますために、音在の週末見舞いは相変わらず続いていた。音在は毎回の散歩の中に、真田が積極的な楽しみを感じてくれるような要素を加味するように腐心していた。

その週末は、新宿にある老舗の寄席の定席である末広亭に、落語好きな真田を引っ張り出そうと考えた。真田は大学時代の落語研究会で『何見亭はねる』という高座名を持っていたぐらいで、落語に関してはセミプロと言って良かった。

「タイコーさん。今日は末広亭に行ってみませんか。今日は小朝がトリを取るはずですよ。」

「うーん。落語はもういいよ。それより、今日は餃子が食べたいな。週刊誌で調べたら新宿御苑のそばに旨い店があるそうだ。今日はお天気も良いから、そこまで車で行って、餃子を食ってから新宿御苑を散歩しようじゃあないか。」

「タイコーさんがそう仰るならそうしましょう。」

真田は久し振りだという餃子に舌鼓を打っていた。自分が少ししか食べられない分だけ、音在が健啖に餃子を詰め込むのを我がことのように目を細めて嬉しそうに眺めていた。

小春日よりでコートも要らないような新宿御苑の陽だまりを、ふたりはゆっくりと散策した。

「師範よう。俺、ちょっと歩きくたびれたな。この辺の芝生で少し休んでいこうじゃあないか。」

「はい、そうしましょう。休みながら少しづつ運動しなければ……」

ふたりは陽だまりの芝生に腰を降ろした。

「なあ、師範。俺も見ての通りだ。いつも病院まで来て貰って、俺は本当に感謝しているんだ。そこでひとつ師範に頼みがあるんだが。いつも来て貰っている分だけ、学生時代の友達に到るまで俺の交友関係を知り尽くしているのは師範しかいないんだ。もし、俺に万が一のことがあったら、ひとつ宜しく頼むぜ。」

「まあた、タイコーさん！　縁起でもないことは言いっこなしにして下さいよ。あなたは病気を治すことだけ考えていればいいんですよ。ハハハ……。」

「ああ、それもそうだよなあ。アハハハ……。」

明るい大人の会話の遣り取りには重大な意味が含まれていた。含みのある会話は、真田がしばしば用いる話法であった。音在が病気の中身を承知していることを、真田は当然知っていた。笑って結んだ言葉は、後事を託す挨拶であったのだ。音在も言外の言で真田に応えていたのだ。

『あなたは治療にだけ専念していれば良いんです。雑事諸々は僕に任せなさい。』

太っていた真田は別人のように痩せてしまったが、その表情は随分丸くなった。

かつての真田は、重大な機密や調整事項を抱え込むと、無口になって鋭い目つきになったものであった。入院してから時間が経つにつれて、捗々しくない病状と反比例するように、表情は随分穏やかになってきたと音在は観察した。

胸中のお互いの会話とは全く関係なく、音在は真田を促した。

「タイコーさん、ボチボチ歩きましょうか。陽が高いうちに正門まで散歩して、タクシーを拾って病院まで帰りましょう。」

「おお、そうだなあ。十分休んだから、ゆるゆる歩こうか。」

四月になると、真田は退院して最後の出社をした。

病院を見舞うことなく久し振りに真田の顔を見た社員たちは、その異常なほどの痩せ方に驚愕したが、皆平静を装って真田の復帰を歓迎する挨拶をした。

入院の長期化が避けられないと知った真田は、総務部長職を何度も辞退していた。だが、真田の功績を知る役員たちも人事部長も、たとえそれが名目に過ぎなくなっていても、総務部長の肩書きを外すことを受入れなかった。

しかし、三月末に株主総会を開催するに当たって、総務部長の不在は許されないという真田の再三の辞退を、会社はやっと受入れた。

半年間、総務部長代行を務めたとはいうものの、音在が真田の後任を引受けるにはまだ若過ぎた。音在は人事担当役員には、六期年長の審議役の浜尾を推薦した。湾岸危機勃発の際にクウェイトで勤務していたために、イラクでの人質経験をした浜尾の苦労も報われて然るべきだと考えたからだ。

入れ替わりに審議役となって気楽になった真田は、部長席と音在のデスクの並びで、ニコニコしながら総務部員の仕事振りを見渡していた。

音在を始め、真田と特に親しい幹部職員は、すぐれない体調に無理をしながらも仲間たちにお別れをするために、真田が出社したことに気がついていた。

真田の出社の三日目が、カフジから総務部へ帰任した松下の歓迎会を開く予定日に当たっていた。音在は、この会合に真田の快気祝いの意味も追加することを提案して、総務部全員の大賛成を得た。

「本当かあ。有難う。光栄だし、悪いなあ。」

真田も総務部の部下たちの好意を喜んで受けることにした。

しかし、快気祝いを主催して会合を取り仕切るべき音在には、折り悪しくもその当日の朝から現地出張のスケジュールが入っていた。

「タイコーさん。前にご報告しましたように、日本経済団体連合ミッションがサウディアラビアを訪問することになっています。僕は広報担当の随員として、一週間ばかりサウディに出張しなければならないんです。誰かを代理で行かせる訳にはいきませんので、申し訳ありませんが快気祝いには出席できないんですよ。」

「なーんだ。肝心の師範がいないんじゃあ、つまんねえじゃないか。」

「いやいや、総務部が誇る美女軍団がいますので、ゆっくり快気祝いを楽しんで下さい。それに、会合の後は、大田くんにお宅まで送らせますから。」

「おう、それも悪くはないなあ。」

音在は総務課員の大田をデスクに呼んで、宴がはねた後で必ず真田を自宅まで送り届けるように指示して、自分が署名したタクシー券を手渡した。

真田が大田の大ファンであることを、音在はよく解っていた。大田は、現地で苦労している知合いや元上司のために励ましの手紙を送ったり、小さなプレゼントを出張者に託す気遣いを忘れない優しい女子社員であった。厳しいサウディの石油開発現場に届く真心の篭ったプレゼントは、戦場への慰問袋のような喜びをもって受け取られた。音在自身も、時折届けられるかつての部下からの励ましの品を心待ちするような気持ちで受け取ったものだった。

「大田さん。悪いんだけれど、俺はタイコーさんの快気祝いには参加できない。そこで君に特にお願いしたいんだが、宴会ではタイコーさんの横についてくれ。誰かが酒を注ぎにきても、タイコーさんから酒をせがまれても絶対に飲ませないようにしてくれ。そして宴会が終わったら、君がタクシーでタイコーさんを自宅までお送りしてくれ。頼んだよ。」

「はい、解りました。必ずそうします。」

「それじゃ、タイコーさん。明日から一週間ばかり出張してきますからね。」

「おう、頼むわ。大役だけれど、師範なら大丈夫だ。」

サウディアラビアから供与された石油開発権益の終了は、七年後に迫っていた。

日本アラブ石油開発が生産しているアラビア湾の海底油田は、膨大な埋蔵量を誇っており、まだその半分も取り切っていなかった。当然のことながら、会社側は契約期間の終了後も、開発権の延長もしくは更新による操業継続を期待した。このために社長の長岡は、会社としてできる限りの対政府折衝の努力を払うとともに、一方では我が国の政官財各界にまたがる幅広い人脈の応援を得て、国対国のレベルでの高級折衝を展開する戦略に打って出ていた。

このための音在の使節団への随行出張は、前年に続いて二回目であった。

前回は、渡会紳一通産大臣が我が国の輸入原油の三大供給国であるサウディアラビア、クウェイト、アラブ首長国連邦を歴訪して、各国の石油大臣始め経済閣僚との経済交流促進のための意見交換を行なった際の随行であった。

現地進出日本企業の代表者の立場から、長岡社長は先行して、リヤドで渡会通産相を出迎える形を取った。音在の任務は、随行記者団のお世話と通産相の広報担当官の記者説明を補佐することであった。報道関係からの随行として、通産省記者会所属の主要新聞社八社とNHKが通産大臣と行を共にしていた。

絶対王制を敷いているサウディでは情報省による報道規制が厳しく、普段はジャーナリストが入国することは許されていない。公式使節団に随行する記者団だけが入国を許されていた。つまり、取材目的が特定されていて、自国にとって報道上メリットのある都合の良い取材のみが受け入れられる国状なのだ。

随行記者団が日本にでもいるつもりで、自由な取材活動を行えばたちまち要らぬ摩擦を引き起こすことは目に見えていた。相手は即物的な刑罰を公衆の面前で行う発展途上国であるから、トラブルを未然に防いで、どの場所では取材して構わないのか否かを教えてやらねばならなかった。

そして、中東が不慣れな大臣随行広報官が記者団にブリーフィングをする時には、しばしば音在が説明を補足しなければならなかった。広報機能の重要さを深く認識している長岡社長は、必要なところで音在に有効な任務を与えたのだ。

音在の任務は本来黒子に徹したものであったが、通産相一行のサウディ訪問の際に一度だけ決定的に機能したことがあった。

リヤドで石油大臣との会談を終えた通産大臣一行は空路ダンマンまで向かい、専用大型バスでカフジ経由クウェイトに向かった。バスツアーの間は、現地事情に精通している音在がバスガイドを勤めた。サウディの歴史や風土から統治体制、果ては湾岸戦争の体験談も語って聞かせて記者団からは大喜びされた。記者団や通産省の随行員から次々に求められる質問に丁寧な説明を加えて、遠来の同胞を気遣うとともに、少しでも会社への理解と関心を深めてもらって、開発権益延長の応援になる記事を書かせようと務めた。

事件は、一行が一泊したカフジで起こった。

通産大臣来るとの朗報を受けて、日本人従業員は総出の受け入れ態勢を敷いていた。迎賓館や出張者宿泊施設には補修を済ませて、遥々訪問してくれる通産大臣一行を歓迎した。

渡会大臣も歓迎会の席上、日本が必要とするエネルギー源である石油を求めて海外で働くオイルメンの努力を多とするとともに、石油開発権益が延長され日本アラブ石油開発の操業が継続されるべきである旨の激励のスピーチを述べて、従業員たちの万雷の拍手を浴びた。

翌日のクウェイトへの出発は早朝であった。音在は記者団を出張者用宿舎に案内すると、翌朝の起床時間から日本人食堂への案内などを細かく説明して、団体行動に支障がないように気を配った。そして、最後に鉱業所内での勝手な取材行動を禁止することに釘を差すのを忘れなかった。石油の国の石油生産基地は、単なる仕事の場ではなく最重要な国家経済上の戦略的拠点でもあり、コーストガードの監視下におかれていた。会社の関与を越えたところで、報道陣の取材は固く禁じられている。ところが、人の言うことなどいちいち聞いていたら勤まらないのが新聞記者なのだ。

翌日早朝、身支度を済ませて、ぼちぼち記者団を起そうかと思っていた音在の部屋に、読売日報記者の吉原が血相を変えて飛び込んで来た。

「オ、音在さんの言っておられたことは本当でした!!

助けて下さい!!」

音在は何が起こったのかを、瞬間に察した。

「ナニイ!! 俺の言うことを無視して、勝手に取材に出たな!」

「毎朝新聞の原田くんが捕まってしまったんです!」

吉原の震えながらの説明を聞いて音在はさらに怒った。

音在の説明を甘く見た記者三名が、定刻より早起きしてカメラを携えて取材に動いたのだった。カフジ港は鉱業所の施設であるとともにコーストガードの軍港でもあるのだ。そこに手前勝手に都合良く危機意識を持たない新聞記者三人が現れて写真を撮り始めたから、兵士たちが軽機関銃を構えて走ってきたのだ。

少し離れていた経済新報と読売日報の記者は走って逃げたのだが、毎朝新聞の記者は銃を突きつけられてつかまってしまったのだ。この場合は捕まった方が正解なのだ。停止を命じられて逃げてくるのは、射殺されても文句は言えない行為であることを知らないのだ。

『これだから、平和ボケした日本人は駄目なんだ!』

「だから言っただろう! ここは日本じゃないんだ! あんたたち、よく射殺されずに済んだなあ。」


音在はサイード少佐が緊急事態発生の報告を受けて、早朝の事務所に呼び出されていることを祈った。

先ず、音在は所長室の川村の社宅へ事故発生の電話を入れて、宿舎に来るように指示した。出張者である音在には、移動手段となる自分用の自動車がなかったのだ。トラブル処理と毎朝新聞の原田の貰い下げに、音在はコーストガードの事務所に向かおうとした。これで、通産大臣一行の専用バスの出発が遅れることは確実であろうと思われた。

そこへ衝撃で呆然とした原田が帰ってきた。

「なんだ。おい、原田さん! 大丈夫だったか?!」

「音在さん。商売道具のカメラを取り返して下さい……」

音在は、通産大臣一行のカフジ訪問が伝えられていて、サイード少佐が部下たちに情報を周知徹底していたことを推察した。このケースだとカメラの没収だけでは済むはずがないことを、音在は長いカフジ生活の経験から知悉していた。音在は川村に運転させて、コーストガードのカフジ港駐屯所に向かった。

嬉しや! サイード少佐は、緊急呼集によって事務所まで来ていた。

「アッサラームアライコム。シェイク・サイード！（お久し振りです、サイード閣下）。」

音在は隊長室のドアを開けると、わざと大仰な挨拶をして、踵をカチリと合わせて敬礼をして見せた。

「オー！　ミスター・オトザイじゃないか！　来ていたのか。何で前もって知らせてくれなかったのだ。」

サイードは通産大臣のカフジ訪問については良く承知していた。不審者に対する誰何を振り切って逃げた記者に発砲しなかったのは、事前の注意徹底が幸いした僥倖であった。

「ところで、ミスター・オトザイ。事務所までやってきた理由はこれだろう。」

サイードは悪戯っぽくニヤリと笑って、デスクの上を指差した。

そこには、原田記者が取材に使用する愛用の一眼レフのカメラが転がっていた。

「本来だったら、カメラの没収だけじゃなくて、あの日本人は逮捕するところだ！　しかし、大臣一行の関係者であることが解っていたから、特別に放免してやったんだ。」

「彼は、日本では一流の新聞記者なんです。そのカメラは、彼が通産大臣と石油大臣の政府折衝を記録するためになくてはならない必需品です。会社のゲストでもあるので、僕の顔に免じて返してやってくれませんか。彼らを守るのが、僕の今回の出張任務なんです。」

「まあ、本来は逮捕だし没収なんだが、ミスター・オトザイが来てくれて嬉しいから、特別に許してやろう。ただし、フィルムは駄目だぞ。」

「解っています。それじゃこうしましょう。」

カメラを取り上げると、音在は蓋を開けてフィルムカートリッジを取り出した。さらに、フィルムを引っぱり出して感光させてサイードのデスクに置いた。

剥き出しになったフィルムはデスクの上でクルクルと丸まった。

「これで良いでしょう。」

「ウン。それで良し。ところでミスター・オトザイ。ミスター・ツルガはお元気か？」

「少佐。ゆっくりお話していきたいんですが、実は通産大臣一行の専用バスの案内役をしているもので、今回は時間がないんです。八時に出発させないと、クウェイト政府の公式行事に遅刻してしまいます。申し訳ないんですが、今日はこれで失礼させて貰います。」

「ミスター・オトザイ。この次にカフジにはいつ帰ってくるんだ?」

「ウーン。インシャッラー（神の思し召し次第）ですなあ。少佐もお元気で。」

ついてきた川村は、鉱業所駐在員の誰にも真似できない音在の見事な調整の手際に感心した。辛うじて専用バスは定刻通りに出発して事無きを得た。しかし、音在はそのお陰で朝飯を食べ損なった。

クウェイトの国境事務所までは、通関とパスポートコントロールが円滑に行くように、海道が手続きの手伝いについてきた。全ての手続きが終わると、音在は海道と握手をしてからバスをクウェイトに向けて出発させた。

「おい、海道くん。ご苦労さんだった。もうすぐ海道くんも本社帰任だろう?

東京で待ってるぜ。」

「師範も、どうか道中お気をつけ下さい。」

日本経済団体連合ミッションは会長の黒岩四郎を団長として、団員は海外経済協力機構の調布社長と日本アラブ石油開発の長岡社長、そして日本経済団体連合事務総長の吉川の三名で構成されていた。これに参加団員の各組織から必要な随員が加わっていた。ミッションには経団連記者会所属の大手新聞社五社からなる随行記者団が加わっており、通産大臣一行の際と同じく取材全般のお世話が音在の任務であった。

ミッションの目的は、日サ両国間の経済交流を促進していく環境作りと、ジョイントベンチャーの具体的案件を探すことであった。日・サ両国は、経済立地からいっても相互補完的な関係にある。資源大国であっても経済発展途上性を強く残しているサウディアラビア。経済大国であっても資源小国である日本。両国間の代表的な経済交流の具体例として日本アラブ石油開発の存在を位置付けて、やがて契約期間満了となる石油開発権益を延長もしくは更新しようとするものであった。

ミッションの四日間のリヤド滞在中には、サウディ政府の経済閣僚には次々と面談が叶って、良好な訪問成果が予測された。石油大臣、企画大臣、商業大臣、外務大臣、商工会議所会頭。次々に実現される政府要人との意見交換を、八十歳になる黒岩はつつがなくこなして、さすがに我が国の財界人の頂点に立つ風格を漂わせた。しかし問題は、表敬を申し入れていたファハド国王との対面が叶うのか否かが、最後の最後まで解らなかったことだ。サウディ側のホストを仰せつかったアッタール企画大臣に尋ねても、さっぱり要領を得なかった。

　音在の観察によると、勿体をつけて解らないと答えているのではなく、企画大臣自身も国王の意思を計りかねているというのが本当のところのようだった。

　最終日の夕方となった。国王への表敬が実現できなくても、四経済閣僚との意見交換をもってミッション訪問の成果としようとの結論に達した。

　その時、黒岩は勲一等瑞宝章の褒章が決まっていた。一日半後には宮中参内のために、東京に居なければならないスケジュールになっていた。予約をしてあった飛行機便で帰国の途に就くべく、ミッション一行は宿舎の迎賓館を後にしようとした。

　そこへ企画大臣が、バタバタとサンダルの音を立てながら駆け込んできた。

「お待ち下さい。お待ち下さい。たった今しがた、国王がお会いになられることが決まりました。」

　一行は歓喜した。国王が黒岩を謁見するということは、日サ経済交流の促進、ひいては日本アラブ石油開発の開発権益延長への瑞兆ではないかと、一行の脳裏に閃くものがあった。

　企画大臣の説明を聞いて、絶対王制を敷いたサウディアラビアの国王に謁見することの重大さと仰々しさが理解できた。国王の拝謁の栄に浴することができるのは、黒岩会長ひとりだけなのだ。通訳として随行を許されるのは黒岩専用の秘書兼通訳の谷沢と駐サウディ大使の大田原とアラビア語専門官の黒田だけに限られていた。報道陣は二社だけが、謁見冒頭の三分間だけ写真取材が許された。

　使節団の訪問に無関心ではなかった証拠に、ファハド国王は、黒岩がその夜リヤドを発たなければならない事情を熟知していた。出発が迫っているフライトはキャンセルして、謁見が終り次第、国王の愛機で日本まで送り届けるとのメッセージも添えられていた。しかし、謙虚な黒岩は、シンガポールまで送って貰えれば、あとはコマーシャルフライトに幸便があると遠慮して、国王のご好意を半分だけ頂戴した。

　ミッション一行は吉報を得て沸き立ったが、記者団も願ってもない取材の実現に大喜びした。しかし、王宮に同行を許されたのは二社だけであった。

「よーし、こうなれば代表取材で行こう。写真は全員で使いましょう。はい、皆さん恨みっこなしで、ジャンケンをして下さい。」

音在の音頭でジャンケンに加わった記者たちの中で、ケイサン新聞と経済新報が幸運を勝ち取った。喜びと裏腹に困り果てたのは経済新報の栗原だった。

先ほどまで、国王謁見は絶望視されていた。従って、ミッション一行の荷物は搭乗手続きを円滑にするために、日本アラブ石油開発のリヤド事務所員の手でリヤド国際空港へ先に運ばれてしまっていたのだ。栗原は公式行事用のスーツとネクタイをトランクにしまって、自分は移動用の気楽なサファリルックに着替えていた。とてもではないが、国王の目の前に出られる姿ではなかった。

「音在さん！　どうしよう。スーツケースを取り戻して頂けないでしょうか。」

栗原は必死の表情をして、窮状を訴えた。

「至急、リヤド事務所に電話して、最善を尽くしてみましょう。だけど、栗原さん。最悪の場合は心配しなさんな。僕がスーツを脱ぐから、これを着なさい。少々、あなたにはズボンが短いけど、礼を失することにはなりませんよ。」

栗原はやっと落ち着きを取り戻した。

「その代わり、名作記事を書いてよね。」

音在は、仕事上の駄目押しも忘れずに付け加えた。

企画大臣の報告では、直ぐにでも国王差し回しの迎えの車が来るのかと思われたのだが、一向に車が現れる気配がなかった。団員の調布と長岡は、我が国経済界のリーダーである老身の黒岩を待たせる展開になったので、ハラハラしていた。しかし、黒岩はソファにゆったりと座って悠揚迫らずという風情で落ち着いていた。何時になったら、さらなる使者が現れるか解らないので、黒岩は夕食も摂っていないのだ。

企画大臣が駆け込んで来てから三時間近く経った頃、音在は黒岩にお伺いを立てた。

「黒岩会長。これでは国王謁見はいったい何時になるか解りませんから、少し腹ごしらえしておかれては如何でしょう?」

「はい、そうですねえ……。それでは、サンドイッチでも頂きましょうか。」

黒岩はソファで端然とした姿勢を崩さずに、ニコリと微笑んで答えた。

音在は、迎賓館の地下にあるレストランに飛んで行った。黒岩の夕食用のサンドイッチを作らせると、急いで皿を捧げて黒岩のソファに戻った。

迎賓館には国賓や公賓への奉仕のために、早朝から深夜までレストランが開設されている。当然のことながら、迎賓館における全てのサービスは無料である。

「ああ、これはどうも有難うございます。」

その高徳振りを万人から尊敬される黒岩は、一兵卒の音在に対しても丁寧に礼を述べた。上品な仕草で、黒岩が三個目のサンドイッチをつまもうとした時、大田原大使がお迎えの車が到着したことを告げた。時計は既に十時を指していた。大田原大使が案内役となり、黒岩は秘書を連れて迎賓館の玄関に向かった。

「それでは皆さん。国王に拝謁して参ります。」

別の車には、ふたりの新聞記者が乗り込んだ。

「頑張って来て下さいよ。」

音在は報道陣を励ました。幸運のふたりであった。要人に随行してサウディアラビア国王の謁見に侍ることができた日本人ジャーナリストは、このふたりが史上初めてであった。

長岡始め使節団一行はジリジリする思いで、拝謁の成功を祈っていた。

十一時を過ぎた頃、ふたりの記者が先に迎賓館に帰ってきた。待っていたメンバー全員が、両記者を取り囲んだ。ふたりは上気した顔で、どう報告したものかと暫く説明ができなかった。

「どうでした？　拝謁は始まりましたか？」

「いやー。凄いわあ。」

「何が、どう凄いんだ？」

記者に同席が許されたのは冒頭の三分間だけであった。待っていた国王の横に黒岩が座って挨拶をするところまで写真を撮影すると、ロイヤルセキュリティフォースの警護官がふたりを追い出した。両記者が確認できたのは、そこまでだった。

「総大理石造りで、天井は高いわ、長くて広い廊下の真中に敷かれた絨毯は厚いわ。玉座のある部屋の豪勢なことと言ったらなかったよ。そここに大柄で屈強な護衛官が配置されていてさ……。俺、今までにあんな豪壮な部屋を見たことがないよ。」

ケイサン新聞の安藤の説明は、ジャンケンに負けた記者たちを羨ましがらせた。

「おいおい、感心していないで、早く共同原稿を書いてくれよ。」

「いや、俺たちが見たのはそこまでなんだ。大田原大使が、残って会談内容を聞いておられるから、帰ってこられるのを待って、ブリーフィングして頂こうじゃないか。」

「なあんだ。」

留守番していた記者たちは拍子抜けしたし、長岡たちも勿体をつけられたようで、早くその先を聞きたかった。

大田原大使が迎賓館に戻って来たのは、午前一時を回っていた。

黒岩の謁見を終えた国王は、帰国を急がなければならない黒岩を、約束通りに特別飛行場から国王専用機で出発させた。大田原は飛行場まで黒岩を見送ってから、迎賓館に帰ってきたのだ。

大田原の深夜の記者発表が行われた。通常のようにプレスリリースレターを準備する暇もなく、大田原は走り書きの自分のメモを見ながら光景を思い出して説明した。

「それで、黒岩さんは日本アラブ石油開発の開発権益延長の話を切り出して下さったのですか？」

記者団に加わって説明を聞いてきた音在は、大使に質問した。

「日・サ両国の経済的相互補完関係を大切にして、ジョイントベンチャーを通じた経済交流の促進が肝要であるし、日本アラブ石油開発の存在を日サ友好の象徴として位置付けようと提案されておられました。」

記者たちは質問を中断して、サラサラとペンを走らせた。

「それで、国王はどう回答されましたか？」

「明確な返事は投げ掛けられませんでしたが、同意と取れるような深い頷きを返しておられました。」

本来の広報官ではない大田原大使は、そこまで説明をすると迎賓館から立ち去った。後は、広報担当の随員である音在の仕事であった。リヤドの午前二時。東京は朝の八時である。

「さあさあ、皆さん。日本はもう朝ですよ。眠る前に原稿を仕上げて、東京に送信してから寝ましょうね。」

各記者は音在に補足説明と周辺情報を求めた後、原稿を仕上げるために各自に割り当てられている部屋へと散って行った。迎賓館の中には、ミッション側の要求に従ってプレス対応ルームが設けられていた。原稿が書き上がった順番に原稿をファックスするとともに、ジャンケンに勝った記者が撮影してきた共同写真も電送されるのを待つだけであった。これで、その日の各紙夕刊の第一面トップには、黒岩会長とファハド国王の会談記事と写真が飾る筈であった。

音在は、ここまで仕事を整えると長岡の部屋に報告に向かった。

長岡は密度の濃い重要任務の連続に疲労して、十二時頃に自分に割り当てられた部屋に戻っていた。音在は六、七時間後に発刊される日本の全有力紙第一面を飾るトップ記事のタイトルまで推察できるような仕事上の精神的高揚を感じて、直ちに長岡に業務報告したかったのだ。しかし、天井の高い迎賓館の廊下には、音在がドアをノックし続ける音が空しく響くだけであった。長岡は激しく疲労していた上に、国王拝謁が実現した安心感から深い深い眠りに就いていた。

プレス対応ルームに戻って待つ音在の前には、次々に原稿を完成した記者がやって来た。音在は、原稿の送信を手伝った。

「はい、これ。音在さんに敬意を以って進呈します。」

スーツが無いと騒いでいた経済新報の栗原が送信を済ませた原稿のコピーを、音在にプレゼントしてくれた。音在にとっては、これほど充実に満ちたスリリングなプレス対応をしたのは初めてであった。一方、報道陣にしてみても、滅多に入国できない神秘のベールに覆われた取材先での緊迫した体験は忘れられないものになった。最後に記事を仕上げた記者と同じ頃に、音在がベッドに入ったのは午前四時を過ぎていた。

国王専用機で帰国先行した黒岩を除いたミッション一行は、丸一日遅れのスケジュールでリヤドを離れた。夜のリヤド空港を離陸して、久し振りのウイスキーの水割りを一杯飲んでシートに身を沈めると、さすがに音在も疲労を覚えた。昨夜の寝不足もあって眠たい筈なのだが、意識は興奮していてさっぱり眠れなかった。

音在は重要任務から解放されると、急に音在の帰国を心待ちにしている筈の真田のことが気に掛かった。

『タイコーさん、待っていて下さいよ。あっと驚くような報告事項が山ほどありますからね。』

長い搭乗時間を、音在は寝ているのか寝ていないのか解らないような状態で過ごした。国際便には何回乗ったのか忘れたほどの音在ではあったが、かつて経験したことがないくらいのひどい時差ボケ状態であった。

その日の夕方、東京では、加山がいつものように病院に真田を見舞っていた。

音在が出張した日の夜に開かれた真田の快気祝いは、懐かしい総務部の部下たちに対する真田のお別れの会でもあったのだ。真田はニコニコしながら愛する部下たちに囲まれて、体の不調を隠すように陽気に騒いでみせた。

加山が真田の体調を観察しながら、頃合を見て帰宅を促した。

「タイコーさん。いくらなんでも病後ですから、最後まで酔っ払いたちに付き合う必要はありませんよ。ぼちぼち大田くんに送らせますから。」

「おうおう、そうか。それじゃあ、送ってもらおうか。大田くんも自宅は府中だったもんな。」

大の大田ファンである真田は、美人の部下の同乗を喜びながらタクシーに乗り込んだ。総務部員は、総出で真田の乗った車を見送った。

部下たちに華やかなお別れをしたかのように、翌日から真田は最後の入院をしたのだった。音在の不在を補うかのように、加山は会社が終わると毎日お見舞いに訪れた。

「タイコーさん。夕べ、経団連ミッションは会えるかどうか解らなかった国王に、とうとう最後にお会いできたそうですよ。今朝の九時に師範から総務部に国際電話がありましたよ。師範、リヤドの午前三時過ぎまで働いていたみたいですね。」

「ほう。そうかい。頑張ったなあ。」

「今日の夕刊全紙の第一面トップに黒岩会長と国王の拝謁シーンの写真入りで大きな記事が掲載されていますよ。」

加山は準備してきた経済新報の夕刊を、真田に広げて手渡した。

「ああ、本当だあ。良かったじゃないかあ。これで、開発権益延長問題にも明るい展望が開けたってもんだ。」

「それから、国王の謁見が実現したお陰でスケジュールが一日延びまして、ミッション一行は今夜遅くに成田に着く筈です。明日は師範が直接、タイコーさんに出張報告に現れると思いますよ。」

「そうかあ。ご苦労さんだったなあ。師範のことだから頑張ってくれたんだろう。お陰で素晴らしい記事が出たじゃあないか。」

加山は、経団連ミッションが行った各大臣との重要折衝について説明して、いつものように明るく楽しい話を続けた。

「ああ、タイコーさん。ぼちぼち九時になりました。あしたの夕方は、師範と一緒にお見舞いに来ますからね。」

帰ろうとする加山は、真田の息が少し荒くなったのが気になった。

「ああ、加山ちゃん。ちょっと息が上がってきたみたいなんで、帰る時に一応女房に来るように電話を入れておいてくれないかなあ。」

「はい、解りました。それじゃ明日また参りますので、どうぞお大事に……」

音在は、頭の中がベールを被ったような朦朧とした状態で成田空港に到着した。真田のことが気になったので、帰国報告のために、病院へ直行しようかという考えが一瞬頭をかすめた。

夜の九時。車を飛ばしても、病院までは二時間は掛かるだろう。

『非常識だ、かえって迷惑になるに決まってる。相手は重病人じゃないか。明日にした方が良いなあ。』

音在の生理は、早く自宅の布団で横になることを欲していた。

泥のように眠っていた音在は、早朝の電話で叩き起こされた。

「あなた、総務の浜尾さんからお電話よ！」

音在は真田の訃報を、電話に出る前に直感した。

「ああ、師範？　お帰りなさい。帰国早々で申し訳ないんだけど、最悪のお知らせなんだ。」

「タイコーさんが亡くなったんですか？」

「ついさっき、明け方に亡くなられたんだそうだ。奥さんから急報を受けてさ。真っ先に師範に知らせなければと思って電話した次第なんだ。」

「そうですか……。昨夜、成田に着いてから、病院に直行していれば良かったなあ……。」

「僕はこれから病院に向かうんだけど、師範は時差もあるし、疲れているだろうけどどうする？」

「いやいや、もちろんこれから病院に伺いますよ。」

音在は時差ぼけに朦朧とした頭に気合を入れた。

『眠いなんて言ってる場合じゃないだろう！　タイコーさんが待っているんだ。』

　音在は最寄りの駅まで走って行って、タクシー乗り場で車を拾って病院に急行した。音在が駆けつけたのは、同僚の間では三番目であった。巨星堕つという急報は社内を駆け巡った。ご縁の近い者は次々と病院に駆けつけたし、遠慮がちな者は通夜に駆けつけるべく更なる案内を待っていた。

　音在が到着した時、真田は地下の霊安室に移動して仮供養の状態にあった。

　音在は顔に掛けられた白布をそっとずらせて真田に対面した。そこには、胸に手を組んで、微笑むような安らかな顔をした真田がいた。

「タイコーさん。申し訳ありませんでした。ちょっとだけ帰るのが遅かったですね。」

『師範。ご苦労さんだった。ちょっと待ちきれなくってさあ、悪かったなあ。それでも、全紙に素晴らしい記事が載っていて、良かったじゃあないか。』

　真田は喋らなくなっていたにも拘わらず、音在は真田の声が聞こえるような気がした。

　会社の将来を背負って立つと期待されていた真田であった。五十三歳の若すぎる逝去は、惜しんでも惜しみ切れないものだった。

　前後して亡くなった三人の音在の先輩たちは、会社の存続の可否が問われる未曾有の危機において、まさに命を賭けて戦った。誰に指示されることなくとも自らの任務の何たるかを自覚して最善を尽くした。不運なことに、尽くした心身両面の努力は、自己の体力や精神力を凌駕するほどのものであったのだ。

　それでも彼らは、会社に不平をぶつけることもなしに、ノーブリス・オブリージュを尽くし切って昇天した。

　通夜の席で、部下の川上が音在に訊ねた。

「次長、本当はご存知だったんですね。」

「ン……何を？」

「私たちに、お見舞いに行こう行こうと、あれほど仰っておられたじゃありませんか。次長は、部長の不治の病を知っておられたから、ああいう風に言っておられたんですね。私たちも、次長のおっしゃるようにもっともっとお見舞いにお邪魔しておけば良かったと思います。生意気を申し上げていて済みませんでした。」

「ウン……？　まあな……。」

音在は、真田の身命を賭した会社への貢献が部下たちに解って貰えさえすれば、それで真田も満足できると考えたかった。

完

引用

「カフジ・エレジー」作詞・作曲　藤田和久　編曲
清水英典

参考文献

「湾岸戦争とアメリカの石油戦略」岡本英一郎
（成蹊大学西崎史子ゼミ卒業論文）
「湾岸戦争の本質」岡本文夫
（滋賀大学経済経営研究所）
「湾岸危機を乗り越えて」アラビア石油35年の歩み
アラビア石油株式会社
「一石油人の思い出」山内肇
（石油文化社）
「外交敗戦」手嶋龍一
（新潮社）
「石油公団二十年史」石油公団
「オイルマンの湾岸戦争」出光興産株式会社
「十年史」財団法人石油産業活性化センター
「海瑠」アラビア石油株式会社広報誌兼社内報
（平成3年10‐12月号、平成9年6月号）

【著者の紹介】
いぶき・まさひこ
1947年生まれ。滋賀大学経済学部卒。
日立製作所、アラビア石油勤務を経て、
元国務大臣・衆議院議員村田吉隆代議士の
政策担当秘書を務めた。
講道館柔道五段。現在、プロバスケットボール「千葉ジェッツ」渉外部長。

小説湾岸戦争　男達の叙事詩

2013年4月2日　第1版第1刷発行

著者　　　伊吹正彦
発行者　　村田博文
発行所　　株式会社財界研究所
　　［住所］〒100-0014
　　　　東京都千代田区永田町2-14-3
　　　　　　赤坂東急ビル11階
　　［電話］03-3581-6771
　　［ファックス］03-3581-6777
　　［URL］http://www.zaikai.jp/

印刷・製本　凸版印刷株式会社

ISBN 978-4-87932-091-9
定価はカバーに印刷してあります。